WILLIAM BOYD
EINES MENSCHEN HERZ

ROMAN

Aus dem Englischen
von Chris Hirte

K
A
M
P
A

Die englische Originalausgabe erschien 2002 unter dem Titel
Any Human Heart im Verlag Hamish Hamilton, London.
Die deutsche Erstausgabe erschien 2005 im Hanser Verlag, München.

Videoporträt von William Boyd auf
www.kampaverlag.ch/kampa-tv

Für den Blick hinter die Verlagskulissen:
www.kampaverlag.ch/newsletter

KAMPA POCKET
DIE ERSTE KLIMANEUTRALE TASCHENBUCHREIHE
Gedruckt auf säurefreiem und chlorfrei gebleichtem Papier
zur Unterstützung verantwortungsvoller Waldnutzung,
zertifiziert durch das Forest Stewardship Council. Der
Umschlag enthält kein Plastik. Kampa Pockets werden
klimaneutral gedruckt, kampaverlag.ch / nachhaltig informiert über das unterstützte CO2-Kompensationsprojekt.

Veröffentlicht im Januar 2023 als Kampa Pocket
Copyright © 2020 by William Boyd
Für die deutschsprachige Ausgabe
Copyright © 2022 bei Kampa Verlag AG, Zürich
Covergestaltung: Lara Flues, Kampa Verlag
Covermotiv: © Nutsa Avaliani
Satz: Tristan Walkhoefer, Leipzig
Gesetzt aus der Stempel Garamond LT / 230145
Druck und Bindung: GGP Media GmbH, Pößneck
Auch als E-Book erhältlich
ISBN 978 3 311 15065 7

www.kampaverlag.ch

Für Susan

»Sagen Sie nie, Sie wüssten das letzte Wort
über eines Menschen Herz.«

Henry James

Die intimen Tagebücher des
Logan Mountstuart

Vorbemerkung
zu den Tagebüchern

»Yo, Logan«, schrieb ich. »Yo, Logan Mountstuart, vivo en la Villa Flores, Avenida de Brasil, Montevideo, Uruguay, America del Sur, El Mundo, El Sistema Solar, El Universo.« Das waren meine ersten Worte – oder, genauer, dies ist meine älteste Aufzeichnung und der Beginn meiner schriftlichen Existenz –, verewigt auf dem Vorsatzblatt eines indigoblauen Taschenkalenders von 1912 (den ich noch besitze und der ansonsten leer geblieben ist). Damals war ich sechs Jahre alt. Heute* erstaunt es mich, dass ich meine ersten Worte in einer Sprache schrieb, die nicht die meine ist. Die flüssige Beherrschung des Spanischen ist mir verloren gegangen – dieser Verlust in meiner sonst vollkommen ungetrübten Kindheit schmerzt mich am meisten. Das für meine Zwecke genügende, fehlerhafte, grammatisch schwerfällige Spanisch, das ich heute spreche, ist der erbärmlichste Abkömmling des natürlichen Umgangsgeplappers, das in meinen ersten neun Lebensjahren aus mir herausprudelte. Seltsam, wie vergänglich diese frühen sprachlichen Fähigkeiten sind, wie leichtfertig und schnell sie das Gedächtnis aufgibt. Ich war ein zweisprachiges Kind im wahren Sinne, denn das Spanisch, das ich sprach, unterschied sich in nichts von dem eines Uruguayers.

Uruguay, das Land meiner Geburt, hat sich genauso nebel-

* Diese Vorbemerkung wurde wahrscheinlich 1986 verfasst (s. S. 605).

haft in meinem Kopf erhalten wie das Alltagsspanisch, das ich einst mühelos beherrschte. Ich bewahre die bildliche Erinnerung an einen breiten braunen Fluss, die Bäume am anderen Ufer dicht gedrängt wie Brokkolisprossen. Auf dem Fluss sehe ich ein schlankes Boot mit einer einzigen Person im Heck. Das Boot treibt flussabwärts, der kleine Außenbordmotor kerbt eine schaumige Kiellinie in die bewegte Wasserfläche, und das Uferschilf, das von der Bugwelle erfasst wird, schwankt und nickt und beruhigt sich wieder, als sich das Boot entfernt. Bin ich die Person im Boot, oder bin ich der Zuschauer am Ufer? Ist das die Stelle am Rio Negro, wo ich als Kind oft angelte? Oder ist es die Vision einer Reise durch die Zeit, einer Reise, die so vergänglich ist wie die Spur eines Bootes im fließenden Strom? Leider kann ich dieses Bild nicht als meine erste, verlässlich datierbare Erinnerung bezeichnen. Diese Ehre kommt einem anderen Anblick zu, dem Anblick des kurzen, stummelartigen und beschnittenen Penis meines Tutors Roderick Poole, den ich mit verhohlener Neugier registrierte, als er nackt aus der atlantischen Brandung von Punto del Este stieg, wohin wir beide an einem Junitag des Jahres 1914 zum Picknick gefahren waren. Ich war acht Jahre alt, und Roderick Poole war aus England nach Montevideo gekommen, um mich auf St. Alfred's vorzubereiten, meine englische Vorschule. Wenn's geht, immer nackt schwimmen, Logan, war der Rat, den er mir an jenem Tag erteilte, und ich habe stets versucht, mich daran zu halten. Wie dem auch sei, Roderick war beschnitten und ich nicht – was erklären mag, warum ich dem Anblick so viel Aufmerksamkeit widmete, nicht aber, warum mir ausgerechnet dieser Tag im Gedächtnis geblieben ist. Die Erinnerungen an die Zeit davor sind wirr und verschwommen, ohne Zeit und ohne Ort. Ich wünschte, ich hätte etwas Bezeichnenderes, Poetischeres, meiner nachfolgenden Biographie Angemesseneres zu bieten als das. Aber ich muss bei der Wahrheit bleiben – wo, wenn nicht hier?

Die ersten Seiten des Tagebuches, das ich fünfzehnjährig begann und dem ich, wenn auch mit Unterbrechungen, mein Leben lang treu geblieben bin, sind verschollen. Das ist kein großer Verlust, denn zweifellos enthalten sie die Gelöbnisse fast aller intimen Tagebücher und bekennen sich ebenfalls zum Vorsatz vollständiger und unerschütterlicher Wahrhaftigkeit. Ich dürfte mich auf absolute Offenheit eingeschworen und mir alle Schamgefühle angesichts der dadurch hervorgerufenen Entblößungen versagt haben. Warum fühlen wir Tagebuchschreiber uns zu einer solchen Verfahrensweise gedrängt? Spüren wir die permanente Gefahr des Abgleitens in uns, den Drang, zu fälschen und zu kaschieren? Gibt es Seiten in unserem Leben – Dinge, die wir tun, denken und fühlen –, die wir nicht zu enthüllen wagen, nicht einmal vor uns selbst, nicht einmal in der absoluten Abgeschiedenheit unserer privaten Aufzeichnungen? Wie dem auch sei: Ich habe mir sicher geschworen, die Wahrheit zu sagen, die ganze Wahrheit usw. usw., und ich glaube, diese Blätter werden meinem Vorsatz gerecht. Ich habe mich manches Mal gut verhalten, und ich habe mich manches Mal alles andere als gut verhalten – aber ich habe immer allen Versuchungen widerstanden, mich in ein besseres Licht zu rücken. Es gibt keinerlei Streichungen mit dem Zweck, etwaige Fehlurteile zu vertuschen (»Die Japaner werden es niemals wagen, die USA von sich aus anzugreifen«), keinerlei Zusätze mit dem Ziel, mir unverdiente Weisheiten anzumaßen (»Die ganze Erscheinung dieses Herrn Hitler ist mir zuwider«), und keinerlei Einschübe, die kluge Voraussicht beweisen sollen (»Gäbe es doch nur die Möglichkeit, die Kraft des Atoms auf sichere Art zu zähmen«) – denn das ist nicht der Sinn eines Tagebuchs. Wir führen Tagebuch, um die Vielgestaltigkeit des Ich einzufangen, die uns, das menschliche Individuum, formt. Man stelle sich unseren Werdegang vor wie eine der bekannten Zeichnungen, die die Abstammung des Menschen illustrieren: Dem zottigen Affen, dessen Hände am Boden schleifen, folgen Hominiden, die sich allmählich aufrichten und einen Teil ihrer Behaarung verlieren – bis hin zum weißen und glatt rasierten Nudisten, der stolz die Steinaxt oder den Speer schwingt. All diese Zwischenstadien suggerieren ein unaufhaltsames Fortschreiten bis hin zu diesem athletischen Idealtypus. Aber unser Leben verläuft nicht in dieser Weise, und ein aufrichtiges Tagebuch konfrontiert uns mit einer sprunghafteren und ungeordneteren Wirklichkeit. Die verschiedenen Lebensetappen existieren zwar, aber sie sind durcheinandergeworfen, einander entgegengestellt und wiederholen sich, wie es der Zufall will. Die verschiedenen Verkörperungen des Ich kämpfen auf diesen Blättern um Vorrang: Der Neandertaler mit den zusammengewachsenen Augenbrauen schubst den axtschwingenden *homo sapiens* beiseite; der neurasthenische Intellektuelle trampelt den lehmbeschmierten Urmenschen nieder. Darin verbirgt sich kein tieferer Sinn; ein logischer, erkennbarer Fortschritt findet nicht statt. Das wahrhaftige *journal intime* trägt diesem Umstand Rechnung und versucht nicht, eine Ordnung oder Hierarchie zu errichten, versucht nicht zu urteilen oder zu analysieren: Ich bestehe aus all diesen verschiedenen Wesen – all diese unterschiedlichen Menschen sind mein Ich.

Jedes Leben ist gewöhnlich und außergewöhnlich zugleich – es ist das Mischungsverhältnis dieser beiden Kategorien, das ein Leben interessant oder banal erscheinen lässt. Ich wurde am 27. Februar 1906 in Montevideo, Uruguay, geboren, der an einer Meeresbucht gelegenen Hauptstadt des kleinen Landes, das vom rinderreichen Argentinien und dem brütend heißen Brasilien eingekeilt wird. »Die Schweiz Südamerikas«

wird das Land manchmal genannt, und denkt man bei diesem Vergleich an ein Binnenland, ist das nicht ganz abwegig, denn trotz der langen Küste – die Republik ist auf drei Seiten von Wasser umgeben, dem Atlantik, der gewaltigen Bucht des Rio de la Plata und dem breiten Rio Uruguay – sind die Uruguayer hartnäckige Landratten, ein Umstand, der mir stets das Herz erquickt hat, zumal ich innerlich gespalten bin in einen seezugewandten Briten und einen wasserscheuen Uruguayer. Meine ganze Natur ist ihrer genetischen Herkunft gemäß zweigeteilt: Ich liebe das Meer, aber vom Strand aus. Meine Füße müssen stets auf festem Grund stehen.

Mein Vater hieß Francis Mountstuart (geb. 1871), meine Mutter Mercedes de Solis. Sie behauptete, von Juan de Solis abzustammen, dem ersten Europäer, der im frühen 16. Jahrhundert seinen Fuß auf uruguayischen Boden setzte – ein Schritt, der ihm kein Glück brachte, denn er und die meisten seiner Entdeckerkumpanen wurden sogleich von den Charrua-Indianern massakriert. Sei's drum: Ob meine Mutter mit ihrer eitlen Prahlerei recht hatte, bleibt unbeweisbar.

Meine Eltern fanden zusammen, weil meine Mutter, die gut Englisch sprach, die Sekretärin meines Vaters wurde. Mein Vater war Geschäftsführer der uruguayischen Zweigniederlassung der Fleischverarbeitungsfabrik Foley & Cardogin. Das berühmteste Produkt der Firma war Foley's Finest Corned Beef – (»Foley's Finest«: Wir Briten haben alle irgendwann im Leben einmal Foley's Corned Beef gegessen) –, aber das Hauptgeschäft bestand im Export gefrorener Rinderhälften aus dem riesigen *frigorífico* – einem Schlachthof mit angeschlossenem Kühlhaus –, der ein paar Meilen westlich von Montevideo an der Küste gelegen war. Foley's war zu Beginn des 20. Jahrhunderts zwar nicht der größte *frigorífico* von Uruguay (diese Ehre kam Lemco's in Fray Bentos zu), aber er warf viel Gewinn ab – dank dem

Fleiß und der Beharrlichkeit von Francis Mountstuart. Mein Vater war vierunddreißig Jahre alt, als er meine (zehn Jahre jüngere) Mutter 1904 in der schönen Kathedrale von Montevideo heiratete. Zwei Jahre später kam ich, ihr einziges Kind, zur Welt und wurde zu Ehren meiner Großväter (die mich beide nicht mehr erlebten) Logan Gonzago getauft.

Ich grabe in meinen Erinnerungen und hoffe, Bruchstücke von Uruguay zutage zu fördern. Ich sehe den *frigorífico* – eine riesige weiße Fabrik mit steinernem Pier und hohen Schornsteinen. Ich höre das Gebrüll von Tausenden von Rindern, die darauf warten, getötet, geschlachtet und eingefroren zu werden. Aber ich mochte den *frigorífico* und den kalten Hauch des industriellen Massentodes nicht[*] – er machte mir Angst –, und ich hielt mich lieber zu Hause auf, in unserer großen Villa und auf dem dicht bewachsenen Grundstück, das an der vornehmen Avenida de Brasil gelegen war – in der Neustadt von Montevideo. Ich erinnere mich an einen Zitronenbaum in unserem Garten und an zitronenfarbene Lichtflecken auf einer Steinterrasse. Es gab eine Fontäne, eine wasserspeiende Putte aus Blei, die in eine Mauer eingelassen war. Die Putte, fällt mir jetzt ein, sah aus wie die Tochter von Jacob Pauser, und Jacob Pauser war der Verwalter der zwölftausend Hektar großen Foleyschen *estancia* in der *Banda Oriental,* dem purpurrot blühenden, von Rinderherden durchzogenen Weideland Uruguays. Wie hieß das Mädchen nur? Nennen wir sie Esmeralda. Kleine Esmeralda Pauser – du darfst meine erste Liebe sein.

Zu Hause sprachen wir Englisch, und als ich sechs war, ging ich in die von Spanisch sprechenden Nonnen geführte katholische Schule auf der Playa Treinta y Tres. Ich konnte

---

[*] Jedes Jahr wurden in Foley's *frigorífico* 80 000 Rinder und ungezählte Schafe geschlachtet.

Englisch lesen, aber kaum schreiben, als Roderick Poole 1913 eintraf (frisch aus Cambridge mit einem einfachen Abschluss in Geisteswissenschaften), um meine vernachlässigte Bildung auf Vordermann zu bringen und mich auf die St. Alfred's School in Warwick, Warwickshire, England, vorzubereiten. Ich hatte keine rechte Vorstellung von England, meine Welt war Montevideo und Uruguay. Lincoln, Shropshire, Hampshire, Romney Marsh und Southdown – so hießen die Schafsrassen, die im *frigorífico* meines Vaters verarbeitet wurden, und das war alles, was mich mit meinem Vaterland verband. Eine weitere Erinnerung. Nach dem Unterricht nahm mich Roderick ins Seebad Pocitos mit (wo er seine Badekleidung tragen musste), und wir fuhren mit der Tramlinie 15 oder 22. Am liebsten bestellten wir Sorbet, und zwar im Garten des Grand-Hotels, der in voller Blüte stand: Levkojen, Flieder, Orangen, Myrten und Mimosen, und in der milden Abenddämmerung ratterten wir dann nach Hause zurück, wo meine Mutter in der Küche die Köchin anschrie und mein Vater auf der Terrasse saß und seine tägliche Zigarre rauchte.

Die Familie Mountstuart stammt aus Birmingham, mein Vater ist dort geboren und aufgewachsen, und auch der Hauptsitz von Foley & Cardogin befand sich dort. 1914 beschloss die Firma, sich auf ihre australischen Fleischfabriken zu konzentrieren, die Niederlassungen in Neuseeland, Rhodesien und Uruguay wurden an eine argentinische Firma verkauft, an die Compañía Sansinena de Carnes Congeladas. Mein Vater wurde zum Generaldirektor befördert und nach Birmingham zurückbeordert. Die Überfahrt nach Liverpool machten wir auf dem Dampfer *Zenobia,* in der Gesellschaft von zweitausend gefrorenen Pollen-Angus-Rindern. Der Erste Weltkrieg begann eine Woche nach unserer Ankunft in England.

Habe ich geweint, als ich auf die schöne Stadt unter dem

kleinen, festungsbekrönten Hügel zurückblickte und wir die gelben Fluten des Rio de la Plata hinter uns ließen? Wahrscheinlich nicht. Ich teilte mir die Kajüte mit Roderick Poole, und er brachte mir Zweier-Rommé bei.

Die Stadt Birmingham wurde meine neue Heimat. Ich tauschte die Eukalyptushaine von Colón, die Grasmeere des Campo und die endlosen Weiten des Rio de la Plata gegen eine hübsche viktorianische Backsteinvilla in Edgbaston. Meine Mutter war entzückt, in Europa zu sein, und gefiel sich in ihrer neuen Rolle als Generaldirektorsgattin. Ich wurde Internatsschüler in St. Alfred's (wo ich binnen Kurzem den Spitznamen »Ithaker« bekam – ich war ein Knabe mit dunklen Augen und dunklem Teint) und wechselte mit dreizehn Jahren ins Abbeyhurst College (allgemein bekannt als Abbey) – eine bedeutende, wenn auch nicht ganz erstrangige Knabenschule –, um die Sekundärstufe abzuschließen. Und dort, im Jahr 1923, als ich siebzehn war, beginnt mein erstes Tagebuch und mit ihm die Geschichte meines Lebens.

Das Schultagebuch

1923

10. Dezember 1923

Wir – die fünf Römisch-Katholischen – kamen von der Bushaltestelle und liefen die Auffahrt zur Schule hinauf, frisch von der Messe, als Barrowsmith und vier, fünf andere Neandertaler anfingen, uns als »Papistenschweine« und »irische Verräter« zu beschimpfen. Zwei aus den unteren Klassen brachen sofort in Tränen aus, also ging ich zu Barrowsmith und stellte ihn zur Rede: »Dann sag uns doch, zu welcher Kirche du gehörst, Barrowboy.« »Kirche von England natürlich, du Idiot«, sagte er. »Da kannst du dich glücklich schätzen«, erwiderte ich, »dass es wenigstens eine Kirche gibt, die solche Widerlinge duldet wie dich.« Alle lachten, selbst Barrowsmith' Affenbande. Ich trieb meine kleine Herde zusammen, und wir kamen ohne weitere Zwischenfälle aufs Schulgelände zurück.

Scabius und Leeping[*] erklärten, meine Leistung sei Knapp unter Hervorragend geblieben, aber der Wortwechsel sei putzig genug gewesen, um in unserem *Livre d'Or* verewigt zu werden. Ich wandte ein, ich hätte gar nicht anders als unter Hervorragend bleiben können, wegen des potenziellen Risikos körperlicher Attacken vonseiten Barrowsmith' und seiner Lakaien, aber Scabius und Leeping stimmten dagegen. Die Schweine! Der kleine Montague, eine der beiden Heulsusen, war der Zeuge, und Scabius und Leeping lieferten unter Lobsprüchen ihr Honorar ab (je zwei Zigaretten für knapp unter Hervorragend).

[*] Peter Scabius und Benjamin Leeping, in der Schulzeit die engsten Freunde von LMS.

Nach der Schule beim Tee heckte ich einen Plan für das Herbsttrimester aus. Es sei nicht gut, darauf zu warten, sagte ich, dass die verschiedenen Anlässe, sich hervorzutun, einfach so passierten – wir müssten sie selber initiieren. Ich machte den Vorschlag, uns alle einer Herausforderung auszusetzen, uns reihum zu zweit eine Aufgabe für den jeweils Dritten auszudenken und die Durchführung (mitsamt Nachweisen, soweit vorhanden) im *Livre d'Or* festzuhalten. Nur auf diese Weise, gab ich zu bedenken, könnten wir die grässlichen Härten des Wintertrimesters überstehen, und danach wären wir schon auf der Zielgeraden: Das Sommertrimester sei stets angenehmer und werde wie von selbst laufen. Dann kämen nur noch die Abschluss- und die Aufnahmeprüfungen, und wir wären frei – natürlich in der Hoffnung, dass uns Oxford offenstünde (Scabius und mir zumindest; Leeping meinte, er habe nicht die Absicht, drei Jahre seines voraussichtlich kurzen Lebens an der Universität zu vergeuden). Scabius machte den Vorschlag, eine Kasse für die Finanzierung einer limitierten De-Luxe-Édition des *Livre d'Or* einzurichten, die dann als Privatdruck erscheinen soll, und sei es nur, um die Schändlichkeiten der Abbey für alle Zeiten zu verewigen. »Oder als Abschreckung für unsere Nachkommen«, fügte Leeping hinzu. Dies wurde einstimmig angenommen, und wir zahlten alle einen Penny in den neuen »Publikationsfonds« ein, während Leeping bereits über Papiersorten, den geprägten Ledereinband und dergleichen nachdachte.[*]

Im Schlafsaal delektierte ich mich in der Nacht an wonnevollen Lucy-Phantasien. Nr. 127 in diesem Trimester.

---

[*] Soweit bekannt, wurde das *Livre d'Or* nie gedruckt. Das Manuskript scheint verschollen.

12. Dezember [1923]

Mr Holden-Dawes empfahl meinen Dryden-Aufsatz der obersten Englischklasse als Vorbild, was mir äußerst peinlich war, mir aber zugleich auch schmeichelte. »Sollte einer von euch nach Erleuchtung streben, ist Mountstuart sicher bereit, gegen bescheidenes Entgelt eine private Lesung zu veranstalten«, sagte er. (Eine Gemeinheit, dachte ich. H-D hat eine boshafte Ader. Aber vielleicht spürte er nur meinen unbändigen Stolz?)

Seine eher gutmütige Ader wurde am Abend erkennbar, als er im Kreuzgang auf mich zukam und wir zusammen zur Kapelle gingen. »Haben wir es schon geschafft, dich zu bekehren?«, fragte er mich an der Tür. Ich verstehe nicht, sagte ich. »Hat all dieser Anglikanismus nicht deinen Glauben untergraben?« Das war eine seltsame Frage, und ich murmelte ausweichend, dass ich noch nicht darüber nachgedacht habe. »Das sieht dir aber gar nicht ähnlich, Mountstuart«, sagte er und ging weiter. Beim Abendessen fragte ich Leeping, ob er eine Ahnung hat, was H-D von mir will. »Er will, dass du auch so ein fanatischer Atheist wirst wie er«, sagte Leeping. Wir sprachen weiter über den Glauben, auf eine interessante und nicht zu hochtrabende Art, wie ich annehme. Leeping ist ein guter Kopf, vermute ich, wenn er nur seine unglaubliche Selbstgefälligkeit ablegen würde. Ich fragte ihn, warum er als Jude nicht genauso zur Synagoge geht wie wir Katholiken zur Messe. Ich mag ja Jude sein, sagte er, aber in dritter Generation, ein anglikanischer Jude. Das kam mir ein bisschen obskur vor, und jetzt verstehe ich, warum ich mir über Religion nicht so viele Gedanken mache. Der grässliche Stumpfsinn des unkritischen Glaubens. Alle großen Künstler sind Zweifler. Vielleicht lasse ich das in den nächsten Aufsatz für H-D einfließen. Es wird ihm gefallen. Beim Hinausgehen hat mir Leeping gebeichtet, dass er eine gewisse Schwäche für den kleinen Montague entwickelt hat. Ich sagte, der kleine Montague ist ein korruptes Scheusal in spe – ein Scheusälchen. Leeping lachte laut. Dafür mag ich ihn.

18. Dezember [1923]

Ich schreibe dies im Zug nach Birmingham, und anhaltende tiefe Niedergeschlagenheit hat sich meiner bemächtigt. Es war bitter, Scabius und Leeping und mit ihnen neunzig Prozent der Schule in den Zug nach London und dem Süden steigen zu sehen. Nachdem sich die Einheimischen zerstreut hatten, standen noch zwanzig von uns am Bahnhof und warteten auf die verschiedenen Züge zu den entlegenen und widerwärtigen Provinzstädten (der Bahnhof von Norwich, deucht mich, ist der Inbegriff provinzieller Langeweile). Endlich fuhr mein Zug ein, und ich konnte ein leeres Abteil im letzten Wagen auftreiben. Unterwegs sind allerdings einige zugestiegen, aber ich sitze über das Tagebuch gebeugt und schreibe, schaue mich unauffällig um, und mir wird immer schwerer ums Herz, während die Meilen zwischen mir und meinem »Zuhause« immer weniger werden. Der stämmige Matrose und sein angemaltes Flittchen, der Handlungsreisende mit seinem Pappkoffer, die dicke, Bonbons kauende Frau, die immer zwei nimmt, während sie dem winzigen, stillen Kind, das mit wachem Blick neben ihr sitzt, nur eins gibt. Ziemlich guter Satz.

Später. Mutters Inneneinrichtung ist in meiner Abwesenheit hurtig fortgeschritten. Sie hat – ohne mich zu fragen – mein Zimmer tapeziert, dunkelkaramell mit einem Muster aus verschwommenen silbergrauen Schilden oder Wappen. Absolut scheußlich. Das Esszimmer hat sie zu ihrem »Nähzimmer« gemacht, sodass wir im Wintergarten essen müssen, wo es nun, mitten im Winter, infernalisch kalt ist. Mein Vater scheint diese und andere Veränderungen ohne Murren zu akzeptieren. Mutters Haar ist schwarz wie Rabengefieder, und langsam, fürchte ich, macht sie sich damit lächerlich. Ferner haben wir ein neues Automobil, einen Armstrong-Siddely, der funkelnd und unbenutzt in der Garage steht, mit einer Plane zugedeckt. Vater zieht es vor, mit der Tram ins Büro zu fahren.

Machte, schon von Langeweile geplagt, einen Spaziergang durch Edgbaston, schaute mir die großen Villen an und suchte vergeblich nach einem Zeichen individuellen Geistes. Der Christbaum ist bestimmt die traurigste und vulgärste Erfindung der Menschheit. Es erübrigt sich wohl zu sagen, dass wir ein riesiges Exemplar im Wintergarten haben, dessen Spitze vom Glasdach umgebogen wird. Ging aufs Geratewohl ins Kino und sah dreißig Minuten *Brautfieber*. Voller Verlangen nach Rosemary Chance verließ ich das Theater. Übermorgen kommt Lucy, Gott sei Dank. In diesen Ferien muss ich sie küssen, oder ich gehe ins Kloster.

24. Dezember 1923

Heiligabend. Lucy sagt, sie will in Edinburgh Archäologie studieren. Ich fragte, ob es überhaupt weibliche Archäologen gibt. Eine zumindest gibt es dann, hat sie geantwortet. Sie ist schön – in meinen Augen jedenfalls –, groß und kräftig, und ich liebe ihren Akzent.[*] Doch ihr langes Haar vermisse ich

---

[*] Lucy Sansom, die Cousine von LMS, war ein Jahr älter als er. Ihre Mutter, Jennifer Mountstuart, hatte Horace Sansom geheiratet, einen Ingenieur aus Perth, Schottland. Horace Sansom arbeitete zu der Zeit bei der bengalischen Eisenbahn, daher verbrachte Lucy das Weihnachtsfest 1923 im Haus ihres Onkels.

sehr. Meine Mutter sagte, nur um mir zu widersprechen, dass sie Lucys Bubikopf »*très mignon*« findet.

Habe Scabius und Leeping geschrieben und mögliche Herausforderungen vorgeschlagen. Auch dass wir uns ab nächstem Trimester mit dem Vornamen anreden und das nach außen hin kundtun sollten. Ich habe mit »Logan« unterschrieben und spürte einen kleinen rebellischen Kitzel dabei: Wer weiß, wohin diese Gesten unabhängiger Gesinnung noch führen werden. Ich bin sicher, sie machen beide mit. Mutter hat gerade den Kopf durch die Tür gesteckt (ohne anzuklopfen) und mich erinnert, dass Vaters Kollegen gleich zur traditionellen Heiligabend-Cocktailparty eintreffen: verkrampfte, zugeknöpfte Abteilungsleiter und Unterabteilungsleiter, die nur ein einziges Gesprächsthema kennen, nämlich die Konservierung und Eindosung von Rindfleischprodukten. Und damit beginnt die endlose Hölle des Weihnachtsfestes. Für Lucy sei Gott gedankt. Herrliche, anbetungswürdige, problematische Lucy.

1924

1. Januar 1924

Es ist halb drei Uhr morgens, und ich bin voll. Voll wie eine Haubitze, sternhagelvoll. Das Folgende muss ich notieren, bevor die köstlichsten Erinnerungen verblassen und verschwimmen.

Am Silvesterabend gingen wir tanzen in den Golfclub. Mutter, Vater, Lucy und ich. Dem schlechten Essen (Lamm) folgte eine überraschend gute Kapelle. Ich trank große Mengen Wein und Bowle. Mit Lucy tanzte ich eine Art Quickstep (all die peinlichen und kostspieligen Unterrichtsstunden bei Leeping haben sich ausgezahlt: Ich war gut). Ich hatte vergessen, wie groß sie mit hohen Absätzen ist – unsere Augen waren auf gleicher Höhe. Wir gingen hinaus, als die Kapelle einen Tango anfing und meine Mutter meinen Vater unter allgemeinem Applaus aufs Parkett führte.

Draußen auf der Terrasse mit Blick auf den ersten Abschlag und das achtzehnte Green rauchten wir beide eine Zigarette, machten ein paar Bemerkungen über die triste Lokalität, die erfreuliche Qualität der Kapelle, die untypische Milde der Nacht. Dann warf Lucy ihre Zigarette ins Dunkel und wandte mir ihr Gesicht zu. Unsere Unterhaltung verlief, wenn ich mich richtig erinnere, etwa so:

LUCY: Ich nehme an, du willst mich jetzt küssen.

ICH: Äh … Ja, bitte.

LUCY: Aber ich werde dich nicht heiraten.

ICH: Lucy, ich bin nicht mal achtzehn.

LUCY: Das ist egal. Ich weiß, was du im Sinn hast. Aber ich möchte dir sagen, dass ich niemals heiraten werde. Niemals. Nicht dich und keinen anderen.

Ich sagte nichts und wunderte mich, dass sie meine geheimsten Phantasien und Träume kannte. Und so küsste ich sie, Lucy Sansom, das erste Mädchen, das ich je geküsst habe. Ihre Lippen waren weich, meine Lippen waren weich, und es war … eine Art fleischiges Gefühl, ganz ähnlich wie die Übungsküsse, die ich an das Innere meines Oberarms oder in meine Ellenbeuge gedrückt habe. Es war angenehm – und das Gefühl der Verschiedenheit war nett, dass zwei Menschen in diesen Vorgang verwickelt waren, dass jeder dem anderen etwas gab (das ist ein schlechter Satz und nicht besonders sinnvoll, fürchte ich).

Dann steckte sie mir die Zunge in den Mund, und ich dachte, ich würde explodieren. Unsere Zungen berührten sich, meine Zunge stieß gegen ihre Zähne. Plötzlich verstand ich, warum um das Küssen von Mädchen immer so viel Theater gemacht wird.

Nach etwa fünf Minuten andauernden Küssens oder mehr sagte Lucy, dass wir aufhören müssen, und wir gingen getrennt hinein, Lucy zuerst, dann ich nach einer Pause, die lang genug war für eine Triumphzigarette, geraucht in zitternder Erregung. Die Gesellschaft im Golfclub drängte sich vor der Kapelle, da es nur noch drei oder vier Minuten bis Mitternacht waren. Ich war in einer Art Taumel und konnte Lucy nirgends entdecken. Meine Mutter winkte mich heran (sie sah übrigens, fällt mir auf, hervorragend aus, das rote Kleid passte gut zu ihrem neuen, glänzenden Haar). Als ich vor ihr stand, nahm sie meine Hand und flüsterte mir ins Ohr: »*Querido*, hast du deine Cousine geküsst?« Woher weiß sie das? Woran können Frauen das erkennen?

Und jetzt zu Bett, zur ersten Beglückung von 1924 – mit Träumen von der süßen Lucy.

3. Januar [1924]

Seltsamerweise, ärgerlicherweise hat sich Lucy nicht noch einmal küssen lassen. Ich fragte nach dem Grund, und sie sagte: »Zu viel, zu früh.« Rätselhaft. Leeping und Scabius haben meine Briefe beantwortet, und die jeweiligen Herausforderungen fürs Frühjahr nehmen Gestalt an. Scabius schrieb, er und Leeping hätten eine »besonders schwierige« Herausforderung für mich, ich solle mich »auf ein spannendes und anstrengendes Frühjahr einrichten«.

Heute Nachmittag zum Golf mit Vater, nur widerwillig, aber er bestand ungewohnt hartnäckig darauf, dass wir ein bisschen frische Luft schnappen sollten. Der Tag war kalt und windig, und wir waren praktisch allein auf der zweiten Bahn. Die Greens waren vermoost und struppig. »Das sind die besonderen Härten der Wintergreens«, sagte Vater, als ich einen Putt aus vierzig Zentimetern Entfernung versiebte. Und wir mussten alle Fairway-Bälle spielen. Ich hackte wüst herum, während Vater vorsichtig und präzise spielte wie üblich, »auf Par«, und mit Abstand gewann, mit acht Punkten Vorsprung nach zwölf Löchern. Die letzten sechs ließen wir aus und redeten über alles Mögliche – übers Wetter, über die Aussichten einer Reise nach Uruguay, bei welchen Oxford-Colleges ich mich bewerben wolle und so weiter. Als wir am achtzehnten Fairway entlang auf das Clubhaus zuliefen (ich sah die kleine Terrasse, auf der ich mich mit Lucy geküsst habe), blieb er stehen und berührte meinen Arm.

»Logan, es gibt da etwas, was ich dir sagen muss.«

Ich reagierte nicht, dachte aber aus irgendeinem Grund sofort an den finanziellen Ruin. Ich sah Oxford dahinschmelzen wie Eis in der Sonne. Aber mein Vater machte keine Anstalten, die Unterhaltung fortzusetzen, strich nur seinen Schnurrbart und schaute feierlich drein, bis ich merkte, dass er auf meine symbolische und rhetorische Gegenfrage wartete.

»Und was ist es, Vater?«, fragte ich pflichtgemäß.

»Es geht mir nicht gut. Es scheint ... es scheint, dass ich nicht mehr lange zu leben habe.«

Ich benahm mich völlig hilflos. Was hat man in solch einem Fall zu sagen? Ich machte vage Einwendungen: Bestimmt nicht; das kann nicht sein; es muss doch da etwas geben ... aber was mich mehr erschreckte, war die Abwesenheit des Erschreckens; es war, als hätte er gesagt, wir brauchen jemanden, der im Garten mit anpackt. Wenn ich jetzt darüber nachdenke, kann ich immer noch nicht glauben, dass eine so inhaltsschwere Ankündigung eine so geringe Wirkung auf den Augenblick hat – ihre potenzielle Tragweite scheint nicht wirklich fassbar zu sein. Als hätte jemand mit derselben Nüchternheit zu mir gesagt, dass mir vor dem dreißigsten Lebensjahr die Haare ausgehen werden oder dass ich niemals mehr als tausend Pfund im Jahr verdienen werde. So erschreckend diese Voraussagen auch sein mögen, sie haben keine wirkliche Macht über einen, wenn man so dasteht und sie anhört, sie bleiben für immer irgendwie hypothetisch. Und so empfand ich, empfinde ich auch jetzt die Ankündigung seines baldigen Todes: Er hat keine Bedeutung. Er hat nicht die geringste Bedeutung für mich, obwohl mein Vater noch ziemlich ausführlich über sein Testament redete – dass er ein bescheidenes Vermögen angesammelt hat, dass Mutter und ich gut versorgt sein würden und alle nötigen Vorkehrungen getroffen seien. Und außerdem solle ich jetzt eine Stütze für meine Mutter sein und beruhigend auf sie einwirken. Ich senkte den Kopf und nickte, aber eher gehorsam als aufrichtig. Als er fertig war, reichte er mir die Hand, und ich schüttelte sie. Seine Hand war trocken und glatt, sein Händedruck überraschend kräftig. Schweigend gingen wir zum Clubhaus zurück.

Heute Abend vor dem Essen küsste ich Lucy auf dem Treppenabsatz vor der Wäschekammer. Sie wehrte sich nicht. Wir setzten die Zungen ein, und diesmal legte ich die Arme um sie und drückte ihren Körper an mich. Sie ist recht kräftig gebaut. Als ich ihre Brüste berühren wollte, schob sie mich mühelos weg, aber ich sah, dass sie rot wurde und erregt war, ihre Brust hob und senkte sich beim Atmen. Ich gestand ihr meine Liebe, und sie lachte. Wir sind miteinander verwandt, sagte sie, das ist verboten, wir begehen Inzest. Morgen reist sie ab, zurück in den Norden. Wie soll ich ohne sie weiterleben?

Heute Abend beim Dinner sah ich meinem Vater zu, wie er große Stücke von seiner Scheibe Hammelkeule absäbelte, in den Mund schob und herzhaft kaute – wenigstens sein Appetit scheint nicht gelitten zu haben. Vielleicht sieht er die Dinge zu düster? Mein Vater ist ein nüchterner und bedachtsamer Mann, und es entspräche durchaus seiner Natur, wenn er in die professionellen Umschreibungen eines Arztes zu viel hineingedeutet hätte. Meine Mutter wirkte völlig ahnungslos, sie redete munter auf Lucy ein und zeigte ihr den neuen Perlmuttlack, mit dem sie ihre Fingernägel verziert hat. Weiß sie etwa nicht Bescheid? Aber hätte mein Vater mir nicht gesagt, dass die Sache unter uns bleiben soll, wenn er ihr die Wahrheit vorenthalten will?

Nach dem Essen spielte ich mit Lucy Schwarzer Peter, während Mutter und Vater Grammophon hörten und Vater seine abendliche Zigarre rauchte. Als Mutter hinausging, folgte ich ihr und fragte, ob es Vater gut gehe.

»Natürlich. Er ist munter wie ein Fisch im Wasser. Warum fragst du, Logan, *querido?*«

»Ich dachte, heute beim Golf wirkte er ein bisschen müde.«

»Er ist ja auch nicht mehr der Jüngste. Hast du ihn geschlagen?«

»Nein. Er hat mich glatt besiegt.«

»Erst wenn er beim Golf verliert, kannst du anfangen, dir Sorgen zu machen, Darling.«

So viel dazu, und nun sitze ich in meinem grässlichen braun-silbernen Zimmer und habe nichts als den berühmten »Golftest«, um Vaters Gesundheitszustand zu beurteilen. Ein paar Zimmer weiter liegt Lucy in ihrem Bett. Ob sie wohl an mich denkt, so wie ich an sie denke? Ich glaube, ich liebe sie wirklich, nicht so sehr wegen ihrer Schönheit als wegen ihrer Ehrlichkeit, ihres Charakters, der viel stärker ist als meiner.

Vielleicht fühle ich mich deshalb so zu ihr hingezogen: Ich spüre meine Schwächen und Fehler so sehr, und ich habe das Gefühl, dass ich Lucys Kraft brauche, um mit ihrer Hilfe aufzublühen und zu gedeihen und alles zu erreichen, was ich nur erreichen kann.

[Ende Januar 1924]

Mistschule und Mistwetter. Ich habe mich getrennt mit Scabius und Leeping besprochen – Pardon, Peter und Ben –, und wir werden uns nach der Schule beim Tee unsere Herausforderungen mitteilen.

Holden-Dawes rief mich heute Nachmittag nach Geschichte zu sich und fragte, bei welchen Colleges ich mich in Oxford zu bewerben gedenke. Ich erzählte ihm, ich schwankte noch zwischen Balliol und Christ Church. Er reagierte mit seinem ironischen Lächeln und riet mir von beiden ab. Aber Scabius bemüht sich um ein Balliol-Stipendium, wandte ich ein. Und ihr seid natürlich unzertrennlich, sagte H-D und fügte hinzu, das sei kein taktisch kluger Grund, sich für Oxford zu bewerben. Eine Weile lang musterte er mich stumm, und dann stieß er mehrere Male seinen Federhalter in meine Richtung, als hätte er einen welterschütternden Entschluss gefasst.

»Für dich kommt Turl infrage«, sagte er, »weder Broad noch High.«

»Und wo sind diese Orte gelegen, Sir?«, fragte ich.

»Das sind Straßen in Oxford, Mountstuart.«

»Ja, ich sehe dich bestens aufgehoben in einem der bezaubernden kleinen Colleges auf der Turl Street – Exeter oder Lincoln. Sogar Jesus käme infrage. Ich habe einen alten Bekannten beim Jesus, der von Nutzen sein könnte – ja, eins von diesen wäre ideal. Weder Balliol noch House, Mountstuart, nein. Das ist nichts für dich. Nein, nein, nein, glaub mir.«

Er redete eine Weile lang weiter in diesem lästigen, etwas gönnerhaften Ton und meinte, er würde mit dem Leguan* darüber reden, fügte dann hinzu, es gebe sehr »zugängliche« Stipendien und Gratifikationen im Lincoln, Exeter und Jesus, die durchaus im Bereich meiner Möglichkeiten lägen. Ich hatte keine Ahnung, wovon er redete, denn außer den berühmten kenne ich keine Colleges in Oxford, da ich erst einmal da war, im Alter von zwölf Jahren. Ich bin allerdings nicht sicher, ob ich mich über H-Ds Interesse für meine Person freuen oder wundern soll – es ist schon höchst ungewöhnlich, dass er sich um die Zukunft einzelner Schüler bemüht. Bin ich vielleicht zu einem Vorzugsschüler geworden?

Später. Die Herausforderungen. Scabius und Leeping sind Schufte und Schurken – sie verdienen es nicht, mit dem vertraulichen Vornamen angeredet zu werden, nach dem, was sie mir angetan haben. Das heißt, wir waren alle ein wenig entsetzt von dem, was wir einander zugedacht haben. Das nächste Trimester wird sicher ein spannendes, und es wird viel zu lachen geben. Und noch etwas ist nun klar: Wir kennen einander sehr gut. Also, die Herausforderungen. Ich hebe meine bis zum Schluss auf. Erst Ben Leeping: Scabius hatte die Idee, die ich sofort begeistert unterstützte. Leeping, der Jude, muss zum Katholizismus übertreten und, besser noch, die Eignung zum Priesterstand erwerben. Leeping war, um es milde auszudrücken, ganz schön schockiert, als er das hörte. »Hunde«, sagte er mehrmals. »Verdammte Hunde.«

---

* Henry Soutar, Internatsvorsteher von LMS, damals über sechzig und nicht sehr beliebt bei LMS und seinen Freunden. »Leguan« hieß er wegen seines auffallend faltigen Gesichts.

Die Herausforderung für Scabius war meine Idee, nicht die von Leeping, doch Leeping hat gleich die Vorzüge erkannt. In der Nähe der Schule liegt die Home-Farm, an der wir oft vorbeikommen und die wir manchmal besuchen (zu Unterrichtszwecken, vor allem Biologie). Der Mann, der sie bewirtschaftet, heißt Clough und hat eine Tochter (und ein paar stramme Söhne). Wir haben das Mädchen schon ein paar Mal auf dem Hof gesehen – beim Eimerschleppen, Kühetreiben –, und wir denken, dass sie die Tochter von Clough ist. Sie sieht aus wie neunzehn oder zwanzig, eine stämmige Kleine mit braunem Kraushaar, das sie vergeblich unter einer Anzahl von Kopftüchern zu verstecken versucht. Unsere Herausforderung für Scabius, den schlaksigen, schüchternen, introvertierten Peter Scabius ist es, sie zu verführen; ein Kuss unter Zeugen gilt als Erfolgsnachweis. Peter lachte laut, als er das hörte, aber sein Lachen klang wie ein panisches Wiehern, als würde man einen Esel foltern, und er weigerte sich, die Herausforderung zu akzeptieren, mit der Begründung, das sei ein schlechter Scherz, unmöglich, gefährlich und womöglich illegal. Aber wir blieben hart, und schließlich gab er sich geschlagen.

Dann teilten sie mir meine Herausforderung mit, und ich war ebenfalls drauf und dran, sofort »Nein!«, »Unmöglich!«, »Unfair!« zu schreien. Meine Aufgabe ist es, vor Ende des Schuljahrs die Schulfarben im Rugby zu erobern. Ich muss nicht nur Mitglied der ersten Mannschaft werden, sondern in ihr auch glänzen und brillieren.

Der Punkt ist, und deshalb fühlte ich mich so hart angepackt, dass wir drei einen tiefen Widerwillen gegen den organisierten Schulsport haben – dieser Widerwille ist einer der Hauptfaktoren, der uns verbindet und zusammenhält. Für Scabius stellt Sport kein Problem dar, weil er ganz und gar unsportlich ist – er ist schwächlich, unbeholfen und würde mit dem Ball keine Scheune treffen, geschweige denn ein Scheunentor. Leeping und ich schützen uns vor den schlimmsten Auswüchsen dieser sportbesessenen Schule, indem wir unsere simulierten Krankheiten pflegen: Leeping hat Migräne, ich einen schlechten Rücken. Auf diese Weise musste ich, was Rugby betrifft, schlimmstenfalls einmal in der Woche hinaus, für die Schulliga. Ich spiele am rechten Flügel – wenn ich Glück habe, geht das Spiel zu Ende, ohne dass ich den Ball berühre oder mir die Knie schmutzig mache.

Aber während ich hier sitze – und ich glaube, Peter und Ben brüten ebenfalls über ihren Herausforderungen –, durchfährt mich ein kleiner Kitzel der Erregung. Und genau das ist es, was die Herausforderungen bezwecken sollen: Wir müssen das vorletzte und ödeste Trimester unserer ganzen Schulzeit ein wenig spannender und erbaulicher gestalten. Und wer weiß, welche Heldentaten wir für unser *Livre d'Or* vollbringen werden?

Mittwoch [23. Januar 1924]

Der Leguan bestellte mich heute Abend in sein Büro. Er trank Sherry aus einem Whiskyglas und brauchte zehn Minuten, um eine seiner größten Pfeifen anzuzünden – er dürfte mehrere Handvoll Tabak in den Pfeifenkopf gestopft haben. Als er das Ding in Gang gesetzt hatte (die Luft war blau vor Rauch, und die Funken sprühten, als er – mit einer Art Federmesser – den qualmenden Shag feststopfte), sagte er, H-D habe mit ihm über Oxford gesprochen, und er, der Leguan, halte es für eine hervorragende Idee, wenn ich es mit dem Griffud-Rhys-Bowen-Geschichtsstipendium beim Jesus College versuchen würde. Deswegen wollte er wissen, ob ich walisisches Blut in meinen Adern hätte. Nicht dass ich wüsste, sagte ich, aber auf der Vaterseite hätte ich schot-

tische Vorfahren. »Ah, gut«, sagte er. »Ihr Kelten scheint zu-
sammenzuhalten. Dann wird es dir dort gefallen.« Ein widerlicher alter Chauvinist.

25. Januar [1924]

Erste vorbereitende Schritte. Zu dritt gingen wir in der Nach-
mittagspause zur Home-Farm. Die Jungs sind sowieso aufgefordert, sich dort umzutun und »mit anzupacken«, wenn und
sofern Clough (ein ernster, düsterer Mann mit einem halben
Mund voll brauner Zahnstummel) das für nötig befindet. Er
kam uns auf dem Hof entgegen und meinte barsch, jetzt im
Januar gäbe es nicht viel zu helfen, aber wenn wir wollten,
könnten wir den Pferdestall ausmisten, da seine Tess beim
Zahnarzt in Norwich sei.

Tess! Wir konnten uns kaum beherrschen, als wir mit
Schaufeln und Mistgabeln bewaffnet zu den Ställen geführt
wurden, wo ein halbes Dutzend schwerer Ackergäule stampf-
ten, mampften und mit den Schwänzen schlugen. Kaum war
Clough verschwunden, verschwanden Ben und ich ebenfalls
und überließen es dem liebestrunkenen Peter, auf die Rückkehr der schönen und geheimnisvollen Tess zu warten.

28. Januar [1924]

Heute Morgen nach Griechisch machte ich mich an Young
heran, der in der ersten Rugbymannschaft spielt, und fragte
so beiläufig wie möglich, wie es um die Schulmannschaft
steht und was ihre Schwächen sind. Er war ein bisschen überrascht, dass solche Fragen von einem notorischen Bolsche-
wiken wie mir kamen, aber gab mir klipp und klar Auskunft.
»Das Problem ist unsere Truppe«, sagte er bedrückt. »Das
Gedränge ist nicht mehr, was es mal war, besonders die erste

Reihe. Die aus dem letzten Jahr sind alle weg.« Ich nickte verständnisvoll. Und was ist mit den Verteidigern?, fragte ich. »Oh, da haben wir jede Menge«, sagte er. »Die strotzen nur so vor Talent.«

Mir kommt sie fast unmöglich vor, die Herausforderung. Um meine Farben zu gewinnen, muss ich in die erste Mannschaft reinkommen, und das heißt logischerweise, dass ich vorher in die zweite Mannschaft aufsteigen muss, aus der ich, wenn alles gut läuft, für die erste ausgewählt werden kann. Noch bin ich ein lustloser Linksaußen in der Mannschaft von Soutar House, die in der Liga der Hausmannschaften an drittletzter Stelle rangiert. Es ist klar, dass ich zu abgefeimten Intrigen greifen muss, wenn ich weiterkommen will.

Zum gleichen Schluss ist offenbar Leeping gekommen, denn als wir eine Beruhigungszigarette vor dem Elend der Sportstunde rauchten, fing er an, über seine Herausforderung zu stöhnen, und sagte, ich müsse ihm dabei helfen. Ich war einverstanden, meinte aber, als Gegenleistung würde ich auch seine Hilfe in Anspruch nehmen, und wir besiegelten es mit einem Handschlag. Wir fanden, dass Scabius bei Weitem den leichtesten Part hat. Er ist schon als eifriger Ausmister am Werk (dank uns, wie Leeping weise bemerkte), und obwohl er die betörende Tess noch nicht getroffen hat (er musste gehen, bevor sie vom Zahnarzt zurückkam), wird die Begegnung zwangsläufig stattfinden, und dann hat er freie Bahn.

29. Januar 1924

Ich hatte eine doppelte Freistunde vor dem Tee und fragte den Leguan, ob ich mit dem Bus nach Glympton* fahren dürfe, um Pater Doig wegen einer »religiösen Angelegenheit« zu besuchen. Er sagte sofort Ja. Alte Kröte! Als ich an der Bushaltestelle vorm Schultor wartete – ein ekelhaft kalter Tag mit schrägem Schneeregen, der vom Meer herkam –, fuhr H-D mit seinem Automobil vor, fragte mich, wohin ich wolle, und bot mir an, mich mitzunehmen. Er wohnt in Glympton, wie sich herausstellte, und er setzte mich vor der Kirche ab. Er zeigte mir sein Haus auf der Hauptstraße und lud mich zum Tee ein, wenn ich meine »kirchliche Angelegenheit« hinter mich gebracht hätte.

Pater Doigs Triumph war fast abstoßend, als ich ihm erzählte, ich hätte einen Freund »jüdischen Glaubens«, der zum Katholizismus konvertieren wolle. Ich sagte, es müsse mit der allergrößten Diskretion geschehen, denn wenn die Eltern dahinterkämen … usw. usw. Doig konnte sich kaum beherrschen und meinte, der Junge solle ihn anrufen, er würde ihm Privatstunden geben, absolut kein Problem, eher Pflicht als Vergnügen und dergleichen mehr. Doig ist ein ziemlicher Schmutzfink – sieht immer unrasiert aus, und die Fingernägel seiner linken Hand sind unappetitlich gelb von Tabak.

H-D ist im Gegensatz dazu immer proper. Er hat ein kleines, hübsches Häuschen mit einem langen, schmalen hübschen Garten auf der Rückseite. Das vordere Zimmer ist voller Bücherregale, und die Buchrücken sind schnurgerade ausgerichtet wie Soldaten bei der Parade, alle exakt auf Li-

---

* Das Dorf, in dem die katholische Kirche St. James stand und wohin die katholischen Schüler von Abbeyhurst zur Messe geschickt wurden. Etwa drei Meilen von der Schule entfernt.

nie. Auch die Sachen auf seinem Schreibtisch lagen auf Kante: Tintenlöscher, Papiermesser, Federschale. Ein kräftiges Feuer brannte im Kamin, H-D hatte sich eine Hausjacke angezogen und trug keine Krawatte. Es ist das erste Mal, dass ich ihn ohne Krawatte gesehen habe.

Er setzte mir Tee vor, Fruchtkekse und heißen Buttertoast mit drei verschiedenen Marmeladen. Ich bewunderte seine Bilder – hauptsächlich Aquarelle und Kaltnadelradierungen –, sah mir einige seiner wertvollen Bücher an und redete über meinen letzten Aufsatz (über König Lear), der mir ziemlich gut gefiel, den er aber pedantisch als »gut bis sehr gut mit Fragezeichen« eingestuft hat. Dann bemerkte ich auf dem Kaminsims eine Granathülse aus Messing, die mit einer fein ziselierten Prägung versehen war. Ich fragte ihn, wo er die gekauft hat, und er sagte, das sei das Geschenk eines verwundeten französischen Soldaten, mit dem er sich in einem Feldlazarett bei Honfleur angefreundet hat. Aus dem, was er erzählte, konnte ich schließen, dass er sich zur gleichen Zeit von irgendeiner Verwundung oder Verletzung erholte.

»Ach, dann waren Sie also im Krieg, Sir«, sagte ich, zugegeben ein bisschen forsch.

»Ja.«

»Und wo? Welches Regiment?«

»Ich möchte lieber nicht davon reden, wenn's recht ist, Mountstuart.«

Und damit war das Thema erledigt, dazu auf ziemlich abrupte Weise, und unsere Teestunde war auf einmal gar nicht mehr so gemütlich. Die Stimmung wurde förmlich und ein wenig kühl, sodass ich sagte, ich wolle den Halbfünfuhr-Bus nach Abbeyhorst erwischen, und er geleitete mich hinaus. Von seinem kleinen Vorgarten aus sieht man den Turm von St. James.

»Ein seltsamer Tag für einen Kirchgang«, sagte er.

»Ich musste wegen einer persönlichen Angelegenheit zu Pater Doig.«

Er blickte mich finster an, und ich fragte mich, was ich diesmal wieder Falsches gesagt hatte.

»Du bist ein sehr intelligenter Junge, Mountstuart.«

»Danke, Sir.«

»Glaubst du an deinen Gott?«

»Ich nehme doch an, Sir.«

»Ich habe nie verstanden, wie ein Mensch mit echter Intelligenz an einen Gott glauben kann. Oder an Götter. Das ist doch alles Humbug, kompletter Humbug. Du musst mich irgendwann mal aufklären. Ah, da kommt dein Bus.«

Seltsamer Mensch, dachte ich auf dem Rückweg. Nicht geschlechtslos, denn er sah wirklich gut aus und selbstsicher. Sehr selbstsicher sogar. Zu unnachgiebig auch – vielleicht war es das. Vielleicht scheint mir, dass man, um menschlich zu sein, zu Kompromissen fähig sein muss. Und manchmal hat Mr Holden-Dawes etwas Unmenschliches an sich.

Gute Nachrichten bei meiner Rückkehr. Ein Brief von Lucy, und Leeping hat mit Beauchamp gesprochen, der unsere Hausmannschaft leitet – ich soll beim nächsten Spiel in der Sturmlinie spielen. Als Hakler. Es geht also los.

2. Februar [1924]

Scabius hat endlich die scheue und unnahbare Tess getroffen. Sie mussten einen riesigen Gaul für eine Parade herrichten – das Fell striegeln, die Hufe lackieren, Mähne und Schwanz mit Bändern und Ähnlichem durchflechten – und waren den ganzen Nachmittag zusammen. Und wie war sie?, fragten wir. Wirklich sehr schüchtern, sagte Peter. Wir wiesen ihn darauf hin, dass uns nicht ihr Charakter, sondern ihre körperlichen Reize interessierten. »Nun, sie ist ziemlich klein«, sagte er. »Ich bin ein Riese dagegen. Und sie schämt sich so für ihre krausen Korkenzieherlocken, dass sie die immer unter Mützen und Tüchern versteckt. Im Busenbereich ganz gut ausgestattet, soweit ich das beurteilen kann. Und sie kaut ihre Nägel ab, bis zur Wurzel.« Sie scheinen sich aber doch zu mögen, denn sie hat ihn zum Tee ins Haus gebeten.

Ben seinerseits hat Pater Doig angerufen und erhielt die Auskunft, er soll im Interesse absoluter Diskretion nicht zur Kirche in Glympton kommen, sondern lieber ins Haus eines Gemeindemitglieds, zu Mrs Catesby, die zudem in Abbeyhurst wohnt, und die Zeit kann er sich selbst aussuchen. Jetzt soll Bens erste Begegnung mit Pater Doig und der Römisch-Katholischen Kirche am nächsten Samstagnachmittag in Mrs Catesbys Hinterveranda stattfinden, in einer Woche also.

Bis dahin habe ich mein erstes Rugbyspiel als Hakler hinter mir.

Es war ein feuchtkalter, regnerischer Nachmittag, als die Soutar-Mannschaft auf den Südost-Sportplätzen gegen die Gifford-Mannschaft antrat. Da beide Seiten sich nur zögernd auszogen und vor dem Anstoß nur flüchtig aufwärmten, war mir klar, dass wir die übliche Mischung aus faulen Drückebergern, eifrigen Trotteln und heillosen Versagern sind. Irgendwo am anderen Ende der Sportanlage lief ein anderes Match, und das routinemäßige Anfeuerungs- und Wutgeschrei wehte über das nasse Gras zu uns herüber. Wir hatten einen Zuschauer, Mr Whitt, unseren Hilfsvorsteher und Mannschaftstrainer, der nach dem Antritt an der Mallinie schrie und brüllte wie bei einem Pokalfinale. Die Mannschaften waren gleichrangig, was ihre Mängel betraf: Bälle wurden verloren, Angriffe verpatzt, Strafstöße versiebt. Zur Halbzeit stand es drei zu null für Gifford.

Ich gewöhnte mich langsam an mein Leben in der Sturmreihe, das vor allem aus Rennen und dem Jagen des Balls bestand (den ich in der ersten Halbzeit nicht ein einziges Mal berührt habe). Dieses herdenartige Umhergerenne wurde durch Pfiffe unterbrochen, wenn wir uns zum Antritt oder zum Gedränge aufstellten. Die zwei Mannschaften nahmen einander gegenüber Aufstellung und hakten sich ein zum Gedränge. Wir wurden dann ein menschlicher Käfer mit zweiunddreißig Beinen, der versucht, einen ovalen Lederball zu bewegen. Ich kannte meine beiden seitlichen Stützen: Brown und Smith (der kleine Smith, genauer gesagt; der große Smith war Mannschaftskapitän). Brown ist ein besinnungsloser Rugby-Narr, unermüdlich und ein wahres Stehaufmännchen; der kleine Smith – der eine wirklich grässliche Akne hat – ist ein übler Poseur, genau wie ich. Es war seltsam in der dunklen Eingeschlossenheit des Gedränges – so viele Köpfe und Gesichter so eng beisammen; merkwürdige Gerüche und Ausdünstungen, fremde Gesichter reiben sich an meinem Gesicht, Arme packen meine Schenkel, das Schubsen und Schieben gegen meinen Hintern, das sinnlose Gebrüll, das einem in den Ohren dröhnt, die Befehle derer, die im Besitz des Balls sind (vermutlich gelten sie mir): »Los, Soutar! Nach rechts! Nach rechts! Warte! Und jetzt! Eins, zwei, drei!« Und dann der glitschige Ball zu meinen Füßen, und ich trample auf ihm herum, um ihn nach hinten zu befördern, manchmal mit Erfolg, manchmal nicht, während alles um mich grunzt und keucht und flucht. Das ist kein Sport, dachte ich, ich will meinen einsamen, luftigen Standort auf dem linken Flügel wiederhaben, da kann ich mir wenigstens die Landschaft und den Himmel angucken.

Und dann war der Ball aus dem Gedränge. Das Gebrüll und die Befehle entfernten sich, und wir lösten uns aus der krabbenartigen Umklammerung, schauten, wo das Spiel war, und stiefelten los, um den Anschluss zu finden. Ich muss gestehen, dass ich in einem Zustand der Verzweiflung war, als das Match dem Ende zuging: Ich war verdreckt – voller Schlamm –, erschöpft und konnte nicht begreifen, wie wir auf einen Punktstand von neun zu neun gekommen waren.

Dann passierte etwas in unserer Hälfte – ein Stürmer trat den Ball nach vorn, und der gegnerische Verteidiger fing ihn und verlor ihn wieder. Verwirrung, der Ball war über die Mallinie geflogen, dorthinbefördert von einem Verteidiger der Gegenseite. Ein Pfiff, und ein 25-Meter-Sprungtritt wurde angeordnet. Nun wusste ich aus meinem Regelstudium, dass es zu den Pflichten des Haklers gehört, den Spieler anzugreifen, zu behindern und nach Kräften abzulenken. Also rannte ich zur gegnerischen 25-Meter-Linie, mit Stiefeln, schwer wie die von einem Tiefseetaucher, mit heiser keuchendem Atem und einem Dampf, der, wie mir schien, von meinem ganzen Körper aufstieg, von meinen Schultern und meinen nackten Knien. Ich weiß noch immer nicht, was mich dazu brachte, aber als ich ihren Läufer antreten sah, um den Sprungtritt zu geben, machte ich einen Satz nach vorn, mit erhobenen Armen und in dem sinnlosen Versuch, ihn zumindest aus dem Tritt zu bringen. Es funktionierte: Er machte einen schlechten Schuss, zu tief und zu scharf, nicht hoch und bogenförmig, und der Ball klatschte mir mit einer solchen Wucht seitlich ins Gesicht, dass er abprallte und gute zwanzig Meter weiterflog, nahe genug an der gegnerischen Mallinie für einen unserer aufgeweckteren Stürmer, um ihn zu schnappen und im Malfeld niederzulegen. Ein verwandelter Versuch – fünf Punkte – der Sieg für die Soutars, vierzehn zu neun.

Meine linke Gesichtshälfte brannte wie Feuer. Als mich meine Mutter einmal wegen irgendeiner Frechheit geohrfeigt hat, brannte es genauso, es war derselbe pulsierende, tränentreibende Schmerz. Das nasse, genarbte Leder hinterließ eine schmerzhafte rote Schwellung auf meiner linken Wange und der Stirn: Mein Gesicht fühlte sich an wie aufgelöst, die Haut empfindlich und wund.

Die anderen – meine Mannschaftskameraden – schlugen mir auf die Schulter und den Rücken. Der kleine Smith brüllte mir ins Ohr: »Du verrückter Hund! Du verrückter Hund!« Wir hatten gewonnen, meine unbeabsichtigte Blockade hatte uns den Sieg gebracht – und wie durch Zauberkraft verschwand der Schmerz, den ich eben noch gespürt hatte. Selbst Whitt, mit hocherhobener Pfeife und dünnen Haarsträhnen, die wild im Wind flatterten, rief: »Verdammt gute Leistung, Mountstuart!«

Später, als ich mich geduscht und umgezogen hatte und die Röte zu einem warmen Rosa verblasst war, lief ich los, um meine Freunde zu suchen, und traf den kleinen Montague. »Gut gemacht, Mountstuart«, sagte der. »Was hab ich gut gemacht, du dreckige Schlampe?«, erwiderte ich (zugegeben ein wenig ungnädig). »Na, dein Durchmarsch. Alle reden davon.«

Mein »Durchmarsch« … So also entstehen Mythen und Legenden. Ich begreife nun, mit einem kleinen Gefühl der absoluten Offenbarung, was der Weg nach oben bedeutet. Es gibt nur eine Möglichkeit, in die erste Mannschaft aufzusteigen und die Farben zu gewinnen: Ich muss mit rücksichtsloser, bedenkenloser Dummheit spielen, mit dem plumpesten Draufgängertum. Je leichtsinniger ich Leib und Leben riskiere, umso mehr Anerkennung finde ich, umso mehr wird man mir zujubeln. Ich muss nur Rugby spielen wie ein lebensmüder Irrer.

5. Februar 1924

Brief von Mutter, die mir ankündigt, dass die Familie Mountstuart zu Ostern nach Österreich fahren wird, nach Bad Riegerbach, genauer gesagt, wo Vater eine Trinkkur machen soll. »Er hat eine Art Anämie«, schreibt Mutter, weshalb er Gewicht verliert und leicht ermüdet. Jetzt ist er also offiziell krank, und es ist keine vertrauliche Sache mehr zwischen ihm und mir – aber was, bitte, ist »eine Art Anämie«?

Ben hatte gestern seine erste Stunde bei Pater Doig, die er als »gespenstisch« beschrieb. Was Ben erzählte, hört sich sehr typisch für Doig an, einen Mann, der es mit schlecht verhohlener Selbstzufriedenheit auf den in Aussicht stehenden Skalp abgesehen hat, statt auch nur im geringsten Leepings religiöse Zweifel zu erkunden. Sie wollen sich mindestens einmal wöchentlich bei Mrs Catesby treffen. Ben sagt, dass Doig seine Riesenenttäuschung darüber, dass er ein abgefallener Jude ist, nicht verbergen konnte. Anglikaner sind kleine Fische. Wenigstens, sagte er zu Ben, siehst du jüdisch aus. Ich glaube, er hat irgendeine bärtige Rabbinergestalt erwartet, mit langen Schläfenlocken. Ben glaubt, dass seine Herausforderung nun ein Kinderspiel ist. Doig ist wild darauf, ihn zu bekehren. Wir waren uns beide einig, dass ich die schwerste Aufgabe von uns dreien erwischt habe.

Habe eine Ode in der Manier von Spenser über den Verlust des Glaubens geschrieben. Nicht sehr gut. Aber mir gefällt dieser Vers: »Wenn der Glaube stirbt, müssen wir die Farben an den Himmel malen.«

11. Februar 1924

Scabius, ich, Lacey, Ridout, Sandal und Tothill sind zu den Eignungsprüfungen mit dem Zug nach Oxford gefahren. Elf andere fuhren nach Cambridge – Abbey-Schüler werden seit jeher von Cambridge bevorzugt –, aber wir waren in der Stadt der träumenden Türme eher ein verlorenes Häuflein. Peter und ich blieben bis zum letzten Moment im Zug, um uns von den anderen abzusondern, dann mieteten wir eine

Ponykutsche (eher ein Pferd mit Wagen) und ließen uns samt Gepäck in unsere jeweiligen Colleges fahren. Wir wurden auf der Broad Street abgesetzt – ich muss mir angewöhnen, sie Broad zu nennen –, und Peter ging zu Balliol, während ich mit meinem Koffer die Turl Street hinaufwanderte und Jesus suchte. Natürlich landete ich im falschen College (warum schreiben die nicht ihren Namen ans Tor?), und der Portier von Lincoln – ein übellauniger primitiver Mensch – wies mich in die richtige Richtung.

Jesus war weder inspirierend noch enttäuschend: zwei ziemlich elegante kleine Höfe und eine durchaus akzeptable Kapelle, aber kein College, egal wie großartig, konnte sich an einem solchen regnerischen Februarnachmittag von der besten Seite zeigen – die rußigen Fassaden waren vom Regen fast schwarz, der Rasen struppig und ungemäht. Ich wurde in mein Zimmer eingewiesen, und ich aß im Speisesaal. Es schien eine Menge bärtiger älterer Studenten zu geben, und man sagte mir, das seien Kriegsveteranen, die ihr Studium nach der Armeezeit begonnen hätten. Ich schlüpfte hinaus und ging zum Balliol, um Peter zu besuchen, aber dessen College war fest verschlossen. Das war, meine ich, ein schlechter Start: Oxford kommt mir düster, schmutzig, verriegelt und verrammelt vor. In der Abbey, muss ich zu meinem Schmerz feststellen, habe ich mehr verwandte Seelen gefunden. Und Jesus, mit all diesen älteren Männern – wie Onkel kommen sie mir vor –, mit ihren Pfeifen und Tweedjacken und zugewachsenen Gesichtern, kann mich nicht begeistern. Vielleicht hat Leeping recht: Wozu drei kostbare Lebensjahre in so einer Anstalt vergeuden?

12. Februar [1924]

Einen Vormittag und einen Nachmittag mit den Geschichtsklausuren verbracht, die mir anscheinend leidlich gelungen sind. Ich musste Fragen zur zweiten Regierung Palmerston beantworten, zur Französischen Revolution und zu Walpoles Finanzreform (ödes Zeug, aber voller versteckter Fakten), und ich glaube, ich habe einen ziemlich guten Eindruck hinterlassen. Nach der Nachmittagsklausur wurde ich zum Geschichtsprofessor Le Mayne gerufen – P. L. Le Mayne stand an seiner Tür. Das ist der »Freund«, von dem H-D geredet hat. Ein streitlustig wirkender, untersetzter, bärtiger Mann, und er musterte mich mit einem Blick, den ich nur als Mischung aus Ekel und gelinder Neugier beschreiben kann.

»Holden-Dawes meint, wir sollen Sie nehmen, komme, was wolle«, sagte er. »Warum?«

»Warum was?«

»Warum sollen wir Sie nehmen, Abbey-Boy?«

Ich murmelte ein paar Plattitüden – Oxford, verdienstvolles College, gewaltiges Privileg, die Ehre –, aber er fiel mir ins Wort.

»Sie verlieren gerade.«

»Was verliere ich gerade?«

»Und ich habe große Stücke auf Sie gehalten, auf Anraten von James. Warum wollen Sie Geschichte in Oxford studieren? Überzeugen Sie mich.«

Ich weiß nicht, was mich überkam – vielleicht das Gefühl, dass sowieso alles verloren war, vielleicht Le Maynes vernichtende Abweisung, um nicht zu sagen sein offenkundiger Abscheu vor mir, und so erklärte ich ohne Rücksicht auf Verluste: »Geschichte interessiert mich nicht die Bohne. An diesem bedrückenden Ort möchte ich nur bleiben, um Zeit zu gewinnen – Zeit zum Schreiben.«

Le Mayne stöhnte auf, warf den Kopf zurück und raufte seinen Bart.

»Gott behüte«, sagte er. »Wieder ein Schreiberling.«

Ich wollte schon auf und davon, dann beschloss ich, das Spiel zu Ende zu bringen.

»Ich fürchte, ja«, sagte ich mit neu gewonnener Unverfrorenheit. »Erwarten Sie bitte keine Entschuldigung.«

Er blieb unbeeindruckt und sagte nichts, blickte mich nur schläfrig an, dann blätterte er in meinen Klausuren.

»Oh, ist in Ordnung«, sagte er müde. »Sie können gehen.«

Später. Scabius erzählt, er ist bei drei Professoren gewesen und hat sogar dem Dekan von Balliol, Urquhart, persönlich die Hand geschüttelt. Ich war, wenn überhaupt, fünf Minuten im Zimmer von Le Mayne. Ich glaube, meine Oxford-Karriere scheitert schon vorm Startschuss. Vor meiner Herfahrt schrieb mir Vater, es gebe immer einen Platz für mich in der unteren Verwaltung von Foley. Eher schneide ich mir die Pulsadern auf.

13. Februar [1924]

Peter und ich haben ein Gasthaus unten am Kanal gefunden, wo wir Bier tranken und Käsebrote aßen, bevor wir nach Norwich zurückfuhren. Sein Tutor hat ihm am Ende des Gesprächs die Hand geschüttelt und gesagt: Auf Wiedersehen im September. Ich habe Le Mayne am Vormittag gesehen. Er ging über den Hof und blickte durch mich hindurch, ohne ein Zeichen des Wiedererkennens.

Ich schreibe dies im Zug und kämpfe gegen wachsende Niedergeschlagenheit an. Ridout und Tothill spielen Zweier-Rommé. Peter schläft den Schlaf des Zuversichtlichen. Was mache ich, wenn mich Oxford nicht nimmt? Mit Ben nach

Paris gehen? In Vaters Firma eintreten? Alles verdammt deprimierende Aussichten. Gottlob waren wir so klug, uns in diesem Schuljahr Herausforderungen aufzuerlegen; ich schäme mich fast, es zu sagen, aber gegenwärtig gibt es nur eine Sache in meinem Leben, der ich mit einiger Spannung entgegensehe, und das ist das morgige Spiel gegen die O'Connors. Younger sagte, er kommt vielleicht zum Zuschauen. Ob das wohl der erste Schritt ist?

14. Februar [1924]

Scabius und die betörende Tess haben ein paar Minuten Händchen gehalten, als sie nach dem Mittagessen irgendwo auf einem kurzen Spaziergang waren. Peter sagt, sie hätte seine Hand genommen, aber er hätte nichts Weitergehendes gewagt. Dann musste sie ihn loslassen, weil sie an einen Zauntritt kamen, und das war's. Ich sagte, das sei schon ein sehr gutes Zeichen, und er solle in Zukunft solche Gelegenheiten besser ausnutzen.

Leeping hatte, als wir in Oxford waren, die zweite Stunde bei Doig (Mrs Catesby ist eine sehr nette Frau, meint er), die aber nicht ganz so glatt ging. Er glaubt, dass Doig schon Verdacht geschöpft hat. »Warum sollte er?«, fragte ich. »Er konnte es doch nicht abwarten, dich zu bekehren.« »Das Problem ist wohl, dass ich keine Zweifel habe«, meinte Ben. Ich sagte, er muss nur ein paar Zweifel entwickeln, dann läuft alles wie geschmiert. Aber ihm fallen keine glaubhaften Zweifel ein, sagt er. Er hat keine Ahnung, woran ein potenzieller Konvertit zum Katholizismus zweifeln könnte, und hat mich um Vorschläge gebeten. Ich glaube, das mit der Transsubstantiation ist zu offensichtlich, vielleicht fährt er besser mit Hölle und Fegefeuer. Die Hölle ist immer ein kniffliges Thema. Ich werde mir etwas ausdenken, eine handfeste Frage zur Dogmatik, um Doig zu beruhigen, um ihn bei Laune zu halten.

Mein eigener Fortschritt ist von wahren Triumphen begleitet. Das heutige Spiel der Soutars gegen die O'Connors hat sich nicht nur Younger, sondern auch Brodrick angeschaut (der auch in der Ersten Mannschaft spielt). Gegen Mitte der zweiten Halbzeit eines eher mittelmäßigen Spiels (wir führten elf zu drei), in dem ich mich so gut wie gar nicht hervortat, wurde mir plötzlich der Ball zugespielt, und als ich ihn hatte, wurde ich angegriffen, sodass ich auf den Kopf fiel. Ich muss kurz ohnmächtig gewesen sein, weil mir schwarz vor Augen wurde, und das Spiel, als ich wieder zu mir kam, am anderen Ende des Feldes stattfand, an der Mallinie der O'Connors.

Ich rappelte mich hoch, mir war plötzlich übel, und ich fühlte mich angeschlagen, als die O'Connors einen Gegenangriff starteten. Eine ganze Stürmertruppe kam auf mich zu, den Ball vor sich hertreibend. Unser Verteidiger (ein schmächtiges Bürschchen namens Gilbert) versuchte nach ihm zu hechten, vergebens natürlich, sodass ich die letzte Verteidigungslinie darstellte.

Ich muss noch ein wenig benommen gewesen sein, denn alles, was jetzt passierte, schien mit präziser und logischer Langsamkeit abzulaufen. Ich sah den Pulk der O'Connors-Stürmer auf mich zukommen, und meine Mannschaft dahinter versuchte, wieder Tritt zu fassen. Geführt wurde der Angriff von einem schwarzhaarigen Ungetüm, der Kerl trieb den Ball allzu eifrig vor sich her, und ich sah mit absoluter Klarheit, was ich zu tun hatte. Irgendwie brachte ich meine Beine zum Reagieren, ich rannte los, und gerade als er wieder zutreten wollte, stürzte ich mich auf den Ball und umklammerte ihn.

Ich hörte es knacken, spürte aber keinen Schmerz, ich presste den Ball an die Brust, während die Spieler mit voller Wucht auf mir landeten. Der Auspfiff kam. Der riesige O'Connors-Stürmer (Hopkins? Pugh? Lewkovitch? – ich hab den Namen vergessen) schluchzte und stöhnte, er hat sich ganz schlimm das Bein gebrochen. Die normalerweise gerade Linie des rechten Schienbeins unter der Socke machte einen grässlichen Knick. Und auch mir lief, wie ich schnell bemerkte, das Blut übers Gesicht. Ich kam trotzdem auf die Beine, und der Schiedsrichter versuchte mit seinem Taschentuch, das Blut zu stillen, während aufgeregt nach einer Trage gerufen wurde, damit der Verletzte abtransportiert werden konnte. Das Spiel wurde abgebrochen.

Als ich zum Abendbrot erschien, mit verbundenem Kopf (vier Stiche), brach der ganze Saal in höhnischen Jubel aus. Die Bewunderung meiner Kameraden galt aber nicht so sehr meiner Verletzung als vielmehr dem Schaden, den ich meinem Gegner unabsichtlich zugefügt habe. »Er hat ihm glatt das Bein gebrochen«, ist der wahre Grund für meinen gegenwärtigen Ruhm, nicht die Feststellung: »Er hat eine hässliche Platzwunde über dem Auge.« Und wieder gab es viel hämisches Gerede über meinen angeblichen Irrsinn, meinen selbstmörderischen Ehrgeiz, auf dem Rugbyfeld den Heldentod zu sterben. Nach dem Essen kam Younger zu mir: Ich soll zum Training der Zweiten Mannschaft kommen, sobald die Wunde verheilt ist. Ich kann nicht glauben, dass ich nur zwei Spiele brauchte, um auf der Rugbyleiter so weit nach oben zu kommen, aber sei's drum – vielleicht braucht die Schulmannschaft einen irrsinnigen Hakler. Meine Genugtuung wird jedoch von einer vagen Befürchtung begleitet: Ich habe mit erstaunlichem Tempo den Ruf entwickelt, von einem wilden, selbstzerstörerischen Todesmut beherrscht zu sein, obwohl die ziemlich hässliche Wunde bis jetzt mein einziges Ehrenzeichen ist. Doch der Gedanke an die künftigen Blessuren, die mir in Erfüllung dieser besonderen Pflicht noch blühen könnten, erfüllen mich mit einiger Sorge – denn ich kann wohl kaum wieder ganz brav und vernünftig werden. Leeping hat seinen Spaß daran, mir allerlei grässliche Unfälle zu prophezeien – ein gebrochenes Rückgrat, Koma, ein abgerissenes Ohr. Aber ich muss weitermachen, solange ich in der Sache drinstecke, und ich werde als Sieger aus ihr hervorgehen: Ich werde diese Herausforderung bestehen.

21. Februar 1924

Lucys Briefe an mich klingen entweder seltsam abstrakt oder so nüchtern, dass es zum Auswachsen ist. Ich schreibe ihr, was zu Weihnachten und in der Nacht im Golfclub zwischen uns passiert ist, und sie antwortet mit der langatmigen Schilderung eines Abends mit Gregorianischen Gesängen in der St.-Giles-Kathedrale. Ich schreibe auf ergreifende und tief empfundene Weise, wie sehr ich sie vermisse, wie sehr ich dieses Internatsleben verabscheue, und sie antwortet mit ausführlichen Plänen für ihre Zukunft als Archäologin oder Philosophin oder, neuerdings, als Tierärztin.

Ben L. sagt, seine neu entdeckten Zweifel am Fegefeuer hätten Wunder gewirkt bei Doig. Sie haben den halben Nachmittag nur darüber diskutiert, wie lange er, Ben, nach einer durchschnittlich sündhaften Kleinbürgerexistenz dort schmoren muss. Er findet meine Religion »absolut bizarr« und staunt, wie ausgeglichen ich wirke, obwohl ich mich mit all diesem Hokuspokus belaste. Ja, sagte ich, der reinste Humbug. H-D wäre stolz auf mich.

In einer Woche habe ich Geburtstag – ich werde achtzehn. Mich erfüllt nur ein einziger Gedanke: die Schule hinter mich zu bringen und in Oxford ein neues Leben anzufangen. Ich spüre, dass ich keine Pläne schmieden kann, bevor ich diesen Ort verlassen habe; als wären die Jahre hier nichts als eine lästige, letztlich sinnlose Vorbereitung auf das Eigentliche gewesen, das nun vor mir liegt. In Wirklichkeit sind unsere Herausforderungen doch nur ein Ausdruck meiner – unserer – Langeweile. Dieses System ist gewiss die schändlichste und verderblichste Ausbildungsmethode für die intelligentere Jugend (für Idioten und Zurückgebliebene mag sie wundervoll sein) – vier Fünftel der Dinge, die man mich hier zu tun zwingt, halte ich für pure Zeitverschwendung. Ohne die Gesellschaft meiner neuen Freunde, ohne Englisch, Geschichte und die seltenen Treffen mit einem gehobenen Geist (H-D) wäre diese Schule – mitsamt den Kosten, die sie meinen Eltern verursacht – nichts als eine nationale Katastrophe.

Paket von Mutter – die bestellten Bücher. Baudelaire, de Quincey, Michael Arlen, dazu Schokolade und eine zwei Fuß lange Chorizo-Wurst. Vergiss deine besondere Herkunft nicht, Logan Gonzago Mountstuart. Die Wurst ist köstlich: scharf, strotzend vor Pfeffer und Knoblauch – und unwiderstehlich. In der Kapelle habe ich ein paar Scheiben genascht und hatte das schreckliche Gefühl, dass sich der Knoblauchdunst über die ganze Bank ausbreitete. Meine Wunde heilt sehr gut. Bald stehe ich wieder auf dem Rugbyfeld. Sie zeigt Ansätze einer recht interessanten Narbe.

Nach der Morgenandacht hatten Peter und ich ein paar Freistunden, also gingen wir nach Abbeyhurst zum Tee mit Toastbrötchen bei Ma Hingley. Warme Toastbrötchen mit Butter und Marmelade – was könnte göttlicher sein? Sollte ich diese Freuden eines Tages nicht mehr genießen können, wäre das eine Art seelischer Tod für mich. Es war dort leer bis auf ein paar alte Männer, die sich über Rheuma und entzündete Fußballen unterhielten. Peter sagt, er fängt an, sich in die betörende Tess zu verlieben. Ich konnte ihm darin nicht folgen. Das ist ein Test, sagte ich, eine Herausforderung, die man kühl und sachlich angehen muss – unsere Gefühle haben nichts damit zu schaffen. Aber Peter hörte nicht auf, von ihr zu schwärmen, von ihrer bezaubernden Art, ihrer natürlichen Sinnlichkeit, ihrer festen, kompakten Figur und von der seltsamen Verbundenheit mit ihr, die er spürt, wenn sie beide wortlos die Pferde versorgen. Ich bohrte ein bisschen weiter: Sie trägt bei der Stallarbeit lieber Männersachen, Reithosen, Halbstiefel mit elastischem Schaft, Hosenträger unter der Jacke. Während er redete, begriff ich, was ihn besonders an ihr reizt: die Verwandlung in einen Stallknecht – gerade das Fehlen einer erotischen Ausstrahlung erregt ihn am meisten. Ich machte ihn darauf aufmerksam, und er war völlig perplex. »Ihr seid ja wie zwei Arbeiter«, sagte ich. »Sie sieht in dir eine Art Farmhelfer, einen Pferdeknecht, einen ihresgleichen. Wenn das so weitergeht, kommst du niemals zum Ziel.«

Dann legte er seine Beichte ab, oder vielmehr, er wurde rot und schlürfte geräuschvoll seinen Tee. »Sie lässt sich von mir küssen«, sagte er. »Wenn wir mit den Pferden fertig sind. Und Tess war es, die den ersten Schritt gewagt hat. Ich darf ihre Brüste anfassen – aber erst, wenn wir mit den Pferden fertig sind.«

»Erzähl mir bitte keine Märchen, Peter«, sagte ich. »Du solltest dich schämen.« Aber er blieb dabei, und ich schloss aus seinem ganzen Verhalten, dass er mir nichts vorlog. Er schwor mir, dass sich alles wirklich so verhält und dass er sich aus diesem Grund in sie verliebt hat. »Sie ist ein tapferes, ganz besonderes Mädchen«, sagte er, und ich spürte, wie mich das gallige Gefühl des Neids beschlich. Gratuliere, sagte ich, du hast die Herausforderung bestanden. Jetzt geht es nur noch darum, Ben und mich zum Zeugen deiner Liebe zu machen. Er nickte ernst und schien wahrhaft erleichtert, dass er mir alles erzählt hatte. Er schien tatsächlich auf einem anderen Stern zu leben, sich völlig in dieser seltsamen Romanze mit einer Farmerstochter zu verlieren. Ben und ich haben ausgiebig darüber gelacht, aber ich merkte trotzdem, dass es auch ihn unvorbereitet traf und dass er irgendwie verunsichert war – genauso wie ich. Diese Sache, dieses unglaubliche Glück sollte nicht Peter widerfahren, sondern uns beiden. Aber wir waren uns einig, dass wir ihn bedauern mussten: der arme Peter Scabius. So plötzlich mit dem anderen Geschlecht konfrontiert. Vielleicht haben wir ihm einen Gefallen getan.

25. Februar 1924

In der Zweiten Mannschaft gegen Uppingham. Ein eiskalter Frosttag mit kräftigem Ostwind. Ich war Ersatzmann, bewachte die Mallinie und brachte zur Halbzeit die geviertelten Orangen. Was ich in diesen paar Wochen erreicht habe, ist schon erstaunlich (selbst der Leguan gratulierte mir zu meiner »überraschenden Sportbegeisterung«), aber vorherrschend ist wie immer ein Gefühl der Enttäuschung. Der Hakler der Zweiten Mannschaft ist ein blonder Trampel namens Fforde, den ich früher oder später leicht ersetzen könnte: Er hat nichts von meiner Härte, von meinem rücksichtslosen Draufgängertum. Aber was mich dann erwartet, ist die Erste Mannschaft, deren Hakler Vanderpoel heißt – klein, drahtig, flink – und auch Kapitän der Squash-Mannschaft ist. Das Trimester dauert noch etliche Wochen, und ich frage mich, ob ich wirklich über das bisher Erreichte hinauskomme, ob ich einen richtig guten Mann von seinem Platz verdrängen kann – und ob es das überhaupt wert ist … Mir kommt ein grässlicher Gedanke: Wird das zum Muster meines künftigen Lebens? Wird jeder Ehrgeiz korrumpiert, jeder Traum zur Totgeburt? Aber eine Sekunde Nachdenken sagt mir, dass ich diese Erfahrung mit allen empfindungsfähigen, leidenden Menschenwesen teile – mit Ausnahme der ganz wenigen, wirklich Begabten: den einsamen Genies und den sagenhaften Glückspilzen.

Peter Scabius scheint, während ich dies schreibe, sehr gut in der zweiten Kategorie platziert zu sein. Er ist so weit gegangen, einen Schauplatz für den »Kuss unter Zeugen« zu benennen. Dieser wird, wenn es nach ihm geht, übermorgen auf einem Reitpfad im Wald hinter der Farm stattfinden – er wird uns noch genau sagen, wo wir uns postieren müssen. Ben ist mittlerweile genauso entmutigt wie ich: Doig verhält sich wieder ablehnend gegen ihn und verlangt, dass die Treffen von Mrs Catesbys Haus ins Pfarrhaus von St. James verlegt werden. Ben ist überzeugt, es handelt sich nur um eine Art Test, und Doig will (in durchsichtiger Weise, wie Ben meint) überprüfen, ob Bens Wunsch so ernsthaft ist, dass er den weiten Weg ins Pfarrhaus nicht scheut.

H-D sagte mir heute Nachmittag, dass Le Mayne mich »gehemmt« fand, aber »nicht ohne Charme und Intelligenz«. Kompletter Blödsinn. Eine größere Fehleinschätzung meiner Persönlichkeit ist gar nicht denkbar.

27. Februar 1924

Nach dem zweiten Tee traf ich mich mit Ben, und wir rannten los, um den berühmten »Kuss unter Zeugen« zu erleben. Peter hat sehr präzise Angaben gemacht, und wir fanden den beschriebenen Hohlweg nicht weit von der Farm, dann auch die geborstene Eiche mit der kleinen Grasfläche links daneben. Wir versteckten uns in fünfzig Metern Entfernung, gut abgeschirmt von kahlen Büschen mit ekelhaften Dornen. Wir wickelten uns in unsere Mäntel, teilten uns eine Zigarette und waren neugierig, wie Peter das erotische Ereignis herbeiführen würde. Ben brachte natürlich ein Opernglas mit, also hatten wir eine ausgezeichnete Sicht. Wir sprachen auch über

unsere Herausforderungen und die damit verbundenen Ent-
täuschungen, waren uns aber beide einig, dass sie nützliche
Übungen waren und ein wenig zur Belebung des ödesten,
langweiligsten Trimesters im ganzen Jahr beigetragen haben.
Mrs Catesby, stellte sich dabei heraus, hat Ben zu »Tee und
Gebäck« eingeladen – ohne Doig. Sehr interessant.

Nach etwa einer halben Stunde Wartezeit kam Peter mit
Tess den Weg herauf. Er breitete seinen Mantel aufs Gras, sie
setzten sich und lehnten sich mit dem Rücken an die Eiche.
Tess holte eine Schachtel Zigaretten heraus, und beide steck-
ten sich eine an – wir hörten unverständliche Gesprächsfetzen
und ihr ziemlich tiefes (und sympathisches) kehliges Lachen.
Plötzlich zeigte sich eine bleiche Sonne, und die winterliche
Szene bekam den bescheidenen Hauch einer bukolischen
Idylle. Sie redeten noch eine Weile weiter – obwohl sie erns-
ter wurden und nicht mehr lachten –, dann streifte Tess ihren
Mantel ab und griff in Peters Hosentasche, um nach etwas zu
suchen.

Es war sein Taschentuch, wie sich zeigte, und dann flüsterte
Ben, der das Opernglas hatte: »Nicht zu fassen. Sie knöpft
ihm den Hosenstall auf.«

In Fünfsekundenabständen schnappten wir uns gegenseitig
das Opernglas weg, während die fürsorgliche Tess ihre Hand
in Peters offenen Hosenstall schob und seinen schlaffen weißen Penis herausholte. Dann wickelte sie das Taschentuch
darum und fing an, ihm einen runterzuholen, was kaum länger als dreißig Sekunden dauerte (Peter mit zurückgeworfenem Kopf und zusammengekniffenen Augen). Als es vorbei
war, wirkte er eher erstaunt als verzückt, und als sie ihm nach
getaner Arbeit das Taschentuch sauber zusammengefaltet zurückgab, steckte er es ganz selbstverständlich und ohne hin-
zusehen in die Manteltasche. Dann küssten sie sich eine Weile
und legten sich an die zehn Minuten auf den Mantel, aber

uns war die Lust am Zuschauen vergangen. Wir waren beide verblüfft und, wie wir uns später eingestanden, auch wütend. Wütend, weil wir uns diese Herausforderung für Scabius ausgedacht hatten (statt sie uns selbst zu stellen), und wütend auch, weil er sie scheinbar mühelos bestanden hat und uns zu allem Überfluss auch noch zu seinen Zeugen gemacht hat.

Wir gingen früher als die beiden und zwängten uns durchs kratzige Gestrüpp, während sie sich auf seinem Mantel wälzten, sich küssten, abgriffen und streichelten. Wir wurden uns einig, dass Scabius der größte Glückspilz der Schule, wenn nicht der ganzen Britischen Inseln ist.

Später. Peter wurde das ganze Abendessen lang sein idiotisches Grinsen nicht los. Er beugte sich ständig herüber und sagte: »Sie hat ihn angefasst. Sie hat ihn wirklich angefasst, in die Hand genommen.« Wir zahlten ihm beide das Pfund, das dem Sieger zusteht und das ein bedenkliches Loch in meine Kasse riss (ich werde wohl Ben anpumpen müssen). Aber Ben und ich sind uns einig, dass wir mit unseren Herausforderungen weitermachen, wenn auch nicht mit Begeisterung, sondern um unsere Ehre zu wahren. Es handelt sich nicht nur um eine Wette – das ganze Unternehmen hat auch philosophisches Gewicht. Beim Verlassen des Speisesaals sagte Peter, dass er nun »endgültig in Tess verliebt« ist. Ich finde diese Vorstellung absolut widerwärtig.

29. Februar 1924

Ben kam vorzeitig von seinem Treffen mit Doig in Glympton zurück und sagte, Doig habe ihn hinausgeworfen. Ich erinnerte ihn daran, dass wir beide vereinbart haben, die Herausforderungen fortzusetzen. »Aber Peter hat doch schon gewonnen«, sagte er ein wenig verdrossen. »Ich sehe einfach keinen Sinn mehr darin, mit diesem verworfenen Subjekt über Engel und Jungfrauengeburt zu reden.«

Dem lässt sich wohl schwerlich etwas entgegensetzen. Es stellte sich heraus, dass Ben ständig das Gespräch auf das priesterliche Keuschheitsgelübde und die Schwierigkeiten seiner Einhaltung lenkte. Doig platzte schließlich der Kragen, und er sagte zu Ben, er solle für immer verschwinden, doch Ben bestand darauf, dass er eine echte Berufung zur Priesterschaft in sich spürt und daher jedes Recht hat, das Für und Wider zu prüfen. Darauf kriegte Doig einen fürchterlichen Wutanfall und warf ihn praktisch hinaus.

Jedenfalls hab ich ihm gesagt, dass ich weitermache, komme, was wolle, und dass er mir nun, da er nichts mehr zu tun hat, ein wenig helfen kann. Das Schuljahr ist bald zu Ende, doch ich muss noch in die Erste Mannschaft hineinkommen und außerdem so gut spielen, dass ich mir meine Farben verdiene. Er sagte, ich bin ein verrückter Hund, aber wenn ich weitermachen will, kann ich auf seine volle Unterstützung rechnen.

Sonntag, [2. März 1924]

Als ich nach der Messe unauffällig aus der Kirche verschwinden wollte, schnappte mich Doig am Portal und hielt mich fest.

»Was geht hier vor, Mountstuart?«, sagte er wutentbrannt. »Mit dir und deinem Judenfreund?«

»Das ist nicht sehr liebenswürdig, Pater«, erwiderte ich.

»Was treibst du für ein Spiel, Bursche?«

»Es gibt kein Spiel.«

»Du verlogenes kleines Dreckstück.«

»Leeping war es völlig ernst mit seinem Wunsch, zu konvertieren. Ich glaube in der Tat, dass *Sie* es waren, der *ihn* enttäuscht hat. Und ich denke daran, wegen Ihres mangelhaften Missionierens an den Bischof zu schreiben.«

Da ging er wirklich in die Luft und drohte damit, mich beim Leguan anzuzeigen. Ich hielt die ganze Zeit meinen frommen Augenaufschlag durch. Als ich es Ben und Peter erzählte, belohnten sie mich mit einem weiteren Knapp unter Hervorragend. Wir einigten uns darauf, dass es äußerst putzig war.

Nach diesem Zusammenstoß, als wir an der Bushaltestelle auf den Bus zur Abbey warteten, kam Holden-Dawes mit einer jungen Frau am Arm vorbei – einer recht hübschen jungen Frau. Ich sagte guten Morgen, und er bedachte mich mit seinem üblichen sardonischen Blick, ohne mich jedoch seiner Dulcinea vorzustellen. Ich ließ sie in Ruhe ihren Sonntagsspaziergang fortsetzen und dachte, wie seltsam, H-D in weiblicher Begleitung zu sehen. Ich hatte ihn immer irgendwie für geschlechtslos gehalten.

4. März [1924]

Ben hat diskrete Nachforschungen über Vanderpoel angestellt, um zu sehen, wo er vielleicht erpressbar ist. Aber allem Anschein nach ist der Kerl sündenfrei und zeigt keine auffällige Neigung für jüngere Jahrgänge. Ich überlegte, ob wir den kleinen Montague dazu bringen könnten, sich für uns zu prostituieren, aber Ben riet klugerweise zur Vorsicht – Verleitung jüngerer Schüler und so weiter. Dann hatte ich meine grandiose Idee: nicht Erpressung, sondern Bestechung. Ich will Vanderpoel bestechen, damit er eine Verletzung vortäuscht und mir seinen Platz in der Ersten Mannschaft frei macht. Aber wie viel Geld brauchen wir, um den sündenfreien Vanderpoel zu verführen? Ben ist mit der Rolle des Vermittlers betraut.

Ein Brief von Mutter mit erfreulichen Nachrichten: Lucy kommt mit uns nach Österreich. Mutter schlägt vor, wir sollen uns mit »Bergwanderungen« amüsieren. Was meint sie wohl damit?

7. *März [1924]*

Endlich. Ich bin als Hakler für die Zweite Mannschaft aufgestellt, im morgigen Spiel gegen Walcott Hall (Fforde hat Ffieber). Ben hat mit Vanderpoel geredet und rausgekriegt, dass er nicht reich ist (sein Vater ist, wie sich herausstellte, Anwaltsgehilfe), aber er glaubt, gerade deshalb wird ihn nur eine äußerst üppige Bestechungssumme in Versuchung führen. Wie üppig?, fragte ich. Fünf Guineen, schätzt Ben. Eine Katastrophe: Selbst wenn wir zusammenlegen, bringen wir nicht mal ein Drittel auf. Ich werde Vater schreiben und ihn bitten, mir das Geld zu borgen – wenn mir ein überzeugender und angemessener Grund einfällt. Nach weiterem Nachdenken schreibe ich lieber an Mutter.

8. *März [1924]*

Irgendwie haben wir Walcott Hall vierundsechzig zu null geschlagen, das ist eine Art Schulrekord. Wie sich zeigte, waren ihre Reihen durch eine Windpockenepidemie gelichtet, und sie mussten die Lücken mit Schwächlingen und Invaliden füllen. Es war eine lustige Hetzjagd, beinahe hätte ich selbst Punkte gemacht, wäre ich nicht von drei oder vier Kerlen knapp vor der Linie zu Boden gerissen worden. Die Zweite Mannschaft stolziert prahlend durch die Schule. Fforde behauptet, er ist bis nächsten Samstag wieder fit, aber nur ein Trottel würde eine Siegermannschaft umbesetzen.

Lucy schreibt, sie kommt nur unter der Bedingung nach

Österreich mit, dass unsere »Phantasie-Affäre« als beendet gilt. Ich werde ihr mit Verzögerung antworten, in sanfter Melancholie, und zustimmen. Wenn ich sie erst einmal dort habe, ist alles anders. Scabius' unglaublicher Erfolg bei der Farmerstochter macht mir Mut. Lucy wird die Meine.

Zu meiner gelinden Überraschung richten sich meine Gedanken mehr und mehr auf den Samstag, und ich stelle fest, dass ich mich auf das Spiel freue – ein Heimspiel gegen Harrow. Ich darf nicht noch mehr von meinem Bolschewikengeist verlieren.

11. März [1924]

Zusammen mit Ben habe ich Mutters Postanweisung über fünf Guineen eingelöst (die Gute: Ich schrieb ihr, ich wolle Lucy ein besonders schönes Geburtstagsgeschenk kaufen), und wir leisteten uns Tee mit Anchovis-Toast bei Ma Hingley. Ben sagt, dass Vanderpoel nur für ein Spiel aussetzen will und dass er denjenigen, der einen so hohen Preis dafür zahlt, sehen will. »Er vermutet, dass du's bist, natürlich. Oder er könnte auf die Idee kommen, es ist Fforde, dieser Esel. Ich glaube, du musst es machen.« Zugegeben, da hat er recht. Wir haben übrigens neun zu neun gegen Harrow gespielt, während unsere Erste Mannschaft mit drei zu siebenundzwanzig geschlagen wurde. Ich spüre, dass mein Stern im Steigen ist.

Ben hat mir erzählt, er geht nach der Schule direkt nach Paris – er hat angeblich eine Stelle in einer Kunstgalerie angeboten bekommen und will Kunsthändler werden. Ich spürte eine Aufwallung von Eifersucht. Vielleicht hat er recht? Vielleicht sind wir die Trottel, die drei vollwertige Lebensjahre an die Universität verschenken. Drei Jahre, die, soweit ich sehe, genauso deprimierend werden wie die Schule …

Die tollste Neuigkeit ist, dass Clough Verdacht geschöpft

hat und alles tut, um Peter von Tess fernzuhalten. Bei seinen letzten drei Besuchen musste er Kohlrüben schnitzeln – oder andere niedere Arbeiten dieser Art verrichten (seine Hände sind voller Blasen) –, ohne die betörende Tess auch nur zu Gesicht zu kriegen. Ben und ich lachen uns ins Fäustchen, doch das ist, wie ich zugeben muss, kein schöner Zug von uns.

Später. Ging nach der Schule hinüber zu Fosters Haus, um mir Vanderpoel vorzunehmen. Ein Kleiner, Drahtiger mit unansehnlicher Knollennase. Wir feilschten ein wenig um den Preis, und ich konnte ihn auf fünf Pfund herunterhandeln.

»Aber ein Spiel, mehr nicht«, wiederholte er ständig und strich den Fünfer ein. Dann sah er mich misstrauisch an: »Warum ist dir das so wichtig?«

»Mein Vater liegt im Sterben«, erwiderte ich spontan. »Er hat Rugby gespielt … für Schottland. Es ist sein sehnlichster Wunsch, mich in der Ersten Mannschaft zu sehen. Dass ich in seine Fußstapfen trete und all das. Bevor er stirbt.«

Vanderpoel war so gerührt, dass er mir die fünf Pfund unbedingt zurückgeben wollte – was ich natürlich akzeptierte (aber Ben sage ich nichts davon). Vanderpoel versprach mir, dass er sich am Freitag beim Training den Knöchel »verknacksen« wird oder etwas in der Art. Sie spielen gegen Oundle, sagt er, ein ziemlich brutaler Haufen. »Ich werde gleich vorschlagen, dass du mich vertrittst und nicht Fforde, dieser Bauer. Keine Sorge, Mountstuart, dein alter Herr wird stolz auf dich sein.«

Warum lüge ich so viel? Ich belüge Mutter, Lucy, Vanderpoel, Ben … Ich frage mich, ob das normal ist. Machen das alle so? Ist unser Leben nur die Summe unserer Lügen? (Leben und Lügen – nur durch zwei Buchstaben unterschieden). Kommt man auch ohne Lügen halbwegs vernünftig zurecht?

Ist die Lüge das natürliche Fundament aller menschlichen Beziehungen, der Klebstoff, der unsere persönliche Existenz zusammenhält? Ich werde rausgehen und diese großen Gedanken bei einer Zigarette hinter dem Squash-Platz weiterspinnen.

13. März [1924]

Schnee, gute fünfzehn Zentimeter hoch, und alle Spiele fallen aus. Doch laut Zeitungen ist London schneefrei – nur dieses verfluchte East Anglia wird eingeschneit. Warum macht mir der Gedanke, dass das Spiel gegen Oundle verschoben werden könnte, so sehr zu schaffen? Ich kann es gar nicht erwarten, aufs Spielfeld zu kommen. Werde ich eine Kämpfernatur? Vanderpoel machte sich im Kreuzgang an mich heran und erkundigte sich nach meinem Vater. Ich wollte schon fragen, was ihn das angeht, da fiel es mir wieder ein.

»Wird er es schaffen?«, fragte Vanderpoel.

»Was schaffen?«

»Bis zum nächsten Wochenende durchzuhalten – oder wann das Spiel gegen Oundle steigt.«

»Ich hoffe. Meine Mutter sagt, er will unbedingt durchhalten.«

Ich fühlte mich richtig schuldig deswegen – besonders angesichts der Tatsache, dass Vater wirklich krank ist. Meine Sorge war, dass ich irgendwie einen bösen Fluch auf ihn herabbeschwöre, wenn ich ihn so zum Todeskandidaten erkläre. Aber dann sagte ich mir, das sind doch alles nur Worte. Und bloße Worte können den Verlauf einer Krankheit weder beschleunigen noch verlangsamen. Doch heute bei der Abendandacht habe ich für ihn gebetet, Heuchler, der ich bin. H-D würde sich ganz schön über mich lustig machen. Nach dem Motto: Wasch mir die Hände, aber mach mich nicht nass, durchlaufe ich – wie alle faulen Christen – routiniert die Rituale der Frömmigkeit, wenn es mir in den Kram passt. Vielleicht sollte ich darauf bestehen, dass Vanderpoel die fünf Pfund zurücknimmt.

Freitag [22. März 1924]

Es lief alles wie geschmiert. Wir sind gerade beim Training, als Younger und zu meiner Überraschung auch Barrowsmith vom Feld der Ersten Mannschaft herübergetrabt kommen. »Mountstuart!«, höre ich sie rufen. Ich laufe mit Unschuldsmiene auf sie zu. »Vanderpoel lahmt, er hat sich das Knie verknackst – kannst du morgen für ihn einspringen?« »Ich tue mein Bestes«, sage ich bescheiden. »Bist ein Prachtjunge!«, meint Barrowsmith und haut mir auf die Schulter. Bei diesem Lob von Barrowboy bekam ich einen leichten Schreck. Ich hatte ganz vergessen, dass er in der Ersten Mannschaft spielt – den »irischen Verräter« hat er sich diesmal verkniffen.

Ben und Peter scheinen sich aufrichtig für mich zu freuen – und meine sture Ausdauer nicht wenig zu bewundern. Ben verspricht, mit einer lebenslangen Gewohnheit zu brechen und freiwillig einem Wettkampf beizuwohnen. Peter erzählt mir, er hat sich heimlich mit Tess getroffen: Der Vater hat ihr jeden Kontakt mit ihm verboten (und er, Peter, war den Tränen nahe, als er mir das sagte). Er glaubt, dass Clough sie beim Händchenhalten gesehen hat. Er ist wild entschlossen, über die Osterferien ein Zimmer in Norwich zu mieten, in der Hoffnung, dass sie sich heimlich treffen können. Wir haben ihn beschworen, nicht solche Dummheiten zu machen.

Ben wiederum hat erzählt, dass Mrs Catesby ihm geschrieben und Privatunterricht angeboten hat, anstelle von Doig. »Ich glaube, sie will mich verführen«, sagte Ben. »Ihr Katholiken seid schon ein komischer Haufen.« »Wie ist sie denn so, deine Mrs Catesby?«, fragte ich. »Rosig, fett und voller Puder«, sagte er schaudernd. »Lieber sodomisiere ich den kleinen Montague.« Wer weiß? Er wäre fähig dazu. Eine halbe Stunde lang suhlten wir uns in Sauereien.

Ostersonntag [20. April 1924], Bad Riegerbach

Ich sagte Mutter, ich hätte Schmerzen im Arm, und bin vom Ostergottesdienst befreit. Sie, Vater und Lucy sind mit der Standseilbahn in die Altstadt hinunter, wo die Kirche ihrer Gebetsübungen harrt. Kaum waren sie weg, habe ich eine Flasche Rotwein bei Frau Dielendorfer bestellt, und jetzt ist mir schon wohler – es gibt nichts Schöneres, als am Sonntagvormittag um zehn Uhr dreißig angenehm beschwipst zu sein. Also dachte ich, ich nehme mir mal wieder das Tagebuch vor.

Die Auspizien für das Spiel gegen Oundle hätten nicht besser sein können: ein klarer, sonniger Tag mit scharfen Schatten, ein wenig Raureif, der gegen Mittag verschwunden war. In der Garderobe drang das Scharfmachergerede des Kapitäns kaum zu mir durch: Ich fühlte eine Benommenheit, als hätte ich zu viel Sauerstoff in meine Adern gepumpt. Ich rieb mir Pferdetinktur auf Knie und Schenkel, stapfte mit meinen Rugbyschuhen auf dem Kachelboden herum und grinste meine Mannschaftskameraden an wie ein Idiot. Und als wir aufs Feld liefen – mir war, als würde die ganze Schule am Rand stehen und jubeln –, glaubte ich (und ich muss ehrlich sein – wo, wenn nicht hier?), mein Herz würde zerspringen, so heftig schlug es.

Der Schiedsrichter warf für die Mannschaftskapitäne eine Münze. Wir verloren und nahmen Aufstellung für den Antritt der Gegenmannschaft. Ich rannte übers Spielfeld und schloss mich meinen Mitstürmern an. Ben und Peter, die an der Auslinie standen, brüllten meinen Namen, und ich winkte ihnen selbstbewusst zu.

Anpfiff, der Ball machte einen hohen Bogen und kam direkt auf mich zu. Eher spürte ich den Angriff der gegnerischen Stürmer, als dass ich ihn sah, und ich erwischte den Ball, eine Sekunde bevor die ersten drei oder vier auf mich prallten. Ich hatte gerade noch genug Zeit, mir den Ball unter den Arm zu klemmen und mit der anderen Hand den Zweite-Reihe-Stürmer abzuwehren, der nun plötzlich über mir war. Er fiel herunter, und ich zog den Kopf ein, bevor sich der ganze Stürmerhaufen von Oundle auf mich stürzte.

Ich spürte überhaupt nichts. Der Schiedsrichter pfiff, und ich fand mich unter einem Berg von Leibern begraben. Langsam, einer nach dem anderen, krochen sie herunter und kamen wieder auf die Füße. »Gedränge, Einwurf«, sagte der Schiedsrichter, und ich merkte, dass ich den Ball nicht mehr hatte. Ich schnappte nach Luft und war ein wenig benommen von den vielen Zusammenstößen. Sie ließen mich liegen, und als ich aufblickte, sah ich, dass Barrowsmith und ein paar andere besorgt auf mich herabblicken. Dann sagte einer (Younger, glaube ich): »Hör mal, Mountstuart. Ist mit deinem Arm alles in Ordnung?« Ich schaute nach, und offensichtlich war dem nicht so. Mein linker Unterarm hatte eine deutliche Beule, als würde ein Golfball drinstecken, und die Beule hatte schon eine merkwürdige Farbe angenommen. Sie halfen mir auf die Beine, und ich hielt meinen linken Arm fest, als wäre er aus dem zerbrechlichsten und feinsten Porzellan gemacht. Dann fing der Schmerz an zu bohren und zu pulsieren, ich sah gelbe und grüne Sterne vor meinen Augen tanzen und begann zu taumeln. Geschrei nach einer Trage. Alles, was an Empfindung in mir war, konzentrierte und bündelte sich in diesem Schmerz in meinem gebrochenen Speichenknochen. Und dank diesem Schmerz begriff ich, dass meine Rugby-Karriere vorüber war.

Mittwoch, 23. April

Gestern fuhr ich mit Lucy nach Innsbruck, vor allem auf Mutters Betreiben, die uns zu diesem Zweck großzügig mit Geld ausstattete. Es regnete. Wir saßen mit aufgespannten Regenschirmen in einem triefnassen Park und lauschten einer Militärkapelle, die ohne Begeisterung Straußwalzer spielte. Ich würde zu gerne nach Wien fahren, aber Mutter meint, für einen Tagesausflug ist es zu weit. Ich würde zu gern Wagner in der Oper hören, die Votivkirche sehen und auf der Ringstraße bummeln. Innsbruck war sehr ruhig, es gab kaum Autos, nur das Klappern der Pferdekutschen und das Geräusch des Regens. Lucy wirkte in sich gekehrt und nicht sehr gesprächig, und ich fragte sie nach dem Grund. Sie sagte, es sei kein Vergnügen, mit einem Begleiter durch eine fremde Stadt laufen zu müssen, der den Arm in der Schlinge trägt. Ich protestierte: Das sei wohl kaum meine Schuld, schließlich hätte ich nicht die Absicht, eine neue Mode zu lancieren wie etwa für Seidenwesten oder bunte Kappen. »Die Leute werden denken, ich bin deine Krankenschwester«, sagte sie. Lächerlich. Wie störrisch und schwierig doch dieses Mädchen sein kann.

Endlich beschlossen wir, uns vor dem Regen in ein Café zu retten, und fanden eins mit Glasveranda, wo wir ewig bei einer Tasse Kaffee saßen. Lucy schrieb Postkarten, und ich mühte mich mit meinem Rilke ab. Ich würde gern deutsch sprechen, aber es kommt mir fürchterlich kompliziert vor. Es müsste nur möglich sein, mit einem Minimum an Aufwand halbwegs fließend zu sprechen (mehr verlange ich nicht). Vielleicht bin ich keine Sprachbegabung ... Plötzlich bekam ich einen Heißhunger auf englische Gerichte: Kalbs- und Schinkenpastete, Lammschulter mit Zwiebeln, Jam-Pudding. Wir aßen ein Stück Kuchen und beschlossen, vorzeitig zurückzufahren.

In der Pension keine Spur von Mutter. Also ging ich mit Lucy zum Sanatorium hinüber, um Vater abzuholen, der seine Bäder, Abreibungen und Salzwasserduschen inzwischen hinter sich haben musste. Wenn er aus der Behandlung kommt, erweckt er eine Weile lang den Anschein bester Gesundheit, mit roten, fast glühenden Wangen und leuchtenden Augen. Aber ich muss sagen, dass er seit den letzten Ferien merklich dünner geworden ist, und morgens sieht er müde und abgezehrt aus. Er findet fast keinen Schlaf, sagt er, wegen des Gefühls einer seltsamen Beengtheit in seinen Lungen. Aber er hat weiter seinen gesunden Appetit und verschlingt Frau Dielendorfers Käse- und Schinkenbrote mit, wie mir scheint, verzweifeltem Hunger.

Dann sahen wir etwas Merkwürdiges. Als wir uns dem Portikus des Sanatoriums näherten (er sah aus wie der Eingang zu einem Provinzmuseum), stand Mutter auf der Treppe und wartete, aber neben ihr stand ein großer Mann mit Regenmantel und Hut, auf den sie ziemlich aufgeregt einsprach. Er ging, als wir kamen. Mutter war auffallend überrascht, dass wir so früh von Innsbruck zurückgekommen sind. Sie kann einfach keine Gelassenheit vortäuschen. Wut ja, aber keinen Gleichmut.

»Was macht ihr hier?«, fragte sie unwillig, obwohl sie sich nach Kräften zusammennahm. »Wart ihr nur zwei Stunden in Innsbruck? Was für eine Verschwendung!«

»Was war das für ein Mann?«, fragte ich – ein wenig unverschämt, wie ich zugeben muss. »Ein Arzt?«

»Nein. Doch, eine Art Arzt. Ein, äh, Spezialist. Ich habe ihn um Rat gefragt. Sehr hilfreich.«

Sie log so ungeschickt, dass wir uns nur mit Mühe das Lachen verkneifen konnten.

Später haben wir unsere Eindrücke und Vermutungen ausgetauscht und uns darauf geeinigt, dass der Mann ihr Verehrer ist. Voller Freude halte ich fest, dass sich Lucys Laune nach diesem kleinen Zwischenfall merklich gebessert hat. Wir spielten Canasta in der Diele, und sie ließ sich küssen (aber nur auf die Wange), als sie gute Nacht sagte.

Freitag, 25. April

Verbrachte den Vormittag damit, Vater unter Mühen in seinem Badestuhl durch die Straßen von Bad Riegerbach zu schieben. Ein Badestuhl ist sehr schwer zu lenken, wenn man nur einen Arm zur Verfügung hat. Vater bewegte die Räder, so gut er konnte, aber ich bat ihn, damit aufzuhören, da die Anstrengung, die es ihn kostet, den eigentlichen Zweck des Badestuhls durchkreuzt. Also stellte ich ihn auf einem kleinen Platz am Postamt ab und las ihm die *Times* vom Mittwoch vor. Er war gut eingepackt, und der Tag war nicht kalt, aber jedes Mal, wenn ich zu ihm aufblickte, sah er gequält aus.

Ab und zu fragte ich nach seinem Befinden, und er antwortete ohne Ausnahme mit »Ich fühle mich tipptopp«, »Ich fühle mich pudelwohl«. Meine Stimmung schwankte zwischen unsäglicher Trauer und gewaltigem Ärger. Trauer darüber, dass ich als sein Sohn gezwungen bin, ihn in einem *fauteuil roulant* umherzuschieben, und Ärger darüber, dass ich damit meine wertvolle Zeit verschwende. Und doch kann ich ihm nicht lange böse sein. Ich war wütend auf ihn, als er Frau Dielendorfer bei unserer Ankunft eine Präsentpackung mit Foley's Fleischkonserven überreichte, Corned Beef, Schinken in Aspik und dergleichen. Ich sagte, Vater, du bist kein Handelsvertreter, du brauchst Foley's Fleischkonserven nicht über ganz Europa zu verbreiten. Sei nicht so vorlaut, Logan, erwiderte er nur, und ich schämte mich sehr. Später entschuldigte ich mich bei ihm – das ist die Wirkung, die er auf mich hat.

Mutter hatte mir gesagt, ich soll »gute drei Stunden« mit

Vater wegbleiben, aber als wir in die Pension zurückkamen, war sie weg. »Sie ist schon den ganzen Vormittag fort«, sagte Lucy, »und kurz nach euch gegangen.« Vater bekam seine Suppe, dann schleppte er sich zum Mittagschlaf die Treppe hinauf. Zum ersten Mal befällt mich die schreckliche Ahnung, dass er vielleicht nie wieder ganz gesund wird, und ich hadere mit mir selbst wegen meiner chronischen Unfähigkeit, öfter an andere und ihr Befinden zu denken.

Ich schreibe dies im Wohnzimmer der Pension, ich bin allein, das Grammophon spielt das Erste Klavierkonzert von Brahms. Das Adagio hat eine beruhigende Wirkung auf mich, und während ich seine sanfte Schönheit genieße, verfolgt mich die Überlegung, warum sich Lucy mir gegenüber zwar nicht kalt, aber doch lauwarm verhält. Im Zug auf der Rückfahrt von Innsbruck habe ich ihre Hand genommen, aber sie zog sie weg. Und schon fünf Minuten später plauderte sie fröhlich (über das neue Hobby ihres Vaters – Schmetterlinge), als wären wir seit eh und je die besten Freunde. Aber ich will nicht ihr »Freund« sein, ich will ihr Liebhaber sein.

Samstag, 26. April

Vater ist wieder im Sanatorium, um im brodelnd heißen Schlamm zu baden, literweise Schwefelwasser zu trinken und Gott weiß was noch. Lucy kam nach dem Frühstück überraschend mit einem Plan zu mir, den wir sogleich ausführten. Wir erzählten Mutter, wir würden mit dem Zug nach Lans fahren, zu einem Festival (was für ein Festival, war ihr egal, es hätte auch ein Lederhosenfestival sein können), und sie fand die Idee ausgezeichnet. Also ließen wir uns von Franz, dem Oberkellner und Hausdiener, mit der Ponykutsche zum Bahnhof bringen und fuhren, sobald er verschwunden war, mit der Standseilbahn zur Altstadt zurück.

Wir warteten in einem Andenkenladen mit Blick auf die Pension und taten eine halbe Stunde so, als würden wir Postkarten aussuchen, dann tauchte meine Mutter auf, prächtig herausgeputzt in ihrem Nerzmantel (»Siehst du?«, zischte Lucy), mit Hut und Schleier. Sie eilte am Sanatorium vorbei und betrat das Hotel Goldener Hirsch. Wir warteten noch fünf Minuten, dann spazierten wir ganz gelassen ins Foyer hinein. Wir entdeckten sie fast sofort in der hinteren Ecke des Foyers, halb verdeckt von einer Zimmerpalme. Sie saß vorgebeugt im Sessel und redete mit dem großen, schlaksigen Mann, den wir vor dem Sanatorium gesehen hatten.

Lucy winkte den Hotelboy heran und zeigte diskret auf den Mann. »Würden Sie Mr Johnson ausrichten, dass ich ihn gern sprechen möchte?« Der Hotelboy korrigierte sie sofort. »Das ist nicht Mr Johnson«, sagte er. »Das ist Mr Prendergast. Aus Amerika.« Lucy entschuldigte sich für ihren Irrtum, und wir gingen hinaus.

Ich muss sagen, dass mich Mutters Verhalten merkwürdig kalt lässt. Beeindruckender finde ich die List, mit der Lucy den Namen herausbekam. Aber ich muss die Tatsache akzeptieren, dass sich die Frau meines Vaters, während er schwer krank ist, offenbar mit einem Verehrer eingelassen hat – eine andere Deutung lässt Lucy nicht zu.

Dienstag, 29. April

Heute beim Mittagessen sah ich meinen Vater langsam an einem Happen von Frau Dielendorfers Kalbsbraten kauen. Er fing meinen Blick auf und erwiderte ihn automatisch mit seinem schwachen, um Verzeihung bittenden Lächeln, als hätte er etwas Unrechtes getan. Ich spürte eine Aufwallung von Schmerz um seinetwillen und weinte bittere Tränen. Mutter war in rebellischer Stimmung, nicht zu bremsen, und stritt sich lautstark mit Lucy. Aus irgendeinem Grund ging es um Pünktchenmuster. Mutter behauptete, dass kein Mädchen über zehn so etwas tragen darf. »Außer Serviererinnen oder Revuetänzerinnen«, fügte sie hinzu. Das war eine Grobheit, weil Lucy tatsächlich eine Pünktchenbluse trug (die ihr, wie ich finde, sehr gut steht). Mutter stichelte weiter, dass Pünktchenmuster auch zu Zirkusclowns passen. Vater blickte zu mir herüber und zwinkerte mir zu. Plötzlich wusste ich, dass er bald sterben wird.

Freitag, 16. Mai, Abbey

Mir kam H-D heute noch gönnerhafter vor als sonst, denn er gratulierte mir zu meinem Geschichtsstipendium fürs Jesus College. Er wirkt so selbstgefällig, dass man meinen könnte, er hätte meinen Platz aus eigener Tasche bezahlt, so wie man früher den Eintritt in die Armee bezahlen musste. »Habe ich nicht gesagt, dass Jesus das richtige College für dich ist?« Und so weiter, als hätte er mir einen ganz großartigen Gefallen getan. Ich sagte ohne den Hauch eines Lächelns: »Ohne Sie hätte ich das nie geschafft, Sir. Vielen Dank, Sir.« Ich glaube, er hat verstanden. Um Abbitte zu leisten, hat er mich für den nächsten Sonntag zum Tee zu sich nach Hause eingeladen und versprochen, mir mehr über Le Mayne zu erzählen.

Peter hat seine Zusage von Balliol, also werde ich wenigstens einen Kameraden in Oxford haben. Beim Sport gingen wir auf eine Beruhigungszigarette in den Wald. Wir finden es beide seltsam und irgendwie schade, dass Ben so grundsätzlich gegen das Studieren eingestellt ist. Allerdings, sagte ich, wenn ich die Wahl zwischen Oxford und Paris hätte, würde ich auch nicht lange zögern. Wir nehmen an, dass Ben ein privates Einkommen hat, obwohl wir die Höhe nicht einschätzen können. Ein Vermögen kann es aber nicht sein, sonst würde er keinen Job brauchen. »Gerade genug für ein sorgenfreies Leben«, sagte Peter sehnsüchtig. Der Gedanke, dass wir eines Tages unseren Lebensunterhalt verdienen müssen, ist uns noch sehr fremd, aber wir waren uns beide einig, dass es höchste Zeit ist, von der Abbey wegzukommen. »Ich werde wahrscheinlich als Lehrer enden«, sagte ich zu Peter und fragte ihn nach seinem Berufstraum. »Ein berühmter Romancier«, sagte er. »Wie Michael Arlen oder Arnold Bennett mit seiner Jacht.« Da war ich doch ein wenig baff. Peter ein Schriftsteller? Da lachen ja die Hühner.

Das Sommertrimester scheint sich unendlich in die Länge zu ziehen. Im Nachhinein erkenne ich, wie belebend die »Herausforderungen« für uns waren, wie sehr sie uns vor der Langeweile und der Banalität des Schullebens bewahrt haben. H-D hat mir ein Gedicht geliehen, »Das wüste Land« von Eliot, und mir gesagt, ich soll es lesen. Es hat ein paar ziemlich gute Stellen, aber der Rest ist ungenießbar. Wenn ich Musik in Versform möchte, halte ich mich lieber an Verlaine, besten Dank.

Samstag, 17. Mai

Sergeant Tozer hat bei der Wehrübung fürchterlich getobt. Er schrie und brüllte auf dem Exerzierplatz herum und sah aus, als würde er jeden Moment explodieren. Wir mögen Tozer – wir finden ihn putzig –, deshalb fragen wir ihn bei jeder Gelegenheit nach dem Krieg aus und wie viele Deutsche er erledigt hat. Um die genauen Zahlen drückt er sich immer herum, aber er will uns weismachen, dass es Hunderte waren. Dabei hat er die Front nicht mal von Weitem gesehen. Heute habe ich ihm erzählt, dass ich in den Ferien in Österreich war und dass Karl, der Hausmeister unserer Pension, im Krieg »gegen die britischen Truppen gekämpft hat«.

»Was soll das Gefasel, Mountstuart?«

»Ich meine, es ist lustig, sich vorzustellen, dass Sie sich gegenüberstanden, Sir, und dazwischen das Niemandsland.«

»Du findest das lustig?«

»Dass Sie vielleicht aufeinander geschossen haben.«

»Oder dass Sie beim Stellungskrieg Mann gegen Mann aufeinandergetroffen sind«, warf Ben ein.

»Dann hätte ich kurzen Prozess gemacht, das sag ich euch. Verfluchte Hunnen.«

»Sie hätten seine Därme zu Strapsen verarbeitet, stimmt's, Sir?«

»Darauf könnt ihr Gift nehmen.«

»Sie hätten ihm das Bajonett in die Kaldaunen gerammt, nicht wahr, Sir?«

»Ich hätte meine Pflicht getan, Leeping.«

»Sterben oder sterben lassen, Sir.«

So können wir ewig weitermachen, und wir machen es auch, weshalb uns Tozer mag und nicht so hart drannimmt. Aber gestern war er in Rage, weil die Nachtübung bevorsteht und er gesehen hat, was für ein lahmer Haufen wir sind (Abbey gegen St. Edmunds). Ben sagt, es reicht nicht, ihn aufzuziehen, wir müssen ihm einen richtigen Denkzettel verpassen.

Montag, 19. Mai

Ich bin mit dem Rad nach Glympton gefahren. Es war noch warm – eine sommerliche Hitze, die aber mit einem frischen Frühlingshauch durchmischt war. Wir saßen auf dem Liegestuhl in H-Ds sonnigem Garten, aßen Rührkuchen und tranken Tee. Ich lobte den Kuchen und fragte, wo er ihn gekauft hat. Er sagte, er hat ihn selbst gebacken, und irgendwie glaube ich, dass er nicht gelogen hat. Er fragte mich, was ich von dem Gedicht »Das wüste Land« halte, und ich sagte, dass ich es ein wenig prätentiös finde. Er war höchst amüsiert. Auf seine Frage, was ich denn lieber läse, erwiderte ich, ich läse Rilke – auf Deutsch. »Und das findest du nicht prätentiös?«, sagte er – und entschuldigte sich sofort. »Ich bin neugierig auf deine eigenen Werke«, sagte er. Ich fragte ihn, woher er denn wisse, dass ich schreiben will, und er sagte, das sei nur eine naheliegende Vermutung – und gab dann zu, dass Le Mayne ihm von meinem Eignungsgespräch erzählt hatte.

»Zeig Le Mayne alles, was du schreibst«, sagte er. »Er ist ehrlich zu dir. Und vor allem das brauchst du als Anfänger – Ehrlichkeit.«

»Und Sie, Sir?«, entfuhr es mir überraschend und spontan. »Könnte ich auch Ihnen was zeigen?«

»Ach, ich bin nur ein einfacher Schulmeister«, sagte er. »Wenn du erst in Oxford bist, wirst du uns hier vergessen.«

»Wahrscheinlich haben Sie recht«, erwiderte ich. Das wollte ich gar nicht sagen, aber H-D provoziert mich immer zu solchen Antworten. Er lockt mich aus der Reserve, dann plötzlich brüskiert er mich; er scheint mich seiner Zuneigung zu versichern, doch dann schlägt er mir die Tür vor der Nase zu. Das ist mir jetzt schon zu oft passiert, und ich sehe es kommen – also sage ich eine Gemeinheit, um es ihn spüren zu lassen. Aber er hat wieder nur gelacht.

Dann klingelte es an seiner Tür, und er kam mit einer Frau in den Garten zurück, derselben, mit der ich ihn neulich an der Bushaltestelle gesehen habe. Sie war hübsch und dunkelhaarig, mit auffällig geschwungenen, kräftigen Augenbrauen. Er stellte sie als Cynthia Goldberg vor.

»Und das ist Logan Mountstuart«, sagte er. »Wir erwarten große Dinge von ihm.«

Sie betrachtete mich eingehend und wandte sich an H-D: »James! Wie kannst du jemandem eine solche Last aufbürden.

Jetzt werde ich zeitlebens in den Zeitungen nach seinem Namen suchen.«

»Mountstuart braucht eine solche Last«, erwiderte H-D.

»… sagte er, als dem Kamel das Rückgrat brach«, ergänzte ich.

Sie lachten beide darüber, und einen Moment lang war ich gewaltig stolz und kam mir oberschlau vor, dass ich diese Erwachsenen zum Lachen bringen konnte, als wäre ich ihresgleichen, und plötzlich empfand ich sehr viel Sympathie für H-D und sein ironisch-distanziertes Interesse an mir. Vielleicht hat er recht: Nur so ist die Entwicklung einer Beziehung zwischen Herr und Untergebenem möglich: durch Anstacheln, Provozieren, Auf-die-Probe-stellen – aber immer in guter Absicht.

Und Cynthia Goldberg machte gewaltigen Eindruck auf mich. Als H-D den Sherry holte, bot sie mir eine Zigarette an. Beinahe hätte ich zugegriffen, aber ich lehnte ab und erklärte ihr das Schulreglement.

»Lässt du deine Jungs nicht rauchen?«, fragte sie, als er wiederkam. »Der arme Logan sagt, er darf nicht.«

»Der arme Logan raucht auch so schon genug. Hier …!« Er reichte mir ein Glas Sherry und prostete mir mit seinem Glas zu. Wir stießen an. Cynthia sagte mit spöttischem Zwinkern: »Und verträgt auch einen Tropfen.«

Es war ein traumhafter Nachmittag: H-D steckte sich eine Pfeife an, Cynthia rauchte Zigaretten, und ich trank drei Gläser Sherry, während wir über dies und jenes redeten. Die Abendsonne leuchtete durch das frische Laub der Apfelbäume, sodass sie hellgrün strahlten, und die Schwalben schossen über unseren Köpfen dahin. Cynthia Goldberg ist Konzertpianistin – »eine, die arm ist und sich abstrampeln muss«, sagte sie. Ich finde sie umwerfend und hinreißend schön – intelligent, weltgewandt, begabt. Eine Welt, in der es

Frauen wie Cynthia Goldberg gibt, kann nicht ganz schlecht sein. Ich spüre eine wachsende Eifersucht auf H-D – dass er sie kennt, dass sie zu seinem Leben gehört. (Sind sie ein Liebespaar? Wäre das möglich?) Und wie wird sie unsere Begegnung im Gedächtnis behalten? Überhaupt nicht, wahrscheinlich. Wer? Mount-was? Ach, der *Schuljunge*! Ein Schuljunge. Verflixt noch mal. Ich muss endlich zu leben anfangen, bevor ich vor lauter Langeweile und Trübsinn eingehe.

Freitag, 23. Mai

Peter, der die betörende Tess seit Wochen nicht sehen durfte, hat es endlich geschafft, Verbindung zu ihr aufzunehmen. Sie hinterlegen sich Briefe hinter dem losen Ziegel eines alten Torpfostens. Er versucht, ein Rendezvous zu arrangieren, so weit wie möglich von der Abbey entfernt, und zusammen haben wir uns ausgedacht, dass sich das am besten während des Nachtmanövers machen lässt, das, wie Tozer meint, im Wald bei Ringford stattfindet. Ben hat einen Schulgärtner ausgefragt, der in Heringham wohnt, und der sagt, es gibt einen netten Pub in Ringford, The Lamb and Flag. Peter hat einen Brief im Torpfosten hinterlegt und Tess für den 4. Juni, halb zehn Uhr abends, ins Lamb and Flag bestellt. Uns hat er auch eingeladen – was ich übertrieben nett von ihm finde, aber bitte schön.

Vergaß zu erwähnen, dass gestern Schulaufführung war. *Volpone.* Grausig schlecht. Cassell sagt, er hat einen Platz im Christ Church – vielleicht wird Oxford doch nicht so schlimm.

Donnerstag, 29. Mai

Sergeant Tozer, gelobt sei er, hat uns einen wunderbaren Ruheposten im Nachtmanöver zugeteilt: Zu sechst müssen wir ein Bahnwärterhäuschen auf der Nebenstrecke nach Ringford bewachen, irgendwo an der linken Flanke der Abbey-Verteidigungslinie. Der Trupp untersteht einem Mann namens Crowhurst-Joyce (ein Unteroffizier), und die anderen zwei sind Fünftklässler von Swinton – man kann ihnen gut zureden, meint Ben, obwohl ich bei Crowhurst-Joyce meine Zweifel habe. Der zeigt zu viel militärischen Eifer und lässt sich nicht so einfach herumkriegen. Es könnte schwierig werden, einfach so abzuhauen.

Tozer hat sich heute bei der Übung fast überschlagen. Die Abbey soll ein Munitionsdepot gegen den Angriff von St. Edmund verteidigen – und Tozer ist enttäuscht, dass uns die Verteidigungsrolle zugeteilt wird. Dabei wiederholte er ständig den Spruch: »Angriff ist die beste Verteidigung«, als hätte er ihn selbst erfunden. Und die Geheimwaffe der Abbey sollen aggressive Stoßtrupps sein. Auf diese Weise halten wir den Gegner auf Abstand und stoppen den Angriff schon im Vorfeld.

»Wie aggressiv ist ›aggressiv‹, Sir?«, fragte Ben mit entsprechendem Eifer.

»Setz deine Tatkraft ein, Leeping.«

»Was denn? Auch eine Meile vor unseren Stellungen?«

»Das Ziel, Junge, ist es, beim Feind Verwirrung zu stiften.«

»Also je schneller unsere aggressiven Stoßtrupps zuschlagen, desto besser.«

»Du hast's begriffen, Scabius.«

Wir machten noch eine Weile weiter, zur Orientierung von Crowhurst-Joyce und allen anderen, und stellten so sicher, dass sich die Taktik des aggressiven Stoßtrupps in allen Köpfen festsetzte.

Donnerstag, 5. Juni

Am Anfang lief alles wie geschmiert. Nach dem Mittagessen mussten wir zum Appell antreten, wir bekamen unsere Gewehre und jeder zehn Schuss Übungsmunition. Dann belehrte uns Mr Gregory – der in seiner Uniform jämmerlich aussah (wie hat er es bloß bis zum Kapitän gebracht?) – über die Bedeutung unseres Tuns. »Das ist kein Spiel«, sagte er wieder und wieder. »Ihr Jungs könntet eines Tages aufgerufen sein, für euer Land zu kämpfen. Was ihr hier lernt, verschafft euch eine hervorragende Ausgangsposition.« Dann wurden wir in Bussen zum Wald von Ringford gebracht, einer Mischung aus Eichen- und Ulmenhainen, Heideland und jüngeren Kiefernschonungen.

Unser Trupp, der das Bahnwärterhaus bewachen sollte, wurde an der Bahnlinie abgesetzt. Das Haus selbst stand oben auf dem Bahndamm, und von dort hatten wir einen guten Blick nach Süden – der Richtung, aus der St. Edmund angreifen würde. Wir hatten Befehl, bei Beobachtung von Feindbewegungen einen Melder zum Basislager zu schicken und einen aggressiven Stoßtrupp auszusenden. Crowhurst-Joyce war mit einem Feldstecher ausgerüstet.

Der Nachmittag war bewölkt und recht kühl, wir lagen am Bahndamm herum (unter den amüsierten und neugierigen Blicken des Bahnwärters, der uns netterweise Tee kochte), während immer einer die Wälder und Felder hinter dem Bahndamm beobachten musste. Anhand der Karte, die wir mitbekommen hatten, rechneten wir aus, dass es etwa eine halbe Stunde Fußweg bis Ringford und The Lamb and Flag war.

Gegen halb acht – die Dämmerung setzte gerade ein – meldete Ben, der den Feldstecher hatte, Bewegungen am Rand eines Ulmenwäldchens. Crowhurst-Joyce nahm ihm das Glas ab. »Ich sehe nichts«, sagte er.

»Doch. Etwa zwölf Leute habe ich gesehen«, behauptete Ben. »Nur ganz kurz.«

»Ich melde mich freiwillig zum Nachsehen«, sagte ich.

»Du kannst nicht allein gehen«, sagte Peter. »Ich komme mit.«

»Dann gehen wir zu dritt«, sagte Ben. »Ich zeige euch genau, wo sie waren.«

»Moment mal«, rief Crowhurst-Joyce, der seine Autorität schwinden sah.

»Wir greifen nicht an«, sagte Ben. »Wir klären nur auf und geben Bericht. Dann können Sie einen von den kleinen Hüpfern zu Gregory schicken.«

»Aber ich gebe hier die Befehle«, maulte Crowhurst-Joyce.

»Das können Sie auch weiter, Crowhurst«, sagte ich. »Aber denken Sie daran: Tozer hat gesagt, wir sollen unsere Tatkraft einsetzen.«

»Den Ruhm ernten Sie«, sagte Ben. »Keine Sorge.«

Also schnappten wir unsere Gewehre, überquerten die Gleise, rutschten den Bahndamm hinunter und machten uns auf in den Wald. Kaum waren wir außer Sicht, kehrten wir zum Bahndamm zurück – eine viertel Meile hinter dem Bahnwärterhäuschen etwa – und liefen auf den Schwellen weiter, bis wir den Kirchturm von Ringford sahen. Um unser Wegbleiben zu erklären oder für den Fall, dass wir ertappt wurden, wollten wir behaupten, dass wir uns im Wald verlaufen und beschlossen hätten, zur Basis zu laufen, worauf wir uns nach Einbruch der Dunkelheit noch mehr verlaufen hätten. Wir versteckten die Gewehre in einem Brombeergestrüpp und wickelten die Gamaschen ab. Unter der Uniformjacke trugen wir unsere eigenen Hemden, und die Schlipse hatten wir im Tornister. Wir sahen recht seltsam aus, muss ich zugeben, nicht ganz wie Soldaten, aber auch nicht wie ehrliche Zivilisten. Doch Ben meinte, niemand im Pub würde uns deshalb ansprechen: Wie Schuljungen wirkten wir bestimmt nicht, und als Deserteure konnte man uns kaum bezeichnen. Peter musste sich von seiner Jacke trennen, damit wir uns ein bisschen unterschieden, dann krochen wir durch eine Hecke auf die Straße nach Ringford. Zwanzig nach acht saßen wir in The Lamb and Flag am Tisch.

Es war ein ganz netter Pub, nicht zu voll, und wir aßen Soleier und Anchovis-Sandwiches zum Bier. Die Dörfler blickten uns schief an, wenn einer von uns an die Bar ging und Nachschub holte – unsere Khakihosen und Nagelschuhe wirkten eindeutig »militärisch« –, aber niemand nahm Anstoß an unserer Anwesenheit. Der Wirt fragte, ob wir etwas mit der archäologischen Grabung in Little Bradgate zu tun hätten, und Ben sagte sehr clever, wir seien dorthin unterwegs, um uns als Helfer zu verdingen, was alle Zweifel an unserer Identität zu beseitigen schien.

Tess kam vorzeitig, schon vor neun, und wollte Portwein mit Zitrone. Ben und ich gingen zur Bar, um die Drinks zu holen und das Liebespärchen ein Weilchen allein zu lassen. Als wir zurückkamen, saßen sie eng aneinandergeschmiegt und hielten Händchen.

Aus dieser Nähe hatten wir Tess noch nie gesehen, und da wir schon Zeugen ihrer Liebesdienste geworden waren, konnten wir unsere Neugier kaum verbergen. Sie ist ein stilles, rundliches Mädchen mit blassem, flachem Gesicht, einem zarten Anflug dunklen Flaums auf der Oberlippe und einer ganz klein wenig üppigeren Behaarung am sichtbaren Teil ihrer Unterarme. Als Peter uns vorstellte, sagte sie leise »hallo« zu jedem von uns und senkte züchtig den Blick.

Peter und sie unterhielten sich mit hastiger, kaum hörbarer Stimme. Ihrem Tonfall konnte ich entnehmen, dass sie unter Druck stand – eine Katastrophe braute sich auf der Farm zusammen – und dass die Pläne, die sie schmiedeten, von einiger

Dringlichkeit waren. Ben und ich gingen an die Bar, um unser drittes Bier zu bestellen. Ich war da schon ein bisschen blau.

»Schau sie dir an«, sagte ich. »Ich kann es nicht glauben. Es ist wie ein Traum.«

»Ein Albtraum«, sagte Ben. »Wie konnte Peter nur bei diesem Trampel hängen bleiben? Was haben wir ihm angetan, Logan? Was haben wir uns bloß dabei gedacht?«

Wir machten unserem Ärger Luft und blickten uns von Zeit zu Zeit um, ohne unseren Neid noch länger vor uns zu verbergen. Es war beinahe Hass, was ich empfand, als ich Peter dort mit dem stämmigen Bauernmädchen sitzen und Händchen halten sah.

»Ich kann das nicht mehr mit ansehen«, sagte ich.

Ben schaute auf die Uhr. »Zehn vor zehn. Wir rufen besser in der Schule an und sagen, dass wir uns verlaufen haben.«

Im selben Moment ging die Tür auf, und herein kamen Captain Gregory und Sergeant Tozer.

Freitag, 6. Juni

In einer halben Stunde bin ich zum Leguan bestellt. Wir sind getrennt worden wie Gefangene und mussten in andere Zimmer umziehen. Mein Schicksal ist mir merkwürdig gleichgültig – ein Rauswurf käme mir eigentlich gelegen. Ben sieht es genauso: Je schneller er nach Paris kommt, umso besser, und er hat mich zum Mitkommen aufgefordert. Nur Peter ist in einem Schockzustand, er hat furchtbare Angst vor der Reaktion seines Vaters, wenn wir fliegen.

Wir hatten nur insofern Glück, als Tess nicht erwischt wurde. Peter hatte sich von ihr entfernt, kaum dass er Tozer und Gregory sah (die auf die Bar zugingen, wo wir standen), außerdem wäre es ihnen nicht im Traum eingefallen, dass wir uns mit einem Mädchen treffen könnten. Sie hatten eine

Stinklaune: St. Edmund hatte das Munitionsdepot spielend leicht erobert.

Die Sache verschlimmerte sich, als wir den Brombeerbusch, in dem wir die Gewehre versteckt hatten, nicht wiederfanden. Tozer stieß wüste Beschimpfungen aus, bis Gregory ihn bat, damit aufzuhören.

Parker hat gerade seine Schweineschnauze durch die Tür gesteckt und mir gesagt, dass ich zum Leguan kommen soll.

Später. Ich muss die Fassung bewahren. Ich werde die Fakten niederschreiben und die Ereignisse in der Reihenfolge festhalten, wie sie sich zugetragen haben, solange sie mir frisch im Gedächtnis sind. Nie darf ich das vergessen. Nie darf ich vergessen, was geschehen ist.

Ich klopfte und wurde hereingerufen. Der Leguan stand am Fenster und blickte bekümmert hinaus, die Pfeife im Mund. Er stand da und paffte, sodass ich das unangenehme Geräusch hörte, das seine Lippen machten und das sich anhörte wie ein blakender Gasbrenner im Kamin.

»Ich habe schlechte Nachrichten für dich, Mountstuart«, sagte er und blickte weiter aus dem Fenster. »Aber ich werde dich nicht rauswerfen, auch Leeping und Scabius nicht. Ich müsste euch alle drei rauswerfen. Ich kann nicht zwei rauswerfen und den Dritten hierlassen.«

»Ja, Sir.« Ich wollte etwas Unverschämtes sagen, zeigen, dass er mich mal konnte, aber mir fiel nichts ein.

»Die schlechten Nachrichten, die ich für dich habe, hindern mich daran, dich rauszuwerfen.«

Ich wusste es, bevor er es aussprach.

Er drehte sich um. »Ich muss dir leider mitteilen, dass dein Vater heute Morgen verstorben ist.«

Und dann verprügelte mich dieser STINKENDE Dreckskerl. Zwölf Schläge mit dem Rohrstock. Ich bekam Ausgangs-

sperre für den Rest des Schuljahrs und muss das verloren ge-
gangene Gewehr ersetzen. Dann machte er die Tür auf und
wies mich hinaus. Er brachte kein weiteres Wort des Mitge-
fühls über die Lippen. Er soll qualvoll krepieren und in der
Hölle schmoren.

Das Oxforder
Tagebuch

Logan Mountstuart belegte das Jesus College in Oxford zum Herbsttrimester 1924. Das Tagebuch beginnt im Trimester darauf, am 24. Februar 1925. Nach dem Tod von Francis Mountstuart hatte seine Witwe, Mercedes Mountstuart, das Haus in Birmingham verkauft und war nach London gezogen, nach South Kensington, wo sie ein vierstöckiges Stadthaus am Sumner Place erwarb und anspruchsvoll ausstattete. Peter Scabius studierte ebenfalls in Oxford, am Balliol College, und Ben Leeping hatte sich, wie er stets verkündet hatte, in Paris niedergelassen, wo er in einer Kunstgalerie arbeitete und den Beruf eines Kunsthändlers erlernte.

1925

Dienstag, 24. Februar

Im Balliol zum Essen mit Peter. Die Verpflegung beim Balliol ist viel besser als beim Jesus: drei Sorten Käse, Brot, Haferkekse und ein Krug Bier. Aus irgendeinem Grund war ich ziemlich deprimiert. Vielleicht weil Peter so vorbehaltlos und unkritisch von Oxford schwärmt, und ich finde den Ort beengend und enttäuschend. Er hat auch einen Brief von Ben bekommen, und ich war eifersüchtig. Warum schreibt Ben ihm und nicht mir? Ich ging danach zu Kings Vorlesung zur Verfassungsreform – reine Zeitverschwendung, weil akustisch nichts zu verstehen war. Beim Verlassen des Balliol traf ich Quennell*, der mir erzählte, dass er ein Buch über Blake schreibt. Mein Buch über Shelley habe ich nicht erwähnt. Warum nicht? Hatte ich Angst, anmaßend und überheblich zu wirken? Dass Quennell gerade einen Gedichtband veröffentlicht hat, macht seinen Ehrgeiz nicht wertvoller als meinen. Ich muss mich wirklich bemühen, wenigstens einen Anschein von Selbstbewusstsein zu erwecken. Es ist lachhaft, dass ich mein Licht so unter den Scheffel stelle.

Donnerstag, 26. Februar

Le Mayne hat meinen Aufsatz über Cavour und das Risorgimento sehr gelobt und mich zu einem seiner berühmten Samstagsessen eingeladen. Stevens** wies mich freundlicherweise darauf hin, dass ich morgen zum Appell gehen muss, wenn ich keine Ausgangssperre riskieren will. Hier geht es sehr schulmäßig zu; man darf rauchen und trinken, aber trotzdem ist das College nichts weiter als eine Art Schule.

Freitag, 27. Februar

Im Les Invalides*** war für einen Freitagabend nicht viel los, Mrs Anderson war noch nicht betrunken und erkannte mich deshalb noch. Sie machte mir einen Teller mit Gänselebersandwiches, und ich trank beim Zeitunglesen eine Flasche Rotwein. Cassell kam mit ein paar Freunden herein und wollte mich als vierten Mann fürs Bridge, aber da sie schon halb besoffen waren, erfand ich lieber eine Ausrede. Sie spie-

---

* Peter Quennell (1906–1988), Schriftsteller und Historiker.

** Stevens, lms' College-Diener, auch »Scout« genannt.

*** Ein Club mit Speisen- und Getränkeangebot, ursprünglich ein 1914 gegründeter Debattierverein.

len mit zu hohen Einsätzen, besonders wenn sie nicht mehr nüchtern sind.

Ging ins Kino (das Super) und sah zum dritten Mal Diana Vale in *Sunset Melody*. Sie ist zurzeit mein weibliches Schönheitsideal. Auf dem Heimweg machte ich einen Abstecher zu Wadham und trank Whisky mit Dick Hodge*. Je besser ich ihn kennenlerne, umso mehr weiß ich sein großzügiges Naturell zu schätzen.

Samstag, 28. Februar

Zu meiner gelinden Überraschung hat es mir auf Le Maynes Fête recht gut gefallen. Ein paar jüngere Dozenten, ein Journalist aus London (den Namen hab ich nicht verstanden) und etwa ein Dutzend handverlesene Studenten. Le Maynes Haus liegt in einer Seitenstraße der Banbury Road. Wir sammelten uns im Salon (von der geheimnisvollen Mrs Le Mayne keine Spur), von dort kam man in eine große Bibliothek mit Blick auf den Rasen, der sich bis zum Cherwell hinabsenkt. In der Bibliothek war das Buffet angerichtet: kalter Braten und Pastete mit Kartoffelsalat, rote Bete und dergleichen. Danach folgten Käse, Apfeltorte und Sahne. Ein paar Dienstmädchen gingen herum und schenkten Rot- und Weißwein nach. Wir füllten unsere Teller und aßen im Stehen oder setzten uns auf Sessellehnen oder an kleine runde Tische – alles sehr zwanglos. Ein bisschen war es wie eine kleine Hochzeitsfeier – Le Mayne als geübter und rühriger Gastgeber machte immer die Runde, schob die Leute umher, machte sie miteinander bekannt oder schürte die Unterhaltung mit einer passenden Bemerkung oder Beobachtung: »Richtig, Toby, du hast ja in Rom gelebt«, oder »Logan

---

* Richard Hodge, ein neuer Freund von LMS.

hat eine sehr umstrittene Meinung zum neuen Gebäude des Oriel«. Am Anfang ging es ein bisschen steif zu, aber es war viel besser als bei einem förmlichen Dinner (wie in Bowras Salon*), und während der Wein floss und Le Mayne seine Arbeit verrichtete, merkte man, dass man bald mit so gut wie jedem ins Gespräch gekommen war.

Und Frauen waren da! Eine Dozentin vom Somerville und zwei Studentinnen. Le Mayne stellte mich einer vor, aber ich verstand ihren Vornamen nicht, eine Soundso Fothergill. Ich bat sie, ihn zu wiederholen.

»Land«, sagte sie.

»Land? Ist das eine Kurzform von etwas?«

»Nein. Einfach Land.«

Also: Land Fothergill. Als Studienfach nannte sie »Moderne Klassiker«, was sich als Philosophie, Politik und Ökonomie herausstellte. Sie ist zierlich und trägt einen strengen kurzen Pony, der nicht recht zu ihrer breiten Stirn passt. Sie hat neugierige olivgrüne Augen und raucht mit herausfordernder Selbstverständlichkeit.

»Und was machen Sie?«, fragte sie.

»Ich sterbe vor Langeweile.«

»Dann werde ich Ihnen nicht länger die Zeit stehlen.«

»Nein«, sagte ich hastig. Ich war schon ganz von ihr eingenommen. »Ich meine, hier in Oxford. Ich kann den Ort nicht ausstehen. Ich studiere Geschichte, gewissermaßen.«

»Oh, einer von Le Maynes jungen Stars. Nun, wenn Sie das tröstet: Ich mag Oxford auch nicht.«

Sie sagte, sie komme sich vor wie in einer Art Frauengefängnis oder Kaserne. Ihr Vater sei Maler (sie schien zu meinen, ich müsste von ihm gehört haben) und wohne in Hampstead.

---

*   Maurice Bowra (1898–1971), Gelehrter und Kritiker. Seine Gastfreundschaft am Wadham College war legendär.

Ich sagte ihr, dass ich ein Buch über Shelley schreibe. Wir tauschten unsere Visitenkarten.

»Vielleicht können wir irgendwann einen Kaffee miteinander trinken?«

»Da müsste ich vorher meiner Anstandsdame entkommen.« Wenn ich jetzt an sie denke, finde ich sie ziemlich attraktiv. Diese seltsamen Augen lassen einen nicht mehr los.

[NACHTRAG: Warum Shelley? Ich kann mich nicht recht erinnern. Die Gedichte hatte ich in der Schule gelesen, wie die meisten Pubertierenden im Glauben, sie zu verstehen. Ich erinnere mich an ein Zitat von Teresa Guiccioli, der Geliebten Byrons. Sie lernte Shelley kurz vor seinem Tod in Pisa kennen und beschrieb ihn als sehr groß, rothaarig, leicht gebeugt. Er habe sehr schlechte Haut, bemerkte sie, aber absolut tadellose Manieren. Ich glaube, dieses Kurzporträt, das mir einen Shelley zeigte, wie ich ihn nicht kannte, gab den Ausschlag. Plötzlich war Shelley ein Mensch aus Fleisch und Blut, nicht das ätherische blonde Genie, als das ihn die populäre Ikonographie hinstellte. Ich wollte mehr über ihn erfahren und, als ich mir ein eigenes Bild von ihm gemacht hatte, der Welt *meinen* Shelley als den einzig korrekten und wahrhaftigen präsentieren. Worin immer die Schwächen des Buches bestehen mögen, das ich dann schrieb: Niemand konnte behaupten, dass es seinen Gegenstand idealisierte oder sentimentalisierte. Zudem ist Shelley jung gestorben – im Alter von neunundzwanzig Jahren –, und der frühe Tod der größten Begabungen hat für junge Autoren stets etwas Faszinierendes.]

Dienstag, 3. März

Peter meldete sich heute Morgen, offensichtlich in einer Art Krise. Er nannte keine Gründe, aber bat mich, mit ihm nach

Islip zu radeln. Ich schob meinen Aufsatz über die Chartisten beiseite und holte mein Fahrrad heraus.

Als wir Islip erreichten (nach einer Stunde zügiger Fahrt), gingen wir sofort in den Pub. Peter starrte mit einer Miene in den Bierschaum, als müsste er die Bürde der ganzen Welt auf seinen Schultern tragen.

»Schlechte Nachrichten?«, fragte ich schließlich.

»Tess ist hier.«

»Tess? Hier? Wo?« (So klingt es, wenn man verblüfft ist.)

»Hier in Islip. Sie hat ein Häuschen gemietet und arbeitet in einer Baumschule in Waterperry. Sie ist von zu Hause fortgelaufen.«

»Großer Gott.«

»Was soll ich tun? Sie sagt, sie liebt mich.«

»Natürlich sagt sie das. Du musst verstehen, Peter. Frauen ...«

»Und ich liebe sie auch, Logan. Zumindest glaube ich das. Ich möchte sie heiraten, komme, was wolle.«

Darauf gab es keine Antwort. Wir verließen den Pub und liefen die Straße hinab zu einer Reihe von einfachen, strohgedeckten Häusern. Peter klopfte an eine der Türen, und Tess öffnete sie – Tess Clough, zuletzt gesehen im Lamb and Flag von Ringford, vor einer kleinen Ewigkeit. Die Stube war sauber und spärlich möbliert – ein paar Stühle und ein Eichentisch, im Kamin brannte Feuer. Tess schien sich über mich zu freuen und schüttelte mir eifrig die Hand.

»Ich freue mich sehr, Sie zu sehen, Mr Mountstuart. Oxford ist mir nicht mehr so fremd, wenn ich weiß, dass Sie und Peter dort sind, nur ein paar Meilen entfernt.«

Ich bestand darauf, dass sie mich Logan nennt. Sie ging hinaus, um Tee zu kochen.

»Was ist das für ein Geräusch?«, fragte ich. Überall tippelte und raschelte es.

»Das Haus wimmelt von Mäusen.«

Sie ist letzte Woche gekommen, dort eingezogen, hat sich die paar Möbel gekauft (vermutlich stand oben ein Bett) und ihm eine Nachricht beim Pförtner von Balliol hinterlegt. »Sie hat dem Vermieter gesagt, dass ich ihr Bruder bin«, erklärte mir Peter.

»Oh, sehr überzeugend«, erwiderte ich. »Du weißt, was passiert, wenn das College Wind davon kriegt. Das wird ein Festtag für die Disziplinarbeamten.«

»Sie hatte nur Geld für eine Wochenmiete, nachdem sie ihre Einrichtung zusammengekauft hat. Also habe ich drei Monate im Voraus bezahlt.«

»Du bist ja schlimmer als Alfred Duggan*«, sagte ich. »Sie werden denken, du hältst dir eine Mätresse. ›Kennt ihr den Scabius? Das ist der Kerl, der sich in Islip eine Mätresse hält.‹«

Dann kam Tess mit dem Tee, und wir redeten über dies und jenes. Wie sich herausstellte, gibt sich Tess im Dorf als Tess Scabius aus. Die Sache wird binnen Tagen auffliegen. Die Miete kostet allerdings nur ein Pfund die Woche, und das kann sich Peter leisten. Es zeigte sich auch, dass sie älter ist als wir – zweiundzwanzig. Sie sah ziemlich hübsch aus, wie sie in ihrem blauen Baumwollkleid am Kamin saß. Peter sagt, er muss nur warten, bis er einundzwanzig ist, dann kann sich sein Vater »den Strick nehmen«. Mutige Worte. Ihm scheint das alles zu Kopf gestiegen zu sein. Dass ausgerechnet ihm das passiert! Ich blieb bis in die Nacht auf und schrieb Ben einen langen Brief über den neuesten Stand der Dinge.

---

* Alfred Duggan, Stiefsohn von Lord Curzon, studierte 1923–1926 im Balliol College und war bekannt dafür, dass er während des Trimesters die Nächte meistens in London verbrachte, um »Frauen zu haben«.

Mittwoch, 18. März

Kaffee mit Land Fothergill im Cadena. Sie trug einen Samt-
mantel, der gut zu ihrer Augenfarbe passte. Wir diskutierten
ein bisschen förmlich über Mussolini und Italien, und mir
war peinlich, dass sie so viel besser Bescheid wusste als ich –
ihre Meinung ist dezidiert und voller charakteristischer Details; meine schien den Leitartikeln der *Daily Mail* entliehen –
das heißt denen, die ich gelesen hatte. Ich entschuldige das
vor mir selbst mit dem Umstand, dass sie ja Politik studiert,
aber es bleibt trotzdem eine Tatsache, dass mein Verstand hier
in Oxford verkümmert und von dem ewigen Glockengeläute
betäubt und abgestumpft wird. Ich schulde Blackwell achtzehn Pfund für Bücher, Halls dreiundsiebzig Pfund für di-
verse Kleidung, die College-Verpflegung kostet mich einen
weiteren Zehner, und Gott weiß, was der Weinhändler mir
berechnet. Dick Hodge hat gefragt, ob ich zu Ostern mit
ihm nach Spanien reisen will, und ich hätte nicht übel Lust
dazu. Er sagt, mehr als zehn Pfund braucht man nicht, alles
ist spottbillig dort, besonders wenn wir dritter Klasse reisen.
Vielleicht warte ich bis zum Sommer. Mich reizt der Gedanke
an London – diese Stadt ist mir schließlich noch immer so gut
wie unbekannt.

Freitag, 10. April, Sumner Place, South Kensington

Mutter hat das Haus völlig umgekrempelt. Draußen glänzt
der frisch geweißte Stuck. Drinnen sind alle Wände lackiert,
die Vorhänge und sämtliche Materialien von einer Pracht, dass
einem die Augen tränen. Das Obergeschoss hat sie für mich
eingerichtet: Mein Schlafzimmer und der Ankleideraum sind
dunkelorange mit smaragdgrünen Vorhängen, und in dem
kleinen Wohnzimmer, das noch dazugehört, sind diese Farben

umgekehrt. Wir haben einen Butler, der Henry heißt, einen Chauffeur (mit neuem Kraftwagen) namens Baker, eine Köchin namens Mrs Heseltine und zwei (ältere) Hausmädchen namens Cecily und Margaret. Mutter hat zudem ihr eigenes Mädchen – Encarnación. Sie sprechen ein lautes und scharfes Spanisch miteinander – zur sichtlichen Verblüffung des übrigen Hauspersonals. Wir sind eindeutig reich. Vater hat nicht zu viel versprochen, als er sagte, wir würden gut versorgt sein.

Und zum ersten Mal im Leben vermisse ich seine sanfte, unaufdringliche Gegenwart. Heute ist Karfreitag, und Mutter fragte, ob ich zur Messe ins Brompton Oratory mitkomme, aber ich verzichtete. Als mein Vater beerdigt wurde, sank mein Glaube – worin er auch bestanden haben mochte – mit ihm ins Grab. Shelley hatte so recht: Atheismus ist in dieser unserer Welt eine absolute Notwendigkeit. Wenn wir als Individuen überleben wollen, müssen wir uns auf die Kraft des menschlichen Geistes stützen – die Anrufung einer Gottheit oder der Götter ist nur eine Form der Täuschung. Ebenso gut könnten wir den Mond anheulen.

Beim Abendessen verkündete Mutter, dass sie am Montag nach Paris fährt, für eine Woche oder vielleicht zehn Tage. Ich gestand ihr zu, dass sie sich nach dem anstrengenden Dekorieren eine Erholung verdient hat.

»Ich werde einen Freund besuchen«, sagte sie mit einer wahrhaft furchtbaren Geziertheit. »Einen amerikanischen Gentleman aus meiner Bekanntschaft – Mr Prendergast.«

Aha, der berühmte Mr Prendergast, dachte ich, aber ich heuchelte Ahnungslosigkeit.

»Wer ist dieser Mr Prendergast?«

»Ich hoffe, ihr werdet gute Freunde.«

»An dieser Hoffnung kann ich dich nicht hindern, Mutter.«

»Sei nicht schwierig, Logan. Er ist ein netter Mensch – *muy simpático.* Er berät mich bei meinen Investitionen.«

Ich sagte, ich würde ihn gern kennenlernen. Vielleicht sind all diese Hausdiener, der ganze Pomp das Resultat von Mr Prendergasts Finanzgenie. Ich fragte, ob ich in ihrer Abwesenheit Dick Hodge zu uns einladen darf. Sie hatte keine Einwände.

Samstag, 18. April

Mutter ist noch fort, und Dick Hodge ist noch hier, doch heute ist uns beiden speiübel. Gestern Abend gingen wir ins Café Royal und tranken Champagner. Dann ins Alhambra zur Vorstellung. Danach haben wir im 50-50-Club weitergetrunken, diesmal Brandy – und zwei Nutten angesprochen. Dick geht sehr offen mit ihnen um – es war hochkomisch.

DICK: Wie viel?
ERSTE NUTTE: Hängt davon ab, was wir machen, oder?
DICK: Ich will wissen, wie deine Preise sind.
ZWEITE NUTTE: Denkst du, wir arbeiten für Stücklohn?
DICK: Ich gehe auch nicht ins Restaurant, ohne zu wissen, was es kostet. Oder?

Bald hatten sie genug von uns und zogen ab. Dick erzählte, er hat in Madrid ein Bordell besucht, und was er dort erlebt hat, »war kein bisschen aufregend«. Wieder zu Hause, stöberte ich eine Flasche Portwein auf, und wir tranken bis tief in die Nacht. Ich rauchte eine halbe Zigarre, die vermutlich der Grund dafür ist, warum ich mich heute Morgen so groggy fühle. Dick fragte mich, ob ich jemals einen Jungen geküsst habe. Ich gestand ihm, dass ich keine Schwäche für Jungs habe. Er sagte, in der Schule (Harrow) habe er sie zu Dutzenden geküsst, allerdings habe es gar keine andere Alternative gegeben, und jeder dort hatte einen, auf den er scharf war. Ich erzählte ihm von Lucy, und er schien ziemlich beeindruckt. »Ich will keinen Sex ohne Liebe«, war der letzte Satz von ihm, an den ich mich erinnere.

Montag, 20. April

Dick ist heute Morgen nach Galashiels abgereist. Wir ließen uns von Baker nach King's Cross kutschieren, und ich empfand eine herzliche Zuneigung für ihn (Dick, nicht Baker). Ich glaube, es ist gut, neben Ben und Peter einen weiteren engen Freund zu haben – einen, der mich nicht aus der Schule kennt und mich so nimmt, wie ich heute bin. Aber als er durch die Sperre ging, um in seinen Zug zu steigen, gab er mir nicht mal die Hand. Er schwenkte den Hut, sagte »Zurück auf die Farm« und lief davon, ohne sich auch nur umzudrehen.

Dick ist mir wirklich ein Rätsel. Er hat eine tiefschürfende, kritische Intelligenz – zum Beispiel behauptet er, Shakespeare zu verabscheuen –, aber sie scheint ständig im Widerstreit mit seiner kompromisslosen Grobheit zu liegen. Gott weiß, was er meiner Mutter erzählen würde. Es ist diese absolute Offenherzigkeit an ihm, die ich so anziehend finde, und da ich mich kenne, verstehe ich auch sehr gut, warum mich gerade dieser Charakterzug an ihm reizt. Aber was hält Dick Hodge von Logan Mountstuart? Wenn die Art seines Abschieds ein Hinweis darauf ist, offenbar sehr wenig.

Mutter hat telegraphiert, dass sie morgen aus Paris zurückkommt. Mr Prendergast reist mit ihr, wird aber im Hyde Park Hotel wohnen.

Freitag, 22. Mai

Mit Peter nach Islip geradelt, zum Tee bei Tess. Erstaunlicherweise ist ihr Verhältnis bis jetzt nicht entdeckt worden, weder von Peters Eltern noch von der Universität und auch nicht von den braven Bürgern Islips. Zum Teil liegt es daran, dass die Baumschule so weit vom Dorf entfernt ist, dass kein Gerede aufkommt. In der Baumschule ist sie nichts als ein Mädchen, das in Islip wohnt und gut mit Pflanzen umgehen kann. Und die Leute hier sehen sie so selten, dass sie keinerlei Verdacht weckt. Sie zahlt ihre Rechnungen und ist jedenfalls bei ihren Nachbarn beliebt. Gelegentliche Besuche von ihrem »Bruder« aus Oxford erregen kein Aufsehen. Peter erzählte, dass er in den Ferien ein langes Wochenende mit ihr verbracht hat. Sie haben gelebt wie Mann und Frau, sagte er (deutlicher musste er nicht werden). Seine Liebe zu ihr ist grenzenlos.

Das Häuschen sah hübsch aus, proper hergerichtet mit allen Arten von Blumen im Vorgarten. (Ich muss die Blumennamen lernen, diese Unwissenheit ärgert mich. Wenn ich ein Dutzend Baumarten kenne, kann ich mir auch ein paar Blumensorten merken.) Die Dielen sind frisch gestrichen und mit kleinen Läufern belegt, freundliche Vorhänge zieren die Fenster, hinzugekommen sind zwei Sessel vor dem Kamin und eine kleine Kommode. Peter räumt jedoch ein, dass Tess und das Häuschen seine Finanzen belasten, und er hat sich zehn Pfund von mir geborgt, um über den Monat zu kommen.

Wir tranken Tee und aßen bergeweise Anchovis-Toast. Tess war sehr lieb und, wie mir schien, auf ihre bäuerliche Art anmutiger denn je. Als Peter Zigaretten holen ging, sagte sie zu mir, sie kann sich nicht vorstellen, noch glücklicher zu sein. Vom Leben erwartet sie nicht mehr als das, was sie jetzt hat: ihre Arbeit in der Baumschule, ihr Häuschen und Peter. Wie beneidenswert! Vielleicht ist das die Antwort, vielleicht findet man so die wahre Zufriedenheit: indem man sich auf einen engen Horizont beschränkt, sich bescheidene, erreichbare Ziele setzt. Leider ist das nicht jedem vergönnt.

Mittwoch, 3. Juni

Gestern Abend hat Le Mayne in einem Gesellschaftsraum des Mitre ein Dinner für Esmé Clay[*] und ihren Gatten veranstaltet. Es war eine ziemlich grandiose Angelegenheit und muss Le Mayne eine schöne Stange Geld gekostet haben. Ich glaube, er möchte den Eindruck erwecken, dass sein Kreis mondäner ist als der von Bowra oder Urquhart, über Oxford und die akademische Welt hinausreicht und nicht zwangsläufig aus gehässigen Homosexuellen oder weltfremden Intellektuellen besteht. Andere Freunde von ihm sind aus London angereist, und ich glaube, ich sollte mich geschmeichelt fühlen, dass ich zu den Eingeladenen gehöre. Esmé Clay studiert im Palace *Antonius und Kleopatra* ein (»Gott, wie ich dieses Stück verabscheue«, sagte Dick, als ich ihm von der Einladung erzählte.)

Land Fothergill war auch da – ganz in Schwarz, mit glitzernden Pailletten und einem kleinen Kopfputz aus Federn. In dieser Aufmachung sah sie völlig anders aus. Sie machte mich mit Esmé Clay persönlich bekannt (sie ist eine Freundin ihrer Familie), und ich habe mich ziemlich lange mit ihr unterhalten. Ich zitterte vor Aufregung wie ein Kind, nur weil ich mit dieser schönen und berühmten Schauspielerin reden durfte – es war jämmerlich. Ich trug meine neue Smokingjacke, dazu die weiße zweireihige Weste, und ich kam mir sehr schick vor, obwohl mir recht heiß war. Ich merkte kaum, was ich aß, weil meine Augen ständig bei Land waren – die neben Le Mayne saß, wie mir nebenbei auffiel.

Später beim Kaffee fragte ich sie, ob sie auf einen Cocktail

---

[*]   Esmé Clay (1898–1947), Schauspielerin. Ertrank bei einem Bootsunfall bei Minehead, Dorset. Den Gipfel ihres Ruhms erreichte sie in den zwanziger Jahren.

oder einen Champagner mit mir ins Les Invalides kommen würde, aber sie erinnerte mich daran, dass sie ins College zurückmüsse.

»Wir Mädchen dürfen uns von Oxford nicht verderben lassen – im Unterschied zu euch Jungs«, sagte sie und blickte mir direkt in die Augen. »Uns wird nichts Unschickliches in Oxford widerfahren.« Sie ließ den Rauch ihrer Zigarette zur Decke steigen. »Bei euch macht das nichts, aber über uns wachen sie mit Adleraugen.« Ich machte eine schwache Bemerkung, etwa »Wie dumm!« oder »Wie absurd!«, dann sagte sie: »Warum besuchen Sie mich nicht in London?« Sie gab mir die Adresse ihrer Eltern in Hampstead.

Land ist eine eigenartige junge Frau, aber ich spüre ein starkes sexuelles Verlangen nach ihr – und ich glaube, sie weiß es.

Donnerstag, 4. Juni

Meine Shelley-Biographie kommt gut voran – über hundert Seiten sind bereits geschrieben –, aber mein Geschichtsstudium habe ich in letzter Zeit vernachlässigt. Le Mayne sagte, mein letzter Aufsatz sei unzulänglich und unter dem Durchschnitt, und erinnerte mich daran, dass mir das College das Stipendium zu einem bestimmten Zweck bewilligt hat, nicht aber als zinslosen Kredit. Ich glaube, ich nenne mein Buch *Des Menschen Sinneskraft*[*]. Quennell sagte mir, dass er seine Blake-Biographie aufgegeben hat.

Mutter schreibt mir, sie wird nach New York reisen – mit Mr Prendergast –, um ihre »US-Effekten zu konsolidieren«, was immer das bedeuten mag.

---

[*] Nach dem Shelley-Gedicht »Mont Blanc«: »And what were thou, and earth and stars and sea, / If to the human minds' imaginings / Silence and solitude were vacancy?«

»I slept …
Within dim bowers of green and purple moss,
Our young Ione's soft and milky arms
Locked then, as now, behind my dark, moist hair …«
[Shelley, Prometheus Unbound]

Ich denke nur noch an Land, und diese Verse gehen mir nicht mehr aus dem Kopf. *»Soft and milky arms …«* Das Verrückte des sexuellen Verlangens, dunkle Phantasievorstellungen von ihrem nackten Körper. Alle Gedanken an meine Cousine Lucy sind nun graue Vorgeschichte.

Freitag, 19. Juni

Bacchanalische Nacht im Les Invalides. Hatte mit Dick im Spread Eagle in Thame gegessen – wir feierten das Ende des Trimesters und unseren Abschied. Auf dem Rückweg stoppten wir ein Taxi auf der Iffley Road und fuhren auf einen Gutenachttrunk zum Les Invalides. Als ich Dick einschrieb, hörte ich mächtig lautes Klavierspiel, Gelächter und Schreie. Ich fragte Mrs Anderson, was da los sei. Sie war total betrunken, ein Träger ihres Kleids war von den Schultern gerutscht, sodass ihr grässlicher Unterrock sichtbar wurde.

»Ein paar junge Gentlemen, die als Frauen verkleidet sind«, sagte sie.

Es waren aber nur zwei »Frauen« da, als wir hinaufkamen, und in der einen erkannte ich Udo von Schiller, einen deutschen Freund von Cassell. Cassell war auch da, verkleidet als Jagdmeister, und klärte uns auf: Sie waren zu einem Kostümball auf einem Anwesen bei Burford gewesen, wurden aber vom Vater des Gastgebers wegen dekadenten Betragens hinausgeworfen. Er lud Dick und mich ein, mitzufeiern, und aus irgendeinem Grund machten wir mit. Dick übernahm das

Klavierspiel (er ist überraschend gut), es wurde noch mehr getrunken, und dann ging es erst richtig los.

Udo – der mit seiner Perücke und dem Cocktailkleid auffallend gut aussah – führte mich in die Bibliothek, wo ein Pfänderspiel stattfand. Nichts für mich. Ein nackter Mann lief mit erigiertem Glied herum und füllte die Gläser nach. Als ich mich umdrehte und zur Gesangsrunde am Klavier zurückkehren wollte, packte mich ein kleiner Blonder – vollkommen betrunken – beim Arm und sagte: »Gib mir einen Kuss, du erinnerst mich an einen verlorenen Freund.« Also küsste ich ihn. Er schob mir die Zunge in den Mund, wie es Lucy gemacht hatte, und fummelte an meinem Gerät. Ich stieß ihn weg, ziemlich heftig, und er prallte gegen die Täfelung, wirkte benommen und sah ziemlich käsig aus. »Du hast deinen Kuss bekommen«, sagte ich. »Mehr kriegst du nicht.« Udo, der alles mit angesehen hatte, klatschte, als ich ging.

[NACHTRAG 1966: Ich bin mir mehr und mehr sicher, dass es sich bei dem jungen blonden Mann um Evelyn Waugh handelte.[*]]

Dienstag, 21. Juli

Heute geht's nach Hampstead hinauf, auf Besuch zu Land und ihrer Familie. Ich bin ein bisschen nervös, da ich noch nie einen so berühmten Maler kennengelernt habe (ihr Vater ist Vernon Fothergill und wird gepriesen für seine englischen Landschaften im Stil der Fauves). Auch frage ich mich, was ich anziehen soll. Mutter schlug den »schönen Tweedanzug« vor, aber für Tweed ist es zu heiß. Ich wünschte, ich hätte

---

[*] Das ist wenig wahrscheinlich. Waughs Tagebücher geben über diesen Tag keine Auskunft, aber er war in jenem Jahr des Öfteren in Oxford.

einen Baumwollanzug – aber ich kann jetzt unmöglich los und einen besorgen. Oder soll ich Baker zu Harrods oder zu Army and Navy schicken und warten, was er mir bringt? Lächerlich. Ich habe letztes Jahr so viel Sachen gekauft, dass sich sicher etwas Passendes findet.

Später. Am Ende zog ich einen Blazer mit rehbraunen Taschen an, dazu ein gestreiftes Hemd mit Fliege (Abbey, Erste Rugbymannschaft). Land öffnete mir und meinte lachend, ich sähe aus wie ein Handelsvertreter auf Urlaub. Sehr komisch, erwiderte ich und brachte ein ironisches Kichern zu Stande, aber mein Aufzug war wirklich übertrieben. Sie trug eine kittelartige Bluse und Knickerbocker und lief barfuß. Sie führte mich durchs Haus auf die hintere Terrasse mit einem großen Feigenbaum, von der man die abschüssigen Wiesen, die Heide und dahinter, verschwommen im flirrenden Mittagslicht, die riesige City sehen konnte. Unter dem Feigenbaum war der Tisch gedeckt – eine hinreißende Szene. Drei oder vier Hunde von undefinierbarer Rasse räkelten sich in der Sonne.

Ihr Vater sei mit einem Freund im Atelier, sagte sie, als sie mir Zider einschenkte. Ihre Mutter und ihr Bruder Hugh würden sich zu uns gesellen und vielleicht noch ein paar Gäste. »Zu Mittag haben wir immer offenes Haus«, sagte sie, als sei das die natürlichste Sache der Welt. Das Haus war groß und weitläufig, nicht sehr alt, vermutlich Jugendstil, mit Pseudo-Tudor-Anklängen – schlanke spiralförmige Schornsteine, im Inneren frei gelegte Balken und eine Spielmannsgalerie im großen Salon. Überall Bilder und alte Möbel. Sehr wohnlich. War natürlich begeistert. Das Gegenstück zu Sumner Place.

Hugh Fothergill, ihr Bruder, erschien in einem knallroten Hemd ohne Krawatte. Er ist langgliedrig, dünn, mit wildem Haar und energischem Kinn. Er hat gerade das Medizin-

studium abgeschlossen und muss fünfundzwanzig oder sechsundzwanzig sein. Minuten nachdem wir vorgestellt waren,
erzählte er mir, er sei Sozialist. Mrs Fothergill (»Nennen Sie
mich Ursula«) ist ebenfalls schlank, sie wirkte ein wenig abwesend, wie in Gedanken versunken, und widmete der Tischge-
sellschaft nur fünfundsiebzig Prozent ihrer Aufmerksamkeit.
Dann kam der alte Vernon Fothergill, stämmig und rot, sodass er kaum wie ein Maler wirkte, eher wie ein Kneipenwirt.
Besagten Freund brachte er mit, er heißt Henry Lamb* und
ist vermutlich ebenfalls Maler. Beim Essen fragte mich Lamb,
ob ich Lady Ottoline Morrell kenne und ob ich schon in Garsington gewesen bin.** Land sagte: »Ich glaube kaum, dass es
Logan in Garsington gefallen würde.« Ich konnte mit ihrer
Bemerkung nichts anfangen und blieb stumm. Lamb blickte
mich danach ein wenig schief an, als wäre ich ein Spießer. Sie
kann einen schon ganz schön irritieren. Wir aßen kalten Braten, Meerrettich, Salate, dazu gab es Wein oder Bier. Um zu
zeigen, was für ein Spießer ich bin, trank ich Bier.

Nach dem Essen gingen Land und ich mit zwei von den
Hunden in die Heide. Wir setzten uns unter einem schattigen
Baum ins Gras und rauchten. Irgendwann legte sie sich auf
den Rücken und breitete die Arme aus; ich glaube, sie wollte
einen Kuss – aber irgendwie war es mir vergangen. Der Tag
hatte zu viele überwältigende Eindrücke gebracht; ihre Familie hatte mich aus dem Konzept gebracht.

Also sagte ich: »Warum soll ich Garsington nicht mögen?
Ich glaube, mir würde es gefallen.«

»O nein. Sie mögen ja alles Mögliche sein, Logan, aber ein
Snob sind Sie nicht.«

---

*   Henry Lamb (1883–1960), Maler.

**   Lady Ottoline Morrell (1873–1938), Mäzenin. In ihrem Landhaus in Gar-
sington unweit von Oxford empfing sie häufig Schriftsteller und Künstler.

»Woher wissen Sie, dass ich kein Snob bin?«

Sie maß mich mit ihrem festen Blick. »Das sehe ich. Ich verabscheue Snobismus. Ich hätte Sie niemals zum Lunch eingeladen, wenn ich das nur eine Sekunde befürchtet hätte.«

»Ein intellektueller Snob bin ich vielleicht schon«, erwiderte ich.

»Nun, das ist verzeihlich. Da geht es um den Verstand, nicht um die Klasse. Der soziale Snobismus verdirbt dieses Land. Sagt Hugh jedenfalls.«

Wir kehrten um und gingen zum Tee. Wir haben verabredet, miteinander ins Kino zu gehen. Vielleicht küsse ich sie dort, überlege ich mir gerade, in der Dunkelheit des Kinotheaters, wenn ich diesen Blick in ihren Augen nicht sehe.

Freitag, 24. Juli

Mr Prendergast war zum Dinner da. Langsam gefällt er mir – ein magerer, nüchterner, nachdenklicher Mensch. Er ist unglaublich höflich zu mir und behandelt meine Bemerkungen, als wären sie tiefschürfende philosophische Aphorismen. »Ja, Logan, es ist ganz gewiss zu kühl für die Jahreszeit.« »Wie kommt es nur, dass einzig die Engländer Minzsoße zum Lammbraten servieren?« Man kann ihm unmöglich böse sein, aber ich verstehe beim besten Willen nicht, was er in Mutter sieht – und umgekehrt.

Ein überraschendes Telegramm von Roderick Poole und dann sein Anruf. Nächste Woche gehen wir essen. Es muss zehn Jahre her sein, dass ich ihn zuletzt gesehen habe, in Montevideo, meiner verlorenen Heimat. Dann kam noch eine Postkarte von Land aus Cornwall. Was treibt sie dort? Warum hat sie mir nichts davon erzählt? Was wird aus unserem Kinobesuch? Wenn sie zurückkommt, bin ich schon mit Dick in Spanien. Wie ärgerlich!

Mittwoch, 29. Juli

Roderick wirkt glatter als früher. Er ist rundlich geworden, sein Haar lichtet sich, aber er sieht die Welt noch immer im Lichte seines trägen Zynismus. Wir gingen ins Etoile in der Charlotte Street – nettes Lokal. Er arbeitet als Lektor für einen Verlag, der Sprymont & Drew heißt, sein Spezialgebiet sind Schulbücher und Kinderbücher. »Die Egomanie der Kinderbuchautoren muss man erlebt haben, um so etwas für möglich zu halten«, sagte er.

Er nahm mich gründlich in Augenschein; ich musste mich einmal im Kreis drehen, bevor wir das Restaurant betraten. »Nun, du hast dich herausgemacht, das muss man dir lassen.«

Wir fingen mit Austern an. »Was macht dein Buch?«, fragte er.

»Welches Buch?«

»Du schreibst doch bestimmt ein Buch, oder?«

»Zufällig ja. Wie kommst du darauf?«

»Als du zehn warst, hast du mir gesagt, dass du Schriftsteller werden willst.«

»Wirklich?«

Das zu hören machte mich merkwürdig froh: Als hätte sich mein Schicksal in gewisser Weise bestätigt. Oder bin ich nur ein sentimentaler Idiot? Roderick war gut in Form. Er sagte, ich muss *Des Menschen Sinneskraft* an Sprymont & Drew schicken, oder er spricht nie wieder ein Wort mit mir.

Montag, 3. August

Der fragwürdige Reiz von Paris im August: Touristen und Hitze auf den Boulevards, aber das Restaurant, in dem ich mit Ben diniert habe, war so gut wie leer. In der schwülwarmen Nacht gingen wir dann an den Seine-Quais spazieren.

Ben wirkt schon jetzt zehn Jahre älter als ich, aber er war hochinteressiert an den Neuigkeiten aus Oxford und wollte alles über die Peter-und-Tess-Geschichte erfahren.

Er arbeitet bei einer kleinen, aber ziemlich bedeutenden Galerie – Auguste Dard –, die ein sehr modernes Profil hat. Sie verkaufen Gris, Léger, Pinsent, Brancusi, Dax usw. – und von Picasso und Braque natürlich alles, was sie in die Hände kriegen. Er erklärt mich für verrückt, weil ich im August nach Spanien fahre, und findet die Vorstellung abwegig (zugegeben, es war Dicks Idee), dass man ein fremdes Land nur kennenlernt, wenn man seine Witterungsextreme zu spüren bekommt, also die glühende Sommerhitze oder die eisige Umklammerung des Winters.

Dienstag, 4. August

Im Zug von Paris nach Biarritz. Vor der Abfahrt bestand Ben darauf, mir eine kleine ungerahmte Ölskizze von Derain zu verkaufen. Er legte die sieben Pfund aus, die sie kosten sollte, und versprach, das Bild verpacken und nach Sumner Place schicken zu lassen. (Ich telegraphierte an Mutter und bat sie, Ben das Geld zu überweisen.) Ich könne mir das gar nicht leisten bei all meinen Schulden in Oxford, wandte ich ein, aber er ließ nicht locker. Vertrau mir, sagte er wieder und wieder, du wirst es nicht bereuen. Das ist unsere große Chance, hier in Paris zu sein, mit all den Künstlern, selbst bei bescheidenen Mitteln. Etwas an der Art, wie er sich ausdrückte, überzeugte mich, dass er hier sein Glück machen wird. Er nennt sich jetzt »Benedict« Leeping, wie ich auf seiner Visitenkarte sah, also nicht mehr Benjamin. Als er fragte, warum ich so knapp bei Kasse bin, erklärte ich ihm, dass ich nur mit zehn Pfund reise – auch eine von Dicks Vorschriften. Zu viel Geld, meint Dick, schneidet einen von dem Land ab, das man besucht. Ein paar Entbehrungen, der Zwang zum Sparen, selbst ein bisschen Not bringen dich Land und Leuten näher. »Ich hoffe, du machst dich nicht zum Sklaven dieses Dick Hodge«, sagte Ben. Da bestehe keine Gefahr, versicherte ich ihm. Dick war bis jetzt mit seiner Familie in Ostende. Ich verstehe nicht, warum er sich erst in Biarritz mit mir treffen will.

Mittwoch, 5. August

Biarritz. Dick trifft heute Abend ein. Bis dahin werde ich durch diese wunderschöne *station balnéaire* bummeln und ein paar letzte Vorräte besorgen. Wir reisen mit leichtem Gepäck – jeder hat seinen Rucksack, in dem Lesestoff steckt, eine große Flasche Eau de Cologne (wir werden nicht oft baden können, meint Dick, und wollen nicht stinken wie die Böcke), Brillantine für unser Haar (aus den gleichen Gründen), zwei Hemden zum Wechseln, ein paar Krawatten, ein Paar einfache Schuhe, Socken und Unterwäsche und, ordentlich zusammengelegt, die passende Leinenhose zu der Leinenjacke, die wir tragen. Ich habe einen Panamahut gegen die Sonne, Dick nimmt lieber eine Baskenmütze. Bei Tage reisen wir in kurzen Hosen und Wanderschuhen, aber am Abend können wir uns in relativ gut gekleidete junge Gentlemen verwandeln.

Wir haben vor, zu einem Pyrenäenpass hinaufzuwandern, dann soll es zu Fuß oder im Omnibus nach Segovia weitergehen. Von dort fahren wir mit dem Zug nach Madrid und weiter nach Süden, mit Zwischenstationen ganz nach Bedarf, bis ans Mittelmeer. Ich habe einen Schlauch Wein und eine fette Wurst gekauft, die es in sich hat und mehrere Tage reichen wird. Aus unserem Hotelfenster, durch eine Lücke in der Dachlandschaft, sehe ich die schaumgekrönten Brecher auf der *grande plage* ausrollen. Das ist das Freiheitsgefühl des

Reisens – ein Gefühl der Reinigung, der Häutung. Oxford ist eine ferne Erinnerung, London fast vergessen. Und Land? Wer ist diese Land Fothergill, die irgendwo im langweiligen Cornwall versauert?

Donnerstag, *13. August*

Ich bin erschöpft, nur noch der Schatten meiner selbst. Ich habe gewiss zehn Pfund abgenommen und bin von der Sonne verbrannt. Segovia, Madrid, Sevilla, jetzt Algeciras. Ich muss in Ruhe über diese Reise nachdenken. Wo Dick geblieben ist, weiß der Himmel.

Es fing alles so gut an. Ich holte ihn in Biarritz vom Bahnhof ab, wir aßen in einem Bistro am *vieux port,* dann besuchten wir das Casino, wagten aber nicht zu spielen. Am nächsten Morgen in aller Frühe fuhren wir mit dem Omnibus Richtung Pyrenäen und machten uns zu Fuß an den Aufstieg. Gegen Mittag legten wir eine Rast ein, aßen Brot und Käse und plauderten über dies und das – nein, um genau zu sein, sprachen wir über Johnsons *Lebensbeschreibungen der englischen Dichter* (die Dick bei sich hatte), und ich sagte: »Hast du gewusst, dass Dr. Johnsons Katze ›Hodge‹ hieß?«

Er blickte mich merkwürdig an. »Was willst du damit sagen? Na los, spuck's schon aus.«

Ich lachte. »Mein Gott! Wir unterhalten uns doch nur.«

Er blickte an sich herunter, dann schlug er eine Fliege tot, die auf seinem Unterarm saß, und hielt sie mir hin.

»Und diese Fliege heißt Logan.«

»Sei nicht kindisch«, sagte ich.

»Wenn ich wie eine Katze aussehe, siehst du wie eine zerquetschte Fliege aus.«

»Ich habe nicht gesagt, dass du wie eine Katze aussiehst, du alberner Kindskopf.«

»Nein?«, brüllte er und stand auf. Er war völlig außer sich. »Wir sehen uns am 28. in Avignon.«

Und damit stiefelte er davon, den Berg hinauf. Ich wartete eine halbe Stunde, im Glauben, dass er zur Besinnung kommen werde, aber er kam nicht zurück, er schien sich wirklich davongemacht zu haben. Dass ich ihm nachlaufen würde, kam nicht infrage – schließlich war er derjenige, der den Weg kannte. Also kehrte ich um und fuhr im Omnibus zurück nach Biarritz.

Dann habe ich den Zug genommen – dritter Klasse, wie Dick es wollte –, quer durch Spanien nach Süden, wie wir es geplant hatten. Ich sah mir alles an, Kirchen, Moscheen, Paläste, Gemäldegalerien, immer halb in der Erwartung, ihn zu treffen, seine grinsende Visage unter einer Baskenmütze zu entdecken, aber vergeblich. Ich reise nicht wie ein Tourist, sondern eher wie ein Automat durch die Gegend – so hatten wir uns die Sache nicht gedacht, und irgendwie ist mir alles verdorben. Aber am 28. werde ich in Avignon sein, im Hotel de Londres, komme, was wolle. Morgen fahre ich nach Barcelona, dann weiter nach Perpignan, Narbonne, Arles und schließlich Avignon. In Gedanken freue ich mich schon auf Frankreich. Spanien war Dicks Idee. Ich werde wieder herkommen, wann ich es will, wann es mir passt. Ben hatte recht – ich war viel zu sehr der Sklave von Dicks exzentrischen Vorstellungen und Reiseplanungen. Von jetzt an reise ich nur noch aus eigenem Antrieb.

Freitag, 28. August

Avignon. Aß zu Mittag auf dem Platz gegenüber dem Palais des Papes, lief dann den kleinen Kanal entlang zum Hotel. Dick war da. Er trug sich gerade an der Rezeption ein. Er sieht aus, als hätte er einen Unfall gehabt: Sein Gesicht ist brandrot, von Blasen übersät, seine Haut pellt sich ab. Er begrüßte mich strahlend und mit festem Handschlag und erwähnte unseren Streit mit keinem Wort. Vor drei Tagen ist er am Strand eingeschlafen, im tiefen Schatten, wie er glaubte. Natürlich hat er länger geschlafen als beabsichtigt, die Sonne wanderte, und der Schatten bewegte sich allmählich von ihm fort. Am schlimmsten hat es sein Gesicht und die Knie getroffen, aber die Schmerzen lassen schon nach, sagt er. Morgen reisen wir ab, zurück nach Hause, und ich habe ihm seinen kindischen Ausbruch verziehen – er ist gestraft genug.

Dienstag, 8. September, Sumner Place

Heute im Kino habe ich Land geküsst (der Film hieß *Das Karussell*). Unsere Lippen berührten sich für den Bruchteil einer Sekunde, dann stieß sie mich abrupt zurück und zischte: »Mach das nie wieder!« Bei Kettners aßen wir den ersten Gang in fast völligem Schweigen. Schließlich sagte ich: »Hör zu, es tut mir leid. Es ist nur so, dass ich dich mag, und ich dachte, du magst mich auch.«

»Ja«, erwiderte sie. »Ich mag dich noch. Aber ...«

»Es gibt einen anderen.« Plötzlich fühlte ich mich sehr abgeklärt, als wären wir in einem Stück von Noel Coward.

»Wer hat dir das erzählt?«

»Ich hab's erraten. Wer ist es? Hast du ihn in Cornwall kennengelernt?«

»Ja. Aber es stört mich, dass du mich so ins Gebet nimmst.«

Also ließ ich sie erzählen, und währenddessen wurde ich immer bedrückter und fand sie immer schöner. Warum ist im Leben immer alles so vorhersehbar? Der Mann heißt Bobbie (wie grässlich). Bobbie Jarrett. Sein Vater ist der Parlamentsabgeordnete Sir Lucas Jarrett.

»Sir? Vermutlich ein Baronet«, sagte ich geknickt.

»Ja.«

»Jetzt verstehe ich: ›Lady Land Jarrett‹. Ja, das hat einen gewissen Klang. Sieht er gut aus?«

»Das kann man wohl sagen.«

»So gut wie Krösus?«

Für einen Moment dachte ich, sie würde mir die Reste ihrer Mayonnaise-Eier an den Kopf werfen, aber stattdessen fing sie an zu lachen. Ich lachte zurück, und die alte Sympathie zwischen uns war wiederhergestellt, aber mir war ganz schlecht. Die meisten Mädchen wären gegangen oder hätten mich beschimpft oder mir irgendeine Szene gemacht. Aber Land fand das lustig – und dafür vermutlich liebe ich sie. So, nun steht es da. Auch dass ich den nächsten Satz schreiben würde, hätte ich nie für möglich gehalten: Ich will, so schnell es geht, nach Oxford zurück.

Sonntag, *11. Oktober, Jesus College*

Ich wollte heute in die katholische Kapelle hinunter, zur Messe und zur Beichte, aber das klagende Gebimmel der Glocken aus allen Richtungen (warum zum Teufel gibt es so viele Glocken in Oxford?) und die skrofulöse Schwärze der feuchten Mauern (es regnete heftig) schreckten mich ab. Ich fühle mich eigentlich ganz wohl dabei, dass meine Sünden mir allein gehören.

Ich bin heimlich in den Golfclub des College eingetreten. Heute Nachmittag spielte ich in Kidlington mit einem Langweiler namens Parry-Jones neun Löcher. Der Regen hatte aufgehört, und ich schlug Parry-Jones mühelos. Er meinte, ich könne durchaus in die Universitätsmannschaft hineinkommen, sogar ein blaues Trikot kriegen, oder ist es halbblau? Es könnte sich lohnen, und sei es, um vor Le Mayne zu renommieren.

Ben hat mich für den Januar nach Paris eingeladen. Shelley und Golf werden mich bis dahin am Leben erhalten. Heute Abend zum Essen im Balliol mit Peter. Er wird in vier Monaten einundzwanzig.

1926

Dienstag, 26. Januar

Ich muss ständig an Paris denken und frage mich ernsthaft, ob meine Zukunft vielleicht dort liegt. Der Aufenthalt war wunderbar, das Wetter kalt und regnerisch, aber das war mir gerade recht. Geschlafen habe ich bei Ben auf dem Sofa. Seine Wohnung in der Rue de Grenelle ist kaum mehr als ein großer Raum mit einem Ofen in der Ecke und einer stinkenden Toilette im Gang, die von allen Mietern benutzt wird. Er gibt sein ganzes Geld für Bilder aus. An allen Wänden seines Zimmers hängen die Gemälde vier- oder fünffach übereinander. Die meisten davon sind, wie er zugibt, Mittelmaß, aber irgendwo muss man ja anfangen, sagt er. Ich fürchte, die abstrakte Malerei lässt mich kalt – irgendeine Beziehung zum Menschen muss das Bild haben, sonst reden wir nur noch über Formen und Farben, und für ein Kunstwerk reicht das einfach nicht aus. Ich habe die winzige Bleistiftskizze einer Kaffeekanne von Marie Laurencin für dreißig Shilling gekauft, um meine Ansicht zu untermauern, und sagte, ich würde dieses Stück Papier nicht gegen all seine gehorteten Gemälde eintauschen. Ben lachte mich aus. »Wart's nur ab«, sagte er.

James Joyce wohnt ganz in der Nähe der Rue de Grenelle, und Ben kennt ihn flüchtig, er sieht ihn des Öfteren auf der Straße. Eines Abends in einem Lokal zeigte er ihn mir. Er trug eine Augenklappe und wirkte müde und angespannt, aber sehr lebhaft. Sein Kopf ist sehr klein, stellte ich fest, kleiner als der seiner Frau, die bei ihm saß. Am nächsten Tag gingen wir zu Shakespeare & Co, und ich kaufte mir den *Ulysses*. Er fängt gut an, aber ich muss zugeben, dass ich ein bisschen stecken geblieben bin und nur ein Drittel gelesen habe.

Mittwoch, 27. Januar

Ich glaube, das muss ich nachtragen: Wir wollten gerade das Restaurant in St. Germain verlassen – Chez Loick –, als Joyce mit drei Freunden hereinkam, von denen einer mit Ben bekannt war. Wir wechselten ein paar Worte, und ich wurde vorgestellt. Ben, der französisch sprach, nannte mich *»mon ami Logan, un scribouillard«* – zur Verwunderung von Joyce, der das französische Wort offenbar nicht kannte. »Ein was?«, fragte er. Ich trat einen Schritt vor. *»A scrivener«*, sagte ich. *»A scribbler?«*, fragte er zurück und musterte mich mit seinen halb blinden Augen. »So ähnlich«, erwiderte ich. »Sagen wir, *a scribivelard*.« Joyce raffte sich zu einem Lächeln auf. »Das gefällt mir«, sagte er. »Sie müssen damit rechnen, dass ich es stehle.« Das Lächeln verformte sein bleiches, dünnlippiges Gesicht – und plötzlich fiel mir sein irischer Akzent auf. »Sie mössen damit röchnen …«, sagte er.

Donnerstag, 28. Januar

Jesus College. Bitterkalt. Heute Morgen ging ich mit Hut, Mantel und Schal zu den Waschräumen über den Hof, und ich musste das Eis in der Waschschüssel aufbrechen. Diese Gebäude stammen aus dem Mittelalter.

Peters Schulden häufen sich in erschreckendem Maße. Tess hatte Bronchitis über Weihnachten, wie sich herausstellte, und konnte drei Wochen nicht zur Arbeit gehen – natürlich bekam sie keinen Lohn. Er bat seinen Vater um ein Darlehen, aber sein Vater lehnte ab und fordert nun Rechenschaft über Peters Ausgaben. Ich lieh ihm wieder einen Fünfer (bis jetzt hat mich sein Liebesnest 25 Pfund gekostet).

Ich ging mit meinen Golfschlägern zum Port Meadow und schlug ein paar Bälle Richtung Osney. Die Wiesen am Wasser sind alle überfroren, und als die Bälle landeten, hörte ich das Eis knacken. Ich neige noch immer dazu, meine Driverbälle zu verziehen, aber mit den langen Eisen bin ich unglaublich gut. Ich war allein – nur ein paar zitternde Ponys standen am Rand, und am Anfang war das lustige Knallen meiner Schläge und der ferne, klirrende Aufprall der Bälle wunderbar erfrischend. Aber Golf erinnert mich immer an Vater. Ich musste an seine letzten Monate denken und an die Prügel, die mir der Leguan am Tag seines Todes verpasst hat, und meine Stimmung wurde immer trauriger. Was also ein entspannter Zeitvertreib werden sollte, verwandelte sich in tiefste Niedergeschlagenheit. Nun hocke ich hier, trinke Whisky und frage mich, ob ich zu Dick hinübergehen soll, der nur ein paar Meter von hier im Wadham College sitzt. Dick schafft es immer, meine Laune aufzubessern, aber unser desaströser Sommer hat eine gewisse Kühle zwischen uns bewirkt, und er scheint sich in letzter Zeit viel mit einer Gruppe von Harrowianern im Neuen College abzugeben.

Samstag, 30. Januar

Mr Scabius ist nach Oxford gekommen, um mit dem Rektor und dem Dekan vom Balliol zu sprechen. Peter ist außer sich, weil Tess schon wieder Grippe hat und er sich nicht in die Nähe ihres Häuschens traut. Er hat mich gebeten, zu ihr ins Dorf zu fahren, ihr zu erklären, was los ist, und ihr zu sagen, dass er nicht weiß, wann er sie wiedersehen kann. Er hat recht: Die College-Verwaltung wird ihn nach dem Besuch des Vaters besonders gut bewachen. Ich sagte ihm, dass ich ein paar Mitbringsel einpacke und morgen mit dem Fahrrad hinfahre.

Sonntag, 31. Januar

Es fällt mir nicht leicht, dies zu schreiben, aber es muss sein. Meine Hand zittert.

Die Fahrt nach Islip war eine Qual, es war kalt, ein beißender Wind blies mir entgegen, und eine Meile vor dem Dorf fing es an zu regnen. Tess wirkte überhaupt nicht krank – sie sei kurz vor einer Erkältung, sagte sie –, sie hatte die Kaminglut bedeckt, die Gardinen zugezogen, und es war warm und gemütlich in ihrem Häuschen. Eifrig nahm sie mir den nassen Mantel ab und hängte ihn über den Stuhl, kochte frischen Kaffee und bot mir Kekse aus einer Büchse an. Es war seltsam, zum ersten Mal mit ihr allein zu sein, und sehr angenehm, wie sie mich umsorgte; ein winziger Vorgeschmack darauf, wie es sein könnte, eine Frau zu haben, bei der man zu Hause ist, die einem den Mantel abnimmt und ihn am Kamin zum Trocknen aufhängt und einem Tee anbietet. Diese Phantasie wurde erregender – sexuell erregender, meine ich –, als wir in aller Ehrlichkeit über Peter und seinen misstrauischen Vater redeten. Tess sagte, sie sei mir sehr dankbar für meine Offenheit und meine Hilfe – sie wusste alles über meine finanziellen Beiträge zu ihrem Verhältnis. Ich sei das, was sie unter einem »wahren Freund« verstehe.

Sie war überraschend gesprächig, froh über den Besuch und die Gelegenheit, sich auszusprechen. Den Ton der höflichen Zurückhaltung, den sie mir gegenüber angeschlagen hatte, ließ sie völlig fallen. Einmal beugte sie sich vor, um mir Tee nachzuschenken, die Enden ihres Schultertuchs klafften auseinander, und unwillkürlich fiel mein Blick auf ihre Figur, auf ihre Rundungen – um Himmels willen, jetzt schreibe ich schon wie ein Verfasser von Liebesromanen. Dieses Tagebuch verpflichtet mich zu absoluter Offenheit, zu totaler Aufrichtigkeit. Heimlich starrte ich auf ihren Busen und ihre Hüften und stellte sie mir nackt vor. Tess verhielt sich wie ein »nettes« Mädchen, bescheiden und wohl erzogen. Aber sie wusste nicht, dass ich sie von ihrer anderen Seite erlebt hatte, als sie Peters Hosenstall aufknöpfte und seinen Penis in die Hand nahm. Diese andere Tess interessierte mich weit mehr.

Dann fragte sie, wann Peter wiederkommen wird, und ich sagte, ich weiß es nicht, vielleicht in ein paar Wochen oder einem Monat, jedenfalls erst dann, wenn sich das Misstrauen gegen ihn gelegt hat. Das versetzte ihr einen Schock. Sie drehte sich zum Kamin um und fing leise an zu weinen. »Ein Monat? Ein ganzer Monat?« Sie tat mir aufrichtig leid. Sie ist ganz auf sich gestellt, ohne Freunde und Verwandte, und schließlich ist sie es, die von zu Hause weggelaufen ist, die alle Opfer gebracht hat und täglich so tun muss, als wäre sie »Miss Scabius« und hätte in Oxford einen »Bruder«.

Ich kniete mich neben sie und legte den Arm um sie – worauf sich ihr leises Weinen in lautes Schluchzen verwandelte und sie mich an sich zog, sodass ihr Kopf an meiner Brust ruhte.

So leid es mir tut, muss ich doch gestehen, dass mich der Kontakt mit ihrem Körper mächtig erregte. Dieses warme, liebe, schluchzende Wesen in meinen Armen – ich konnte mich nicht mehr beherrschen. Ich drückte sie fester, meine Lippen senkten sich auf ihren Nacken, und ehe ich einen klaren Gedanken fassen konnte, küssten wir uns mit einer Leidenschaft, die schon fast animalisch war.

Wenn ich es jetzt bedenke (ich habe mir gerade einen neuen Whisky eingeschenkt), habe ich damit nur meine Enttäuschung über Land zum Ausdruck gebracht – und sie ihre Enttäuschung über Peter. Da waren wir also, ganz nah und intim, und teilten ein Geheimnis miteinander ... diese körperliche Entäußerung unserer seelischen Verfassung hatten wir einfach gebraucht. Not und Gelegenheit sind die Zutaten eines jeden Verrats.

Gott weiß, wie weit das gegangen wäre, aber ich kam zur Besinnung und brach die Sache behutsam ab. Ich stand auf, und sofort wurde unsere Leidenschaft von Verlegenheit und Peinlichkeit abgelöst. Wir waren beide außer Atem. Sie wickelte sich in ihr Tuch und glättete das in Unordnung geratene Oberteil ihres Kleides. Aber für einen kurzen Moment, bevor sie sich abwandte, sah ich die andere Tess. Sie betrachtete mich, so würde ich sagen, mit einer reinen und sehr anrührenden Sinnlichkeit.

Ich entschuldigte mich, sie entschuldigte sich ebenfalls. Ich sagte, wir seien beide ein wenig entgleist. Sie stimmte mir zu. Ich werde wohl besser gehen, sagte ich, und zog meinen warmen, feuchten Mantel an.

»Wirst du wiederkommen, Logan?«, fragte sie. »Ich meine, jetzt, da Peter ...«

»Ich kann ja ab und zu vorbeischauen«, sagte ich vorsichtig. »Aber nur, wenn du es möchtest.«

»Ich komme nach sechs von der Arbeit. Aber sonntags habe ich immer frei.«

»Sonntags, das wäre eine Möglichkeit. Aber ich kann dir gar nicht sagen, wie leid mir das tut.«

»Mach dir keine Gedanken«, sagte sie. »Das bleibt unter uns. Das braucht niemand zu erfahren.«

»Dann komme ich am nächsten Sonntag mal vorbei«, sagte ich. Meine Stimme war plötzlich merkwürdig heiser.

Voller wollüstiger Träume radelte ich ins College zurück.

Jetzt beim Schreiben setzen natürlich die Zweifel ein – und

die Scham. Woher soll ich denn wissen, wie »reine Sinnlich-keit« aussieht? Und wie komme ich dazu, meine fieberhaf-ten und hitzigen Phantasien auf die Geliebte meines ältesten Freundes zu richten? Alles, was ich bisher unter Zuneigung verstand, war wohl nichts weiter als Mitleid und Mitgefühl.

Dienstag, 2. Februar

Le Mayne hat sich sehr abfällig zu meinem letzten Aufsatz über Pitt d. Jüngeren geäußert. »Beta-gamma, gamma Doppel-plus«, hat er gemeint. »Höchst mittelmäßig. Wieso ist er an der Gicht gestorben? An der Gicht stirbt man nicht, und überhaupt: Was hat das mit seiner Laufbahn zu tun? Machen Sie so weiter, und ich garantiere Ihnen ein Dreierdiplom. Was ist mit Ihnen los?«

Ich murmelte etwas von Familienproblemen. Er wusste, dass es gelogen war.

»Aber Sie geben sich nicht die geringste Mühe«, sagte er. »Das rieche ich doch von Weitem. Sie können sich irren oder in etwas verrennen, das ist verzeihlich. Aber ich dulde keinen, der sich nicht einmal Mühe gibt.«

Ich gab die üblichen Versprechen ab. Dieser Le Mayne macht mir die Hölle heiß und verunsichert mich: Ich möchte ihm gefallen, und gleichzeitig möchte ich ihm klarmachen, dass mir sein Lob keinen Pfifferling wert ist. Entspricht das dem Bild eines guten Lehrers? Erinnert mich an H-D.

War zum Tee bei Peter im Balliol und gab ihm einen frisier-ten Bericht von meinem Besuch bei Tess. Sein Vater vermu-tet, dass er sich an einem Glücksspielring beteiligt oder ein haltloser Trinker ist. Von seinem Doppelleben ahnt er nicht das Geringste. Aber trotzdem will Peter sehr, sehr vorsich-tig sein. Ich bot ihm an, die Verbindung zwischen ihm und Tess aufrechtzuerhalten. Unser Gespräch wurde von einem

Studenten namens Powell[*] unterbrochen, ebenfalls Historiker, wie sich zeigte; ich kannte ihn flüchtig. Sein Tutor ist Kenneth Bell. Peter scheint viel mit den Etonianern am Balliol zusammenzuhocken, es muss dort Dutzende geben. Ich stöhnte über Le Mayne und die tödliche Langeweile des Geschichtsstudiums, und Powell schlug mir vor, zur Englischen Literatur zu wechseln. Ein Freund von ihm, der Englisch studiert, ist ganz begeistert von einem jungen Dozenten namens Coghill am Exeter College[**]. »Nur über die Straße von dir aus«, sagte er. Er lud mich zu einem Drink ein. Sein Freund könnte mir dann mehr erzählen.

Keine schlechte Idee, zu wechseln. Ich habe größte Lust, die Geschichte sausen zu lassen, obwohl mich das wahrscheinlich das Stipendium kostet. Oder ist es zu spät dafür?

Mittwoch, 3. Februar

Postkarte von Tess: »Lieber Logan, bitte komm am Sonntag schon am Vormittag. Nachmittags habe ich zu tun. Aufrichtige Grüße, Tess Scabius.« Nach Einbruch der Dämmerung will sie mich dort nicht sehen. Ich verstehe. So viel zur »reinen Sinnlichkeit« ihres Blicks.

Auf einen Drink bei Powell und seinem Freund Henry Yorke, die beide in der King Edward Street wohnen. Powell ist sehr umgänglich; Yorke hat eine etwas abgehackt wirkende Reserviertheit an sich, die man bei Etonianern häufig findet. Man weiß nie, ob das Ausdruck chronischer Schüchternheit oder majestätischer Selbstüberhebung ist. Yorke sagte, er schreibt

---

[*]   Anthony Powell (1905–1999), Romancier. Sein Freund war Henry Yorke (1905–1974), der als Romancier unter dem Namen Henry Green bekannt wurde.

[**] Nevill Coghill (1899–1980), einflussreicher junger englischer Akademiker am Exeter College. Zu seinen weiteren Schützlingen zählte W. H. Auden.

an einem Roman – »Wie jeder in Oxford«, warf ich ein, worauf
ich einen bösen Blick von ihm erntete. Er findet Coghill wunderbar. Ich glaube, wegen des Wechsels fühle ich erst einmal
bei Le Mayne vor, bevor ich mich an Coghill wende.

Donnerstag, 4. Februar

Den ganzen Tag in der Bodley-Bibliothek gesessen und meinen Aufsatz über Heinrich VIII. geschrieben. Ich will ein Al-
pha. Er soll begreifen, dass ich nicht deshalb zur Englischen
Literatur wechsle, weil ich von Geschichte nichts verstehe.
Habe mich mit Dick im King's Head getroffen – die alte
Freundschaft ist wieder intakt. Sein Fuß war in Gips, und er
musste einen Spazierstock benutzen. Er hat sich zwei Zehen
gebrochen. Als ich ihn fragte, wie das passiert ist, sagte er:
»Beim Fischen.«

Sonntag, 7. Februar

Ich fuhr wieder nach Islip. Bei mir hatte ich Geschenke von
Peter – hundert Zigaretten, eine Flasche Gin, fünf Büchsen
Fleisch, ein Glas Pflaumenmus und eine Fünfpfundnote. Tess
bat mich, ein bisschen Kaminholz zu hacken, also verbrachte
ich eine Stunde in ihrem Hof und zerkleinerte eine Ladung
grüner Eichenklötze, die ihr ein Nachbar geschenkt hat. Ein
anderer Nachbar schaute über die Gartenmauer und fragte,
ob ich Mr Scabius sei.

»Ich bin ein Freund von Mr Scabius. Mr Scabius ist unpässlich.«

»Das tut mir aber leid«, sagte der Mann und fügte mit ge-
senkter Stimme hinzu: »Miss Scabius ist eine charmante junge
Lady. Wir in der Straße mögen sie alle gern. Schrecklich, die
Eltern auf diese Weise zu verlieren – und so jung an Jahren.«

Ich stimmte ihm zu und machte mich wieder ans Holzhacken.

Als mir Rücken und Schultern wehtaten und ich Blasen bekam, hörte ich auf.

Beim Händewaschen in ihrem kleinen Küchenanbau rief ich über die Schulter: »An deiner Stelle würde ich die Scheite hereinbringen, Tess, sie müssen trocknen, damit sie besser brennen.«

Ich hörte ihre Stimme ganz dicht an meinem Ohr. »Du brauchst nicht zu schreien, Logan, ich stehe direkt hinter dir.« Ich spürte den sanften Druck ihres Körpers im Rücken, und ihre Hände, die mich von hinten umfassten. Ich drehte den Hahn zu – das Plätschern des Wassers hatte das Geräusch ihres Herannahens überdeckt. Ich spürte ihre Lippen im Nacken. »Komm ins Bett, Logan«, flüsterte sie.

Das erste Mal war schrecklich. Wir schlüpften nackt unter die Decke und nahmen uns in die Arme, und fast sofort spritzte ich ihr ganzes Bettzeug voll. Dann holte sie Peters Gin, wir tranken ein Glas und rauchten eine Zigarette. Über ihren nackten Körper konnte ich nur staunen. Ich glaube, dass das erste gemeinsame Nacktsein fast einen tieferen Eindruck hinterlässt als der erste Geschlechtsakt. Ihr blühender, warmer, weicher Körper dicht an mich gepresst, ihre Brüste, Schenkel, ihr Bauch – das ist der sinnliche Eindruck, den ich von unserer Begegnung mit nach Hause nehme. Das zweite Mal lief besser: Sehr schnell (ich war wohl nur ein paar Sekunden in ihr und konnte mich nicht zurückhalten), aber es war ein richtiger Akt. »Ich bin hier so einsam«, war alles, was sie zur Erklärung anbot. Ich stellte überhaupt keine Fragen: Die verstandesmäßige, analytische, moralische Seite meines Gehirns hatte ich abgeschaltet. Wir tollten unter der Bettdecke herum, küssten und beknabberten uns, und ich erforschte die sensiblen Zonen ihres Körpers. Dann stieß sie mich ohne viel Umstände aus dem Bett: »Wir können nicht den ganzen Tag vertrödeln«, sagte sie. Wir machten eine Dose Fleisch warm, sie bestrich ein paar Brote dick mit Butter, und wir tranken puren Gin dazu. Es war das beste Sonntagsmahl meines Lebens. Ich war betrunken, als ich nach Oxford zurückradelte, in jeder Hinsicht, aber ich sagte mir: raffiniert ist sie ja – Holzhacken, ein Sonntagsmahl und ein Abschied am frühen Nachmittag – kein Nachbar wird ihren makellosen Ruf in Zweifel ziehen.

Ich sitze also in meinem Zimmer, höre das Stiefelpoltern auf der Treppe, und alle Glocken von Oxford scheinen an diesem Winterabend zu läuten. Ich sage mir: Logan Mountstuart, du bist nicht mehr unschuldig. Ich habe Schmerzen in meinen »Eiern«, wie Dick Hodge dazu sagt, und versuche, die hartnäckige Stimme an meinem Ohr zu überhören, die mir zuflüstert: Sie ist die Geliebte deines besten Freundes, das Mädchen, das er heiraten will … Und ich erwidere, dass es nicht noch einmal passieren wird, dass es einer dieser Irrsinnsmomente zwischen zwei Menschen war, die für immer ihr Geheimnis bleiben werden, und es wird alles wieder sein wie vorher, ohne dass wir Schaden nehmen. Vielleicht glaube ich das, wenn ich es mir oft genug wiederhole. Der 7. Februar 1926. Dieses Datum ist nun für immer in meine Lebensgeschichte eingebrannt.

Sonntag, 14. Februar

Islip. Wieder bei Tess. Zweimal. Peter mit keinem Wort erwähnt. Wir sprechen nur über Belangloses: die Postfrau, die Leute in der Baumschule.

Letzte Woche beschrieb Le Mayne meinen Aufsatz als »Rückkehr zur alten Form«.

Sonntag, 21. März

Die »Tess-Sonntage« sind vorbei, ab jetzt werden sie Erinnerung sein. Peter ist heute zu ihr gefahren. Er glaubt, dass genug Zeit verstrichen ist. Ich war fünf Sonntage bei Tess ... mir ist fast zum Weinen zumute. Aber ich wusste, dass es so nicht weitergehen konnte. Ich liebe sie nicht, und sie liebt mich nicht. Aber absurderweise ertrage ich den Gedanken nicht, dass Peter nun statt meiner bei ihr ist. Wird er nun Büchsenfleisch mit ihr essen und Gin trinken? Das war unser Ritual geworden: Erst ficken, dann Gin trinken, dann essen. Ich fuhr immer zwischen zwei und drei Uhr nachmittags zurück. Mein Gott, Tess – dein unbewegtes Gesicht, dein buschiges braunes Haar, deine schwieligen Gärtnerinnenhände mit den zerkauten Nägeln, deine linkische Art zu rauchen. Du hast mich so gern masturbiert, fast als hättest du ein aufregendes Experiment mit meinem Schwanz angestellt. Und dann dein kleiner Freudenschrei, wenn mein Sperma herausgeschossen kam – »Gleich kommt's«, hast du gerufen, »Ich spüre es. Jetzt kommt's!« Was fange ich nur ohne dich an?

Mittwoch, 14. April

Heute spürte ich zum ersten Mal den Frühling, und nachmittags spazierte ich mit Dick zum Tee nach Whytham hinaus. Die Straßen waren trocken und die Ränder voller Löwenzahn, überall blühte der Weißdorn. Auf dem Weg erzählte ich ihm von Tess und unseren sonntäglichen Treffen. Er fragte mich, wer sie ist, und aus irgendeinem Grund plauderte ich die ganze Geschichte aus.

»Ahnt Peter etwas?«, fragte er.

»Um Gottes willen. Ich hoffe, nicht.«

»Nun, dazu kann ich nur sagen« – er unterbrach sich, um

einen Stein fortzukicken –, »das ist ein ziemlich widerwärtiges Verhältnis.«

»Nein, du verstehst nicht, so eine Art von Mädchen ist sie nicht ...«

»Sie doch nicht, alter Junge. Du. Ich glaube, dein Verhalten ist absolut nichtswürdig.« Er schaute mich an. »Du sinkst in meiner Achtung, und zwar ganz schön tief. Du musst zugeben, dass das eine verdammte Schweinerei ist.«

Zum ersten Mal schämte ich mich richtig, wenigstens eine Weile lang. Und Dick, der mir ehrlich die Meinung gesagt hatte, beließ es dabei; wir diskutierten über den bevorstehenden Streik und ob die Regierung es wirklich so weit kommen lässt.

Kam zurück ins College und las *Nördliche Nacht* von Butler Hughes, statt meinen Aufsatz zu schreiben. Oberflächlicher, aber spannender Roman.

Dienstag, 4. Mai, Sumner Place

Der Streik hat begonnen – die *Daily Mail* ist heute nicht erschienen. Die Old Brompton Road sehr still ohne Busse und ohne Bauarbeiten. In der großen Baugrube an der Ecke zur Bute Street, wo sie die Kanalisation oder was anderes reparieren, waren keine Arbeiter zu sehen, nur ein paar zurückgelassene Pickel und ein Spaten lagen symbolisch herum.

Ich fuhr zum Rathaus von Chelsea und bewarb mich als Hilfspolizist. Ich wurde vereidigt, erhielt Armbinde, Stahlhelm und Gummiknüppel und bekam den Befehl, mich im Polizeirevier zu melden. Dort wurde ich einem richtigen Polizisten zugeteilt, Konstabler Darker. Darker ist ein stattlicher Mann, sein breites, gespaltenes Kinn und seine dichten buschigen Augenbrauen verleihen ihm ein leicht brutales Aussehen. Vier Stunden lang liefen wir durch die Straßen von Knightsbridge, aber wir entdeckten keinerlei Anzeichen von Unruhe oder Krawall. Nur einmal wurde es brenzlig, als Darker in einer Gasse neben einem Pub verschwand und mich auf der Straße stehen ließ. Vier Männer, die in den Pub wollten, ich glaube, Arbeiter, blieben stehen und starrten mich an. Einer sagte: »Schaut euch den an! Ein Hilfspolyp.« Sie lachten, und ich ging ein paar Meter auf Abstand, ließ den Gummiknüppel lässig baumeln und hoffte inständig auf die Rückkehr von Darker, aber sie betraten den Pub, ohne sich weiter um mich zu kümmern. Da kam auch schon Darker, sah mich prüfend an und fragte: »Alles in Ordnung, Mr Mountstuart? Sie schauen ja drein, als hätten Sie ein Gespenst gesehen.« Ich sagte ihm nichts von dem Vorfall. Seltsam und irgendwie besorgniserregend, dass mir meine Angst so deutlich ins Gesicht geschrieben stand. Um unseren Zusammenhalt zu festigen, bat ich Darker, mich Logan zu nennen. Ein wenig widerstrebend sagte er, dass er Joseph heißt. Ich glaube, er hat es lieber, wenn ich ihn mit Konstabler oder Darker anrede.

Anruf von Dick Hodge: Er wird in Edinburgh zum Lokomotivführer ausgebildet. Offenbar haben Streikende in Hammersmith ein paar Straßenbahnen demoliert, und gerüchteweise heißt es, dass in Leeds ein Hilfskonstabler vom Mob zu Tode getrampelt wurde.

Samstag, 8. Mai

Bis Mittag habe ich mit Darker den Verkehr auf der Kreuzung King's Road – Sydney Street geregelt, was nicht anstrengend war, da die Straßen noch immer sehr ruhig sind. Darker wollte kurz mal verschwinden, auf eine Tasse Tee und eine Zigarette, und fragte mich, ob ich zehn Minuten allein weitermachen könne. Klar, versicherte ich ihm.

Alles ging gut, bis ich einen kleinen Wagen durchwinkte, der auf der King's Road links abbog. Gleich darauf hielt er vor dem Palace Theatre, und der Fahrer stieg aus – es war Hugh Fothergill. Das Gespräch verlief etwa so:

ICH: Hallo, Hugh. Wie geht es Land? Hab sie nicht gesehen seit …
HUGH: Was zum Teufel treibst du hier?
ICH: Ich bin Hilfs…
HUGH: Ein Streikbrecher bist du. Glaubst du etwa, dieser Streik ist ein Scherz?
ICH (erschrocken): Ich denke nur, wenn das Land in Not ist, müssen alle mit anpacken …

In diesem Moment spuckte er mir ins Gesicht, zeigte mit dem Finger auf mich und brüllte, so laut er konnte: DIESER MANN IST EIN STINKENDER, DRECKIGER STREIKBRECHER! Ein paar Leute blieben stehen und blickten herüber. Ein Mann mit Melone rief: Lasst ihn doch seine Pflicht tun! Und wieder schrie einer: Streikbrecher! Hugh starrte mich hasserfüllt an, stieg zurück in seinen Wagen, fuhr los, auf der King's Road kehrte der Alltag wieder ein. Ich wischte mir Hughs Spucke aus dem Gesicht, und eine Minute später kam Darker angeschlendert. »Wie läuft's, Logan?«, fragte er. »Mach 'ne Pause und geh eine rauchen, wenn du willst. Unten an der Shawfield ist ein Kaffeekiosk.« Jedes Mal, wenn mich Darker alleinlässt, passiert etwas Unangenehmes. Vielleicht melde ich mich morgen krank, wegen Grippe … Als ich dann rauchend am Kiosk stand und die Kaffeetasse hielt, fingen meine Hände merkbar an zu zittern. Ein verzögerter Schock, vermute ich. Offenbar bin ich nicht für die Politik geschaffen.

Mittwoch, 12. Mai

Der Streik ist vorbei. Etwas enttäuschend ist er zu Ende gegangen. Ich war gerade auf der Wache eingetroffen (vor der zwei gepanzerte Wagen parkten und Soldaten mit Gewehren herumstanden), als Darker mir sagte, es sei alles vorüber – »Regierung verhandelt mit der Gewerkschaft«, hatte es gerade im Radio geheißen. (Wir müssen uns unbedingt eins kaufen. Mutter wird begeistert sein.) Ich lieferte Helm und Knüppel ab, die Armbinde behielt ich als Andenken.

Der große Streik ist also vorbei, und mein Kommentar zu diesem bedeutenden Ereignis unserer modernen Geschichte, an dem auch ich einen geringen Anteil hatte? Mir fällt nichts Vernünftiges dazu ein. Meine Gefühle in diesen neun Tagen waren beherrscht von Langeweile mit ein paar Einsprengseln von Angst und Scham. Warum bin ich Hilfskonstabler geworden? Ich tat es, ohne nachzudenken – weil alle in Oxford entschlossen waren, »etwas zu tun«. Habe ich so große Angst vor der Arbeiterklasse? Ist es der Schatten der russischen Revolution, der die Jugend von Oxford dazu treibt, sich freiwillig zu melden? Lustigerweise hat mir die ganze Aktion nur einen bleibenden Vorteil eingebracht, nämlich die Freundschaft eines arbeitenden Menschen – Joseph Darker. Er hat mich für den Sonntag zum Tee eingeladen, um mich seiner Frau vorzustellen.

Ein Brief von Dick. Der Zug, den er fuhr, ist bei Carlisle entgleist, und es gab zwei Tote. Typisch Dick, möchte ich fast sagen.

Montag, 28. Juni, Jesus College

Ich bleibe noch im College, um mir fürs nächste Jahr eine Unterkunft zu sichern. Ein Haus in der Walton Street, nicht weit vom Kanal, gefällt mir sehr gut, und bis Mittwoch müsste ich alles mit dem Schatzmeister geklärt haben. Ich möchte unbedingt ausziehen, aber Le Mayne rät mir ab: »Das befördert nicht gerade Ihren Fleiß«, sagte er und fügte warnend hinzu, dass Studenten, die ausziehen, selten den Abschluss bekommen, den sie verdienen. Ich beruhigte ihn damit, dass ich ausziehen will, um konzentrierter arbeiten zu können, weil mich das Leben im College zu sehr ablenkt.

Gestern traf ich mich mit Land in Headington, und wir radelten über die Landstraßen in Richtung Stadhampton. Sie gab mir einen Brief von Hugh, in dem er sich für sein Verhalten entschuldigt (wahrscheinlich kommt es nicht oft vor, dass man dem Freund der Schwester ins Gesicht spuckt), aber meine Streikbrecherei verurteilt er nach wie vor. Wir setzten uns auf den Dorfanger von Great Milton und aßen unsere Sandwiches. Aus Lands Worten konnte ich heraushören, dass sie immer noch sehr auf Bobbie Jarrett setzt. Also sagte ich ihr rundheraus, dass ich ebenfalls eine »Liebesaffäre« hatte, die aber nun vorbei ist. »Eine richtige Affäre?«, fragte sie. »Mit allem Drum und Dran«, erwiderte ich in bester weltmännischer Manier.

Eigentlich hat mich Tess vor Land gerettet (und vor Lucy, könnte ich hinzufügen). Da ich jetzt eine regelrechte Sexaffäre mit einer anderen Frau hinter mir habe, kann ich Land viel objektiver sehen und nicht mehr durch die rosarote Brille der Schuljungenromantik. In dieser neuen Perspektive kann ich sagen, dass ich sie noch immer attraktiv finde – ich gebe es offen zu –, aber wenn sie mir den ehrenwerten Bobbie Jarrett vorzieht, so sei's drum.

Wir rollten gerade den Berg hinter Garsington hinunter, als ein Mann am Straßenrand nach uns rief. Wir hielten an. Es war ein Bekannter von Land, der, wenn ich recht verstanden

habe, Siggy (Sigismund?) Clay* hieß. Er hatte einen Zeichen-
block und Aquarellfarben bei sich und trug einen groben
Tweedanzug, der ihm ungefähr drei Nummern zu groß war.
Wie sich herausstellte, wohnte er im Manor. Er hatte bereits
eine Glatze, aber zum Ausgleich einen großen, hochgebürste-
ten Schnurrbart. Er lud uns zum Tee ein und duldete keine
Ausflüchte (so etwas nennt man eine starke Persönlichkeit).
Also schoben wir unsere Fahrräder den Berg hinauf und stellten sie vor dem Hotel ab, im Schatten der größten Eiben-
hecke, die ich je gesehen habe. Er führte uns zu einer recht
hübschen überdachten Terrasse. Von dort hatte man einen
herrlichen Blick hinunter bis nach Didcot, und unter uns
erstreckte sich der Garten bis hinab zu einem spiegelnden
Teich, der von Statuen geziert und von uralten Steineichen
überschattet war. Sigismund klingelte und bestellte Tee bei
einem Hausmädchen, das ihm erklärte, es sei bereits serviert
und wieder abgeräumt worden. »Ich verlange Tee«, sagte Sigismund, worauf uns denn tatsächlich ein paar Sandwiches
und ein halber Früchtekuchen serviert wurden. Beim Essen
zeigte uns Sigismund die anderen Gäste, die um den Zierteich
bummelten: Virginia und Leonard Woolf**, Aldous Huxley
und eine Miss Spender-Clay (nicht mit Sigismund verwandt,
wie er versicherte, doch er wolle sie heiraten, da sie eine der
reichsten Frauen Englands sei). Dann kam Ottoline Morrell
auf die Terrasse heraus und schimpfte den lieben Siggy aus,
weil er ein zweites Mal Tee bestellt hatte. »Der dafür sehr zu
wünschen übrigließ«, beschwerte er sich im Gegenzug (sie
schien seine brüsken Vorhaltungen zu genießen). Ich wurde

---

*   Siegfried Clay (1895–1946), Maler. Vorübergehend verheiratet mit der
    Schauspielerin Pamela Lawrence. Nach kurzer Krankheit in Tanger gestor-
    ben.

** Siehe Virginia Woolf, *Tagebücher* Bd. 3, 1925–1930.

vorgestellt – Land kannte sie bereits; mit wem ist Land eigentlich nicht bekannt? Lady Ottoline trug ein purpurnes Kleid mit Paisley-Schal und hatte leuchtendrotes Haar. Anfangs war sie sehr liebenswürdig zu mir. Sie sagte, ich müsse unbedingt wieder nach Garsington kommen, und fragte, an welchem College ich bin. Als ich »Jesus College« sagte, blickte sie mich an, als hätte ich Timbuktu oder John O'Groats gesagt, dann fing sie sich wieder. »Jesus?«, fragte sie. »Da kenne ich niemanden.«

»Vielleicht kennen Sie meinen Tutor, Philip Le Mayne.«

»Ach, der. Den würde ich an Ihrer Stelle umgehend wechseln, Mr Stuarton.«

Inzwischen kamen die anderen Hotelgäste vom Teich herauf, und ich wurde vorgestellt (von Siggy, der meinen Namen noch wusste). Die Woolfs, Aldous Huxley und eine der reichsten Frauen Englands schüttelten mir die Hand.

»Dieser junge Mann wird von Philip Le Mayne unterrichtet«, sagte Lady Ottoline bedeutungsvoll zu Virginia Woolf.

»Ah, die frömmelnde Spinne«, rief sie, und alle außer mir lachten. Mrs Woolf musterte mich von oben bis unten. »Ich sehe, ich habe Sie gekränkt. Wahrscheinlich verehren Sie ihn.«

»Ganz und gar nicht.« Aber bevor ich noch mehr sagen konnte, verkündete Lady Ottoline, dass jetzt alle hinaufgehen und sich umziehen müssten. Also machte ich mich mit Land davon.

Donnerstag, 30. September

Reisen: Im Juli Deauville (mit Mutter und Mr Prendergast). Annehmbares Haus, abscheuliches Wetter. Dann eine Weile London, wo wir in der Hitze schmorten. August bei Dick in Galashiels. Viele Enten geschossen, zum Glück keine getroffen. Am 20. August Beginn meiner Rundreise. Drei Tage Paris bei Ben, dann Vichy, Lyon, Grenoble, Genf. Darauf nach Hyères zu Mr und Mrs Holden-Dawes, die dort in der Neustadt eine Villa gemietet hatten. Hyères war sehr nett mit der Burg und den Palmen, aber es waren zu viele Engländer da. Es gibt sogar einen englischen Vizekonsul (ein alter Kriegskamerad von H-D), eine englische Kirche und einen englischen Arzt. James, wie ich mir nun angewöhnen muss, H-D zu nennen, war wieder ganz der alte Zyniker und verbannte jedes Gespräch über die Abbey von der Tagesordnung. Cynthia ist ganz entzückend. Als Paar scheinen sie sehr glücklich zu sein, und ihr Glück wirkte ansteckend – nirgends und nie zuvor habe ich angenehmere zehn Tage verbracht als bei ihnen. Cynthia übte vormittags Klavier, und ich ging dann zum Baden nach Costabelle. Sie hatten eine sehr gute Köchin, die meisten Abende aßen wir zu Hause, wir unterhielten uns, tranken, hörten Grammophon (sehr abwechslungsreich: Massenet, Gluck, Vivaldi, Brahms, Bruch). James meinte, er wird mich noch vor meinem Abschluss in Oxford besuchen. Ich kann noch gar nicht fassen, dass jetzt mein letztes Jahr beginnt.

Meine neue Unterkunft ist jedenfalls prima. Ich habe ein Zimmer für mich und teile mir Wohnzimmer und Bad mit Ash, einem Studenten der Biowissenschaften. Folglich haben wir wenig oder gar keinen Gesprächsstoff, und wenn er nicht in seinem Zimmer ist, sitzt er meistens im Victoria Arms oder in einem Chemielabor des Keble College. Unsere Vermieter wohnen unter uns im Erdgeschoss – Arthur und Cecily Brewer. Mrs Brewer versorgt uns mit Frühstück und Abendbrot, Mittagessen muss einen Tag im Voraus bestellt werden und kostet anderthalb Shilling zusätzlich. Ich werde hier nicht glücklich, wohl aber zufrieden sein.

Im August wollte Peter mit mir und Tess eine Autopartie nach Irland machen. Ich habe Tess seit meinem letzten Sonn-

tagsbesuch nicht mehr gesehen, und der Gedanke, den An-
standswauwau für »Mr und Mrs Scabius« zu spielen, war mir
unerträglich. Ich redete mich heraus, aber ich glaube, Peter ist
ein wenig misstrauisch geworden. Er fragte mich, ob irgendetwas zwischen mir und Tess vorgefallen ist. – »Jedes Mal,
wenn ich von dir spreche, wechselt sie das Thema.« Nein,
sagte ich, überhaupt nichts, und versicherte ihm, dass sie ein
patentes Mädchen ist. Jetzt beim Schreiben muss ich an sie
und ihre offene, unkomplizierte Geschlechtlichkeit denken.
Sie hat etwas in mir freigesetzt, und auch jetzt noch staune
ich, dass das erste tief greifende Geschlechtserlebnis in gewisser Weise die Bedürfnisse und Sehnsüchte eines ganzen
Lebens bestimmt. Werde ich Jahre damit verbringen, mir eine
andere Tess zu suchen? Werden abgeknabberte Fingernägel
immer ein Signal für mich sein, eine Art sexuelles Erken-
nungszeichen?

Freitag, 12. November

Dinner im George mit Le Mayne und James Holden-Dawes.
Cynthia ist auf Konzertreise in Antwerpen, daher blieben wir
eine reine Männerrunde. Anfangs hielten wir uns wohl alle
ein wenig bedeckt, und ich spürte eine Stimmung der Konkurrenz und des Besitzerstolzes zwischen den beiden, wer
mich am besten kannte, wem ich das meiste verdankte, wer
den größten und nachhaltigsten Einfluss auf mich ausgeübt
hat. Aber wir tranken munter weiter, und nach der Suppe
und dem Fisch wurde es entspannter. Le Mayne und H-D
tauschten Anekdoten über ihre gemeinsamen Freunde aus –
der eine Parlamentsmitglied, der andere Staatssekretär, ein
Dritter »vor die Hunde gegangen«. Ich sagte, ich sei sehr beeindruckt von diesem Beziehungsnetzwerk und dem Meis-
terspion aus Oxford, der überall in der Welt seine Zuträger

habe, und H-D bestätigte: »O ja, das Netz, das Philip gesponnen hat, ist viel größer, als man gemeinhin glaubt.« Dann fiel mir die verächtliche Bemerkung von Virginia Woolf ein, und ich erzählte von dem Vorfall und den Hassreaktionen, die Le Maynes Name in Garsington ausgelöst hat. Er hörte es mit Entzücken, er freute sich tatsächlich und klärte uns über die Gründe auf.

Er sei zweimal in Garsington eingeladen gewesen: das erste Mal sei ohne Zwischenfälle verlaufen (»Ich wurde geprüft und für gut befunden«, sagte er), aber das zweite Mal, im Jahr 1924, sei sehr peinlich gewesen.

»Wir standen noch draußen und wollten gerade zum Dinner hinein«, sagte Le Mayne, »als eine recht laute Frauenstimme in der Gruppe hinter uns verkündete: ›Nein, ich kann es ziemlich genau datieren. Der Charakter der Menschheit hat sich im Dezember 1910 verändert.‹«

Le Mayne habe sich darauf an einen Nebenstehenden gewandt: »Falls Sie ein Beispiel für stupende Dummheit suchen – ein besseres finden Sie nicht«, und die ganze Sache vergessen. »Nein, ich glaube, es war ein wenig mehr Emphase dabei«, fügte er hinzu. Jedenfalls wurde seine Bemerkung Ottoline Morrell hinterbracht, die sie sofort der Frau mit der lauten Stimme weitererzählte – ihrer Freundin Virginia Woolf.

»Sie hatte gerade einen Vortrag in Cambridge gehalten, war ziemlich stolz auf sich und trat entsprechend großspurig auf. Und ich war plötzlich *persona non grata*. Am Ende des Dinners kam Keynes zu mir und fragte, was ich Virginia angetan hätte. Ottoline verweigerte mir den Handschlag, als ich ging.«

Ich fragte, wie es sein könne, dass eine so bedeutende Schriftstellerin keine Kritik vertrage.

»Offenbar ist sie unglaublich und geradezu neurotisch sensibel«, sagte Le Mayne.

»Das ist eben ihre geistige Statur«, meinte H-D. »Die tief

verwurzelte Unsicherheit des Autodidakten.« Er warf Le Mayne ein Lächeln zu. »Sie hält dich wahrscheinlich für oberschlau.«

»Die ultimative englische Abfuhr«, sagte Le Mayne. »Ich erkenne auf schuldig.«

So redeten wir weiter über die Intelligenz und ihre vielfältigen Segnungen (Mrs Woolf bekam dabei noch einige Blessuren ab).

Aber man kann auch zu intelligent sein, sagte ich. Manchmal ist es keine Gabe, sondern ein Fluch.

»Damit müssen Sie schon fertigwerden«, sagte Le Mayne. Ich widersprach, aber er ließ nicht locker. »Reden Sie nicht schlecht über Ihre Geisteskraft, Logan. Sie haben Glück – Sie ahnen ja nicht, welches Glück Sie haben: Unwissenheit ist kein Segen.«

Dann brachte H-D das Gespräch auf meine Zukunft, ein bisschen zu flott, denn mir schien, als hätten sie sich abgesprochen. Ich sagte, ich wolle mein Buch über Shelley fertigschreiben.

»Tun Sie das in Ihrer Freizeit«, meinte Le Mayne. »Was halten Sie von All Souls? – Sie könnten sich als Fellow bewerben.«

Ich schob den Vorschlag lachend beiseite, und das Dinner wurde zu feuchtfröhlich für eine ernste Unterhaltung. Aber als wir die Mäntel anzogen (Le Mayne war noch im Saal und redete mit einem Bekannten), sagte H-D: »Denken Sie drüber nach, Logan. Solche Gunstbeweise bekommt man nicht alle Tage.«

»Sie meinen, die Spinne will einen der Ihren im All Souls platzieren.«

»Das mag schon sein, trotzdem ist die Sache bedenkenswert. Er hält Sie offensichtlich für befähigt. Oder wollen Sie als trauriger Schulmeister enden wie ich?«

»Aber Sie sind doch glücklich«, platzte ich heraus und dachte an Hyères und sein Leben mit Cynthia.

Er konnte sich ein Lächeln nicht verkneifen. »Ja«, sagte er. »Vermutlich bin ich das.«

Samstag, 13. November

Ash klopfte heute Abend an meine Tür und bot mir eine Flasche Stout an. Also tranken wir Bier und plauderten. Ein überraschend sympathischer Kerl: Es stellte sich heraus, dass er Golf spielt und, man höre und staune, ebenfalls aus Birmingham kommt. Oxford hasst er. Sein Vater ist Bezirksrichter, und er soll in seine Fußstapfen treten. Wir unterhielten uns eine ganze Weile, vor allem über das Birmingham, das wir beide kannten. Jetzt ist er weg, ich fühle mich unsagbar traurig und weiß nicht warum. Aber mir wird klar, dass ich beim Reden über Golf und Birmingham wieder einmal unbewusst an meinen Vater denken musste.

1927

Montag, 7. Februar

Ich frage mich langsam, ob ich krank bin. Ich kann mich nur noch mit größter Mühe konzentrieren. Einen Tag zusammenhängender Arbeit schaffe ich gerade mal – wenn ich meinen wöchentlichen Aufsatz für Le Mayne zu Papier bringe. Ich schwänze alle Vorlesungen und verbringe die meiste Zeit im Kino. Es ist wie eine Droge – oder habe ich eine Art Nervenzusammenbruch? Der Niedergang setzte Ende vergangenen Jahres ein, und ich frage mich, ob ich so etwas wie eine Erschöpfungskrankheit habe. Es ist nicht so sehr Müdigkeit

– im Kino schlafe ich nicht ein – als vielmehr tiefe Lustlosigkeit und Apathie. Trotzdem sehe ich gesund aus und habe einen normalen Appetit. Ashs Beispiel folgend, habe ich mir das Biertrinken angewöhnt, und oft, meist abends, findet man mich im Victoria Arms beim Gerstensaft. Die miefige Anonymität des Pubs ziehe ich der stickigen Enge des Les Invalides vor, und ich habe meine Mitgliedschaft dort auslaufen lassen.

Ash glaubt, es handelt sich bei mir um ein intellektuelles Unbehagen. Ich hätte nicht Geschichte studieren sollen, meint er. Wirklichen Erfolg bringt das Studium nur, wenn man das gewählte Fach liebt. Dann macht der Wissenserwerb keine Mühe, weil er zugleich ein Vergnügen ist. Klingt sehr vernünftig, was er da sagt, dieser Preston Ash. Le Mayne ahnt nichts davon. Ich produziere meine Alpha-Standardaufsätze wie am Fließband, aber als ich ihm sagte, dass ich nicht zum All Souls möchte, hat er mich vermutlich aufgegeben. Ash glaubt zudem, dass meine Sucht, Le Mayne zu gefallen, symptomatisch ist. Wahrscheinlich hat er recht: Was gehen mich Le Mayne und seine gute Meinung von mir an? Wenn ich ehrlich sein soll, ist es immer nur so gewesen, dass ich eine gewisse Angst vor Le Mayne hatte.

Freitag, 4. März

Meiner Berechnung nach war ich letzte Woche zweiundzwanzigmal im Kino. Dreimal habe ich Diana de Vere in *Herbst des Schicksals* gesehen – sie nimmt jetzt den Platz in meinem Pantheon ein, den vorher Laurette Taylor innehatte. Von den Oxforder Kinos gefällt mir das Electra am besten, aber diese Woche bin ich mit dem Rad nach Headington gefahren, ins New. Ash sagte, dass der Linienbus direkt vor der Tür hält, also kann ich das New in meine Kinotour einbeziehen. Am Mittwoch im Electra habe ich *Herbst des Schicksals* zweimal hintereinander gesehen, dann bin ich mit dem Rad ins New, habe *Ohne Hoffnung* gesehen und war rechtzeitig zurück, um mir *Eine heimliche Affäre* im Super anzuschauen.

Dienstag, 8. März

Ich stand nach dem Mittagessen Schlange vor dem Kino in der George Street, als mir jemand auf die Schulter tippte. Es war Tess – vor Schreck wäre ich fast in Ohnmacht gefallen. Sie trug ein schwarzes Kostüm mit Hut und sah gut aus. Sie sei jetzt Einkäuferin für die Baumschule und reise in ganz Südengland herum, sagte sie. Sie zeigte mir ihre Hände: »Kein Dreck mehr unter den Nägeln. Siehst du?« Ich sah es. Ihre Fingernägel waren sauber und gepflegt. Trotz der Veränderung empfand ich genau dasselbe für sie, ich wollte mit ihr nach Islip ins Bett, Gin trinken und ficken. Ich gab mir den Anschein der Gelassenheit und lud sie zu einem Kaffee ein, aber sie sagte, sie müsse zurück nach Waterperry.

»Warum besuchst du uns nicht einmal, Logan?«, fragte sie. »Peter weiß nicht, was war, und er wird es nie erfahren. Es gibt keinen Grund, warum wir uns nicht sehen sollten.«

»Es geht nicht«, sagte ich. »Ich werde verrückt, wenn ich bei dir bin und dich nicht berühren, nicht umarmen kann.«

Bei diesen Worten sah ich Tränen in ihren Augen. Offenbar habe ich *Herbst des Schicksals* ein paar Mal zu oft gesehen. Also verabschiedeten wir uns, und ich stellte mich wieder in die Schlange. Den ganzen Film über spürte ich reinstes, schmerzlichstes Verlangen nach ihr – wie einen quälenden Stich in der Seite.

Mittwoch, 27. April

Preston überrascht mich immer wieder – er besitzt einen Kraftwagen, der in Osney Meade in einer Garage steht. Wir sind nach Buckingham gefahren und haben achtzehn Löcher gespielt. Preston ist ein eifriger und ungeduldiger Golfer. Jeden guten Schlag bezahlt er mit drei oder vier verpfuschten. Die Fünfshillingwette habe ich mit Leichtigkeit gewonnen.

Es war ein frischer, windiger Tag, die Platanen und Kastanien haben schon richtige Blätter, das viele Grün überall wirkte fast obszön in seiner Üppigkeit. Inmitten dieser überquellenden Fruchtbarkeit überkam mich ein Gefühl der Sinnlosigkeit, die tiefe Gewissheit, dass ich in Oxford meine Zeit verschwende. Und wie sehr haben wir uns, habe ich mich, in der Abbey danach gesehnt, hierherzukommen … Wir hielten an einem Pub in Wendlebury, tranken Bier und aßen Torte. Ich sah einen Wegweiser nach Islip und wäre fast in Tränen ausgebrochen. Im Gegensatz dazu und dank meiner Gesellschaft fühlt sich Preston in Oxford zum ersten Mal seit drei Jahren sehr wohl.

Freitag, 10. Juni

Es ist vollbracht. Die Prüfungen sind vorbei, es gibt kein Zurück. Ich glaube, ich habe mich wacker geschlagen: Mit den meisten Arbeiten bin ich zufrieden – keine bösen Überraschungen, keine Panikattacken, ich habe alle Fragen beantwortet. Englische Geschichte bis 1485 war besonders gut, ebenso frühe Verfassungsgeschichte und Chartismus. Wirtschaftsgeschichte leidlich. Französischübersetzung überraschend leicht für meine Begriffe. Spätere Verfassungsgeschichte sehr gut. Politische Wissenschaft heute Vormittag war die letzte Prüfungsklausur. Ich schrieb gute, knappe, faktenreiche Sätze.

Ich verließ die Universität, wenn nicht federnden Schrittes, so doch mit einem himmlischen Gefühl der Erleichterung. Vielleicht hätte ich in den letzten Monaten fleißiger sein müssen, aber nach den ersten Klausuren spürte ich, dass das alte Zutrauen in meine natürlichen Fähigkeiten wiederkehrte. Le Mayne fragte mich, wie gut es meiner Einschätzung nach gelaufen sei, und ich antwortete: »So gut, wie zu erwarten war.« Er lächelte nur und sagte: »Und wir erwarten beide Großes.« Er schüttelte mir die Hand. Ich habe die Absicht, mich heute Abend sinnlos zu betrinken.

Das erste Londoner
Tagebuch

Logan Mountstuart schloss das Geschichtsstudium in Oxford mit der Note Drei ab. Für das schlechte Abschneiden und die falsche Zuversicht in seine Fähigkeiten fand er keine Erklärung, doch er tröstete sich damit, dass der Geschichtsabschluss für sein zukünftiges Leben ohne Belang und daher auch das Resultat unwichtig sei. Er zog nach London, ins Haus seiner Mutter am Sumner Place, wo er dank ihrer finanziellen Unterstützung die Arbeit an seiner Shelley-Biographie fortsetzen konnte. Jedoch reiste er jetzt häufiger ins Ausland und verbrachte immer mehr Zeit bei Ben Leeping in Paris. Im Unterschied zu den zwei ersten Tagebüchern datiert er seine Einträge im Ersten Londoner Tagebuch sehr sporadisch. Alle Datierungen in eckigen Klammern sind Vermutungen. Das Tagebuch setzt irgendwann gegen Ende des Jahres 1928 ein.

1928

[Oktober], Sumner Place

Der Londoner Regen, der ans Fenster klopft, weckt Träume von Paris. Ich liege auf dem Sofa, stelle mir vor, dass Bens neue Wohnung mir gehört und wie ich sie einrichten würde.

Lieblingsfarbe: taupe / grün

Lieblingsmöbelstück: ein Louis-Quatorze-Sekretär

Lieblingsgemälde: Bens Vlaminck

Lieblingszeitvertreib: Cocktails in der Abenddämmerung

Je chante l'Europe, ses chemins de fer et ses théâtres
Et ses constellations de cités …

[Valéry Larbaud]

Mutter treibt mich zum Wahnsinn mit ihrer Aufregung über meine Essgewohnheiten. »Ich war doch sechs Wochen weg«, sage ich. »Du hast keine Ahnung davon, was ich esse.« *»Exactamente«*, erwidert sie. »Es ist mir auch egal. In meinem Haus isst du wie ein richtiger Mensch.« Heute Morgen zum Frühstück musste mir Henry einen großen Teller mit Schinken, Eiern und Pilzen servieren. Mir ist speiübel. Ich sagte ihr, mehr als einen Kaffee und eine Zigarette vertrage ich vormittags nicht.

Anna.* Die Anna-Manie stellt sich zuverlässig und pünktlich ein, obwohl ich erst einen Tag wieder hier bin. Das letzte Mal war so gut und so traurig. *Liebesträume* – Träume der Liebe? Träume von der Liebe? Liebesträume von Anna. Als sie sich am Bidet wusch, stellte ich mich ans Fenster und blickte auf die Straße hinab, wo der Colonel geduldig wartete: Das kleine orangerote Glutpünktchen leuchtete auf, als er an der Zigarette zog.

[NACHTRAG 1955: Anna arbeitete in einem erstklassigen *maison de tolérance*. Es hieß Chez Chantal und war in der Rue d'Assas nahe dem Boulevard Montparnasse gelegen. Es war ein sauberes und gut geführtes Haus. Gewöhnlich standen sechs Mädchen zur Verfügung. Anna arbeitete freitags, samstags und montags. Sie muss Ende dreißig gewesen sein, als ich sie im Sommer 1928 zum ersten Mal aufsuchte. Ich erinnere

---

* Anna Nikolajewna Brugosowa. Eine Prostituierte, die LMS 1928/29 in Paris regelmäßig aufsuchte.

mich an ihr wundervolles braunes Haar, das ich sie immer zu lösen bat, was sie dann widerstrebend tat. Ihre Haut war sehr blass und begann schon ihre Festigkeit und Spannkraft zu verlieren.

Unnötigerweise schämte sie sich für ihren kleinen runden Bauch. Sie hatte eine hohe Stirn und eine lange schmale Nase. Sie sprach ein gutes Französisch und ein passables Englisch. Ihr Mann, der Colonel, kam immer am Ende ihrer Schicht und wartete bei Wind und Wetter auf der Straße. In der russischen Revolution und im Bürgerkrieg hatte sie alles verloren. Wenn sie auf die Straße trat, bot er ihr den Arm, und sie liefen zur Metrostation am Montparnasse, ein bürgerliches Pärchen mittleren Alters beim Spazierengehen. Oft frage ich mich, ob mich die frühen sexuellen Erfahrungen mit Tess und Anna unwiderruflich verdorben haben.]

[November]

Als ich Roderick das Manuskript von *Des Menschen Sinneskraft* überreiche, blättert er darin wie in einem Telefonbuch und liest zufällig ein paar Sätze: »Ich habe das Gefühl, dass ich mir damit einen Namen mache«, sagt er. Ich sage: »Kümmere dich lieber um *meinen* Namen.« Er lacht ein wenig gereizt und entschuldigt sich, dass sein Ehrgeiz so durchsichtig ist. Wir reden über Maurois* und ob er ein Problem werden könnte. Roderick meint, im Gegenteil, er hat uns einen Gefallen getan. Er wird uns den Weg ebnen. Er ist der ideale Pfadfinder.

Auf dem Heimweg von unserem Lunch (im Ivy) ist meine Stimmung gehoben, zugleich fühle ich mich irgendwie be-

---

* André Maurois (1885–1967), französischer Schriftsteller, veröffentlichte 1924 eine romanhafte Shelley-Biographie mit dem Titel *Ariel*.

stohlen. Ich bin erst zweiundzwanzig Jahre alt und habe soeben mein erstes Buch beim Verlag abgeliefert. Aber ich frage mich, was ich mit meinem restlichen Leben anfangen soll. Natürlich das nächste Buch schreiben, du Narr.

Einmal, als ich zu Anna ins Zimmer kam, fand ich einen Kamm neben dem Waschbecken. Sie wurde auffallend verlegen, errötete wie ein Schulmädchen, gleichzeitig wurde sie ärgerlich und nervös. Sie warf den Kamm in den Papierkorb. Diese Hinterlassenschaft meines Vorgängers verstörte sie weit mehr als mich. Ein andermal fragte ich, wie alt sie sei, und sie antwortete lachend: »*Oh, très, très vieille.*« Was sie und der Colonel seit 1917 wohl durchgemacht haben? »Bist du alt genug, um meine Mutter sein?«, fragte ich weiter. Sie dachte eine Weile nach, mit gekrauster Stirn. »Ja«, sagte sie. »Wenn ich ein ganz schlimmes Mädchen gewesen wäre.« Verabredungen außerhalb des Chez Chantal verweigert sie mir. Es wäre nicht fair gegenüber dem Colonel, meint sie. Was sie bei Chantal tut, ist diskret von ihrem Leben abgetrennt und endet an der Haustür. Chez Chantal bietet ihr und ihrem Mann lediglich den Lebensunterhalt, wie spärlich der auch immer sein mag. (Warum geht der Colonel nicht arbeiten?, frage ich mich. Aber vielleicht hat er ja eine Arbeit, was weiß ich?) Ich bin ein echter Stammkunde – die anderen Mädchen will ich nicht –, und wenn ich komme, warte ich im Salon, bis Anna frei ist. Ich zahle Madame Chantal fünfzig Franc, was beim gegenwärtigen Wechselkurs weniger als zwei Pfund sind. Anna gebe ich zwanzig Franc Trinkgeld. Sie knifft den Schein sorgfältig und schiebt ihn in eine kleine Lederbörse mit einem dieser Reißverschlüsse. Ich stelle mir gern vor, dass ich den beiden etwas Gutes tue, dass ich für sie sorge, für Anna und ihren traurigen Colonel.

Dienstag, 25. Dezember

Als Weihnachtsgeschenk hat Mutter meinen Unterhalt auf jährlich fünfhundert Pfund erhöht. Ich glaube, wir sind ziemlich reich. Mr Prendergast hat in den Vereinigten Staaten gewiss wahre Wunder vollbracht. Ich komme in Paris mit einem Pfund täglich aus (Besuche bei Anna abgerechnet). Warte noch immer auf Nachrichten von Roderick.

Mittwoch, 26. Dezember

An Ben geschrieben und angefragt, ob ich kommen und über Silvester bleiben darf. Plane den Beginn eines Romans, der von meinen Einblicken in Annas Leben inspiriert ist. Die Vorsicht gebietet mir, zuvor das Schicksal von DMS [*Des Menschen Sinneskraft*] abzuwarten.

1929

Dienstag, 1. Januar

LMS beschließt: auszuziehen, eine eigene Wohnung zu suchen, vorzugsweise in Paris,
    sich mehr um Land zu kümmern,
    skrupelloser zu werden, nicht so nachgiebig zu sein,
    zu arbeiten, zu schreiben, zu leben.

Donnerstag, 24. Januar

Mit Land zum Cocktail im Café Royal verabredet. Ich war zu früh da, fühlte mich aber sehr wohl mit meinem Drink und meinem Buch und verfolgte unauffällig das Geschehen. Ich glaube, meinen Paris-Aufenthalten verdanke ich eine wunderbare Distanz zu den so genannten intellektuellen Zirkeln Londons. Hier haben wir offensichtlich die Wahl zwischen den biertrinkenden journalistischen Kleingeistern (Bennett, Wells) und den ästhetischen Snobs mit ihrem erlauchten Kreis (Bloomsbury). Ich beobachte die *scribouillards,* die von Tisch zu Tisch wandern und von dem schlanken jungen Mann, der mit seinem Proust in der Ecke sitzt, keinerlei Notiz nehmen.

Land kam herein und wurde wie üblich von jedem Dritten gegrüßt. Sie sah müde aus und rückte fast sofort damit heraus, dass sie mit Bobbie Jarrett Schluss gemacht hat. Ich kondolierte ihr – in aller Aufrichtigkeit. Sie strich mir über die Hand und sagte: »Du bist lieb, Logan.« Ich stellte die Vermutung an, dass sich Bobbie, schließlich Sohn eines Baronet und Tory-Bonzen, an ihrem Job (als unbezahlte Sekretärin eines Labourabgeordneten[*]) gestört haben könnte. Sie gab zu, dass etwas dran sein könnte, meinte aber, Bobbie hätte »mehr Größe«, als so zu reagieren. Nichts enttäuscht so sehr wie die Fehler des Geliebten, erinnerte ich sie und dachte dabei, dass dieses Bonmot auf Französisch besser klingen würde. Ich fragte sie auch, ob es nicht ein bisschen schade um ihren Abschluss sei (sie hat natürlich mit Bestnote abgeschlossen), wenn sie jetzt Briefmarken kleben und Briefe tippen müsse. Im Gegenteil: Sie sagt für die nächsten Wahlen eine Labourregierung voraus. Ich brachte sie zu ihrer U-Bahn Richtung Hampstead, und als wir uns zum Abschied küssten, umarmte ich sie kurz.

Später. Mutter und Mr Prendergast geben eine kleine Dinnerparty, ich höre Gelächter von unten. Gleich wird Mutter Rumba-Musik auf dem Grammophon spielen. Jawohl, da

---

[*] Oliver Lee, Parlamentsabgeordneter für Stockwell South 1927–1955.

geht es schon los. Das Wiedersehen mit Land weckte Erinnerungen an Oxford und meinen schlechten Abschluss, den ich noch immer nicht verdaut habe. Ich kann mir nicht erklären, warum ich meine Leistungen so falsch eingeschätzt habe. Ich war wirklich überzeugt, eine gute Arbeit abgeliefert zu haben, und äußerte mich entsprechend gegenüber Le Mayne, als ich zu ihm gerufen wurde. Er war völlig außer Stande, seine Enttäuschung zu verbergen. H-D schrieb mir einen netten Brief – eine Abschlussnote sei maximal zwei Wochen lang von Bedeutung, danach werde sie wie alles im Leben zu einer privaten Ansichtssache. Dick Hodge hat eine Zwei bekommen, Peter ebenfalls. Cassell erschien gar nicht erst zur Prüfung. Preston hat eine Eins und bleibt in Oxford, um seinen Doktor zu machen. Mutter hat nicht ein einziges Mal nach meiner Abschlussnote gefragt. Was glaubt sie wohl, was ich in all den drei Jahren in Oxford getrieben habe?

Die Anna-Manie hat sich interessanterweise gelegt, seit ich mich wieder mit Land treffe. Plötzlich ist es mir recht, wenn ich noch ein Weilchen in London bleibe.

Freitag, 15. Februar

Traf mich mit Dick auf dem Bahnhof von Norwich (wo unzählige Erinnerungen auf mich einstürmten), und wir fuhren zusammen nach Swaffham weiter. Dicker Raureif auf den Feldern, aber die tiefe Sonne schien so kräftig, dass wir die Blenden herunterzogen. Angus [Cassell] holte uns mit seinem schicken Darracq vom Bahnhof ab. Da Dick mir sein zweites Gewehr nicht geben wollte (»Warum nicht?« – »Kauf dir selber eins.«), musste ich mir eines von Angus borgen (und sagte, mein eigenes sei in Reparatur). Angus versicherte mir, er habe das Haus voller Gewehre, das sei gar kein Problem.

Das Haus ist hässlich und hat einen riesigen Stallanbau. Es wurde Mitte des vergangenen Jahrhunderts von seinem Großvater gebaut (dem ersten Earl of Edgefield), aber der Park ist wunderbar ausgereift, die Baumgruppen (zu viele Nadelbäume für meinen Geschmack), die Reitwege und die Sichtachsen sind genauso, wie sie einmal geplant waren. Der große Vorteil eines neuen Hauses ist, dass alles funktioniert: Heißwasser, Zentralheizung, elektrisches Licht. Ich badete, zog mich um und ging hinunter. Der Earl scheint recht harmlos zu sein, mit gewaltigem Bauch, immer gut gelaunt, summt und schnauft er vor sich hin. Wir sollen ihn mit Aelthred anreden, doch ich fürchte, das bringe ich nicht über mich, obwohl Dick dieser Aufforderung sehr eifrig nachkommt. Die Countess, Lady Enid, sieht aus, als hätte sie Gift geschluckt: spindeldürr, verkniffenes Gesicht, schwarzgefärbtes Haar. Insgesamt waren wir zwölf Personen, die Jungen – Angus, seine Schwester, ich und Dick – und verschiedene ältere Einheimische. Beim Dinner saß ich zwischen Lady Enid und Angus' Schwester, Lady Laeticia (»Lottie, bitte«). Lottie ist zierlich, nach neuester Londoner Mode gekleidet, aber ihre Gesichtszüge, die breite Nase, die dünnen Lippen (von ihrer Mutter), der weite Abstand zwischen den Augen, sorgen in ihrem Zusammenwirken dafür, dass ihre Schönheit eher von schlichter Art ist. Sie war jedoch gesprächig und lebhaft und konnte nicht genug von Paris hören. »Waren Sie auf einem *bal nègre*? Sind Ihnen Lesbierinnen begegnet? Sind die Frauen wirklich so schön?« Lady Enid verhörte mich im Gegensatz dazu wie ein Passbeamter. Wo sind Sie geboren? Montevideo. Wo ist das? Uruguay. Es funkt noch immer nicht. In Südamerika. So? Was hat denn Ihre Familie dort gemacht? Mein Vater war Geschäftsmann (das Wort »Corned Beef« wollte ich dieser Gesellschaft lieber nicht zumuten). Wo kommt Ihre Mutter her? Aus Montevideo. Ich hörte, wie es in ihr arbeitete. Sie ist Uruguayerin, sagte ich. Wie wunderbar exotisch für Sie, antwortete sie und wandte sich ihrem rechten Tischnachbarn zu.

Nach dem Essen kam Angus zu mir und entschuldigte sich für seine Mutter – sie stelle diese Verhöre mit jedem an. Ich äußerte die Vermutung, sie könnte ein wenig außer Fassung geraten sein, als sie erfuhr, dass sie neben einem Mischling saß. Angus fand das sehr komisch. »Nun, wenn es dich tröstet«, sagte er, »Lottie ist total begeistert von dir.«

Am nächsten Tag, bei klirrendem Frost, schossen wir Rebhühner, die von Treibern durch den Wald gehetzt wurden. Dann machten wir Picknick in einer Jagdhütte und schossen noch ein paar mehr. Ich traf kein einziges Mal, aber ballerte munter drauflos, um wenigstens den Schein zu wahren. Dick ist ein Mordsschütze – die Vögel purzelten nur so vom Himmel. Am Sonntag redete ich mich mit einer Erkältung heraus, blieb den ganzen Vormittag in der Bibliothek und spielte Canasta mit Lottie (die, wie ich sagen muss, bei näherer Bekanntschaft an Schönheit gewinnt – ohne massives Make-up sieht sie besser aus). Aber Weh und Ach über die geisttötende Langeweile des Landlebens! Alle naselang kam Lady Enid hereinmarschiert, um zu verhindern, dass ich ihre Tochter auf dem Chesterfield vergewaltigte. Kurz vor dem Lunch meldete der Butler einen telefonischen Anruf für Mr Mountstuart. Es war Mutter. Roderick Poole hatte angerufen. »Er sagt, ich soll dir sagen, dass ihm dein Buch gefällt.«

Nach diesem Anruf hätte ich alles überlebt, auch die schlimmsten Zumutungen dieses englischen Pseudo-Adels. Ich hatte das Gefühl, mich weit über dieses dumme Pack erhoben zu haben (Freunde selbstredend ausgeschlossen), das nur über Hunde, die Jagd und ihre öde Verwandtschaft redete. Beim Dinner saß ich zwischen einer Arztgattin und einer Cousine von Lady Enid und plauderte drauflos wie ein alter Bekannter (und erinnere mich an kein Wort mehr von dem, was ich sagte). Ich hatte nur einen Gedanken, und das war mein Buch. MEIN BUCH! Ich würde mein erstes Buch veröffentlichen, und diese Dummköpfe saßen um mich herum, ohne etwas davon zu ahnen. Mochten sie doch für alle Ewigkeit in ihrem eigenen Saft schmoren.

Am Morgen, kurz vor der Abfahrt, nahm mich Lady Enid beiseite. Sie lächelte mich doch tatsächlich an und sagte, ihre Cousine hätte mich sehr charmant gefunden, und da sie im Frühjahr für Lottie einen Tanzabend in London geben würden, würden sie es sich als besondere Ehre anrechnen, wenn ich mich bereitfände, als Lotties Tischherr zu fungieren. Was sollte ich sagen? Aber ich nahm mir den stillen Schwur ab, solche Einladungen, solche Zumutungen in Zukunft zurückzuweisen. Das sind nicht meine Leute, das ist nicht meine Welt. Für Dick ist das etwas anderes. Er kann sich in der englischen Version seines schottischen Adelskarussells heimisch fühlen, aber nicht ich. Angus ist zwar ein guter Kerl, aber soll ich ihn zu meinen besten Freunden rechnen, nur weil wir zusammen in der Abbey waren? Das sind traurige englische Konzessionen. Paris hat mir die Augen geöffnet. Bald liegt das alles weit hinter mir.

[Februar]

Sprymont & Drew wollen mir fünfzig Guineen Vorschuss auf eine Tantieme von fünfzehn Prozent zahlen. Ich fragte Roderick, ob das bei einem Debütanten so Usus ist (um ehrlich zu sein, war es mir egal, weil man bei einer solchen Gelegenheit nichts weiter will, als das gedruckte Buch in Händen zu halten). Er riet mir, einen Literaturagenten anzuheuern, und empfahl einen gewissen Wallace Douglas, der nach ein paar Jahren Anstellung bei Curtis Brown soeben seine eigene

Firma gegründet hat. Roderick nahm mich auf einen Champagner mit in seinen Club (The Savile). Sie bringen das Buch im Herbst. The Savile ist sehr gepflegt; ich überlege, ob ich Roderick bitte, mich für eine Mitgliedschaft zu empfehlen.

Wallace Douglas ist ein bulliger junger Mensch (zweiunddreißig? dreiunddreißig?), der langsam spricht, mit kräftig rollendem schottischen Akzent. »Logan Mountstuart?«, fragte er neugierig. »Haben Sie etwa schottisches Blut?« Ein paar Generationen zurück auf der Vaterseite, antwortete ich. Schotten sind immer sehr darauf bedacht, diese Dinge von Anfang an klarzustellen, habe ich bemerkt. Er kleidet sich wie ein Banker: Dreiteiler, weißes Hemd, standesgemäße Krawatte, geöltes und sauber gescheiteltes Haar. Er sieht aus wie ein athletisch gebauter T. S. Eliot. Ich wurde sein Klient, und er knöpfte mir fünf von meinen fünfzig Guineen ab.

»So«, sagte er. »Und was nun?«

»Ich gehe für eine Weile nach Paris.«

»Wie wäre es mit ein paar Artikeln? *The Mail? The Chronicle?* Amerikanische Zeitschriften nehmen alles über Paris. Soll ich etwas für Sie arrangieren?«

Ich spürte eine plötzliche Aufwallung von Sympathie für diesen vor Zuversicht und Körperfülle strotzenden Pragmatiker. Ich habe das Gefühl, dass wir feste Freunde werden.

»Ja, bitte«, sagte ich. »Ich mache alles.«

Mein Leben als Schriftsteller, mein wahres Leben, hat begonnen.

Montag, *11. März*

Land angerufen und ein Lunch vorgeschlagen. Trafen uns im Napoletana in Soho, aßen Fleischklößchen mit Spagetti und tranken eine Flasche Chianti. Habe ihr die Neuigkeit mitgeteilt, und ihr Gesichtsausdruck zeugte von ungeheuchelter Freude. Sie freut sich wirklich für mich! Ob ich auch so großzügig reagieren könnte, wenn unsere Rollen vertauscht wären? Bestellten eine zweite Flasche Chianti, und da mir der Wein zu Kopf stieg, redete ich über Paris und dass sie hinüberkommen soll, wenn ich dort meine Wohnung eingerichtet habe, dass mein Literaturagent – wie gern ich das ausspreche: mein Literaturagent – mir Aufträge für die amerikanischen Illustrierten verschafft und dass, wenn mein Buch erschienen ist … Ich machte eine Pause, um Luft zu holen, und sie lächelte mich an. Ich hatte nur noch einen Wunsch: sie zu küssen.

[März]

Wallace – wir duzen uns jetzt – hat mich für drei Artikel für *Time & Tide* unter Vertrag genommen und, man höre und staune, auch für die *Herald Tribune* (über die »Pariser Literatenszene«). Dreißig Pfund für die Erstere, fünfzehn Pfund für die Letztere. Er sagt, wenn die gut ankommen, gibt es reichlich Aufträge. Ich kann es kaum abwarten, und trotzdem suche ich nach Vorwänden, meine Reise hinauszuschieben. Die Land-Geschichte ist noch nicht ausgestanden: Ich kann nicht nach Paris, ohne dass wir uns verständigt haben, ohne dass etwas zwischen uns geregelt ist.

Dienstag, 2. April

Es ist spät, elf Uhr abends, und ich sitze allein in einem leeren Abteil und schlürfe Whisky aus der Taschenflasche, während der Fährzug von Waterloo abfährt und durch die schmutzigen, schlecht beleuchteten Londoner Vororte Richtung Tilbury fährt. Morgen bei Tagesanbruch bin ich in Paris.

Habe mit Land im Previtali gegessen, danach brachte sie mich zum Bahnhof. Ich habe fortwährend versucht, sie auf ein Datum für ihren Besuch festzulegen, aber sie wollte nur von der Wahl reden, von Ramsay MacDonald, Oliver Lee, den Wahlkreisen und so weiter. Kurz vor der Abfahrt des Zuges zerrte ich sie hinter einen Gepäckwagen voller Postsäcke und sagte: »Land, ich liebe dich, verdammt noch mal« – und küsste sie. Sie küsste mich durchaus zurück; wir hörten erst auf, als ein paar Gepäckträger zu uns herüberpfiffen. »Komm nach Paris«, sagte ich. »Ich hole dich, sobald ich eingerichtet bin.« »Logan, ich habe einen Job.« »Komm für ein Wochenende.« »Wir werden sehen«, sagte sie. »Schreib mir.« Dann nahm sie mein Gesicht zwischen die Hände und küsste meine Nasenspitze. »Logan«, sagte sie, »wir haben alle Zeit der Welt.« *Nunc scio quid sit Amor.* [Jetzt weiß ich, was Liebe ist.]

[April]

War gestern Abend bei Anna, aber irgendwie war es nicht mehr dasselbe, und sie spürte es. »Alles in Ordnung?«, fragte sie. »*Tout va bien?*« Ich bejahte und zog sie an mich, um es ihr zu beweisen, aber es war klar, dass nichts passieren würde. Ich stand auf und lief im Zimmer umher. Dann goss ich mir ein Glas Wein ein. Anna saß im Bett, mit nackten Brüsten, und schaute mich geduldig an.

»Hast du eine andere?«, fragte sie. »Hier in Paris?«

»Nein. Es gibt ein Mädchen in London ...« Ich beschloss, ihr alles zu erzählen. »Ich kenne sie schon ewig. Wir waren zusammen auf der Universität. Sie ist nicht besonders schön. Aber intelligent, natürlich. Aus einer faszinierenden Familie. Sie geht mir nicht aus dem Kopf.«

»Komm und erzähl mir alles über sie.«

Also setzte ich mich aufs Bett, wir tranken Wein, rauchten, und ich erzählte eine halbe Stunde von Land. Als meine Zeit abgelaufen war, gab ich ihr einen Abschiedskuss und schmiegte mich fest an sie. Ich spürte, dass meine sexuellen Energien zurückgekehrt waren, und bereute nun, dass ich die zwei gemeinsamen Stunden nicht besser genutzt hatte. Ich versprach ihr, sie in ein paar Tagen wieder zu besuchen. (Sie arbeitet inzwischen fünf Tage pro Woche.) Aber der Land-Zauber ist gebrochen.

[April]

Wohne im Hotel Rembrandt in der Rue des Beaux-Arts. Für fünfzig Franc den Tag habe ich ein kleines Schlafzimmer und ein Wohnzimmer unter dem Dach, und für fünf Franc Aufschlag bekomme ich eine Zinkwanne heißes Wasser, sooft ich will. Es ist fast so gut wie eine eigene Wohnung. Ben ist aus seiner Wohnung in der Rue Grenelle ausgezogen und haust nun in einem Zimmer über der Galerie – bei ihm ist einfach kein Platz für mich. Die Galerie ist in der Rue Jacob, und er nennt sie »Leeping Frères« – angeblich vermittelt »Frères« einen Eindruck von Langlebigkeit, den Anschein eines Familienunternehmens. Er hat wirklich einen Bruder – Maurice –, der wesentlich älter als er und Jurist oder Steuerberater in London ist, glaube ich. Wallace hat mir eine monatliche Kolumne im *Mercury* verschafft, für zehn Guineen pro Beitrag. Auf den *Mercury* bin ich nicht versessen – der Dunst von Pfeifenrauch, Bier und feuchtem Tweed umweht ihn –, aber Bettler können nicht wählerisch sein.

Mittwoch, 8. Mai

Vernissage bei Leeping Frères. Ich gehe um 19 Uhr hin – niemand da. Ben ist hochnervös und sorgt sich um die Qualität der Bilder. Er hat einen Derain, ein paar kleine Légers, eine Menge schauriger Russen und eine kleine Zeichnung von Modigliani. In den nächsten Stunden kommen vielleicht ein Dutzend Leute herein, aber verkauft wird nichts. Ich nehme den Modigliani für fünf Pfund und verweigere den Rabatt. Ben ist niedergeschlagen, ich gebe die üblichen Plattitüden von mir, Rom wurde auch nicht an einem Tag erbaut und so weiter.

Jedenfalls nehme ich ihn auf einen Champagner mit ins Flore.

»Sieh doch, was du erreicht hast, Ben.«

»Und was hast du erreicht? Du hast ein Buch geschrieben.«

»Du hast deine eigene Galerie in Paris, zum Teufel noch mal. Und wir sind noch Anfänger.«

»Ich brauche Geld«, sagt er düster. »Ich muss kaufen. Jetzt.«

»Geduld, Geduld.« Ich klinge wie eine alte Jungfer.

Ein Pärchen, das Ben kennt, bleibt an unserem Tisch stehen und wird mir als Tim und Alice Farino vorgestellt, beide Amerikaner. Er ist braungebrannt, gutaussehend und verliert schon sein Haar, sie ist klein, hübsch, mit angestrengt intensiver Miene, als würde sie ständig auf Hochtouren laufen.

»Ihr seid nicht zu meiner Vernissage gekommen«, beklagt sich Ben. Offenbar kennt er sie gut.

»Gott, ich dachte, die wäre nächste Woche«, lügt Farino ungehemmt.

»Wir haben es vergessen«, sagt seine Frau. »Wir hatten Streit. Einen schlimmen, wir mussten uns erst wieder vertragen. In deiner schönen neuen Galerie hättest du uns nicht gewollt.«

Farino wird augenblicklich rot, offenbar ist er doch nicht so lässig, wie er tut. Wir lachen alle, und die Spannung ist gewichen.

Sie wollen sich hier mit anderen Amerikanern treffen und

laden uns ein, mit an ihren Tisch im hinteren Teil des Lokals zu kommen. Im allgemeinen Durcheinander und weil ich schon zu viel getrunken habe, merke ich mir keinen der vielen Namen, die mir zugeworfen werden. Ich sitze neben einem kräftigen Kerl mit kantigem Gesicht und Schnurrbart. Er ist völlig betrunken und brüllt ständig einen kleinen Mann mit spitzem Gesicht an, der am anderen Ende des Tisches sitzt: »Du bist voller Scheiße! Du bist ja so voller Scheiße!« Das scheint irgendein kindischer Scherz zu sein, denn beide lachen sich kaputt darüber. Ben verlässt uns, weil er eine Bekannte sieht, die allein dasitzt. Ich trinke seelenruhig und ganz zufrieden weiter, niemand achtet sonderlich auf mich, und wie von Zauberhand erscheinen immer neue Flaschen Wein auf dem Tisch. Dann schlüpft Alice Farino auf den Platz neben mich und fragt, woher ich Ben kenne und was ich in Paris mache. Als ich ihr erzähle, dass ich auf das Erscheinen meines Buches warte, zupft sie den Kerl mit dem kantigen Gesicht am Ärmel und macht uns bekannt. Logan Mountstuart – Ernest Hemingway. Ich weiß, wer er ist, aber behalte es für mich. Er bekommt in seinem Zustand kaum noch einen Satz heraus und peinigt mich mit seinem nachgeäfften Englisch, »alter Knabe«, »alter Knochen«, »alter Spezi« und so weiter. Alice sagt: »Sei kein beschissener Langweiler, Hem. Du bringst uns nur in Verruf.« Ich beschließe, dass mir Alice Farino recht sympathisch ist, und fliehe hinüber zu Ben, der mit der bleichen, schmalgesichtigen jungen Französin zusammenhockt. Sie wirkt schüchtern, hat eine ernste Ausstrahlung und heißt Sandrine. Den Nachnamen kriege ich nicht mit. Ich erkenne mit der Klarheit, die massives Trinken manchmal in mir bewirkt, dass Ben ernste Absichten verfolgt. Er bestätigt das, als ich ihn in die Rue Jacob zurückbringe. Er ist verliebt in sie, sagt er, und das macht ihm große Kopfschmerzen, weil ihr Vater absolut mittellos ist und sie geschieden mit einem kleinen Jungen dasitzt. »Eine Liebesheirat kann ich mir nicht leisten«, sagt er. »Das passt nicht in meinen Plan.«

Er geht auf die Toilette, um sich zu erbrechen, ich schleiche umher und betrachte die gestapelten Gemälde. Sein Zimmer ist noch kleiner als das in der Rue Grenelle – Bett, Tisch, Stuhl und ein Aktenschrank. Beim Umherspähen sehe ich auf dem Tisch einen Briefumschlag mit vertrauter Handschrift.

»Hast du einen Brief von Peter?«, frage ich, als er kreidebleich zurückkommt.

Sein Blick weicht mir ein wenig aus. »Ja. Ich wollte es dir sagen, aber es kam immer was dazwischen … Er hat Tess geheiratet.«

Er gibt mir den Brief. Es stimmt: sie haben geheiratet und wohnen in Reading, wo Peter als Korrektor bei den *Reading Evening News* arbeitet. Tess hat sich noch nicht mit ihren Eltern versöhnt, und Peter ist von seinem Vater verstoßen. Er schreibt, er war noch nie so glücklich in seinem Leben.

Ich spüre, wie ich grün vor Neid werde und dann eine Aufwallung von Angst folgt. Warum hat Peter an Ben geschrieben und nicht an mich? Hat Tess ihm alles gebeichtet?

»Wahrscheinlich wartet dein Brief in London auf dich«, sagt der gute Ben.

»Wahrscheinlich«, erwidere ich.

Donnerstag, 9. Mai

Ich komme aus meiner Bank (mit dem Geld für die Modigliani-Zeichnung) und laufe Hemingway in die Arme. »Paris ist ein Dorf«, sagt er, dann entschuldigt er sich für sein Benehmen und erklärt mir, dass das Zusammensein mit einem bestimmten Freund* immer einen »brüllenden und ordinären

---

* F. Scott Fitzgerald (1896–1940).

Säufer« aus ihm mache. Wir bummeln über den Boulevard St. Germain, genießen die Frühlingssonne, und er fragt mich, woher ich die Farinos kenne. Ich kläre ihn auf. »Tim ist der größte Faulpelz von Europa«, sagt Hemingway. »Aber sie ist richtig süß.« Wir tauschen die Adressen aus (er ist verheiratet, wie sich dabei herausstellt) und beschließen ein Wiedersehen. Auch von ihm erscheint im Herbst ein Buch[*] – er scheint doch ganz sympathisch zu sein.

Freitag, 7. Juni

Es ist Sommer in Paris. Ich ging zu Anna, aber ihr Zimmer war so heiß und stickig, dass wir unser Geschäft schnell hinter uns brachten. Ich bestellte eine Flasche Chablis im Eiskübel, und wir entspannten uns plaudernd und trinkend auf dem Bett. Ich sagte ihr, dass ich in den nächsten Tagen nach London zurückkehre, und sie erwiderte fast automatisch, dass sie mich vermissen wird und dass ich hoffentlich bald wieder nach Paris komme.

»Wir sind doch Freunde, Anna. Nicht wahr?«

»Natürlich. Ganz besondere Freunde. Du kommst zu mir, *on fait l'amour.* Wie ein richtiges Liebespaar, nur dass du dafür bezahlst.«

»Nein, ich meine, es ist mehr als das. Anders. Du weißt alles über mein Leben. Ich weiß von dir und dem Colonel.«

»Natürlich, Logan. Und du bist sehr großzügig.«

Ist es etwa eine Hausregel bei Madame Chantal, dass jedem Bekenntnis der Zuneigung, ob ehrlichen Herzens oder nicht, mit einer zarten Erinnerung an die wahre – die geschäftliche – Natur der Beziehung begegnet wird? Ich war ein wenig verletzt.

---

[*] *A Farewell to Arms (In einem anderen Land).*

Aus irgendeinem Grund beschloss ich, auf sie zu warten, nachdem ich gegangen war. Es war früh am Abend. Ich versteckte mich in einem Hauseingang, als der Colonel auftauchte. Gegen acht kam Anna aus dem Haus, und die beiden gingen davon, wortlos, Arm in Arm. Ich folgte ihnen zur Metrostation und stieg in letzter Sekunde in den Wagen hinter ihnen. Sie stiegen am Bahnhof Les Halles aus, und in sicherem Abstand, um ja nicht gesehen zu werden, lief ich ihnen nach bis zu ihrem Wohnhaus. Ich schrieb mir Straße und Hausnummer auf. Jetzt frage ich mich, warum ich das getan habe. Was verspreche ich mir davon?

Beschreibe deinen Gemütszustand. Unsicher, unentschieden, fieberhaft.

Skizziere deine Emotionen. Sexuelle Besessenheit. Schuld. Intensives körperliches Wohlgefallen daran, allein in Paris zu sein. Hass auf die Zeit: ein Verlangen, dieses Lebensalter, diesen Tag in dieser Woche, diesen Monat, dieses Jahr für immer festzuhalten. Kann mir nur einen andauernden, allmählichen Niedergang vorstellen. Anna-Fieber im Widerstreit mit dem Land-Fieber. Aber das Anna-Fieber kann ich fünfmal die Woche stillen, wenn nötig. Was das Land-Fieber hervorzurufen scheint.

Warum bist du so besessen von Paris? In Paris fühle ich mich frei.

Donnerstag, 13. Juni

Morgen zurück nach London. Heute Vormittag, kurz vor Mittag, fuhr ich nach Les Halles und wartete etwa eine Stunde vor Annas Haus in der Hoffnung, dass sie herauskommen würde. Ich wollte sie nur noch einmal sehen, fern von Chez Chantal, seinem Dunstkreis und den damit verbundenen Komplikationen. Ich wollte eine ganz lockere

Begegnung auf der Straße, einfach den Hut lüften, einen Gruß tauschen, ein paar Worte über das Wetter und ähnliche Banalitäten mit ihr wechseln und meiner Wege gehen. Ich wollte unserer Beziehung eine weitere Dimension hinzufügen, etwas Alltägliches, was nichts mit dem Bordell oder mit käuflicher Liebe zu tun hat. Aber sie ließ sich natürlich nicht blicken. Meine Füße taten mir weh, und ich kam mir vor wie ein Narr.

Auf der Suche nach der Bushaltestelle lief ich an einem *bistro du coin* vorbei und sah den Colonel durch die Scheibe. Er las die Zeitung, vor sich ein Glas Pastis. Ich trat kurzentschlossen ein und setzte mich an den Nebentisch. Aus der Nähe sah er wesentlich älter aus als Anna, Mitte fünfzig, würde ich vermuten. Seine Kleidung war abgeschabt, aber sauber, und er trug eine gelbe Fliege mit passendem Taschentuch, das aus seiner Brusttasche ragte. Eine Art Dandy also. Sein Bärtchen, an den Enden hochgebürstet, war eher grau als schwarz, genauso wie sein Haar, das glatt zurückgekämmt und gescheitelt war. Als er sich erhob, um die Zeitung zurückzuhängen, stand ich auf und holte sie mir. Die Schlagzeilen handelten alle von Poincarés[*] Krankheit.

»Wie traurig, an so einem schönen Tag krank zu sein«, sagte ich auf Französisch.

Er lächelte mich an, natürlich erkannte er mich nicht. Beim Gedanken, dass ich mit seiner Frau geschlafen, sie etliche Dutzend Male gefickt habe, wurde mir ganz anders, ich wollte ihm versichern, dass wir Anna beide mögen, jeder auf seine Art, dass wir sie uns teilen, dass all meine Trinkgelder auch zu seiner Unterstützung gedacht sind – als würde das unserer Bekanntschaft irgendwie auf die Beine helfen.

Er machte eine Bemerkung über Poincaré, der habe es hin-

---

[*] Zu dieser Zeit französischer Ministerpräsident.

ter sich, etwas in der Art, aber ich verstand ihn nicht, weil er sprach wie ein Maschinengewehr – und völlig akzentfrei.

Wir gingen zurück auf unsere Plätze und begannen eine lose Unterhaltung. Er könne an meinem Akzent erkennen, dass ich Engländer sei, sagte er, und fügte, wie alle Franzosen, höflich hinzu, dass ich bemerkenswert gut französisch spreche. Ich klopfte ein wenig auf den Busch und meinte, bei ihm klinge auch ein fremder Dialekt an, was ihn verwunderte. Er sei in Paris geboren und aufgewachsen, erklärte er. Ich lenkte das Gespräch auf die kommunistischen Krawalle in Deutschland, fand, da müsste die Armee einschreiten, und fragte ihn bei dieser Gelegenheit nach seinen militärischen Erfahrungen. Er habe sich 1914 freiwillig gemeldet, sagte er, sei aber wegen seiner schlechten Lungen abgewiesen worden. Ich spendierte ihm einen Drink und erfuhr ein wenig mehr: Er war Vertreter, aber seine Firma ging pleite, und danach ... Er blickte auf die Uhr, sagte, er müsse los, schüttelte mir die Hand und ging. Also ganz sicher kein Oberst der weißrussischen Armee.

Montag, 24. Juni, Sumner Place

In meiner Abwesenheit hat Mutter meine Zimmer renovieren lassen (welcher Zwang treibt sie nur zu solchen Dingen?) und scheint dabei die Hälfte meiner Bücher versiebt zu haben. »Oh, ich fasse deine Bücher niemals an, mein Liebling«, sagt sie. »Vielleicht der Maler, hat gestohlen.« Ich habe sie in der Abstellkammer gefunden – und meine Marie Laurencin hat sie in der Parterretoilette aufgehängt. Ich habe sie zurückgeholt. Wir haben auch einen neuen Kraftwagen, einen Ford.

Vormittags war ich bei Sprymont & Drew, und beim Lunch im Steakhaus eröffnet mir Roderick, dass sie das Erscheinen von *Des Menschen Sinneskraft* auf Frühjahr 1930 verschieben müssen. Das Verlagsprogramm sei übervoll, sie hätten zu viele Autoren unter Vertrag – und was dergleichen faule Ausreden sind. Es ist wie verhext; ich komme mir vor wie in einer Art Vorhölle. Ich bin Schriftsteller, aber doch kein richtiger, denn ein richtiger Schriftsteller hat ein richtiges Buch auf dem Markt, etwas, das man in der Hand halten, im Buchladen kaufen kann. Meine Paris-Artikel haben Roderick gefallen – wenn ich ein paar mehr schreibe, könnten sie die vielleicht zwischen zwei Buchdeckel packen, sagt er.

»Und wie wär's mit einem Roman?«, frage ich unwillkürlich.

»Nun, wir, äh, würden natürlich gern einen Roman ...« Sein Zögern verrät schon alles. »Obwohl ich gestehen muss, dass wir in dir nie einen Romancier gesehen haben.«

»Was habt ihr denn in mir gesehen, Roderick?«, fragte ich.

»Einen äußerst talentierten Autor, der sich jederzeit an einem Roman versuchen könnte.« Schon hatte er zu seiner alten Verbindlichkeit zurückgefunden.

Ich glaube, es ist gerade seine Skepsis, die mich reizt. Ich werde meinen Roman schreiben, während ich auf das Erscheinen von DMS warte. Er wird von einem jungen englischen Schriftsteller in Paris handeln, von seiner Beziehung zu einer schönen, aber älteren russischen Prostituierten und dem geheimnisvollen »Colonel«, den sie als ihren Ehemann bezeichnet. Aber welchen Titel soll der Roman haben?

Ich steige in South Kensington aus der U-Bahn, und wen treffe ich auf seiner Streife? Joseph Darker. Wir freuen uns beide über das Wiedersehen, schütteln uns herzlich die Hand und tauschen Erinnerungen an die großen Tage des Generalstreiks aus. Er hat jetzt zwei Kinder, sagt er, und er lädt mich zum Tee ein – noch immer die gleiche Adresse in Battersea.

[Juni]

Darker geht ganz entspannt mit mir um, aber seine Frau Tilda ist sehr aus der Fasson, oder es scheint mir so. Schon beim ersten Mal war es so. Sie entschuldigt sich fortwährend: für den schlechten Tee, für den Lärm, den die Kinder machen, für den Zustand des Gartens. Der kleine Junge heißt Edward, »nach dem Prince of Wales«, das kleine Mädchen Ethel. Wir sitzen hemdsärmelig auf Liegestühlen im Garten und schauen den Kleinen beim Umhertapsen zu. Die Sonne wärmt mich, ich habe den Bauch voll Früchtekuchen und spüre, wie sich eine Art ländlicher Frieden auf mich niedersenkt. Vielleicht sollte man so ein Leben anstreben? Frau und Kinder, ein bescheidenes Heim, ein gesicherter Job. All dieses sinnlose Streben, all dieser Ehrgeiz ...

»Tut mir leid wegen des Kuchens, Mr Mountstuart. Er ist ein wenig trocken.«

»Er ist köstlich. Und bitte nennen Sie mich Logan.«

»Wenn Sie lieber ein paar Sandwiches möchten? Wir haben aber leider nur Fischpaste, fürchte ich.«

Als sie die Kinder hineinbringt, entschuldigt sich Darker seinerseits für sie, was alles nur noch schlimmer macht. »Sie ist eine gute Mutter«, sagt er. »Sehr arbeitsam, hält das Haus in Ordnung.« Dann, zu mir gewandt: »Und ich liebe sie aufrichtig, Logan. Tilda hat mich erst zu dem gemacht, was ich bin.« Ich weiß nicht, was ich darauf erwidern soll. »Sie sind ein Glückspilz, Joseph«, sage ich schließlich. »Ich hoffe, mir ergeht es nur halb so gut wie Ihnen.« Er legt mir die Hand auf die Schulter. »Das hoffe ich auch«, sagt er sichtlich erfreut.

Er ist ein ehrlicher Kerl, dieser Joseph Darker, aber ich bin mir nicht im Klaren über meine Einstellung ihm gegenüber. Nicht, dass ich sie in Zweifel ziehen würde, aber ich weiß nicht, ob sie einer ernstlichen Prüfung standhalten würde. Ich spiele mich nicht als sein Gönner auf, will ihm nicht beweisen, dass ich ein egalitärer Musterknabe bin, der mit einem einfachen Polizisten Tee trinkt. Ich würde mit diesem Besuch nicht prahlen, während sich ein Hugh Fothergill mit einer solchen Freundschaft bestimmt schmücken würde wie mit einem Orden. Warum also bin ich zu ihm gegangen? Er hat mich eingeladen, und ich bin der Einladung gefolgt. Vermutlich deshalb, weil wir unserer Bekanntschaft beide etwas abgewinnen.

[September]

Sommerreisen. Juli: in Berlin mit Ben, Galeriebesuche. Auf seinen Rat kaufte ich ein kleines, leuchtendes Aquarell von einem Künstler, der mir unbekannt ist und Klee heißt. Eines Nachts eine wüste Straßenschlacht zwischen politischen Banden. Schließlich mit dem Zug weiter nach Wien. Reise durch Tirol – Kufstein, Hall, Kitzbühel. Dann Salzburg, Bad Ischl, Gmunden, Graz. Im August Schottland, wie gewöhnlich nach Kildonnan bei Galashiels. Dicks Jagdgesellschaft größer als je zuvor. Ich verstellte mich nicht länger, erklärte mich zum Unbeteiligten und verbrachte meine Zeit mit Spaziergängen, Angeln oder Busfahrten durchs Tal des Tweed zu den kleinen, kompakten Fabrikstädten, die sich in die sanften Hügel schmiegen. Viel Trinkerei und Frohsinn an den Abenden. Angus Cassell und Lottie waren da. Lottie eindeutig in mich verschossen. Eines Abends blieben wir allein im Salon zurück, und ich, ein wenig betrunken, küsste sie. Am nächsten Morgen entschuldigte ich mich diskret, aber sie wollte nichts davon wissen.

Eine Erinnerung: Ein Tag großer, aber trockener Hitze. Ich laufe an einem flachen, teebraunen Wildbach entlang, die Angel in der Hand, und suche nach einer ruhigen Stelle. Im blendenden Sonnenlicht wirken die Schatten der Uferbäume tintenschwarz wie Höhleneingänge. Ich finde eine Angelstelle, versenke meine Bierflasche in einer Seitenströmung, angle eine Stunde, fange drei kleine Forellen, die ich wieder zurückwerfe. Verzehre Brot und Käse, trinke mein eiskaltes Bier und laufe, die Sonne im Rücken, durch die Felder nach Kildonnan. Ein Tag der totalen Einsamkeit, der Stille und vollkommenen Schönheit. Eine Form von Glück, die ich unbedingt öfter in Worte fassen muss.

Dienstag, 22. Oktober

Der Roman kommt recht gut voran; er wird nicht lang, aber packend und gefühlsstark soll er werden. Noch immer habe ich keinen Schluss, keine Vorstellung vom Titel. Die Fahnen von DMS sind eingetroffen. Bald bin ich am Ziel … bald.

Zum Dinner bei den Fothergills nach Hampstead. Land wirkt müde, sie sei überlastet, sagt sie, Lee ist stark in die neue Regierung eingespannt.* Sie stellt mich einem Geddes Brown vor – Maler, um die dreißig. Bei mir schrillen die Alarmglocken: Er hat blonde Locken, ist muskulös und geschmeidig wie ein Preisboxer. Irgendetwas an seiner Erscheinung signalisiert ein gewaltiges Selbstbewusstsein.

Ich fühle mich sehr entspannt bei den Fothergills, meine ideale Ersatzfamilie. Wie anders hätte ich mich in einer solchen Umgebung entwickelt? Ich erzähle Vernon von meiner Berlinreise und dem Kauf des Aquarells von Paul Klee (Paul wer?, fragt er – das segensreiche Inseldasein der englischen Kultur). Geddes Brown weiß, wer Paul Klee ist, und hält uns einen zehnminütigen Vortrag aus dem Stegreif. Brown gratuliert mir zu meinem Geschmack: Plötzlich bin ich in seinen

---

* Ramsay MacDonald bildete im Juni das zweite Labour-Kabinett.

Augen ein Mensch. Dann belegt mich Hugh mit Politik, ich nicke und bestätige ihm, dass Mussolini ein Ungeheuer ist, und beuge mich über den Tisch, um mir die zigste Zigarette aus Ursulas Etui zu nehmen. Aber wo sind Land und Geddes Brown? Auf der Terrasse, Sterne gucken. Aha.

Freitag, 30. Oktober

Mutter schien ein wenig alarmiert durch ein New Yorker Telegramm von Mr Prendergast. Sie las vor: »Finanzchaos an der Börse. Brauche dringend Bargeld.« »Bargeld?«, fragte sie. »Ich habe kein Bargeld.« »Leih es dir bei der Bank«, erwiderte ich und ging hinauf, um an meinem Roman zu arbeiten. Und plötzlich hatte ich den Titel: *Die Mädchenfabrik.*

1930

Mittwoch, 1. Januar

Mit einem leichten Kater begrüße ich das neue Jahr und Jahrzehnt. (Gestern Abend: Cocktails bei den Fothergills, Dinner mit Roderick im Savoy, Mitternacht im 500 Club, um drei ins Bett.)

Rückblick auf 1929: Liebesaffäre mit Paris. Meine heimelige Suite im Hotel Rembrandt. Anna-Manie und das Rätsel um Anna und den Colonel. Konzentration der Empfindungen für Land. Konzentration der Empfindungen? Igitt! Wachsende Liebe zu Land. Die Annahme von DMS, Beginn von DMF. Ärger über die Verzögerung. Ernsthafte, ziemlich lukrative Zeitungsarbeit.

Neue Freunde: Alice Farino, Joseph Darker, Lottie Edgefield (?)

Fragliche Freunde: Peter, Tess, Hugh Fothergill.

Verlorene Freunde: Keine.

Fazit: Ein Jahr der Hoffnungen – der Erfolg leider noch in weiter Ferne. Wirklicher Beginn meiner Schriftstellerkarriere. Geld verdient. 1929: der Beweis, dass ich vom Schreiben leben kann.

Samstag, 5. Januar

Beim Essen verkündet Mutter mit dramatischer Stimme, dass wir das Apartment in New York verloren haben.

ICH: Welches Apartment, bitte sehr?

MUTTER: Mein Apartment in der 62. Straße. Mr Prendergast sagt, verloren gegangen.

ICH: Ihr habt euer Apartment verschusselt?

MUTTER: Wir können den Kredit nicht zahlen. Die Bank hat es genommen.

ICH: Schade. Ich hätte es zu gern einmal gesehen. Warum lässt du Mr P. nicht ein paar von deinen Aktien verkaufen?

MUTTER: Ich verstehe das nicht. Wir haben all diese Aktien, aber er sagt, die sind nichts wert. Überhaupt nichts wert.

ICH: Soll ich dir einen Cocktail mixen?

[März]

Glebe Place 85a, Chelsea. Meine neue Adresse. Ich habe eine möblierte Wohnung mit Garten gemietet, ganz dicht an der King's Road. Zimmer, Küche, Bad, Esszimmer und ein weiterer Raum, der mein Arbeitszimmer wird. Ich habe meine Bücher und Bilder hergeholt, jetzt brauche ich nur noch ein paar

Teppiche und Vorhänge, um es hier wohnlich zu machen. Eine Mrs Fuller kommt dreimal die Woche zur »Aufwartung«. Ihr Mann, sagt sie, kümmert sich um den Garten – und das alles für sechs Pfund im Monat. Ich ziehe die Gardinen zu, mache Feuer und entkorke eine Flasche Wein. Offenbar wohnen Cyril Connolly und Frau in nächster Nachbarschaft.* *Die Mädchenfabrik* macht Fortschritte.

Donnerstag, 27. März

Des Menschen Sinneskraft ist heute erschienen. Als symbolische Geste fuhr ich in die Stadt und kaufte ein Exemplar bei Hatchard. Ein hübsches kleines Buch mit blasslila Umschlag und einem idealisierten Shelley-Porträt von Vernon Fothergill als Frontispiz. Lunch im l'Etoile mit Roderick und Tony Powell, der bei Duckworth arbeitet. Auf der Rückfahrt in der U-Bahn nahm ich das Buch wiederholt heraus, betrachtete es, wog es in der Hand, blätterte darin und las den einen oder anderen Satz. Immer wieder vertiefte ich mich in den Waschzettel: »Mr Mountstuart hat in Oxford studiert und schreibt gegenwärtig an einem Roman.« Aber warum müssen die Verleger auf der Umschlagrückseite für andere Bücher werben? Ich finde, das beeinträchtigt die Integrität meines eigenen. Ich will nicht wissen, dass Cuthbert Wolfe eine »packende und hochbrisante« neue Disraeli-Biographie geschrieben hat. Was hat dieser Cuthbert Wolfe auf meinem hübschen Büchlein zu suchen?

Das ist typisch für meine gegenwärtige Stimmung: bedrückt, bis jetzt habe ich keine einzige Rezension, und euphorisch zugleich, denn ich halte mein Buch in der Hand. Aber plötz-

---

*   Cyril Connolly (1903–1974), Schriftsteller und Kritiker. Er und seine Frau Jean wohnten damals in der King's Road 312a.

lich möchte ich Land bei mir haben – oder Anna – oder gar Lucy. Stattdessen schaue ich bei Mutter vorbei, die, angeblich untröstlich über meinen Auszug, schon plant, meine Zimmer in ein Atelier zu verwandeln.

»Ein Atelier? Wozu denn das?«

»Was weiß ich, Liebling. Für Maler, Bildhauer, Tänzer.«

Sonntag, 13. April

Nette Rezension im *Times Literary Supplement* der letzten Woche: »sympathisch und beseelt«, im *Herald:* »ein Shelley, wie er wirklich war«, *Mail:* »lässt Maurois weit hinter sich. Endlich haben wir einen englischen Shelley.« Anruf bei Roderick, der mir eröffnet, dass der Verkauf enttäuschend ist – bis jetzt erst 323 Exemplare. »Aber diese Kritiken«, sage ich. »Kannst du nicht ein paar Annoncen schalten?« Er murmelt Unverständliches über begrenzte Budgets und eine Frühjahrsflaute. Glückwunschbriefe von H-D und erstaunlicherweise auch von Le Mayne. Mein einziges Problem: Ich habe das Interesse an meinem Roman verloren. An die zweihundert Seiten sind geschrieben. Ich glaube, ich kann die Anna-Gestalt sterben lassen, an Tuberkulose oder etwas Ähnlichem.

[April]

Meine erste Dinnerparty. Die Connollys, Land, H-D mit Cynthia, Roderick mit dem von ihm angebeteten jungen Dichter Donald Coonan. Ein ziemlicher Erfolg, wie ich glaube: Suppe, Lammkeule, eine Likörtorte, reichlich zu trinken. Und jede Menge Schmeicheleien über DMS, das weiter gute Kritiken bekommt. Connolly will versuchen, eine Rezension beim *New Statesman* unterzubringen. Anfangs war er recht kratzbürstig, doch das gab sich bald. Waren hoch-belustigt, als sich herausstellte, dass wir unser Geschichts-studium in Oxford beide mit Drei abgeschlossen haben. »Wer früh scheitert, kann sich später nur verbessern«, sagte ich.

Land ging als Letzte, und wir gaben uns an der Haustür einen zarten Kuss. Ein potenzieller Liebeskuss? Ich brachte sie zur King's Road, wo wir ein Taxi anhielten. Sie sagte, im August wird sie in Paris sein, um ihr Französisch aufzufri-schen. Welch ein Zufall, erwiderte ich, ich bin auch dort.

Donnerstag, 22. Mai

Holte *Die Mädchenfabrik* vom Schreibbüro ab und brachte alles zu Roderick in den Verlag. Er schien überrascht, dass der Roman schon fertig ist. »Der Titel gefällt mir«, sagte er, dann kam wieder seine Halbherzigkeit zum Vorschein: »Aber hoffentlich ist er nicht zu gepfeffert. Ein Verbot können wir uns nicht leisten.« Ich sagte, er sei außerordentlich gepfeffert, bewege sich aber durchaus in den Grenzen des Schicklichen. Er schlug mir als Nächstes eine Keats-Biographie vor. »Der Shelley läuft recht gut«, sagte er.

Mittwoch, 28. Mai

Vergaß mitzuteilen, dass Wallace ziemlich verärgert war, weil ich das Manuskript persönlich beim Verlag abgeliefert habe. »Als würdest du mir das Schwert wegnehmen und durch einen Dolch ersetzen.« Ich verstand nicht. »Ich kann zwar noch ein bisschen rausschlagen, aber es wird nicht leicht«, erklärte er. Sprymont & Drew boten mir jedenfalls hundert Pfund, und Wallace trieb sie auf hundertfünfzig hoch, mit dem Argument, dass sowohl Duckworth als auch Chapman & Hall brennend an meinem Manuskript interessiert sind. Den Erfolg feierten

wir mit einem Lunch im Quaglino. Wallace hat mir weitere
Aufträge für *Weekend Review* und *Graphic* beschafft. Wir
stellten eine Liste von Themen auf, über die ich schreiben
könnte: Die Dichter der englischen Romantik, Golf, Südamerika, Paris, Spanien, Oxford, Erotik, britische Geschichte
von der normannischen Eroberung bis Cromwell, moderne
Kunst und Corned Beef. »Wie vielseitig du doch bist«, sagte
Wallace mit einer Trockenheit, die mehr als deutlich war. Je
besser ich ihn kenne, umso sympathischer wird er mir. Er betrachtet seinen Job als amüsante Herausforderung, wie mir
scheint, als Quelle des Vergnügens. Er spricht mit Grabes-
stimme, genau wie Buster Keaton. *Sinneskraft* verkauft sich
immer besser, jetzt sind es schon über tausend. Ich habe den
Eindruck, dass man über das Buch spricht. Cyril [Connolly]
stellte mich neulich mit dem Satz vor: »Logans Shelley-Buch
müssen Sie aber kennen.«

Montag, 21. Juli

Riesenparty bei Lady Cunard*. Ich war ein wenig erschlagen:
mein erster richtiger Auftritt in der Öffentlichkeit. Waugh
war da, Harold Nicolson, Dulcie Vaughan-Targett, Oswald
Mosley, Imogen Grenfell ... Waugh gratulierte mir zu meinem Shelley. Ich gratulierte ihm zu *Auf der schiefen Ebene*.
Er zeigte mir William Gerhardi und bezeichnete ihn als größten lebenden Autor. Er erzählte etwas weitschweifig, dass er
Stunden nimmt, um sich zum Katholizismus zu bekehren,
und fing an, über Unfehlbarkeitsdogma und Fegefeuer zu
schwadronieren. Ich schnitt ihm das Wort ab mit der Bemerkung, das sei mir alles bekannt. Er schien überrascht, dass ich

---

* Lady »Emerald« Cunard (1872–1945), Gesellschaftsdame, Mutter von
  Nancy C.

Katholik bin, und ich versicherte ihm, ich sei ein für alle Mal vom Glauben abgefallen. Er machte ein Schafsgesicht und trollte sich. Was in aller Welt bringt diesen Mann dazu, in seinem Alter zu konvertieren?[*]

Freitag, 8. August

Paris. Wieder im altvertrauten Hotel Rembrandt. Ein für diese Jahreszeit untypischer Regen verdunkelt die Straßen, ein ekelhafter Wind rüttelt an den Fensterläden. Land trifft nächste Woche ein. *Tu ne me chercherais pas si tu ne m'avais trouvé.* [Du würdest mich nicht suchen, hättest du mich nicht gefunden. Pascal] Ich ging um sechs aus, nahm einen Drink im Lipp und bummelte zum Montparnasse, um Ben in der Closerie des Lilas zu treffen. Ich kam zu früh und hatte wirklich nicht vorgehabt, zu Madame Chantal zu gehen – der Gedanke an Land war stärker –, aber da ich nun einmal in der Nähe war, schaute ich bei ihr vorbei. Madame Chantal begrüßte mich erfreut und bot mir eins von den drei Mädchen an, die in ihrer Satinunterwäsche herumsaßen. »Sie wissen doch, dass ich nur Anna nehme«, sagte ich. »Aber Anna hat uns verlassen«, erwiderte sie. Anna habe ihr gekündigt und gesagt, sie müsse nicht mehr »arbeiten«. Sie hat keine Ahnung, wo Anna sich jetzt aufhält.

Ich erschrak und wurde sehr traurig. Manchmal spielt einem das Leben übel mit. Es weist dir einen Weg und stößt dich in die Scheiße, wenn diese Metaphernmischung gestattet ist. Ich dachte an die Zeit der Anna-Manie und die Inspirationen, die mir Anna für *Die Mädchenfabrik* lieferte. In meiner Selbstsucht hatte ich geglaubt, dass Anna immer für mich

[*] Waugh war siebenundzwanzig und gerade von seiner ersten Frau geschieden.

da sein würde, dass sie nicht einfach wie von Zauberhand verschwinden könnte. Beim Essen mit Ben war ich ein wenig bedrückt, aber Ben war in Hochform, die Galerie scheint sich zu mausern, und er hat viel von Sandrine geredet. Ihr kleiner Sohn muss ein Goldstück sein. Ich höre schon die Hochzeitsglocken läuten.

Samstag, 9. August

Les Halles. Fragte die Concierge, ob Anna noch in ihrem Haus wohnt, und erhielt die Auskunft, dass sie und ihr »Onkel« weggezogen sind, Adresse unbekannt. Ich sitze in dem kleinen *bistro de coin*, wo ich den Colonel traf, fühle mich beraubt und überrumpelt – und nach einigem Nachdenken ärgere ich mich auch ein wenig über mich selbst. Habe ich von Anna erwartet, dass sie ihre Stammkunden benachrichtigt, wenn sie wegzieht? Einem solchen Leben zu entkommen, muss ein wahrer Segen sein. Anna wird es gut gehen, sie muss sich um ihre eigenen Angelegenheiten kümmern. Ich sollte mich auf Land konzentrieren.

Dienstag, 12. August

Extremes Unwohlsein. Ob es am gestrigen Abendessen (*blanquette de veau*) liegt? Wie auch immer: Als ich heute Morgen auf die Toilette ging, brannte es, als würde ich Schwefelsäure ausscheißen. Das Jucken und Brennen in meiner Arschritze hörte den ganzen Tag nicht auf, auch nicht, als ich zu Land zum Dinner ging. Sie wohnt für einen Monat bei dem Geschäftsmann und Kunstsammler Emile Berlanger (ein großer Förderer von Vernon Fothergill), angeblich, um ihr Französisch aufzubessern. Die Berlangers bewohnen ein weitläufiges Apartment in der Avenue Foch, das voller obskurer Landschaften hängt. Wenigstens heben sich aber Vernons Bilder wohltuend von dieser Umgebung ab. Lands Haar sieht anders aus als letztes Mal: Sie hat es rabenschwarz gefärbt, und nun wirkt sie seltsamerweise wie eine aufreizende Sechzehnjährige. Die Berlangers waren sehr nett, ihre tadellosen Manieren kamen mir vor wie ein sozialer Schutzwall – man konnte sich kaum rühren. Sich zu kratzen oder auch nur zu schniefen wäre ein unverzeihlicher Fauxpas gewesen. Folglich wurde ich die ganze Zeit von meinem brennenden Hintern gequält. Es war ein gewisser Cyprien Dieudonné* da, der sich als Schriftsteller bezeichnete. »Aber meine Zeit ist lange vorbei«, sagte er in ausgezeichnetem Englisch. »Würden wir jetzt das Jahr 1910 schreiben, wären Sie vielleicht ein wenig neugierig auf meine Bekanntschaft.« Er war bester Laune, ein molliger Mann mit fast kreisrundem Gesicht und strohblondem Haar, das schon sehr dünn wird. Er gab mir seine Karte.

[August]

Mit Land in Bens Galerie, die gut zu laufen scheint. Ben sagte zu ihr: »Wir müssen unsere Daten abgleichen, damit ich meine Logan-Akte vervollständigen kann.« Land lief umher, schaute die Bilder an und sagte: »Geddes wird begeistert sein. Das muss er unbedingt sehen.«

»Geddes?«

»Geddes Brown, du Dummerjan. Er ist auch in Paris.«

Die Nachricht traf mich wie ein Schlag. Ben fährt zwei Wochen nach Bandol, er hat mich eingeladen, mitzukommen,

---

* Cyprien Dieudonné (1888–1976), Schriftsteller und Dichter aus dem Kreis der »Cosmopolites«, zu dem auch Valéry Larbaud, Léon-Paul Fargue, Henry Levet u. a. gehörten.

und ich hätte größte Lust. Aber ich kann Land nicht mit Geddes Brown in Paris zurücklassen.

[August]

Zum Lunch mit Land und Geddes Brown in der Brasserie Lutetia. Sie schienen sich prächtig zu verstehen und lachten Tränen über irgendeinen Witz, der mit Hugh und einem der Hunde zu tun hatte. Als ich nachfragte, sagten sie, es sei zu kompliziert zu erklären.

Später erzählte sie Brown von Bens Galerie und meinte, Ben könnte der ideale Händler für ihn werden. Ein Händler in Paris – ausgerechnet.

»Wäre das nicht wundervoll, Logan?«

»Was? Äh … ja, wundervoll.«

»Gehen wir ihn besuchen. Gleich heute Nachmittag.«

Ihr ganzer Eifer konzentrierte sich auf Geddes Brown, der in aller Seelenruhe sein Steak verzehrte. Ich sagte, Ben sei nach Süden gefahren, ans Mittelmeer. Er fährt zwar erst in ein paar Tagen, aber ich werde den Teufel tun, Brown einen Gefallen zu erweisen. Stattdessen fuhren wir in sein Atelier, ein finsteres Loch in der Bastille-Gegend. Er scheint ausschließlich kleine dunkle Porträts von seinen Nachbarn zu malen: kräftige, kantige Gesichter, stilisiert mit sehr viel Schwarz. Aber ich muss gestehen, sie waren nicht schlecht.

Montag, 25. August

Es wird langsam lächerlich. Ich schmore in der Pariser Sommerhitze und verschwende meine Zeit, nur damit ich ab und zu einen Zipfel von Land erhasche. Die Berlangers haben ein Haus in Trouville, wo sie den August verbringen. M. Berlanger kommt nur tageweise nach Paris, wenn die Geschäfte rufen, also ist Land selten da. Aber wenigstens, so tröste ich mich, ist sie dann auch nicht mit dem widerwärtigen Brown zusammen. Was ich so abstoßend an ihm finde, ist, glaube ich, seine athletische Erscheinung in Kombination mit seinen cherubinischen blonden Locken.

Sollte anfügen, dass ich mit Dieudonné essen war – ein völlig entspannter und geistreicher, trotzdem schüchterner Mensch. Er gesteht, *follement anglophile* zu sein, aber man weiß, dass jede Vorliebe, die er für uns hegt, durch seinen unbestechlichen Scharfblick bedingt ist. Er erzählte von *Les Cosmopolites* und der französischen Literaturszene vor dem Krieg: Sie hätten mit Leidenschaft die Welt bereist, hätten sich als Dandys stilisiert, die englische Art gepflegt, die kleinen Bequemlichkeiten genossen, die man mit ein wenig Geld erlangen kann, den fast erotischen Kitzel, außer Landes zu sein, ein Außenseiter, Nomade, *déraciné*. Ich war hingerissen und neidisch. Er will mich Larbaud vorstellen, der den *Ulysses* übersetzt hat und eng mit Joyce befreundet ist (»ein sehr schwieriger Mensch«). Dieudonné ist offenbar finanziell unabhängig, man erkennt es sofort an seinem Äußeren: Alles an ihm, auch die Stiefel, ist Maßarbeit. Er schreibt »zwei oder drei kleine Artikel im Jahr« und hat die Dichtung aufgegeben, »eine Beschäftigung für junge Menschen«. Sein Leben ist ganz der Kultur, dem Müßiggang und dem Exotischen gewidmet. Die Hälfte des letzten Jahres hat er in Japan verbracht, das er absolut faszinierend findet. Ich fragte ihn über *Les Cosmopolites* aus. Das ist eine versunkene Welt, sagte er, der Krieg hat alles verändert. In meiner Jugend, erzählte er weiter, hielten wir uns an Gewissheiten und Grundsätze, die für die Ewigkeit gemacht schienen. Ich lauschte ihm wie gebannt: Das war die literarische Existenz, von der ich träumte; ich hätte zwanzig Jahre früher auf die Welt kommen müssen. Was hätte ich mit meinen fünfhundert Pfund pro Jahr alles anstellen können! Ich hätte mir einen Diener leisten können, der mir auf Schritt und Tritt folgt. Ich spürte das Heraufdämmern einer Idee für ein neues Buch von mir.

[August]

Noch immer in Paris. Habe beschlossen, Ende der Woche abzureisen. Ein völlig vergeudeter Monat. Ich stöbere bei den Bouquinisten an den Seine-Quais herum und kaufe alles, was ich von Larbaud, Fargue, Dieudonné, Levet und den anderen auftreiben kann. Larbauds *Poèmes par un riche amateur* finde ich äußerst fesselnd. *Die Kosmopoliten* von Logan Mountstuart – das klingt nicht übel. Was wird Wallace davon halten? Geddes Brown hat mich, man staune, zum Dinner eingeladen, aber ich redete mich mit einer Erkältung heraus.

[August]

>*Viens dans mon lit*
Viens sur mon cœur
Je vais te conter une histoire«
[Blaise Cendrars]

Wild-erotische Träume von Land. Chez Chantal hat mir nichts mehr zu bieten. Ich wandere mutterseelenallein durch diese staubige, sonnendurchglühte, wunderschöne Stadt und starre den Touristen nach, als wären sie Wesen von einem anderen Stern. Bei mir trage ich einen Stapel schmaler Bändchen – die Werke der *Cosmopolites*, die ich im Café und bei meinen einsamen Mahlzeiten lese, völlig hingegeben an die Welt der *wagon-lits* und der Transsibirischen Eisenbahn, an den Nebel der nordischen Städte, an die Idylle menschenleerer Tropeninseln. Ich träumte, mit Land in einem nächtlichen Expresszug nach Süden zu reisen, wir beide nackt in einer Koje, neben uns im Eiskübel die Champagnerflasche, und das monotone Rattern der Räder lullt uns in den Schlaf.

»*Le doux train-train de notre vie paisible et monotone.*«

Land hat geschrieben: Sie kommt am Montag zu einer Zahnbehandlung nach Paris. Eine Chance, mit ihr essen zu gehen?

Montag, *1. September*

Ich beschloss also zu bleiben, um vielleicht Land noch einmal zu sehen. Ich holte sie vom Zahnarzt ab (in der Rue du Faubourg Saint-Honoré), wo ihr eine große Plombe ersetzt wurde, wie sie sagte. Wir gingen zur *rive gauche* hinüber und aßen im Flore – Omelette, Salat, eine Flasche Wein. Ich erzählte von Dieudonné und *Les Cosmopolites*. Der Wein – und der Umstand, dass ich am nächsten Tag abreiste – machten mir Mut.

»Land«, sagte ich. »Ich brauche Klarheit über Geddes.«

»Wie meinst du das? Er ist ein Freund von mir. Und ich bewundere ihn sehr.«

»Aber liebst du ihn?«

»Das wird wohl so sein. Auf eine freundschaftliche Art.«

»Und er liebt dich ebenfalls. Wie nett.«

»Ich kann deinen Sarkasmus nicht ausstehen, Logan. Dann bist du wie ausgewechselt.«

»Das kannst du mir wohl kaum zum Vorwurf machen.«

Sie blickte mich mitleidig und resignierend an. »Was ist los mit dir?«

»Du weißt, was ich für dich empfinde«, sagte ich, »und trotzdem mutest du mir ständig diesen Geddes Brown zu. Wenn er der Richtige für dich ist, dann entscheide dich und quäle mich nicht so.«

Sie brachte mich ganz schnell zum Schweigen: »Und du willst ein mondäner, welterfahrener Schriftsteller sein?«, sagte sie und versuchte, ein Lächeln zu unterdrücken. »Geddes ist homosexuell.«

»Homosexuell?«

Diesen Nachmittag werde ich nicht vergessen. Land kam mit mir ins Hotel Rembrandt. Die Fensterläden waren wegen der Hitze geschlossen. Die Laken waren frisch gewechselt. Wir streiften unsere Sachen ab und genossen für einen kurzen Moment das kühle, gestärkte Linnen auf unserer nackten Haut, bis der Schweiß diese Empfindung auslöschte. Land mit ihrem Pony und ihren kecken Mädchenbrüsten. Meine Zunge ertastete den metallischen Pfefferminzgeschmack ihrer morgendlichen Zahnreparatur. Ich schaute ihr beim Anziehen zu und bemerkte, dass sie um Gesäß und Hüften üppiger ist, als ich dachte. Dass ich nun bis ins Letzte mit ihrem Körper vertraut bin, erfüllt mich mit Genugtuung. Während ich sie zum Zug nach Trouville brachte, erklangen in mir Jubelchöre.

Erst jetzt, da ich dies schreibe, stelle ich mir die Frage, ob ich der Erste war. Ich weiß es nicht. Auf dem Laken hat sie keinen Blutfleck hinterlassen.

[September / Oktober]

Reisen. Nach dem Erlebnis mit Land konnte ich nicht nach London zurück. Besuchte Ben in Bandol. Dann vierzehn Tage London, danach nach Wien, im Auftrag von *Time & Tide*. Gemächliche Rückreise über Berlin–Amsterdam–Brüssel–Paris (weitere Recherchen zu *Les Cosmopolites*). Land teilt sich eine Wohnung mit zwei Freundinnen in Islington.

Mittwoch, 31. Dezember

Land ist unten. Sie hat ihren Eltern und ihren Mitbewoh-
nerinnen gesagt, dass sie zu einer Landhausparty nach Car-
marthenshire fährt. Wir haben drei Tage für uns allein, genug
Vorräte für eine monatelange Belagerung und nicht die Absicht, auszugehen.

1931

Sonntag, 22. Februar

Den ganzen Tag Fahnen für *Die Mädchenfabrik* korrigiert.
Ich spüre eine merkwürdige Distanz zu dem Buch. Es zeigt
eine gewisse, zwielichtige Melodramatik (mein Hauptakteur
Lennox Devane steht völlig unter dem Bann von Lydia, der
Anna-Gestalt; sie könnte ihn, wenn sie wollte, bis zur Selbst-
verstümmelung treiben), und ich glaube, ich habe die Pariser
Atmosphäre authentisch eingefangen, nur dass der Roman
seiner Entstehungsgeschichte gemäß gegen Ende ziemlich
abfällt. Es gibt ein diskret angedeutetes Inzestmotiv: Der
Colonel wird im Buch als »Onkel« bezeichnet, und er hält
sich eine ganze Reihe von »Nichten« in anderen *maisons de
tolérance*. Am Ende des Romans gelingt es Lennox, ihn der
Polizei zu übergeben und mit Lydia nach Innsbruck zu flie-
hen (ausgerechnet!), wo sie an Tuberkulose stirbt.

Land rief heute Morgen an, um mir zu sagen, dass sie die
Chance hat, mit einem parlamentarischen Ermittlungsaus-
schuss nach Indien zu reisen – etwas im Zusammenhang mit
Gandhi und der Kongresspartei[*]. Ich empfahl ihr großherzig,

***

[*] Mahatma Gandhi (1869–1948) war gerade aus der Haft entlassen worden.

sich eine solche Gelegenheit nicht entgehen zu lassen und so weiter. Natürlich werde ich sie vermissen, aber ich muss mich auf meine Arbeit konzentrieren – ich bin mit vier Artikeln im Verzug, darunter ein ziemlich wichtiger über den Kubismus für das *Burlington Magazine*.

Gefühl der Zufriedenheit, wenn ich den ganzen Tag im Haus herumwirtschafte. Das Kaminfeuer brennt, die Fahnen sind auf dem Esszimmertisch ausgebreitet. Land war am Freitag hier, und das Haus scheint von ihrer Anwesenheit wie verwandelt, nicht zuletzt wegen des kräftigen Dufts der Hyazinthen, die sie mitbrachte – und sie hat ihren Schal vergessen. Erinnerung an die Liebe am Samstagmorgen, auch an den Marmeladentoast, den wir im zerwühlten Bett gegessen haben, und die dampfende Teekanne auf dem Nachttisch. Gegen Mittag, als sie weg war, ging ich zum Fluss hinunter, aß im Eight Bells eine Fleischpastete, trank ein Glas Bier und setzte mich wieder an meine Fahnen. Ich habe über achthundert Pfund auf der Bank und die Aussicht auf weitere fünfzig bei Erscheinen des Buches (abzüglich der Provision für Wallace, natürlich). Ich liebe Land, und sie liebt mich. Ich habe ein Buch veröffentlicht, das zweite ist im Kommen, und ich bin keine fünfundzwanzig Jahre alt. Wenn ich an meinen jammervollen Abgang von Oxford denke! H-D hatte recht: Nach zwei Wochen verliert die Abschlussnote ihre Bedeutung für den weiteren Lebensweg. Siehe Waugh, siehe Connolly, siehe Isherwood und mich selbst: Ein schlechter Abschluss scheint fast die Vorbedingung für eine Literatenkarriere zu sein.

[März]

In Sumner Place wurde ich heute einem älteren Ehepaar vorgestellt, Major und Mrs Irvine, die, wie sich herausstellte, nun meine Zimmer im Obergeschoss bewohnen. »Zahlende

Gäste«, sagt Mutter und erzählt mir von weiteren Problemen im Gefolge des Börsenkrachs von 1929. Mr Prendergast hat anscheinend fast ihr ganzes Vermögen in amerikanischen Papieren angelegt, die nun mehr oder weniger wertlos sind.

»Was ist dir denn geblieben?«, frage ich.

»Nun, ich habe das Haus, aber es kommt wenig herein. Ich borge viel bei der Bank. Wie du gesagt hast.«

Ich überredete sie, den Wagen zu verkaufen und das ganze Personal bis auf Encarnación zu entlassen. Offenbar hat sie auch meinen Unterhalt von geliehenem Geld bezahlt. Ich sagte ihr, dass ich keine Unterstützung mehr brauche, und schrieb ihr einen Scheck über hundert Pfund aus, für den Fall, dass sie kurzfristig in Verlegenheiten kommt. Ich fragte nach Prendergasts Adresse – er ist noch in New York und versucht zu retten, was zu retten ist.

»Er ist ein gebrochener Mann«, sagte sie mit Tränen in den Augen.

»Weine nicht, Mutter, alles wird gut.«

»O ja, ich weiß. Aber ich muss immerzu denken: Was würde dein Vater dazu sagen?«

[April]

Die Mädchenfabrik ist erschienen. Nach dem Erfolg von *Sinneskraft* lassen nun die Kritiken nicht auf sich warten. »Geschmacklos und schamlos«, schreibt die *Mail*, »ein leider höchst widerwärtiger kleiner Schocker« die *Times*. »Mr Mountstuarts Talente liegen auf dem Gebiet der Biographie; das Verfassen von Romanen sollte er berufeneren Autoren überlassen«, meint *Criterion*. Land ist Gott sei Dank in Indien.

Montag, 27. April

Festessen im Savoy-Grill. LMS, Wallace, Roderick – und Mr Sprymont von Sprymont & Drew persönlich, der seinen Goldesel mit eigenen Augen betrachten wollte. Sonnte mich mit Wallace in Komplimenten. Fast elftausend verkaufte Exemplare in drei Wochen, die fünfte Auflage ist unterwegs. Dank diesen Zahlen hat Wallace das Buch in die USA (Decker, Pride & Wolfson) und nach Frankreich (Cahier Noir) verkauft. Sprymont & Drew betteln um einen weiteren Roman. Wallace ließ sie schlauerweise in dem Glauben, dass sie einen bekommen (ich lasse ihn in solchen Fällen für mich sprechen – als Großwesir des Kaisers), aber vorher werde Logan ein Buch mit dem Titel *Die Kosmopoliten* schreiben, nicht wahr, Logan?

»Der Titel gefällt mir gut«, sagte Roderick.

»Mir auch«, schloss sich Sprymont an und griff schon fast zum Scheckbuch. »Wovon handelt das Buch? Von Luxusreisen? Vom Lebensstil der Millionäre?«

»Es ist eine Studie über einen französischen Dichterkreis vor dem Weltkrieg.«

Gegen Ende des Essens sehen sie ein, dass ich nicht umzustimmen bin, und heucheln eine Art Enthusiasmus. Als wir im Savoy Court in der Sonne stehen und unser Zigarrenrauch in dicken Wolken durch die Frühlingsluft treibt, sagt Wallace, er freut sich schon auf die Verhandlungen: Er hat vor, einen neuen Rekord aufzustellen und den höchsten Vorschuss herauszuholen, der je für ein literaturkritisches Buch gezahlt wurde.

[April]

Land ist zurück, aber fast sofort wieder abgereist – mit Lee –, um in Durham oder Sheffield oder sonst wo zu den hungernden Familien der arbeitslosen Bergleute zu sprechen. Fünfhundert Pfund Vorschuss für *Die Kosmopoliten*. Von DMF sind 17 500 Exemplare verkauft, und noch ist kein Ende abzusehen. Meine Schriftstellerkollegen verachten mich, aber damit kann ich leben.

Donnerstag, 14. Mai

Essen mit Land im Ritz. Ich will feiern, aber sie sagt, sie hätte ein Sandwich im Green Park oder eine Pastete im Pub vorgezogen – alles, nur nicht das Ritz. Sie erzählt mir Einzelheiten über die Schrecken der Armut im Norden, folglich ist die Stimmung ziemlich kühl. Sie scheint nicht im Geringsten an meinem Erfolg oder meinem neuen Reichtum interessiert. Lee hat sie gewarnt, dass die deutschen Banken kurz vorm Zusammenbruch stehen*, und wenn das passiert, könnte ganz Europa in Stücke brechen. Ich sitze da, höre zu, lasse sie reden und trinke den Champagner fast allein. Danach kam sie mit zum Glebe Place, aber die Nacht kann ich nicht als gelungen bezeichnen. Ich war zu verliebt und wurde sarkastisch, als sie mich zurückwies. Sie ging um sechs Uhr morgens, fast ohne ein Wort des Abschieds. Ich werde ihr ein wenig Zeit geben.

Montag, 1. Juni

Heute habe ich Land Fothergill gefragt, ob sie meine Frau werden will, und sie sagte Nein.

[Das Erste Londoner Tagebuch setzt hier für etwa sechzehn Monate aus. *Die Mädchenfabrik* verkaufte sich weiterhin

---

* Tatsächlich passierte der Bankenkollaps im Juli.

gut. Aus Anlass der amerikanischen Ausgabe machte LMS im September seine erste Reise nach New York, und im Oktober verkaufte er die Filmrechte an die British Clarion Film Co. für eintausend Pfund. Den Juni und Juli 1931 verbrachte er in Frankreich, wo er seine Recherchen für *Die Kosmopoliten* fortsetzte. Im Sommer besuchte er Cyprien Dieudonné im Quercy (Département du Lot). Im August kehrte er nach London zurück, von wo er, wie es nun schon Gewohnheit war, nach Kildonnan bei Galashiels reiste, um an Dick Hodges Jagdparty teilzunehmen. Lady Laetitia Edgefield (Lottie) und ihr Bruder Lord Angus Cassell waren ebenfalls anwesend. In den darauffolgenden Wochen und Monaten schloss LMS nähere Bekanntschaft mit Lottie Edgefield – sie zeigten sich häufig in der Londoner Gesellschaft und wurden gern in den Klatschspalten erwähnt (»Wer ist das Mädchen in Logans Mädchenfabrik?«). Er hielt im März 1932 um ihre Hand an. Die Verlobungszeit war nur von kurzer Dauer, da die Trauung für Samstag, den 26. November 1932 in St. Andrews, der Gemeindekirche von Edgefield, Norfolk, angesetzt wurde.]

1932

Montag, 31. Oktober

Zu Byrne and Milner[*] zur letzten Anprobe für meinen Frack. Die Schmeicheleien von Seamus Byrne sind wie immer wenig überzeugend: »Nun, das nenne ich einen perfekten Sitz, Mr Mountstuart.« Trotzdem habe ich die Besuche genutzt, um mir für vier weitere Anzüge Maß nehmen zu lassen – einen schwarzgrauen, einreihigen Nadelstreifen, einen mitter-

---

[*] LMS' Schneider in der Maddox Street in London.

nachtsblauen Zweireiher, einen erbsgrünen Tweed-Dreiteiler und einen leichten Anzug mit Prince-of-Wales-Karo. Dreihundert Pfund alles in allem. Lunch mit Peter* im Ivy. Tess wohnt mit dem Kind in einem Häuschen außerhalb von Henley. Peter fährt täglich in die Stadt und bleibt abends da, wenn er Nachtschicht hat. Ich bot ihm mein Sofa im Glebe Place an, aber er hat sich eine Schlafstelle in der Nähe von Paddington Station besorgt. Er schwärmt von den Freuden des Ehelebens, aber für mich bestand die Freude darin, dass unsere alte Freundschaft auf ganz natürliche Weise und ohne einen Rest von Misstrauen oder Unbehagen wiederaufgelebt ist. Es ist wohl wahr: Menschen entfremden sich ohne ersichtlichen Grund. Wir sind alle sehr beschäftigt und können es uns nicht leisten, ständig Kontakt zu halten. Die Bewährungsprobe für eine Freundschaft besteht darin, dass sie diese unvermeidlichen Trennungsphasen überlebt. Auf Lottie ist er sehr neugierig. »Eine Grafentochter! Mein Gott, Logan, wenn das kein Aufstieg ist.« Und Tess, sagt er, freut sich schon gewaltig auf die Hochzeit. Peter muss schon den dritten Leitartikel über Mosley und die BUF** schreiben. Ich sagte ihm, dass ich Mosley kennengelernt habe und von dem Mann beeindruckt war – schließlich war er damals noch Labour-Politiker. Woher rührt die Schwäche der Politiker für Uniformen? Überall in Europa tauchen diese komischen kleinen Männer in ihren Pantomimen-Kostümen auf. Trotzdem: ein Gutteil dessen, was Mosley zur gegenwärtigen Situation zu sagen hat, kann man nicht als Fanatismus oder Schwulst abtun – er ist kein Mussolini. Peter sieht das anders.

---

* Irgendwann 1932 hatten sie sich wiedergetroffen. Peter Scabius arbeitete nun als Redakteur bei der *Times*. James, der Sohn von Peter und Tess, war 1931 geboren worden.

** British Union of Fascists, gegründet 1931.

Dann weiter ins Claridge zum Tee mit Lottie und Enid (wie ich mir nun angewöhnen muss, sie zu nennen). Enid strahlte über das ganze Gesicht. Ist es mein Problem, dass sie einen Narren an mir gefressen hat? Die Hochzeit rückt immer näher, und ich sehne den Tag herbei, da alles vorüber und vergessen ist. Mutter ist in Panik, weil sie nicht weiß, was sie anziehen soll (und ich kann ihr nicht klarmachen, dass ich kein Lord werde, wenn ich eine Lady heirate). Ganz Norfolk scheint eingeladen zu sein. Dick Hodge sagte, ich mache einen »Fehler ersten Ranges«, wenn ich Lottie heirate. Von Dick sind derartig brutale Ratschläge zwar zu erwarten, aber bitte nicht ein paar Tage vor der Hochzeit. Manchmal geht er wirklich zu weit.

Freitag, 25. November

Die letzten Vorbereitungen sind abgeschlossen. Mutter und ich wohnen in einem Hotel in Swaffham. Wir haben zwar jede Menge Einladungen zum Übernachten bekommen, aber der Gedanke, zu dieser Zeit bei irgendwelchen Fremden zu wohnen, war mir unerträglich. Kalter, windiger Tag, die Herbstblätter werden von den Bäumen geweht. Bei der Rückkehr vom Spaziergang heute Nachmittag sah ich eine riesige Schar von Staren, die – wie ein Schwarm kleiner Fische – hin und her schossen, eine kollektive Masse, die sich ständig wandelte und verformte, als würden die vielen Vogelhirne von einer einzigen Macht gesteuert.

Und ich werde von schrecklichen Zweifeln gequält. Lottie ist ein liebes Mädchen, aber ich muss immerzu an Land denken. Ich würde alles darum geben, wenn ich wüsste, was in ihr vorgeht. Von den Fothergills habe ich bewusst niemanden eingeladen, wohl aber Geddes Brown – und ebenfalls mit Vorbedacht. (Er kann nicht kommen, hat aber eine ziemlich hübsche Zeichnung als Hochzeitsgeschenk geschickt.) Ich glaube, und muss es glauben, dass ich Lottie nicht einfach heirate, um Land zu verletzen. Ich heirate sie, weil ich reif für die Ehe bin, weil ich sie liebe und weil Land mich nicht wollte. Von einer Ersatzheirat kann jedenfalls keine Rede sein. Im Sommer, als ich Lottie wiedertraf, war ich längst über Lands Absage hinweg.

Mittwoch, 30. November

Monte Carlo. Hotel Bristol et Majestic. Lottie ist auf dem Zimmer und macht ein Mittagschläfchen, ich sitze im Foyer, um diese Zeilen zu schreiben. Die Flitterwochen nehmen einen guten und erfolgreichen Verlauf. Meine junge Frau ist ganz süß und liebenswürdig. Die Hochzeitsnacht haben wir im Claridge verbracht (Lottie war Jungfrau – sie sagte, sie hätte Schmerzen. Land hat nie so etwas gesagt. Ich muss aufhören, ständig an Land zu denken und über sie zu schreiben.) Am nächsten Tag nahmen wir den Fährzug nach Paris und reisten dann über Nacht im Schlafwagen in dieses kuriose kleine Fürstentum weiter.

Die Hochzeit war – ganz annehmbar, würde ich sagen. Ich machte Angus zum Trauzeugen, damit ich mich nicht zwischen Ben, Peter und Dick entscheiden musste (die als meine Begleiter fungierten). Am seltsamsten war es, Tess wiederzusehen, die jetzt mit breitem Hut und Pelzmantel sehr schick und wohl situiert aussieht. Beim Sprechen blickte sie mir direkt in die Augen, und jedes Wort schien eine geheime Nebenbedeutung zu haben. Ich weiß, dass sie Peter nichts erzählt hat, genauso wie ich weiß, dass sie sich noch immer zu mir hingezogen fühlt. Ich muss sagen, die Einheimischen sind eine fürchterliche Bande. Manche von Lotties Londoner Bekannten kommen mir interessanter vor, aber mir graut vor dem Gedanken, dass das unser gesellschaftlicher Umgang wird, wenn wir dorthinziehen. Habe mir gerade Brandy und Soda bestellt. Ich sollte zwar nicht so früh am Tage trinken, aber hol's der Teufel, schließlich bin ich auf Hochzeitsreise.

[Dezember 1932 – Januar 1933]

Reiseroute: Monte Carlo–La Spezia (um Shelleys letzte Bleibe in Lerici zu besuchen)–Pisa–Siena–Rom. Rom–Paris (mit dem Flugzeug – das ist die ideale Reisemethode). Paris–London. London–Thorpe Geldingham.

1933

[Februar]

Thorpe Hall, Thorpe Geldingham, Norfolk. Unser Haus liegt auf halber Strecke zwischen Swaffham und Norwich. »Hall« klingt etwas großspurig für dieses immerhin sehr anständige, zweistöckige Farmhaus aus dem 18. Jahrhundert. Roter Backstein, aber mit Erkerfenstern und einer Veranda, die man im letzten Jahrhundert angebaut hat, um das Haus aufzuwerten und die Bezeichnung »Hall« zu rechtfertigen. Es ist unser Hochzeitsgeschenk von Aelthred und Enid. Der Garten ist einen knappen Hektar groß und wird am unteren Ende von einem Bach durchflossen, der in einen großen (zurzeit völlig zugefrorenen) Teich mündet. Wir sind im tiefsten Winter, und unsere Stimmung ist entsprechend trübe.

Lottie und ihre Mutter verbringen den ganzen Tag damit, Möbel zu kaufen und Dekorateure zu besuchen, während ich in meinem Arbeitszimmer sitze und Geschäftigkeit vortäusche. Glebe Place musste ich aufgeben – der finanzielle Aufwand für ein ungenutztes Haus in London ist nicht zu vertreten –, und alle meine Bücher und Bilder, meine Teppiche und Gobelins sind nun in diesem kleinen Raum versammelt, aus dem ich in den grauen, frostigen Garten hinausblicke. Ich stelle fest, dass ich nur sehr wenige Besitztümer habe. Alles oder fast alles hier in Thorpe kommt von meinen Schwiegereltern: das Haus, die Einrichtung, der Kraftwagen in der Scheune. Die liebe Lottie ist eifrig dabei, das Haus für uns beide wohnlich zu machen. Sie nennt mich jetzt Logie, was ich gerade mal in der Intimität des Ehebetts durchgehen lasse, aber heute Morgen hörte ich Enid sagen: »Vielleicht sollten wir Logies Salon täfeln lassen?« Der Gedanke, dass mich ganz Norfolk Logie Mountstuart nennt, ist mir unerträglich.

Ich laufe in »meinem« Garten herum. Wir haben einen Gärtner, eine Köchin und ein Dienstmädchen. Ich verschwinde in meinem Arbeitszimmer, breite Bücher und Enzyklopädien für *Die Kosmopoliten* aus. Ich habe vor, einen großen Teil ihrer Dichtungen zu übersetzen. Nach einer Stunde Arbeit sehe ich, dass ich gerade mal zwei Zeilen geschafft habe – die furchtbar aussehen und sich auch so lesen. Also gehe ich in meinen Salon, schenke mir einen Whisky mit Soda ein und rauche eine Zigarette. In der Küche höre ich die Köchin mit dem Dienstmädchen reden. Es ist halb vier Uhr nachmittags, und schon senkt sich draußen die Winternacht herab. Vielleicht fahre ich nächste Woche nach London, um Mutter zu besuchen, in der Bibliothek zu arbeiten, mit Peter essen zu gehen, wenn er Zeit hat. Heute Abend kommt aus irgendwelchen Gründen der Vikar zum Essen.

[März]

Zum Wochenende in Edgefield gewesen. Dies Jahr schon das dritte, das wir bei meinen Schwiegereltern verbracht haben.

Ich habe mich sanft bei Lottie beklagt, dass wir so oft hinfahren, da doch ihre Mutter praktisch schon bei uns wohnt.
Lottie setzte ihre »verletzte« Miene auf und sagte, dass Edgefield ihre Heimat ist, und ich würde das nicht verstehen, weil
ich nie eine richtige Heimat hatte. Ich hielt den Mund.

[Mai–Juni]

Thorpe Geldingham. Ein passender Name*. Ich bin der be-
schnittene Autor: der Kapaun, der Mastochse, der Kastrat.
Hier kann ich einfach nicht arbeiten. Ich stehe spät auf, ich
löse das Kreuzworträtsel der *Times*. Gegen elf trinke ich
einen Gin Tonic, zu Mittag eine Flasche Wein. Dann gehe
ich in mein Arbeitszimmer und döse über den Büchern.
Ich trinke einen Whisky mit Soda und mache einen Nach-
mittagsspaziergang, bade, ziehe mich um, mixe mir einen
Cocktail, diniere, trinke wieder Wein und kröne das Ganze
mit einem Brandy und einer Zigarre. Lottie ist offenbar im
siebenten Himmel. Ich bin siebenundzwanzig und komme
mir vor wie ein Gefangener. Draußen in der Welt verkaufen
sich meine beiden Bücher, Zeitungen und Illustrierte schreiben über mich, aber ich schmore hier in meinem ländlichen
Fegefeuer. Ich sehe meine Schwiegereltern bei Weitem zu
oft. Angus kommt ab und zu von London herauf, aber ich
wage es nicht, meine anderen Freunde einzuladen. Wir geben Dinnerpartys und werden zu Dinnerpartys eingeladen,
wo ich mich unmäßig betrinke. Alle vierzehn Tage fahre ich
nach London, um Wallace zu besuchen, Roderick, meine
Mutter und diejenigen meiner Freunde, die sich über Mittag
frei machen können. Zu Londoner Partys werde ich nicht
mehr eingeladen – als hätten die Heirat und der Umzug

---

* *Gelding:* kastrierter Hengst (Anm. d. Übers.).

nach Norfolk meinen Namen aus allen Gästelisten der Stadt ausradiert.

»Que je m'ennuie
Dans ce cabaret du Néant
Qu'est notre vie«
[Léon-Paul Fargue]

Montag, *10. Juli*

Lottie ist gerade von ihrem Arztbesuch in Norwich zurück und hat mir erzählt, dass sie schwanger ist. Das Kind soll Anfang Dezember kommen – ist also im März gezeugt worden. Was hast du im März gemacht, Logan? Keine Ahnung. Wie ist dir zumute? Sei ehrlich. Ich fühle mich betäubt, geschockt, aufgeschreckt, wütend. Bist du glücklich, dass du Vater wirst? Ich mache mir Vorwürfe. Ich habe nichts zur Verhütung unternommen, obwohl ich in meinem Badezimmer eine ganze Schublade voller Kondome habe. Ich muss Ruhe bewahren. Lottie war mit einer Vorrichtung versehen – einer, die offensichtlich versagt hat. Über die Gründung einer Familie haben wir uns nie verständigt.

Lottie war ganz aus dem Häuschen, aber als sie meinen Blick sah, fing sie an zu wimmern. Ich beruhigte sie, es sei zwar ein Schock gewesen, aber jetzt sei ich überglücklich. Sie hörte auf zu jammern und telefonierte mit ihrer Mutter. Sie kam mit der Nachricht zurück, dass Aelthred und Enid darauf bestehen, uns zur Feier des Tages zum Dinner zu holen. Ich fragte Lottie behutsam nach ihrer Verhütungsmethode aus. Manchmal hat sie vergessen, sie einzusetzen, gibt sie zu – aber es macht doch nichts, mein Liebling. Oder? Es ist wohl Schicksal. Fatum. Verhängnis.

[August]

Lottie kränkelt. Sie ist empfindlich. Die Gesundheit des Babys ist oberstes Gebot. Seit Jahren der erste Sommer ohne Auslandsreise. Ich verzehre mich förmlich vor Reiselust. London ist verwaist, alle sind fort. Merkwürdige Spanien-Träume beherrschen meine Phantasie.

Alicante. Cartagena. Die Straße von Sevilla nach Granada. *Cante Andaluz* klingt mir ständig in den Ohren. Der ölige Geschmack von gepökeltem Kabeljau mit Tortillas. Das hakennasige Mädchen im Bordell von Almería, das den Bademantel öffnete, als ich vorbeiging, um mir ihren nackten Körper zu zeigen.

Ein neues Grammophon. Ein Geschenk an mich selbst. Liszt, Chopin, den ganzen Tag. Brahms so schön, dass ich mich umbringen möchte. Debussy: schreckliche *envie de Paris*.

Wie war der Name des Hotels in Juan les Pins? Hotel du Midi? Central Moderne? Beau Séjour?

Alle Schriftsteller sollten in ihrer Jugend arm sein. Der Zwang zum Geldverdienen erzeugt Ausdauer und Energie.

Ich schreibe nicht, habe aber Gott sei Dank ganz plötzlich die Lust am Lesen entdeckt.

Meine gegenwärtigen Autoren: Sterne, Gerhardi, Tschechow, Turgenjew, Mansfield.

Höre jetzt Tag und Nacht Monteverdi. Lottie, gereizt und empfindlich, kann Musik am Morgen nicht ausstehen. »Aber warum denn nur, mein Liebling?« »Es ist nicht normal, vor Mittag Musik zu hören.« Man definiere mir »normal«.

Auf dem Land liest es sich leichter als in der Stadt. Wäre zu diskutieren.

Tschechow: »Ich bin weder liberal noch konservativ, fortschrittlich, klerikal oder unpolitisch. Ich möchte ein freier Künstler sein und nichts sonst.«

Logan Mountstuarts Stimmungen:

(a) normal – ruhig nach außen hin, stoisch im Inneren.

(b) abnormal – alkoholisierte Sentimentalität. Das Leben ist ein Fest.

(c) gefährlich – nach außen hin verschlossen, innerlich rasender Selbsthass.

Evelyn [Waugh] hat einmal gesagt, dass Oxford die denkbar schlechteste Vorbereitung aufs Leben war. Am Ende seiner Schulzeit sei er viel reifer gewesen als am Ende seines Studiums. Trifft nicht auf mich zu. EW hat Oxford geliebt, genauso wie Peter. Ich konnte es nicht erwarten, von dort wegzukommen.

Gracias a la vida que me ha dado tanto. [Danke zu einem Leben, das mir so viel gegeben hat.]

Ich zwinge mich, jeden Tag eine Seite von *Die Fahrt zum Leuchtturm* zu lesen, und finde das Buch unglaublich zäh. Und mir kommt es so albern vor: Verglichen mit Katherine Mansfield ist Virginia Woolfs Stil jungfernhaft. »Albern«, »jungfernhaft« – mein kritisches Vokabular ist wahrhaftig beeindruckend. Sollte ich nicht zur Literaturkritik zurückkehren, weil ich das am besten kann? Ich glaube, ich verliere den Zugriff auf die Literatur.

Der erste kalte Abend. Möchte am liebsten Feuer im Arbeitszimmer machen lassen. Ein endloser Sommer ist vorüber. Am Nachmittag traf ein letzter Sonnenstrahl die riesige Mückenwolke über dem Teich. Die Luft war erfüllt von schwebendem Goldstaub.

Samstag, 9. Dezember

Unser Sohn ist zur Welt gekommen, hier zu Hause in Thorpe, kurz vor Mittag. Ich war im Salon, voller Angst und Sorge, als die Hebamme freudestrahlend hereinkam und mich zu Lottie hinaufbrachte. Lottie erschöpft, aber glücklich. Mir ist, als hätte sich irgendwo hinter meinem Brustkorb ein Stein verkeilt, der mir die Luft abdrückt. Ein Gefühl, als wäre mein Leben gänzlich meiner Kontrolle entglitten – was nicht dasselbe ist wie außer Kontrolle geraten. Wir werden ihn Lionel Aelthred Mountstuart nennen.

Sonntag, 31. Dezember

Jahresbilanz. Es lohnt kaum, sie festzuhalten. Keine Reisen. Norfolk–London–Norfolk. Wachsender Hass auf England und seine Landschaft, Hass auf das Eisenbahnfahren, Hass auf die Kirchtürme, die man vom Zug aus sieht. Hass auf gepflügte Felder. Hass auf das Gras. Hass auf die Polstersitze der Eisenbahnwagen. Hass auf _____ (bitte ausfüllen).

Ich habe ein schönes Haus, drei Diener (vier, wenn man die Amme mitzählt), eine schöne Frau, einen Sohn.

Wünsche: Venedig besuchen, Griechenland. *Die Kosmopoliten* fertigschreiben.

Arbeit: Zwei misslungene Kapitel *Die Kosmopoliten*. Fünf Artikel, zwei Rezensionen. Es ist zum Heulen. Doch meine Tantiemenschecks sagen mir, dass ich ein erfolgreicher Schriftsteller bin. DMS und DMF verkaufen sich noch immer und erzeugen so den Anschein von Fleiß und Erfolg. Wie lange kann das so weitergehen?

Neue Freunde: keine.

Verlorene Freunde: keine.

Erneuerte Freundschaften: Peter, (Tess?).

Fragliche Freundschaften: Angus (ein ganz und gar seichter Mensch – *un nul*).

1934

Donnerstag, 25. Januar

Ein Moment des Entsetzens gestern am Taufbecken, als mir plötzlich aufging, dass ich einen Sohn niemals Lionel, geschweige denn Lionel Aelthred nennen würde, aber es war zu spät. Was für ein Vermächtnis, Lionel Mountstuart. Ich muss mir einen Rufnamen für ihn ausdenken: Budge, Midge, Bobo – ganz egal. Peter und Angus waren Paten, zusammen mit Brenna Aberdeen und Ianthe Forge-Dawson. Brenna ist eigentlich recht lustig (in kleinen Dosen). Ianthe, Lotties beste Freundin, ertrage ich nicht.

Peter blieb über Nacht. Wir saßen noch lange bei einer Karaffe Portwein und redeten. Tess konnte nicht kommen, da sie jeden Moment Kind Nummer zwei erwartet. Irgend etwas in Peters Stimme – er ist jetzt montags bis freitags in London – lässt mich vermuten, dass mit seiner Ehe nicht alles zum Besten steht. In seinen Mußestunden schreibt er, meinem Beispiel folgend, an einem Kriminalroman.

Freitag, 16. Februar

Stand gute zehn Minuten an Lionels Wiege und sah ihm beim Schlafen zu. Versuchte, meine Gefühle so ehrlich wie möglich zu analysieren, aber fand nichts als Banalitäten in mir vor: dass sich in den ersten drei Lebensmonaten alle Babys ähnlich sehen, dass ihre Finger- und Zehennägel erstaunlich winzig sind und wie schade es ist, dass sie so spät sprechen lernen. Denn am liebsten würde ich gerade jetzt mit ihm sprechen. Man stelle sich vor, dass ein Kind wie durch ein Wunder von Anfang an sprechen kann – wir würden die Welt mit völlig neuen Augen sehen.

Beim Abendessen überlegte Lottie, wohin wir im Sommer fahren könnten, und meinte, dass wir ein großes Haus mieten müssen, damit auch das Kind und die Amme ein Zimmer haben – und dass wir mindestens zwei Gästezimmer brauchen, für den Fall, dass »Mummy und Daddy« oder die Forge-Dawsons zu Besuchen kommen. Cornwall wäre doch lustig, nicht wahr, Logie?

[Februar]

Hier ist mein Problem, der Grund, weshalb meine Arbeit stockt. Ich habe den ganzen Nachmittag gebraucht, um fünf Zeilen von Henry Levets *Afrique occidentale* zu übersetzen:

Dans la véranda de sa case, a Brazzaville,
Par un torride clair de lune Congolais
Un sous-administrateur des colonies
Feuillette les »Poésies« d'Alfred de Musset ...
Car il pense encore a cette jolie Chilienne ...

Das funktioniert nur auf Französisch, im Englischen wird es banal, plump, es verliert seine romantische, schmerzliche Melancholie. Und genau das reizt mich an *Les Cosmopolites* – Hitze, Afrika, Literatur, *cafard*, Eros ... Aber es funktioniert nur auf Französisch. »Im glühenden Mondlicht des Kongo / blättert ein minderer Beamter der Kolonien / in den ›Gedichten‹ von Alfred de Musset.« Nein, nein, nein. Gib's auf, Mountstuart.

Mittwoch, 21. Februar

Gestern nach dem Lunch, als ich mich mit dem dritten Kapitel der *Kosmopoliten* herumquälte, beschloss ich, mit dem Wagen nach Norwich zu fahren und 500 Blatt Schreibmaschinenpapier zu kaufen – weil es wenigstens entfernt an eine Mittwochsnachmittagsbeschäftigung für einen Schriftsteller erinnerte. Ich sagte zu Lottie, ich würde zum Abendessen zurück sein, und fuhr los. Als ich Norwich erreichte, hagelte es kurz und heftig, nur ein paar Sekunden lang, dann kam eine sehr klare und helle Sonne heraus. Wegen Straßenarbeiten – ein Gasrohr – war der Verkehr über den Bahnhof umgeleitet, und so landete ich wie von selbst auf dem Parkplatz des Bahnhofs. Dort saß ich eine Weile, überlegte, was ich mit meinem Leben anfangen sollte, dann stieg ich aus und löste eine einfache Fahrkarte nach London.

Auf dem Bahnsteig musste ich an meine Zeit in der Abbey denken. Damals bedeutete dieser Bahnhof für mich nichts als Enttäuschung und Niederlage. Aber heute, als ich dastand und auf den Londoner Zug wartete, mit leeren Händen, ohne Gepäck, nur mit Hut und Regenmantel, fühlte ich mich wieder so frei und lebendig wie früher. Der Bahnhof von Norwich: das Tor zur Welt. Es war eine wunderbar reine Form von Egoismus; ich dachte an niemanden außer an mich selbst, nicht an Lottie, nicht an Lionel, nicht an meine Mutter. Ich wollte nur eins: Schluss machen mit meinem bisherigen Leben und ganz von vorn beginnen.

Wallace redete mir alles aus. Ich besuchte ihn in seinem Büro am Strand, erzählte ihm, was ich getan hatte, und bat ihn, eine Redaktion zu suchen, die bereit ist, mich ins Ausland zu schicken, sofort, ganz gleich, wohin. Er beruhigte mich und fragte, was passiert war. Ich erzählte es ihm.

»Was ist mit deinem Wagen?«, fragte er.

»Er steht am Bahnhof.«

»Und die Schlüssel hast du in der Tasche?«

»Äh ... ja.« Ich holte sie hervor. Beweise meiner Gedankenlosigkeit.

»Pass?«

»Zu Hause.«

Der gute, verlässliche, vernünftige, pragmatische Wallace. Also entschieden wir uns für Plan B. Ich rief Lottie an und sagte ihr, ich hätte Wallace von Norwich aus angerufen, und er hätte mich in dringenden Geschäften sofort nach London beordert; ich würde morgen zurückkommen. Wallace ließ mich in seinem Haus in Wandsworth übernachten, dort traf ich zum ersten Mal seine Frau Heather und seine Kinder – drei Söhne und zwei Töchter im Alter zwischen neun und fünfzehn Jahren. Aus irgendeinem Grund hatte ich mich nie für sein Privatleben interessiert und war nun einigermaßen erstaunt, ihn im Kreis einer großen und fröhlichen Familie zu sehen.

Nach dem Essen setzten wir uns in den Salon. Ringsum Regale mit den Belegexemplaren seiner Klienten. Er fragte mich, wohin ich wolle. Afrika, Japan, Russland, sagte ich. Aber wohin würdest du am liebsten fahren?, insistierte er sanft. Nach Spanien. Gut, sagte er, das dürfte zu arrangieren sein.

März

Paris, Hotel Rembrandt. Wallace hat drei Artikel für *Graphic* festgemacht: Fünf Pfund für fünfhundert Wörter über Granada, Sevilla und Valencia. Keine Spesen. Ein wenig unter meinem Tarif, aber zum Feilschen war kein Spielraum. Ich konnte auch ein paar Aufträge für *Art Review* erhaschen, also hoffe ich, mit ein wenig Gewinn von meinem Ausflug zurückzukehren. Ich sagte Lottie und Lionel Lebewohl und gab mir größte Mühe, meinen Jubel zu verbergen. Warum habe ich so lange gewartet? Diese zerstörerische Blockade darf ich nie wieder in mir entstehen lassen. Ich bin einfach nicht dafür gemacht, zu Hause zu sitzen und ein gleichförmiges englisches Landleben zu fristen. Ich brauche Abwechslung und Überraschung, ich brauche die Stadt – ich bin von Natur aus ein Stadtmensch – und auch den Gedanken und die Erfahrung des Reisens. Andernfalls werde ich verkümmern und eingehen.

Gestern nahm mich Ben mit ins Atelier von Picasso. Ben kennt ihn nicht sehr gut, und Picasso wirkte ein wenig mürrisch und wortkarg, bis Ben zufällig erwähnte, dass ich auf dem Weg nach Spanien bin. Da lebte er auf und gab mir die Adressen von zwei guten Restaurants in Barcelona. Ich fragte ihn, woran er arbeitet, und er antwortete: Warten wir's ab. Sein Französisch hat einen kräftigen spanischen Akzent. Er trug Hemd und Krawatte – es kam mir merkwürdig vor, dass er zum Malen eine Krawatte umbindet. Er wirkt untersetzt und aggressiv, und ich spürte ein gewisses Misstrauen mir und Ben gegenüber. Was wollten diese zwei jungen Engländer in seinem Atelier? Sie mussten doch irgendwelche verborgenen Absichten haben. Vermutlich hatte er recht. Mir war es egal. Ich war einfach nur froh, von England weg zu sein.

Zum Essen mit Pierre Lamartine, meinem Verleger bei

Cahier Noir. Ein schmaler, nachdenklicher Mann mit einem Haarschopf, den er über die Stirn drapiert wie Herr Hitler. Während des Gesprächs neigt er zu langen Pausen. Ich erzählte ihm von den *Kosmopoliten,* und er zeigte sich höflich interessiert, obwohl er, wie alle meine Verleger, viel lieber einen neuen Roman sehen würde. *»Les Cosmopolitans sont ...«* Lange Pause. *»... un peu vieux jeu«*, sagte er mit verständnisheischendem Schulterzucken.

Morgen reise ich vom Gare d'Orsay gen Süden. Ich müsste gerade rechtzeitig in Bordeaux eintreffen, um es zum Dinner ins Chapon Fin zu schaffen. Dann Bordeaux – Toulouse – Perpignan, über die Grenze in Port Bou und von dort die Küste entlang bis Barcelona – Valencia – Granada – Sevilla. Vielleicht fahre ich sogar von Sevilla nach Lissabon weiter und nehme von dort den Dampfer nach Southampton.

»Là, tout n'est qu'ordre et beauté
Luxe, calme et volupté«

Mittwoch, 4. April

Hotel Metropol, Lissabon. Gestern war ich mit dem Zug in Sintra. Ein dunstiger, kühler Tag, aber die Aussicht war umso bezaubernder, da die Landschaftskonturen durch den Dunst weich wurden. Aber irgendwie wurde mir dort der Mantel mitsamt Pass und Brieftasche gestohlen, und zwar im Castelo da Peña. Ich legte den Mantel auf die Mauer der Außengalerie und trat auf einen vorstehenden Balkon hinaus, um den Blick auf die Berge von Arrábida zu fotografieren. Als ich zurückkam, war der Mantel weg. Ich lief um die Burg und schaute mir alle Besucher an, auch die Leute im Park, aber ich konnte nichts Verdächtiges an ihnen entdecken. Also ging ich heute Morgen ins Konsulat und legte meine missliche Lage dar.

Am Nachmittag bekomme ich einen provisorischen Pass. Ich habe meiner Bank telegraphiert, mir Geld zu schicken.

Später. Folgendes ist geschehen.

Ich begab mich ins Konsulat (Rua do Ferregail de Baixo) und wurde ins Vorzimmer gewiesen – ein paar Stühle, ein Tisch mit alten Illustrierten und den *Times*-Ausgaben der letzten Woche. Als sich die Tür öffnete, blickte ich auf, in Erwartung eines Beamten, aber es war eine junge Frau. Es ist erstaunlich, mit welcher Plötzlichkeit dieser Eindruck auftritt – er muss auf einen tiefen, atavistischen Begattungsinstinkt zurückgehen. Ein Blick, und du denkst: »Ja, das ist sie. Sie ist die Richtige für mich.« Jede Faser des Körpers scheint in diesen Ruf einzustimmen. Welche äußeren Faktoren sind maßgeblich für dieses Gefühl? Ist es die Schwingung einer Braue? Die Kurve eines Mundes? Die Linie eines Fußes? Die Schlankheit eines Handgelenks? … Wir lächelten uns höflich an, zwei Ausländer, verwickelt in Amtsgeschäfte, ich schlug meine Zeitung auf und musterte sie ausführlich über den Zeitungsrand.

Der erste Eindruck: ein längliches, schmales, derbes Gesicht. Die Augenbrauen hoch gewölbt, gezupft und nachgezeichnet, sie trug Lippenstift. Ihr Haar kräftig und widerspenstig, mittelbraun mit naturblonden Spitzen an Schläfe und Stirn. Ich stellte mir vor, dass sie am Morgen die Bürste durch ihr Haar gezogen und für den Rest des Tages alle weiteren Bemühungen aufgegeben hat. Sie trug ein blassgrünes Leinenkostüm, recht schick. Sie holte ein Zigarettenetui aus der Handtasche und hatte schon eine Zigarette angezündet, bevor ich ihr mit meinem Feuerzeug zu Hilfe eilen konnte. Richtig, dachte ich, das ist meine Chance: Ich konnte sie um Feuer bitten – und klappte gerade mein Etui auf, als der Sekretär des Konsuls eintrat: »Mr Mountstuart, der Konsul lässt bitten.« Ich trat ins Büro ein, und wie in Trance leistete ich die Unterschriften für meinen provisorischen Pass. Beim

Hinausgehen schaute ich noch einmal in den Warteraum, aber sie war verschwunden.

Ich wurde von einer unbeschreiblichen, geradezu grotesken Panik ergriffen. Ich rannte zurück zum Sekretär und fragte ihn, wo die junge Frau sei. Bei einem anderen Beamten, erwiderte er. Sie sei auf einer Automobilreise mit ihrem Vater, der habe einen Unfall gehabt und sich das Bein gebrochen, und jetzt gebe es komplizierte Versicherungsfragen zu klären. Ich ging zurück ins Vorzimmer und wartete bei geöffneter Tür, damit ich den Korridor überblicken konnte.

Als sie aus dem Büro kam, trat ich so locker, wie es nur ging, auf sie zu. Ich lächelte und hatte nicht die geringste Vorstellung, was ich sagen würde. Sie musterte mich unwillig, ihre perfekt geschwungenen Brauen kräuselten sich.

»Sind Sie zufällig Logan Mountstuart?«, fragte sie.

»Ja, der bin ich.« Ich konnte mein Glück nicht fassen. Eine Leserin.

»Dachte ich mir«, sagte sie und ging mit einem Gesichtsausdruck, den man nur als höhnisch bezeichnen kann, an mir vorbei. Ich folgte ihr die Treppe hinab auf die Straße.

»Einen Moment, bitte«, sagte ich. »Woher wissen Sie das? Kennen wir uns?«

»Ganz bestimmt nicht. Aber ich weiß zufällig, dass Sie unter zehn Guineen nicht nach London kommen.«

Es gelang mir, sie zum Besuch eines Cafés zu bewegen. Ich bestellte ein Glas *vinho tinto,* sie Mineralwasser, und ich erfuhr den Hintergrund ihrer Behauptung. Sie ist Sekretärin bei der Interview-Redaktion der BBC und zuständig für die Einladung von Gästen; der Sender hat mich zu einem Gespräch über »Neue Strömungen der europäischen Malerei« einladen wollen und ist mit meiner Honorarforderung konfrontiert worden. Die ganze Abteilung habe diese Forderung absurd gefunden, versicherte sie mir.

»Denn was glauben Sie, wer Sie sind? Strawinsky? Galsworthy[*]?«

»Aber das war gewiss der Fehler meines Agenten«, sagte ich. »Er treibt meine Honorare in die Höhe, ohne mich zu fragen. Das ist wirklich unerhört.«

»Damit tut er Ihnen keinen Gefallen, das kann ich Ihnen sagen«, meinte sie hitzig. »Sie sind sofort auf der schwarzen Liste gelandet. Zehn Guineen? Absolut lächerlich. Ich würde ihm kündigen.«

Ich sagte, dass ich schon lange vorhätte, Wallace zu kündigen. Und fragte sie nach ihrem Namen.

»Freya Deverell«, erwiderte sie.

Freya Deverell. Freya Deverell. Ich bekomme Herzrasen, fliegende Hitze, Atembeklemmung, wenn ich nur ihren Namen schreibe. Ihre Schönheit hat etwas Provokatives. Ihre Lippen sind ein wenig vorgestülpt, nicht wie ein Schmollmund, aber so, als wollte sie jeden Moment mit einer respektlosen Bemerkung herausplatzen. Sie ist groß und schlank, schätzungsweise Anfang zwanzig und sehr selbstsicher für ihr jugendliches Alter. Ihr Vater, sagt sie, hat einen komplizierten Beinbruch, und es dürfte noch eine weitere Woche dauern, bis er aus dem Krankenhaus entlassen und reisefähig wird.

»Ich nehme morgen den Dampfer nach Southampton«, sagte ich, »aber darf ich sie heute Abend zum Essen einladen? Vielleicht kann ich Sie ja dazu überreden, mich von der schwarzen Liste zu entfernen.«

Ich sitze hier, schreibe diese Worte und warte darauf, dass es Zeit wird, sie von ihrem Hotel abzuholen. Es ist erschreckend, wie zerbrechlich diese kostbaren Momente unseres Lebens sind. Hätte ich meinen Pass nicht verloren, wäre ihr

---

[*] John Galsworthy hatte 1932 den Nobelpreis für Literatur erhalten.

Vater nicht verunglückt und hätte sich das Bein gebrochen, wäre sie nicht zufällig zur selben Zeit im Konsulat erschienen ... Der Blick nach vorne verrät uns nichts; nur im Rückblick zeigt sich die völlige Zufälligkeit solcher lebensentscheidenden Begegnungen.

[April]

SGTM *Garudja.* Französisches Schiff, portugiesische Besatzung. Die Hälfte der Kabinen ist leer. Ich habe meine drei Artikel für die *Graphic* geschrieben und als Zugabe einen Bericht über meinen Atelierbesuch bei Picasso, den Wallace bestimmt irgendwo unterbringen wird. Den Vormittag habe ich auf Deck verbracht, ein frischer, sonniger Tag. Ich bin auf und ab gegangen, habe meine Gedanken sortiert und gesammelt und versucht, meiner unmittelbaren Zukunft Gestalt und Richtung zu verleihen.

Das Dinner mit Freya verlief gut, und ich habe mehr über sie erfahren. Ihr Vater ist Witwer und wohnt mit ihrem Bruder in Cheshire. Einmal jährlich fährt Freya mit ihrem Vater in die Ferien – am liebsten nach Deutschland oder Österreich, aber jetzt weigert sie sich, dorthinzufahren, wegen der politischen Lage*, daher die unglückselige Reise nach Portugal. Freya steht viel weiter links als ich; mir wurde bewusst, wie sehr mir die Politik entglitten ist, und ich schämte mich ein wenig für meine Unwissenheit und Gleichgültigkeit. Sie ist einundzwanzig und arbeitet seit zwei Jahren bei der BBC. Sie möchte ihre eigenen Sendungen produzieren – »nicht leicht in solch einem Laden, das kann ich Ihnen sagen«. Zu manchen Themen, über die wir sprachen, bezog sie heftige Gegenposition. Picasso – »ein Scharlatan«; Virginia Woolf –

---

* Hitler wurde 1933 deutscher Reichskanzler.

»unsere größte lebende Schriftstellerin«; Mosley – »ein Desaster für das Land«. Ich brachte sie zum Hotel zurück, und sie schüttelte mir kräftig die Hand, als wir uns verabschiedeten. Auf meine Frage, ob wir uns in London wiedersehen werden, gab sie mir ihre Adresse, sie wohnt mit acht anderen ledigen Frauen in einer Art Pension in Chiswick. Sie weiß, dass ich verheiratet bin und ein Kind habe. Ich sagte, ich werde mich melden, sobald sie zurück ist. Als ich ihr meine Karte gab, las sie laut: »Thorpe Geldingham ... das klingt sehr abgelegen.« Ich sagte ihr, dass ich eine Wohnung in London suche.

»Haben Sie ein Buch von mir gelesen?«, hatte ich irgendwann an diesem Abend gefragt.

»Nein.«

»Warum wollten Sie mich denn einladen?«

»Keine Ahnung. Jemand hat einen Artikel von Ihnen gelesen. Ich glaube, Ihr Name hat mich neugierig gemacht.«

Nicht die solideste Basis für eine Beziehung, aber ich bin vollkommen und restlos von dieser Frau gefangen genommen. Freya. Freya. Freya.

Dienstag, 15. Mai

Wieder in Chelsea. Habe soeben drei Monatsmieten für eine kleine halb möblierte Wohnung in der Draycott Avenue hingelegt. Ein hübsch geräumiges Wohnzimmer, das mir auch als Arbeitszimmer dienen wird, ein winziges Schlafzimmer, eine Toilette (kein Bad) und eine schmale Kochnische mit Klapptisch. Ich musste ein paar Möbel kaufen – ein einfaches Bett (ein Doppelbett würde nicht hineinpassen), ein Sofa, ein paar Töpfe und Pfannen. Über mir wohnt eine polnische Näherin mittleren Alters und unter mir zwei Beamte, von denen ich vermute, dass sie »musisch« veranlagt sind. Die Straße ist düster und anonym, jeder bleibt hier für sich. Ich glaube, das ist ideal für mein neues Leben.

Freya liebt das Ballett, also gingen wir letzten Freitag in *Giselle*. Ich bin ein bekennender Ignorant, wenn es um Ballett geht. (Warum nur? Alle anderen Kunstrichtungen faszinieren mich.) Aber es hat mir trotzdem Spaß gemacht. Den Verlockungen von Grazie, Eleganz, lieblicher Musik kann man wohl schwerlich widerstehen. Freya setzte mir danach im Restaurant ganz schön zu und war entsetzt über meine Unwissenheit. »Wenn *ich* nun sagen würde, ich interessiere mich nicht für Kunst und Literatur? Was würdest du dann von mir denken?« Mit größter Freude gab ich mich geschlagen – Freude darüber, dass ich ihr gegenübersitzen und mich geschlagen geben durfte.

Ich habe ein neues Bankkonto eröffnet, auf das Wallace meine literarischen Einkünfte überweisen wird. Aelthred zahlt uns, Lottie, eine jährliche Apanage von dreihundert Pfund, die für den Haushalt in Norfolk reichen dürfte. Ich sagte zu Lottie, dass ich »öfter, wesentlich öfter« in London sein werde, aber sie schien sich nicht viel daraus zu machen, solange ich an den Wochenenden zu Hause bin; das war ihre einzige Bedingung. Ich habe ihre Ahnungslosigkeit benutzt, um die meisten Bücher und Bilder in aller Stille in die Draycott Avenue zu verfrachten, und glaube nicht, dass es ihr aufgefallen ist. Wallace hat meine »Begegnung mit Picasso« für zweihundert Dollar ans *Life*-Magazin verkauft.

[Mai]

Behutsam und ohne Hast mache ich Freya den Hof. Ich plane unsere Treffen sorgfältig, lasse ausreichend Zeit verstreichen, nehme nichts für selbstverständlich. Sie geht gern essen und trinkt genauso viel wie ich. Meine Stammlokale meide ich –

also kein Ivy, kein Café Royale, kein Previtali –, weil ich kein Gerede will. Wir gehen ins Kino, besuchen Gemälde-galerien, Theater und Ballett. Letzte Woche vor dem Thea-ter nahmen wir einen Drink in der Draycott Avenue, und sie bewunderte die Wohnung. Es gibt einen »jungen Mann« bei der BBC, der sich für sie interessiert, aber der ist, glaube ich, keine Konkurrenz.

Freitag, 8. Juni

Gestern gab einer von Freyas BBC-Chefs eine Cocktailparty, und sie lud mich ein, mitzukommen. Sie zog sich in der Draycott Avenue um (und sah im marineblauen Kreppkleid und mit Stöckelschuhen plötzlich sehr mondän aus), und wir fuhren mit dem Taxi zu seinem Haus in Highgate. Er heißt Turville Stevens, ist erst in den Vierzigern, hat aber buschiges, schlohweißes Haar. Weil der Abend warm war, verlagerte sich die Party in den Garten. Aus irgendeinem Grund stieg mir der Alkohol zu Kopf (ich hatte vor Freyas Ankunft Gin pur getrunken, um meine Nerven zu beruhigen), und ich ging ein wenig spazieren, um mich auszunüchtern. Als ich dann mitten in diesem englischen Garten stand, in der milden Frühsommernacht, überkam mich ein inniges Wohlbefinden. Ein tiefer Schauder von Glück und Seligkeit durchströmte mich. Ich blickte in die Runde und sah, dass Freya auf dem Rasen stand und mich anschaute. Das ist Liebe. Nur Liebe vermag das. Unsere Blicke trafen sich, und wir tauschten unsere Botschaft aus – allein mit Blicken. Dann rief Turville nach ihr, und sie musste sich wegdrehen.

Ich lief wie ein Automat zu einer Gruppe hinüber, weil ich glaubte, Tommy Beatty dort gesehen zu haben. Zu meinem gelinden Erschrecken traf ich dort auf Land. Wir haben sehr nett miteinander geplaudert: Sie will bei den nächsten Wahlen fürs Parlament kandidieren. Sie fragte nach Lottie und Lionel, wollte wissen, woran ich schreibe und so weiter, und ich erkundigte mich nach den anderen Fothergills. Da wir uns so intim gekannt haben, war es seltsam, diese Kühle zwischen uns zu erleben. Wenn man einer Frau einen Antrag macht, und sie lehnt ab, ist es vermutlich immer so, dass ein normales Verhältnis nicht mehr möglich ist; die Verletzung sitzt zu tief. Der Mensch erträgt nur ein begrenztes Maß an Zurücksetzung. Als wir uns noch unterhielten, kam Freya, und ich stellte sie vor. In solchen Situationen lässt sich nichts kaschieren: Ich weiß nicht, welche unsichtbaren Signale da gewechselt werden – vielleicht haben Frauen ein deutlicheres Gespür dafür als Männer –, aber mir war sofort klar, dass (a) Land wusste, was ich für Freya empfinde, und (b) Freya wusste, dass Land meine ehemalige Geliebte ist. Die Unterhaltung zu dritt verlief sehr steif und schleppend, und wir brachen sie ab, sobald es sich ergab.

Was mir an der Party weiterhin gefiel, war die Beobachtung, dass mein literarisches Geplätscher noch immer Eindruck macht. Elizabeth Bowen sagte ein wenig lauernd, wie mir schien: »Sie müssen ja jetzt enorm reich sein«, und ich wurde ein halbes Dutzend Mal gefragt, wann denn mein nächstes Buch zu erwarten sei. Turville Stevens machte mir große Komplimente zu der *Sinneskraft* und sagte, er könne sicher etwas im Rundfunk senden, wenn *Die Kosmopoliten* erscheinen.

Freya und ich gingen gegen neun und riefen in der High Street ein Taxi. Ich fragte sie, wohin sie zum Essen wolle, und sie sagte: »In die Draycott Avenue.«

Die nackte Freya. Sogar noch schöner. Sommersprossen auf Brust und Schultern. Ihre Hüftknochen sind deutlich zu sehen. Ich weiß nicht, warum – wir sind schließlich beide keine dreißig –, aber ich fühle mich so viel älter als sie. Wir umklammern uns in meinem schmalen Bett. »Wir dürfen niemals ein Doppelbett nehmen, Logan«, sagte sie. »Niemals. Wir müssen immer in einem einfachen Bett schlafen.«

Sie blieb über Nacht und ging am Morgen um acht zur Arbeit. Ich sitze im Schlafrock in der Küche und schreibe dies am Klapptisch, vor mir die übriggebliebenen Krusten ihres Frühstückstoasts, und mein Herz macht Freudensprünge. Ich denke an Lottie, unser Leben, unser Kind, und erkenne, dass es ein grässlicher Fehler war, sie zu heiraten. Aber das Vergangene lässt sich nicht ungeschehen machen. Ich will nur noch mit Freya sein: Jede Minute ohne sie ist unwiderruflich verlorene Zeit.

[Juni]

Thorpe. Der Sommer wird sehr schwierig. Lottie hat für Juli und August ein Haus in Fowey, Cornwall, gemietet. Ich habe ihr gesagt, dass ich im August größtenteils in Frankreich sein werde, um für *Die Kosmopoliten* zu recherchieren, was sie akzeptierte, aber sie zeigte mir den ganzen Tag ein mürrisches Gesicht. Ich bin sicher, dass sie nichts ahnt.

Einige Geldsorgen kommen hinzu. Wir sind bei der Bank im Minus, und als Lottie um eine Erhöhung der Apanage bat, sprach Aelthred ein ernstes Wort mit mir: Er könne nicht begreifen, wieso ein junges Paar mit meinem Einkommen und Lotties Jahresgeld (ohne Hypothekenbelastungen) Schulden machen müsse. Lottie gibt das Geld gedankenlos aus, erwiderte ich, und erklärte ihm, dass ich momentan kaum etwas verdiene – ein Schriftsteller, musst du wissen, lebt entweder wie ein Fürst, oder er hungert. Natürlich gelangt nichts von meinen Einkünften auf das gemeinsame Konto. Ich mahnte Lottie zur Sparsamkeit, aber eine solche Vorstellung ist ihr fremd. Meine Tantiemen für DMS und DMF fließen jetzt spärlicher (obwohl *Die Mädchenfabrik* in Frankreich überraschend gut lief), und das Geld für die Filmrechte ist dahingeschmolzen wie Eis in der Sonne. Die Wohnung in London und mein Leben mit Freya zehren fast alles auf, was ich mit meinen Artikeln verdiene, und eine größere Summe kommt erst wieder herein, wenn ich die *Kosmopoliten* abliefere – etwa hundertfünfzig Pfund. Um die Zeit bis dahin zu überbrücken, habe ich diese Summe (unter Mithilfe von Wallace) beliehen und werde damit unseren Sommer finanzieren. Ich fahre mit Freya nach Biarritz.

[NACHTRAG 1965: Interessanterweise war dies das erste Mal, dass ich Geldsorgen hatte und mit meinen Mitteln haushalten musste. Vor dem Juni 1934, so kann ich mit Fug und Recht behaupten, habe ich nie einen Gedanken darauf verschwendet, wie ich – oder ein anderer – meine Rechnungen bezahlen sollte.]

[Juni]

Lionel hat einen Krupp. Er scheint ein kränkliches Kind zu sein. Ich nahm ihn neulich auf die Knie, und er starrte mich kläglich an, mit verdrossenem Blick, ohne mich zu erkennen.

Wallace hat für mich eine Stelle als Hauptrezensent bei *artrevue* (ja, alles in einem Wort), die monatlich zehn Pfund bringt. Etwaige andere Beiträge werden extra bezahlt. Offenbar hat mein Picasso-Artikel Eindruck gemacht. Es ist ein prätentiöses, teures Magazin (entsprechend subventioniert von prätentiösen und menschenfreundlichen Millionären), aber wenigstens erkennt es an, dass auch außerhalb dieser kleinen Insel Kunst produziert wird. Ich habe ohne Zögern zugesagt – obwohl ich die *Kosmopoliten* schleunigst abschließen muss. So ein Doppelleben ist eine teure Angelegenheit. Und was kommt nach den *Kosmopoliten*?

Montag, 30. Juli

Zurück aus Fowey. Gott, was für eine Quälerei. Wenn wir dort unter uns waren, war es gerade noch auszuhalten, aber wenn Gäste kamen, wurde es unerträglich. Mir ist, als wäre ich einer ausgesucht grausamen Bestrafung unterzogen worden. Erst Angus und Sally*, dann Ianthe mit Familie. Glücklicherweise bleiben mir Aelthred und Enid erspart. Ich kam mit dem frühesten Zug in London an und fuhr geradenwegs ins Rundfunkhaus, um Freya zu sehen. Wir gingen um die Ecke in einen Pub, hielten uns bei den Händen und tranken Gin Tonic. Sie kann sich nur für zwei Wochen frei machen – einen Teil ihres Jahresurlaubs muss sie für ihren Vater aufsparen.

Zu Besuch bei Mutter. Es wohnen nun vier Untermietsparteien in Sumner Place. Mutter und Encarnación beschränken sich aufs Parterre und haben alles andere vermietet, auch den Keller. Seit mehr als einem Jahr hat sie nichts mehr von Prendergast gehört. Ich ließ mir alle Dokumente ihrer finanziellen Transaktionen vorlegen. Vater hinterließ ihr das Haus in Birmingham und Papiere im Wert von fast fünfzehntausend Pfund. Selbst nach Kauf und Einrichtung des Hauses wäre ihr ein hübsches, lebenslanges Einkommen geblieben (mindestens tausend Pfund jährlich) und mir das von Vater versprochene Erbe. Ich erinnere mich gut an seine Worte: »Ihr werdet beide gut versorgt sein.« Beide. Es war nicht nur Mutters Geld, es gehörte auch mir. Selbst unter Berücksichtigung der Extravaganzen – der Autos, der Diener, meiner Apanagen –

---

* Sally Ross, Angus' Verlobte.

schätze ich, dass fast das ganze Vermögen beim Börsenkrach draufgegangen ist. Prendergast hat bei seinen leichtsinnigen Investitionen in amerikanische Aktien achttausend Pfund von unserem Geld verloren, ein Vermögen, nicht gerechnet das Apartment in der 62th Street. Eigentlich müsste ich Wut empfinden, aber es ist immer schwer, sich den Verlust von etwas vorzustellen, was man nie besessen hat. Wenigstens gehört ihr Sumner Place, so traurig es ist, dass sie das Haus mit Fremden teilen muss, und die mageren Mieteinkünfte, die sie daraus bezieht, reichen für ihren Bedarf. In der Küche fiel mir eine leere Ginflasche auf – ich muss ein ernstes Wort mit Encarnación reden. Endloses Gejammer natürlich, weil sie ihren Enkel nicht oft genug sieht.

Ich schreibe dies in der Draycott Avenue. Freya hat hier gewohnt, während ich in Cornwall war. Sie hat Blumen aufgestellt, es duftet gut und sieht sehr sauber aus. Unser schmales Bett ist frisch bezogen. Ich höre Freyas Schlüssel im Schloss. Am Mittwoch reisen wir nach Frankreich ab.

Dienstag, *31. Juli*

Sitzung bei *artrevue*. Ich mag Udo [Feuerbach, Chefredakteur], er ist ein deutscher Flüchtling, der kurz am Dessauer Bauhaus unterrichtet hat, ein dunkler Typ, intelligent, und ich glaube, ihm gefallen meine Beiträge. Udos Bewertungskriterien beschränken sich auf zwei Formeln: Ein Künstler oder ein Kunstwerk ist entweder *»ganz ordinär«*, oder es zeigt *»teuflische Virtuosität«*. Tiefer gehende Charakterisierungen habe ich noch nicht von ihm gehört. Das macht das Urteilen sehr einfach, muss ich sagen. Er hat bei mir einen großen Artikel über Juan Gris[*] in Auftrag gegeben – mein

---

[*]   Juan Gris (1887–1927), Maler.

Vorschlag, aber nicht durch den Umstand bedingt, dass ich ein paar Kohlezeichnungen von Gris besitze. Gris ist sehr unterschätzt – und da er tot ist, wird er ungerechterweise vom strahlenden Zwiegestirn Picasso und Braque überschattet. Udo möchte auch, dass ich Picasso interviewe, wenn ich über Ben an ihn herankomme. Ich lerne den Bauhaus-Egalitarismus zu schätzen. Das Büro von *artrevue* besteht aus einem einzigen großen Raum mit einem langen Tisch in der Mitte, an dem alle sitzen – der Chefredakteur, die Sekretärin, der Typograph, die Korrektoren und die Gastautoren. Keine andere Redaktion in England würde sich in dieser Weise organisieren.

Ich sprang in der Brompton Road vom Bus ab und wollte gerade in die Draycott Avenue einbiegen, als jemand meinen Namen rief. Ich schaute mich um und sah Joseph Darker aus einem Polizeiauto steigen. Wir plauderten ein wenig, ich erzählte ihm von Lottie, Lionel und dem Umzug nach Norfolk und entschuldigte mich, dass ich den Kontakt vernachlässigt habe.

»Wie geht's der Familie?«, fragte ich.

»Wir sind von einem Schicksalsschlag getroffen worden«, sagte er mit gesenktem Blick. »Tilda ist letztes Jahr gestorben. An Diphtherie.«

Ich weiß nicht, warum mich diese Nachricht so schockiert hat. Ich taumelte sogar ein wenig, als hätte mich jemand angestoßen. Ich musste daran denken, dass dieses verhuschte Wesen, das sich ständig entschuldigte, nun für immer aus der Welt verschwunden ist. Ich murmelte eine leere Phrase, aber er bemerkte meinen Schock. Wir wechselten noch ein paar Worte, und ich gab ihm meine neue Adresse. Tieftraurig kam ich zu Hause an. Ich erzählte Freya von meiner Reaktion, und sie sagte: »Wir sind nicht darauf gefasst, dass Leute in unserem Alter sterben. Wir denken, wir bleiben bis auf Weiteres vom Tod verschont. Aber das ist eine Illusion. Niemand ist davor sicher.«

Sie strich mir durchs Haar, umarmte mich und stellte sich auf meine Schuhe. Dann schlang sie ein Bein um mich und schob es zwischen meine Beine. Das ist eine ihrer Marotten – »umbeinen« nennt sie das –, und sie sagte: »Hab ich dich ertappt! Fürchtest um dein liebes Leben.«

Freitag, 3. August

Biarritz. Ben hat eine große Villa zwischen Biarritz und Bidart gemietet, eine halbe Meile vom Strand, mit großem verwildertem Garten voller Bäume und einem Swimmingpool aus Beton. Unsere Gesellschaft besteht aus Ben und Sandrine, Alice und Tim Farino, mir und Freya, Cyprien Dieudonné und seiner Freundin Mita (eine Tänzerin aus Guadeloupe), Geddes Brown (jetzt einer von Bens Klienten) und seinem Freund, einem italienischen Maler namens Carlo.

Jeden Tag wird für diejenigen, die im Haus geblieben sind, das Mittagessen am Swimmingpool serviert, aber wir können gehen und kommen, wann wir wollen – entweder an den Strand von St. Jean de Luz und Biarritz oder zum Wandern in die Berge hinauf.

Gestern beim Mittagessen gab es einen denkwürdigen Moment – Geddes und Carlo waren nicht da, und Cyprien war in Biarritz, um seine Brille reparieren zu lassen. Wir hatten alle reichlich gegessen und getrunken, als Alice plötzlich das Oberteil ihres zweiteiligen Badekostüms löste, ihren Liegestuhl in die Sonne rückte und sich mit bloßen Brüsten sonnte.

»Alles in Ordnung, Darling?«, fragte Tim völlig ungerührt.

»Du weißt doch, wie ich das liebe«, sagte sie. »Es ist viel schöner, wenn man den Wind auf den Titten spürt.«

Worauf alle anderen Frauen am Tisch einen Blick wechselten und spontan ihre Oberteile ablegten, und wir beendeten das Mahl im Beisein all dieser wohl geformten Brüste. Zuerst fand ich das sehr erregend, aber nach zehn Minuten kam es mir vor wie die natürlichste Sache der Welt. Ich fing Freyas Blick auf – im gestreiften Schatten des Bambusdachs, unter dem wir saßen, sah sie aus wie eine Tigerin. Sie griff hinter den Kopf, um ihre Haarspange zu prüfen, und ich sah, wie sich dabei ihre Brüste hoben und senkten und sich die Schattenstreifen an ihre wechselnden Konturen schmiegten. Als die anderen zum Boulespielen aufbrachen, verzogen wir uns in unser Zimmer.

Donnerstag, 9. August

Geddes und Carlo sind für ein paar Tage in die Berge gefahren, um zu malen. »Zu viel Seelicht«, sagte Geddes. Ich glaube, er hat Talent. Er arbeitet sehr fleißig, und ich mag ihn sehr. Ein geradliniger und ernster Bursche – obwohl er, wie ich glaube, ein wenig vor mir zurückschreckt. Er hat noch Kontakt zu Land, sagt er, und er ließ durchblicken, dass sie eine Affäre mit Oliver Lee hat.

Heute Morgen war es ein wenig bedeckt, daher ging ich mit Tim Farino Golfspielen im Club Plateau de Phare. Tim ist nicht schlecht, aber wir waren beide eingerostet und aus der Übung. Ich hatte gerade das achte Loch unter Par gespielt und nahm das neunte in Angriff, als ein Mann in weißer Flanellhose und Sakko auf uns zukam, sich als Sekretär des Golfclubs vorstellte und uns fragte, ob wir einem prominenten Gast gestatten würden, die restliche Hälfte vor uns zu spielen. Unser Geld würden wir zurückbekommen, fügte er aufmunternd hinzu und zeigte auf ein paar Männer, die sich, gefolgt von ihren Caddies, auf dem Kiesweg näherten.

»Sind Sie Engländer oder Amerikaner?«, fragte der Sekretär.

»Ich bin Engländer«, sagte ich.

Er beugte sich vor und flüsterte: »Es ist der Prince of Wales.«

Und natürlich erkannte ich ihn sofort, als er näher kam. Ein kleiner, zart gebauter Mann, der tadellose Knickerbocker trug und die dazu passenden Schuhe. In der Hand hatte er eine flache Tweedkappe, sein dichtes blondes Haar war geölt und korrekt gescheitelt. Sein Begleiter war größer, älter, etwas salopp gekleidet und wurde uns nicht vorgestellt – ein Diener offenbar.

Der Sekretär erklärte unter Verneigungen und Verrenkungen, dass die englischen Gentlemen freundlicherweise zurückstehen würden.

Wir gaben uns die Hand, ich stellte mich und Tim vor.

»Das ist schrecklich nett von Ihnen«, sagte der Prinz. »Wir wollen vor dem Lunch nur schnell neun Löcher spielen. Die Ladies nicht so lange warten lassen.«

Wir traten beiseite und sahen ihm beim Abschlag zu. Der Prinz hat einen steifen, ungelenken Schlag – nicht der geborene Sportler, würde ich meinen. Sie zogen davon – doch da kam der Prinz noch einmal zurück, eine unangezündete Zigarette in der Hand.

»Haben Sie Feuer?«, fragte er. Ich holte meine Streichhölzer heraus und bediente ihn.

»Könnten Sie auf die Streichhölzer verzichten?«, fragte er und bedachte mich mit seinem berühmten Lächeln.

»Sie gehören Ihnen, Sir«, sagte ich und überreichte ihm die Streichhölzer.

»Danke. Wie war noch Ihr Name?«

Ich wiederholte ihn. Logan Mountstuart, Sir.

Später. Der Prinz hat hier ein Haus gemietet, sagt Ben, und die Amerikanerin, Mrs Simpson, ist – bewacht von ihrer

Tante – bei ihm, was unter uns wüste Spekulationen auslöste. Tim behauptet, sie flüchtig zu kennen, aus der Zeit vor ihrer Ehe mit Simpson – und auch ihren ersten Mann, einen wüsten Trunkenbold, nach allem, was man weiß. Freya verstand unsere Anspielungen nicht, also klärten wir sie über Mrs Furness und ihre Ersetzung durch die neue Favoritin auf. Sie war bass erstaunt; davon hatte sie nichts gewusst. Ich kenne den ganzen Klatsch auch nur von Angus Cassell. Ben sagte, in Paris pfeifen es die Spatzen von den Dächern.

Solche Begegnungen sind festhaltenswert, glaube ich, mögen sie auch unbedeutend sein – eine Schachtel Streichhölzer für den künftigen König von England. Sonst würden wir so was vergessen. Was noch? Er trug keine Krawatte.

Freitag, *17. August*

Freya reist morgen zurück, und ich will bis Monatsende bleiben – vielleicht auch mit Cyprien nach Lot fahren. »Denk an mich, wenn ich am Montagmorgen in die BBC gehe«, sagte Freya im Bett, halb klagend, halb vorwurfsvoll. »Denk daran, dass ich dann an euch hier unten denke. DAS IST RICHTIG UN-FAIR!«

»Du musst eben deinen Job aufgeben«, sagte ich und griff nach ihr.

»Was soll ich dann machen? Vielleicht Schriftstellerin werden?«

Samstag, *18. August*

Freya zum Zug nach Paris gebracht. Ich flehte sie an, weiter in der Draycott Avenue zu bleiben, die Wohnung als die ihre zu betrachten. Sie will es sich überlegen. »Wenn ich einziehe«, sagte sie, »zahle ich meinen Anteil an der Miete.« Ich widersprach halbherzig – jeder kleine Beitrag zählt. »Ich lasse mich nicht von dir aushalten«, sagte sie voller Ernst. Sie wird mir fehlen.

Es waren Tage magischer Schönheit hier am Meer. Ich bin braungebrannt, aber Freya, meine nordische Göttin, liebt die Sonne nicht so sehr wie ich. Zur Erinnerung: Ich sehe uns Hand in Hand durch die Brandung von Hendaye waten. Ich, nackt am Fenster stehend und in den nächtlichen Garten hinausblickend, spüre das Fächeln der kühlen Brise auf der Haut, lausche dem schrillen Gesang der Zikaden, bis mich Freya ins Bett zurückruft. Lange Unterhaltungen am Mittagstisch – beim Wein, der zusätzlich herangeschafft wird, damit er uns über den Nachmittag hilft –, Cyprien, Ben und ich im Streitgespräch über Joyce; Geddes nimmt Partei für Braque und gegen Picasso; wir reden über die Gehässigkeit der Bloomsbury-Clique; Freya nimmt Mrs Woolf beharrlich gegen alle Angriffe in Schutz; wir analysieren Scott Fitzgeralds neuen Roman[*] (seine Frau ist offenbar verrückt, sagt Alice). Nächte im Casino, die Jazzband, die uns zum Tanz aufspielte; Freyas Gewinn von tausend Franc beim Blackjack – ihre unbändige Freude über diesen unerwarteten, unverdienten Geldsegen.

Ben hat sich, obwohl er bei meiner Hochzeit als Begleiter fungierte, als diskreter und wahrer Freund erwiesen. Ich versuchte, ihm die Situation mit Lottie zu erklären, aber er wollte nichts davon hören. »Das ist mir egal, Logan. Du lebst dein Leben, ich lebe meins. Ich breche nicht den Stab über dich, solange du glücklich bist. Und ich hoffe, du verhältst dich mir gegenüber genauso.« Das versprach ich ihm.

Er erzählte mir viel über Gris und wie krank er am Ende seines Lebens war. Wenn ich interessiert sei, könne er mir ein kleines, »aber exquisites« Stillleben aus seiner Spätphase be-

---

[*]   *Zärtlich ist die Nacht.*

schaffen. Wie viel?, fragte ich. Fünfzig Pfund, sagte er, bar. Ich kann mir das nicht leisten, aber eine innere Stimme sagte mir: Greif zu. Er ging sofort los und machte einen Anruf nach Paris.

Vage Vorstellungen von einem Roman, der von einer Sommergesellschaft handelt wie der unseren.

[November]

Der Juan Gris – *Tonkrug mit drei Aprikosen* – hängt in der Draycott Avenue über dem Kamin. Die Wände sind mit meinen anderen Zeichnungen und Gemälden bedeckt. Im August hat Freya den Raum dunkeloliv gestrichen, und an diesen düsteren Spätherbstabenden scheinen die Lampen vor dem erdig grünen Hintergrund mit besonderer Wärme zu leuchten.

Freya hat beschlossen, bei mir zu wohnen, unter der Bedingung, dass sie etwas zur Miete beiträgt (fünf Pfund monatlich). Pünktlich an jedem Monatsersten händigt sie mir den Fünfer aus. (Ohne Scham gestehe ich, dass jeder kleine Beitrag zählt, aber das habe ich bereits erwähnt – was nichts am Wahrheitsgehalt dieser Feststellung ändert.) Ich habe nun meinen gesamten Vorschuss auf die *Kosmopoliten* beliehen. Das Geld, das ich mit der *Mädchenfabrik* verdient habe, ist in Aktien und Versicherungspolicen angelegt, die ich nicht anrühren kann, ohne Lottie zu alarmieren oder, schlimmer noch, Aelthred. Wallace drängt mich, die *Kosmopoliten* zu liefern, aber ich sage ihm wieder und wieder, dass ich nicht die Muße finde, weil ich so viele Artikel schreiben muss, um das Nötigste zu verdienen. Ich schlug ihm eine Monographie über Gris vor, aber er winkte sofort ab. Wenn ich Glück habe, bekomme ich zehn Pfund dafür, meint er.

Neulich beim Lunch:

WALLACE: Sagtest du nicht, du hast eine neue Romanidee?
ICH: Nur sehr vage. Von einer Gruppe junger Menschen.
Paare, die sich eine Villa in Biarritz teilen.
WALLACE: Klingt hervorragend. Das würde ich lesen.
ICH: Als Titel stelle ich mir vor: *Sommer in St. Jean.*
WALLACE: Mit dem Sommer im Titel bist du gut beraten.
Ich könnte dir morgen fünfhundert Pfund beschaffen.
ICH: Wunderbar. Aber wann soll ich das schreiben?
WALLACE: Schreib ein Exposé. Zwei Seiten. Ein paar Zeilen. Die Zeit läuft dir weg, Logan.

Das hörte sich bedrohlich an. Der Kredit, den ich mir mit der *Mädchenfabrik* erworben habe, ist offenbar dahin. Also setzte ich mich auf meine vier Buchstaben und brachte etwas zu Papier. Versuchsweise nahm ich mir unsere Gesellschaft in Biarritz vor, änderte alle Namen, schuf neue Spannungen, Einwirkungen von außen (Ehefrauen, Ex-Geliebte). Plötzlich sah ich genauso wie Wallace das gewaltige Potenzial dieser Idee – Erotik, Ausland, Freiheit, Sommer, Hitze und Meer. Aber ich kam nicht in Fahrt, sosehr ich mich auch abmühte.

1935

[Januar]

Eingeschneit in Thorpe. Der Schnee reicht bis an die Fenster. Es wäre sehr schön und romantisch, wenn ich mit Freya hier wäre und nicht mit Lottie und Lionel, der anscheinend Keuchhusten hat. In den Ulmen lärmen die Krähen. Freya, Freya, Freya höre ich sie schreien, wie um mich zu necken.

Udo Feuerbach hat mich um einen Artikel über das Bauhaus gebeten und mir Fotografien aus seiner Sammlung gegeben. Ich bestaunte die Mädchen in der Weberei – wunderschön und frei. Eine sah aus wie Freya. Ich entkomme ihr nicht.

Dienstag, 5. März

Nach dem Essen bei Luigi gingen wir noch ins Café Royal. Es war voll, alles unbekannte Gesichter. Setzten uns zu Cyril und Jean, die mit Lyman? Leland? [nicht identifiziert] da waren, und wechselten ein paar Worte. Sie gingen kurz darauf. Dann kam Adrian Daintrey[*] mit einer Gesellschaft in Abendgarderobe herein – einschließlich Virginia Woolf[**], die eine Zigarre rauchte. Ich überließ ihnen den Tisch, und während des allgemeinen Durcheinanders stellte ich Freya der Woolf vor. »Sind Sie zwei hier allein?«, fragte sie Freya. »Was für ein entsetzliches Pack hier. Wie hat sich das geändert!«

»Eben saßen wir noch mit Cyril Connolly«, sagte Freya.

»Hatte er seinen schwarzen Pavian dabei?«, fragte vw.

Freya verstand nicht, was sie meinte.

»Seine Negerpuppe von Frau.«

»Ein Beispiel für Mrs Woolfs berühmten Charme«, sagte ich zu Freya. Dann zu vw: »Sie sollten sich schämen.«

Wir verließen das Lokal, und als wir nach Hause kamen, hatten wir unseren ersten richtigen Streit. Freya war ein wenig schockiert über vws Gehässigkeit. Unglaublich, dass eine Frau, die diese lyrische und ätherische Prosa schreibt, so voller Gift sein kann, sagte ich. »Wenigstens schreibt sie«, erwiderte Freya unbedacht. Aber es saß, und wir suchten nach einem Streitthema, bis wir es fanden. Während ich dies

---

[*]   Ein Malerfreund von Duncan Grant.

[**] Siehe Virginia Woolf, *Tagebücher* Bd. IV, 6. März 1935.

schreibe, schon bereit, heute auf dem Sofa zu schlafen, höre ich ihre Schluchzer aus dem Schlafzimmer.

Mittwoch, 20. März

Eine langweilige Ausstellung von Collagen und Fotografien in der Mayor Gallery. Einziger Höhepunkt das Erlebnis, von Mrs Woolf geschnitten zu werden. Sie machte buchstäblich auf dem Absatz kehrt, um mir nicht zu begegnen. Das heißt, sie hat mir nicht verziehen.

Dann in die Redaktion von *artrevue*. Udo trank Wein mit mir und hörte geduldig zu, während ich gegen die Mittelmäßigkeit der englischen Kunst wütete. Er erzählte mir, dass es jetzt in allen deutschen Städten Schilder mit der Aufschrift gibt: *Für Juden verboten*. Man hält es kaum für möglich. Aber Udo meint, das bringt die Dinge ins Verhältnis: Wir könnten eine dahinsiechende Kunstszene ohne Weiteres verkraften. Denn das Leben in London habe andere Vorzüge.

[März / April]

Reisen: Norfolk–London–Norfolk. Paris–Rom (zu Ostern, drei Tage mit Freya) Wir planen unseren Sommer: Griechenland. Was sage ich dieses Jahr zu Lottie?

[April]

Heroische Anstrengungen, die *Kosmopoliten* endlich abzuschließen. Ich brachte das Manuskript zu Roderick, der sich ein wenig bissig über dessen Kürze mokierte. Es werden weniger als 150 Seiten. (Ich erklärte ihm, dass ich ursprünglich einen Anhang mit übersetzten Gedichten aufnehmen wollte, der das Buch dicker gemacht hätte.) Nun, wenigstens hast du es dir vom Leibe geschrieben. Wie steht es jetzt mit dem deftigen Roman, den Wallace mir in Aussicht gestellt hat? Ich ließ ihn im Glauben, dass Derartiges zu erwarten ist.

Freya verfolgt die Entwicklung der Affäre P. of Wales/ Mrs Simpson mit Faszination. Sie liest darüber in den amerikanischen Zeitungen, die sie bei der BBC haben. Und sie hält es für eine absolute Schande, dass die Öffentlichkeit fast völlig im Ungewissen bleibt. »Ich erzähle es allen«, sagt sie, »allen, die ich treffe.« Zugegeben, auch ich verfolge die Sache seit der Begegnung auf dem Golfplatz mit einem gewissen Interesse. Angus ist eine verlässliche Quelle – er hat wohl einen Draht zum inneren Kreis –, er sagt, der Prinz ist Mrs S. total hörig und folgt ihr wie ein Hündchen.

[Juli]

Am Ende log ich doch wieder. Sagte, ich müsse zum Arbeiten nach Frankreich. Traf mich mit Freya in Paris, und zusammen flogen wir nach Marseille. Dann ging es per Schiff nach Athen. Wir mieteten einen Kraftwagen und fuhren die Strecke Delphi – Nauplia – Mykene – Athen. Glühende Hitze. Wir sehnten uns nach Regen und Abkühlung und schworen uns, nie wieder einen solchen Urlaub zu verbringen, bei dem man ständig unterwegs ist. Biarritz letztes Jahr war eine Idylle. Und die Dauerberieselung mit antiker Kultur ist nichts für mich – eine Führung nach der anderen, eine Ruine nach der anderen, das halte ich nicht aus, mögen sie noch so schön, noch so geschichtsträchtig sein. Griechenland besteht für mich nur noch aus riesigen Haufen hitzeflirrenden Marmorgerölls, staubigen Olivenhainen, stickigen Hotelzimmern, lästigen Fliegen. Wir haben uns vorgenommen, einmal im Frühling hinzufahren. Denn immerhin war es unglaublich billig. Mit dem Flugzeug von Athen nach Rom. Dann mit dem Zug über Paris nach London. Erschöpft, überreizt. Das war nicht die Erholung, die wir uns gewünscht hatten. Und nun muss ich einen Monat bei meiner Familie verbringen. Ich glaube, Freya wird ihre Einsamkeit genießen.

[August]

Dick [Hodge] ist meine Rettung. Ein ruhiger Monat in Kildonnan mit Lottie und Lionel. Für zwei Wochen auch Angus und Sally. Mit einem Freund von Angus, den er aus der City kennt, Ian Fleming* heißt er, fuhr ich zum Golf nach Gullane und Muirhead. Er selber war nach Kitzbühel abgereist. Ich erzählte ihm von der sengenden Hitze in Griechenland, und er empfahl die Alpen für den Sommer – er liebt das österreichische Tirol. Habe Freya geschrieben, sie soll sich für nächstes Jahr ihren Lieblingsberg aussuchen.

Donnerstag, 26. September

Beim Lunch überreichte mir Peter [Scabius] heute ein Exemplar seines Thrillers oder seines »Krimi«, wie er das Buch bescheiden abwertete. Es heißt *Vorsicht, bissiger Hund* und kommt nächste Woche bei Brown & Almay heraus. Nichts Ernsthaftes, sagte er, nichts von deinem Kaliber. Wir tranken eine ganze Menge, um das Ereignis zu feiern, und Peter gestand mir, dass er ein Verhältnis mit der Frau eines Journalisten hat, der bei der *Times* arbeitet. Die Liebe zu Tess sei vorbei, aber er würde sie nie verlassen, wegen der Kinder. »Sie ist ein lieber Kerl und eine gute Mutter, aber ich war viel zu jung, als ich sie geheiratet habe.« Er fragte, wie es mir mit Lottie geht, und ich sagte, wundervoll. Du Glückspilz, sagte

---

* Schriftsteller (1908–1964), Schöpfer des James Bond.

er: Der Spruch »In Eile gefreit, in Ruhe bereut« stimmt also nicht immer. Ich wollte ihm von Freya erzählen, doch ließ es lieber sein. Es bei dieser Gelegenheit auszuplaudern, hätte meine Beziehung zu ihr herabgewürdigt. Mein Leben mit Freya ist kein »Verhältnis«. Und wegen Tess fühlte ich mich auf sonderbare Weise verletzt, wegen des Verrats an ihr, und ich verachtete Peter, weil er mich in seine Heimlichkeiten einweihte. All das hat mich natürlich zum Nachdenken über meine eigene Lage bewogen. Ich empfinde nichts für Lottie. Weder im Guten noch im Schlechten. Unser Sexualleben ist praktisch zum Erliegen gekommen – obwohl sie in letzter Zeit des Öfteren über ein Brüderchen oder Schwesterchen für Lionel geredet hat. Seit Lionel da ist, benutze ich immer ein Kondom, wenn wir überhaupt einmal miteinander schlafen. Das letzte Mal (in Schottland) sagte sie: »Muss das sein, Liebling? Heute Nacht ohne.« Ich sagte, ein zweites Kind könnten wir uns nicht leisten. Sie fing an zu weinen, und die Kondomfrage hatte sich erledigt.

Gleichzeitig führe ich mit Freya mein merkwürdig abgeschirmtes Liebesleben in der Draycott Avenue. Wenn ich fort bin, trifft sie sich wieder mit ihren alten Freundinnen, von denen ich noch keine kennengelernt habe. Sind wir aber zusammen, bleiben wir unzertrennlich wie ein frisch vermähltes Paar. Sie fährt am Morgen zur Arbeit, und ich gehe meinen Londoner Geschäften nach: nehme meine Termine wahr, besuche meine Redaktionen, arbeite in der Bibliothek, esse mit Freunden. Wenn sie von der BBC kommt, bin ich bereits zu Hause. Irgendwann am Tag rufe ich Lottie an, und wir plaudern ein paar Minuten. Sie scheint ganz zufrieden und arglos – London gefällt ihr sowieso nicht so sehr.

Aber ich muss konstatieren, dass dies nun schon ein Jahr so geht, und ich glaube, es ist falsch von mir, die Dinge einfach so treiben zu lassen. Irgendetwas wird passieren – eine plötzliche Wendung, eine neue Entwicklung –, und bevor es so weit kommt, sollte ich derjenige sein, der das Ruder herumreißt.

Freitag, *11. Oktober*

Lunch mit Fleming im Savoy Grill. Hätte erwähnen sollen, dass ich mit ihm Golfspielen war, in Huntercombe. Er rief mich aus heiterem Himmel an, um ein Viererteam aufzustellen, hatte aber auch einen Hintergedanken dabei, vermute ich. Er ist unglücklich in seinem Beruf als Börsenmakler und neugierig auf meine Schriftstellerexistenz. Er wollte wissen, ob ich mich für Pornographie interessiere, und ich sagte, nicht besonders. Er hat eine schöne Sammlung, meinte er stolz. Dann erzählte ich ihm von Freya, wahrscheinlich in der Absicht, mein generelles Desinteresse an Erotika zu begründen, von der Wohnung und unserer heimlichen Werktagsehe. Jetzt bin ich ziemlich ärgerlich über mich, weil ich ihm das erzählt habe, und ich verstehe selbst nicht mehr, warum ich es tat. Ich glaube, weil er zu diesen Männern gehört – sehr maskulin, soziabel, arrogant, von scheinbar unerschütterlicher Selbstsicherheit –, die es immer fertigbringen, dass man sie beeindrucken will. Und er war *sehr* beeindruckt, was die Sache nur noch schlimmer macht. Mein Gott, sagte er, Sie haben eine Frau auf dem Land und eine Mätresse in der Stadt. Ich sagte, dass ich das ein wenig anders sehe, und empfahl ihm, um das Thema zu wechseln, Peters Buch zu lesen (was gar nicht mal so schlecht ist – ich habe es in zwei Stunden verschlungen). Dann lud er mich für den Abend zu sich nach Hause ein, zum Bridge. Ich erinnerte ihn, dass ich nach Thorpe muss, zu Frau und Kind. »Also ist Ihr Mädchen heute Abend frei«, sagte er lachend, um mir zu zeigen, dass er scherzte. »Vielleicht möchte sie stattdessen kommen.« Ich lächelte: Freya würde

Fleming verabscheuen. Ich kann sein wahres Wesen einfach nicht fassen. Er sieht sehr gut aus, brünett, schlank, aber dieser Eindruck schwindet bei näherem Hinsehen, und was bleibt, sind die Makel: sein schwacher Mund, seine Leichenbittermiene. Er ist ein umgänglicher Typ, großzügig, interessiert – aber es gibt nichts *Liebenswertes* an ihm. Zu verwöhnt, zu protegiert, zu verhätschelt. Alles ist ihm in den Schoß gefallen.

[November]

Freya möchte mich ganz überraschend ihrem Vater vorstellen. Warum?, fragte ich. Damit er dich kennenlernt. Warum soll er mich kennenlernen? Weil du eines Tages sein Schwiegersohn wirst. Ich lachte, aber Freya schaute mich weiter auf ihre beharrliche Art an. Ich muss etwas unternehmen.

1936

Dienstag, 21. Januar

Der König ist gestern Abend gestorben und Kipling[*] letzte Woche. Das alte England scheint plötzlich vergangen, und irgendwie befällt mich eine vage Angst. Vermutlich gewöhnt man sich an diese alten Männer, an ihre Allgegenwart im Hintergrund. Dann sind sie weg, es wird ein wenig still im Raum, und man schaut umher, um zu sehen, wer fehlt.

Seltsam, sich den Prinzen als König vorzustellen – die schmächtige Gestalt auf dem Golfplatz von Biarritz.

---

[*] George V. und Rudyard Kipling (1865–1936). Der Prince of Wales wurde jetzt zum König Edward VIII. gekrönt.

Donnerstag, 27. Februar

Le trentième an de mon âge. Dreißig Jahre alt, mein Gott. Ich müsste bei Freya in London sein, aber Lottie hat eine Überraschung für mich arrangiert – einen Tanzabend in Edgefield. Sie hat alles heimlich und mit großem Geschick vorbereitet: Ben ist mit Sandrine und Kind angereist; Dick Hodge hat sich südwärts begeben, Angus und Sally natürlich, meine Mutter, Aelthred und Enid und eine Riesenschar Einheimischer. Peter und Tess konnten nicht, was mir auch recht ist, denn es ist schon peinlich genug, dass Ben und Sandrine über Freya Bescheid wissen. Mir ist unwohl dabei, und ich habe Schuldgefühle. Aber was soll's? Es ist schließlich dein eigenes Versagen. Du kannst Freya nicht deinen Freunden vorstellen, und dann beschwerst du dich, wie unangenehm es ist, sie mit deiner Frau zusammenzubringen. Du hast es so gewollt, also finde dich damit ab, hör auf zu jammern.

Dreißig Jahre alt also, und das unabweisbare Gefühl von Enttäuschung, von Unerfülltsein macht sich in mir breit wie ein Virus. Zwei veröffentlichte Bücher, das dritte im Erscheinen, eine journalistische Reputation, die sich sehen lassen kann. Ich bin gesund, habe genug Geld, um bequem zu leben (ein Haus auf dem Land, eine Wohnung in der Stadt), bin verheiratet und habe einen Sohn. Und ich liebe eine schöne Frau, die mich wiederliebt. Aber zwei Dinge nagen beständig an mir. Erstens: kein richtiges Werk, nichts wirklich Gutes geschaffen in den letzten Jahren. Ich habe die unerschöpflichen Energien meiner Jugend nicht genutzt. *Die Mädchenfabrik* war ein Glückstreffer, und *Die Kosmopoliten* musste man mir Wort für Wort aus der Nase ziehen. Zweitens: Mein wahres Glück beruht auf Freya, aber dieses Glück ist kompromittiert, korrumpiert durch den Kordon von Lügen und Ausflüchten, Heimlichkeit und Betrügereien. Es ist, als würde man ein schönes Gemälde in einem dunklen Zimmer aufhängen. Was für eine Verschwendung, denkt man. Wo ist der Sinn?

[März]

Die Kosmopoliten sind letzte Woche erschienen, doch bis jetzt herrscht Schweigen im Walde. Ich spüre, dass die literarische Welt auf das Buch starrt und nicht weiß, was sie damit anfangen soll – sie können den Autor der *Mädchenfabrik* nicht mit dieser liebevollen, unakademischen Abhandlung über ein halbes Dutzend unbekannter französischer Dichter in Verbindung bringen. Steckt ein Trick dahinter? Wer sind Larbaud und Levet, Dieudonné und Fargue? Und ich frage mich, ob die ganze Mühe, die es mich gekostet hat, diesen kleinen *jeu d'esprit* zu produzieren, vergebens war. Nein, gewiss nicht. Ich habe immer darauf bestanden, das zu tun, was ich will, und nicht das, was ich meine, tun zu sollen. Nein, das ist gelogen. Wallace hat den noch ungeschriebenen *Sommer in St. Jean* schon für tausend Pfund an Sprymont & Drew verkauft – fünfhundert bei Vertragsabschluss, fünfhundert bei Lieferung. Eine enorme Summe, beunruhigend groß, und plötzlich befällt mich Panik beim Gedanken, ob ich das Ding überhaupt zu Stande bringe. Natürlich bin ich auf einen Schlag wieder reich – jedenfalls reicher als vorher. Lottie weiß nichts von der Sache. Zu Freya sagte ich: Was sollen wir mit dem ganzen Geld machen? Und sie: Kaufen wir uns ein hübsches kleines Haus.

Gestern im Quaglino bin ich Peter in die Arme gelaufen. Er war mit einer jungen Frau da, die er als Ann Wise vorstellte. Als sie kurz verschwand, fragte ich ihn, ob das das Verhältnis sei, von dem er mir erzählt hat. O nein, sagte er, das ist vorbei, sie ist meine Neue. Von *Vorsicht, bissiger Hund* hat er fast zehntausend Stück verkauft. Er beendet gerade den nächsten Roman mit dem Titel *Nachtzug nach Paris*, und wenn der auch gut läuft, hängt er den Journalismus an den Nagel. Die *Kosmopoliten* haben ihm großen Spaß gemacht, sagt er, und er hatte keine Ahnung, dass ich so viel auf dem Kasten habe – alle hätten Angst vor so viel studierter Gelehrsamkeit, meinte er, und würden sich schämen, diese kulturelle Bildungslücke einzugestehen. Es war nett von ihm, dass er so voll des Lobes war, und ich hätte seine Gesellschaft gern noch länger genossen, aber Udo erwartete mich – und Peters Freundin kam schon zurück. Peter, der alte Glückspilz. Ich glaube, ich hätte ihm von Freya erzählt, wenn wir allein gewesen wären. Zwei welterfahrene Autoren, zwei alte Freunde – abscheulich!

[Im Juli 1936 putschten spanische Generäle gegen die rechtmäßige, aber linksgerichtete Regierung, und es folgte ein blutiger Bürgerkrieg, der vordergründig auf dem alten Gegensatz zwischen Links, den Republikanern, und Rechts, den Royalisten, zu beruhen schien. Die Linke, die Volksfront, bestehend aus Kommunisten, Anarchisten, Gewerkschaftern, um nur drei Fraktionen zu nennen, war stets stärker gespalten als ihr Gegner und häufig sogar untereinander verfeindet. Als der Krieg fortdauerte und Spanien geteilt wurde, begann die zerbrechliche Linkskoalition Schwächen und innere Spannungen zu offenbaren. Die faschistische Rechte, so wie sie gesehen wurde, erfreute sich der Unterstützung des faschistischen Italien und der deutschen Nazidiktatur. Frankreich und Großbritannien wahrten die Position der Nichteinmischung. Nur die Sowjetunion kam den belagerten Republikanern zur Hilfe.

Viele überzeugte junge Europäer meldeten sich bei den Internationalen Brigaden, um gegen den Faschismus zu kämpfen, und die Volksfront fand die fast einmütige Unterstützung von Schriftstellern, Künstlern und Intellektuellen.

Nicht lange nach Ausbruch des Bürgerkriegs wurde lms von Wallace Douglas an eine amerikanische Presseagentur vermittelt, Dusenberry Press Service, die ihn beauftragte, nach Spanien zu reisen und den amerikanischen Lesern zu erläutern, was dort geschah. Die Konditionen waren sehr günstig, und lms sagte mit Freuden zu. In der Folge reiste er zweimal nach Spanien, um über den Krieg zu berichten, im November 1936 und im März 1937.]

Montag, 2. November

Barcelona. Unglaubliches Durcheinander im Ausländerbüro. Sie boten mir einen Lazarettbesuch an: Ich sagte, im Lazarett war ich schon am Freitag, ich will an die Front. Kommen Sie morgen wieder, sagten sie – seit vier Tagen geht das nun schon so. Also sitze ich in diesem Café der Las Ramblas, trinke Wermut mit Selters und schaue den Mädchen nach. Es ist seltsam, diese mir bekannte Stadt im Kriegszustand zu erleben. Alle Fenster sind kreuz und quer mit Klebestreifen bepflastert, damit sie bei den Luftangriffen nicht zersplittern. An den Balkonen rote und schwarze Fahnen. An jeder zweiten Straßenecke prangen riesige Plakate mit Marx, Lenin oder Trotzki, und überall sind die Kürzel der Parteien an die Wände gemalt – CNT, UGT, FAI, POUM, PSUC. Aber hier in Barcelona sind eindeutig CNT und FAI – die Anarchisten – in der Übermacht.

Und die Stimmung auf den Straßen ist fieberhaft enthusiastisch. Die Leute scheinen fast krank vor Begeisterung für die neue Gesellschaft, die sie geschaffen haben – man könnte glauben, es herrscht Revolution und nicht Bürgerkrieg. Das Problem, was Barcelona betrifft: Der Krieg ist zu weit weg, daher hat man hier viel zu viel Zeit zum Diskutieren, Analysieren, Intrigieren. Und diese überdrehte Sprache nimmt in den Lautsprechern, die an Gebäuden und in den Bäumen hängen, hörbare Gestalt an. Überall sehe ich junge Männer in ihren Lederwämsern einherschreiten, mit Revolvern im Gürtel wie Westernhelden. Und die Mädchen mit derselben Zuversicht: ohne Hüte, geschminkt, herausfordernd selbstbewusst. Barcelona *en fête*: mehr Straßenparty und Fiesta als wirklicher Ernst, tödlicher Ernst.

Zurück im Hotel. Ich wohne, angemessen, im Majestic de Inglaterra auf dem Paseo de Gracia. Es scheint voller Journalisten zu sein, vor allem französischen und russischen. Die Briten meide ich, wo ich kann. Was soll man von den britischen Kommunisten halten? *Ganz ordinär*, würde ich sagen. Sie legen eine Selbstgefälligkeit und Arroganz an den Tag, mit der sie in London nie durchkommen würden. »Siehst du? Ich hab's ja gesagt«, scheinen sie dir ständig vorzuhalten.

Habe meinen Artikel für den Dusenberry-Pressedienst – tausend Wörter über die Stimmung in der Stadt – fertig und fahre jetzt mit der Straßenbahn zur Post, um ihn abzuschicken. Vor der Rückreise muss ich noch unbedingt an die Front.

Mittwoch, 4. November

Man hat mir einen speziellen Verbindungsoffizier zur Seite gestellt (das ergibt sich so, wenn man für eine amerikanische Zeitung schreibt). Er ist knapp über vierzig und heißt Faustino Angel Peredes. Als ich ihn im Informationsministerium traf, trug er die übliche Anarchistenuniform – Overall und kurze Lederjacke –, aber ich muss sagen, dass er ziemlich unglücklich in ihr wirkte. Sein welliges Haar, das schon grau wird, ist geölt und säuberlich zurückgekämmt, und sein Gesicht ist auf interessante Weise zernarbt wie von Windpocken. Ich sprach ihn auf Spanisch an, und er antwortete in ziemlich gutem Englisch – ein Intellektueller also, kein Arbeiter. Ich sagte ihm, ich wolle entweder an die Madrider oder an die aragonische Front, je nachdem, was machbar ist. Er erwiderte höflich, er werde sein Möglichstes tun.

Traf Geoffrey Brereton, Korrespondent des *New Statesman*. Er meinte, Cyril Connolly müsste jeden Tag eintreffen.

Donnerstag, 5. November

Faustino – auf dieser Anrede besteht er (wir sind jetzt alle Brüder) – sagte, er hat für uns die Genehmigung erwirkt, mit dem Zug nach Albacete zu fahren. Zum Dank lud ich ihn zum Essen ein. Ein drolliger Kerl, aber sehr zurückhaltend. Ich fragte, was er vor dem Krieg getan hat, und er sagte, er war Verwalter bei La Lonja, der Hochschule für Schöne Künste. Verwalter, nicht Professor, betonte er. Wir sprachen über die moderne Malerei, und ich erzählte ihm, dass ich den berühmtesten Schüler von La Lonja kennengelernt habe. »Ah, Pablito«, sagte er ohne viel Begeisterung. »Wie geht es ihm? Noch immer wohlbehalten in Paris, vermute ich.« Er erklärte mir einige Komplikationen bei der Volksfront, die gegen Franco und die Faschisten kämpft. Vergessen Sie die Gewerkschaften, sagte er, die werden Sie nur noch mehr verwirren. Die Republikaner, das seien im Wesentlichen die Anarchisten, Kommunisten und Trotzkisten. »Hier in Katalonien«, meinte er ein wenig schuldbewusst, »sind wir sehr anarchistisch. Und leider auch sehr misstrauisch gegeneinander. Abspaltungen von Abspaltungen von Abspaltungen. In Valencia beschimpfen uns die Kommunisten als Faschisten. Und wir beschimpfen die Kommunisten in Valencia auch als Faschisten.« Er zuckte die Schultern. Aber sie kämpfen alle vereint gegen die Faschisten, wandte ich ein. »Natürlich. Und es ist ein sehr nützliches Schimpfwort.« Was halten Sie von den Kommunisten?, fragte ich ihn (er machte sich Notizen). »*Buenos y bobos*«, sagte er lächelnd. Es gibt gute, und es gibt Trottel.

Ich tippte das alles in die Maschine und schickte es ans Dusenberry-Büro nach New York. Telegraphieren hat keinen Zweck. Ich brauche schon einen richtigen Knüller, um den Aufwand zu rechtfertigen. In der Woche, die ich hier bin, habe ich bei Dusenberry dreihundert Dollar verdient – der lukrativste Zeitungsjob, den ich je hatte. Wenn es so weitergeht, kriege ich alle zwei Tage hundert Dollar, und Spesen gibt es obendrein.

Freitag, 6. November

In aller Frühe zur Eisenbahn, um von der Miliz zu hören, dass unsere Papiere nicht in Ordnung sind. Ich schlug Faustino vor, lieber nach Valencia zu fahren und unser Glück bei den dortigen Kommunisten zu versuchen. Dort sei schließlich der republikanische Regierungssitz, argumentierte ich, und es könnte leichter werden, von Valencia nach Madrid als von Barcelona nach Albacete zu kommen. Da könnten Sie recht haben, sagte er mit seinem höflichen Lächeln. »*En el fondo no soy imbécil, Faustino*«, sagte ich (»Im Grunde bin ich kein Idiot.«) Er lachte und tätschelte mir die Schulter. Ich glaube, das Eis ist gebrochen.

Samstag, 7. November

Gestern Abend kamen wir nach zehnstündiger Zugfahrt in Valencia an. Faustino hatte seine Anarchistenkluft abgelegt und trug einen schäbigen schwarzen Funktionärsanzug. Valencia war voller Menschen, aber es fehlte der überdrehte Eifer von Barcelona. Man sieht mehr Soldaten als Milizen und bewaffnete Zivilisten, und auf den Straßen herrscht regelrechtes Gedränge von Armeelastwagen. Viele Häuser sind mit Sandsäcken bewehrt: die Front ist schließlich nur sechzig Meilen entfernt. Wir wohnen im Hotel España, und gestern Abend aßen wir ein riesiges Steak mit Bratkartoffeln in einem Restaurant, das bizarrerweise »Ideales Zimmer« hieß. Das Lokal war voller gutgekleideter Leute. In dieser Stadt herrscht offensichtlich kein Mangel. Wir gingen zum Regierungssitz, und man sagte mir, ich könnte in zehn oder fünfzehn Tagen mit einer ausländischen Journalistengruppe nach Madrid fahren. Nichts für mich. Zu Mittag stopften wir uns wieder voll – Muscheln und Garnelen, die wir mit einem Krug Bier hinunterspülten. Faustino fuhr mit dem Nachmittagszug nach Barcelona zurück. Ihm sei in Valencia unbehaglich – eine Erkenntnis, die ihn zu beunruhigen schien. »Und das ist meine eigene Partei«, meinte er. Beim Abschied kam Rührung auf, und ich versprach ihm, in etwa einem Monat nach Barcelona zu kommen. Ich will mit dem Schiff von hier nach Marseille und von dort nach Paris fliegen. Ich werde meinen Valencia-Bericht für Dusenberry fertigmachen und versuchen, die Dinge von London aus besser zu regeln. Andernfalls verbringe ich hier sinnlose Wochen des Wartens.

Am Nachmittag zum Museo Provincial, um mir das Selbstporträt von Velázquez anzusehen. Geschlossen. Typisch für diese ganze Reise.

Freitag, 27. November

Im Zug Richtung Norwich und Thorpe, wo ich das Wochenende verbringe. Mein Herz ist schwer. London war sehr deprimierend nach der unbändigen Leidenschaft und Begeisterung von Barcelona. Diese jungen Menschen hatten ehrliche Überzeugungen, klare Wertvorstellungen, und sie hatten ein Ziel. Sie wollten ihre Welt zum Besseren verändern. Die grauen, verkniffenen, bedrückten Gesichter in London dagegen treiben mich zur Verzweiflung.

Noch schlimmer wurde es, als mich Angus auf einen Drink in den White's Club* mitnahm. Er wollte wissen, ob ich Mitglied werden will (er würde mich empfehlen). Ich sagte sofort Nein, dann, um seine Überraschung zu konterkarieren, dass ich es mir nicht leisten kann. Evelyn [Waugh] unterhielt sich mit ein paar Leuten in der Bar. Ich erzählte ihm, dass ich gerade von Spanien zurück bin und dass mich der republikanische Geist sehr beeindruckt hat. Er blickte mich mitleidig an, mit großen, leuchtenden, blassblauen Augen. »Spanien geht uns nichts an, Logan. Weder dich noch mich«, sagte er. Und widersprach sich sofort selbst, indem er mich fragte, ob ich irgendwo ausgebrannte Kirchen gesehen hätte. Nur Kirchen, die geschlossen waren, sagte ich, aber keine Anzeichen von Antiklerikalismus. Er wechselte das Thema und fragte mich nach Aelthred und den Edgefields aus. Manchmal denke ich, Evelyn interessiert sich nur deshalb für mich, weil ich die Tochter eines Grafen geheiratet habe.**

Die ganze Unterhaltung in der Bar drehte sich um den König und seine amerikanische Geliebte, es gab eine Menge schlüpfrige und ziemlich ekelhafte Spekulationen über das »sexuelle Problem« des Königs und Mrs Simpsons Geschick im Umgang damit. Warum schäme ich mich an seiner Statt? Seit unserer kurzen Begegnung fühle ich mich absurderweise mit ihm verbunden – seit ich ihm meine Streichhölzer gab und er mich nach meinem Namen fragte. Zum Anarchisten in Barcelona tauge ich offenbar nicht.

---

* Club in St. James's.

** Waugh war zu der Zeit mit Laura Herbert verlobt, die er später heiratete.

Montag, 30. November

Ich war das ganze Wochenende deprimiert und niedergeschlagen, und Lottie fragte mich, ob mir etwas fehlt, ganz
ungewöhnlich für sie. Ich bin verstimmt, erwiderte ich, ich
hasse England und will lieber im Ausland leben. Ich ging die
Möglichkeiten durch: Australien, Kanada, Malaya, Südafrika,
Hongkong … Aber wir sind überall, es gibt kein Entrinnen.

Donnerstag, 8. Dezember

In den Zeitungen nichts als die Krise der Monarchie. Ich bin
ganz krank davon. Soll er abdanken ihretwegen – es wäre gut
für ihn. In Spanien würde man ihn verstehen. Er lässt sich
von seinem Herzen leiten, nicht von seinem Kopf, und unsere Spießerwelt ist entsetzt.

Sehr nette Kritik der *Kosmopoliten* (anonym natürlich) im
Times Literary Supplement, die mich ein wenig aufgemuntert
hat. Der Rezensent scheint zu verstehen, warum die Kosmopoliten so starke Empfindungen in mir ausgelöst haben. Für
sie existiert nur die Liebe, das Abenteuer des Lebens und das
Grundgefühl von Trauer und Vergänglichkeit. Sie genießen
all das Schöne und Bittersüße, das das Leben zu bieten hat,
und verharren stoisch in ihrem Hedonismus. Ich finde das
bewundernswert. Der Verkauf stagniert bei 375 Stück. Gerede von einer »Totgeburt«. Roderick macht einen Bogen um
das Thema, wenn wir uns sehen, als wäre es ein Scheißhau-
fen, und redet ausschließlich von *Sommer in St. Jean* – wovon nur ein paar hastig hingekritzelte Seiten existieren. Fürs
Erste kann ich die Sache vergessen, da mich meine in Spanien
verdienten Dollar recht gut über Wasser halten. Die nächste
Spanienreise plane ich für den März. *Life* hat einen langen
Artikel über die Internationalen Brigaden bestellt (dreihun-

dertfünfzig Dollar). Habe einen Barcelona-Artikel für dreißig Pfund an *Nash's Magazine* verkauft.

Montag, *14. Dezember*

Ich fand die Rundfunkansprache des Königs* sehr bewegend,
sehr nüchtern und genau mit dem richtigen Maß an persön-
lichem Bedauern, ausgewogen zwischen Pflichtgefühl und
wohl bedachtem Verzicht. Man konnte die Anspannung in
seiner Stimme hören. Ich meine natürlich den Ex-König, da
wir nun Georg VI. als König haben. 1936 – was für ein Jahr!
In die britische Geschichte geht es schon deshalb ein, weil
in ihm drei Könige regierten, wenn auch nur für kurze Zeit.
Freya denkt über die Abdankung, ohne dass ich sie darin be-
einflusst hätte, ganz genauso wie ich – Lottie aber ist absolut
entgegengesetzter Meinung. Aber was hätte er denn sonst
tun sollen? Ich fragte sie das am Sonntag (wir waren zum
Lunch in Edgefield – der ganze Tisch hörte mir zu). Schon
der Gedanke, sie zu heiraten, war unmöglich, sagte Lottie.
Eine Queen, die zweimal geschieden ist – wo bliebe da das
Vorbildhafte? Nein, nein, sagte Aelthred. Er hätte sie für ein
Jahr nach Amerika zurückschicken sollen, so tun, als wäre
alles vorüber, dann hätten sich die Wogen geglättet, und er
hätte ihr in aller Stille eine nette Bleibe in London einrichten
können – sie zurückholen können ohne jede öffentliche Aufregung. »Ist das nicht ein bisschen zynisch?«, sagte ich. »Ein
bisschen ehrlos, vielleicht?« Aelthred war aufrichtig verdat-
tert: »Was in aller Welt willst du damit sagen? Er ist der König. Er kann verdammt noch mal tun, was ihm beliebt.« Mich
widert diese ganze Bande an.

---

* Nach seiner Abdankung wurde der König zum Herzog von Windsor ernannt. Am 11. Dezember begründete er seine Entscheidung im Rundfunk.

1937

[Mittwoch, 10. März]

Flughafen von Toulouse. Ich warte auf den Flug nach Valencia – eine Stunde Verspätung. Heute ist Mittwoch; am
Montagabend bin ich aus London abgereist. Ich glaube, ich
leide immer noch unter den Nachwirkungen des Schocks; ich
habe keine Ahnung, was ich hinter mir zurückgelassen habe.
Falsch – du weißt genau, was du zurückgelassen hast. Du
weißt nur nicht, was du bei der Rückkehr wiederfinden wirst.

Folgendes ist geschehen: Ich verbrachte das Wochenende
wie üblich in Thorpe. Kam mit dem Frühzug nach London
und kaufte beim Army & Navy-Ausstatter ein paar Sachen,
die mir in Spanien von Nutzen sein werden (eine starke
Taschenlampe, fünfhundert Zigaretten und extrawarme Kleidung). Nach dem Mittag war ich in der Draycott Avenue. Ich
breitete meine Sachen auf dem Bett aus und machte mich ans
Packen, als es klingelte. Ich ging hinab und machte auf, da
stand Lottie mit Sally [Ross] vor mir – voller Schadenfreude,
mich überrascht zu haben. Lottie sagte etwas wie: »Du hast
dein Manuskript vergessen, und wir haben uns gelangweilt,
deshalb haben wir beschlossen, einen Tagesausflug nach London zu machen.« Sie überreichte mir die Mappe (vierundzwanzig schauderhafte Seiten *Sommer in St. Jean* – ich hatte
keine Lust, sie nach Spanien mitzunehmen, und sie absichtlich in Thorpe liegen lassen). Sally sagte: »Nun, Logan, willst
du uns nicht hereinbitten?«

Was konnte ich sagen? Was sollte ich machen? In der Wohnung begriff Sally sofort und fing an zu reden wie ein Wasser-

fall. Lottie brauchte ein paar Sekunden länger. Sie erstarrte, und der Satz »Ist das nicht eine schöne Wohnung ...« blieb ihr im Halse stecken, als sie sich umsah. Sie gingen nicht ins Schlafzimmer, ins Bad oder in die Küche. Das war nicht nötig. Sie hatten die weiblichen Spuren sofort entdeckt. Ob Palast oder Lehmhütte – die Anzeichen sind offensichtlich und unverkennbar – eine Präsenz, eine Art von Ordnung, die sich grundlegend von der eines alleinlebenden Mannes unterscheidet, und mag er noch so häuslich sein. Sie hatten Kargheit und Funktionalität erwartet – so zumindest hatte ich allen, die es wissen wollten, die Wohnung beschrieben: kaum mehr als eine Eremitenklause. Unsere dunklen, warmen, gepflegten und wohnlichen Räume gaben beredtes Zeugnis von meinem heimlichen Doppelleben – meine Bücher, meine Bilder, die markanten Möbelstücke. Lottie wurde ganz still, während Sallys Geplapper, mit dem sie die Situation überspielte, ständig zunahm, bis sie auf den rettenden Schlusssatz verfiel: »Weißt du was, Lottie? Wenn wir uns beeilen, schaffen wir den Fünfuhrzug.« Es war der perfekte Abgang, der uns einen hastigen Abschied ermöglichte. Lottie fing sich wieder und sagte: »Pass auf dich auf in Spanien«, und ich brachte es über mich, beiden einen Abschiedskuss zu geben und ihnen nachzuwinken.

Eine halbe Stunde saß ich im Sessel, bis sich der innere Aufruhr gelegt hatte: der Widerstreit der Mutmaßungen, die Frage, was zu tun war, die Suche nach Auswegen, meine Ausflüchte und Lügen ... Als Freya nach Hause kam, erzählte ich ihr alles. Sie war sichtlich erschrocken, doch dann schaute sie mich auf ihre Art an und sagte: »Gut. Ich bin froh. Es wird Zeit, dass wir mit dem Versteckspiel aufhören.«

Nun sitze ich hier in Toulouse, denke an die möglichen Konsequenzen und sehe ein, dass Freya im Großen und Ganzen klug und richtig reagiert hat. Aber ich fühle – was fühle ich? –, dass es mir aufgezwungen wird, dass es niemals so hätte laufen dürfen. Ich hätte mich aus meiner Scheinehe mit Lottie in einer Weise herausschwindeln können, die sie weniger verletzt und auf ihren Stolz mehr Rücksicht genommen hätte. Es hat nicht sollen sein. Soeben wurden drei Stunden Verspätung für unser Flugzeug durchgesagt.

Montag, 15. März

Valencia, Hotel Oriente. In wenigen Monaten haben sich die Dinge hier grundlegend gewandelt. Die Kommunisten (die PSUC) scheinen ihre Macht gefestigt zu haben, folglich werden die Dinge besser geregelt. Im ausländischen Pressebüro bekam ich meine Passierscheine für die Madrider und die aragonische Front. Britische Journalisten protestierten vergeblich gegen diese Bevorzugung: Sie müssen sich hinten anstellen. Die republikanische Regierung ist zornig über unsere Nichteinmischungspolitik. Jemand sagte mir, dass Hemingway hier ist und eine riesige Suite in der Reina Victoria bewohnt. Ich werde hingehen, ihm meine Anerkennung aussprechen.

Später. Hemingway war sehr herzlich – er ist auf dem Weg nach Madrid, um einen Dokumentarfilm zu drehen. Vom Dusenberry-Pressedienst hat er nie gehört. »Zahlen sie? Das ist das einzige Kriterium.« Pünktlich wie die Uhr, sagte ich. Er ist auch unter Vertrag bei einer so genannten Newspaper Alliance. Er bekommt fünfhundert Dollar für jeden telegraphierten Bericht und tausend für jeden postalischen – Maximum zwölfhundert Wörter. Mein Gott – fast ein Dollar pro Wort. Dagegen nimmt sich Dusenberry eher bescheiden aus. Hem riet mir, die Spesen hochzutreiben. Er war in seiner liebenswürdigsten, großzügigsten Verfassung, und wir tranken eine Riesenmenge Brandy. Das Hotel Florida in Madrid, sagt er, ist der einzige Ort, wo etwas los ist. Wir werden uns dort sehen, versprach ich ihm. Morgen fahre ich nach Barcelona zurück, um Faustino zu treffen. Ich stelle fest, dass ich glücklich bin, wieder in Spanien zu sein. Aber nicht nur wegen der Aufregungen, die das Land bietet. Es lenkt mich von der Frage ab, was Lottie wohl tun oder sagen wird. Schrieb einen liebevollen Brief an meine Freya und versprach ihr, dass alles gut wird – ohne mich auf bestimmte Schritte festzulegen.

Donnerstag, 18. März

Heute Morgen mit Faustino auf einem langsam dahinzuckelnden Truppentransportzug in die Hochebene von Aragon hinauf. Es ist verdammt kalt, ich trage meine langen Unterhosen vom Armeeausstatter. Wir haben Quartier in dem kleinen Dorf San Vicente gemacht, etwa eine Meile hinter der Front. Dank meinem Zigarettenvorrat erfreue ich mich großer Beliebtheit. Für eine Schachtel bekamen wir jeder eine große Tortilla und so viel Wein, wie wir wollten. Faustino riet mir, sparsamer mit meinem Vorrat umzugehen: »Der spanische Tabak kommt ausschließlich von den Kanarischen Inseln.« Ich verstand: Die Inseln gehören Franco, und bald gehen den Republikanern die Zigaretten aus.

Auch Barcelona hat sich verändert. Die ansteckende Revolutionsbegeisterung ist verebbt, stattdessen scheint die Stadt in ihren Vorkriegszustand zurückgefallen zu sein. Überall Armut, und die Reichen fallen dementsprechend auf. Die großen Restaurants sind noch in Betrieb, doch die Leute stehen in riesigen Schlangen nach Brot an, vor den Geschäften der Ramblas sieht man wieder Bettler und Straßenkinder. Nachts lungern die Prostituierten in Hauseingängen und an Straßenecken herum, und es wird wieder Reklame für Nackt-

tanz-Lokale gemacht. All das war im letzten Jahr verschwunden. Ich fragte Faustino nach den Gründen, und er sagte, die
Kommunisten übernähmen allmählich die Macht von den
Anarchisten. »Sie sind mehr am Regieren interessiert, sie sind
besser organisiert. Sie lassen ihre Prinzipien beiseite, damit
sie diesen Krieg gewinnen. Während wir nichts haben als
unsere Prinzipien. Das ist unser Problem: Wir Anarchisten
wollen nur Freiheit fürs Volk, das ist unsere große Sehnsucht,
wir hassen Privilegien und Ungerechtigkeit. Wir wissen nur
nicht, wie man das durchsetzt.« Er lachte sanft und wiederholte seine Worte wie eine Beschwörungsformel: »Liebe zum
Leben, Liebe zum Menschen. Hass auf die Ungerechtigkeit,
Hass auf die Privilegien.« Es war seltsam anrührend, mit welcher Inbrunst er diese Worte hervorbrachte. »Wer könnte
dem widersprechen?«, erwiderte ich und nannte ihm die
von Tschechow verlangten zwei Freiheiten – die Freiheit von
Gewalt, die Freiheit von der Lüge. Er sagte, er ziehe seine
Formel von zweimal Liebe und zweimal Hass vor. »Aber Sie
haben etwas ausgelassen«, sagte ich. »Die Liebe zur Schönheit.« Er lächelte. »Ah. Ja, die Liebe zur Schönheit. Sie haben
absolut recht. Da sehen Sie, wie romantisch wir sind, Logan –
tief drinnen.« Ich grinste zurück. »*En el fondo no soy anar-
quista.*« Er lachte lauthals und vergnügt über meine Antwort
und streckte mir zu meiner Überraschung die Hand entgegen.
Ich nahm sie und schüttelte sie.

Freitag, 19. März

Wir werden an die Front herangeführt. Im Frühnebel ist San
Vicente ein enges und wirres Durcheinander von Ziegel- und
Lehmhäusern, die schmalen Straßen sind von Fahrzeugen,
Viehtrieb und Menschen in schlammige Rinnen verwandelt.
Es ist lausig kalt. Wir stapfen einen Feldweg hoch, auf den

Äckern zeigen sich die grünen, von Raureif bedeckten Keime der Wintergerste. Wir wollen zum Bergkamm hinauf, der vor uns liegt. Das Land ist trist und so gut wie baumlos – windgepeitschtes Gestrüpp (die Rosmarinbüsche erkenne ich) bedeckt die Sierra und die Abhänge.

Die Schützengräben verlaufen auf der Gipfellinie – ausgescharrt hinter aufgetürmten Steinen und Sandsäcken oder etwas solider in den rückwärtigen Hang eingegraben. Vor den Gräben (die sich nur über hundert Meter erstrecken) kommt ein Stacheldrahtverhau, dann fällt der Berg steil ab. Auf dem Gipfel gegenüber sehe ich Armierungen und eine orange-gelbe Flagge. Das ist die faschistische Stellung, mehr als eine halbe Meile entfernt. Ich kann sogar Soldaten ausmachen, die dort ameisenhaft umherwimmeln. Das Fehlen einer Bedrohung ist deutlich spürbar – niemand schert sich hier um Deckung. Faustino stellt mich dem *teniente* vor, einem Engländer, wie sich herausstellt – ein mürrischer, misstrauischer Mann, der sich Terence nennt und mir demonstrativ seinen Nachnamen verschweigt. Er hat auf den Chatham Docks gearbeitet, sagt er und macht mit mir einen kurzen Rundgang durch die Stellung. Die Männer hocken um kleine Feuer aus Kohlengrus, unrasiert, schmutzig und verdrossen, mit verdreckten und veralteten Waffen. Terence erklärt, dass dieser Frontabschnitt von der POUM-Miliz besetzt ist – den Trotzkisten. Nur die kommunistischen Brigaden erhalten neue russische Waffen. »Die Russen versorgen uns nicht, weil wir Anti-Stalin sind«, sagt er in echter Wut. »Schreiben Sie das in Ihrer Zeitung. Franco ist denen sehr, sehr dankbar.« Von der Regierung in Valencia sprach er mit mehr Verachtung als von den Feinden auf der anderen Seite des Tals.

Wir steigen aus dem Graben und gehen so weit wie möglich an den Drahtverhau heran. Ich blicke hinab und sehe unten einen Toten. »Ein Marokkaner«, sagt Terence. »Sie haben im

Januar angegriffen. Wir haben sie zurückgeschlagen.« Dann höre ich ein paar klackende Geräusche, fast so, als würden Steine aneinandergeschlagen. »Sind wir unter Beschuss?«, frage ich. »Ja«, sagt Terence, »aber keine Sorge, sie sind zu weit weg.«

Zum Abschied schenke ich ihm zwei Schachteln Zigaretten, und zum ersten Mal ringt er sich ein Lächeln ab.

[Samstag, 20. März]

Haben alles Wesentliche an der aragonischen Front gesehen und arrangieren die Abreise. Ich warte mit Faustino einen Vormittag lang auf einen Laster, der uns zur Endstation der Bahn bringen soll. Wir sind beide entmutigt von unseren Eindrücken, doch für Faustino ist es schlimmer, wie er mir erklärt. Ich bin in ein paar Tagen wieder weg, aber es ist sein Krieg, und er muss bleiben. Die Methoden des Kampfes gegen den Faschismus sind so, wie sie sind, und dem muss er sich beugen.

Wir waten durch den Matsch der Dorfstraße und betreten die Kirche. Die ganze Einrichtung ist entfernt (alles wurde verheizt), nun dient sie als Stall für Maultiere und als Schuppen für Hühnerkäfige. Ich nehme meinen Baedeker heraus und lese laut: »San Vicente hat eine kleine romanische Kirche, die einen Abstecher lohnt.« Wir setzen uns auf den Boden, rauchen und trinken Whisky aus meiner Taschenflasche. Wie lange bleiben Sie in Madrid?, fragt Faustino. Eine Woche, zehn Tage – ich weiß nicht, gestehe ich, ich müsste eigentlich so schnell wie möglich nach Hause. Ich lächle ihn an. Eheprobleme, sage ich. Ich erzähle ihm von Freya, meinem Doppelleben in London und Norfolk. Meine Frau ist dahintergekommen, sage ich, kurz vor meiner Abreise nach Spanien.

Er nickt verständnisvoll. Dann, irgendwie ermutigt durch

dieses kleine Geständnis, kritzelt er eine Adresse auf einen Papierschnipsel. »Wenn Sie diesen Mann in Madrid aufsuchen könnten. Er wird Ihnen ein Paket für mich geben. Und wenn Sie nach Valencia zurückkehren, komme ich und hole es ab. Ich wäre Ihnen sehr dankbar.« Er sieht mir an, dass ich keine große Lust habe, in undurchsichtige Machenschaften verwickelt zu werden. »Keine Sorge, Logan«, sagt er. »Es hat nichts mit dem Krieg zu tun.«

Montag, 5. April

Madrid, Hotel Florida. Am Abend Sirenen, aber es muss ein Fehlalarm gewesen sein, ich habe keine Bombeneinschläge gehört. Dann im Speisesaal mit Hemingway und Martha[*]. Die Hälfte der Zeit war ein lästiger russischer Journalist dabei. Am Morgen Kopfschmerzen, daher brachte mich Martha zur Bar Chicote und ließ den Barmann Hemingways Lieblingselixier zusammenmixen – Rum, Limonensaft und Pampelmusensaft –, worauf mir ein wenig besser wurde.

Dann fuhren wir mit der Tram zum Universitätsviertel, um den »Krieg zu besichtigen«, wie Martha es nannte. Es war seltsam, das Hotel zu verlassen und durch eine Stadt zu fahren, die, obwohl im Kriegszustand und ein wenig durcheinander, alle Anzeichen eines ganz gewöhnlichen Montags zeigte – die Läden geöffnet, die Leute mit ihren alltäglichen Verrichtungen beschäftigt. Und dann plötzlich ist man an der Front.

Hier im Universitätsviertel liegen viel mehr Trümmer auf den Straßen, es gibt zerstörte Häuser und keine heile Fensterscheibe mehr. Wir zeigten unsere Presseausweise und wurden

---

[*] Martha Gellhorn (1908–1998), Journalistin, später wurde sie die dritte Frau von Hemingway. In Madrid arbeitete sie für die Zeitschrift *Collier's Weekly*.

in einen Wohnblock geführt, wo wir die Treppe ins oberste Geschoss hinaufstiegen, und dort befand sich eine Maschinengewehrstellung. Durch die mit Sandsäcken armierten Fenster hatte man einen guten Blick auf die hässlichen Betonblocks der neuen Universität. Die Soldaten saßen lethargisch herum, rauchten und spielten Karten. Seit Monaten, seit die großen faschistischen Offensiven im November zurückgeschlagen wurden, besteht hier ein Patt.

Ein junger, milchbärtiger Hauptmann der Miliz lieh uns seinen Feldstecher, und wir blickten über die Sandsäcke, die in der Fensterhöhlung aufgestapelt waren. Wir konnten deutlich Schützengräben und Unterstände sehen, verbarrikadierte Straßen und Stacheldrahtverhaue. Granateinschläge hatten die Erde aufgerissen, und die Betonfassaden der Gebäude waren zerschossen und zernarbt von Schrapnellen. In westlicher Richtung sah ich das flache Tal, das den Verlauf des Manzanares markiert, und die San-Fernando-Brücke. Es war ein sonniger, etwas dunstiger Tag: Frühling im Bürgerkrieg.

Martha stellte dem Hauptmann, der aus Guadalajara kommt, ein paar Fragen. Sie wollte Näheres über die Siege der Volksfront im letzten Monat erfahren. Ich übersetzte für sie. Martha ist eine große, langbeinige Blondine, nicht übermäßig hübsch, aber sehr lustig und unerschütterlich von sich überzeugt, auf diese speziell amerikanische Weise eben. Sie und Hemingway dürften mittlerweile ein Paar sein, obwohl sie nach außen hin sehr diskret sind. Ich weiß, dass es irgendwo in den USA eine Mrs Hemingway mit Kindern gibt. Marthas drahtig-blondes Haar erinnert mich an Freya. Hemingway ist mit seinem Film* beschäftigt, und ich sehe ihn nicht viel. Seltsam die Vorstellung, dass wir beide in einem ähnlichen ehebrecherischen Verhältnis leben.

---

* *Spanische Erde*, ein Dokumentarfilm unter der Regie von Joris Ivens.

Als Martha ihre Informationen hatte, ging sie, ich aber blieb und überlegte, ob ich eine Reportage für Dusenberry daraus machen könnte. Sie haben mir telegraphiert, ich soll nicht mehr so viel Material senden – das Interesse am Krieg lässt offenbar nach. Dann, als ich das Geländer hinter der Universität absuchte, sah ich auf der Straße nach Moncloa so etwas wie einen gepanzerten Mannschaftswagen, der langsam näher kam. Er war grau gestrichen, und die Fenster samt Frontscheibe waren durch Metallplatten mit Schlitzen und Schussluken ersetzt. Ich machte den Hauptmann darauf aufmerksam, und er sagte: »Jagen wir ihnen einen Schrecken ein.« Mein Eindruck war, dass es den Soldaten nicht so sehr ums Kämpfen ging als vielmehr darum, sich die Langeweile zu vertreiben. Also justierten sie das Maschinengewehr auf maximale Schussweite – das Auto muss eine Meile entfernt gewesen sein –, und der Hauptmann machte eine einladende Geste, als wollte er mir einen Platz am Tisch anbieten: »Sie können sich betätigen.«

Ich setzte mich auf den kleinen Schalensitz, der am Stativ des Maschinengewehrs befestigt war, packte den Führungsgriff und spähte durchs Zielfernrohr. Neben mir stand ein Soldat, der den Patronengurt einführte. Durchs Fernrohr visierte ich das Fahrzeug an, das die Uferstraße entlangtuckerte, auf die Universität zu. Ich drückte ab und feuerte eine lange Garbe – den Bruchteil einer Sekunde später zeigten sich die Einschläge als Staubwolken auf der Uferböschung. Ich feuerte erneut, schwenkte den Lauf ein wenig und sah, wie die Kugeln sich in den Teer der Straße vor dem Auto einfraßen – das sofort gehalten hatte und nun wendete. Mein Gott, das macht ja Spaß, dachte ich. Ich schoss weiter und ließ die Kugeln die Straße »hinauflaufen«, bis ich sah, dass sie das Auto trafen. Jubelschreie ertönten. Das Auto fuhr um eine Ecke und verschwand.

Ich lehnte mich zurück. Der Hauptmann schlug mir auf die

Schulter. Der Mann mit dem Patronengurt entblößte grinsend seine silbernen Zähne. Ich zitterte am ganzen Leibe und erstarrte zugleich. »Das soll denen eine Lehre sein«, sagte der Hauptmann. »Was glauben die denn? Dass das eine …«

Er brachte seinen Satz nicht zu Ende, weil der Raum plötzlich voller schwirrender Geschosse war, umherfliegenden Putzbrocken und Mörtelstaub. Die Wand gegenüber dem Fenster hatte faustgroße Einschusslöcher, der Putz löste sich in großen Placken. Alles warf sich augenblicklich zu Boden und suchte Deckung hinter der Außenwand. Ich hechtete zur Seite, als die Sandsäcke vor mir zu explodieren schienen. Der Mann mit dem Patronengurt schrie auf, als ein Geschoss den Gurt traf und ihm aus der Hand riss. Blut tropfte von seiner Hand auf meine Jacke. Es mussten zwei oder drei Maschinengewehre sein, die sich auf unsere Stellung eingeschossen hatten. Sie feuerten fast ohne Unterbrechung eine Stunde lang, wie mir schien, doch es waren wohl nur etwa fünf Minuten. Ich lag auf dem Boden, hatte die Arme um den Kopf gelegt und wiederholte ständig »Fische im Wasser, Fische im Wasser« (was mir meine Mutter für den Fall von Panikattacken beigebracht hatte). Ein großer Mörtelklumpen, der mir aufs Bein gefallen war, versetzte mir für Sekunden einen grässlichen Schock. Der Mann, der den Gurt gehalten hatte, wimmerte vor Schmerz. Der kleine Finger seiner rechten Hand hing, wie es aussah, nur noch an einem Faden. Er blutete heftig und bildete eine kleine, staubige Pfütze auf den Dielen, bis es dem Hauptmann gelang, ihn zu verbinden.

Als der Beschuss etwas nachließ, kroch ich mit dem Hauptmann zur Tür, wir öffneten sie mit Mühe und zwängten uns ins Treppenhaus durch. Ich stand auf und klopfte mir den Staub ab. Meine Kehle war eingetrocknet, ich zitterte am ganzen Leibe. »Hauen Sie ab«, sagte der Hauptmann grob, als wäre das alles meine Schuld gewesen.

Ich schreibe dies in meinem Zimmer, und mir wird klar, dass ich keinen Kriegsbericht mehr abschicken werde. Ich muss schleunigst nach Hause. So nahe wie vorhin war ich dem Tod noch nie, und das versetzt mich in Schrecken. Meine Kleider riechen nach Mörtelstaub, in meinem Kopf dröhnt noch immer das Schwirren und Krachen tausender Gewehrkugeln. Fische im Wasser, Fische im Wasser. Während ich dalag, erfüllte mich nur ein weiterer Gedanke – der an Freya und ihren Anblick beim Erhalten des Telegramms mit meiner Todesnachricht. Was machst du hier, du Narr? Du tust so, als würdest du hier gebraucht, aber insgeheim schiebst du nur deine Rückkehr hinaus. Was bedeutet dir der Dusenberry-Pressedienst? Fahr heim, du Narr. Fahr heim, du Idiot, und bring dein Leben in Ordnung.

Freitag, 9. April

Valencia. Nach meiner letzten Nacht in Madrid packte ich die Sachen und stieß auf den Zettel, den Faustino mir in San Vicente gegeben hatte. Es war eine Adresse, weiter nichts, im Viertel Salamanca. Ich beschloss, ihm den Gefallen zu tun, ging hinunter zum Pförtner und fragte ihn nach dem Weg. Hemingway kam mit Ivens herein, als ich den Stadtplan studierte, und wollte wissen, was ich vorhatte. Ich erklärte es ihm und spürte, dass er elektrisiert war.

»Kein Name?«, fragte er. »Kein Kontaktmann?«

»Nur eine Adresse. Ich werde dort erwartet, sagte er mir.«

»Fahren wir, Logan«, rief er und schob mich hinaus auf die Straße, wo sein Auto mit Chauffeur* wartete.

Wir fuhren durch die Calle Alcalá zum Retiro-Park und dann nordwärts zum Salamanca-Viertel, wo wir nach einigen

---

* Eigens für Hemingway von der Republikanischen Regierung bereitgestellt.

Irrfahrten unsere Straße fanden und vor einem großen Miets-
haus aus dem 19. Jahrhundert hielten.

»Warten Sie hier«, sagte ich zu Hemingway.

»Kommt nicht infrage.«

Die Concierge brachte uns die Treppe hinauf zur Wohnung
Nr. 3, und ich klingelte. Ein alter Diener öffnete. Die Wohnung hinter ihm schien riesig, kaum beleuchtet, man sah ein
paar mit Schonbezügen bedeckte Möbel.

»Wir dachten, Sie würden nicht kommen«, sagte der Diener.
»Wer ist Señor Mountstuart?«

Ich zeigte ihm meinen Pass.

»Wer ist er?«, fragte der Diener, auf Hemingway zeigend.

»Keine Sorge. Ich bin sein Freund«, sagte Hemingway.

Der Diener verschwand für einen Moment und kehrte mit
einem Paket zurück, das aussah wie eine kleine, zusammen-
gerollte, fest verschnürte Perserbrücke. Wir nahmen es entgegen und gingen.

In meinem Hotelzimmer öffnete ich die Verschnürung und
entrollte den Teppich. Hemingway war aufgeregt wie ein
Kind. Drinnen befanden sich sieben ungerahmte Ölgemälde,
die ich auf dem Bett ausbreitete.

»Joan Miró*«, sagte ich.

»Miró«, sagte Hemingway. »Verflucht!«

»Sind sie nicht abscheulich?«

»He, das ist zufällig ein Freund von mir«, sagte Hemingway und verlor für einen Moment seinen jovialen Ton. »Ich
habe ein großes Bild aus seinem Frühwerk. Das sieht allerdings anders aus.«

»Sie sind einfach nicht mein Geschmack«, sagte ich. Die
Bilder waren eher klein, ungefähr neunzig mal sechzig Zenti-

---

* Joan Miró, katalanischer Maler. Hemingway besaß ein Gemälde, »La finca«,
das er 1925 für 250 Dollar erworben hatte.

meter, typische Mirós der postrealistischen, surrealen Phase.
Ich rollte sie wieder zusammen.

»Wer besitzt sieben Mirós?«, sagte Hemingway.

»Und warum macht man mich zum Kurier?«

»So viele Fragen«, sagte er. »Gehen wir ins Chicote, die Sache bereden.«

Montag, *12. April*

Wieder in Barcelona, von Faustino keine Spur. Anrufe und Telegramme ans Pressebüro und das FAI-Hauptquartier blieben ergebnislos, also machte ich mich selber auf die Suche.

Heute Vormittag war ich im Ausländerbüro, wo er mir als Pressebeauftragter zur Seite gestellt worden war, und man sagte mir, er arbeite dort nicht mehr. In den Gesichtern tiefes Misstrauen, die Auskünfte waren äußerst karg. Niemand scheint zu wissen, wo er steckt. Als ich das Gebäude verlasse, folgt mir ein junger, vorzeitig ergrauter Mann nach draußen und führt mich in ein Café. Seinen Namen will er nicht verraten, aber er sagt, dass Faustino vor zehn Tagen verhaftet wurde. »Verhaftet von wem?«, frage ich. »Von der Polizei.« »Weswegen?« Schulterzucken. »Normalerweise Verrat. Das ist das Einfachste.« Ich frage, ob er Frau oder Familie hat. Nur eine Mutter in Sevilla, ist die Antwort, die mir nichts nützt, denn Sevilla gehört den Faschisten. Er stammt aus Sevilla, sagt der junge Graukopf, vielleicht war das sein Pech. Damit steht er auf und geht. Ich weiß nicht, was er damit meint – nur, dass Sevilla in diesem Krieg sehr früh von den Generälen erobert wurde.

Später. Als ich heute Nachmittag ins Hotel zurückkam, erwartete mich dort ein Brief – Blockbuchstaben, keine Unterschrift. Ich las: »F. Peredes wurde von der Polizei erschossen, weil er sich der Verhaftung widersetzte. Er wurde der faschistischen Spionage bezichtigt. Verlassen Sie umgehend Barcelona.« Nach anfänglichem Schock frage ich mich, ob das wahr sein kann. Vielleicht ein schlechter Scherz? Oder wurde Faustino das Opfer einer kommunistisch-anarchistischen Fehde? Oder war er wirklich ein Spion? Misstrauen, Zweifel, niemand weiß Genaues. Das scheint typisch für diesen Krieg zu sein. Irgendwie kann ich nicht glauben, dass er nicht mehr da ist. Ich denke an unsere kurze Bekanntschaft und den gequälten Skeptizismus, mit dem er seine anarchistischen Maximen vorbrachte: Liebe zum Leben, Liebe zum Menschen. Hass auf das Unrecht, Hass auf die Privilegien.« Nicht die schlechteste Grabinschrift. Aber ich bin jetzt der Besitzer von sieben Miró-Gemälden, die Faustino höchstwahrscheinlich nicht gehörten. Was soll ich mit ihnen anstellen?

[LMS kehrte am nächsten Tag nach Valencia zurück, und fünf Tage später war er wieder in London, bei sich hatte er die sieben in die Perserbrücke eingewickelten Gemälde. Das folgende Wochenende verbrachte er wie üblich in Thorpe. Mehrere Monate später fasste er die Ereignisse, die seiner Rückkehr folgten, zu einem Erinnerungsbericht zusammen.]

[September]

Nach diesen endlosen Monaten, die angefüllt waren mit Anwaltsterminen und Verhandlungen, mit emotionalen Aufwallungen aller Art, scheint es mir angebracht, die Ereignisse in ihrem Zusammenhang darzustellen, statt mich auf meine flüchtigen Notizen aus dieser Zeit zu verlassen.

Als ich im April aus Spanien zurückkam, verbrachte ich ein paar wunderschöne, aber zunehmend von Sorgen überschattete Tage mit Freya. Lottie wusste nicht, dass ich wieder im Lande war, und ich wollte, wenigstens für den Anfang, so nach Thorpe zurückkehren, als wäre nichts vorgefallen. Freya war von niemandem angesprochen worden, aber zwei oder drei Tage lang hatte sie das Gefühl, dass die Wohnung beobachtet wurde: Zweimal hatte sie denselben Mann auf der Straße gesehen, der fortlief, als sie von der Arbeit nach Hause kam.

Ich kündigte Lottie telegraphisch meine Rückkehr an und bestieg den Zug nach Norwich mit einem unguten Gefühl. Es waren die zu erwartenden Vorwürfe, die mich schon im Voraus mit Angst und Widerwillen erfüllten, nicht die Dinge, die ich zu tun mir vorgenommen hatte. Mit Freya hatte ich alles ausführlich besprochen, und wir waren zu dem Schluss gekommen, dass es nur einen Weg gab: Lottie alles zu sagen und um die Scheidung zu bitten. Aber als ich zu Hause eintraf, war alles dunkel. Von Lottie und Lionel keine Spur. Mir war sofort klar, dass sie auf mein Telegramm nach Edgefield geflohen waren.

Daher rief ich in Edgefield an, wo sich zu meiner Überraschung Angus meldete. Mit kalter, tonloser Stimme sagte er, er werde mich am nächsten Tag aufsuchen.

»Ich möchte bitte mit Lottie sprechen«, sagte ich.

»Sie ist zu krank dafür. Sie will nie wieder mit dir sprechen. Deshalb bin ich hier. Alles, was du zu sagen hast, kannst du mir sagen.«

»Herrgott noch mal!«, ereiferte ich mich. »So kann man doch nicht …«

Da brüllte er erst richtig los. Du widerliches Dreckstück! Richtest dich dort mit deiner Hure ein … Ich legte auf, mitten im Satz.

Am nächsten Tag wurde es extrem ungemütlich. Am Vormittag traf Angus mit dem Familienanwalt namens Waterlow ein, und dieser Mann informierte mich, dass ich Thorpe bis zum Abend zu verlassen hätte, dass unsere gemeinsamen Konten eingefroren seien (auf Gerichtsbeschluss), dass ich auf Unterhalt für Lottie und unser Kind verklagt würde und dass ich Lionel einmal monatlich sehen dürfe, aber nur, wenn ich diese Absicht zehn Tage im Voraus und in schriftlicher Form ankündigte. Angus saß da und starrte mich finster an, während es immer so weiterging. Ich verwies sie beide des Hauses.

An der Haustür holte Angus gegen mich aus, aber ich duckte mich weg und stieß ihn gegen die Brust, so kräftig, dass er umfiel. Waterlow musste mich davon abhalten, dass ich ihm ein paar Tritte versetzte. Angus sah aus wie kurz vorm Weinen, als er sich ins Auto helfen ließ, er brüllte mir die ganze Zeit Drohungen und Beleidigungen zu. Ein KUTA* ersten Ranges.

Und so traten wir in den Krieg der Anwälte ein. Ich fand einen guten Mann namens Noel Lange – empfohlen von Peter Scabius –, und beide machten sich ans Werk. Ich erklärte mich bereit, die Scheidungsklage zu akzeptieren, weigerte mich aber, auf die anderen Forderungen einzugehen. Und wie gewöhnlich drehte sich alles ums Geld. Ich hatte geglaubt, Aelthred und Enid hätten mir, quasi als Hochzeitsgeschenk, die Hälfte von Thorpe Hall übereignet, aber es stellte sich heraus, dass es als Treuhandvermögen unter Lotties Namen geführt wurde. So viel zum Vertrauen des Grafen in den Bestand der Ehe seiner Tochter. Ich nutzte diese Tatsache, um einen Teil des Geldes loszueisen, das ich mit der *Mädchenfabrik* verdient hatte und das in Investitionen und gemeinsamen Konten festlag. So ging es hin und her. Lange leistete gute Arbeit, aber er war nicht billig. Und ich musste mehr denn je für Zeitungen schreiben.

---

*   Die Initialen stehen für »komplettes und totales Arschloch« – das stärkste Schimpfwort, das LMS zu Gebote stand.

Am Ende, als wir schon alles geregelt glaubten, bestanden sie darauf, dass ich mich *in flagranti* ertappen ließ. Davon, dass dies auf Betreiben von Angus Cassell geschah, bin ich absolut überzeugt. Ich war zutiefst niedergeschmettert von der Schäbigkeit dieses Ansinnens – eine Prostituierte zu mieten, ein Hotelzimmer zu buchen, einen Hotelangestellten zum Komplizen zu machen, der uns »ertappen« und eine Zeugenaussage unterschreiben sollte. Ich erzählte Freya davon und sie sagte: »Wunderbar. Verbringen wir ein schmutziges Wochenende miteinander!«

Also fuhren wir nach Eastbourne, das Zimmermädchen musste uns zu seinem Erstaunen das Frühstück ans Bett servieren. Freya rief: »Guten Morgen. Übrigens, ich bin nicht mit ihm verheiratet.« Und das arme Mädchen verließ das Zimmer unter unserem brüllenden Gelächter.

Der Eheaufhebungsbeschluss wurde uns letzte Woche zugestellt, und die *Times* meldete das unter der Überschrift: »Grafentochter erwirkt Eheaufhebungsbeschluss gegen Bestseller-Romancier.«

Der Text: »Es gab keinen Einspruch gegen den Antrag der Lady Laetitia Mountstuart von Thorpe Hall, Thorpe Geldingham, die Ehe mit Mr Logan Gonzago Mountstuart wegen ehebrecherischer Beziehungen zu Miss Freya Deverell im Westminster Hotel Eastbourne aufzulösen. Die Kosten des Verfahrens trägt Mr Mountstuart.«

Ich bin am Ende meiner Kräfte, verarmt, aber über alle Maßen glücklich, dass es nun vorüber ist. Wieder ein Wendepunkt meines Lebens, an dem ich die Vergangenheit abstreife, die alte, fleckige Haut, und mich in einem neuen, glänzenden Schuppenpanzer zeigen kann. Jetzt wird mein Leben mit Freya erst richtig beginnen. Aber ein Problem bleibt, eine Schuld, dir mir das Herz beschwert: Lionel. Was mache ich mit Lionel? Ich liebe ihn, er ist mein Sohn. Gegen die Wahrheit, die in diesen Worten liegt, kann ich nicht ankämpfen, aber, um erneut ehrlich zu sein, sie haben keine wirkliche Bedeutung für mich. Was genau bedeutet mir Lionel, außer dass er mein Fleisch und Blut ist? Sei ehrlich, Logan – du siehst in ihm nur ein kränkliches Wesen, das dir im Weg ist. Zehn Minuten mit ihm strengen dich bereits an. Deine Gedanken schweifen ab, und du willst, dass er dir fortgenommen wird. Ja, ich gebe es zu, ich mag kein guter Vater sein, aber deshalb kann und werde ich nicht auf ihn verzichten. Ich muss ihn vor den Edgefields bewahren. Er ist noch klein. Er kann sich ändern, wenn er älter wird. Ich muss für ihn da sein, und wenn es mir noch so lästig fällt, als Wegweiser und prägender Einfluss. Ich werde Lionel Mountstuart nicht dieser höllischen Bande überlassen.

1938

Freitag, 7. Januar

Freya und ich wurden gestern im Rathaus von Chelsea getraut. Anwesend: Braut und Bräutigam, Mutter, Encarnación, Freyas Vater, ihr Bruder George, Robin. Danach ging es zu Fuß auf einen Umtrunk in die Eight Bells. Eine bescheidene Feier, aber unser Glück war grenzenlos. Mutter hielt sich freilich zurück. Sie mag Freya sehr, meinte aber: »Einen Menschen wie Lottie kannst du nicht vergessen an einem Tag.« Ich erklärte ihr, dass ich schon seit acht Monaten von Lottie getrennt bin. »Mir kommt es nur wie ein Tag vor«, beharrte sie.

Darauf gingen alle ihrer Wege, und ich fuhr mit Freya nach Hause in die Draycott Avenue. Wir aßen zu Mittag, machten einen Spaziergang durch den kalten Battersea Park, dann lasen wir und hörten Grammophon bis zum Abendessen.

»Ich bin so glücklich, ich könnte explodieren«, sagte ich, als wir uns im Bett umarmten.

»Rumms!«, sagte sie. »Junges Ehepaar in Chelsea in tausend Stücke geflogen.«

Donnerstag, 17. März

Ich greife mal wieder zum Tagebuch, um zu notieren, dass ich (a) Kapitel 3 von *Sommer in St. Jean* abgeschlossen habe und dass (b) mir Freya heute Morgen mitgeteilt hat, dass sie schwanger ist. Wir haben uns beide ein Kind gewünscht, aber nie hätte ich erwartet, dass der Wunsch so schnell in Erfüllung gehen würde. Und natürlich musste ich bei dieser Nachricht an Lionel denken, den ich dieses Jahr erst einmal gesehen habe. Er wurde in ein Hotel in Norwich gebracht (wo ich für den Tag ein Zimmer genommen hatte), in Begleitung eines Kindermädchens, und ich verbrachte ein paar Stunden mit ihm, versuchte mit ihm zu spielen, ihn zu beschäftigen. Er war misstrauisch mir gegenüber und lief ständig zu seinem Kindermädchen. Es war eine peinliche Veranstaltung. Armer Lionel – wird er das größte Opfer meiner lieblosen Ehe? Das Kind, das ich mit Freya haben werde, wird es besser treffen, da bin ich sicher. Und eines ist klar: Wir brauchen eine neue Wohnung.

[April]

Kann es ein schlimmeres Schmuddelwetter geben als in diesem Frühling? Kälte und Regen, Regen und Kälte. Wallace hat mich an den *Sunday Referee* vermittelt: Zehn Artikel, fünfhundert Pfund. Seit Spanien sind mein Themenvorrat und mein Preis in erfreulichem Maße gestiegen.

Freya geht es gut, kaum nennenswerte Morgenübelkeit.

Letzte Woche wieder ein Tag mit Lionel in Norwich nach demselben Muster: Ich miete ein Zimmer für einen Tag, auf neutralem Boden, und Lionel kommt mit dem Kindermädchen im Taxi aus Thorpe. Er bleibt, bis er müde ist oder keine Lust mehr hat – oder beides.

Gestern Abend vergnügliches Supper mit Turville Stevens. Turville sagt, er wusste schon 1936, dass der Krieg unvermeidlich ist – schon vor Spanien. Und aus Katalonien kommen schlechte Nachrichten – Francos Truppen sind täglich im Vormarsch. Mein Gott, Spanien. Jetzt kommt mir alles wie ein verrückter Traum vor. Und was soll ich mit den Mirós von Faustino Peredes machen? Turvilles Warnungen vor einem Krieg mit Deutschland lasse ich lieber nicht an mich heran. Ich glaube, wir haben ein Haus in Battersea gefunden, das wir uns gerade so leisten können.

[Juli / August]

Melville Road 32, Battersea. Wir sind im Juli umgezogen, und ich habe den Sommer damit zugebracht, das Haus einzurichten. Unter Schmerzen haben wir von der Draycott Avenue Abschied genommen, aber wir lieben die Melville Road. »Glaubst du, dass sie nach Herman Melville benannt ist?«, fragte Freya. »Ich bin sicher«, sagte ich. Gibt es einen besseren Ort für einen seiner Kollegen? Melville Road ist eine geschwungene Kette von dreistöckigen roten Reihenhäusern aus dem 19. Jahrhundert. Jedes hat einen kleinen Vorgarten mit Rasen oder Kies und hinten schmale, lange Gärten, die mit einem Lattenzaun von den Gärten der parallel verlaufenden Bridgewater Street abgetrennt sind. Im Parterre befinden sich Wohnzimmer, Esszimmer und Küche, darüber zwei Schlafzimmer und ein Bad und unter dem Dach eine Bodenkammer mit Mansardenfenster. Letztere habe ich in eine mit Büchern vollgestopfte Klause verwandelt, die mir als Arbeitszimmer dienen wird. Durchs Fenster sehe ich die Schornsteine des Kraftwerks Lots Road am anderen Themseufer.

Gestern beim Spaziergang im Park sahen wir den Maschinen zu, mit denen dort Schützengräben ausgehoben werden. Der Krieg liegt in der Luft und wird aus der Luft kommen, auch bis ins verschlafene Battersea. Freya ist rund und schwerfällig geworden. Das Baby wird im Oktober erwartet.

Mittwoch, 31. August

Hitler hat eine Million Soldaten unter Waffen, heißt es im *News Chronicle*. Währenddessen rezensiere ich ein drittklassiges Buch über Keats für das *Times Literary Supplement*. Der Sommer ist heiß und trocken; für mich besteht er ausschließlich aus harter Arbeit und angenehmer Häuslichkeit. Freyas Brustwarzen haben die Farbe von Bournville-Schokolade angenommen. Wir haben das zweite Schlafzimmer kanariengelb tapeziert für »Baby«, wie wir es nennen – es, nicht sie oder ihn. Aus Aberglauben legen wir uns nicht fest; wir sagen, es ist uns egal, aber nach Lionel wünsche ich mir ein kleines Mädchen. Ich glaube, Freya will einen Jungen.

Und ich habe einen weiteren anstrengenden Tag mit Lionel verbracht. Er war weinerlich und nörgelte, »wegen seiner Hitzepickel«, wie das Kindermädchen sagte. Also zog ich ihn aus und ließ ihn nackt im Zimmer spielen, was das Kindermädchen in einen Schockzustand versetzte. »Das muss ich Lady Laeticia melden, Mr Mountstuart.« »Ich bitte darum«, erwiderte ich. Lottie habe ich seit der Scheidung nicht mehr gesehen. Es ist seltsam, wie schnell das alte Leben, das man aufgegeben hat, von einem abfällt. Lionel ist nun unsere einzige Verbindung. Ab und zu habe ich ein Tuch in kaltes Wasser getaucht, ausgewrungen und auf die schlimmsten

Stellen seines Ausschlags gelegt, auf die Schenkel und unter die Arme, und für eine Weile beruhigte er sich und schien mir dankbar zu sein. »Danke, Daddy«, sagte er, »das tut gut.« Mein Schuldgefühl wächst, je näher die Entbindung rückt. Auf der Rückfahrt nach London weinte ich – ein seltenes Ereignis für mich –, aber nichts bringt mich so leicht dazu wie Lionel. Was kann ich nur für ihn tun? Und wie wird es werden, wenn »Baby« da ist? Hitler hat eine Million Soldaten unter Waffen, steht im *News Chronicle* – Das habe ich bereits geschrieben, wie ich sehe.

[Samstag, 1. Oktober]

Wenn ich ehrlich zu mir bin, kann ich die allgemeine Erleichterung über den Ausgang von München* sehr gut verstehen. Unser Kind kann nun jeden Tag kommen, und obwohl ich unsere feigen Konzessionen politisch und intellektuell verurteile und zutiefst um die Tschechen besorgt bin, sage ich mir, dass es ganz gewiss besser ist, Frieden zu haben, als wegen eines unbedeutenden Zankapfels in einem weit entfernten Ländchen in einen Krieg einzutreten. Schließlich habe ich das bösartige Chaos des Spanienkriegs aus erster Hand erlebt, in seiner ganzen Absurdität, und ich weiß, dass Krieg nur das allerletzte Mittel sein kann. So brutal es klingen mag, die Sudetenfrage ist nun einmal kein ausreichender Grund,

---

* Europa geriet im Herbst 1938 an den Rand des Krieges, als Hitler damit drohte, in den deutschsprachigen Teil der Tschechoslowakei, das Sudetenland, einzumarschieren. Der britische Premierminister Neville Chamberlain flog nach München, wo in einer Viermächtekonferenz (Deutschland, Italien, Frankreich, Großbritannien) die Abtretung des Sudetenlands an Deutschland vereinbart wurde. Die Tschechen wurden nicht in die Verhandlungen einbezogen. Chamberlain kehrte triumphierend aus München zurück, in der Hand ein Papier mit Hitlers Unterschrift und dem »Wunsch unserer beiden Völker, niemals wieder gegeneinander Krieg zu führen«.

dass sich sie Länder Europas gegenseitig an die Kehle gehen. Gehörst du also zu den Beschwichtigern? Nein. Ich sehe die Bedrohung, die von diesen Wahnsinnigen ausgeht, aber ich weiß auch, dass ich nichts weiter will, als in Frieden zu leben wie jeder andere auf der Welt. Hitler will keinen Krieg – er will die Kriegsbeute, weshalb er so geschickt agiert und weshalb er scheinbar so erfolgreich ist. Kriegsbeute ohne Krieg. Vielleicht hat Chamberlain das verstanden und ist deshalb mit seinen Zugeständnissen bis zum Äußersten gegangen – um dies ausdrücklich als Preis des Friedens herauszustellen. Wenn ich durch Battersea laufe, spüre ich ganz deutlich, dass sich die Stimmung gebessert hat – ich höre Gelächter aus dem Pub, Frauen stehen auf der Straße und schwatzen, der Postbote pfeift sich eins, wenn er seine Runde macht. Diese geläufigen Bilder haben uns etwas zu sagen: Wir standen am Abgrund des Krieges und haben einen Schritt zurück getan. Die Schützengräben können wieder zugeschüttet werden, die Gasmasken können zurückgegeben werden. Ich bin sicher, dass mein deutsches Pendant – der Schriftsteller um die dreißig, verheiratet und in Erwartung eines Kindes – nicht anders empfindet als ich. Er kann nicht wollen, dass seine Städte bombardiert werden, dass sein Kontinent vom Krieg verwüstet wird. Das ist eine schlichte Sache der Vernunft. Aber dann wiederum sage ich mir: Wie viel Vernunft war in Spanien im Spiel?

Turville rief mich an, den Tränen nahe, und redete über die Schande und den Verrat von Chamberlain und Daladier [französischer Premierminister]. Sie hätten zu viele Zugeständnisse gemacht, sodass Hitler in seinen Forderungen immer weitergehen wird. Hat er recht? Ich sitze hier in meinem Häuschen, während ein Sommergewitter niedergeht, und bete, dass er sich irrt.

Oliver Lee hat heute Abend im Radio Tod und Verwüstung prophezeit, wenn wir Hitler jetzt nicht ein Ende bereiten. Aber wir haben ihn doch gestoppt, oder? Höre ich Lee, denke ich unwillkürlich an Land und stelle mir vor, wie ein Leben mit ihr geworden wäre, wenn sie mir das Jawort gegeben hätte. Fruchtlose, abwegige Spekulationen. Ich wäre Freya nie begegnet. Vielleicht hat mir Land damit den größten Gefallen getan.

Bin heute Abend in den Garten gegangen und habe eine Zigarette geraucht. Letzte Woche habe ich auf dem hintersten Beet einen Ahorn gepflanzt, zu Ehren unseres Babys. Er ist so groß wie ich und kann gut und gerne über zwölf Meter hoch werden. Wenn wir in dreißig Jahren noch da sind, kann ich den Baum in seiner vollen Größe bewundern. Aber der Gedanke bedrückt mich: In dreißig Jahren bin ich Mitte sechzig, und mir wird klar, dass diese unbedachten Zukunftsprojektionen langsam an ihre Grenzen stoßen. Wenn ich nun vierzig Jahre veranschlagt hätte? Das wäre schon gewagt. Fünfzig? Dann bin ich wahrscheinlich hinüber. Sechzig? Tot und begraben. Gott sei Dank habe ich keine Eiche gepflanzt. Vielleicht ist das eine gute Definition für die Wasserscheide des Alterns: Der Moment, da du erkennst, ganz rational, ganz ohne Emotion, dass die Welt in nicht allzu ferner Zukunft ohne dich sein wird; dass die Bäume, die du pflanzt, weiterwachsen werden, du aber nicht mehr da sein wirst, um sie zu betrachten.

Freitag, 14. Oktober

Wir haben ein kleines Mädchen. Geboren heute Morgen um acht Uhr. Ich bekam einen Anruf von der Klinik und fuhr sofort hin. Freya war matt und erschöpft, mit dunklen Augenrändern. Das Baby wurde mir herausgebracht, und ich hielt es in den Armen, ein kleines, zornesrotes Würmchen, das mit den winzigen Fäusten fuchtelte und sich die Lunge aus dem Leib schrie. Wir werden sie Stella nennen – der Stern unserer Familie. Willkommen auf der Welt, Stella Mountstuart.

1939

Samstag, 14. Januar

Ein bedrückender Brief von Tess Scabius, adressiert an mich persönlich und mit dem Vermerk »Vertraulich« versehen. Er enthält ihre Sicht auf Peters fortwährende Untreue und die entsetzlichen Spannungen, denen ihre Ehe dadurch ausgesetzt ist. Sie bittet mich um Hilfe: »Das hätte ich nicht von Peter geglaubt, als ich ihn heiratete, und ich weiß, dass auch Du ihn dessen niemals für fähig gehalten hättest. Zusätzlich zu den Londoner Flittchen hat er nun eine Geliebte in Marlow. Er sieht in Dir noch immer seinen besten Freund. Er bewundert und respektiert Dich. Logan, ich kann nicht von Dir erwarten, dass Du Peter dazu bringst, mich wieder so zu lieben wie früher, aber wenigstens muss er um Gottes willen aufgefordert werden, diese peinlichen Affären zu beenden. Ich bin am Ende meiner Geduld, und das ganze Dorf weiß Bescheid, was da vor sich geht. Kann er nicht ein Gentleman sein und mir und unseren Kindern diese grausame Demütigung ersparen?« Und so weiter im Text. Arme Tess.

Freitag, 20. Januar

Rief Peter an, und er lud mich zum Lunch ins Luigi ein, um das Erscheinen seines dritten Thrillers *Drei Tage in Marrakesch* zu feiern. Vergaß zu notieren, dass er die *Times* letztes Jahr verlassen hat. Er ist nach allem, was man hört, als Autor weitaus erfolgreicher als ich. Ich bin froh, sagen zu können, dass ich nicht den geringsten Neid auf ihn verspüre.

Später. Wir waren essen und haben uns prächtig amüsiert. Peter hat sich verändert – er wirkt diesseitiger und gewöhnlicher als früher. Mitten im Erzählen verfolgte er eine junge Kellnerin, die vorbeiging, mit Blicken, und ständig machte er Bemerkungen über die anderen Frauen im Restaurant. »Das ist nicht ihr Ehemann«, »Sie könnte eine Schönheit sein, wenn sie besser angezogen wäre«, »Du riechst förmlich die sexuelle Frustration, die von dieser Frau ausgeht« und dergleichen mehr. Vielleicht ist das alles eine Auswirkung des permanenten Ehebruchs. Allerdings hat er eingeräumt, dass er sich bei Prostituierten entspannter fühlt, er sagt, er ist Stammkunde bei zweien oder dreien und hat mir dasselbe empfohlen – Vergnügen ohne Verantwortung, nennt er das. Ich erinnerte ihn daran, dass ich äußerst glücklich verheiratet bin. »So etwas gibt es nicht«, meinte er. Das war der passende Moment, den Brief von Tess zur Sprache zu bringen. Er wurde sehr still, und ich sah, dass die Wut in ihm hochkam. »Warum schreibt sie ausgerechnet an dich?«, fragte er wieder und wieder. Ich klärte ihn nicht auf. Aber wenigstens habe ich mich meiner Pflicht entledigt. Ich habe Tess geschrieben und ihr das mitgeteilt. Mir ist, als lägen die Tage von Oxford eine Ewigkeit zurück.

Zeitungsplakate in Soho, als ich auf der Heimfahrt in den Bus stieg: »Franco vor den Toren Barcelonas.«

Die erste klimaneutrale Taschenbuchreihe

Kampa Pockets werden auf säurefreiem und chlorfrei gebleichtem Papier
aus verantwortungsvollen Quellen
gedruckt, zertifiziert durch das Forest
Stewardship Council; die Umschläge
enthalten kein Plastik. Die Treibhaus-
gasemissionen werden durch Klima-
schutzprojekte kompensiert.

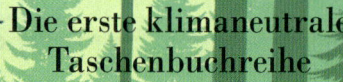

KAMPA POCKET

www.kampaverlag.ch

[März]

Nun ist es geschehen. Hitler steht vermutlich in Prag*. Oliver Lee hatte recht, und »die Tschechoslowakei hat aufgehört zu existieren«. Meine Erwägungen vom Oktober nehmen sich jetzt aus wie törichte, verzweifelt sentimentale Wunschträume. Und Franco hat ganz Spanien erobert – was Mutter freuen wird. Ich schreibe dies am Küchentisch, während Freya dem Baby die Brust gibt. Im Schrank neben ihr liegen die nie zurückgegebenen Gasmasken in ihren Pappschachteln. Jetzt ist der Krieg nur noch eine Frage der Zeit, Danzig wird die nächste Krise auslösen. Und was wirst du in der kommenden Auseinandersetzung tun, Logan? Was wird Daddy in diesem Krieg tun?

Roderick hat mir Arbeit als Gutachter bei Sprymont & Drew für monatlich dreißig Pfund angeboten. Ich verlangte vierzig, und er sagte, Plomer** bekommt genauso viel, also konnte ich nicht streiten. Ich vermute, Roderick will mich an den Verlag binden, weil ich ihm gesagt habe, dass *Sommer in St. Jean* fast fertig ist. Über seine Logik kann man sich nur wundern. Der Journalismus ist schon zeitraubend genug, und wenn ich nun die ganze Woche Manuskripte lesen und begutachten muss, ist es mir praktisch unmöglich, irgendetwas anderes zu schreiben.

Bescheidener, aber anhaltender Erfolg von *Les Cosmopolites* in Frankreich. Cyprien schrieb mir, dass er wieder gefeiert wird wie zuletzt 1912 und als bedeutender Literat gilt, »*grâce à toi*«. Ich muss noch einmal nach Paris, bevor die Hölle losbricht.

---

* Hitlers Truppen besetzten Prag am 15. März, angeblich um Böhmen und Mähren vor der Slowakei zu »schützen«, die kurz zuvor ihre Unabhängigkeit erklärt hatte.

** William Plomer (1903–1973), südafrikanischer Schriftsteller und langjähriger Lektor bei Jonathan Cape Ltd.

[Juli]

Aldeburgh. Wir haben hier für Juli und August ein Häuschen gemietet – aus irgendwelchen Gründen zieht es mich immer nach Norfolk zurück. Ich fahre nach London, wenn die Geschäfte es erfordern, aber die ersten zwei Wochen hier habe ich sehr genossen, und ich möchte am liebsten gar nicht fort. Das frische silbrige Licht von der Nordsee her, der Lockruf der unendlichen Weite. Ich arbeite den ganzen Vormittag, schreibe Artikel oder lese (nur allzu häufig) Manuskripte für S&D (die mehr und mehr von meiner Zeit auffressen). Wenn es das Wetter erlaubt, gehen wir zum Picknick an den Strand – nehmen eine Reisedecke, eine Thermosflasche und Brote mit, setzen uns hin und sehen den Wellen zu, die auf dem steinigen Strand auslaufen. Stella ist pausbäckig, blauäugig und goldblond, wie es sich für ein kleines Mädchen gehört. Vorwitzig und stets guter Dinge. Wir setzen sie in den Sand, legen ihr einen Haufen Kieselsteine hin und schauen ihr dabei zu, wie sie einen Stein nach dem anderen aufnimmt, gründlich untersucht und wieder fallen lässt. Freya nimmt mir jetzt ein paar Manuskripte ab – ich glaube, die BBC fehlt ihr sehr.

Ich konnte Lottie überreden, uns Lionel für ein Wochenende zu überlassen, mit der Begründung, dass wir ganz in der Nähe wohnen, doch es lief nicht gut. Lionel hatte gewaltige Angst vor Freya, und ich musste mich fragen, welchen Unsinn ihm Lottie eingeredet hat – oder, was wahrscheinlicher ist, Enid, diese Hexe. Mit mir hatte er nicht solche Probleme, und ich gab mir große Mühe, mich von meiner väterlichsten Seite zu zeigen. Wir schossen einen Fußball durch den Garten, bis er nach einer Stunde sagte: »Daddy, wie lange müssen wir das noch spielen?« Nüchtern betrachtet, scheint er ein recht durchschnittliches Kind ohne hervorstechende Begabungen zu sein – weder besonders aufgeweckt noch charmant, weder witzig noch frech oder auch nur hübsch. Zu allem Überfluss hat er die schlimmsten Eigentümlichkeiten der Edgefield-Physiognomie geerbt. Einmal fragte er, ob ich mit Freya verheiratet bin. Aber ja, erwiderte ich. Er zog ein Gesicht und meinte: »Aber ich dachte, du bist mit Mummy verheiratet.« Ich erklärte die Sache. »Heißt das, dass du nicht mein richtiger Daddy bist?« Ich werde immer dein richtiger Daddy sein, sagte ich, und, Gott helfe mir, beinahe wären mir die Tränen gekommen.

[Juli]

Fleming lud mich zum Essen in den Carlton Grill ein. Anscheinend ist er noch an der Börse, aber er spielt jetzt irgendeine mysteriöse Rolle in der Admiralität. »Eine Menge Leute« wären sehr beeindruckt gewesen von meinen Artikeln über den Spanienkrieg. Ich erklärte ihm, dass neunzig Prozent davon in den USA erschienen sind. »Ich weiß«, sagte er, »und genau die sind es, die uns beeindruckt haben.« Er redete über den bevorstehenden Krieg, als wäre er schon im Gange, und fragte mich nach meinen Plänen. »Überleben«, sagte ich. Er lachte, beugte sich über den Tisch und versicherte mir mit verschwörerischer Geste, dass ich ihm einen großen Gefallen täte, wenn ich mich »für einen besonderen Posten zur Verfügung hielte«. Ich könne den Job in London ausüben, aber er sei von entscheidender Bedeutung für unseren Kriegserfolg. Warum ich?, fragte ich ihn. Weil Sie schreiben können, Sie haben den Krieg aus erster Hand erlebt und machen sich keine Illusionen über ihn. Beim Gehen, und ich bin sicher, dass das eine arrangierte Sache war, liefen wir einem älteren Herrn im grauen Anzug in die Arme, der mir als Admiral Godfrey vorgestellt wurde. Ich wurde stumm von ihm gemustert.

Montag, 7. August

Tess Scabius ist tot. Ertrunken in der Themse. Peter, völlig aus der Fassung, hat es mir am Telefon gesagt. Sie war nach einem Spaziergang gegen Abend nicht zurückgekommen, und Peter ging zum Fluss hinunter, um sie zu suchen. Etwa eine halbe Meile flussabwärts sah er einen Menschenauflauf und Polizei und schaute nach, was dort los war. Sie hatten Tess gerade aus dem Wasser gezogen. Sie wollte Blumen pflücken, war von der Böschung gerutscht und konnte nicht schwimmen. »Ein schrecklicher, entsetzlicher Unfall«, sagte er.

Was für ein furchtbarer Schlag. Die arme Tess. Ich denke zurück an unsere heimlichen Sonntage in Islip und den heftigen Aufruhr der Gefühle, den wir in ihrem harten, klammen Bett entfachten. Und ich weiß zu schätzen, was du für mich getan hast, Tess. Ein Unfall? Ich bezweifle es. Sie hatte wohl genug vom Leben. Gott sei Dank habe ich Peter wenigstens wegen seiner Hurerei zur Rede gestellt. Freya, die sah, wie erschüttert ich war, erzählte ich ein wenig von unserer gemeinsamen Jugend – von den Herausforderungen an der Schule; von Tess, die Peter aus eigenem Antrieb nach Oxford folgte. Ich sei damals ein wenig verknallt in sie gewesen und eifersüchtig auf Peter, sagte ich. Ich hielt es für klüger, ihr nichts von unserer Affäre zu erzählen.

Sonntag, 3. September

Battersea. Ein heißer Tag. Mit Freya habe ich mir die Rundfunkansprache des Premierministers angehört, in der er verkündete, dass wir uns jetzt im Krieg mit Deutschland befinden.* Stella krabbelt auf dem Küchenfußboden umher und gibt kleine Quietschlaute von sich, die intensive und eine fast unanständige Wonne ausdrücken. Ich habe Freya umarmt und auf die Stirn geküsst. Geh nicht zur Armee, flüsterte sie, ich flehe dich an. Da erzählte ich ihr von Flemings Angebot, und wir beten nun, dass es ernst gemeint ist.

Später bin ich allein in den Garten hinaus, habe in den blauen Himmel mit den ganz vereinzelt dahinziehenden Wolken hinaufgeschaut. Die Luft ist feuchtwarm, die Glocken läuten. Ich fühle mich seltsam erleichtert: wie ein Schwerkranker, der soeben seine Diagnose erhalten hat: »Es ist ernst, Mr Mountstuart, aber es gibt keinen Grund zur Verzweiflung.« Das Eintreffen der schlimmsten Voraussagen trägt paradoxerweise zur geistigen Klärung bei: Wenigstens ist nun klar, was vor uns liegt, und die Leute wissen, was zu tun ist. Aber ich stehe an diesem warmen Sommertag in meinem schmalen Gärtchen und frage mich, ob das alles spurlos an den drei Mountstuarts vorübergehen wird, und die Angst durchläuft mich als kalter Schauder.

---

* Hitler war am 1. September in Polen eingefallen. England hatte ein Ultimatum gestellt, dass sich die deutschen Truppen bis zum 3. September, elf Uhr, zurückziehen müssten; dem Ultimatum beugte sich Hitler nicht.

Tagebuch
Zweiter Weltkrieg

Ian Fleming hielt Wort und meldete sich während der ersten Kriegswoche. Er bot Logan Mountstuart eine Stellung bei der Marineaufklärung an. Dieser berühmte Geheimdienst residierte in den Gebäuden der Admiralität an der Mall und unterstand 1939 Admiral John Godfrey (Fleming war seine rechte Hand). Mountstuart bekleidete den Rang eines Leutnants (zur besonderen Verwendung) in der Freiwilligenreserve der Royal Navy. Innerhalb der Marineaufklärung wurde er der Propagandaabteilung zugeordnet und erhielt die Zuständigkeit für die Geheimberichte aus Spanien und Portugal. Zudem wurde er instruiert, beide Länder mithilfe ausgeklügelter Maßnahmen zur strikten Wahrung der Neutralität zu bewegen. Anfangs wurde dies bereits mit der Lancierung antideutscher Meldungen (mit spanischer und portugiesischer Relevanz) bei einer möglichst großen Zahl von Presseerzeugnissen bewirkt. Mountstuart befürwortete auch die Verbreitung von Flugblättern in Großstädten wie Lissabon, Porto, Barcelona und Madrid. Es gefiel ihm bei der Marineaufklärung, vor allem wegen der lockeren, unkonventionellen, aber sehr ehrgeizigen Atmosphäre. Auch fand er sich sehr schick in seiner marineblauen Uniform (maßgeschneidert von Byrne & Milner) mit den wellenförmigen Goldtressen an den Ärmeln.

Anfangs wohnten Freya und Stella bei den Deverells in Cheshire, aber weil das prophezeite Flächenbombardement Londons ausblieb, zogen sie Anfang 1940 nach Battersea zurück. Peter Scabius trat der Freiwilligen Feuerwehr bei. Ben Leeping – mit Familie – gab Paris im Oktober 1939 auf und eröffnete eine kleine Galerie (nach wie vor unter dem Namen

Leeping Frères) an der Duke Street im Stadtteil St. James's.
Bediensteten und Offizieren der Streitkräfte war in Kriegs-
zeiten das Führen von Tagebüchern verboten. Ims scheint
sich dessen bewusst gewesen zu sein, und er ließ das Tagebuch
häufig ruhen, bis wieder Ereignisse von Gewicht zu vermer-
ken waren.

1940

Montag, 10. Juni

Brachte heute Faustinos Mirós in Bens Galerie und breitete sie auf dem Fußboden seines Ausstellungsraums aus. Er
musste sich förmlich am Stuhl festhalten, um nicht in Ohnmacht zu fallen. »Hast du überhaupt eine Vorstellung, was so
eine Sammlung bedeutet?«, fragte er. Ich erläuterte ihm die
mysteriöse Vorgeschichte. »Nun, Besitz begründet neunzig
Prozent Eigentum, denke ich«, meinte Ben. »Du hast keine
Ahnung, wem sie gehörten?« Das sei ein Rätsel, erklärte ich.
Aber der bekannte Teil der Geschichte könne von Ernest Hemingway bezeugt werden.

Ben war völlig aus dem Häuschen, seine Gedanken schienen sich zu überschlagen. So etwas passiere höchstens ein-
oder zweimal im Leben eines Kunsthändlers, sagte er immer
wieder. Ich erwiderte, ich sei knapp bei Kasse, sie hätten drei
Jahre bei mir im Schrank gelegen, nun müsse etwas geschehen.
Schließlich zahlte er mir dreihundert Pfund für die Bilder,
aber das größte will er zu meinen Gunsten verkaufen – wann,
weiß er noch nicht. Er will warten, bis der Markt dafür reif ist
oder der ideale Käufer auftaucht. Er floss geradezu über vor
Dankbarkeit, was ihn jedoch nicht daran hinderte, ein dickes

Geschäft zu wittern: Paul Klee* ist schwer krank, sagte er und bot mir weitere hundert Pfund für mein kleines Klee-Aquarell. Ich sagte, ich warte lieber noch eine Weile, vielen Dank.

Essen in einem Restaurant in der Nähe der BBC – Leberwurst und Salat. Wirkt sich die Rationierung schon aus?

Rundfunkgespräch mit Geoffrey Grigson (widerborstig, ständig dazwischenredend) über Joyce. Aber ich machte ihm Komplimente zu *Horizon***, was ihn ein wenig besänftigte.

Mittwoch, 26. Juni

Einer unserer neuen Vorgesetzten bei der Marineaufklärung ist James Vanderpoel***, ein ehemaliger Schulkamerad. Noch immer stämmig und untersetzt, aber jetzt mit fuchsrotem Spitzbart. Ein Marineoffizier durch und durch, und, wie ich glaube, ein wenig irritiert, dass ich zu seinen Untergebenen zähle. Gingen im Green Park spazieren und tauschten Erinnerungen aus. Er erzählte, was aus einigen unserer Schulkameraden geworden ist, und ich stellte fest, dass ich das Interesse an ihnen verloren habe. Heute Abend Anruf von Dick Hodge. Große Aufregung: Er ist in die Royal Marines eingetreten. Ich sagte, dass ich bei der Kriegsmarine bin. Und was machst du?, fragte er. Darf ich nicht verraten, erwiderte ich. Ist es nicht wunderbar, so etwas mit vollem Ernst sagen zu können?

---

*   Klee starb am 29. Juni.

**   Neugegründete Zeitschrift, herausgegeben von Cyril Connolly, in der Grigson Beiträge veröffentlichte.

*** Siehe S. 45.

Montag, 8. Juli

Godfrey und Fleming bestellten mich und Vanderpoel ein
und fragten, ob wir Lissabon kennen. Ich sagte Ja, Vanderpoel Nein. »Wenigstens einer«, meinte Godfrey. »Da werden
Sie sich jedenfalls hinbegeben.« Ich fragte nach dem Grund.
Der Herzog von Windsor ist dort, sagte Godfrey, auf der
Flucht vor den deutschen und italienischen Truppen, und
wir sollen ein Auge auf ihn werfen. Kann das nicht die Botschaft machen?, fragte Vanderpoel (ich spürte, dass er sich
gegen den Auftrag sträubte). Offenbar ist der Botschafter ein
Nervenbündel, und der dortige MI6-Mann ist ein Säufer, der
vom gesamten Botschaftspersonal gehasst wird. Die Lage
des Herzogs ist sehr delikat, sagte Godfrey. Er kann nicht
nach England zurück (wegen der Familie), und wir können
nicht riskieren, dass er den Nazis in die Hände fällt. Ich erwähnte, dass ich ihn 1934 in Biarritz getroffen habe. Fleming
warf Godfrey einen Blick zu, als hätte er eine Wette gewonnen. »Hab ich's nicht gesagt? Mountstuart ist unser Mann«,
meinte er.

Überbrachte Freya die Neuigkeit. Versicherte ihr, dass
es ungefährlich ist, und weil es sich um Lissabon handelt,
scheint sie keine großen Einwände zu haben. »Besuchst du
unser Restaurant?«, fragte sie. Ich versprach ihr, dass ich eine
ganze Flasche Wein auf unser Wohl trinken werde.

Mittwoch, 10. Juli

Lissabon. Mit Vanderpoel in einem Sunderland-Flugboot von
Poole aus nach Portugal. Glatter Flug ohne Komplikationen.
Lissabon scheint voll von reichen Flüchtlingen zu sein. Das
menschliche Treibgut von Europa auf der Suche nach einer
sicheren Passage. Zum ersten Mal wurde mir so recht bewusst,

dass Lissabon und Portugal den letzten Zipfel der Alten Welt darstellt. Und hier im äußersten Winkel sammeln sich all die verängstigten Emigranten und blicken hoffnungsvoll und Hilfe suchend auf den leuchtenden Ozean hinaus.

Wir meldeten uns in der Botschaft, wo uns ein Mann namens Stopford – der so genannte Finanzattaché, aber in Wirklichkeit der MI6-Beauftragte für Portugal – einen kühlen Empfang bereitete und uns widerwillig instruierte. Der Herzog und die Herzogin sind am 19. Juni, als sich der Zusammenbruch Frankreichs abzeichnete, aus ihrer Villa bei Antibes geflohen und mitsamt Personal und ein paar Konsularbeamten per Auto nach Madrid gereist. Dort wurden sie neun Tage bedient und bewirtet, bis sie nach Portugal weiterfuhren. Sie wohnen jetzt in der Villa des portugiesischen Millionärs Ricardo Espirito Santo in Cascais, eine Fahrstunde von Lissabon entfernt. »Ich wüsste nicht, was die Marineaufklärung glaubt, besser tun zu können als wir«, meinte Stopford gehässig. »Wir haben unsere Leute im Haus, auf dem Grundstück wimmelt es von portugiesischer Polizei. Wir hören jeden Furz, den er lässt.«

Beim Gehen sagte ich zu Vanderpoel: »Ein Säufer. Wie tröstlich.« »Mir kam er sehr anständig vor«, urteilte Vanderpoel. Offenbar ist er nicht der Intelligenteste, unser Vanderpoel. Wir fuhren in unser schmuddliges Hotel, das passenderweise »Pension London« heißt. Vanderpoel ging ins Bett, weil er glaubte, eine Grippe zu kriegen.

Donnerstag, 11. Juli

Vanderpoel hat Fieber. Heute Abend ging ich zu einer Cocktailparty in die Botschaft, wo ich einen Mann namens Eccles[*]

---

[*]   David Eccles, vom Ministerium für Kriegswirtschaft nach Lissabon versetzt.

kennenlernte, der hier eine Art graue Eminenz zu sein scheint – sehr informiert und sehr kritisch, was die Fähigkeiten des Botschaftspersonals betrifft. Er trifft den Herzog von Windsor regelmäßig, und ich gewann den Eindruck, dass die Dinge nicht zum Besten stehen. Der Herzog will nicht weiterreisen, bevor seine Zukunft geklärt ist und gewisse Garantien betreffend seinen Status und den der Herzogin abgegeben wurden. »Alles sehr kleinkariert in Anbetracht der katastrophalen Lage, in der wir uns befinden*«, sagte Eccles. Ich wiederholte meinen Spruch, dass ich den Herzog aus Biarritz kenne, und Eccles fiel mir vor Freude um den Hals. Er lud mich sofort für morgen Abend zum Dinner in die Villa ein. »Es war nur eine flüchtige Begegnung«, sagte ich. »Spielt keine Rolle«, meinte Eccles. »Er ist umgeben von zwielichtigen Finanziers, die alle mit den Deutschen unter einer Decke stecken. Sie, Mountstuart, werden dort für frischen Wind sorgen.«

Habe soeben bei Vanderpoel reingeschaut und ihm den neuesten Stand mitgeteilt. Er ist außer sich und hat mir verboten, hinzugehen. Ich erwiderte, die Befehlsgewalt dazu hat allein Godfrey. An Freya geschrieben, dass ich zum Dinner bei David und Wallis gehe. Es wird wohl einiges zu berichten geben.

Freitag, *12. Juli*

Um zur Villa des Herzogs zu gelangen, der Boca do Inferno, fährt man, so scheint es, fast bis zum westlichsten Punkt Europas. Es handelt sich um einen großen rosa Stuckbau, der auf einem Felsvorsprung erbaut und von Pinien umgeben

---

* Frankreich hatte am 22. Juni kapituliert. Großbritannien stand jetzt gegen die Achsenmächte allein.

ist. Dahinter erstreckt sich der Ozean in seiner ganzen Weite. Wir kamen durch Belém und Estoril und folgten der Küstenstraße nach Cascais. Kurz vor Cascais (gelegen am Hang über der Villa) wurden wir zweimal von der Polizei angehalten. Sie sind offensichtlich gut bewacht. Als wir durchs Tor fuhren, erinnerte mich Eccles, dass eine »Verbeugung aus Nackenhöhe« für den Herzog angemessen ist, während die Herzogin nicht mehr bekommen soll als ein Lächeln und einen Händedruck. Auf keinen Fall darf ich sie mit »Königliche Hoheit« anreden. Verstehe, sagte ich.

Die Villa selbst ist von hohen Mauern umgeben, sehr geräumig und bequem, mit Swimmingpool. Ricardo Espirito Santo und seine Frau Mary begrüßten uns auf der Terrasse, wo uns Drinks serviert wurden. Es war noch ein anderes Ehepaar da, das Asseca hieß. Dann warteten und warteten wir. Man tauschte verstohlene Blicke, und Mary Espirito Santo verschwand mehrfach, um mit dem Personal zu tuscheln, bis der Herzog und die Herzogin endlich herunterkamen.

Erste Eindrücke: Beide tadellos gekleidet. Der Herzog wie ein amerikanischer Filmstar *en miniature,* schlank und zart, wie aus dem Ei gepellt, das graublonde Haar zurückgekämmt, mit perfekt geschnittenem Smoking, eine Zigarette in der locker ausgestreckten Hand. Die Herzogin, die schon über vierzig sein muss, ebenfalls winzig. Ein hübsch harmonierendes Porzellanpärchen. Man hätte Lust, es auf den Kaminsims zu stellen. Ich musste mich zu beiden herabbeugen. Die Herzogin war massiv geschminkt und massiv mit Schmuck behängt. Sie hat ein ausdrucksloses, maskenhaftes Gesicht und ein ziemlich auffälliges Muttermal am Kinn. Eccles stellte mich vor, als ich an die Reihe kam, und erwähnte Biarritz.

»Wir sind uns auf dem Golfplatz begegnet, Sir.«

»Dann sind Sie ein Golfer. Gott sei Dank.« Er wandte sich an die Herzogin. »Darling, Mr ... äh, dieser gute Mann war

34 in Biarritz. Erinnerst du dich an diese Ferien? Waren die nicht schön?«

»Ich schwärme für Biarritz«, sagte sie.

»Ich ebenfalls«, stimmte ich zu. »Ja, ich meine sogar …«

»Und er ist ein Golfer«, sagte der Herzog.

»David, sprich nicht dazwischen. Mr … Mr?«

»Mountstuart.«

»Mr Mountstuart wollte uns etwas Bezauberndes über Biarritz erzählen.«

Hier wurden wir unterbrochen und zum Dinner hereingeführt. Ich saß zwischen Senhora Asseca und Mary Espírito Santo (die ziemlich attraktiv war, auf die kalte, harte Art, die reiche Europäerinnen oft an sich haben). Senhora Asseca sprach Spanisch und gebrochen Französisch, Mary E. S. fließend Englisch. Eccles und die Herzogin lachten viel zusammen; sie wirkten ausgesprochen gut gelaunt. Ich dachte nur: Präg dir das gut ein, Logan – der Herzog und die Herzogin von Windsor, eine Prachtvilla am Meer, umschwirrt von Dienern, gutes Essen, guter Wein. Und das mitten im Krieg.

Als wir gingen, kam der Herzog auf mich zu und fragte, ob ich morgen Nachmittag Zeit für eine Golfpartie im Golfclub von Estoril hätte. Ich bejahte und sagte vielen Dank und so weiter. Er zögerte ein wenig, worauf ich sagte, es sei schön, ihn nach seiner Odyssee durch Europa in so guter Form zu sehen. Seine Miene wurde missmutig, und er senkte die Stimme: »Ich bin hier praktisch ein Gefangener«, sagte er. »Nichts als Hindernisse von allen Seiten und Berge sinnloser Vorschriften.« Ich sprach ihm mein Bedauern aus, und wir verabredeten uns für morgen, drei Uhr im Club.

Auf der Rückfahrt nach Lissabon hörte Eccles mit Interesse von der Verabredung. Er dachte kurz nach und sagte: »Ich würde es sehr begrüßen, Logan, wenn Sie mich über alles, was an die Marineaufklärung geht, unterrichten.« Selbstverständ-

lich, sagte ich und fügte hinzu: »Aber vielleicht könnten Sie
mir verraten, wo ich einen Satz Golfschläger herbekomme.«

Samstag, *13. Juli*

Die Regierung seiner Majestät hat mir großzügig einen neuen
Satz Golfschläger bewilligt, was ich sehr anständig von ihr
finde, und solchermaßen ausgerüstet, machte ich mich auf
den Weg zum Golfclub von Estoril. Der Herzog, Espirito
Santo und ein anderer Senhor namens Brito e Cunha kamen
eine halbe Stunde zu spät und brachten etwa ein Dutzend
portugiesische Bewacher mit. Der Herzog sagte, er würde
lieber einen Zweier mit mir spielen, und forderte die beiden
anderen auf, vor uns abzuschlagen. Ein warmer Tag mit einer
leichten Brise vom Meer. Der Rasen war hart und das Gras
trocken wie Zunder. Mein erster Drive hüpfte praktisch dreihundert Meter über den Fairway wie über Beton, aber die
Grüns waren bewässert und spielten sich gut, wenn auch ein
wenig schnell.

Der Herzog mit einem Handikap von zwölf spielte nüchtern und ohne Risiko. Nach dem dritten Loch legten wir eine
Zigarettenpause ein, während Espirito Santo und Cunha wei-
terspielten. Ich warf meinen Ball auf den Boden und ließ ihn
klacken wie eine Murmel auf Asphalt. »So etwa soll Golf in
den Tropen sein«, sagte ich.

»Nun, darin werde ich bald genug Übung bekommen«, erwiderte der Herzog missmutig.

»Ich verstehe nicht, Sir.«

»Sie schicken mich auf die Bahamas. Ich soll Gouverneur
werden.«

»Bahamas? Das klingt doch wunderbar.«

»Glauben Sie, das hat man auch zu Napoleon gesagt, als er
nach St. Helena verschickt wurde?«

Der Herzog war schlechter Stimmung, spielte aber gut – und ich hütete mich, seinen frühen Zweilöchervorsprung zu gefährden. Mit der Verbesserung seines Spiel stieg auch seine Laune und seine Neigung zu Indiskretionen. Ich spürte, wie froh er war, mit einem Landsmann spielen und reden zu können.

Einige Dinge, die er sagte:

Sein Bruder, der König, sei ein liebenswerter Narr, der völlig von seiner Frau beherrscht werde. Es sei die Queen, die verhindere, dass er und die Herzogin nach England zurückkehren könnten. »Sie will uns dort nicht«, sagte er. »Glaubt, wir fahren ihr in die Parade. Sehr eifersüchtig auf Wallis.«

Er hat Portugal bis obenhin satt und will unbedingt weg, »aber nur zu meinen Bedingungen«.

Zwei Probleme scheinen ihn mehr als alles andere zu beschäftigen. Das eine ist die Wiedererlangung gewisser Besitztümer (Kleidung, Wäsche), die sie in Paris und Antibes zurückgelassen haben, das zweite ist die Weigerung der britischen Regierung, seine Ordonnanz aus dem aktiven Dienst zu entlassen, damit er als sein Diener auf die Bahamas mitkommen kann.

»Haben Sie einen Kammerdiener?«

»Leider nicht«, erwiderte ich.

»Sollten Sie aber. Die Leute verstehen nicht, dass unsereins einfach nicht ohne Diener auskommt. Ich will Fletcher [Sackpfeifer Alistair Fletcher von der Schottischen Garde], und ich gehe erst, wenn ich ihn habe.«

Unbedacht warf ich ein: »Vielleicht könnte ich Ihnen helfen.«

Er drehte sich zu mir um und nahm mich beim Arm. »Glauben Sie mir, Mountfield, wenn Sie da etwas machen könnten …«

»Mountstuart, Sir.«

»Mountstuart. Dann wäre ich Ihnen sehr verbunden.«

»Ich will sehen, was sich tun lässt.«

Nach dem Golf (der Herzog gewann drei und zwei, und ich schrieb ihm einen Scheck über drei Pfund aus) fuhr ich sofort zur Botschaft, ließ ein verschlüsseltes Telegramm mit der Nachricht an Godfrey absetzen, dass der Herzog weit zugänglicher für alle Vorschläge wäre, wenn man den Sackpfeifer Alistair Fletcher aus dem aktiven Dienst entlassen würde.

Vanderpoel hat 39,5 Fieber. Trotzdem putzte er mich herunter, weil ich das Telegramm ohne seine Genehmigung geschickt habe. »Ich bin Ihr Vorgesetzter!«, hustete er. Ich fürchte, wenn er so weitermacht, erwirbt er sich umgehend den KUTA-Status.

Sonntag, 14. Juli

Mit Eccles getrunken. Er sieht glatt und proper aus und hat offenbar vor dem Krieg bei der spanischen Eisenbahn ein Vermögen verdient. Ich erzählte ihm von der Golfpartie und dem Fletcher-Problem.

»Das scheint ihn mehr zu beschäftigen als die Aussicht, nach den Bahamas zu kommen«, sagte ich. »Wenn wir Sorge tragen, dass er Fletcher bekommt und die Koffer aus Antibes, ist er Wachs in unseren ... in Ihren Händen.«

Eccles schaute mich an, aber nicht sehr freundlich. »Interessanter Gesichtspunkt«, sagte er. »Werde mich damit befassen.«

Wir redeten vorsichtig über den Herzog. Es ist klar, dass er sich benimmt wie ein verwöhntes Kind, und alle Verhandlungen hängen von seiner Stimmung ab. Hat er gute Laune, ist alles bestens. Hat er schlechte Laune, schmollt er, stampft mit dem Fuß auf und spielt nicht mit.

Montag, 22. Juli

Einladung zum Dinner beim Herzog und der Herzogin am Mittwoch. Vanderpoel bestand darauf, an meiner Stelle zu fahren, und beschwerte sich bei Eccles, der ihm sagte, er solle sich nicht lächerlich machen. Es herrscht also Funkstille zwischen mir und Vanderpoel – er ist etwa so erwachsen wie der Herzog. Vanderpoel hat sich mehr oder weniger von der Grippe erholt, verbringt den ganzen Tag in der Botschaft, verschickt Telegramme und versucht, einen viel beschäftigten Eindruck zu machen. Ich sitze in der Sonne und lese alte Kriminalromane aus der Pensionsbibliothek. Wünschte, Freya wäre hier. Bin bedrückt von der Nachricht, dass Vichy die diplomatischen Beziehungen mit uns abgebrochen hat. Gibt es ein besseres Beispiel für den Irrsinn dieses Krieges? Und ich bin hier und vertreibe einem Ex-König die Langeweile.

Mittwoch, 24. Juli

Auf dem Weg zur Villa Boca do Inferno meinte Eccles, ich solle mich nicht in das Gästebuch des Herzogs einschreiben, selbst wenn ich dazu aufgefordert werden sollte. Auch sollte ich kein Sterbenswörtchen von der Marineaufklärung verlauten lassen. Offenbar haben deutsche Agenten das Gerücht in die Welt gesetzt, dass der britische Geheimdienst ein Attentat auf den Herzog plant.[*] Eccles sagte, der Herzog leide unter Paranoia und sei sehr nervös.

Doch in Wirklichkeit sprühte er geradezu vor guter Laune – er lachte und plauderte ohne Unterlass, schenkte den Gäs-

---

[*] Mit Hilfe dieses Gerüchts wollten die Deutschen den Herzog ins »sichere« Spanien locken.

ten nach. Ich bekam eine Ahnung davon, wie er als junger Mann gewesen sein muss, und von dem Charisma, das er so mühelos ausstrahlte. Und die Herzogin war auf einmal viel aufmerksamer zu mir – Eccles stand verlassen in der Gegend. Wenn sie zu einem spricht, kommt sie mit dem Gesicht um etwa eine Handbreit näher, als man es gewöhnlich tut. Folglich hat selbst die banalste Feststellung den Charakter einer Intimität, und wenn sie spricht, spürt man ihren Atem im Gesicht. Ein phantastischer Trick. Sie ist keine Schönheit, aber irgendwie fühlt man sich in dieser besonderen Nähe wie ein Auserwählter – sie hat nur Augen für ihr Gegenüber. Ich sah sie aus größter Nähe und muss sagen, dass sie ein tadelloses Gebiss hat. Ihre Figur ließ sich unter der *haute couture* unmöglich ausmachen. Sie ist sehr mager, aber ist sie auch flachbrüstig? Sie nannte mich Logan.

Es war eine große Gesellschaft, auf der es von den portugiesischen Freunden der Espirito Santos nur so wimmelte. Der Herzog und die Herzogin fühlen sich von der britischen Botschaft geschnitten; Eccles und ich waren die einzigen anwesenden Briten. Die Nacht war warm, und wir nahmen den Brandy und den Kaffee draußen auf der Terrasse, wo wir im Dunkel das Toben und Krachen der Brandung hörten. Der Herzog, der eine Zigarre rauchte, führte mich auf den Rasen hinaus bis zum Rand der beleuchteten Fläche. Ich versicherte ihm, wie amüsant der Abend gewesen sei und wie sehr ich mich nach der Verdunklung in London an den flirrenden Lichtern von Estoril erfreut hätte. Fast hätte ich hinzugefügt, mir sei, dort in der warmen Nacht stehend, zumute wie in einem Traumland der Reichen und Schönen, wo man den Krieg nicht kennt. Aber der Herzog hörte mir nicht zu.

»Heute kam ein Telegramm von Winston[*]«, sagte er. »Wir können Fletcher behalten. Er kommt mit uns.«

»Eine großartige Nachricht, Sir.«

»Das habe ich Ihnen zu verdanken, Mountstuart.«

»Nein, wirklich, ich …«

»Sie sind zu bescheiden. Ich bin sicher, Sie haben Ihre Beziehungen spielen lassen. Wir sind Ihnen sehr dankbar.«

»Nicht der Rede wert.«

»Das Problem ist nur, dass unsere Koffer mit Kleidern und Wäsche aus Antibes noch immer nicht eingetroffen sind. Wir brauchen sie unbedingt für die Bahamas. Wenn Sie da irgendetwas tun könnten …«

»Ich werde es versuchen, Sir.«

Als wir zur Terrasse zurückschlenderten, rief mich die Herzogin. Sie kam sehr nahe heran, und einen Moment lang glaubte ich fast, sie wollte mich küssen. Aber sie sagte: »Würden Sie sich ins Gästebuch eintragen, Logan?« und zeigte mir das Wandbord im Korridor, auf dem es lag. »Danke für alles, was Sie für David getan haben«, fügte sie leise hinzu und berührte meinen Arm. Ich nahm den Stift und tat, als wollte ich meinen Namen einschreiben, aber sie war schon weitergegangen.

Zurück in der Pension London. Vanderpoel hat mir eine Nachricht hinterlassen. Ich muss morgen mit dem Flugboot nach London zurück, während er noch hierbleibt. Elender Neidhammel.

[Der Herzog und die Herzogin von Windsor verließen Lissabon am 1. August an Bord eines amerikanischen Linienschiffs, um den Gouverneursposten auf den Bahamas anzutreten. In

---

[*] Churchill hatte telegraphiert: »Es ist mir nun gelungen, die Einwände des Kriegsministeriums gegen die Entlassung Fletchers zu zerstreuen.«

London verfasste LMS seinen Bericht über die Reise nach Lissabon und seine Eindrücke über die Begegnung mit dem Paar (und drückte sich hierbei vorsichtiger aus als im Tagebuch). Dieses ausführliche, vertrauliche Memorandum* (etwa sechzig Seiten stark) zirkulierte innerhalb der Marineaufklärung und wurde hoch bewertet.

Als im September die Bombenangriffe auf London und andere englische Städte begannen, siedelte Freya mit Stella bis Sommer 1941 erneut zu den Deverells in Cheshire um. Die Mutter von LMS blieb in Sumner Place, das nun achtzehn zahlende Gäste beherbergte, und bewohnte zusammen mit Encarnación ein großes Zimmer im Erdgeschoss. LMS setzte seine Arbeit für die Marineaufklärung fort, und er schrieb regelmäßig Nachrichtenbulletins für den spanischen Dienst der BBC.]

1941

Mittwoch, 31. Dezember

Rückblick aufs Jahr. Freya und Stella schlafen. Ich sitze bei einer Flasche Whisky in meinem kleinen Arbeitszimmer unter dem Dach, die Verdunkelungsvorhänge sind geschlossen.

Der Krieg. Der Krieg, der Krieg. Mein Verstand kann ihn nicht fassen. Bedrückende Nachrichten aus dem Osten**. Ermutigt durch Pearl Harbour. Jetzt müssen die Amerikaner endlich mitmachen, und zum ersten Mal gestatte ich mir

---

* PRO FO 93133/180 im Public Record Office.

** Die britischen Schlachtschiffe Repulse und Prince of Wales wurden im Dezember von den Japanern versenkt. Hongkong wurde besetzt. Der japanische Überfall auf Pearl Harbour ereignete sich am 7. Dezember 1941.

die Hoffnung, dass der Krieg enden wird – mit unserem Sieg. Danke, Hirohito.

Mrs Woolf hat im März Selbstmord begangen – sich in der Ouse ertränkt, so wie Tess. Der nasse Tod. Und Joyce starb dieses Jahr in Zürich, als kranker, blinder, vorzeitig gealterter Mann, wie es heißt.

Apropos Gesundheit: Im Großen und Ganzen gut. Zwei Zähne gezogen, im September Grippe. Zu viel Alkohol. Familie: Freya und Stella geht es unverschämt gut. Lionel habe ich dieses Jahr dreimal gesehen – Schande über mich.

Arbeit: Vanderpoel ein KUTA erster Ordnung. Viele Stunden auf die Spanien-Bulletins verwendet. Freya hat meine Gutachtertätigkeit für S&D übernommen, für zwanzig Pfund die Woche. Ich wies darauf hin, dass sie dasselbe macht wie ich, aber für dreißig Prozent weniger. Roderick blieb ungerührt, er bestraft mich dafür, dass ich *Sommer nicht* geliefert habe. Ich habe einen langen Artikel über Verlaine für *Horizon* geschrieben (Cyril des Lobes voll, aber noch ist er nicht erschienen), ein paar Rezensionen, aber mit monatlich fünfundfünfzig Pfund von der Marineaufklärung zuzüglich Stellas Honorar und des Geldsegens von den Miró-Gemälden sind wir besser gestellt als je zuvor.

Haus: Stabile neue Türen und Fenster in der Melville Road* – wir können ruhiger schlafen.

Träume von Spanien. Wer trinkt jetzt im Chicote? Ich versuche, mir ein Paris voller Nazisoldaten vorzustellen.

Ein verlorenes Jahr, alles in allem. Ich bat Fleming um Versetzung, aber er meinte, ich werde dringend für die iberische Halbinsel gebraucht.

---

* Das Haus war im April durch einen Beinahe-Treffer beschädigt worden. Bevor es repariert werden konnte, wurde es geplündert.

Freunde. Ben (wie immer), Peter (wenig Kontakt), Ian (werde nicht klug aus ihm), Dick (aus den Augen verloren). Eigentlich brauche ich keine Freunde, weil ich Freya habe.

Allgemeine Betrachtungen. Ich trage Uniform, leiste meinen winzigen Beitrag zur Beendigung dieses unabsehbaren Krieges. Meinen Beruf – Schriftsteller – habe ich vorübergehend an den Nagel gehängt. Dank der Royal Navy und Joan Miró (und Faustino) bin ich gut bei Kasse, aber an meine französischen Tantiemen ist kein Herankommen. Ich muss mehr lesen. Endlich habe ich mir Hemingways Spanienbuch [*Wem die Stunde schlägt*] vorgenommen – eine peinliche Entgleisung. Was hat ihn geritten, ein so schlechtes Buch zu schreiben?

Vorsätze: Weniger trinken. Ich fürchte, dass mich dieser Krieg in den Alkoholismus treibt. Ein Buch finden, das ich wirklich schreiben will (mit anderen Worten: *Sommer in St. Jean* aufgeben, du Idiot).

Lieblingsaufenthalt: Melville Road
  Laster: Trödelei
  Glaube: Liebe zu Freya und Stella
  Ehrgeiz: diesen Krieg zu überstehen und etwas von Wert zu schreiben
  Phantasie: von Paris aus südwärts an den Atlantik und nach Biarritz zu fahren, mit Freya eine Suite im Hotel du Palais zu bewohnen.

1942

Freitag, 20. Februar

Lunch mit Peter [Scabius]. Er wirkt abgemagert und krank. Die Kinder wohnen bei seinen Eltern. Er kann das Haus in Marlow nicht behalten – die Erinnerung an Tess. Er hatte eine schreckliche Auseinandersetzung mit ihrem Vater, Clough, der brüllte und schrie, beinahe hätten sie sich geprügelt. Ich bedauerte ihn: eine hässliche Geschichte, eine furchtbare Tragödie. Dann sagte er mir, dass er Unterweisungsstunden nimmt, um zum Katholizismus überzutreten.

ICH: Warum in aller Welt willst du das tun?
PETER: Die Schuld. Ich glaube, ich habe Tess gewissermaßen in den Tod getrieben.
ICH: Das ist doch absurd. Sie hat Selbstmord begangen.
PETER: Ich bin da nicht sicher. Aber selbst wenn es ein Unfall war: Als sie im Wasser lag, hat sie ihren Tod sicher begrüßt.

Ich sagte ihm, er braucht einen Psychiater und keinen Priester, aber das wollte er nicht hören. Er will Gott in sein Leben zurückholen, meinte er. Und was hast du an dem anglikanischen Gott auszusetzen, mit dem du aufgewachsen bist?, erwiderte ich. Er ist zu weich, sagte er, zu vernünftig und verständnisvoll, er mischt sich nicht ein – er ist eher ein netter Nachbar als ein Gott. Ich will Gottes furchtbaren Zorn spüren, die Strafe, die meiner harrt. Mein anglikanischer Gott wird mich nur traurig anblicken und mit dem Finger drohen.

»Schau uns an«, sagte ich mit wachsendem Widerwillen. »Hier sitzen wir, zwei hochgebildete, weltläufige Schriftsteller und reden über Gott im Himmel. Das ist absoluter Humbug, Peter, von vorn bis hinten. Dann kannst du auch dem Sonnengott Ra eine Ziege opfern. Das ist genauso vernünftig wie das, was du sagst.«

Ich würde ihn nicht verstehen, meinte er. Zu einem Menschen ohne Glauben rede man wie gegen eine Wand. Ich glaube, dass seine »Konversion« eine Form von Buße ist – eine Bestrafung, die er braucht. Dann sagte er mir, dass er ein Buch über sein Zusammenleben mit Tess schreibt.

»Eine Biographie?«

»Einen Roman.«

Freitag, 27. Februar

Heute bin ich sechsunddreißig geworden. Gehöre ich nun zur mittleren Generation? Vielleicht kann ich dieses Etikett noch bis zum vierzigsten Geburtstag vor mir herschieben. Freya hat mir einen Kuchen gebacken, einen Rührkuchen (irgendwo hat sie ein paar echte Eier aufgetrieben), und mit drei roten und sechs blauen Kerzen besteckt. Stella bestand darauf, sie auszublasen. »Wie alt bist du, Daddy?« Ich zählte die Kerzen für sie: »Ich bin neun.« Freya blickte mich an: »Und wo ist mein großer Junge?«

Ohne diesen Krieg wäre ich gewiss der glücklichste Mensch der Welt. Nur zwei Dinge trüben ein wenig das Bild – Lionel und meine Arbeit. Ich sehe Lionel immer seltener – teils wegen meines Jobs und teils, weil sich Lottie neu verheiratet hat.[*] Lionel ist fast neun und mir ganz fremd geworden.

---

[*] Lady Laeticia hat 1941 Sir Hugh Leggat (Baronet) geheiratet, einen Witwer und benachbarten Grundbesitzer, der doppelt so alt war wie sie.

Meine andere Sorge: Ich habe das Gefühl, dass mir mein Metier langsam entgleitet. Über den gelegentlichen Auftragsjournalismus hinaus spüre ich keinen Drang zum Schreiben. Vielleicht muss dieser Krieg erst vorbei sein, bevor ich einen neuen Anfang machen kann.

Mittwoch, 15. April

Heute wird Peter in den Schoß der katholischen Kirche aufgenommen. Er bat mich, als Pate zu fungieren, und ich lehnte ab, mit der Begründung, dass es Heuchelei wäre. Ich glaube, er war ein wenig verletzt, aber nicht zu sehr. Er will mir das Manuskript des Tess-Romans schicken, damit ich die »Fakten bestätige«. Jedenfalls scheint er schon fast damit fertig zu sein. Bei der Vorstellung, das Buch zu lesen, wird mir ein wenig flau, wenn ich ehrlich sein soll.

Montag, 4. Mai

Zur BBC – wieder eine Sendung für den spanischen Dienst –, offenbar geht es darum, die Ängste vor einer deutschen Besetzung der Kanarischen Inseln zu beschwichtigen. Beim Verlassen des Gebäudes traf ich Louis MacNeice[*], den ich kaum kenne, der mich aber mit seinem Lob der *Mädchenfabrik* in Verlegenheit brachte. Er fragte mich, was ich so tue. Ich sagte: nichts. Und schob es auf den Krieg. Er meinte, er könne meine Gefühle verstehen, aber wir hätten weiterzuschreiben, dieser Krieg könne noch fünf oder zehn Jahre dauern, und wir dürften nicht einfach in eine Art künstlerischen Tiefschlaf fallen. »Denken Sie an die Zukunft. ›Was hast du im Krieg

---

[*] Louis MacNeice (1907–1963), Dichter. Damals als Redakteur für Interview-Sendungen in der BBC tätig.

geschrieben?‹ – Wir können nicht einfach sagen: nichts.«
Er redete vage von einer Rundfunkfassung der *Mädchen-*
fabrik, meinte dann aber, das könnte zu starker Tobak sein.
Jedenfalls inspirierte er mich – ich werde von Begegnungen
mit Autoren immer inspiriert, und ich spüre eine geheime
Verbundenheit, selbst wenn sie nichts weiter erbringt als ein
paar mitleidige Worte für das Gestöhne und Gejammer des
anderen. Zu Hause las ich dann meine Kapitel des *Sommers*
durch. Sie waren entsetzlich. Ich ging in die hintere Ecke des
Gartens und verbrannte alles, was ich geschrieben habe. Und
ich bereue es nicht – ich bin sogar erleichtert. Nur mache ich
mir ein wenig Sorgen, was Roderick zu meinem Vorschuss
sagt, den ich schon vor Jahren ausgegeben habe …

Donnerstag, 28. Mai

Ian [Fleming] kam heute mit einer Akte in unser Büro und
sah mich unternehmungslustig an. Plomer war im Zimmer
und sagte: »Passen Sie auf, Logan, Ian hat seinen Ich-habe-
eine-Idee-Blick aufgesetzt.« Ich fragte, was das für eine
Akte sei, und er erwiderte, es sei meine. »Das G steht also
für Gonzago«, sagte er. »Ja. Und?«, antwortete ich. »Und
Sie sind ein halber Uruguayer, geboren in Montevideo – sehr
aufregend. Wie gut ist Ihr Spanisch?« Ich sagte, ich könne es
sprechen, wenn auch nur mittelmäßig. Ian blickte mich an
und nickte. »Ich glaube, wir haben Sie noch nicht gründlich
genug ausgebeutet, Logan«, sagte er. Eine Weile lang machte
ich mir Gedanken, aber jetzt glaube ich, dass es keinen Grund
zur Sorge gibt. Ian hat mal wieder zu viel Zeit und heckt seine
verrückten Ideen aus.

[Juli / August]

Ortswechsel. Freya und Stella sind nach Cheshire umgesiedelt. Ich blieb eine Woche bei ihnen. Dann zehn Tage in Devon bei den Leepings. Ein endloser August. Plötzliche Depression bei dem Gedanken, dass wir schon fast drei Jahre im Krieg leben. Ich denke zurück an die Kümmernisse und Sorgen der dreißiger Jahre, und heute kommen sie mir vor wie ein goldenes Zeitalter, das für immer versunken ist.

[August]

Aus Devon zurück. Ich holte Stella und besuchte mit ihr Mutter – die plötzlich sehr gealtert ist. Immerhin ist sie zweiundsechzig. Sie fing an, von Montevideo zu reden, was ihr gar nicht ähnlich sieht, weil sie immer von Europa fasziniert war, selbst Birmingham kam ihr exotisch vor. Aber heute, als wir in ihrem vollgestopften Zimmer saßen und Encarnación das Teegeschirr im Waschbecken abspülte, jammerte sie mir etwas vor. Logan, sagte sie, ich bin *una patrona* (eine Vermieterin) geworden, das ist unter meiner Würde. Ich wollte erwidern, dass es uns beiden viel besser gehen würde, wenn sie Prendergast nicht erlaubt hätte, das von meinem Vater ersparte Vermögen zu verschleudern, aber ich brachte es nicht über mich. Sie hat Gewicht verloren und wirkt daher älter – sie war immer »üppig«. Nun nicht mehr. Sie liebt Stella, und das tröstet sie über den Verlust von Lionel und ihrer aristokratischen Schwiegertochter hinweg. Sie und auch Encarnación bewundern ihre helle Haut, ihre blonden Haare, ihre blauen Augen, als wäre sie eine Laune der Vererbungsgesetze. Beide verfolgen das Kind fasziniert mit ihren Blicken und kommentieren die einfachsten Dinge: »Sieh mal, wie sie den Schrank aufgemacht hat«, »Schau nur, jetzt niest sie wieder«,

»Da! Sie spielt mit ihrer Puppe«. Als wäre sie das erste Kind in der Geschichte der Menschheit, das diese Aufgaben meistert. Wenn sie auf den Schoß genommen wird, wird sie abgeküsst – die Hände, die Knie, die Ohren. Stella bewahrt Geduld und lässt alles mit sich geschehen. Als wir gingen und ich die Tür zumachte, hörte ich von innen Jammern und Schluchzen.

Donnerstag, *17. September*

Ein Brief von Roderick, der mit Klage droht und den Vorschuss für *Sommer* zurückfordert. Mit gleicher Post das Manuskript des neuen Romans von Peter Scabius mit dem ominösen Titel *Schuld*. Der erste Satz lautet: »Simon Trumpington hätte nie geglaubt, dass er Ackergäule mit einem schönen Mädchen in Verbindung bringen würde.« Ich bin außer Stande, weiterzulesen: Es liegt etwas zutiefst Abstoßendes und Widerwärtiges darin, das kurze, unglückliche Leben der armen Tess in dieser Weise auszubeuten, da bin ich sicher.

Freitag, *18. September*

An Peter geschrieben und ihm vorgelogen, ich hätte den Roman in einem Zug gelesen und würde ihn »meisterhaft« (sehr nützliches Wort) finden. Er sei ein »wunderbares Denkmal« für Tess, und ich lobte den Mut, den es gekostet haben müsse, ein solch aufwühlendes usw. usw. zu schreiben. Ich machte nur den Vorschlag, den Namen des Helden zu ändern, weil er zu sehr nach P. G. Wodehouse klingt. Ich versprach, den Roman noch einmal zu lesen, wenn sich meine Nerven beruhigt hätten – und hoffe, mir damit ein wenig Aufschub verschafft zu haben.

Italien hat kapituliert. Zeichnet sich das Ende ab?

Montag, *12. Oktober*

Fleming und Godfrey kamen heute herein, sie wirkten sehr zufrieden mit sich und sagten zu mir, ich solle meine Tropenausrüstung einpacken. »Sie fahren in die sonnige Karibik, Sie Glückspilz.« Sehr witzig, erwiderte ich. Sparen Sie sich Ihre Scherze für die Neuen. Aber es war kein Scherz – der Herzog von Windsor tritt wieder in mein Leben ein.

Freitag, *30. Oktober*

New York City. Bin vorübergehend zum Commander befördert und warte hier in diesem Downtown-Hotel darauf, mein Kommando zu übernehmen. Ich vermute, dass ich, um es ohne Umschweife zu sagen, jetzt ein Spion bin, dass man mich dazu ausersehen hat, den Herzog und die Herzogin auszuspionieren. Mir ist ein wenig unbehaglich zumute.

Fleming und Godfrey erläuterten mir die Hintergründe. Der Herzog hat sich widerstrebend, aber pflichtgetreu in seine neue Aufgabe als Gouverneur der Bahamas gefügt. Er hat sich mit einem schwedischen Multimillionär angefreundet, der dort seinen Wohnsitz hat und Axel Wenner-Gren heißt (Gründer von Electrolux). Dieser Mann hat ein gewaltiges Vermögen mit Staubsaugern und Kühlschränken gemacht und wollte, wie die meisten reichen Bewohner von Nassau, keine Steuern zahlen. Aber es war nicht nur die Steuerersparnis, die Wenner-Gren auf die Bahamas lockte, sondern auch die Nähe zu seinen aufblühenden geschäftlichen Kontakten in Südamerika. Er und der Herzog wurden Vertraute, sie dinierten gemeinsam, Wenner-Gren lieh ihm seine Jacht, aber im Juli letzten Jahres wurde Wenner-Gren von den Vereinigten Staaten zum Nazi-Sympathisanten erklärt und auf die Schwarze Liste gesetzt. Die Briten zogen mit, und der Herzog war gezwungen, seinem Freund die Rückkehr auf die Bahamas zu verwehren.

Von einem Agenten in Mexico City hat die Marineaufklärung erfahren, dass sich Wenner-Gren an groß angelegten Währungsspekulationen beteiligt und gewaltige Profite macht. Die Befürchtung und Sorge ist nun, dass der Herzog in irgendeiner Weise in die Spekulationen verwickelt ist. Sein privates Budget einschließlich des Gouverneursgehalts wird auf 25 000 bis 30 000 Pfund im Jahr geschätzt. Seine Vermögenswerte liegen in England und Frankreich fest. Woher also nimmt er die Mittel, wenn er tatsächlich mit Wenner-Gren spekuliert? Das soll ich herausbekommen. Unausgesprochen hinter all dem lauert der Vorwurf des Landesverrats, wenn sich der Herzog tatsächlich als schuldig erweist.

Es ist ein riskantes Spiel, und mir ist gar nicht so recht wohl bei diesem Job. Ich habe nichts gegen den Herzog und die Herzogin – im Gegenteil. Sie waren nett und freundlich zu mir. Ich glaube, mein langer Bericht nach der Lissabon-Reise hat mich in meiner Abteilung zum Herzogsexperten gemacht. Geplant ist also, dass ich auf den Bahamas Posten beziehe – als Commander eines MTB [Motor-Torpedoboot] auf der Jagd nach U-Booten. Ich soll mich erneut um die Gunst des Herzogspaars bemühen und herausfinden, was ich kann.

Samstag, *31. Oktober*

Kein MTB, wie sich herausstellte, sondern eine Motorbarkasse zur Hafensicherung – HDML 1122. Wir sind bei stetiger Geschwindigkeit auf Südkurs entlang der Küste von New Jersey, die steuerbord an uns vorbeizieht. Nun habe ich ein doppeltes Problem. Schiff und Mannschaft nahmen mich, von den Bermudas kommend, im Hafen von Brooklyn an Bord. Die 1122 wird von einem wortkargen jungen Schotten befehligt,

Oberleutnant zur See Crawford McStay. Ich überreichte ihm meine Beglaubigung (unterzeichnet vom Admiral der Atlantikflotte), und er machte kein Hehl aus seinen Gefühlen – erst ungläubiges Staunen, dann Ärger und Resignation –, als er sie las. Er fragte mich nach meinem letzten Kommando, und ich erzählte ihm, dass ich meinen Offiziersrang einer »Beförderung ehrenhalber« verdanke. »Auf die Bahamas?«, fragte er. »Was sollen Sie denn dort, zum Teufel?« »Sie werden meinen Befehlen folgen«, erwiderte ich kaltblütig, und er spuckte beinahe vor Wut aufs Deck. Wir werden keine Freunde, fürchte ich. Die 1122 ist eine große neue Holzbarkasse, bestückt mit Wasserbomben und ein paar Maschinengewehren, Mannschaftsstärke zehn. Ich muss mir eine kleine Kajüte mit McStay teilen (Schlafkojen; ich liege oben), wo wir auch die Mahlzeiten einnehmen. Wir nehmen erst Kurs auf Florida, dann auf die Bahamas. Was McStay wohl am meisten ärgert, ist das viele Gepäck, das ich an Bord brachte (da es offizielle Empfänge geben wird, muss ich mich angemessen kleiden), und der Umstand, dass ich auch meine Golfschläger mitgenommen habe.

Mittwoch, 4. November

Nassau, New Providence Island, die Bahamas. McStay und die Besatzung sind in Fort Montagu einquartiert, etwa eine Meile östlich der Stadt, während ich im British Colonial Hotel wohne. Es ist voll von amerikanischen Ingenieuren und Bauarbeitern, die hier offenbar den neuen Militärflugplatz bauen. Machte einen Rundgang durch die Stadt – Scharen von amerikanischen GIS und Flugschülern der RAF. Wenn man nicht zu genau hinsieht, wirkt Nassau recht hübsch. Eine kleine Kolonialstadt, etwa zwanzigtausend Einwohner, rosa gestrichene Holzhäuser, überall schattige Bäume. Im

Stadtzentrum ein kleiner schmucker Platz mit Queen-Vic-
toria-Denkmal, der von Regierungsgebäuden und Gerichten
flankiert ist. Vom Hafen steigt das Land zu einem Hügel an,
auf dessen Gipfel sich das Domizil des Gouverneurs befindet
(mit Kolonnaden, ebenfalls rosa). Die Hauptstraße heißt Bay
Street und hat fünf Querstraßen. Die mit Planken belegten
Gehsteige sind von Bäumen überschattet und von Souvenir-
läden für Touristen gesäumt. Östlich davon gibt es einen
Jachtclub, und westlich vom Colonial Hotel einen Golfplatz
und Country Club. Wenner-Gren besitzt eine Insel, Hog Island, die die Hafenlagune zum Meer hin abschirmt.

Ich mietete ein Taxi und ließ mich umherfahren. Hier und
da große Villen in tropischen Gärten. Im Hinterland befinden sich zwei große Stützpunkte der Air Force, wo Piloten
ausgebildet werden. Wir passierten den Gouverneurssitz; ich
sah den Union Jack flattern und versuchte, mir den Herzog
und die Herzogin in dieser seltsamen tropischen Einöde vorzustellen. Das Wort »Kleinstadt« bekommt hier eine neue
Bedeutung. Man hat ihn hierher verfrachtet, damit er keinen
Ärger macht, und er soll so lange bleiben wie möglich, so viel
ist schon klar. König gewesen zu sein und dann hier zu landen
läuft auf die denkbar schwerste Demütigung hinaus. Schon
drei Einladungen zum Dinner. Morgen fahre ich zum Gouverneurssitz hinauf, um meinen Antrittsbesuch zu machen.

Donnerstag, 5. November

Der Empfang im Gouverneurssitz galt einem amerikanischen
General, der hier Station macht. Die Räume sind hübsch de-
koriert und drapiert, voller Grünpflanzen und Blumen, Fotografien auf polierten Tischen. Man servierte mir Gin und
Tonic, und ich gesellte mich zu den anderen Gästen – hauptsächlich Militärs und ein paar hiesige Würdenträger, die in

ihren Anzügen schwitzten. Ich kam mir in meiner eleganten weißen Uniform mit Offiziersstreifen auf bizarre Weise deplatziert vor. Der Adjutant des Herzogs* stellte mich vor: »Commander Mountstuart. Sie erinnern sich, Sir.« Der Herzog, sehr gebräunt, in einem rehbraunen Anzug mit rosagelb karierter Krawatte, blickte mich fragend an. »Lissabon 1940, Sir«, sagte ich. »Ah, ja«, erwiderte er vage und lief davon. Er ging geradewegs zur Herzogin, sie besprachen sich leise, die Herzogin schaute zu mir herüber, sie sagte etwas zu ihm, und er kam sofort zurück, nun lächelnd, und schlug mir auf die Schulter. »Mountstuart«, sagte er. »Natürlich! Haben Sie Ihre Golfschläger mitgebracht?«

Später sprach ich mit der Herzogin. Ihre Frisur und ihr Make-up waren genauso makellos wie schon in Lissabon. Sie wirkt jedoch magerer, aber vielleicht entstand dieser Eindruck einfach dadurch, dass die kurzen Ärmel des Kleides ihre dünnen, sehnigen Arme entblößten. Sie war sehr freundlich und senkte die Stimme, um mich zu fragen: »Was hat Sie in dieses Kretin-Paradies verschlagen? Passen Sie auf, dass Sie nicht vor Langeweile sterben.« »Die Jagd auf U-Boote«, erwiderte ich lächelnd. »Wir müssen Sie zum Dinner einladen. Auf der Stelle. Wo wohnen Sie?« Ich glaube, ich bin wieder im Rennen.

Dienstag, 15. Dezember

Dreimal war ich bis jetzt zum Dinner im Gouverneurssitz, das letzte Mal saß ich direkt neben der Herzogin. Ich habe auch Golf mit dem Herzog gespielt, an die sechs Runden, aber immer nur im Vierer. Ich kenne inzwischen jede Bar und jeden Club und, wie es scheint, auch die meisten Privathäuser.

---

* Major Grey Philips – Schatzkanzler des Herzogs.

Ich habe so viele RAF-Leute kennengelernt, dass es für ein ganzes Leben reicht.

Diese Kleinstadt ist wie jede andere voll von Gerüchten, Klatsch, Intrigen, Feindschaften, Fehden, Allianzen und Mesalliancen, Cliquen und Verschwörungen, und das sowohl unter den so genannten Alteingesessenen als auch unter den Parvenüs. Soweit ich es beurteilen kann, verläuft hier die Trennlinie etwa zwischen diesen beiden Gruppen. An der Spitze steht der Gouverneur und sein Gefolge. An zweiter Stelle kommen die Politiker – die »Bay Street Boys (oder Banditen)« –, lokale Kaufleute, Würdenträger und Reiche, die im Parlament sitzen und dort die Macht ausüben. Etwas davon abgetrennt sind das stationierte Militärpersonal und die Besucher. Dann gibt es noch die älteren Steuerflüchtlinge – hauptsächlich Briten und Kanadier –, steife Konservative, die voller Verachtung auf die jüngere und lebenslustigere Generation von dubiosen Geschäftemachern, Geschiedenen, relativ begüterten, aber talentlosen Privatiers und deren Konkubinen herabblicken. Sie segeln, feiern Partys, trinken zu viel und tauschen auch mal die Partner. In der Touristensaison von Dezember bis März bekommen sie Verstärkung von ihren amerikanischen Ebenbildern, die hier Sonne und *la dolce vita* suchen. Eine andere Untergruppe, zum Teil auch den bereits genannten zugehörig, besteht aus den wenigen Reichen und Mächtigen, welche kraft ihrer Finanzen über einen in der Öffentlichkeit nicht bemerkbaren Einfluss verfügen. Wenner-Gren gehörte zu dieser Kategorie, und ich muss bekennen, dass es kaum jemanden gibt, der ein böses Wort über ihn sagt. Aber an seinen Namen heften sich die wildesten Gerüchte: Er soll ein persönlicher Freund Görings sein; er soll auf Hog Island einen Bunker für Nazi-U-Boote gebaut haben; er soll eine Bank in Mexico City besitzen. Ich melde das alles an die Marineaufklärung weiter und vermerke pflichtgemäß, dass es sich um Spekulationen handelt. Und schließlich gibt es hier noch eine andere gänzlich anders geartete Gruppe – sie ist die zahlreichste und paradoxerweise zugleich die unsichtbarste – nämlich die eigentliche Bevölkerung der Bahamas. Die meisten sind arme Tagelöhner und Fischer und leben in einer wildwuchernden Hüttensiedlung hinter dem Gouverneurshügel, die sich Grant's Town nennt. Die Barriere zwischen den Hautfarben ist auf den Bahamas fast unüberwindlich – ganz gewiss in gesellschaftlicher Hinsicht (sogar die »Truppenkantine« der Herzogin ist unterteilt). Man sagt mir, die Trennung erfolgt so strikt wie in den Südstaaten von Amerika. Eine mildere Handhabung, so wird argumentiert, würde die amerikanischen Touristen abschrecken. Selbst den Gouverneurssitz dürfen Schwarze nicht durch das Hauptportal betreten.

Alle diese verschiedenen Welten greifen ineinander und überlagern sich zu einem gewissen Grad – am sichtbarsten wird das bei den Empfängen im Gouverneurssitz (obwohl die Schwarzen dort höchstens Kanapees servieren dürfen). Ich bin dort inzwischen Stammgast und beobachte die Gesellschaft sehr aufmerksam, um meine diskreten Schlüsse zu ziehen – die Leute sind recht auskunftsfreudig. Ich muss sagen, dass sich der Herzog und die Herzogin sehr entspannt und heiter zwischen ihren Gästen bewegen, als gäbe es keinen Ort und keine Gesellschaft auf Erden, die ihnen lieber wären. An ihrem Auftreten gibt es nichts zu bemängeln.

Momentan halten sie sich in Miami auf. McStay bettelt um Erlaubnis, auszulaufen. Die 1122 ist das schmuckste, sauberste, gepflegteste Schiff im Hafen von Nassau.

Sonntag, 20. Dezember

Wir ankern vor einer kleinen Insel des Exuma-Archipels. Die Mannschaft vertreibt sich die Zeit mit Angeln und Schwimmen. Die Sonne brennt von einem diesig-blauen Himmel herab. Der Krieg scheint unendlich weit entfernt. Freya schrieb, dass wir Bengasi zurückerobert haben und sowjetische Truppen die deutsche Armee in Stalingrad einkesseln. Der unglücklichste Mensch der Welt ist Crawford McStay.

1943

Freitag, 1. Januar

Gestern Abend Silvesterparty in Cable Beach, veranstaltet von einer Witwe namens Dorothy Bookbinder (Amerikanerin). Es gab eine Band und Champagner von acht bis Mitternacht und darüber hinaus. Dorothy – Mitte vierzig, fett und schlampig, wahrscheinlich Trinkerin – lebt zusammen mit dem »Marquis« de Saussay – von französischer Abstammung, würde ich sagen, aber kaum echter Franzose. Dorothy hat eine Tochter (neunzehn? zweiundzwanzig?), die Lulu heißt und sich, als es zwölf schlug, auf mich stürzte und mir einen langen, feuchten Kuss auf den Mund drückte. Ich schüttelte sie ab, ging an den Strand hinunter, blickte in den Sternenhimmel hinauf und dachte an Freya. Lulu fand mich dort und bot sich mir ohne Umschweife an: »Warum willst du mich nicht ficken, Logan?« »Weil ich verdammt noch mal nicht will«, erwiderte ich. Darauf fiel sie um, stockbetrunken. Also schleppte ich sie zur Terrasse zurück, legte sie auf ein Rattansofa und machte mich davon.

Vom Gouverneurssitz verlautet, dass die Herzogin unpässlich ist – erschöpft, gepeinigt von ihrem Magengeschwür. Ich glaube, ich lasse McStay für ein paar Tage zu den Out Islands auslaufen. Allmählich drückt Nassau auch mir aufs Gemüt.

Donnerstag, 14. Januar

Ich schrieb meinen dritten Bericht an die Marineaufklärung, brachte ihn zum Oakes-Flugplatz und übergab ihn [Fliegermajor] Snow. (Er befördert ihn im Flugzeug nach Miami, wo er nach New York mitgenommen und dann an die Marineaufklärung weitergeleitet wird.) Snow meint, der Herzog bekommt das Angebot, Gouverneur von Australien zu werden, damit er bei Laune bleibt – eine Aussicht, bei der mir das Herz höherschlug. Ich bin erst ein paar Wochen hier und habe schon das Gefühl, zu verfaulen. Ich nehme zu, trinke unmäßig und verbringe zu viel Zeit in der Bar des Prince George Hotel, wo ich mit unwichtigen Leuten plaudere. Meine geistige Existenz ist null und nichtig: Ich lese und schreibe nicht (abgesehen von den Briefen, die ich bekomme und beantworte). Langsam verstehe ich, was die Herzogin mit »Kretin-Paradies« meinte.

Mein Bericht besteht aus der getreulichen Auflistung der neuesten Gerüchte. Unter dem Siegel der Verschwiegenheit hat mir de Saussay erzählt, dass Sir Harry Oakes[*] dem Herzog zwei Millionen Dollar vorgestreckt hat und dass Wenner-Gren mit diesem Geld über seine Bank, Banco Commercial[**], Mexico City, auf den Geldmärkten spekuliert. Alle Gewinne sollen an den Herzog gehen. Die Marineaufklärung kann zweifellos nachprüfen, ob das der Wahrheit entspricht oder nicht. Auf jeden Fall erklärt sich damit, wo das Geld herkommt. Ich kann jedoch nicht recht glauben, dass der Herzog ein solches Risiko eingeht. Zu viele Leute in London, New York, den Bahamas merken es, wenn er plötzlich Geld an Oakes oder eine seiner Filialen überweist.

---

[*] Oakes, Entdecker des zweitgrößten Goldvorkommens in Kanada, war der reichste Mann von Nassau und der bedeutendste Wohltäter der Kolonie.

[**] Korrekt: Banco de Continente.

Samstag, 27. Februar

Siebenunddreißig Jahre alt. Ich feierte es mit einer morgendlichen Masturbation. Phantasien von Freya, nackt auf mir reitend – mit runden, pendelnden Brüsten. Bisher bin ich in diesem endlosen Krieg mit allen Trennungen und Abstinenzen fertiggeworden, doch irgendetwas an dieser skurrilen Stadt hat meinen Geschlechtstrieb gesteigert. Die Frau eines RAF-Fliegers hat gestern Abend beim Essen unter den Tisch gegriffen und meinen Schwanz berührt – ich kenne nicht mal ihren Namen.

Habe McStay mit einem Verfahren wegen Befehlsverweigerung gedroht. Er hat mich praktisch in Gegenwart von Dignam (Maat) als Feigling bezeichnet. Die Männer beklagen sich nicht über ihren Standort; sie wissen es zu schätzen, wenn sie eine ruhige Kugel schieben können. Nur McStays kriegerische Instinkte kommen nicht zu ihrem Recht. Morgen lasse ich ihn eine Wasserbombe werfen.

Montag, 22. März

Anfälle tiefster Einsamkeit: Mir fehlen Freya und Stella so sehr, dass es schon wehtut. Das ist vermutlich das Los des Soldaten, und die Welt muss voll sein von Millionen Männern, die ihre Lieben vermissen. Ein kaum vorstellbares Ausmaß an kollektiver Sehnsucht. Dennoch komme ich mir vor wie ein Betrüger: Ein falscher Matrose, der einen exilierten Herzog auf einer tropischen Insel bespitzelt ... Würde ich mich in einem Schützengraben der Sahara wohler fühlen?

Aus lauter Selbstmitleid habe ich McStay angerufen und ihn zum Dinner ins Prince George eingeladen. Ich konnte förmlich hören, wie es in seinem Kopf arbeitete, bis er endlich zusagte und wir uns auf acht Uhr verabredeten.

Hier in Nassau geht die Saison zu Ende – die reichen amerikanischen Touristen schließen ihre Ferienhäuser und Strandhütten und reisen ab. Auf dem Weg vom Hotel durch die Bay Street zum Prince George war überall zu spüren, dass die Insel in ihren gewohnten Tiefschlaf zurücksinkt. Die Läden sind verwaist, die Pferdekutschen stehen herum, nur ab und zu kommt ein großer Wagen vorbei, um nach Amüsements Ausschau zu halten.

Anfangs war McStay steif und sehr förmlich (Vielleicht war er darauf gefasst, nach Hause geschickt zu werden?), aber als ich zu trinken nachbestellte, taute er ein wenig auf. Man muss bedenken, dass er erst dreiundzwanzig ist – wahrscheinlich sieht er in mir einen alten Knacker, der nichts weiter zu tun hat, als ihm die Karriere zu versauen. Er kommt aus Fife, sein Vater ist Farmer. McStay hat ein »holzgeschnitztes« Gesicht ohne jede Rundung, nicht schön, aber auffällig wie manche Statuen oder Wasserspeier. Vielleicht würde ihm ein Bart stehen.

Gegen Ende, als er schon ein wenig betrunken war, beugte er sich vor und sagte: »Ich meine, Logan, was zum Teufel haben wir hier zu suchen? Jetzt sind es schon fast fünf Monate.« Vermutlich hätte ich kein Sterbenswörtchen verraten dürfen, aber ich glaubte, es ihm schuldig zu sein. »Wer ist der wichtigste Engländer auf dieser Seite des Atlantik?«, fragte ich. Er wusste natürlich, von wem die Rede war. »Sagen wir einfach, wir passen ein bisschen auf ihn auf.« Und ich tippte mir an die Nase, wie man das so macht. Er nickte mit ernster Miene. Ich glaube, er ist erleichtert, wenn er weiß, dass er eine Aufgabe, eine Mission hat, aber wohl kaum zufriedener.

Als wir gingen, kam de Saussay mit ein paar Freunden und zwei wirklich unglaublich schönen Mädchen herein, die ich noch nie gesehen habe. Sie schienen McStay zu kennen, und de Saussay überredete uns zu ein paar weiteren Drinks. Ich kam ins Gespräch mit einem großen, gut aussehenden Mann, der mich umgehend wissen ließ, dass er der Schwiegersohn von Harry Oakes ist. Er lud mich für den Sonntag zu sich zum Lunch ein. Ich fragte McStay, woher er diese Leute kennt. »Vom Segeln«, sagte er. »Ich habe nichts zu tun, also gehe ich mit ihnen segeln.«

Samstag, 10. April

Golf mit dem Herzog im Country Club. Nur wir zwei und sein Leibwächter waren im Clubhaus. Es war heiß, schwül und still – alle Touristen sind weg. Der Herzog wirkte verdrossen, bis er aus acht Metern Entfernung puttete und damit das dritte Loch gewann. Danach hellte sich seine Stimmung sichtlich auf. Ich ließ ihn das fünfte und das achte Loch gewinnen, was ihm drei Punkte Vorsprung und eine viel bessere Laune bescherte. Er wurde sehr gesprächig.

Behandelte Themen:

Er will unbedingt von Nassau weg und schimpfte endlos über dieses »lausige Eiland«. Er hat Churchill um einen Job in Amerika gebeten – an einem Gouverneursposten, egal wie großartig, hat er kein Interesse. Er ist stolz auf das hier Erreichte – »der mieseste Posten des britischen Empire«. Sein üblicher Widerspruchsgeist richtet sich gegen den Hof. Findet den König und die Königin unglaublich kleinlich und rachsüchtig. Ich glaube, am meisten fuchst ihn die Weigerung, der Herzogin die »Königliche Hoheit« zuzuerkennen (Andeutungen des Problems mit seinem Diener Fletcher). »Die Frau nimmt den Rang des Mannes ein«, beharrte er. »Egal, was kommt.« Habe den Eindruck, dass er vor allem der Queen die Schuld gibt (was wohl leichter ist, als seinen Bruder zu bezichtigen). »Sie kann Wallis nicht ausstehen.«

Er findet das Parlament schwierig und auf eigensinnige Weise obstruktionistisch, voller »gieriger kleiner Männer«.

Sagt, dass er Churchill mag, aber nicht mehr zu seinen treuen Verbündeten zählt. »Winston weiß, welche Hand ihn füttert.«

Am siebzehnten Loch puttete er aus einem Bunker und lud mich spontan zum Supper in die Residenz ein. Ich zahlte ihm die Gewinne aus, und er ging zu seinem Leibwächter, damit er Bescheid sagte. Daher musste ich für meinen und seinen Caddie zahlen. Er gibt nicht gern Geld aus, unser geschätzter Gouverneur, mag die Summe auch noch so lächerlich sein.

In der Residenz wurden uns Drinks in der Laube am Pool serviert. Die Herzogin sah gut aus, ihr dunkles Haar war mit einer Art Seidenturban hochgesteckt. Sie klagte über die kommende Hitzesaison und sagte zu mir: »Sie machen sich keine Vorstellung, wie schwer es ist, eine Reiseerlaubnis für die Staaten zu bekommen. All das Hin und Her, das Buckeln und Kratzen: ›Bitte, Mr Churchill, fragen Sie den König, ob wir übers Wochenende nach Miami fahren dürfen.‹« Der Herzog blickte nachdenklich drein, saugte an seiner Pfeife und spielte mit seinem Cairn-Terrier. Dann stellte mir die Herzogin erstaunlicherweise eine persönliche Frage – sie wollte wissen, was ich vor dem Krieg getan habe, und ich antwortete ihr, dass ich Schriftsteller war. Beide warfen sich einen Blick zu, und der Herzog fragte, ob ich Philip Guedalla[*] kenne, der mit ihm befreundet sei. Ich sagte, ich hätte ihn ein- oder zweimal getroffen, und sie wirkten erleichtert. Für einen Augenblick zog ich den Kopf ein, aber die Gefahr ging vorüber.

---

[*] Philip Guedalla (1889–1944), Schriftsteller, mit den Windsors befreundet; schrieb ein Windsor-freundliches Buch über die Abdankungskrise mit dem Titel *One Hundred Days* (1934).

Als es dunkel wurde, gingen wir ins Speisezimmer und bekamen kalte Suppe, danach Rührei. Sie haben einen französischen Koch, einen Butler, der Herzog hat seinen Diener, die Herzogin ihre Zofe – dazu jede Menge einheimisches Personal. Wir tauschten Erinnerungen an Biarritz und Lissabon – so entspannt und vertraut, wie ich nie zuvor mit ihnen war. Die Herzogin nannte mich Logan, der Herzog stand von seinem Stuhl auf, um mir die spezielle Haltung zu zeigen, mit der er den angeschnittenen Ball mit langem Eisen ins Grün beförderte. Unweigerlich kam das Gespräch wieder auf den Hof, den König, die Königin und deren lästigen Kleinkrieg. »Sie können mich einfach nicht ausstehen«, sagte die Herzogin lachend. »Aber wer ihnen wirklich zu schaffen macht, ist David. Sie muss ihn von Bertie fernhalten, so gut es geht.«

Der Herzog protestierte vage, aber es war deutlich zu erkennen, dass ihnen das Gespräch nicht unangenehm war.

»Nein, nein«, sagte die Herzogin. »In England würden sie dich nicht dulden. Bertie würde ignoriert, einfach vergessen, wenn du dort wärst. Alle Augen würden auf dir ruhen, Darling.« Wer weiß, vielleicht hat sie recht? Der Herzog hätte sie am liebsten umarmt, als er es hörte.

»Wenigstens haben wir noch Freunde, einflussreiche Freunde, die dich nicht im Stich lassen. Selbst Winston gibt sein Bestes, Darling, das weißt du genau. In der Not können wir uns immer an ihn wenden.« Es lag etwas in ihrem Blick, was mich von der Wahrheit ihrer Sätze überzeugte: Auch die Macht und der Einfluss eines Ex-Königs haben Gewicht, dringen bis ins Herz des Staates. Mir lief es kalt den Rücken herunter.

Als wir gingen, nahm mich die Herzogin beiseite und sagte, ihr Gesicht ganz nahe an meinem: »Logan, wir möchten, dass Sie sich als *un ami de la maison* betrachten.« Kein schlechtes Kompliment, will ich meinen. Von ihr geht eine erotische

Anziehung aus, die ganz eigentümlich ist, denn sie ist weder eine Schönheit, noch hat sie irgendwelche besonderen Reize: die ideale *dominatrix* – falls man in diese Richtung tendiert.

Montag, 17. Mai

Der Herzog und die Herzogin sind in den Staaten, werden irgendwann im Juni zurückerwartet, und in der Kolonie hat sich eine Lethargie breitgemacht, die hochansteckend ist. Ich habe an die Militäraufklärung telegraphiert und um Rückversetzung gebeten, aber die Antwort war Nein. Selbst meine Briefe an Freya werden langweilig, habe ich den Eindruck, da sich an meinem Lebensrhythmus kaum etwas ändert. Einmal wöchentlich melde ich allen Klatsch und alle Gerüchte. (Wer soll sich dafür interessieren? Wer genau will dieses ganze Geschwätz erfahren?) Ich golfe mit Snow und anderen Bekannten vom Stützpunkt; ich gehe zu mäßig spannenden Dinnerpartys; zweimal wöchentlich laufen wir mit der 1122 aus, und McStay bringt seine Leute auf Trab. Währenddessen geht der Krieg überall auf der Welt weiter, Tag um Tag.

Donnerstag, 27. Mai

Gestern sind wir wieder mit der 1122 ausgelaufen. Es war ungewöhnlich klar für die Jahreszeit, und die Luft bei Tagesanbruch fühlte sich fast erfrischend an. Mir machen diese kurzen Ausfahrten mehr und mehr Spaß – vielleicht habe ich doch ein wenig Seemannsblut in mir. Wir tuckern langsam aus dem Hafen, ich stehe mit McStay auf der Brücke, und die Hafenarbeiter und Bummelanten schauen uns nach. Die 1122 ist vorbildlich in Schuss, die Flaggen und Wimpel knattern in der Brise, die Männer an Deck tragen tropisches Weiß. Alles winkt uns automatisch zu. Als wir die Hafeneinfahrt passieren, befiehlt McStay volle Kraft voraus, und wir spüren, wie die verborgene Kraft des Zwillingsdiesels unter unseren Füßen zum Leben erwacht. Der Bug richtet sich auf, das Heck drückt sich in die Dünung, die Schrauben erzeugen Schub, und wir halten uns an der Brückenreling fest. Schon zeigt sich die weiße, schaumige Bugwelle, und wir stoßen vor in den blauen Atlantik, begleitet vom fernen Jubelgeschrei der Zuschauer am Kai.

Manchmal nehmen wir Kurs auf Grand Bahama, manchmal auf Andros oder Abaco, aber unser bevorzugtes Ziel ist die Kette der Exumas – winzige, flache Inseln voller Gestrüpp, mit kleinen Buchten und langen Stränden aus reinweißem Sand. Dort gibt es zwar keine U-Boote, aber wir tun so, als würden wir nach ihnen suchen. Gegen Mittag ankern wir vor einem der Inselchen, und nach dem Essen gehen die Männer schwimmen oder nehmen ein Sonnenbad. Ab und zu werfen wir eine Wasserbombe oder schießen mit den Maschinengewehren auf ein leeres Ölfass, das wir im Wasser treiben lassen, nur um uns zu vergewissern, dass Krieg ist und dass wir unseren kleinen Beitrag zum Kampf gegen Deutschland leisten.

Gestern beschloss ich nach dem Essen, weil das Wasser so still und klar war, ein wenig schwimmen zu gehen. Ich zog mich aus, sprang vom Vorschiff ins Wasser und schwamm die 150 Meter bis zur Insel. Das Wasser war erfrischend und erstaunlich transparent. Ich watete an Land und wanderte den Strand entlang, las hier eine Muschel auf, dort ein Stück Treibholz, genoss das Gefühl meiner Nacktheit auf diesem unbewohnten Eiland und dachte, wie es wohl unvermeidlich ist, an Schiffbrüchige, an Robinson Crusoe, den Unbehausten.

Die höchste Erhebung der Insel lag kaum mehr als ein paar Meter über dem Meeresspiegel, die Vegetation bestand aus Sukkulentendickicht, aus niedrigen, knorrigen Büschen mit dicken, olivgrünen Blättern, durchsetzt von vereinzelten Kakteen und Flecken blassen Strandhafers. Doch dann merkte ich, dass sich auf der 1122 etwas tat, ich sah die Männer übers Deck laufen und hörte das raspelnde, rumpelnde Geräusch der Ankerkette. »Holla!«, rief ich. »Was ist los?« Aber niemand nahm Notiz von mir. Ich rannte ins Wasser und wollte hinüberschwimmen, als die Dieselmotoren aufdröhnten und das Boot in einer Abgaswolke davonzog und binnen Sekunden hinter einem Inselvorsprung verschwunden war.

Ich watete zurück an Land, fragte mich nach dem Grund der überstürzten Abfahrt, welche Meldungen man empfangen hatte und was McStay einfiel, meine Abwesenheit von Bord einfach zu missachten. Sorgen machte ich mir keine. Ich wusste, dass man mich bald vermissen und zurückkommen würde. Allerdings war mir klar, dass dies auch vom Anlass des Aufbruchs abhing. Es konnte also ein paar Stunden dauern …

Da plötzlich hörte ich ein Rascheln, in den Büschen ein paar Meter vor mir regte sich etwas, und langsam, zögernd, kam ein knapp meterlanger Leguan auf den Strand gewatschelt und tappte mit schnellender Zunge auf mich zu. In Sekundenfrist folgten ihm vier oder fünf weitere. Ich lief vor ihnen weg, den Strand entlang, und bedeckte in einer instinktiven, aber albernen Geste meine Genitalien mit den Händen. Die Nachmittagssonne brannte auf der salzigen Haut meiner Schultern. Bewarf ich die nahenden Echsen mit Muscheln und Steinen, hielten sie inne. Doch sobald ich meine Angriffe einstellte, krochen sie weiter auf mich zu. Dann entdeckte ich weitere Leguane, die von der anderen Seite des Strandes auf mich zukamen. Ich rückte auch ihnen mit Wurfgeschossen und Geschrei zu Leibe, sie wichen unbeholfen zurück, ordneten ihre Reihen und setzten ihren Vormarsch fort.

Nach ein paar Minuten befanden sich zwanzig, dreißig

Leguane am Strand. Sie ließen die Zungen hervorschießen und starrten mich mit ihren toten Augen an, als würden sie etwas von mir erwarten. Ich stand da, einen Knüppel in jeder Hand, und überlegte, was ich tun sollte, wenn ich nicht vor Einbruch der Dunkelheit geborgen würde. Sie wirkten nicht beängstigend, sie schienen keine wirkliche Bedrohung darzustellen, nur eine vorübergehende Form erzwungener Koexistenz. Ein nackter Mann und drei Dutzend urzeitlicher Echsen auf einer menschenleeren Insel. Wie werden wir miteinander zurechtkommen?

Aber da kam schon die 1122 mit Gedröhn in die kleine Bucht zurück, und ich atmete erleichtert auf. Sie kam so nahe wie möglich, eine kleine Leiter wurde an der Bordwand heruntergelassen. Ich schwamm die paar Stöße, die nötig waren, um das Schiff zu erreichen, und ließ meine nicht schwimmenden Freunde zurück. McStay zog mich an Bord, verkniff sich mit Mühe das Grinsen und reichte mir ein Handtuch.

»Sehr witzig, McStay«, sagte ich.

»Schön, dass Sie Sinn für Humor haben, Sir.«

Wir nahmen Kurs zurück nach Nassau, alle außer mir waren bester Stimmung. McStays Streich hat mich nicht im geringsten gekränkt. Was in meinem Kopf vorherrscht, sind Bilder von mir und den Echsen auf der einsamen Insel. (Wovon werde ich heute Nacht träumen?) Es war eines dieser Erlebnisse, die man im Nachhinein als Epiphanien erkennt – übersinnlich befrachtet in gewisser Weise. Ich glaube, McStay staunt darüber, dass ich so gelassen und gutmütig reagiert habe.

Montag, 28. Juni

Drückend schwüle Hitze, die an den Nerven zerrt. Ein Tag von quälender Gereiztheit. McStay hat am Vormittag einen Antrag auf Versetzung eingereicht und am Nachmittag zu-

rückgezogen. Habe an die Marineaufklärung telegraphiert:
»Sehe keinen Sinn in weiterem Verbleiben. Bankenprobleme
nicht vorhanden. Erbitte Anweisung für weiteres Vorge-
hen.« Die Antwort: »Ihr Verbleiben höchst nützlich. Weitermachen.«

Dienstag, 6. Juli

H & H sind zurück. Heute Abend Empfang für irgendein
hohes Tier vom Außenministerium, das die Karibik bereist.
Selbst der Herzog konnte seine Missstimmung nicht verbergen, was ungewöhnlich für ihn ist – niemand versteht es besser
als er, ein »Gesicht aufzusetzen«. Die Herzogin sagte mir, er
ist sehr niedergeschlagen von einem Gespräch mit Churchill,
das er in Washington geführt hat. »Sie wollen uns hier auf
Kriegsdauer schmoren lassen«, sagte sie mit einiger Bitterkeit.
»Nach drei Jahren hatten wir die Hoffnung, dass ... David
hat alles versucht. Aber sie rühren sich nicht von der Stelle.«

Donnerstag, 8. Juli

Als ich heute Morgen um zehn zum Hafen ging, kam McStay
auf mich zu und sagte: »Sir Harry Oakes ist ermordet worden.« Sofort läuteten bei mir die Alarmglocken. Wer sollte so
etwas getan haben? McStay zögerte nicht mit der Antwort:
»Alle sagen, es war Harold Christie.« Vermutlich hat McStay
das von seinen Segelkumpanen. Ich kenne Christie nur vom
Hörensagen – ein wichtiger Mann im hiesigen Grundstücks-
geschäft, Parlamentsmitglied, ein unsympathischer, bulliger
Typ, früher angeblich Alkoholschmuggler. Politisch einfluss-
reich und eng befreundet mit Sir Harry. Auf hiesige Verhält-
nisse übertragen ist das so, als hätte Lord Halifax [Außen-
minister] Bendor [den Herzog von Westminster] ermordet.

Oakes bin ich ein paar Mal begegnet – ein Klotz von einem Mann, kurz und stämmig, mit griesgrämiger Miene; seine Mundwinkel waren ständig nach unten gezogen. Er bezeichnete sich als »Rohdiamant« und nahm kein Blatt vor den Mund. Sagenhaft reich, wie es heißt, aber einer von denen, die das Schwelgen im Überfluss eher unglücklich und verdrießlich gemacht hat. Er wollte in Kanada keine Steuern zahlen, deshalb kam er hierher. Weil auf den Bahamas Einkommensteuern eingeführt werden sollen, wollte er nach Mexiko gehen. Merkwürdig, dass immer Mexiko ins Spiel kommt.

Mittags ging ich ins Prince George – große Aufregung. Es soll sich um einen Voodoo-Mord handeln, Oakes Genitalien wurden verbrannt, heißt es; es sind Räuber gewesen, die in seinem Haus nach Gold gesucht haben und so weiter. Nun gilt de Marigny, sein Schwiegersohn, als Hauptverdächtiger. Christie hat tatsächlich bei Oakes im Haus übernachtet und angeblich alles verschlafen. Ach ja: Die Herzogin hatte eine Affäre mit Oakes, und der britische Geheimdienst hat ihn ermordet, um die Ehre des Herzogs zu retten (das ist die phantastischste Erklärung).

Bei der Rückkehr ins Hotel hielt ein Wagen neben mir, und ein Lakai des Herzogs (Woods) bat mich, seinen Herrn heute Nachmittag um fünf in seinem Strandhaus am Cable Beach aufzusuchen.

Später. Beim Herzog gewesen. Wir waren allein. Er rauchte ständig und schien sehr besorgt. Er versicherte mir, der Tod von Sir Harry habe ihn zutiefst erschüttert. Anfangs habe er die Vermutung gehegt, es handle sich um Selbstmord, aber dann kam die Bestätigung, dass es Mord gewesen ist. Ein Schlag auf den Kopf mit einem stumpfen Gegenstand. Es sei versucht worden, die Leiche und das Haus in Brand zu setzen, was aber misslungen sei.

»Ich habe bei der Polizei von Miami zwei Detectives angefordert«, sagte er. »Sie sind am Nachmittag eingetroffen und führen die Ermittlungen durch.«

»Aber warum, Sir?«, fragte ich spontan. »Was ist mit Erskine-Lindop?« Erskine-Lindop ist der Polizeichef der Bahamas.

»Er ist ganz meiner Meinung«, sagte der Herzog ein wenig gereizt. »Der Fall ist zu groß für die hiesige Polizei. Ich glaube, Sie können gar nicht ermessen, welche Konsequenzen der Tod von Sir Harry hat – welche Auswirkungen. Es ist eine Katastrophe. Wir brauchen Experten. Richtige Experten. Und die Sache muss so schnell wie möglich aufgeklärt, bereinigt werden. Um den Schaden für die Kolonie zu begrenzen. Eine Katastrophe!«

»Ich verstehe«, sagte ich, ohne wirklich zu verstehen.

Der Herzog zündete die nächste Zigarette an. »Es ist jetzt klar – kristallklar, dass de Marigny der Mörder ist. Kennen Sie ihn?«

De Marigny, der smarte Schwiegersohn. Ich sagte, ich sei einmal bei ihm zum Lunch gewesen und hätte ihn einmal zufällig im Prince George getroffen. McStay kenne ihn gut.

»Sehr gut«, sagte der Herzog und lächelte kurz. »Das ist sehr gut.« Ich tappte nun noch mehr im Dunklen, aber beließ es dabei. Dann sagte er: »Ich möchte Sie mit den beiden Detectives aus Miami bekannt machen – Melchen und Barker –, noch heute Abend. Können Sie das einrichten?«

»Selbstverständlich, Sir. Mit Vergnügen.«

Später. Ich muss das alles genauestens festhalten. Melchen und Barker haben gerade mein Zimmer verlassen. Melchen ist dick, schmuddlig, bebrillt. Barker ist mager, hat kurz geschorenes graues Haar, wirkt zäh und ausdauernd. Sie kamen direkt von de Marignys Haus (mit Beweisen, sagten sie), und es gebe nicht den geringsten Zweifel, dass de Marigny der

Mörder sei. Oakes und de Marigny hätten sich gehasst, de Marigny habe ihm in der Vergangenheit des Öfteren Gewalt angedroht. Oakes habe de Marigny nie verziehen, dass dieser mit Oakes' Tochter Nancy (Nancy war achtzehn, de Marigny sechsunddreißig) durchgebrannt sei. De Marigny sei bankrott gewesen und habe bei Oakes' Ableben auf Nancys Anteil an dessen Vermögen rechnen können. De Marigny habe gestern Abend (Mittwoch) eine Dinnerparty gegeben und besitze kein Alibi für die Zeit zwischen halb zwölf, als er zwei Gäste heimfuhr – in die Nähe von Oakes' Haus, nach Westbourne –, und drei Uhr morgens. In diesem Zeitraum sei der Mord verübt worden. De Marigny habe also Motiv und die Gelegenheit gehabt, den Mord zu begehen, aber kein Alibi.

Ich: »Er hat eine Dinnerparty gegeben und ist danach losgefahren, um seinen Stiefvater zu ermorden?«

Barker: »So etwas kommt vor. Glauben Sie mir.«

»Und was war mit Christie?«, fragte ich weiter.

»Der hat geschlafen und nichts gemerkt.«

»Ich dachte, das Haus ist angezündet worden?«

»Das Feuer war unerheblich. Es hat sich nicht ausgebreitet.«

»Er hat nichts gehört? Keinen Brandgeruch bemerkt?«

»Nein.«

Ich wandte ein, de Marigny sei nicht der Typ, dem man einen Mord zutraut. Er sei vielmehr ein hochgradig selbstbezogener Narzist, der nichts weiter im Sinn habe als seine Bettgeschichten.

»Das kann man nie wissen«, belehrte mich Barker.

Dann sagte Melchen: »Der Herzog hat eine hohe Meinung von Ihnen, Commander Mountstuart.«

Ich erwiderte, ich sei erfreut, das zu hören.

»Wir brauchen jemanden, der an de Marigny herankommt, und der Herzog meint, Sie wären ideal.«

»Herankommt?«, fragte ich.

Barker sagte: »Wir möchten, dass Sie sich zu einem Drink mit de Marigny verabreden. Irgendwann morgen.«

»Warum?«

»Und dass Sie Dinge, die er berührt hat, unauffällig einstecken – Trinkglas, Streichholzschachtel, Aschenbecher – und zu uns bringen. Wir warten hier im Hotel.«

Ich stand auf und bat sie, das Zimmer zu verlassen. Sie wechselten einen müden Blick.

»Der Herzog wird sehr enttäuscht von Ihnen sein«, sagte Barker.

Ich: »Warten Sie nur ab, wenn er erfährt, was Sie von mir verlangt haben. An Ihrer Stelle würde ich gleich morgen den Rückflug nach Miami buchen.«

Unbeeindruckt standen sie auf und gingen. Und ich setzte mich, um dies festzuhalten.

Freitag, 9. Juli

Ich sitze im Taxi vor der Gouverneursresidenz und kritzle dies auf einen Zettel [später ins Tagebuch übertragen]. Es ist neun Uhr dreizehn. Ich hatte um eine dringende Audienz beim Herzog ersucht und wurde in sein Arbeitszimmer geführt. Er stand in steifer Haltung vor den Bücherschränken.

»Vielen Dank, Sir, dass Sie mich empfangen«, sagte ich. »Diese zwei unfähigen Idioten aus Miami haben doch tatsächlich ...«

»Sie sagten mir, dass Sie sich höchst unkooperativ verhalten haben.«

»Unkooperativ? Wissen Sie denn, was man von mir verlangt hat?«

Und da bekam er einen kleinen Wutanfall. Er verfiel in ein schrilles, halblautes Schreien, und sein Gesicht lief rot an.

»Wenn ich nicht einmal in der schwersten Krise, die diese Insel je erlebt hat, einen Freund und britischen Offizier um Beistand bitten kann! ... Ich habe den beiden versichert, man könne auf Sie rechnen, Mountstuart. Sie sagten, wir brauchen einen vertrauenswürdigen Mann, und ich sagte sofort: Nehmen Sie Commander Mountstuart. Nun tun Sie mir das an! Und lassen mich derart im Stich! Ich bin tief betrübt und sehr enttäuscht von Ihnen!«

»Einen Moment bitte, Sir. Die beiden wollten, dass ich belastendes Material ...«

»Das sind hochprofessionelle Kriminalbeamte, die genau wissen, was sie tun und was genau getan werden muss, um diese unerfreuliche Affäre zu einem schnellen und angemessenen Abschluss zu bringen. De Marigny hat Sir Henry Oakes ermordet – Punktum. Je schneller dieser Kerl hinter Gitter kommt, umso besser für die Insel.«

»Bei allem Respekt, Sir, aber Sie irren. Diese Männer sind abgrundtief zynisch und korrupt. Sie sind nicht das, was Sie denken.«

»Wagen Sie es nicht, mir zu sagen, was ich denke! Hinaus mit Ihnen! Hinaus! Ich kann Sie nicht brauchen!«

Und so ging ich. Das Gesprochene habe ich hiermit wörtlich aufgezeichnet.

Freitagnacht. In ganz Nassau hat sich die Nachricht verbreitet, dass de Marigny heute Abend wegen Mordes an Sir Harry Oakes verhaftet wurde. Seine Fingerabdrücke wurden an der Mordstelle gefunden. Barker und Melchen haben ihren Schuldigen.

Samstag, *10. Juli*

Noch immer ein wenig benommen von dem, das geschehen ist. Ich kann mir noch keinen Reim darauf machen, aber die Sache gefällt mir gar nicht. Heute gab es eine Sammelaktion fürs Rote Kreuz auf dem Victoria Square. Die Mannschaft der 1122 hatte einen Glückstopf, Wurfspiele und alle möglichen Wettkämpfe vorbereitet, ich ging also hin, um zu sehen, wie sie zurechtkamen.

Die Herzogin, die dem Roten Kreuz der Bahamas vorsteht, hatte das Fest eröffnet und machte einen Rundgang, um Leute zu begrüßen und die Stände zu besichtigen, und entledigte sich dieser Aufgabe mit der gewohnten Grazie und Freundlichkeit. Als sie sich dem Stand der 1122 näherte, sah sie mich und bremste augenblicklich ihren Schritt. Sie wich meinem Blick aus, konnte uns aber schwerlich ignorieren. Mit dünnem Lächeln schüttelte sie mir die Hand. »Ihr britischen Matrosen seid einfach wunderbar«, sagte sie und wollte schon weitergehen.

»Euer Gnaden«, sagte ich leise. »Wie geht es dem Herzog?« Da erst sah ich den abgrundtiefen Hass in ihren Augen. »Judas«, flüsterte sie und drehte mir den Rücken zu.

[NACHTRAG Dezember 1943: Folgende Aufzeichnungen wurden erstellt mithilfe von Fliegermajor Snow – der mir Zeitungsberichte vom Prozess gegen de Marigny (im Oktober) schickte – und Unterleutnant Crawford McStay, der de Marigny im Juli und August im Gefängnis besuchte.]

In den frühen Morgenstunden des 8. Juli 1943, einem Donnerstag, wurde Sir Harry Oakes im Schlafzimmer seines Hauses »Westbourne« im Schlaf ermordet. Er wurde von einem mit Stacheln besetzten Gegenstand erschlagen, der vier tiefe, dreieckig geformte Stichwunden vor und hinter seinem linken Ohr hinterließ. Der Schädel war stark zersplittert. Darauf wurde seine Leiche in Brand gesteckt. Sein Pyjama wurde größtenteils ein Raub der Flammen wie auch das Moskitonetz über seinem Bett. Brandspuren wiesen auch die Matratze, ein chinesischer Wandschirm in Bettnähe und der Teppich auf. Die Daunen eines aufgerissenen Kissens bedeckten seinen Körper. An den Zimmerwänden befanden sich in niedriger Höhe Blutspritzer und blutige Handabdrücke.

Harold Christie, ein Freund und Geschäftspartner, der im Gästezimmer zwei Türen weiter schlief, fand am Morgen die Leiche und rief Hilfe herbei. Die örtliche Polizei und andere interessierte Personen hatten mehr oder weniger unkontrollierten Zugang zum Haus und zum Tatort.

Auf die Nachricht vom Tode Sir Harrys kam de Marigny am Donnerstagmorgen ins Haus, aber er wurde nicht ins Obergeschoss vorgelassen und sah die Leiche nicht.

Am frühen Nachmittag trafen die zwei aus Miami herbeigerufenen Detektives ein und nahmen die Ermittlungen auf. Barker sicherte keine Fingerabdrücke, da die Luftfeuchtigkeit am Tatort für die Anwendung von Pinsel und Pulver angeblich zu hoch war. Die Leiche wurde gegen vier Uhr nachmittags zur Autopsie ins Leichenschauhaus von Nassau überführt.

Gegen Abend wurde de Marigny in Sir Harrys Haus einbestellt, wo ihn die beiden Detektives verhörten und einer Leibesvisitation unterzogen. Von seinem Bart und seinen Unterarmen wurden Proben versengten Haars entnommen. Dann wurde er von Melchen und Barker unter Polizeibedeckung zu seinem Haus begleitet, wo die Kleidung, die er am Vorabend getragen hatte, als Beweismaterial beschlagnahmt wurde (danach besuchten mich die beiden Detektives in meinem Hotelzimmer). Über Nacht blieb ein örtlicher Detektive bei de Marigny.

Am nächsten Tag, es war Freitag, der 9. Juli, wurde de Marigny zurück in Sir Harrys Haus eskortiert. Er ging ins Obergeschoss, wo er im Korridor Platz nahm und von Melchen verhört wurde. Im Verlauf der Befragung bat Melchen de Marigny, Wasser aus einer bereitgestellten Karaffe in sein Glas zu gießen. Dann bot er de Marigny eine Zigarette an und warf ihm eine Packung Lucky Strike hin. De Marigny zündete sich eine Zigarette an und reichte die Schachtel zurück, worauf Barker im Korridor erschien und fragte, ob alles »okay« sei. Melchen bestätigte es. Damit war das Verhör beendet, und de Marigny durfte gehen.

Am Nachmittag gegen vier Uhr traf der Herzog von Windsor in Sir Harrys Haus ein und begab sich ins Obergeschoss. Er führte mit Barker ein vertrauliches Gespräch ohne Zeugen, das zwanzig Minuten dauerte.

Um sechs Uhr desselben Abends wurde de Marigny erneut zum Haus von Sir Harry eskortiert, verhaftet und des Mordes angeklagt. Ein deutlicher Abdruck vom kleinen Finger seiner linken Hand sei am chinesischen Wandschirm gefunden worden.

Beim Prozess gegen de Marigny stellte dessen Verteidiger fest, dass (a) Barker als angeblicher Experte für Fingerabdrücke erstaunliche Inkompetenz bewiesen hatte und dass (b) der als Beweis vorgelegte Fingerabdruck nicht, wie behauptet, vom Wandschirm stammen konnte. Er war offenbar von einer anderen Oberfläche (einem Glas? dem Zellophan einer Zigarettenschachtel?) abgenommen und als belastendes Indiz fingiert worden. Die Anklage gegen de Marigny brach folgerichtig zusammen, er wurde für nichtschuldig erklärt und entlassen.

Ich mache dazu nur die folgenden Bemerkungen.

Barker und Melchen wollten den Fall in Rekordzeit lösen. Sie glaubten fest an die Schuld de Marignys und beschlossen, ihn mit allen Mitteln, redlichen oder unredlichen, zu überführen. Den nötigen Fingerabdruck sollte ich besorgen (das hätte die Farce mit der Karaffe und der Zigarettenschachtel überflüssig gemacht). Als ich mich am Donnerstag weigerte, wurde ihnen klar, dass sie die »Beweise« selbst besorgen mussten. Barkers Frage: »Ist alles okay?« bedeutete: »Haben wir saubere Fingerabdrücke?«

Ich stelle dazu nur folgende Fragen.

Warum wandte sich der Herzog von Windsor an die Polizeibehörden von Miami (die zu den korruptesten der USA zählen), wenn er eine durchaus fähige Polizei zur Verfügung hatte?

Worüber sprach der Herzog mit Barker bei seiner persönlichen Unterredung am 9. Juli? (Diese Frage wurde beim Prozess bewusst umgangen.)

Warum wurde der Fall mit der Entlastung de Marignys abgeschlossen, obwohl der Mörder noch auf freiem Fuß war?

Warum wurde nicht gegen Harold Christie ermittelt?

Hier eine Darstellung des tatsächlichen Geschehens – so vorurteilsfrei wie nur möglich.

Der Herzog – ein nervöser, unsicherer Mensch, wurde durch Sir Harrys Tod in helle Panik versetzt. Aus irgendwelchen Gründen misstraute er der eigenen Polizeibehörde und befürchtete, dass sich die Angelegenheit über Monate hinziehen würde. Man darf sich fragen, warum der Fall mit dieser Hast vor Gericht gebracht werden musste. Gab es da etwas anderes, was vertuscht werden musste? Jedenfalls holte der Herzog, aus welchen Gründen auch immer, Melchen zu Hilfe, den er von seinen Reisen nach Miami kannte. Ob er auch Barker angefordert hat, bleibt unklar, aber es war Barker und nicht Melchen, der die Sache in die Hand nahm.

Der Herzog mochte de Marigny nicht, das war allgemein bekannt, aber Sir Harry war er sehr zugetan. Auf der ganzen Insel herrschte schnell die Überzeugung, dass de Marigny der Hauptverdächtige sei. Das dürfte auch den Detectives aus Miami klar gewesen sein, die ihn daher umgehend an den Tatort riefen.

Irgendwann erfuhr der Herzog (wahrscheinlich durch Christie, der ihn auf dem Laufenden hielt), dass es eine Möglichkeit gab, schlagende Beweise für eine Schuld de Marignys herbeizuschaffen. Die Detectives brauchten lediglich eine vertrauenswürdige Person, die ihnen frische Fingerabdrücke des Verdächtigen besorgen konnte. Der Herzog dürfte gewusst haben, wozu diese Person gebraucht wurde. Er wurde lediglich darum gebeten, jemanden mit untadeligem Leumund zu benennen. Warum nicht einen Commander der Royal Navy? Und so wandten sich die Detectives mit ihrem Anliegen an mich. Ich weigerte mich, und sie besorgten die Sache selbst, wie sie es ohne Zweifel in Miami schon viele Male zuvor getan hatten. Der Trick mit der Zigarettenschachtel sieht ganz nach Routine aus.

Jedenfalls, nachdem sie den Fingerabdruck ergattert hatten, meldeten sie dem Herzog, dass sie jetzt hinreichende Beweise gegen de Marigny in der Hand hätten. Sie hatten ein Motiv, den Tatverlauf und eine Spur des Täters am Ort des Geschehens. Als der Herzog am Freitagnachmittag das Haus von Sir Harry aufsuchte, muss dies der Gegenstand seines Gesprächs mit Barker gewesen sein. Sicherlich befleißigten sie sich einer höchst euphemistischen Sprache, aber der Inhalt war unmissverständlich. Barker brauchte nur ein Kopfnicken des Herzogs, die wortlose Zustimmung, in der vorgeschlagenen Weise zu verfahren. Und der Herzog muss sie erteilt haben.

Zweifellos war er sehr erleichtert und verlieh der Angelegenheit den nötigen herzoglichen Glanz: »Nun, Captain Barker, wenn Sie sich Ihrer Sache sicher sind, sehe ich keinen Anlass, noch länger zu zögern.« Und so wurde de Marigny verhaftet.

Wenn sich der Herzog nicht mit den Details belastete, konnte er alle Schuld auf die Detektives abwälzen. Je weniger er wusste, umso besser. Daher war er so wütend über meine Weigerung und fiel mir ins Wort, als ich ihm erklären wollte, was Barker und Melchen von mir verlangt hatten. Er wollte es nicht wissen. Er durfte es nicht wissen.

Aber der Herzog von Windsor ist kein argloser Trottel. Ihm dürfte, wie vage auch immer, bewusst gewesen sein, dass irgendeine Manipulation im Gange war, eine Manipulation, die beim Prozess (dessen Ausgang der Herzog und die Herzogin tunlichst fern von den Bahamas in den USA abwarteten) in peinlicher Weise ans Licht kam.

Zum Allermindesten muss konstatiert werden, dass sich der Herzog an der falschen Bezichtigung de Marignys beteiligt hat. Zum Allermindesten hat sich der Herzog von Windsor, das ehemalige Oberhaupt des Vereinigten Königreichs und des Britischen Empire, der Verschwörung zum Schaden der Justiz schuldig gemacht. Zum Allermindesten. Dies ist, wie gesagt, die denkbar wohlwollendste Interpretation. McStay hinterbrachte mir de Marignys Version, es sei nur ums Geld gegangen, um Mexiko und Wenner-Gren, aber belegen lässt sich das in keiner Weise. Im Moment sind dies alle Fakten im Zusammenhang mit dem Verfahren gegen Alfred de Marigny.

Aber was mir nicht aus dem Kopf geht, ist das letzte Wort der Herzogin – »Judas«. Warum nannte sie mich Judas? Ich habe niemanden verraten. Ich habe ehrenhaft gehandelt und eine ebensolche Ehrenhaftigkeit aufseiten des Herzogs vorausgesetzt. Je länger ich darüber nachdenke, umso mehr will mir scheinen, dass sich »Judas« auf einen *zukünftigen* Verrat bezog. Ich kenne ein Geheimnis des Herzogs von Windsor, das gefährliche und kompromittierende Geheimnis seiner Beteiligung an einer Beweisfälschung. Der Herzog und die Herzogin, ohnehin von Paranoia geplagt, gehen davon aus, dass ich es eines Tages preisgeben oder auch nur damit drohen werde. Damit war ich ein weiterer Feind auf ihrer langen Liste von Widersachern. Ich konnte ihnen Schaden zufügen – und deshalb mussten sie mir den Todesstoß versetzen.

Montag, 12. Juli

Telegramm von der Marineaufklärung. Meine sofortige Ablösung. Morgen fliege ich nach Miami. Jemand hat sehr schnell gehandelt.

[LMS kehrte gegen Ende Juli nach England zurück. Er bekam einen Monat Urlaub und setzte danach seine ursprüngliche Tätigkeit bei der Marineaufklärung fort. Bezeichnenderweise erhielt er nicht den Auftrag, einen Bericht über seinen achteinhalbmonatigen Umgang mit dem Herzogspaar niederzulegen oder seine Zweifel am Verlauf der Ermittlungen im Mordfall Oakes zu artikulieren. Für die Dauer des Krieges verblieben der Herzog und die Herzogin auf den Bahamas.]

Donnerstag, 18. November

Im Zug nach Birmingham, Schneeregen verschmiert die Fenster. Ein kleiner Junge, der mir gegenübersitzt, fragt mich, ob ich ein Offizier bin, und ich bejahe es. Bist du bei der Navy? Ja. Aber wo ist dann dein Schiff? Gute Frage. Pst!, macht seine Mutter. Lass den Gentleman in Ruhe. Dabei würde der Kleine mit Freude vernehmen, dass der Marineoffizier zu einem RAF-Stützpunkt unterwegs ist, um zu lernen, wie man aus Flugzeugen abspringt.

Vanderpoel war es, der mir letzte Woche ankündigte, dass ich zu diesem Kurs geschickt werde. »Darf ich fragen, warum?«, erwiderte ich. Er: »Wir glauben, dass es nützlich ist.« Mehr war nicht aus ihm rauszuholen. Ich fragte Ian, ob etwas Besonderes auf mich zukommt, aber er sagte, er wisse von nichts. Vielleicht in Vorbereitung auf die Invasion? Seit Godfrey weg ist, ist er nicht mehr annähernd so gut über die Dienstgeheimnisse informiert.* Jedenfalls verspricht die Sache Abwechslung, und ich bin froh, aus dem Büro herauszukommen.

Freya und Stella haben mich zur Euston Station gebracht, was sehr nett von ihnen war. Stella fragte, ob ich wieder so braun bin, wenn ich zurückkomme, und ich versicherte ihr, dass das nicht der Fall sein wird. Sie war sehr beeindruckt von meiner Bräune, als ich im Juli nach Hause kam, und ich muss sagen, dass ich tatsächlich aussah wie ein Mulatte, als ich Freyas blassen, sommersprossigen Leib an mich drückte. Nach den vielen Monaten unserer Trennung war es, als hätte sich unser Geschlechtstrieb von Grund auf regeneriert. Freya zog immer die Decke weg und betrachtete mich – als wäre sie vernarrt in meinen nackten braunen Körper. Zu allen Tageszeiten schlichen wir uns davon zu einem schnellen, leidenschaftlichen Fick. Fünfminuteneinlagen nannten wir das. »Wir wär's mit einer Fünfminuteneinlage?«, fragte Freya nach dem Essen. Stella schlug an die verschlossene Tür und brüllte: »Was macht ihr da?« »Daddy ist ein bisschen müde, Liebling«, antwortete Freya, während ich dümmlich grinsend vor mich hin rammelte.

Seltsam, nach zwanzig Jahren wieder einmal nach Birming-

---

* Godfrey wurde 1942 entlassen.

ham zu kommen: Wie sehr hat es mir immer vor diesen Heim-
fahrten bei Ferienbeginn gegraut. Ich muss mich bei der RAF
Clerkhall zu einem zweiwöchigen Fallschirmspringerkurs
melden: ein paar Tage Ausbildung, dann die fünf Sprünge,
die für den Abschluss nötig sind. Ich habe das bestimmte
Gefühl, dass die Idee nicht von Vanderpoel stammt, sondern
von Rushbrooke [dem neuen Chef der Marineaufklärung]
oder irgendeinem anderen. Ian sagte, die Marineaufklärung
versucht, ihren Wirkungsradius zu vergrößern. »Bald werden
wir auf dem europäischen Kontinent operieren. Wir können
uns nicht auf unseren Lorbeeren ausruhen.« Er wirkt bedrückt: Launisch ist er sowieso. Aber seit ich wieder hier bin,
scheint er gereizt und in sich gekehrt. *Cherchez la femme?*[*]

Nach meiner Rückkehr von Nassau hatte ich einen Monat
Urlaub, aber ich wollte nicht von zu Hause fort: Ich wollte in
der Melville Road bleiben und ein einfaches, ruhiges Leben
führen, weiter nichts. Seit Monaten habe ich erstmals wieder
mit Vergnügen gelesen. Ich habe den Gemüsegarten bestellt,
bin mit Stella spazieren gegangen. Ab und zu bin ich mit
Freya auf einen Drink im Pub gewesen. Ich habe den Kontakt zu meinen alten Freunden und Bekannten aufgefrischt.

Schuld ist ein Riesenerfolg, sowohl bei den Kritikern als
auch kommerziell.[**] Peter Scabius wird als neuer und bedeutender Romancier bejubelt. Ich bin noch nicht dazu gekommen, das Buch zu lesen, und als ich Peter traf, beschränkte ich
mich auf vage Verallgemeinerungen. Er hat es sowieso nicht
gemerkt. Das viele Geld und der Ruhm sind ihm gründlich
zu Kopf gestiegen. Er hat ein großes Haus am Wandsworth

---

[*]   Fleming hatte sich in Ann O'Neill verliebt, geschiedene Ann Rothermere
      und spätere Mrs Ian Fleming.

[**] Erschienen im Juli 1943 bei Murray Ginsberg Ltd. Bis November waren über
      30 000 Exemplare verkauft.

Common gekauft, wo er mit seiner neuen Frau Penny lebt (am Erscheinungstag des Buches haben sie geheiratet). Er stellt den Tod von Tess wie eine Stigmatisierung zur Schau, die demonstrieren soll, wie sehr er gelitten hat. Zu mir sagte er etwas wahrlich Abstoßendes: »Weißt du, Logan, seit das mit dem Tod von Tess bekannt ist, finden mich die Frauen unglaublich attraktiv.« Wahrscheinlich betrügt er Penny bereits.

Von Dick Hodge habe ich einen merkwürdig ungehobelten Brief bekommen, in dem er mitteilt, dass er ein Bein verloren hat, als er in Italien auf eine Mine trat. Nun ist er wieder in Schottland, »laufen lernen«, und er fügt hinzu: »Da ich niemals mehr von hier weg will, rate ich dir, lieber herzukommen und mich zu besuchen. Unterzeichnet hat er mit »Dein Dick. Entbeint, aber nicht, falls du das vermutet haben solltest, entmannt.«

In der Zeitung las ich, dass de Marigny freigesprochen wurde. Es gibt also doch noch Gerechtigkeit – aber wer ist nun der wahre Mörder von Sir Harry Oakes? Die Bahamas, der Herzog, die Herzogin kommen mir jetzt vor wie eine andere Welt.

Mittwoch, 8. Dezember

RAF Clerkhall. Auf dem Stützpunkt werden Bomberbesatzungen ausgebildet, und er ist voll von Fliegerpersonal. Morgen haben wir unseren ersten richtigen Absprung; ich freue mich schon darauf. Wir, die Nichtflieger, bilden ein abgesondertes Grüppchen in der Messe: sechs Engländer, ein Pole und zwei nervöse Italiener. Keiner sagt, warum er Fallschirmspringen lernt – vielleicht wissen es die anderen ebenso wenig wie ich. Ich bin der einzige Marineoffizier.

Nach dem Abendessen haben wir frei und können in den

Pub gehen oder nach Birmingham. Ich habe die alten Stätten aufgesucht und bin durch Edgbaston spaziert. Vielleicht stehe ich noch unter dem Eindruck der Bahamas, aber ich muss sagen, dass ich mich in der anspruchslosen Schlichtheit Birminghams ausgesprochen wohlfühle. Eine Großstadt ohne jeden Firlefanz. Dass ich sie als Kind so hasste, wirft ein schlechtes Licht auf mich. Nach den letzten sechs Monaten kommt mir alles an Birmingham beruhigend wahr und echt vor, mag es noch so grau und abgeschabt sein. Eines Abends stand ich vor unserem alten Haus, dachte an Vater und fragte mich, was er nach nun fast zwanzig Jahren von seinem Sohn halten würde. Von meinen zwei Ehen, seinen zwei Enkelkindern und meiner durch den Krieg abgebrochenen Schriftstellerkarriere. Würde er diesen in die Jahre gekommenen Marineoffizier wiedererkennen?

Derartige Gedanken beschäftigen mich unablässig, seit ich ihnen freien Lauf lasse. Bei der Marineaufklärung ist es ein offenes Geheimnis, dass sich all unser Tun nun auf die bevorstehende Invasion des Kontinents konzentriert, auf die »zweite Front«. Es könnte durchaus sein, dass der Krieg in einem Jahr zu Ende ist – und mich befällt eine gewisse Panik beim Gedanken an die Rückkehr in die »Normalität«, denn dann muss ich, stracks auf die vierzig zugehend, meine Karriere noch einmal vorn beginnen. Wird mir das gelingen? Es ist seltsam: Der Krieg, sosehr ich über ihn stöhne, hat bewirkt, dass alle lebenswichtigen Entscheidungen aufs Abstellgleis geschoben wurden. Und manchmal ist das Abstellgleis nicht der schlechteste Ort.

Gestern Abend ging ich auf der Broad Street in einen Pub und bestellte ein Glas Bier. Es war ziemlich voll, und wegen der dicken Verdunkelungen fühlte man sich auf unnatürliche Weise von der Welt abgeschnitten. Ich steckte mir eine Zigarette an, trank mein Bier, ließ alle Gedanken von mir abfallen und versank, nur halb auf das Geplapper um mich herum achtend, in eine wohlige, typisch englische Art von Trance, die mir gestattete, die Zeit für etwa zwanzig Minuten anzuhalten. Als ich zahlen wollte, nahm der Wirt das Geld nicht an, und seine Frau schimpfte: »Das macht er immer so bei Uniformierten. Ich sage ihm, die werden gut bezahlt, und wir müssen auch zurechtkommen. Wir haben nichts zu verschenken.« Der Mann zuckte die Schultern und machte ein Schafsgesicht. Ich gab der Frau recht, bezahlte bei ihr und legte ein Trinkgeld hin. So recht weiß ich nicht, was diese Anekdote zu besagen hat. Ich fuhr in entspannter Stimmung mit dem Bus nach Clarkhall zurück. Typisch Birmingham, sagte ich mir, und das ist der Grund, weshalb ich die Stadt plötzlich lieb gewonnen habe.

Donnerstag, 9. Dezember

Nach all dem Training, der Gymnastik, den Turmsprüngen am Gurt endlich die Sache selbst. Etwa zwanzig von uns bestiegen einen alten, speziell ausgerüsteten Stirling-Bomber. Ich saß neben dem einen Italiener, der sehr zittrig wirkte, als wir die Haken unserer Reißleinen am Seil befestigten, das an der Kabinendecke verlief. »*Buoni augurii*«, sagte ich, und er starrte mich in heller Panik an. Vielleicht weiß er schon, wo er abspringen soll. Was sind wir nur für seltsame Vögel? Wir kamen uns vor wie die unglaublichste Sorte Geheimagenten.

Die Stirling startete, und wir kreisten so lange im Steigflug, bis wir die richtige Höhe hatten. Als die Absprungzone erreicht war, wurde die Luke im Boden geöffnet, und der Ausbilder stellte sich neben sie. »Auf keinen Fall nach unten gucken«, wiederholte er ständig. »Gucken Sie in mein schönes Gesicht, und wenn ich die Hand senke, machen Sie einfach einen Schritt vorwärts.«

Sechs Leute verschwanden vor mir aus meinem Blickfeld, dann war ich an der Reihe. Ich fühlte nichts: Es war mir gelungen, alle Emotionen auszuschalten – und ich hatte absolutes Vertrauen in die Zuverlässigkeit des Fallschirms und meiner Ausrüstung, ich zweifelte nicht daran, dass er richtig gepackt war und dass er sich beim Ziehen der Reißleine ohne weiteres entfalten würde. Der Ausbilder senkte die Hand, sagte: »Sieben – Springen!«, und ich machte einen Schritt ins Leere.

Der Luftzug versetzte mir einen kräftigen Hieb, und mir war, als hätte sich der Fallschirm fast sofort geöffnet. Ich blickte erst in die schmutzig graue Schirmwölbung über mir, dann hinab auf die Landschaft von Staffordshire. Der erste Mann war schon gelandet und raffte den flatternden Fallschirm zusammen; meine anderen Vorgänger schwebten etwa in einer Linie unter mir. Ich kostete das Gefühl des Hängens aus – nicht ganz Schwerelosigkeit (wie immer das sein mag: Wie eine Daunenfeder kam ich mir nicht vor), mehr das Gefühl, auf dramatische Weise aus meinem Element herausgefallen zu sein, etwas, was ich auf den Bahamas schon einmal erlebt hatte, als ich über das Riff hinausschwamm: plötzlich senkte sich der Meeresboden unter mir ab, und das vorher blassblaue Wasser wurde blauschwarz. Da merkte ich, dass jemand von unten zu mir hochbrüllte: »Nummer sieben, Beine zusammen!« Ich blickte hinab und sah den anderen Ausbilder, der Townsend hieß, mit dem Megaphon zu mir heraufbrüllen. Verdammt, dachte ich, wenn ich Townsend erkenne, muss ich ganz nahe am Boden sein.

Rums. Ich schlug auf und rollte ab, eher automatisch als nach Anweisung. Es war genauso, wie sie es gesagt hatten: derselbe Effekt, wie wenn man von einer vier Meter hohen Mauer springt – eine ganz schöne Höhe, muss ich sagen. Ich rappelte mich hoch und grinste stolz. Townsend kam angerannt. »Nicht schlecht, Mountstuart. Jetzt nur noch vier.«

1944

Freitag, 7. Januar

Ich las gerade heimlich in der Autobiographie von Plomer* –
die sich unverschämt gut verkauft – und fragte mich, ob man
diesen Zeilen anmerkt, dass der Autor ein praktizierender
Homosexueller ist. Rhetorische Frage: Die Antwort ist Nein.
Was dann eine weitere provozierte – auf welcher Wahrheits-
ebene bewegt sich das Buch? Ich dachte über dieses Paradox
nach, als Vanderpoel hereinkam und mich in Rushbrookes
Büro rief. Bei Rushbrooke war ein Mann in Zivil, der mir
als Colonel Marion vorgestellt wurde. Mir wurde mit einem
Mal ganz anders, als ich merkte, dass jetzt der Einsatzbefehl
kam, auf den mich der Fallschirmspringerkurs vorbereitet
hatte, und ich wollte schon sagen: Bevor Sie weitersprechen,
Captain Rushbrooke, bitte ich um Versetzung in die Küchen-
kompanie. Aber natürlich sagte ich nichts und setzte mich
brav, als mir Rushbrooke einen Stuhl anwies. Er lächelte
mich an.

»Schauen Sie nicht so bekümmert drein, Mountstuart. Wir
haben Ihnen ein paar Frachtdampfer gekauft. Sie sind Reeder
geworden. Nun wollen wir, dass Sie in die Schweiz fahren
und noch welche dazukaufen.«

Schweiz? Ich spürte einen warmen Schauer der Erleichterung im Unterleib, und eine Schrecksekunde lang fürch-
tete ich, vor Freude eingenässt zu haben. Meine Blase hatte
tatsächlich reagiert, aber meine Würde blieb gewahrt. Die

---

* *Doppelleben* (1943).

Schweiz ist neutral, sagte ich mir, sicherer noch als die Bahamas. Es kam mir seltsam vor, dass ich in einem Binnenland Schiffe kaufen sollte, aber das war schließlich nicht mein Problem.

Und so wurde die »Operation Schiffsmakler« geboren. Meine Aufgabe, soweit sie mir erläutert wurde, scheint ganz einfach. Nur in die Schweiz hineinzukommen ist kompliziert. Ich soll mich als uruguayischer Geschäftsmann ausgeben, der in Portugal, Spanien und der Schweiz nach Investoren sucht, um seine Handelsflotte aufzustocken – zwei meiner Schiffe liegen gerade im Hafen von Montevideo. Ich bezweifelte die Glaubwürdigkeit dieser Legende und wurde darauf hingewiesen, dass nicht die ganze Welt in den Krieg verwickelt ist. Zum Beispiel Südamerika. Bürger neutraler Staaten könnten durchaus reisen, wenn sie die nötigen Papiere und Visa besäßen. Schweden könnten, die Genehmigung vorausgesetzt, nach England reisen, Mexikaner in die USA, Spanier nach Australien.

Ich soll bei bestimmten Banken in Genf und Zürich um Darlehen zum Kauf von Schiffen ersuchen (die Details erfahre ich in den nächsten Tagen). »Wir gehen jedoch nicht davon aus, dass Ihnen jemand Geld leihen wird«, sagte Rushbrooke. »Wir wollen nur, dass Sie sich dort aufhalten und den Versuch unternehmen.« Ich fragte nach dem Grund, da meldete sich Marion zu Wort. »Man wird an Sie herantreten, konspirativ, vonseiten der Deutschen oder durch Repräsentanten wichtiger Deutscher. Sie werden wissen wollen, was es kostet, auf einem Ihrer Schiffe nach Südamerika mitgenommen zu werden.« Warum sollten sie?, fragte ich. Weil der Krieg bald zu Ende ist und die Ratten beginnen werden, das sinkende Schiff zu verlassen, sagte Marion. Diese Leute werden Sie ansprechen, und Sie werden alle Angaben notieren, die dazu dienen können, deren Identität festzustellen.

Ein Mann namens Ludwig wird Verbindung mit Ihnen aufnehmen, und Sie werden diese Informationen an ihn weitergeben. Woran soll ich Ludwig erkennen?, fragte ich. Keine Sorge, er wird Sie erkennen, erwiderte Marion. Wie komme ich nach Genf? fragte ich weiter. »Was glauben Sie, warum Sie Fallschirmspringen gelernt haben«, sagte Vanderpoel mit ungutem Lächeln. Alles Weitere würde ich bei den nächsten Instruktionen erfahren. Ich hatte noch eine Frage: Wie lange soll ich in der Schweiz bleiben? Bis die alliierten Truppen zur Grenze vorstoßen, entweder von Frankreich oder von Italien her, wahrscheinlich – Rushbrooke warf einen Blick auf Marion – irgendwann im Sommer.

Sonntag, 9. Januar

Habe Freya in Andeutungen von »Operation Schiffsmakler« erzählt und ihr erklärt, dass ich wieder nach Lissabon muss. Es war Rushbrookes Idee. Ihm war klar, dass man seiner Frau irgendetwas sagen muss. »Aber es ist doch nichts Gefährliches, oder?«, fragte Freya. Nein, nein, ganz ungefährlich, beruhigte ich sie. Ich soll nur Informationen beschaffen – die Marineaufklärung hat sich mal wieder was ausgedacht. Was mich auf die Frage brachte, von wem die Idee nun tatsächlich stammt. Und wer ist Colonel Marion? Nächste Woche erhalte ich weitere Instruktionen, mir wird eine komplette Legende verpasst. Ich sollte mir einen Namen für meine Papiere ausdenken und habe Gonzago Peredes vorgeschlagen – ein Name, in dem ein bisschen von mir steckt und ein Andenken an Faustino. Zürcher und Genfer Bankiers werden Telegramme aus Montevideo erhalten, die den Besuch von Señor Peredes ankündigen. Im Genfer Hôtel du Commerce wird ein Zimmer für mich gebucht. Ich habe eine Mappe voller Angaben zu Frachtschiffen, die zum Verkauf stehen.

Sonntag, 13. Februar

Ein stilles Wochenende mit Freya und Stella. Gestern haben wir ein Hundebaby gekauft, eine schwarze Labradorhündin. Stella will sie Tommy taufen, also soll sie Tommy heißen. Morgen trete ich eine umständliche Reise nach Italien an. KLM von Bristol nach Lissabon. Dann per Schiff nach Tripoli, von dort mit dem Militärflugzeug nach Kairo und weiter nach Neapel. Alles scheint gut vorbereitet, nach bewährter Art der Marineaufklärung. Freya habe ich erzählt, dass ich etwa einen Monat weg bin und dass Vanderpoel sie auf dem Laufenden hält. Sie scheint ganz beruhigt und sieht es als Geschäftsreise, wie sie sagt. Schließlich war ich schon acht Monate weg, auf den Bahamas, und da scheint mir die kleine Lüge verzeihlich. Gestern Abend brachte ich eine Flasche algerischen Wein mit, den wir mit Rum, Zucker und ein paar alten Nelken aufbesserten. Wir lagen Arm in Arm auf dem Sofa und hörten die zweite Sinfonie von Brahms auf dem Grammophon, dann gingen wir ins Bett und liebten uns mit dem gebotenen Ernst – zwei erfahrene und zärtliche Liebhaber, die genau wussten, was sie taten. Heute darf Tommy zum ersten Mal mit in den Battersea Park.

Memorandum über die »Operation Schiffsmakler«

Am Mittwoch, dem 23. Februar 1944, ging ich auf einem Flugplatz bei Neapel an Bord eines Liberator-Bombers. Mit mir flogen zwei Franzosen, die über dem besetzten Frankreich abspringen sollten. Unsere Liberator, die statt Bomben Nachschub für die französische Résistance geladen hatte, war Teil einer Bomberstaffel, die einen Angriff über Süddeutschland fliegen sollte. Während des Angriffs sollten wir uns von der Staffel absondern und über die Westschweiz fliegen. Dort sollte ich mit dem Fallschirm abspringen. Über das Flugziel der Franzosen erfuhr ich nichts.

Unter meinem Overall trug ich einen grauen Flanellanzug und eine Krawatte. Das Firmenschild im Jackenfutter stammte von einem Schneider in Montevideo. Ich hatte einen Koffer mit Kleidung und verschiedenen Geschäftsunterlagen bei mir, auch ein Foto von Frau und Tochter, beide in Uruguay lebend. In meiner Brieftasche steckten ein Bündel Schweizerfranken, gestempelte Visa und gelochte Eisenbahnfahrkarten, die meine Reiseroute von Lissabon nach Madrid und durch das besetzte Frankreich nach Genf dokumentierten. Ich besaß Empfehlungsschreiben für Banken in Lissabon, Madrid, Genf und Zürich. Alles an mir wies mich mit absoluter Authentizität als uruguayischen Geschäftsmann aus, der im neutralen Teil Europas um Darlehen für Schiffskäufe nachsuchte.

Ich schüttelte den Franzosen die Hand, und meine Bangigkeit legte sich ein wenig. Sie sprangen über dem besetzten Frankreich ab, ich würde, wenigstens theoretisch, in einem neutralen Staat landen, dessen Bewohner mich nicht als Feind betrachteten. Immer wieder schärfte ich mir ein: Ich würde nicht den Feinden in die Hände fallen. Der Mann an der Luke war Engländer, Fliegersergeant Chew.

Wir starteten im Morgengrauen. Unsere Staffel schloss sich mit den anderen aus nahegelegenen Stützpunkten über der Bucht von Neapel zu einem Verband zusammen, dann ging es im Formationsflug gen Norden, Richtung Bayern. »Eine Kugellagerfabrik«, flüsterte Chew mir zu. Er war ziemlich redselig (vielleicht war das Teil seines Auftrags), und er freute sich, auch einmal einen Engländer abwerfen zu können (»Bleiben immer schön unter sich, die Franzmänner, was?«), und stellte ständig Fragen, von denen er wusste, dass ich sie nicht beantworten durfte. »In letzter Zeit in London gewesen, Sir? – Oh, tut mir leid.« »Streiken eigentlich die Bergarbeiter immer noch? Tut mir leid, Sir, bin seit Monaten nicht in der Heimat gewesen, Sie verstehen.«

Nach etwa zwei Stunden spürte ich, dass der Bomber abdrehte und in den Sinkflug ging. Auf Chews Kommando machte ich mich bereit, nahm Aufstellung an der Luke, befestigte den Koffergurt am Fußknöchel, hakte die Reißleine ein, zog eine Wollmütze aus der Tasche und streifte sie über.

In diesem Moment erreichte meine Angst ihren Höhepunkt, und ich hörte eine kreischende Stimme in meinen Kopf: »Was zum Teufel machst du da, Mountstuart? Du hast Frau und Kind, du willst nicht sterben. Warum hast du das zugelassen?« Ich ließ die Stimme weiterkreischen, das lenkte wenigstens ab, und Antworten hatte ich sowieso nicht. Chew schaute aus einem kleinen Bullauge und sagte: »Schöne klare Nacht, Sir.« Dann kam eine amerikanische Stimme durch den Lautsprecher: »Fünf Minuten«, und ein rotes Lämpchen ging über der Luke an. Die zwei Franzosen machten ein V-Zeichen und wünschten mir Hals- und Beinbruch.

Chew öffnete die Luke, kalte Luft wirbelte herein. Durch die Luke sah ich die Kegel der Scheinwerfer, mit denen der Himmel abgesucht wurde. »Die guten alten Schweizer«, sagte Chew. »Manchmal schicken sie der Ordnung halber auch ein bisschen Flakfeuer hoch. Aber Licht machen sie immer. Damit wir sehen können, wo wir sind.« Über der Luke ging die grüne Lampe an. Chew schlug mir auf den Rücken, ich schnappte meinen Koffer, presste ihn vor die Brust und machte den Schritt in die Nacht hinaus zu meinem sechsten Sprung.

Der eisige Wind traf mich wie ein Schlag, und ich hörte das dumpfe Geräusch, mit dem der Fallschirm aufging, während mir gleichzeitig der Koffer aus dem Arm gerissen wurde und schmerzhaft an meinem rechten Bein zerrte. Einen schrecklichen Augenblick lang glaubte ich, einen Schuh verloren zu haben. Der Koffer, der an mir baumelte wie ein Lebewesen, das sich an meinen Knöchel klammerte, war extrem lästig. Ich hörte die Motoren des Bombers aufheulen, als er wieder aufstieg, um zur Staffel zurückzukehren.

Es war Halbmond mit schnell treibenden Wolken, unter mir sah ich Felder im einförmigen graublauen Dunkel, dazwischen größere Schneeflächen. In der Entfernung konnte ich die glatte Fläche des Genfer Sees ausmachen und die nicht sehr wirkungsvolle Verdunklung der Stadt selbst. Ich war wohl annähernd zielgenau abgesprungen.

Bei der Landung erging es mir ziemlich schlecht, ich verfehlte knapp eine Baumgruppe, kam ungeschickt auf und wurde an die dreißig Meter vom Fallschirm über den Acker geschleift. Ich verschnaufte kurz, raffte den Fallschirm nach Vorschrift zusammen, streifte Gurt und Overall ab. Im Koffer befanden sich Wintermantel, Schal und Hut. Ich zog die Sachen an, es war kalt. Dann suchte ich eine halbe Stunde nach einem Versteck für Fallschirm und Overall. Schließlich verscharrte ich sie im Schnee an einer Feldsteinmauer und klopfte den aufgewühlten Schnee fest, so gut es ging. Bis zur Entdeckung der Sachen, so hoffte ich, würde ich längst in der Stadt untergetaucht sein.

Ich wusste, in welcher Richtung Genf lag und ging an den Feldrändern entlang, bis ich zu einem Gatter gelangte, hinter dem eine kleine Landstraße verlief. Dieser folgte ich bis zu einer Kreuzung mit Wegweiser: Genève 15 km. Mir war klar, dass jetzt der gefährlichste Teil meines Weges kam: ein ausländischer Geschäftsmann mit Koffer mitten in der Nacht fern von jeder Ortschaft auf einer Landstraße – wenn man mich jetzt aufgriff, hatte ich keine Chance zu einer Erklärung. Ich musste die Stadt so schnell wie möglich erreichen und mich unauffällig unter die Bevölkerung mischen. Ich lief weiter, die Straßen waren völlig leer, ohne jeden Verkehr. Nach etwa einer Stunde kam ich zu einem Dorf. Auf dem Ortsschild stand Carouge. Inzwischen war es vier Uhr morgens.

In der Nähe der Straße stand eine alte Scheune, und ich beschloss, dort zu warten, bis es hell wurde und das Dorf zum Leben erwachte – mit der Überlegung, dass ich weniger Aufmerksamkeit erregte, wenn schon ein paar Leute auf der Straße waren. Und vielleicht würde es im Dorf einen Bahnhof oder eine Busverbindung geben. Ich hatte eine Taschenflasche bei mir und ein paar Kekse – also saß ich zitternd in einem Mauerwinkel, knabberte Haferflocken und trank Whisky.

Als es hell wurde, reinigte ich mich mit größter Sorgfalt und wischte mir den Schlamm von Schuhen und Hosenbeinen. Dreck ist ein großer Verräter, wenn man unauffällig bleiben will. Gegen halb acht wagte ich mich ins Dorf und hoffte, so auszusehen wie einer, der zum Zug will. Zum Glück war der Ort recht groß, es gab ein Straßenlokal und ein Postamt, die Cafés und *boulangeries* waren schon geöffnet. Ich kam durch, ohne misstrauische Blicke auf mich zu ziehen. An der Bushaltestelle reihte ich mich in eine Schlange ein und fragte einen jungen Mann, ob ich mit dem Bus nach Genf kommen würde. Er bejahte; mein Französisch schien unbeanstandet durchzugehen.

Der Bus kam, ich stieg ein, kaufte ein Ticket und setzte mich. Zum ersten Mal konnte ich ein wenig entspannen, und eine wohlverdiente Aufwallung von Stolz durchströmte mich. Phase eins war erfolgreich abgeschlossen. Ich blickte aus dem Fenster und ließ die Vororte von Genf vorbeiziehen; der gefährliche Teil war vorüber. Jetzt musste ich nur noch meinen Auftrag erfüllen.

An einem kleinen, zentrumsnahen Platz stieg ich aus und suchte mithilfe meines Stadtplans nach dem Hôtel du Com-

merce. Jetzt war ich nur noch einer von vielen Büroangestell-
ten, die in Hut und Mantel zur Arbeit eilten. Ich betrat die
Lobby des Hotels und verließ sie sofort wieder. Zwei Polizisten sprachen mit dem Mann an der Rezeption.

Es hätte reiner Zufall sein können, eine Routinekontrolle.
Vielleicht hätte ich einfach an die Rezeption gehen müssen,
aber das kam mir leichtsinnig vor, ein unnötiges Risiko. Ich
bog um die Ecke und sah einen Mannschaftswagen mit sechs
wartenden Polizisten. Das sah schon bedenklicher aus. Ich
lief weiter durch die umliegenden Straßen und suchte nach
einem geeigneten Hotel – nicht zu vornehm, nicht zu schä-
big. So stieß ich auf das Hôtel Cosmopolitan und nahm es als
gutes Omen.

Den größten Teil des Tages verbrachte ich im Zimmer, ent-
spannte mich, ordnete meine Sachen, am Nachmittag schlief
ich. Als ich aufwachte, rief ich im Hôtel du Commerce an
und bestellte mein Zimmer mit der Begründung ab, dass ich
in Madrid aufgehalten worden sei.

Am Abend besuchte ich ein Restaurant, aß ein Lammko-
telett mit Bratkartoffeln und spülte es mit einem Glas Bier
herunter. Es war nicht üblich, abends in Genf herumzu-
laufen. Nach zehn herrschte Verdunklung (die Straßenla-
ternen wurden gelöscht), aber sie war, wie man spürte, eher
aus Pflicht als aus Notwendigkeit verhängt. Das Leben war
eingeschränkt – selbst am Essen war es zu merken: das Bier
schmeckte wässrig, und die Kartoffeln waren so ungenießbar,
dass ich sie nur zur Hälfte aufaß – aber nichtsdestotrotz war
die Atmosphäre beinahe normal. Der Krieg fand woanders
statt, obwohl er so nahe war, und die Bevölkerung ließ sich
den permanenten Druck, unter dem sie lebte, nicht anmerken,
die ständig bohrende Angst im Hinterkopf, die man auch in
London so sehr spürte. Ich ging in mein Hotel zurück und
schlief ruhig ein.

Am Vormittag rief ich die Bank Feltri an, um meinen Termin für den Montagmorgen zu bestätigen. »*Ah, oui, Monsieur Peredes*«, sagte die Sekretärin. »*C'est noté.*« So weit, so gut.

Ich ging hinunter und machte zur Mittagszeit einen Spaziergang am See, trank eine Tasse Kaffee und aß ein Stück Apfeltorte dazu. Ich weiß noch, dass ich es sehr bizarr fand, dort in Genf zu sitzen und mich als uruguayischer Reeder auszugeben. Ein Lachen stieg in mir auf, und für einen Moment empfand ich – und vielleicht ist das der Kitzel, den der echte Spion verspürt – das spielerische Element hinter all der Gefahr und dem Ernst der Lage und wie verführerisch es war. Kurz und gut: Ich war hergekommen, um Versteck zu spielen.

Wieder im Hotel, überreichte mir das Mädchen an der Rezeption eine Nachricht. Ich entfaltete den Zettel: »*Café du Centre, midi, demain. Ludwig.*« Ich gab ihn zurück. »Das muss ein Irrtum sein«, sagte ich. »Der ist nicht für mich.« Aber er war hier, sagte sie, erst vor zwanzig Minuten, und hat nach Ihnen gefragt, Señor Peredes. Nein, nein, sagte ich und versuchte, Ruhe zu bewahren. Ich bat sie, meine Rechnung fertigzumachen – ich müsse dringend nach Zürich.

Ich ging die Treppe hinauf, um zu packen, und als ich die Tür zu meinem Zimmer öffnete, wurde ich von vier Männern erwartet – zwei Polizisten mit Maschinenpistolen und zwei in Zivil. Einer zeigte mir seinen Ausweis und sagte auf Spanisch: »Señor Peredes, Sie sind verhaftet.«

Ich wurde zu einer Polizeistation am Stadtrand gefahren und in ein Zimmer geführt. Auf dem Tisch lagen mein Fallschirm und der Overall, und ich wurde aufgefordert, diese Sachen als meine zu identifizieren. Auf Französisch sagte ich, ich würde die Sachen nicht kennen, und ich käme in geschäftlicher Eigenschaft aus Spanien. Der Polizist, der mich auf Spanisch angesprochen hatte, gratulierte mir zu meinem guten Französisch, aber sagte nichts mehr.

Bis zum Einbruch der Dunkelheit musste ich in dem Raum bleiben. Ich durfte auf die Toilette gehen und bekam eine Tasse ungesüßten Kaffee. In meinem Kopf herrschte ein wüster Aufruhr, meine Gedanken, Vermutungen, Gegenvermutungen schwirrten wild durcheinander. Ich zwang mich, keine Schlüsse zu ziehen – dazu war es zu früh, vielleicht würden sie mich ja gehen lassen. Aber eine Frage quälte mich und ging mir nicht aus dem Kopf: Woher wusste Ludwig, dass ich im Hôtel Cosmopolitan war? Die einzige Person in Genf, in Westeuropa, in der ganzen Welt, die wusste, wo ich abgestiegen war, war ich.

Am Abend wurde ich aus dem Raum herausgeholt und zum Hinterausgang geführt. Dort half man mir in einen Kastenwagen, dessen Türen verschlossen wurden. Er hatte keine Fenster. Der Wagen setzte sich in Bewegung; nach etwa drei Stunden Fahrt hielten wir, und der Motor wurde abgestellt.

Ich kletterte heraus und fand mich unter dem Vordach einer schlossartigen Villa wieder, deren Haustür von zwei bewaffneten Posten flankiert war. Meine Bewacher lieferten mich bei regelrechten Gefängniswärtern ab, wie es aussah. Ich wurde in einen Umkleideraum gebracht, musste mich ausziehen und bekam eine Garnitur Unterwäsche, eine schwarze Hose, ein graues Flanellhemd ohne Kragen und einen grauen Umhang, den man bis zum Hals zuknöpfen konnte. An den Füßen trug ich dicke Socken und – das war der kurioseste Teil meiner Kluft – schwere Holzpantinen. Ich kam mir vor wie eine Kreuzung aus einem holländischen Bauern und einem russischen Kommissar.

So eingekleidet folgte ich meinem Bewacher durch einen Korridor und ein paar Stufen hinauf in ein großes, fast leeres Zimmer. Die paar Spuren der früheren Dekoration – eine Gardinenstange, eine bemalte Deckenborte – standen in scharfem Kontrast zur kahlen Zweckhaftigkeit der wenigen

Einrichtungsgegenstände. Ein eisernes Bett (mit Decken), ein Tisch, ein Stuhl, ein Nachttopf. Das große Fenster war mit kräftigen Gitterstäben bewehrt, an der Wand befand sich ein Zentralheizungskörper – warm.

Als der Bewacher ging, sagte er »*Buenas noches*« und schloss die Tür ab.

Das war nun mein neues Heim. Ich fragte mich natürlich sofort, für wie lange.

Das Leben in der Villa. Von meinem Fenster hatte ich einen schönen Blick auf einen See und schneebedeckte Berge. Es war der Vierwaldstättersee, wie ich später herausfand. Jeden Morgen um sieben schloss ein Wärter auf und führte mich zum Waschraum, wo ich meinen Nachttopf leerte und mich waschen und rasieren konnte. Einmal wöchentlich durfte ich duschen und meine Haare waschen. Alle vierzehn Tage war Wäscheausgabe. Wenn ich in mein Zimmer zurückkehrte, wartete dort das Frühstück auf mich: Brot, Käse und ein Emaillenapf mit lauwarmem, niemals heißem Kaffee. Die nächste Unterbrechung kam zu Mittag: immer irgendeine Gemüsesuppe und wieder Brot. Am Nachmittag durfte ich in den Innenhof, wo ein schütterer Rasen von Kieswegen geviertteilt wurde. Unter den Augen einer Wache konnte ich umhergehen oder in der Sonne sitzen, wenn es das Wetter erlaubte. Auf dem Rückweg in mein Zimmer erhaschte ich einen kurzen Blick auf einen (genauso gekleideten) Mitgefangenen, der nach mir seinen Hofgang antrat. Im Lauf der Zeit kam ich zu dem Schluss, dass es höchstens ein halbes Dutzend Häftlinge im Haus geben konnte, die über die drei Stockwerke verteilt waren – nur selten hörte ich auf dem Weg zwischen Hof und Zimmer das Klappern von Holzpantinen. Dann wurde ich wieder eingeschlossen, und um sieben kam das Abendessen, ein Teller mit Eintopf oder ein Kotelett, stets mit Kartoffeln, dazu wieder Brot und Käse. Um neun wurde das Licht gelöscht. Die Wachen schienen ständig zu wechseln und sprachen mich immer in schlechtem Spanisch an – »Hola«, »Vamos«, »Está bien?« –, ohne Rücksicht darauf, in welcher Sprache ich mich an sie wandte. Und immer nannten sie mich Peredes.

Es war eine sehr einfache, effiziente, sichere Verwahrmethode. Sehr schweizerisch, könnte man sagen, und anfangs fühlte ich mich seltsam erleichtert. Alle Gefahren schienen vorüber: »Operation Schiffsmakler« war gar zu schnell gescheitert. Ich war erwischt worden und konnte nichts mehr tun – das Spiel war gelaufen, und sie hatten gewonnen. Die Schweiz war schließlich neutral. Ich konnte nicht von der Gestapo gefoltert werden, und es war sicher nur eine Frage der Zeit, bis ich in ein richtiges Internierungslager kam (ich wusste, dass bereits um die zwölftausend alliierte Soldaten und Flieger in der Schweiz interniert waren). Irgendwo würde sich das knarrende Räderwerk der Bürokratie in Gang setzen, man würde mich hervorholen und sich mit mir befassen. Aber Tage wurden zu Wochen (die Wachen verrieten mir immer das Datum), und ich machte mir zunehmend Sorgen. Mein Aufenthalt schien sich unabsehbar in die Länge zu ziehen. Ich langweilte mich zu Tode: keine Bücher, keine Zeitungen, kein Schreibzeug. Aber ich bekam Bewegung und wurde gut verpflegt – ich nahm sogar zu von dem Brot und dem Käse, den ich täglich in mich hineinstopfte.

Nach etwa sechs Wochen verlangte ich den Direktor zu sprechen – ich sagte, ich hätte ein Geständnis abzulegen. Mehrere Tage vergingen. Eines Abends wurde ich die Treppe hinab in einen großen Erdgeschossraum geführt. Er war halb leer, nur hier und da standen ein paar abgeschabte, aber ziemlich wertvolle Möbel. Ein großer, schlanker Mann im hellgrauen Zweireiher, Mitte fünfzig, das Haar streng gescheitelt, stand vor dem Kamin.

»*Habla inglés?*«, fragte ich ihn, und als er bejahte, packte ich aus. Mein Name sei Logan Mountstuart, ich sei Leutnant, arbeite für den Geheimdienst der Royal Navy und sei in die Schweiz geschickt worden, um die bei Kriegsende zu erwartende Flucht prominenter Nazis zu vereiteln. Ich hätte nur den Wunsch, mit einem britischen Konsularbeamten oder auch mit Allen Dulles persönlich in Verbindung zu treten, dem Chef des oss in Bern. Alles könne sehr schnell aufgeklärt werden.

Der Mann musterte mich lächelnd. »Sie glauben doch nicht, dass ich Ihnen diesen Unsinn abkaufe, Señor Peredes?«

»Ich heiße Logan Mountstuart.«

»Wer ist Ludwig?«

»Mein Kontaktmann in Genf. Ich habe ihn nicht angetroffen.«

»Das ist eine Lüge. Wer ist Ludwig? Wo ist er?«

Ich blieb dabei, dass ich nichts über diesen Ludwig wusste. Die Wache wurde gerufen und brachte mich in mein Zimmer zurück.

So ging mein Leben weiter. Ich sah den Mann nie wieder, obwohl ich förmliche Anträge stellte. (Heute glaube ich, dass es sich um Colonel Masson handelte, den Chef des schweizerischen Militärgeheimdienstes.) Die Langeweile wurde unerträglich. Mein einziger Zeitvertreib bestand darin, dass ich eine kleine Insektenfarm unterhielt – mehrere Kellerasseln, eine Schabe, ein paar winzige braune Ameisen, die ich im Zimmer gefunden hatte. Ich verwahrte sie in einem Beutelchen, das ich aus dem Zipfel meiner Bettdecke hergestellt hatte, gab ihnen Namen (obwohl die Ameisen schwer zu unterscheiden waren) und ließ sie tagsüber im Zimmer umherlaufen, ohne sie jedoch aus den Augen zu lassen. Natürlich entflohen sie immer wieder, und ich musste sie dann einfangen, aber jede Flucht war für mich ein Stück stellvertretender Befreiung, als wäre ich es gewesen, der sich durch eine Dielenritze oder unter die Scheuerleiste zwängte, sobald man ihm den Rücken kehrte. Ab und zu bat ich um ein Gespräch mit einem Verantwortlichen, aber immer vergebens.

Ich verfiel in eine Apathie, die mir mein Dasein erträglich machte – ein Zustand, den, wie ich glaube, alle Gefangenen durchleben; der Geist unterwirft sich der täglichen Routine. Ich wusste nicht, wo ich war, weshalb ich festgehalten wurde (vermutete lediglich Spionage), oder was sich die Schweizer von meiner kostspieligen Inhaftierung versprachen. Mit fast religiöser Gläubigkeit vertraute ich darauf, dass Versuche zu meiner Befreiung unternommen wurden, dass Freya von meinem Verbleib wusste und sich damit trösten konnte, dass ich wohlauf war. Ich fand mich damit ab, dass mir nichts übrigblieb, als einfach abzuwarten.

Dann plötzlich, im Spätsommer, bekam ich Raucherlaubnis. Ein Häufchen losen Tabak und ein wenig Zigarettenpapier. Ich lernte die Kunst, Zigaretten zu drehen, die fest gestopft, aber dünn wie Salzstangen waren. Wenn ich Feuer wollte, musste ich die Wache rufen. Ich begann, eingespartes Zigarettenpapier zu horten. Im Waschraum befand sich ein alter, rußiger Heizkessel für das Badewasser und die Duschen. Im Vorbeigehen kratzte ich mit den Fingernägeln den Ruß ab. Angerührt mit Urin, ergab er eine brauchbare, wenn auch unangenehm riechende Tinte. Die Sicherheitsnadel, mit der ich meinen Hosenstall verschloss, diente mir als Feder. Jetzt hatte ich Feder, Tinte und Papier. Und so begann das »Gefängnistagebuch von Logan Mountstuart«. Für wenige Sätze brauchte ich Stunden, in mühseliger Kleinarbeit kratzte ich winzige Buchstaben auf die Zettelchen, aber erstmals seit meiner Verhaftung erwachte mein Geist und begann sich zu regen. Ich war wieder Schriftsteller.

Oktober. Peregrin (eine meiner Asseln) ist gestorben. Fand ihn am Morgen zu einer Kugel zusammengerollt, und als ich ihn strecken wollte, brach er in zwei Hälften. Armer Peregrin, er war das bravste und friedlichste Tier meiner kleinen Insektenschar. Grellroter, feuriger Sonnenuntergang über dem See. Schreckliches, körperlich schmerzendes Verlangen nach Freya und Stella. Sie werden zumindest wissen, dass ich noch am Leben bin. Meine Bitte um Schreibzeug wurde erneut ohne Begründung abgelehnt. Die Wachen nehmen meine Wünsche ohne Widerspruch entgegen und entschuldigen sich jedes Mal, wenn sie mit leeren Händen zurückkommen. Die Marineaufklärung muss wissen, dass ich festgenommen wurde. Der mysteriöse »Ludwig« kannte meinen Aufenthalt. (Aber woher? Hatte er vor dem Hotel gewartet, sah mich kommen und folgte mir zum Cosmopolitan?) Er dürfte den Vorfall jedenfalls gemeldet haben. Nachts höre ich manchmal das Dröhnen schwerer Bomber auf dem Weg nach Deutschland. Intensive Geschmackserinnerungen an die Apfeltorte, die ich am Tag meiner Verhaftung aß – meine letzte Süßigkeit seitdem. Der Geschmack von Freiheit? Apfeltorte.

14. November. Hugo hat mir heute das Datum genannt. Ich nenne ihn Hugo, ohne zu wissen, wie er wirklich heißt. Er verrät es nicht. Alle Wachen nennen mich Gonzago, trotz meiner Proteste. Hugo scheint alle drei oder vier Tage Dienst zu haben. Ich frage ihn auf Französisch, wie der Krieg steht, und er nickt, lächelt und sagt *»très bien«*. Man hat den Eindruck, dass hier der Wachdienst genauso gut organisiert ist wie alles andere. Heute Nachmittag schlug ich fünf Minuten gegen die Tür, bis jemand kam, und verlangte den Direktor zu sprechen. Abgelehnt.

Heute wurde ich nach unten gebracht, mit der Auskunft, es sei »jemand von der Botschaft« da. Interessanterweise drei Tage nach meinem vergeblichen Antrag, den Direktor zu sprechen. Man glaubt, es wird einem alles abgelehnt, dabei ist es nur so, dass die Dinge sehr langsam vor sich gehen.

Der Mann stellte sich als Señor Fernández vor und sagte, er sei vom spanischen Konsulat in Lausanne und zuständig für uruguayische Angelegenheiten. Ich sei erst der fünfte Uruguayer in der Schweiz seit Kriegsbeginn. Ich erzählte ihm meine Geschichte und nannte meinen richtigen Namen. Aber wenn Sie Brite sind, sagte er enttäuscht, bin ich nicht mehr für Sie zuständig. Können Sie eine Nachricht an meine Frau übermitteln?, fragte ich. Gern, sagte er. Ihre Frau in Montevideo? Nein, sagte ich, in London. Er hob die Hände, »*es muy difícil*«. Ich nannte ihm Freyas Namen und flehte ihn an, die Adresse zu notieren, was er dann auch tat. »Schreiben Sie ihr nur eine Zeile«, sagte ich. »Schreiben Sie ihr, dass ich am Leben bin, mehr nicht. Können Sie das für mich tun?« Er lächelte nervös und sagte, er werde es versuchen.

1945

Januar. Stumm und einsam ins neue Jahr gegangen. Ich schrieb ein Gedicht an Freya auf eines dieser Papierchen, dann drehte ich mir eine Zigarette daraus und rauchte sie symbolisch auf. Jetzt sitze ich fast ein Jahr in diesem Loch, und neuerdings werde ich von quälenden Gedanken verfolgt. Allmählich festigt sich meine Überzeugung, dass zwischen den Bahamas und meiner Haft ein Zusammenhang besteht. Ich werde nie vergessen, was die Herzogin zu mir sagte: Wir haben immer noch einflussreiche Freunde. Warum, zum Beispiel, wurde ich sofort nach der Verhaftung de Marignys abberufen? Und wer war dieser Colonel Marion, der sich die »Operation Schiffsmakler« ausdachte? Warum wusste Ian so wenig über diese Vorgänge Bescheid? Ich gehe die Kette der Ereignisse immer von Neuem durch, und die Fragen, die sich daraus ergeben, gefallen mir weniger und weniger: Woher die Polizei, die mich im Hôtel du Commerce erwartete? Warum wurde mein Fallschirm so schnell gefunden? War das nur Pech oder das Wirken einer dunklen Macht?

Dieses Leben ist wie eine langsame, wenn auch sanfte Folter, und die schrecklichste Seite meiner Gefangenschaft ist die Einsamkeit. Zum ersten Mal im Leben fühle ich mich wirklich einsam – ohne Trost von Menschen, die mir nahestehen, meiner Lieben, meiner Freunde. Das Alleinsein für sich genommen ist nicht schlimm, das kann man aushalten. Aber niemand fühlt sich gern einsam.

Meine Sexualität ist einem wilden Rhythmus unterworfen. Manchmal masturbiere ich sechs- oder siebenmal am Tag mit der gedankenlosen Routine eines pubertierenden Schuljungen. Dann wieder vergehen drei Wochen, ohne dass mich ein einziger lüsterner Gedanke beschleicht.

Meine Insektenfarm habe ich aufgegeben: sie gehen ein in der Kälte – und wenn ich sie in der Nähe der Heizung aufbewahre, sterben sie an der Hitze.

So wenig zu besitzen ist ein höchst merkwürdiges Gefühl. Man könnte sagen, dass die Kleider, die ich am Leib trage, das Bett mit dem Bettzeug, Tisch und Stuhl, der Nachttopf (und der Lappen zum Arschwischen), meine Tabakbüchse, mein magerer Vorrat an Zigarettenpapier und meine Sicherheitsnadel die Gesamtheit meiner irdischen Güter darstellt. Und nicht einmal diese Sachen kann ich als mein Eigentum betrachten – sie waren mir geliehen. Ich denke an mein vollgestopftes Haus in Battersea, meine Tausende von Büchern, meine Bilder, meine Manuskripte, meine überquellenden Kommoden und Kleiderschränke ... Wenn ich mir klarmache, dass meine Welt, alles, was ich bin und habe, plötzlich auf diesen kärglichen Rest reduziert ist, fühle ich mich befreit – von allem Ballast und auch meiner Identität.

Der See, soweit ich ihn von meinem Fenster aus sehe, kennt viele Stimmungen, und dieser bescheidende Anblick ist zum Mittelpunkt meiner ästhetischen Existenz geworden. Alle Schönheit, alle höheren Gedanken, alle Regungen und Werturteile leiten sich von diesem gerahmten Ausschnitt des Vierwaldstättersees ab. Wenn sie dieses Fenster zumauern würden, würde ich wohl binnen Stunden verrückt werden. Heute verwandelt der Einfallswinkel der Sonne den See in eine Fläche aus poliertem Silber. Hohe Wolkenschleier lassen das Blau des Himmels um einen Hauch blasser erscheinen. Ich sehe ein Kornfeld, dessen Grün schon das Goldgelb der reifen Ähren erahnen lässt. Ich wünschte, es gäbe eine Straße oder menschlichen Verkehr. Ich kann stundenlang Vögel beobachten, und einmal sah ich einen kleinen Dampfer mit dünnem rotem Schornstein in mein Blickfeld einfahren, wenden und wieder hinter dem Fensterrand verschwinden.

Hugo ließ heute durchblicken, dass das Gefängnis einen neuen Direktor hat. Ich bat um einen Termin. Abgelehnt.

August. Gegen zwei Uhr morgens wurde ich durch das Heulen einer Sirene geweckt und dachte unwillkürlich an einen Luftangriff. Zwei Wachen kamen herein und befahlen mir, mich anzuziehen. Ich wurde hastig nach unten gebracht, durch die Haustür nach draußen auf den Kiesweg gestoßen. Drei andere Gefangene waren schon da: Wir starrten uns ungläubig an wie viktorianische Forschungsreisende, die sich mitten im afrikanischen Dschungel begegnen, verschüchtert und stumm. Weitere kamen dazu, zusammengeholt aus den verschiedenen Winkeln der großen Villa, elf im ganzen, alle in der gleichen Kluft aus grauem Umhang, schwarzer Hose und Holzpantinen. Der Alarm hatte einen Grund: In der Küche brannte es. Irgendeine Löschvorrichtung wurde um die Hausecke nach hinten geschoben, wir hörten Rufe und klirrende Scheiben. Es war seit Monaten die größte Aufregung, die wir hatten, die Wachen waren aufgekratzt und neugierig. In einem unbewachten Augenblick wandte ich mich an den Mann neben mir: »*What's your name?*« »Nicht verstehen«, antwortete er, »Deutsch«. Das war also der Feind. »Engländer«, sagte ich. Er blickte mich verblüfft an, dann zeigte er auf einen anderen: »*Italiano*«. Ein Wachmann brachte uns mit Gebrüll zum Schweigen. Wer sind wir?, dachte ich. Warum werden wir in dieser Villa am Vierwaldstättersee festgehalten und so streng bewacht? Was haben wir getan?

August. Meine abgelehnten Gesuche, den neuen Direktor zu sprechen, haben wie üblich verspätete Folgen. Ich wurde in den großen Raum hinuntergeführt und einem jungen Amerikaner mit runder Hornbrille vorgestellt. »Ich weiß nicht so recht, was ich mit Ihnen anfangen soll, Mr Peredes«, sagte er achselzuckend. Ich spulte erneut meine Geschichte ab. »Das ist im Grunde eine geheimdienstliche Angelegenheit«, sagte ich. »Wenn Sie den oss dazu veranlassen könnten, die Sache nach London weiterzumelden, würde sich gewiss eine schnelle Lösung finden.« Darauf erwiderte er, dass Dulles das oss-Büro geschlossen habe. »Seit wann?«, fragte ich. Er blinzelte erstaunt: »Seit der Krieg in Europa vorbei ist.« Er informierte mich, dass seit ein paar Monaten Frieden ist, und mich ergriff Panik und eine riesige Erleichterung. Dann war ja ein Ende abzusehen – warum schnitt man uns hier weiterhin von der Welt ab? Ich nannte ihm Freyas Namen und Adresse und beschwor ihn, ihr eine Nachricht zu schicken, dass ich am Leben und wohlauf bin. Er sagte, er werde sein Bestes tun. Bitte, rief ich, als mich die Wache hinausbrachte, tun Sie nur das eine für mich! »Battersea, England?«, rief er mir nach, als sich die Tür hinter mir schloss. »Battersea, London«, schrie ich zurück. Ich hoffe, er hat es noch gehört.

Meine Mitgefangenen sehe ich immer seltener (mehr als von Weitem habe ich sie nie gesehen), und allmählich befürchte ich, dass ich ganz allein in dieser Villa bin. Ich fragte Paulus (auch ein von mir getaufter Wachmann), was nun, nachdem der Krieg vorbei ist, werden soll, und er sagte: »Oh, sie geben uns schon zu tun.« Ich wollte den Direktor sprechen, erhielt aber die Auskunft, dass der Direktor sein Büro jetzt in Bern hat. Ich kündigte Hungerstreik für den Fall an, dass ich den Direktor nicht zu sehen bekomme, und Paulus sagte gekränkt: »He, Gonzago. *Tranquilo, hombre.*«

Am 15. Dezember 1945 verließ ich die Villa am See. Ich trug die – frischgewaschene – Kleidung, in der ich verhaftet worden war und wurde mit amtlich aussehenden Papieren ausgestattet, einer Art Behelfspaß des Innenministeriums, der mich als Gonzago Peredes auswies, Bürger von Uruguay. Ein Lastwagen brachte mich zu einem Bahnhof an der italienischen Grenze, wo ich zu einer Gruppe von zweihundert anderen Ausländern (meist Kroaten und Rumänen) stieß, und wir mussten einen plombierten Zug nach Mailand besteigen. Zum Verhör wurden wir in ein Internierungslager (Campo 33) bei Certosa gebracht. Meine Zeit in der Villa am Vierwaldstättersee war vorüber. Endlich war ich auf dem Weg nach Hause.

[NACHTRAG 1975: Meine neuerliche Lektüre hat mich davon überzeugt, dass die Umstände meiner Verhaftung und

Gefangenschaft in der Schweiz durch einen Zustand vorübergehender Panik bei der militärischen Abwehr der Schweiz kompliziert wurden. Bei Kriegsausbruch hatte die Schweiz einen Spion im innersten Führungskreis des Naziregimes platziert und hochwertige Geheiminformationen aus dieser Quelle bezogen. 1943 war diese Verbindung durch einen Konspirationsfehler in Gefahr geraten, und die Schweizer lebten zunehmend in der Furcht, dass sie Falschinformationen erhielten und eine deutsche Invasion unmittelbar bevorstand – mit dem Ziel, das Land zum uneinnehmbaren Mittelpunkt der »Festung Europa« zu machen. Die erhöhte Wachsamkeit der Schweizer ließ auch nach der Invasion der Alliierten am 6. Juni 1944 nicht nach. Der Zeitpunkt meiner Einschleusung hätte nicht ungünstiger gewählt sein können. Ich war mit dem Fallschirm in eine Schlangengrube aus Paranoia, Kriegsangst und Nervosität gesprungen. Alles an mir – der uruguayische Hintergrund, der mysteriöse »Ludwig«, meine eigene Aussage, dass ich mit hochrangigen Nazis in Kontakt kommen wollte – machte mich zum Gegenstand massiver Verdächtigungen. Der, der mich verraten hat, hat gewiss nicht geahnt, welche Verwirrung ich auslösen würde.]

Mittwoch, 19. Dezember

Campo 33, Certosa. Seltsam, wieder Eigentum anzuhäufen. Ein eigener Koffer, ein Satz Kleidung, Rasierzeug, ein paar amerikanische Illustrierte – Zeichen meiner Rückkehr in die Welt. Heute Nachmittag konnte ich mit einem britischen Verbindungsoffizier namens Crozier sprechen. Ein intelligenter Mann, der begriff, dass meine Geschichte wahr ist, auch wenn sie auf den ersten Blick phantastisch anmutet. Ich weinte fast vor Freude, als ich sah, dass die Skepsis aus seinem Gesicht verschwand. Er sagte, er würde sofort nach

London telegraphieren. Ich bat ihn, auch an Freya ein Telegramm zu schicken, und überreichte ihm einen Brief an sie. Er versprach mir, ihn zuzustellen, und gab mir ein Schreibheft, einen Federhalter und Tinte. Er bat mich, alles in Berichtsform niederzulegen, solange es noch in frischer Erinnerung ist, und kündigte mir an, dass ich noch anstrengende Verhöre durchstehen muss, bevor es heimwärts geht. Also werde ich heute Abend alles aufschreiben, was ich über die verunglückte »Operation Schiffsmakler« weiß. Aber nach dem Gespräch mit Crozier war mir schon viel leichter ums Herz. Ich lief durch das überfüllte Lager zu meiner Baracke zurück, durch das menschliche Treibgut aus den Entwurzelten und *misérables* von Europa, und sah alles schon wieder mit wohlwollendem Blick. Hitler ist tot, das Böse besiegt, wir haben den Krieg gewonnen. Das Leben des Logan Mountstuart kann von Neuem beginnen.

Nachkriegstagebuch

Das Nachkriegstagebuch ist ein eigenartiges und oft beunruhigendes Dokument, was wohl angesichts der Schicksalsschläge, die auf Logan Mountstuart bei seiner Heimkehr im Januar 1946 niedergingen, kaum anders zu erwarten war.

Hier die harten Tatsachen: Aus Sicht der Marineaufklärung war LMS, nachdem er im Februar 1944 das Hôtel du Commerce gemieden hatte und tags darauf verhaftet worden war, spurlos vom Antlitz der Erde verschwunden. Der Letzte, der bezeugen konnte, ihn lebend gesehen zu haben, war Fliegersergeant Chew – er hatte ihn durch die Luke des Bombers in die Nacht hinausspringen sehen. Der Kontaktmann »Ludwig« meldete, dass LMS nicht am genannten Treffpunkt erschienen war. Alle Versuche, etwas über sein Schicksal in Erfahrung zu bringen, seien fruchtlos geblieben. (Dies gibt Anlass zur Frage nach der Identität des »Ludwig«, der die Botschaft ans Hôtel Cosmopolitan schickte – und verleiht dem hartnäckigen Vorwurf LMS', er sei verraten worden, eine gewisse Stichhaltigkeit.)

Bei der Marineaufklärung ging man nach einigen Monaten totaler Funkstille davon aus, dass LMS tödlich verunglückt war oder umgebracht wurde – ein Schicksal, das viele über Europa abgesprungene Agenten ereilte. Der Fallschirm konnte versagt haben, LMS konnte mit Knochenbrüchen im Gebirge gelandet sein, in einem See oder an einem falschen Ort, etwa im besetzten Frankreich statt in der Schweiz. Nichts davon konnte ausgeschlossen werden, und nach einer Weile befürchtete die Marineaufklärung das Schlimmste.

Im März erhielt Freya Mountstuart Besuch von Commander Vanderpoel und wurde darüber informiert, dass ihr Mann vermisst und vermutlich ums Leben gekommen sei. Vanderpoel weihte sie nur so weit ein, dass er als Agent der Marineaufklärung »irgendwo über Europa« in geheimer Mission mit dem Fallschirm abgesprungen war. Die Wirkung auf Freya kann man sich vorstellen. Bekräftigt wurde die niederschmetternde Nachricht dadurch, dass ihr die Rente für Kriegerwitwen zuerkannt wurde. Nach allem menschlichen Ermessen war Logan Mountstuart nun tot. Seine Mutter wurde benachrichtigt und auch Lionel. Die Totenmesse in Brompton wurde von einigen Freunden (namentlich Peter Scabius) und Kollegen von der Militäraufklärung (Plomer, Fleming, Vanderpoel) besucht.

Freya musste nun zusehen, wie sie mit ihrer kleinen Tochter über die Runden kam. Ein paar Monate später, wahrscheinlich im August, lernte sie den neunundzwanzigjährigen Skuli Gunnarson kennen, Mitarbeiter des isländischen Verbindungsbüros in London. Sie trafen sich öfter, bis sie im Oktober ein Liebespaar wurden. In Freyas Briefen an den Vater und den Bruder tauchte der Name Skuli immer häufiger auf. Wie es hieß, hatte auch Stella ihn ins Herz geschlossen.

Im Dezember heiratete Freya Skuli Gunnarson, und er zog zu ihr in die Melville Road. Mercedes Mountstuart nahm an der Trauung teil. Bei der kleinen Feier, die danach im Obergeschoss des Lamb and Flag in Battersea abgehalten wurde, brachte man einen Toast auf den toten LMS aus.

Ende Januar 1945 stellte Freya fest, dass sie schwanger war. Zwei Tage später, auf dem Heimweg von der Schule, kamen sie und Stella bei einem V2-Angriff ums Leben. Bei der Detonation wurden dreizehn weitere Menschen getötet.

Im Oktober 1945 verkaufte Gunnarson das Haus in der Melville Road und kehrte nach Island zurück.

Im Januar 1946 traf LMS aus Mailand kommend auf einem

RAF-Stützpunkt in Wiltshire ein. Er schickte ein Telegramm an Freya und fuhr auf kürzestem Weg nach London, wo er feststellen musste, dass sein Haus nun von Mrs und Mr Keith Thomsett und deren drei Kindern bewohnt wurde. Und die ahnungslose Mrs Thomsett setzte die Kette der Hiobsbotschaften in Gang, als sie dem entgeisterten LMS versicherte, das mit der armen Mrs Gunnarson und ihrer Tochter sei »eine wahre Schande«.

Beim Nachkriegstagebuch fiel es am schwersten, den Monat, geschweige denn den Tag der Aufzeichnung zu fixieren. Orientierung bieten lediglich die zufälligen und ungenauen Datierungen. Selbst die Jahre können fraglich bleiben.

1946

Hodge ist ein Arschloch, *soi disant,* und er sagt, das ist sein gutes Recht, weil er in Italien ein Bein verloren hat. Und ich bin ein Arschloch, weil ich mir das alles bieten lasse. Er ist ein armer Hund.

Spaziergang am Fluss auf der Suche nach Schönheit. Alles gesehen, aber nichts empfunden. Tranken gestern Abend zusammen anderthalb Flaschen Whisky aus. Hodge stinkt. Er soll mal baden, riet ich ihm. Er sagte, er hasst den Anblick seines zernarbten Beinstumpfs.

FreyaFreyaFreyaFreyaFreyaFreyaFreyaFreyaFreya-
FreyaFreyaFreyaFreya
Freya Freya
FreyaFreyaFreyaFreyaFreyaFreyaFreyaFreyaFreyaFreya
FreyaStellaStellaFreya
Freya

Stella
Freya
Stella

FREYAFREYAFREYA

Free
Right
Everloved
Young
Always adored

Stella, meine Tochter. Freya, meine Frau. Stella Mountstuart. Freya Mountstuart.

[Das Tagebuch ist voll von solchen zerquälten Kritzeleien.]

Nahm Dick auf eine Fahrt durchs Tal des Tweed nach Peebles mit. Es war kalt und windig, die ersten Herbstblätter wurden von den Bäumen geweht. Auf der ganzen Fahrt redete er davon, wie dumm er gewesen war, nie geheiratet zu haben. »Schau mich an«, sagte er. »Wer nimmt mich denn jetzt noch? Einen einbeinigen Säufer.« Heute Nacht, beim Sitzen am Kamin, fing ich leise zu weinen an, ich konnte nichts dagegen tun, es kam ganz spontan, als ich an Freya und Stella dachte. »Hör auf zu flennen«, sagte Dick. »Du tust dir ja nur selbst leid, mit Freya und Stella hat das nichts zu tun. Denen geht es gut, die sind restlos pulverisiert und wehen durch die Lüfte. Frei wie der Wind. Die verschwenden keinen Gedanken an dich. Selbstmitleid kann ich nicht ausstehen, also reiß dich zusammen oder verschwinde.« Ich hätte ihn fast erschlagen und ging auf mein Zimmer. Nun kann ich nicht schlafen.

Ist es wert, notiert zu werden? Ich habe etwas erlebt, was ich nur als Glückswallung bezeichnen kann – die erste seit meiner Heimkehr –, und zwar, als es mir gelang (mit dem Zahnstocher), eine Faser Hammelfleisch aus den Backenzähnen zu entfernen. Sie war fest verkeilt und hatte allen Bemühungen widerstanden. Ich musste unwillkürlich grinsen. Die Freude war anscheinend echt. Ich beginne zu vergessen. Bin ich über den Berg?

Hodge belehrte mich mal wieder über Freya und Stella. Dreizehn weitere Menschen sind bei der Detonation umgekommen, sagte er. Tausende Londoner sind den Bomben und Raketen zum Opfer gefallen, darunter viele Frauen und Kinder. Millionen Menschen sind im Krieg zu Grunde gegangen. Du hättest ein deutscher Jude sein und deine ganze Familie in den Gaskammern verlieren können – Frau, Kinder, Brüder, Schwestern, Nichten, Neffen, Eltern, Onkel, Tanten, Großeltern. Alles fürchterlich und tragisch, aber du musst sie als Opfer eines weltweiten bewaffneten Konflikts sehen, so wie Millionen andere Opfer. Im Krieg trifft es nun mal die Unschuldigen. Und jetzt sind wir beide ebenfalls betroffen. Ich sagte, du kannst dein verdammtes Bein nicht mit meiner Frau und meinem Kind gleichsetzen. Und ob ich das kann, verdammt noch mal, blaffte er mich an. Für mich – für mich – ist mein verlorenes Bein wichtiger als deine Frau und dein Kind.

Ich konnte nicht schlafen, also zog ich den Mantel über den Pyjama, stieg in die Gummistiefel und lief unten im Garten herum. Eine sternenhelle nördliche Nacht. Eine Eule schrie, ich tauchte in die Parfümwolke eines duftenden Strauchs ein, die fast mit Händen zu greifen war. Beim Pinkeln hörte ich das Plätschern des Urinstrahls im Kies, es klang wie das Knistern eines Feuers. Ich trottete gedankenlos umher, ohne zu frieren, und nahm nur die Eindrücke auf, die mir meine Sinne lieferten, bis die ersten Vögel zu singen begannen und die Morgendämmerung dem Haus und dem verwilderten Garten die Farben zurückgab.

Lucy [Sansom]* nahm mich mit in ein ihr bekanntes Café, als wir in Leith auf das Schiff warteten. Sie ist jetzt viel dicker, und ihr Haar wird schon grau, aber hinter diesem Äußeren erahnt man noch das schöne Mädchen, das einmal meine Phantasien erregt hat. Sie war sehr nett zu mir – das ideale Heilmittel gegen Dicks rabiate Sprüche. Wir tranken Tee und aßen Marmeladentoast. Draußen verwandelte der Regen das schmutzige Grau der Steine von Edinburgh in samtiges Schwarz. Lucy hat ein Cottage bei Elie in Fife, das sie mir überlässt, wenn ich »ein bisschen Frieden und Ruhe zur Arbeit« brauche. Welche Arbeit?, fragte ich. Du bist schließlich Schriftsteller, verdammt noch mal. Du musst wieder schreiben. Sie fragte, ob ich wirklich so weitermachen will. Ich sagte, ich muss. Das ist meine einzige Chance einer inneren Klärung – des Gefühls, darüber hinweggekommen zu sein.

1. September

Morgen sollen wir in den Hafen von Reykjavik einlaufen. Diese paar Tage auf See haben mir sehr gutgetan. Eine geruhsame und beruhigende Überfahrt. Ich stehe stundenlang an der Reling und blicke auf Meer und Himmel. Warum erzeugt das Meer dieses Gefühl von Transzendenz in uns? Liegt es daran, dass uns der nicht eingeengte Anblick des endlos

---

* Inzwischen Dozentin für Mittelalterliche Geschichte an der Universität Edinburgh.

wogenden Meeres und des Himmels, der es überspannt, ein visuelles Symbol der Unendlichkeit bietet wie kaum sonst etwas auf dieser Erde? Erstmals seit Monaten fühle ich wieder so etwas wie inneren Frieden.

Reykjavik. Eindrücke von einer Stadt aus getünchtem Beton, Wellblech und verschiedenförmigen Gegenständen, die mit Planen abgedeckt sind. Im Zweifelsfall scheinen die Isländer alles mit Planen zuzudecken. Es regnete heftig, als wir anlegten, und in der Stunde, die ich brauchte, an Land zu gehen, einen Taxistand zu suchen, in der Schlange zu warten und zum Hotel gefahren zu werden, hörte der Regen auf, schien die Sonne, regnete es und hagelte es, bis erneut die Sonne schien. Wenn das hier immer so ist, werde ich verrückt. Ich wohne im Hotel Borg. Das Mittagessen bestand aus einer Bratwurst, eingelegten Gurken und einem Teller mit kleinen, sehr süßen Kuchen zum Nachtisch. Jetzt mache ich mich auf die Suche nach Gunnarson.

Ich habe zwei Tage gebraucht, um Gunnarson zu finden; überall hat man höflich und hilfsbereit auf meine Fragen reagiert. An der Rezeption gibt es ein hübsches Mädchen, das bei Bedarf dolmetscht (sie heißt Katrin Annasdottir). Gunnarson ist beim isländischen Äquivalent des Landwirtschaftsministeriums angestellt. Ich habe ihm einen Brief geschrieben und am Eingang abgegeben. In dem Brief teilte ich ihm mit, wer ich bin und dass ich im Hotel Borg wohne. Heute Abend kam die Nachricht, dass Gunnarson weder einen Anlass sieht noch das Bedürfnis hat, mich zu treffen.

Die Alkoholpreise in diesem Hotel übersteigen alles Vorstellbare.

Am frühen Morgen, noch bevor die Angestellten kamen, ging ich zum Ministerium und wartete. Ich ging auf einen jungen Mann zu, der etwa das passende Alter hatte, und fragte ihn, ob er Gunnarson sei. Nein, sagte er, den können Sie gar nicht verkennen, weil er so groß ist. Sehen Sie, da kommt er, sagte er und zeigte auf einen Mann. Ich sah Gunnarson in das Gebäude eintreten: Er blickte halb neugierig zu mir herüber. Er war groß und athletisch, sein blondes Haar wirkte beinahe weiß. Ich dachte: Das ist der Mann, den Freya nach mir begehrt hat ... Mir wurde ganz schlecht.

Bis zur Mittagspause wartete ich draußen, und als Gunnarson auftauchte, ging ich auf ihn zu und stellte mich vor. Er ist gut einen halben Kopf größer als ich, hat eine große Hakennase und sieht gesund und stämmig aus – ein Adjektiv, das man normalerweise nicht auf hochgewachsene Männer anwendet. Er wirkte so, als könnte er den ganzen Tag auf Berge klettern, und schien eher verärgert über die Begegnung, obwohl er ein wenig freundlicher wurde, als ich ihn zum Essen einlud.

Er führte mich in ein Restaurant in der Nähe und bestellte eine Art Fischgericht mit Sahnesoße, gekochten Rettichen und lappigem, warmem Kopfsalat. Ich brachte nichts herunter und nippte an einem lachhaft teuren Bier, während er das Essen in sich hineinschaufelte wie ein Lokheizer. Ich kann mir nur vorstellen, dass es seine schiere Größe und Kraft war, die Freya anzog. Körperlich ist er in fast jeder Hinsicht das glatte Gegenteil von mir. Ich bin zwar groß und schlank, aber meine Haltung ist schlecht, und meine Gewohnheiten sind alles andere als hastig. Zum Beispiel gehe ich nie schnell, wenn es nicht sein muss.

Als er mit seinem Fischgericht fertig war, bestellte er den unvermeidlichen Kuchenteller. Und beim Herunterschlingen der Kuchenstücke beäugte er mich neugierig.

»Seltsam«, sagte er. »Ich habe das Gefühl, Sie zu kennen.«
Er sprach ein gutes, fast akzentfreies Englisch.

»Sie haben wahrscheinlich viel über mich gehört.«

»Ich habe viele Fotos von Ihnen gesehen und Sie trotzdem nicht erkannt.«

»Ich bin nicht sonderlich fotogen.«

»Nein, ich glaube, es liegt daran, dass Sie für mich immer ein Toter waren. Nun sitzen Sie lebendig vor mir. Seltsam.«

»Und Freya und Stella sind tot.«

Er biss die Zähne zusammen und atmete ein paar Mal tief durch.

»Sie war sehr schön«, sagte er. »Ich habe sie sehr geliebt.«

»Ich auch.«

»Stella war ein liebes Kind.«

Ich bat ihn, nicht von Stella zu reden. Über Freya zu sprechen war gar nicht so schlimm – weil meine Zeit mit ihr viel länger war als seine –, aber ich habe die letzten zwei Jahre von Stellas kurzem Leben verpasst und konnte es nicht ertragen, dass dieser Fremde sie mit sechs und sieben Jahren gekannt hat und ich nicht.

»Warum wollten Sie mich sehen?«, fragte er. »Es muss … schmerzhaft für Sie sein.«

»Stimmt. Aber ich musste es, ich musste sehen, wer Sie sind. Ich musste versuchen, zu verstehen, die Lücke zu füllen.«

Er zog die Stirn kraus und kratzte sich am Kopf. »Sie dürfen es ihr nicht vorwerfen.«

»Das tue ich nicht.«

Er überhörte es. »Sie war fest davon überzeugt, dass Sie tot sind, verstehen Sie? Es war ganz einfach so. Weil nicht die kleinste Nachricht von Ihnen kam. Wenn Sie am Leben wären, sagte sie, hätten Sie ihr irgendein Lebenszeichen zukommen lassen, und sei es nur ein Wort. Sie war einsam. Und dann kam ich.«

Was es heißt, einsam zu sein, weiß ich nur zu gut. »Ich werfe ihr nichts vor«, sagte ich, so als würde mich die fast stumpfsinnige Wiederholung glaubwürdiger machen. »Woher sollte sie auch wissen, dass ich noch am Leben bin?«

»Eben. Sie hat geglaubt, Sie wären tot, verstehen Sie. Ihr Leben musste weitergehen.«

»Ja … das verstehe ich.«

Wir tauschten eine Reihe von beiläufigen Fragen und Antworten, ich machte mir ein Bild von Freyas Leben während meiner Abwesenheit. Mir wurde klar, dass Gunnarson seine eigenen Probleme hat. Auch er hat um Freya getrauert, und er musste nun mit der Tatsache zurechtkommen, dass er Freyas zweite Wahl war und immer bleiben wird, dass ihr Herz in Wirklichkeit mir gehörte. Eher war ich eine Art betrogener Ehemann, der dem Liebhaber seiner Frau gegenübertritt. Ständig stellte ich mir vor, wie sich Freya und Gunnarson liebten, nackt in unserem Bett. Mit Gewalt musste ich diese Phantasien unterdrücken. Niemandem konnte etwas vorgeworfen werden, es war alles nur unsagbar traurig.

Er sagte, er müsse zurück ins Büro.

»Eine Sache noch«, sagte ich. »Sie haben mein Haus verkauft. Ich hätte gern das Geld.«

Er zögerte. »Es war mein Haus. Freya hat es mir testamentarisch vermacht.«

»Ich habe das Haus gekauft. Es ist mein Haus, nach natürlichem Recht.«

»Zum Glück richten wir uns nicht nach dem Naturrecht.«

»Sie sind ein Dieb.«

Er stand auf. »Sie haben Schweres durchgemacht. Ich sehe Ihnen das nach.«

Es gibt einen künstlichen Teich in der Mitte dieser trostlosen Stadt, der Tjörn heißt und von zahllosen Wildenten bevölkert wird. Ich habe im Hotel eine Flasche spanischen Brandy erstanden und bin an den See gegangen, um mich sinnlos zu besaufen. Der Brandy war wie Bratöl mit Marzipangeschmack, und ich brachte nur ein paar Schluck davon herunter.

[Oktober?], Northwich (Cheshire)

George Deverell kommt nicht über seinen Verlust hinweg. Er reagiert höflich, aber wie benommen, als wäre er nach einem K.-o.-Schlag gerade zu sich gekommen. Dass sein Schwiegersohn von den Toten auferstanden ist, scheint ihn gar nicht zu beeindrucken. »Schön, dich zu sehen, Logan«, sagt er von Zeit zu Zeit und tätschelt mir die Schulter, als wollte er sich überzeugen, dass ich leibhaftig vor ihm stehe. Dann sinkt er zusammen und zieht sich ganz in sein Inneres zurück. – Ich habe überlebt und bin wohlauf, während er seine Tochter und Enkeltochter für immer verloren hat.

Robin hat den Holzhof ganz in seine Regie übernommen und macht sich Sorgen wegen der übergroßen Trauer seines Vaters. Ganz im Gegensatz zu ihm nimmt er regen Anteil an meinen Abenteuern. Als ich ihm von meinem Fallschirmabsprung, der Verhaftung und dem monatelangen Arrest in der Villa erzählte, fluchte er und warf mit Kraftausdrücken um sich: »Teufel noch mal!«, »Das ist ja barbarisch!«, »Himmelherrgott!« und dergleichen.

Vor zwei Tagen kam ein Brief aus Island, der eine Zahlungsanweisung über vierhundert Pfund enthält. Gunnarson, der ehrenhafte Isländer.

Alle meine Habseligkeiten sind hier in Kisten eingelagert – meine Bücher, meine Manuskripte, meine Bilder. Sogar Möbel, die die Thomsetts nicht übernommen haben. Ich habe kein Haus mehr, aber alles, was man dazu braucht.

1947

[März]

Letzte Woche war mein einundvierzigster Geburtstag. Wie ich gerade sehe, habe ich voriges Jahr vergessen, meinen vierzigsten zu notieren – was Wunder. Der Ordnung halber vermerke ich also, dass ich, einst im Besitz von Weib und Kind und einer behaglichen Heimstatt, in meinem einundvierzigsten Lebensjahr all das verloren habe und ein muffiges Kämmerchen im heruntergekommenen Haus meiner Mutter bewohne. Ich bin ziemlich wohlhabend, finanziell gesehen: Dem Verteidigungsministerium habe ich (mithilfe von Noel Lange) zwei Jahre Gehaltsnachzahlung abgetrotzt, dazu kommt Gunnarsons Geld vom Hausverkauf. Meiner Mutter habe ich hundert Pfund gegeben, die sie für Sumner Place verwenden soll – frische Farbe, neue Teppiche usw. –, aber sie hat wohl ihre Energie verloren. Das Haus ist zwar noch keine Rattenburg, aber nach Hunderten von zahlenden Gästen sieht es marode und schmuddlig aus. Mutter und Encarnación, beide rheumatisch und kurzatmig, zanken sich auf Spanisch. Ich mache ziellose Spaziergänge durch Chelsea und South Kensington und weiß nicht, was ich mit mir anfangen soll.

In Battersea habe ich den Krater gefunden, den die V2 verursacht hat. Das Ende einer Häuserreihe ist verschwunden, das große Loch ist von Holzbarrieren umgeben. Es muss ganz plötzlich gekommen sein. Die Rakete fiel unhörbar vom Himmel, als die beiden hier entlanggingen, Hand in Hand, auf dem Heimweg von der Schule. Nur ein Blitz, ein Knall, dann das Nichts.

In Lionel entdecke ich nichts von mir. Vielleicht etwas um die Augen. Meine Augenbrauen. Der Junge hat Ihre Augenbrauen, Sir. Und meinen spitz zulaufenden Haaransatz. Lottie blieb kühl – sie wird mir wohl nie verzeihen. Leggatt scheint mir senil zu sein und wird es nicht mehr lange machen. Er fragte, wo ich gedient habe, und ich sagte, auf den Bahamas und in der Schweiz. »Ich fragte, wo Sie gedient haben, nicht, wo Sie im Urlaub waren.« Ich erklärte ihm, dass ich bei der Marine war – das brachte ihn zum Schweigen.

Es gelang mir, eine halbe Stunde lang mit Lionel im Garten allein zu bleiben. Ein stiller, schüchterner Junge, fast vierzehn schon (guter Gott!), immer mit gesenktem Blick, ständig das Haar aus der Stirn streichend. Ich fragte ihn, ob es ihm in Eton gefällt. »Ja, Sir, sehr ... irgendwie.« Bitte nenn mich nicht Sir, sagte ich. Nenn mich Vater oder Daddy. Er sah mich erschrocken an. »Aber ich sage jetzt zu Mummys Mann ›Vater‹.«[*] Dann nenn mich Logan, erwiderte ich. Nenn mich niemals »Sir«.

Literarische Bestandsaufnahme: *Des Menschen Sinneskraft* – vergriffen. *Die Mädchenfabrik* – vergriffen. *Die Kosmopoliten* – vergriffen (außer in Frankreich). Journalistische Erträge – keine.

Wallace sagt, zum Tango gehören zwei. Ich muss ihm helfen, Arbeit für mich zu finden. Ich sagte, ich bin zu lange verstummt, alle denken, ich bin tot. Da hatte Wallace eine

---

[*]   In der Zeit von LMS' Verschwinden und vermutetem Tod war Lionel offiziell von Leggatt adoptiert worden als sein Sohn und Erbe. Ein Einspruch LMS' ist nicht dokumentiert.

kluge Idee: Was ist mit deinem alten Freund Scabius? Ja, was?

Peters Artikel über mich in der *Times* (»Der Krieg eines Schriftstellers«) scheint wenigstens in einer Hinsicht gefruchtet zu haben: Die Leute wissen, dass es mich wieder gibt, und es kam eine kleine Flut von Glückwunschkarten, Briefen und Anrufen. Roderick beschäftigt mich weiter als Gutachter, jetzt auf Honorarbasis (fünf Pfund pro Gutachten); Louis MacNeice hat mich zu einem Rundfunkgespräch über die »französische Nachkriegsmalerei« eingeladen, und der Botschafter der Schweiz hat einen Brief an die Zeitung geschrieben, in dem er die Existenz der Villa am Vierwaldstättersee leugnet und mich somit als gemeingefährlichen Phantasten hinstellt. Viele Zeitschriften haben mich aufgefordert, über den Mord an Harry Oakes zu schreiben, aber ich lehne dankend ab und halte mein Pulver trocken.

Als wir uns trafen, war Peter – ja, was? – beeindruckt, erstaunt, voller Bewunderung? Irgendwie voller Ehrfurcht vor dem, was ich durchgemacht habe. Sein eigener Krieg war ereignisarm: Brandwache, dann das Informationsministerium und ein weiterer Roman – *Das Laster* – nach dem Erfolg von *Schuld.* »Du musst das alles für dich nutzen«, sagte er. »Das ist ein Geschenk des Himmels. Wie ein Lottogewinn.« Ich hörte mir das an und sagte, ich werde ein Erinnerungsbuch schreiben, »Von Nassau nach Luzern.« Aber der Gedanke ließ mich völlig kalt. Wenn ich kein Geld hätte, wäre es vielleicht anders, aber ich habe mehr als genug für mindestens ein Jahr. Ich gebe fast nichts aus, lebe sehr ruhig, obwohl ich wieder in die Pubs gehe – je größer und je voller sie sind, desto besser.

Mutter sagt, ihre Krampfadern bereiten ihr ständig Schmerzen. Encarnación leidet unter Hämorriden. Ich war beim

Optiker, um mir eine Lesebrille machen zu lassen. Ein wahrer Hort der Freude.

Seit Februar 1944 (meinen letzten Tagen mit Freya) habe ich keine sexuellen Kontakte – oder ähnliche Intimitäten – mehr erlebt. Nur die sporadischen Anfälle von Masturbation sprechen dafür, dass meine Libido nicht gänzlich eingeschlafen ist. Welcher klerikale Irrgeist hat diese Praxis »Selbstbefleckung« getauft? Eher ist sie Selbsthilfe, Selbstbedienung, Selbsttröstung. Die Autoerotik hält dich gesund. Der Kuriosität halber sollte ich notieren, dass das Bild, das ich mir vor Augen halte, nicht Freya ist (zu herzzerreißend traurig), sondern Katrin Annasdottir, die Rezeptionistin vom Hotel Borg in Reykjavik. Offenbar habe ich bei unseren paar Begegnungen nicht nur von ihrer Hilfsbereitschaft und Auskunftsfreudigkeit profitiert. Seltsam, diese sinnlichen Fingerabdrücke, die an einem haften bleiben und erst viel später zu Tage treten. Wie Geheimtinte, die nur über einer Glühbirne oder Kerzenflamme lesbar ist. Was genau an Katrin war es, was sich in mein Sexualarchiv eingeschlichen hat?

[Juli / August]

Mit MacNeice und Johnnie Stallybrass von der BBC im George. Mac-Neice bearbeitete mich, ich soll ein Hörspiel über die Zeit in der Villa schreiben. Machen Sie einen Monolog daraus, ein Heldenstück oder ein Traumstück, sagte er, im Radio geht alles. Gut bezahlt wird es auch: Für ein Hörspiel, dreimal gesendet, verdiene ich so viel wie ein Schullehrer im ganzen Jahr, sagt er. MacNeice reist nach Indien, um über die Teilung* zu berichten. Ich beneide ihn. Plötzliche Reiselust. Strammes Mädchen hinter der Bar des George. Die enge

---

* Am 14. August 1947 wurde Pakistan von Indien abgetrennt.

Bluse drückt ihre dicken Brüste ab. Vielleicht sind meine Säfte doch noch nicht versiegt.

Freitag, 10. Oktober

Zum Dinner bei Ben. Etwa ein Dutzend Gäste drängten sich um zwei zusammengeschobene Tische in seinem Esszimmer. Fünf von meinen Mirós hingen an der Wand. Eine Mischung aus Freunden, potenziellen Käufern, Künstlern und Familienangehörigen. Ben nutzt diese Dinner für formlose Privatausstellungen, er wechselt die Bilder je nachdem, wer kommt und wie locker das Geld sitzt. Jeden seiner Gäste begrüßt er mit den Worten: »Nur keine Scheu. Sagen Sie mir, was Ihnen gefällt. Alles an den Wänden ist verkäuflich.«

Sandrine erhebt sich nie von ihrem Stuhl. Das Servieren und Abräumen besorgt Ben und wird dabei von Marius unterstützt, der jetzt zwanzig ist – ein hübscher Junge auf seine mürrische, verschlossene Art. Clothilde [Tochter von Ben und Sandrine] ist auf einer Internatsschule. Ich saß neben Sandrine, und sie zeigte mir einen gutaussehenden Mann, einen dunklen Typ mit feinen Zügen. »Ben meint, er ist das einzige echte Talent der englischen Malerei«, flüsterte sie mir zu. »Der Einzige, den er kaufen will.« Ich fragte sie nach dem Namen. Southman*, sagte sie. Ich soll ihn im Auge behalten. Ben versichert mir, dass er die Mirós bald verkaufen kann, aber erst, wenn er wieder in Paris ist. Er verlangt astronomische Preise. Gegen Jahresende ziehen sie dorthin um. Er hat neue Räume für eine Galerie gefunden. »Die Amerikaner kommen zurück«, sagt er. »Ich werde eine Menge Geld für dich rausholen.«

---

*   Wahrscheinlich Graham Sutherland (1903–1980).

[Dezember]

Baldwin* ist tot. Bei der Nachricht musste ich an den Herzog und die Herzogin denken, wie sehr sie ihn gehasst haben. Ich hüte das Bett wegen einer üblen Grippe, die sich auf die Bronchien gelegt hat, und huste wie ein Seelöwe. Während ich frierend und zitternd daliege, trotz der zwei Heizsonnen, die von rechts und links auf mich gerichtet sind, entwerfe ich eine Vision meines zukünftigen Lebens. Es scheint sich auf die Maxime »Mit leichtem Gepäck kommt man am weitesten« zuzuspitzen. Stärkstes Verlangen, möglichst frei von »Dingen« und Besitztümern zu sein. Den ganzen Krempel habe ich in Kartons verpackt ... Welch ein Segen wäre es, wenn ich an all das nicht mehr denken müsste.

1948

[Januar]

Ich habe mir eine Souterrainwohnung in Pimlico gekauft. Turpentine Lane 1ob. Schlafzimmer, Wohnzimmer, Küche und Bad. Zur Haustür muss ich ein paar ziemlich steile Stufen hinabsteigen. Vom Schlafzimmer aus blicke ich in einen kleinen Garten, zu dem ich keinen Zutritt habe. Das Wohnzimmerfenster zeigt auf das tiefe Kellergemäuer. Baulich scheint die Wohnung gut in Schuss, Wohn- und Schlafzimmer haben neue Gasbrenner im Kamin. Ich werde alles weiß streichen lassen, auf den Fußboden kommen Fliesen aus gummiertem Kork. Ich brauche nur das Allernötigste: zwei Sessel, ein Bett mit Nachttisch, einen langen Tisch mit Stuhl zum Arbeiten.

---

* Stanley Baldwin, britischer Premierminister zur Zeit der Abdankungskrise.

Meine Bücher habe ich (fast alle) bei Gaston am Strand verkauft, meine Bilder verkaufe ich an Ben.

Es ist wohl so, fällt mir jetzt auf, dass ich mir in der Villa am
Vierwaldstättersee eine *façon de vivre* zugelegt habe. Weniger
ist mehr. Wir werden sehen.

Mittwoch, *11. Februar*

Paris. Ben nahm mich mit zu einem Bankett im Haus von
Thorvald Hugo, einem bedeutenden Sammler moderner
Kunst. Picasso mit seiner neuen Muse war da, Françoise
[Gilot]. Sehr hübsches Mädchen, alle Achtung, aber das war
Dora Maar auch (eher mein Typ). Picasso ist jetzt gänzlich
kahl mit grauem Haarkranz, sein Gesicht streitlustig und
voller Falten. Er sprühte vor Energie und Humor: Je mehr
er sich zu amüsieren schien, umso launischer und gereizter
wurde Françoise. An unsere frühere Begegnung konnte er
sich nicht erinnern (warum sollte er?), aber als Ben ihm erzählte, dass ich 1937 in Madrid war, wurde er sehr neugierig,
kam an den Tisch und setzte sich zu mir. Ich sagte, dass ich
mit Hemingway dort war, den er ein wenig kennt. Er hat ihn
nach der Befreiung in Paris getroffen und erzählte von Hemingways Behauptung, einen ss-Offizier erschossen zu haben. »Der Mann hat eine Menge Tiere erlegt«, sagte er, »aber
Tiere schießen nicht zurück.« Er will mit mir essen gehen,
damit wir weiter miteinander reden können.

Ben meint, ich bin verrückt, meine Bilder zu verkaufen. Wenn
ich meine Bilder verkaufe, erwiderte ich ihm, heißt das noch
lange nicht, dass ich keine anderen mehr kaufe. Er will mir
einen fairen Preis machen. Seine neue Galerie liegt in der Rue
du Bac, aber nach seinen Reden zu urteilen, betrachtet er Paris nur als Sprungbrett nach New York. Er will dort Räume

für eine Ausstellung im nächsten Jahr anmieten. Dort sitzt das Geld, sagt er. Dort wird er meine Mirós verkaufen.

Wie in alten Zeiten laufe ich tags und nachts durch meine Pariser Lieblingsviertel – wieder mal *flaneur* und *noctambule*. Äußerlich besehen ist Paris unverändert, hinreißend schön wie eh und je, unberührt von allem, was sich hier im Krieg zugetragen haben mag. Aber es herrscht Nahrungsmangel, und unter der Oberfläche brodelt es. Jeder, der kein Kommunist ist, scheint die Kommunisten zu fürchten. Ein angespanntes, hysterisches Klima.

Ich saß im Flore und beobachtete die Touristen, die nach Sartre Ausschau hielten (der wegen der Touristen nicht mehr ins Flore kommt), als erste Vorstellungen zu einer Romanidee in mir dämmerten. Ein Mann erfährt von seinem Arzt, dass er nur noch eine Woche zu leben hat. Der Roman handelt davon, wie er die Zeit nutzt – der Mann versucht nämlich, die ganze Spannweite menschlichen Erlebens in diesen sieben Tagen auszukosten. Alles, von der Schwängerung einer Frau bis zu einem Mord ... Wäre zu überlegen. Seit Ewigkeiten erstmals wieder eine schriftstellerische Erregung. An der Sache ist etwas dran.

Zur Brasserie Lipp. Ich, Ben, Sandrine, Marius, Picasso, Françoise. Picasso redete viel über Dora [Maar], was Françoise nicht zu stören schien. Ich fragte, wie es ihr geht, und Picasso sagte, dass sie verrückt wird. Wir sprachen über meine Spanienreisen im Bürgerkrieg. Picasso war sehr beeindruckt von meiner Geschichte mit dem Maschinengewehr, ich musste sie sogar vorspielen. Haben Sie den Panzerwagen getroffen?, fragte er. Ja. Haben Sie die Kerle umgelegt? Das bezweifle ich, war meine Erwiderung. Aber Sie haben gesehen, wie das Auto von den Kugeln getroffen wurde? Kein Zweifel.

Picasso scheint mir eines von den wilden und einfältigen Genies zu sein – eher Yeats, Strindberg, Rimbaud, Mozart als Matisse, Brahms, Braque. Seine Gesellschaft ist sehr ermüdend.

Um Mitternacht brachen wir auf, Ben, Sandrine, Marius und ich, und gingen zu Fuß nach Hause – erleichtert, dem Hochdruckkessel Picasso entronnen zu sein. Ben war ganz aus dem Häuschen: Picasso will ihm direkt (und nicht über [seinen Händler] Kahnweiler) zwei Bilder für die New Yorker Ausstellung verkaufen. Er legte mir den Arm um die Schulter: Rede nur weiter über Spanien, sagte er. Marius war außer Stande zu begreifen, was eine so junge und schöne Frau wie Françoise an einem Mann finden kann, der vierzig Jahre älter ist als sie. Wir lachten. Als wir ihn wegen seiner Naivität ein wenig stichelten, kam mir schlagartig das unsagbar Traurige meines Verlusts zu Bewusstsein und auch ein Gefühl des wachsenden Trostes, der Wärme – die Erkenntnis, dass diese alten Freunde, die Leepings, in gewisser Weise meine wahre Familie sind, dass mein Leben immer mit dem ihren verbunden war und sein wird, geschehe, was wolle.

Turpentine Lane. Zurück aus Paris. Alle Arbeiten an der Wohnung sind fertig. Sie sieht aus wie die Kreuzung aus einem Laboratorium und dem Bühnenbild zu einem experimentellen Stück. Sie hat überhaupt nichts »Modernes« an sich – kein Glas, kein Chrom, kein Leder, kein geschwungenes Holz oder abstrakter Wandschmuck. Ihr Thema ist die Abwesenheit des Ornaments, die Nichtexistenz des Krempels. Das Licht findet nur mit Mühe ins Wohnzimmer, ich lasse den ganzen Tag die Lampen an. Das ist mein Bunker, hier werde ich wohl leidlich glücklich sein.

[September]

In der Londoner Bibliothek bin ich Peter [Scabius] in die Arme gelaufen, und er lud mich zu einem Drink ein. Er sei mit einer »Freundin« verabredet, sagte er. Die Freundin saß schon da, als wir im Pub eintrafen: Eine junge Frau Anfang dreißig, würde ich sagen, saß auf einem Hocker an der Bar, vor sich Gin mit Tonic, und rauchte eine Zigarette mit langer Spitze. »Das ist Gloria Nesmith«, sagte er. »Ness-Smith, Petey«, korrigierte sie ihn, dann sagte sie zu mir: »Nett, Sie kennenzulernen«, obwohl sofort klar war, dass sie das Gegenteil meinte. Ich spürte, dass er mich extra als Puffer mitgebracht hatte, um irgendeinen Krach zu verhindern. Sie ist klein, hübsch, mit kräftigen Wangenknochen. Ihr Stimme ist merkwürdig, fast bühnenreif, und sie trug sehr hohe Absätze, um ein paar Zentimeter größer zu wirken. Sie rauchte ihre Zigarette zu Ende, trank aus und sagte, sie müsse jetzt gehen. Als sie Peter zum Abschied küsste, sah ich, dass sie ihre Nägel in seinen Handrücken krallte. Hinterher zeigte er mir die drei kleinen Bögen, aus denen Blut quoll. »Sie ist unglaublich gefährlich«, sagte er. »Ich würde sie aufgeben, aber sie fickt wie ein Wiesel.« Mir sei dieser Vergleich nicht geläufig, erwiderte ich. »Woher auch«, sagte er selbstgefällig. »Ich habe ihn erfunden, eigens für Gloria. Du musst sie schon selber ficken, um zu verstehen, was ich meine.« Mit verschlagenem Blick: »Vielleicht solltest du das. Nimm sie mir ab.« »Wie geht es Penny?«, fragte ich. »Du Hund«, sagte er lachend.

[November]

Vanderpoel ist nicht mehr bei der Marine, sondern Direktor eines Mädcheninternats bei Shrewsbury. Ich fuhr mit dem Zug hin, um ihn zu besuchen, und aß bei ihm in seinem häss-

lichen neuen Haus, wobei es sehr gereizt und ungemütlich zuging. Er hat seinen roten Seemannsbart abrasiert – ästhetisch
ein Fehler –, aber vielleicht ist es Vorschrift, dass Direktoren
glatt rasiert sind. Das Essen wurde von seiner jungen Frau
(ich glaube, mit Namen Jennifer) aufgetragen, die sofort wieder verschwand, und ich hörte irgendwo ein Baby schreien.
Vielleicht muss man auch Frau und Kind haben, um Direktor
zu sein. Wer weiß? Wen kümmert's? Vanderpoel war nicht
gerade begeistert von meinem Besuch, aber er hatte Peters Artikel in der *Times* gelesen, sodass er wenigstens über das abrupte Ende der »Operation Schiffsmakler« und die für mich
daraus erwachsenen Folgen orientiert war. Er war alles andere
als neugierig, muss ich sagen. Aber ich hatte jede Menge Fragen, und die erste war: Wessen Idee war das Ganze?

»Das war Marions Idee«, sagte er. »Er war ein paar Monate
zu uns versetzt.«

Wer war er? Woher kam er?

»Genau weiß ich das nicht. Könnte vom Oberkommando
gekommen sein, wenn ich jetzt darüber nachdenke. Vielleicht
vom Außenministerium. Ich glaube, vor dem Krieg war er
Diplomat. Jedenfalls hatte er beste Verbindungen.« Er musterte mich geduldig. »Das ist alles lange her, Mountstuart. An
diese Einzelheiten erinnere ich mich nicht. Und überhaupt«,
fuhr er fort, »selbst im Nachhinein müssen Sie zugeben, dass
der ›Schiffsmakler‹ eine erstklassige Idee war. Wer weiß, wie
viele Nazis wir erwischt hätten.«

»Erstklassig oder nicht«, sagte ich. »Ich wurde verraten.
Ich wurde der Polizei ans Messer geliefert. Sie hat schon im
Hotel auf mich gewartet. Nur der Marineaufklärung waren
die Details bekannt. Ihnen, Rushbrooke und Marion.«

»Das weise ich zurück.«

Ich zeigte mich konsterniert. »Nein, Ihnen werfe ich nichts
vor. Aber jemand hat mich auf diese Mission geschickt – wohl

wissend, dass ich sofort verhaftet werden würde. Das müssen Sie zugeben.«

»Ich war es nicht und ganz gewiss nicht Rushbrooke.«

»Wo ist Marion jetzt?«

Er wisse es nicht, sagte er. Er, Vanderpoel, sei Mitglied bei einem Dining-Club ehemaliger Marineaufklärer, und er würde sich diskret erkundigen, versprach er mir. Ich hatte eine weitere Frage.

»Wissen Sie, ob Marion Beziehungen zum Herzog von Windsor hatte?«

Jetzt musste Vanderpoel wirklich lachen, ein seltsam pfeifendes Geräusch, und er hielt sich dabei den Mund zu.

»Wirklich, Mountstuart«, sagte er. »Sie sind unverbesserlich.«

1949

[Samstag, 1. Januar]

Silvesterfeier bei Peter in Wandsworth. Eine ziemlich große Party, an die vierzig Leute, von denen ich kaum jemanden kannte. Penny, Peters Frau, ist lieb und munter, seit ihren zwei Kindern hat sie ein wenig zugelegt. Ich war überrascht, Gloria Ness-Smith anzutreffen, und machte ihr gegenüber kein Hehl daraus. Ich glaube, ihr gefiel meine Direktheit und das, was sich damit verbindet. Zwischen uns gibt es keinen Grund für irgendwelche Leisetretereien. »Er würde es nicht wagen, mich auszuladen«, sagte sie. »Ich würde ihn umbringen.« Sie war Krankenschwester, sagte sie, und arbeitet jetzt als Sekretärin in Peters Verlag. »Aber nicht mehr lange«, fügte sie hinzu. Ich vermute, Penny hat ihre Rolle als Mrs Scabius bald ausgespielt.

Gloria trank Gin und ließ sich, während wir sprachen, zweimal nachfüllen. An einem Punkt beugte sie sich vor und drückte ihre hochgeschnürten Brüste gegen meinen Arm. »Peter beneidet Sie«, sagte sie. Worum in aller Welt?, fragte ich zurück. Peter, das Muster eines erfolgreichen Romanciers – warum sollte er mich beneiden? »Er ist neidisch auf Ihren Kriegsruhm«, sagte sie. »Das hält er nicht aus. Alles andere hält er aus, aber das nicht, und er beneidet Sie.« Ihr Kichern war reinste Schadenfreude. Herr im Himmel, dachte ich. Bevor sie sich auf die Suche nach Peter machte, drückte sie noch einmal ihren Busen gegen meinen Arm und ließ mich mit einer kapitalen Erektion zurück. Um Mitternacht sagte ich mir, ich bin zwar nicht glücklich, aber mein Unglück beginnt ganz allmählich abzunehmen.

[Februar]

Brief von Vanderpoel. Colonel Marion ist im April 1945 gestorben, bei einem »Verkehrsunfall« in Brüssel. Vanderpoel zufolge gab es noch zwei weitere Tote. Er hat seine alten NID-Kontakte bemüht, aber nach allem, was er in Erfahrung bringen konnte, gab es nichts Verdächtiges an Marions Tod, und über etwaige Beziehungen zum Herzog von Windsor ist nichts bekannt.

So viel zu meiner großen Vergeltung, so viel zur unermüdlichen Jagd auf meinen Verräter. Läuft nicht das ganze Leben nur zu oft auf so etwas hinaus? Es verweigert sich unserem Verlangen – dem Verlangen nach einem Erzählzusammenhang, den man zu brauchen meint, um der eigenen Lebensspanne eine wenigstens ungefähre Gestalt zu verleihen. Ich wollte Marion zur Strecke bringen, ihn zur Rede stellen, aber stattdessen bleibt mir nur die banale Erkenntnis, dass es vermutlich gar keine Verschwörung gab, dass Herzog und Herzogin nicht mit ihren mächtigen Freunden konspiriert haben, um mich zu erledigen. Es ist hart, damit leben zu müssen, sich damit abzufinden, dass auch das nur eine verpfuschte Aktion war, auch das nur das Verwirrspiel meines alten Pechs ...

Depressive Stimmungen; Gefühle des Scheiterns, Gefühle der Leere angesichts all dieser Wechselfälle – ein weiteres Mal genarrt vom Zufall.

[April]

Paris, Hotel Rembrandt. Ich bin hier, um an meiner Novelle zu arbeiten. *Die Villa am See.* Es kann nur eine Novelle werden, habe ich beschlossen, eine kryptische, kafkaeske, camushafte, irgendwo unterhalb von Rex Warner angesiedelte Parabel meiner bizarren Haftzeit. Ich habe allerdings keine Ahnung, wie sie enden soll. Vielleicht inspiriert mich Paris. Wallace sagte, er könne einen hohen Vorschuss herausschlagen, wenn ich wolle, aber ich habe ihn davon abgebracht. Es ist eine der Arbeiten, die ihre eigene Stimme und Vollendung finden muss – und selbst dann weiß ich nicht, ob sie mir gelingt oder nicht. Es scheint relativ gut zu laufen. Ich versuche lediglich, den Alltag und die Atmosphäre der Villa so realitätsgetreu wie möglich einzufangen, aber mir ist bewusst, dass diese Realität so befremdend war, dass die Leser sie als höchst symbolisch und metaphorisch auffassen werden. Diese Hoffnung zumindest nähre ich. Zugleich ist mir bewusst, dass jeder Hauch von Prätention, jeder Versuch der Überhöhung tödlich wäre. Je strenger ich mich an die wahren Fakten halte, umso sicherer werden alle metaphorischen Interpretationen unbewusst vom Leser beigesteuert.

In Bens Galerie arbeitet ein hübsches Mädchen, Odile. Sie ist Mitte zwanzig, hat kurzes Strubbelhaar und große Augen. Sie trägt immer Schwarz und goldene Riemensandalen an den unverschämt schmutzigen Füßen. Ben hat ihr erzählt, dass ich ein Buch über meine Haftzeit während des Krieges schreibe, und ich sah, dass sie beeindruckt war. Wenn nicht Gloria Ness-Smith, dann wird vielleicht Odile mein Reisepass für die Rückkehr in die Welt der Sexualität.

Mein Tagesablauf ist klar geregelt. Ich wache auf, nehme zwei Aspirin gegen den Kater und gehe ins Café, wo ich einen Kaffee und ein Croissant zum Frühstück verzehre. Ich kaufe eine Zeitung und mein Mittagessen – eine Baguette, ein wenig Käse, irgendein *saucisson* und eine Flasche Wein. Wenn ich zurückkomme, ist mein Zimmer geputzt, und ich setze mich an den Tisch und versuche zu arbeiten. Abends gehe ich essen, gewöhnlich zu den Leepings – Ben sagt, sie haben ein offenes Haus –, aber ich erspare ihnen auch gern meine Anwesenheit und verdrücke mich zu einer einsamen Mahlzeit ins Balzar, ins Lipp oder eine andere *brasserie*. Es macht mir nichts aus, den ganzen Tag nur mit mir selbst zu verbringen, aber dafür trinke ich dann sehr viel: eine Flasche zu Mittag, eine Flasche am Abend, dazu kommen die Aperitifs und Digestifs.

Ich fragte Odile, ob ich sie zum Essen einladen dürfe, und sie sagte sofort Ja. Wir gingen zu Chez Fernand, einem kleinen Lokal, das ich in der Rue de l'Université aufgespürt habe. Odile träumt nur davon, nach New York zu gehen, wenn Ben dort seine Galerie eröffnet, also sprechen wir Englisch miteinander, damit sie Übung bekommt. Mir schwant, dass das der wahre Grund meiner Attraktivität ist – sie will einen anglophonen Kavalier. Sie hat braune Augen und lange Wimpern, weiche, olivenfarbene Haut.

Ich bringe Odile zu ihrer Metrostation. Ich beuge mich vor, um sie auf die Wange zu küssen, und sie dreht ihr Gesicht so, dass sich unsere Lippen treffen. Wir küssen uns zart, unsere

Zungenspitzen berühren sich, und ich spüre, wie sich das alt-vertraute Gefühl in meinem Unterleib ausbreitet. Wir verab-reden uns auf ein Rendezvous noch diese Woche.

Freitag, 15. April

Gestern Abend war Odile bei mir. Wir aßen im Flore und gingen ins Hotel zurück. Sie hat einen geschmeidigen Mäd-chenkörper. Ich war nicht zu gebrauchen, unfähig, auch nur eine Halberektion für länger als ein paar Sekunden durch-zuhalten. Ich sah immer nur Freya – sie hätte ebenso gut im Zimmer sein und uns zuschauen können. Odile masturbierte mich geduldig und beugte sich, als das auch keine verläss-liche Wirkung zeigte, großzügigerweise über mich, um mei-nen Schwanz in den Mund zu nehmen, aber ich sagte ihr, sie solle sich keine Mühe machen.

Sie zündete sich eine Zigarette an, während ich ihr zu er-klären versuchte, dass meine Frau im Krieg umgekommen ist und ich noch immer nicht darüber hinweg bin. Im Krieg? Aber der Krieg ist doch lange her, sagte sie. Ich stimmte ihr zu und bat sie um Entschuldigung. »Ich werde wohl besser gehen«, sagte sie, zog sich an und ließ mich allein. Ich schlief ein paar Stunden tief und traumlos.

Als ich aufwachte – vor einer Stunde –, wurde ich von einer Verzweiflung gepackt, die mir in dieser Intensität völlig neu ist. Drei Jahre lebe ich nun schon mit dem Verlust von Freya, und nichts hat sich seitdem geändert. Draußen fällt der Re-gen. Das melancholische Tropf-tropf-tropf.

Ich habe zwei Aspirin gegen meinen morgendlichen Kopf-schmerz genommen und noch zwei und noch zwei und noch zwei und noch zwei. Ich habe meine Whiskyflasche aus dem Schrank geholt und das Schild *Nicht stören!* vor die Tür gehängt. Ich spüle langsam die letzten Aspirintabletten mit Whisky herunter.

Ich weiß, was ich tue, aber irgendwie kommt mir alles unwirklich vor – als wäre ich auf der Bühne und würde in einem Theaterstück spielen. Ich fühle nur – ich weiß nicht, was ich fühle. Der Entschluss kam heute Morgen, und ich glaube nicht, dass er sehr viel mit der Beschämung von gestern Abend zu tun hat. Ich weiß nur, dass er befolgt werden muss. Ein verregneter, grauer Vormittag in Paris. Überall in der Stadt sterben auch andere Leute, sind kurz davor und schon tot. Ich bin nur einer, der diese Zahl vermehrt. Der Tod macht mir keine Angst, ich glaube einfach nur, dass er für mich hier und jetzt die beste und einzige Lösung ist. Der Entschluss ist gerade in mir entstanden, ganz nüchtern und sachlich. Ich trinke weiter Whisky. Ich werde weiterschreiben. Die Leute werden sagen: Haben Sie gehört? Logan Mountstuart hat sich in Paris umgebracht. Ich trinke weiter Whisky. Die Tabletten sind schon alle. Ich fühle mich langsam betrunken – oder ist das schon der Anfang? Ich begehe Selbstmord. Das klingt absurd. Dreiundvierzig Jahre reichen mir. Ich war kein totaler Versager. Einiges von meinen Arbeiten wird

[der Text wird unleserlich und bricht ab.]

New Yorker
Tagebuch

Logan Mountstuart wurde eine Stunde später von Odile aufgefunden, die auf dem Weg zur Arbeit am Hotel vorbeiging, um ihr Feuerzeug zu holen – ein wertvolles silbernes Zippo-Feuerzeug, das sie auf dem Nachttisch vergessen hatte. lms wurde schleunigst ins Krankenhaus gebracht, wo man seinen Magen auspumpte, ihm Beruhigungsmittel und eine Kochsalzinfusion verpasste. Zwei Tage später wurde er entlassen, er verbrachte einen Monat bei den Leepings und kehrte dann in die Turpentine Lane zurück. Niemand in London, auch seine Mutter nicht, dürfte etwas von dem Selbstmordversuch erfahren haben.

Er begann eine längere psychiatrische Behandlung und Analyse im Atkinson Morley's, einem psychiatrischen Krankenhaus in Wimbledon, wo er Patient von Dr. Adam Outridge wurde. Dr. Outridge verordnete milde Beruhigungsmittel und Schlaftabletten und riet ihm, den Alkoholgenuss einzuschränken. Dr. Outridge ermunterte ihn auch zur Weiterarbeit an seiner Novelle, Die Villa am See, die 1950 veröffentlicht wurde, seriöse und begeisterte Kritiken einheimste (»Einer der beklemmendsten und außergewöhnlichsten Romane über den letzten Krieg« The Listener), sich aber sehr schlecht verkaufte.

Im Mai 1950 hatte Ben Leeping seine New Yorker Galerie Leeping Fils auf der Madison Avenue eröffnet, zwischen 65th und 66th Street. Marius Leeping zog nach New York, um die Galerie zu übernehmen. Geschäftsschwerpunkt sollte die »klassische« Moderne der europäischen Malerei des 20. Jahrhunderts sein, aber Marius hatte den Auftrag, in New York nach neuen Talenten zu suchen. Künstler wie Jackson Pollock, Franz Kline, Willem de Kooning und Robert Motherwell machten gerade von sich reden, und die Bewegung des »abstrakten Expressionismus«, wie sie kurz darauf genannt wurde, lenkte die Aufmerksamkeit der Kunstwelt von Paris nach New York.

Ben Leeping war der Meinung, dass Marius mit seinen zweiundzwanzig Jahren zu jung und unerfahren war und einen Kodirektor an seiner Seite brauchte, dem er vertrauen konnte und – ebenso wichtig – auf den auch Ben Leeping sich verlassen konnte. Ims, inzwischen völlig genesen und wieder als Autor hervorgetreten, war die naheliegende Wahl.

Ben Leeping bot ihm daher gegen Ende 1950 den Posten des Kodirektors bei Leeping Fils mit einem Jahresgehalt von fünftausend Dollar an. Eigentlicher Zweck der Anstellung war es, dass er jemanden brauchte, der Marius Leeping anleitete und ein wachsames Auge auf ihn hatte. Ims musste nicht lange überredet werden. Er machte die Wohnung in der Turpentine Lane dicht und schiffte sich im März 1951 nach New York ein.

Nach ein paar Tagen im Hotel mietete er ein Apartment auf der 37th Street zwischen der First und Second Avenue (es war nur die erste von vielen Adressen in seinem New Yorker Wanderleben). Die Gegend war nicht die feinste, dafür aber nur zwanzig Minuten Fußweg von der Galerie entfernt.

Zusammen mit Marius Leeping durchforschte und durchkämmte er alle alteingesessenen und neuen Galerien von New York, auch die improvisierten Genossenschaftsgalerien, in denen die Arbeiten junger Künstler gezeigt wurden. Ben Leeping hatte einen Akquisitionsfonds von 25000 Dollar bereitgestellt, mit dem die ersten Ankäufe bestritten werden sollten – Geld, das aus dem Verkauf der Mirós von Faustino Peredes stammte (der für Ims verkaufte Miró brachte allein 9000 Dollar netto ein).

Auf einer Party etwa zwei Monate nach seiner Ankunft traf lms die geschiedene Alannah Rule, die in der Rechtsabteilung der nbc arbeitete. Sie hatte zwei kleine Töchter, Arlene (8) und Gail (4). lms verkehrte gesellschaftlich mit Alannah. Ihre Beziehung begann – mit exaktem Timing, wie lms immer sagte – am 4. Juli 1951.

Das New Yorker Tagebuch setzt im September jenes Jahres ein.

1951

Freitag, 21. September

Hier bin ich nun also in New York, schreibe wieder, arbeite wieder, ficke wieder, lebe wieder. Ich habe mich vor allem deshalb entschlossen, das Tagebuch fortzuführen, weil ich mir allmählich Sorgen um Marius mache und seine Aktionen und sein Verhalten protokollieren möchte. Ben hat absolutes Vertrauen zu ihm, aber ich frage mich langsam, ob das nicht ein wenig verfehlt ist. Ich glaube auch, dass sein Geschmack bizarr ist, um nicht zu sagen bedenklich schief. Wir streiten uns ständig darüber, welche Bilder gut und welche Bilder schlecht sind und welche Künstler wir unter unsere Fittiche nehmen sollen. Ich habe schlimmste Befürchtungen, was Marius und diese Galerie betrifft, und möchte alle Nachweise, die ich eines Tages brauchen könnte, wohl dokumentiert zur Hand haben.

Zum Beispiel: Ich bin morgens immer als Erster hier, selbst vor Helma (unserer Empfangsdame). Marius kommt sehr oft erst nach dem Mittagessen. Meine mit Ben abgestimmte Strategie war es, unseren europäischen Bestand so klug wie möglich zu erweitern und nicht um jeden Preis Aufmerksamkeit zu erregen. Die Stadt ist voll von Kunsthändlern und Genossenschaftsgalerien – Myers und de Nagy, Felzer, Lonnegan, Parsons, Egan –, um nur unsere direkte Konkurrenz zu nennen. Die Namen steigen am Himmel auf und verblassen binnen weniger Wochen, und wir müssen sicherstellen, dass jeder Maler, den wir ausstellen – in Anbetracht unseres Renommees und des Pariser Glorienscheins, der uns anhaftet –, genügend öffentliches Gewicht hat. Marius – sagen wir es nur geradeheraus, und das hat nichts mit seinem Charme zu tun – besitzt, soweit ich sehe, kein ästhetisches Urteil. Er scheint sich nach seinem spontanen Eindruck zu richten, oder schlimmer noch, nach dem Eindruck desjenigen, mit dem er zuletzt gesprochen hat. Alle Meinungen Greenbergs* werden von ihm unkritisch übernommen. Ich schärfe ihm ständig ein: Wir springen nicht auf überfüllte Züge auf, wir suchen uns lieber einen mit vielen freien Plätzen, wo wir die Beine ausstrecken können. Er hört nicht auf mich – und macht das, was alle machen.

Dennoch: Ich genieße diese Vormittage in der Galerie, bevor die Kunden kommen und Marius auftaucht. Wir residieren im ersten Stock – oder in der zweiten Etage, nach amerikanischer Ausdrucksweise –, ich stehe am Fenster und blicke auf das Verkehrsgewühl der Madison Avenue hinab. Helma bringt mir eine Tasse Kaffee, und ich rauche die erste Zigarette des Tages. In Momenten wie diesen meine ich zu träumen – ich kann nicht glauben, dass ich hier lebe und arbeite, dass sich mir diese Gelegenheit geboten hat.

Abends zu Alannah. Ein ganzes gemeinsames Wochenende, da die Kinder mit ihrem Mann unterwegs sind. Wir wollen im Greenwich Village ein Apartment für mich suchen. Ich glaube, ich muss näher am Geschehen sein.

---

* Clement Greenberg (1909–1994). Derzeit der einflussreichste Kunstkritiker, dem die »Entdeckung« Jackson Pollocks nachgesagt wird.

Sonntag, 23. September

Wir haben ein kleines Apartment in der Cornelia Street Ecke
Bleecker Street gefunden, im Souterrain eines Reihenhauses
(Woher diese Vorliebe für Kellerwohnungen? Warum wohne
ich so gern halb unterirdisch?), unmöbliert mit Schlafzimmer,
Wohnzimmer, mit einer winzigen Küche und Duschraum.
Eine italienische Familie belegt die zwei Etagen über mir.

Es war eine hübsche Dreingabe, dass wir Alannahs ganze
Wohnung an diesem Wochenende für uns allein hatten. Ich
finde Alannah sehr sexy: ihre prächtigen Zähne und ihr
perfekt frisiertes blondes Haar üben einen bezwingenden
Reiz auf mich aus. Dabei ist ihr Schamhaar von dunkel-
braunem Glanz – wenn sie nackt ins Schlafzimmer kommt,
einen Krug mit Martinis und zwei Gläser in der Hand, frage
ich mich, ob es dieser dramatische Kontrast ist, der mich
so stimuliert. Im Bett sind wir durch und durch orthodox,
kondombewehrt, wir belassen es vorerst bei der Missionars-
stellung, aber Alannah bringt mich so weit, dass ich mich
am liebsten total vergessen möchte. Sie ist groß und kno-
chig und hat einen scharfen Juristenverstand. Sehr besorgt
um ihre Kinder und wie sie mich finden werden. (Warum
sollte ich mich für sie interessieren?) An ihrem Mann lässt
sie kein gutes Haar (»ein erbärmlicher Schwächling«) – auch
er Jurist, wie sich herausstellte. Alannah ist fünfunddreißig.
Sie hat eine große Wohnung auf dem Riverside Drive mit
Dienstmädchen. Mit ihrem Einkommen und den Alimen-
ten ist sie sehr gut gestellt. Ich bin einfach nur froh, dass
meine Sexualität nach der Pariser Katastrophe wieder intakt
ist. Das habe ich den U.S. von A. und ihren selbstbewussten Frauen zu verdanken. Hierherzukommen war das Beste,
was ich je getan habe.

Outridge hat mich als zyklothymisch bezeichnet – als Manisch-Depressiven im Westentaschenformat –, weshalb er mir keine Elektroschocktherapie verordnet. Er hat mir einen Psychiater in New York empfohlen, für den Fall, dass ich seelischen Beistand brauche. Aber ich glaube, seine Diagnose ist falsch: Ich bin nicht manisch-depressiv, weder im Kleinen, noch im Großen. In Paris habe ich wohl an einer langwierigen, Nervenkrise gelitten, die begann, als ich aus der Schweiz zurückkam und von Freyas und Stellas Tod erfuhr. Nach etwa drei Jahren wurde ich schließlich von Odile oder besser von meinem Versagen bei Odile zum Äußersten getrieben. (Was ist überhaupt aus ihr geworden? Wollte sie nicht nach New York kommen? Werde Ben fragen.) Hier in New York ist alles Dunkle, das mein Leben überschattet hat, wie weggeblasen. Die Sonne kommt wieder durch.

Donnerstag, 11. Oktober

Ein herrlich klarer Tag in New York. Großartig diese riesigen Gebäude mit ihren scharf umrissenen Schatten im hellen Sonnenlicht – völlig uneuropäisch. Wir brauchen eure Kathedralen nicht, eure ummauerten Herrenhäuser, eure Reihensiedlungen, scheinen sie zu sagen, wir sprechen eine andere Sprache, wir haben unsere eigenen Begriffe von Schönheit, ob es euch passt oder nicht. Alle Vergleiche sind sinnlos und überflüssig.

Marius kam heute Nachmittag um drei, nachdem er einem Scharlatan namens Hughes Delahay vier wertlose Gemälde (Geschmier und Gekleckse in Grundfarben) zu je fünfhundert Dollar abgekauft hat. Für diese Summe hätte ich einen Pollock bekommen – wenn ich gewollt hätte. Ich machte ihm sanfte Vorhaltungen – unser Startkapital schrumpft zusehends, und ich habe noch gar nichts gekauft –, indem ich ihm erklärte, dass in ein paar Monaten keiner einen Delahay auch nur geschenkt nimmt. Logan, sagte er herablassend, du bist zu sehr alte Welt, genau wie Papa. Du musst schnell sein, oder du passt nicht in diese Stadt. Ich konnte mich gerade noch beherrschen. Eine absurde Bemerkung angesichts meiner obigen Rhapsodie. Ich muss Ben wohl davon informieren, was hier vor sich geht.

Heute Abend gehe ich in die Genossenschaftsgalerie von Janet Felzer in der Jane Street. Marius habe ich die Einladung vorenthalten. Morgen ziehe ich in die Cornelia Street.

Freitag, 12. Oktober

Das erste New Yorker Bild gesehen, das ich kaufen möchte, von einem Todd Heuber. Janet reserviert es für mich. Irgendwie – wir waren beide stockbetrunken, und Janet hatte mir irgendeine Pille verpasst – landeten wir zusammen im Bett bei mir in der 47th Street. Als ich aufwachte, war mir grässlich schlecht, und ich hörte jemanden im Badezimmer rumoren. Dann kam Janet herein, nackt, und schlüpfte zu mir ins Bett. Ich hatte einen höllischen Kater. Sie schmiegte sich an mich, und ich begriff, was passiert war. Sie ist klein und dürr mit völlig flacher Brust – eigentlich nicht mein Fall –, aber sie hat etwas Schelmisches, Boshaftes und ungehemmt *Verdorbenes* an sich, was mich erregt. Ich ging an den Eisschrank und holte ein Bier. Sie sagte, he, bring mir auch ein Bier, ich fühle mich genauso beschissen. Also setzten wir uns ins Bett, tranken unser Bier und quatschten eine halbe Stunde. Wir konnten beide nicht für die Geschehnisse der vergangenen Nacht garantieren, aber auf jeden Fall zeigte das Bier seine Wirkung, und wir liebten uns. Der Verkehrslärm der 47th Street. Unsere mit Bierrülpsern gemischten Küsse. Janets lustiges Affengesicht unter mir, mit zusammengekniffenen

Augen. Als ich kam, sagte sie: Glaub bloß nicht, dass du den
Heuber billiger kriegst.

Dienstag, 23. Oktober

Cornelia Street. Telegramm von Wallace, dass er einen amerikanischen Verlag für die *Villa am See* gefunden hat – Buck-
nell, Dunn & Weiss. Er drängt mich, Mr Weiss persönlich
anzurufen, und der ist begeistert zu hören, dass sein Autor
gerade in New York wohnt. Nur zweihundert Dollar Vorschuss, aber Bettler können nicht wählerisch sein.

Habe den Heuber für hundert Dollar bekommen und für
dreihundert an mich selbst verkauft (unsere übliche Han-
delsspanne von zweihundert Prozent – jetzt hat Leeping Fils
endlich mal Gewinn mit einem modernen Gemälde gemacht).
Earthscape No. 3 heißt es. Ein langes Bild aus schweren braunen und schwarzen Placken, geschabt und gefurcht, geglättet
und patiniert. In einem winkeligen Zwischenraum der Placken ein angedeuteter, schmutzig-cremefarbener Rhomboid.
Vielleicht liegt es daran, dass er Deutscher ist (sein richtiger
Name ist Tabbert Heuber) – aber Todds Bild besitzt Gewicht
und Präsenz. Es hat Komposition. Es ist völlig abstrakt, aber
der Titel ermuntert gewissermaßen zu einer figurativen Interpretation. Nur Heuber und ein Holländer namens de
Kooning bieten Beeindruckendes. Beide können sie *zeichnen*.
Und das ist immer von Vorteil.

Dienstag, 13. November

Der erste bitterkalte Tag in New York. Schneesturm und ein
Wind, der direkt vom Nordpol kommt. Auf dem Weg zur
U-Bahn beißt einem die Kälte in die Wangen, bis man nichts
mehr spürt. Marius ist gestern gar nicht erst erschienen, und

als ich ihn anrief, sagte er, er arbeitet zu Hause. Danke für die Mitteilung, sagte ich, und er erwiderte, es ist seine Galerie, und er kann arbeiten, wo er will, ebenfalls besten Dank. Ich glaube, jetzt muss Ben einschreiten; die Sache wird ausgesprochen unerfreulich. Ich kann Marius nicht feuern, nicht mal zusammenstauchen, obwohl ich kein Hehl aus meiner Meinung mache. Seit er in New York ist, hat er sich verändert – vielleicht nur deshalb, weil er dem Einfluss seines Vaters, seines Stiefvaters, entzogen ist. In Paris wirkte er immer charmant – ein bisschen faul und antriebsarm, das wohl, aber im Vergleich zu hier war das gar nichts. Mir begegnet er kühl, arrogant, selbstgefällig. Und zudem arbeitet er nicht. Gott weiß, was er den lieben langen Tag treibt, wahrscheinlich dasselbe wie wir alle – Alkohol, Drogen, Sex –, aber wenigstens komme ich jeden Morgen in die Galerie, montags bis freitags. Diese Stadt hat etwas gefährlich Korrumpierendes an sich, man muss immer auf der Hut sein.

Lunch mit Ted Weiss. Er will die *Villa* noch vor Jahresende herausbringen. Sie haben Bögen der englischen Ausgabe gekauft, die nur noch gebunden werden und einen neuen Umschlag bekommen. Weiss ist ein magerer, bebrillter Intellektueller – sehr klug, sehr trocken. »Wir werden es als ›existenziellen Roman‹ verkaufen«, sagte er. »Was meinen Sie?« »Ist das nicht ein bisschen ein alter Hut?«, wandte ich ein. »Nein. Hier ist das ein neuer Hut«, erwiderte er.

Montag, 3. Dezember

Letzte Nacht habe ich wieder mit Janet geschlafen. Ich musste das Wochenende allein verbringen – Alannahs Kinder und ihre Schwester waren bei ihr. Also ging ich zu einer Party bei de Nagy, wo auch Janet war (und das übliche Gedränge). Gegen Ende, als sich die Leute verliefen, fragte Janet: »Kann ich mit zu dir kommen?« Und ich sagte Ja, bitte. Warum riskierst du so etwas, Mountstuart? Aber es ist kein Risiko. Alannah ist eine Freundin, genauso wie Janet. Keiner von beiden habe ich ewige Treue geschworen. Ach, sieh mal an, diese Ausreden. Du machst nur Wind, weil du dich schuldig fühlst, wenn du mit Janet schläfst. Ich bin fünfundvierzig und ungebunden – ich muss mein Liebesleben oder mein Sexualleben vor niemandem verbergen. Dann erzähl doch Alannah alles, um zu sehen, wie tolerant sie ist. Wo ist das Problem?

Freitag, 14. Dezember

Zur Buchpremiere gab ich eine kleine Party in der Galerie. BD&W luden ein paar Autoren und Kritiker dazu. Ich bat Greenberg und Frank O'Hara* und ein paar andere Bekannte, zur Belebung der Kunstwelt beizutragen. Und ich war ziemlich stolz, mein Buch auf einem Tisch in der Mitte aufgestapelt zu sehen. Die *Villa* hat hier einen sehr schlichten Umschlag: Serifenlose Kleinbuchstaben in Mitternachtsblau auf grauem Packpapier – irgendwie sehr im Bauhausstil. Frank fand den Titel ansprechend. »*Die Villa am See.* Gefällt mir gut«, sagte er. »Sehr einfach, mit einem gewissen Unterton, einer Resonanz. Könnte ein Bild von Klee sein.« Dessen bin ich mir nicht sicher, aber es war nett von ihm, die Verbindung herzustellen. Er war mit einem befreundeten Schriftsteller da, Herman Keller, der wie ein Gewichtheber aussah (breitschultrig, stiernackig, kurzgeschoren), aber in Princeton Literatur lehrt. Ich dachte, er war einer von Franks »schwulen« Freunden, aber jemand stellte das in Abrede. Frank liebt es offenbar, heterosexuellen Männern etwas vorzumachen.

---

* Frank O'Hara (1926–1966), Dichter, damals am Museum of Modern Art beschäftigt.

Es war interessant zu sehen, wie sich die allgemeine Wahrnehmung meiner Person nach dem Erscheinen des Buches veränderte. Nicht mehr irgendein korrekt gekleideter Engländer aus der Kunstbranche, sondern ein Schriftsteller mit beachtlicher Werkliste (sie ist auf dem Schmutztitel abgedruckt). Keller interessierte sich für die *Kosmopoliten* und fragte, ob ich Bücher für ein kleines Literaturmagazin rezensieren will, an dem er sich beteiligt – sie brauchen jemanden, der Französisch kann. Er kennt Auden und fragte mich, ob ich ihn treffen möchte. Liebend gern, erwiderte ich. Aber eigentlich bin ich nicht wild darauf. Mein alter literarischer Umkreis ist mir aus der New Yorker Perspektive sehr fremd geworden. Ein faulender Tümpel, von ferne besehen. Und ich bin ziemlich froh, Distanz gewonnen zu haben.

Udo Feuerbach kam – es war schön, ihn wiederzusehen. Er ist grau und korpulent geworden, sein Gesicht faltig und schwammig. Er gibt ein Magazin mit dem Titel *Art International* heraus, und ich sagte ihm, das klingt wie eine Fluglinie. Er nahm ein Exemplar der *Villa* in die Hand und blätterte darin. Wieder ein Buch, sagte er, *teuflische Virtuosität*. Wir lachten. Er hat ein Satyrbärtchen, grau durchwirkt, mit dem er aussieht wie ein onkelhafter Bösewicht.

Alannah hat mich gebeten, Weihnachten bei ihrer Familie zu verbringen. Ihr Vater, ein Witwer, war Professor an irgendeiner Frauenuniversität in Connecticut und hat ein großes Haus an der Küste. Als ich herausfand, dass auch ihre Schwester mit Mann und Kindern kommt, sagte ich ab, mit der Begründung, ich müsse nach London und meine Mutter besuchen – also werde ich es wohl besser tun.

Ted Weiss sagte, die *Villa* würde bald gute Kritiken in der *Sunday Times* und im *New Yorker* bekommen. Woher weiß er das so lange im Voraus? Nun, jedenfalls ist es erfreulich.

1952

[Januar]

Spellbrook bei Pawcatuck, Connecticut. Am 3. kam ich her – am Montag fahre ich zurück in die City. Alannahs Vater Titus [Fitch] hat ein großes weißes Holzhaus hier in Spellbrock, etwa fünf Meilen von Pawcatuck. Es steht in einem Wäldchen aus Lärchen und Ahorn, bis zum Meer sind es etwa zwanzig Minuten Fußweg. Heute Vormittag schien die Sonne, und wir sind durch die Wiesen zur Küste hinab (es lagen etwa zehn Zentimeter Schnee). Wir waren zu neunt: Ich, Titus, Alannah, Arlene, Gail, Kathleen Bundy (Alannahs ältere Schwester), Dalton (Kathleens Mann) und deren Kinder Dalton jr. (sieben oder acht) und Sarah (noch klein). Wir spazierten an der Küste entlang, schauten in die Felstümpel, die Wellen brandeten, und die Kinder rannten herum. Als wir zurückkamen, servierte uns die Haushälterin ein gewaltiges Lunch. Es war ein idyllischer Vormittag, nur beeinträchtigt durch den Umstand, dass mir (wenn auch keinem anderen) absolut klar ist, dass Titus Fitch mich nicht ausstehen kann. Er hasst mich aus Prinzip, nicht aus persönlicher Abneigung. Ich bin Engländer, und er ist ein in der Wolle gefärbter Anglophobe ersten Grades. Wäre ich ein Neger und er der Großwesir des Ku-Klux-Klan, die Abneigung könnte nicht krasser sein. Ich glaube, er ist entsetzt, dass seine jüngere Tochter etwas mit einem Engländer hat. Zum ersten Mal in meinem Leben empfinde ich mich als Opfer von Rassenhass, wie ein Jude in Nazi-Deutschland. Er nennt mich »unseren englischen Freund«. »Vielleicht zieht unser englischer Freund sein Steak *well-done* vor.« »Vielleicht möchte unser englischer Freund lieber Tee als Kaffee nehmen. Ist das der Ausdruck? Tee ›nehmen‹?« »Unser englischer Freund ist es nicht gewohnt, sich mit kleinen Kindern an den Tisch zu setzen. Der Dienstbotentrakt und all das.« Die Feindseligkeit ist mit Händen zu greifen, aber die Familie findet es nur lustig. Ich machte Alannah auf diese kränkende *froideur* aufmerksam, und sie lachte mich aus. »Unsinn. Das ist Daddys Art. Er ist der geborene Stänkerer. Sei nicht so empfindlich, Logan. Nimm's nicht persönlich.«

Auf jeden Fall war es gut, Alannah außerhalb der City zu erleben: Sie verliert hier draußen ein wenig von ihrer Härte, ihrem Glanz und Aufputz. Ihr Haar ist lockig, sie schminkt sich weniger, trägt Jeans und weite Pullover. Die Ecken und Kanten ihres hübschen Gesichts scheinen sich zu entspannen und weicher zu werden. Ich finde diese halb ländliche Alannah genauso reizvoll wie die New Yorker Alannah.

Fitch ärgert sich über den Erfolg der *Villa,* die, wie Ted Weiss voraussagte, hervorragende Kritiken einheimst. Die Bundys flossen über vor Lob. Bei meiner Ankunft habe ich Fitch ein Exemplar überreicht, und er legte es auf einen Seitentisch, ohne es eines Blickes zu würdigen. Er ist ein schlaksiger Alter Anfang siebzig mit markantem Gesicht und einer üppigen, ungebärdigen weißen Mähne. Er raucht seine Pfeife mit pedantischer und routinierter Affektiertheit, trägt mit Vorliebe eine Fliege und Tweedjacken mit uralten Khakihosen. Wenn ich mich plötzlich umsehe, bemerke ich unverhohlenen Hass in seinen Augen, bevor er wieder die unbequeme Gastgebermaske aufsetzt.

London war schlimm. Düster, dreckig, nasskalt, die Bevölkerung übellaunig und gedrückt. Irgendwie noch immer wie im Krieg. Ich besuchte meine Mutter (die ihr endloses Klagelied anstimmte) und ging mit ihr zum Weihnachtslunch ins Savoy. Dick lud mich zum Hogmanay nach Schottland ein, aber ich hielt es für klüger, meine Leber zu schonen, und nahm gleich am 1. Januar den Frühflug.

Von London aus telefonierte ich mit Ben wegen Marius und der möglichen Probleme, und er sagte, er wird so bald wie möglich selber herüberkommen. Peter war auf Hochzeitsreise in der Karibik, mit Gloria Ness-Smith, nun der dritten Mrs Scabius. Ich blieb so gut wie immer allein. Der Bunker wurde warm genug, wenn beide Gaskamine brannten, und ich fühlte mich dort genauso zu Hause wie überall sonst. Die Firma, die sich in meiner Abwesenheit um die Wohnung kümmert, scheint ordentlich zu sein.

Nach dem Mittagessen eine Stunde mit Gail Rule geredet. Ein entzückendes, gesprächiges, offenherziges Mädchen, das gern Witze erzählt – die sie kaum herausbekommt, weil sie selbst so sehr lachen muss. Ich war wie verzaubert und erkannte bald den Grund: Stella war in ihrem Alter, als ich sie das letzte Mal sah, und ich litt wieder unter meinem schrecklichen Verlust. Man denkt, der Schmerz lässt mit der Zeit nach, doch dann kommt er zurück, mit einer Brutalität und Frische, die man längst vergessen hatte.

Ich wollte Liebe (eigentlich nur jemanden im Arm halten) und fragte Alannah, ob ich mich in der Nacht in ihr Zimmer schleichen darf, aber sie fand es zu riskant. Also machten wir eine Ausfahrt und liebten uns hastig und ohne viel Gefühl auf dem Rücksitz ihres Wagens, irgendwo am Ende einer Straße. Ich sagte, dass ich es zum ersten Mal im Auto gemacht habe. Willkommen in Amerika, erwiderte sie. Offenbar die entscheidende Äquatortaufe. Was mich mehr vergnügte, war die Vorstellung auf der Rückfahrt, dass Fitch die Nase in die Luft reckt wie ein Bluthund, um den Geruch von englischem Sperma zu wittern. Schweinehund. Das ganze Abendessen über habe ich mich an dem Gedanken erwärmt.

Freitag, 7. März

In Todd Heubers Atelier auf der 8th Street. Kaufte eine weitere *Earthscape* für fünfundsiebzig Dollar. Fast ganz verschattete, gekrümmte Brauntöne, aber gegliedert durch einen hart zitronenfarbenen Querstreifen am oberen Rand – wie krankes Frühlicht nach einer stürmischen Nacht. Redeten über Emil Nolde, de Staël und andere Maler. Heuber beherrscht sein Metier. Er ist kräftig wie ein junger Bauer oder Schauermann, mit kantigem Kinn und blassblauen, kurzsichtig wirkenden Augen.

Wir gingen auf einen Drink in die Cedar Tavern – nicht mein Lieblingslokal wegen der grellen Beleuchtung –, aber er wollte den Handel begießen. Dort beschimpfte ihn der stockbesoffene Pollock als Nazi. Todd lachte nur und sagte, dass er Jackson hin und wieder eine kräftige Abreibung geben muss, um ihn auf seinen Platz zu verweisen, aber heute sei er nachsichtig gestimmt. Es waren eine Menge junge Frauen da, um die Stars anzuhimmeln – Heuber, Pollock, Kline, diesen Schwindler Zollo –, und alle spreizten sich in ihrer Männlichkeit wie Hähne auf dem Misthaufen. Wegen der grellen Beleuchtung sahen sie ausgelaugt und hohläugig aus. Die Frauen – Elaine [de Kooning], Grace [Hartington], Sally [Strauss] – soffen nicht weniger als die Männer. Es herrschte eine schweißtreibende, erotisch aufgereizte Atmosphäre, die auch mich dazu brachte, die Frauen zu beäugen wie ein lüsterner Pascha. O'Hara kam mit Keller herein. Ob sie sich gegenseitig ficken? Keller sagt, er hat die *Villa* zweimal gelesen. »Äußerst vielschichtig, aber ich komme langsam dahinter«, meinte er. Rief Alannah an und fragte, ob ich auf einen Schlummertrunk vorbeikommen kann. Sie sagte, dass Leland mit den Kindern da ist, aber morgen zum Lunch ist sie frei. Rief Janet an – nicht zu Hause. Also versuchte ich eines der Mädchen abzuschleppen, aber sobald sie merkte, dass ich kein Maler bin, war es vorbei. Es gab eine Dunkle mit schmalen Handgelenken und sehr langen Haaren, die mir wirklich gefiel, und in meinem Suff wollte ich mich nicht von ihr abweisen lassen, bis sie sagte: »Verzieh dich, Alter.« Alter? Mein Gott, mit sechsundvierzig bin ich doch nicht alt! Mir ist, als hätte ich nicht mal angefangen, richtig zu leben. Dieser verdammte Krieg hat mir sechs Jahre geraubt. Also ging ich nach Hause, trank noch ein bisschen und schrieb dies auf.

Donnerstag, 8. Mai

Wiedersehen im Waldorf: Ich, Ben und Peter. Die alte Dreierbande. Peter ist hier, um Reklame für seinen neuen Roman zu machen – *Opferung der Unschuldigen*. Wir redeten – bei alten Schulfreunden unvermeidlich – über die Abbey und unsere Jahre dort. Ich glaube nicht, dass Peter und ich uns äußerlich sehr verändert haben – man könnte uns immer noch anhand unserer Schulfotos erkennen –, natürlich sind wir alle stattlicher und breiter geworden, aber Ben ist jetzt fett; mit seinem runden Bauch und dem Doppelkinn, das ihm über den Kragen schwappt, sieht er älter aus als wir. Zumindest hoffe ich das, und wahrscheinlich denken wir alle das Gleiche übereinander. Zum Kaffee kam Gloria dazu. Sie wirkte ... üppig. Im erotischen Sinn. Ihre Stimme ist seltsam, überhöflich. Diesär Mann im Pullovär. Wie die englischen Filmstars mit Anstandsschule und Stimmausbildung. »Ich störe doch nicht eure Herrenrunde?«, sagte sie. Ich freute mich, dass sie kam. Sie gehört zu den Menschen, die sofort Aufsehen erregen, wenn sie einen Raum betreten. Und sie war mehr als willkommen. – Sosehr ich Peter mag, ist er doch zunehmend in den Klang seiner eigenen Stimme verliebt. Gegenüber Ben prahlte er, dass er einen Bernard Buffet für dreitausend Pfund gekauft hat. Ben, diplomatisch wie immer, gratulierte ihm zu dieser klugen Investition. Ben war nicht recht bei der Sache: Er hat versprochen, übers Wochenende eine Lösung in Bezug auf Marius herbeizuführen.

Gegen Ende des Abends bedachte mich Gloria mit ihrem skeptischen und zugleich ein wenig spöttischen Blick und sagte: »Und was hast du so vor, Logan?« Ich erzählte ihr, dass auch von mir ein Buch herausgekommen ist. »Es ist großartig«, warf Peter ein. »Wollte es dir schon sagen. Dein bestes bisher.« Er hat es natürlich nicht gelesen, aber ich kann mich nicht beklagen, da ich auch seine nicht gelesen habe, seit er seine ziemlich guten kleinen Thriller aufgegeben hat und zur Neuen Schwülstigkeit übergegangen ist. »Schickst du mir ein Exemplar?«, fragte Gloria. »Wir haben eins zu Hause, Darling«, sagte Peter. »Aber es hat eine Widmung für dich«, erwiderte sie. »Ich will eins mit einer Widmung extra für mich.« Ich sagte, es wäre mir lieber, wenn sie eins kaufen würde, da ich alle Belegexemplare selber brauche. Aber als sie ging, erinnerte sie mich: »Und denk an das Buch!« Ich frage mich, ob Peter endlich die Richtige gefunden hat.

Ben war schon weg, Peter und Gloria waren zu ihrer zweifellos riesigen Suite hochgefahren, ich blieb eine Weile allein in der Lobby und zog gerade meinen Regenmantel an, als ich meinte, die Herzogin von Windsor durch die Drehtür hereinkommen zu sehen. Ich erstarrte – bis ich sah, dass es eine dürre New Yorker Matrone mit übertrieben sorgfältiger Betonfrisur war. Mir fiel ein, dass sie und der Herzog hier ein Apartment haben. Ich werde wohl in Zukunft einen großen Bogen um das Waldorf machen müssen.

Montag, 12. Mai

Das Problem Marius ist gelöst – jedenfalls auf dem Papier. Ich leite nun die Galerie; Marius ist mir verantwortlich und muss sich alle Käufe über fünfhundert Dollar von mir genehmigen lassen. Er bekommt seinen eigenen Fonds von fünftausend Dollar, der von Ben aufgefüllt wird. Das alles wurde heute Morgen bei einer frostigen Besprechung ausgehandelt – Marius wirkte eingeschnappt und tat abwesend. Ben war sehr resolut, fast hart, und mir fiel wieder ein, dass Marius natürlich Sandrines Sohn ist und nicht seiner. Ich hoffe nun, dass ihn diese Pseudounabhängigkeit und Pseudoautonomie zufrieden stellt. Aber ich habe meine Zweifel.

War zu einem frühen Abendessen bei Alannah und den Mädchen. Gail erzählte eine ganze Reihe von Witzen, die sie angeblich selbst erfunden hat. Der beste, der uns für einen Moment aus der Fassung brachte, ging so: »Wie sagt man in Brooklyn das Alphabet auf?« Na los, meinte Alannah. Sag das Alphabet auf wie in Brooklyn. »*Fuckin' A, Fuckin' B, Fuckin' C*«, sagte Gail. Alannah war schockiert, aber ich lachte so sehr, dass sie nicht mal Entrüstung vortäuschen konnte. Gail gab allerdings zu, dass dieser Witz nicht von ihr stammte.

Alannah hat mich angebettelt, wieder auf ein Wochenende nach Swellbrook mitzukommen. Ich erwiderte: Ganz abgesehen von dem Umstand, dass ihr Vater mich verabscheut, kann ich es nicht ausstehen, wie ein Halbwüchsiger behandelt zu werden und getrennt von ihr schlafen zu müssen. Wir sind erwachsene Menschen, und wir sind ein Paar. Warum sollen wir nicht in einem Zimmer schlafen? »Ich bin seine jüngste Tochter«, sagte sie. »Er glaubt, dass ich außerhalb der Ehe keinen Verkehr habe.« So ein Unsinn, erwiderte ich. Dann hatte ich eine Idee. Wenn sie ihn regelmäßig besuchen muss, können wir uns doch etwas in der Nähe mieten. Sie kommt schnell zu ihm, und wir können zusammen schlafen. Gar nicht übel, dieser Vorschlag, sagte sie.

Freitag, *11. Juli*

Alannah macht mit den Mädchen Sommerferien in Connecticut. Marius ist in Paris, ich hüte die Galerie in der Julihitze und danke den Göttern für die Erfindung der Klimaanlage. Diesen Monat ist überhaupt kein Geschäft zu machen: Alle New Yorker Maler scheinen auf Long Island zu sein. Vielleicht sollte ich mich dort ein wenig umtun.

Aber Janet ist wieder da und hat gestern Abend in ihrer Galerie eine Party gegeben. Frank [O'Hara] war auch da, überdreht und anstrengend, stinkbesoffen und braun gebrannt. Eine halbe Stunde lang nagelte er mich in einer Ecke fest und schwärmte in den höchsten Tönen von einem barbarischen Genie namens Pate, das er in Long Island ausgegraben hat. »Endlich mal ein Maler mit Grips!« Danach zu Janet nach Hause. Ich nehme mir nie vor, mit ihr zu schlafen, aber wenn sie in Stimmung ist, kann ich ihr kaum widerstehen. Du musst dir ansehen, wie braun ich bin, sagte sie. Sie ist am ganzen Körper braun.

Samstag, *16. August*

Swellbrook. Alannah hat ein Haus gefunden, zwei oder drei Meilen von ihrem Vater entfernt, bei einem Ort, der Mystic heißt. Schon gefällt es mir, sagte ich. Heute Nachmittag fuhren wir mit Gail und Arlene hin. Ein kleiner Bungalow mit geschindelten Wänden, abseits der Küstenstraße gelegen und umgeben von Zwergeichen. Er hat ein sanft geschrägtes Dach, eine lange, sonnige Veranda an der Vorderfront und einen Feldsteinkamin an der Seite. Zwei Schlafzimmer, ein

Bad, ein großes Wohnzimmer mit Kamin. Die lange, schmale Küche geht nach hinten auf einen verwilderten Garten. Es könnte sechzig Jahre alt sein, sagte Alannah begeistert – in der Annahme, dass das für mich, den Europäer mit seiner jahrhundertealten Kultur, den Ausschlag geben würde. Alles im Haus funktioniert: Wasser, Strom, Heizung, wir könnten es also auch im Winter benutzen. Ich kann es mir ohne Weiteres vorstellen, aber ein kleines Alarmglöckchen klingelte in meinem Kopf, als wir zu viert mit dem Makler durchs Haus gingen. Logan und seine Beinahe-Familie … »Sieh mal, Logan«, rief Gail, »das Zimmer dort oben, das könnte deine Bude werden.« Es ist eine kleine Bodenkammer mit Mansardenfenster, aus dem man von ferne den Block Island Sund sieht. Ich musste plötzlich an mein Zimmer in der Melville Road und die Dächer von Battersea denken, auf die ich blickte, und mir kamen die Tränen, als ich mir die dort verlebten Jahre vergegenwärtigte. Alannah sah es und nahm mich bei der Hand. »Du hast recht. Wir könnten hier glücklich sein«, sagte sie. Gail nahm meine andere Hand. »Bitte, Logan, bitte!« »Einverstanden«, sagte ich.

Ich habe darauf bestanden, die ganze Miete zu zahlen – zwölfhundert Dollar pro Jahr –, was ich mir eigentlich nicht leisten kann, aber damit gehört das Haus gewissermaßen mir und nicht Alannah und mir. Wem mache ich hier etwas vor?

Vorhin sagte Gail zu Fitch: »Logan mietet uns ein Haus in Mystic.« Er blickte mich finster an: »Einmal Kolonialist …« Der Alte hatte miese Laune heute Abend. Wir saßen da und schwiegen uns an – die Mädchen waren im Bett, Alannah machte die Küche –, während er sich mit seiner lächerlichen Pfeife abgab, sie auskratzte und neu stopfte.

Dann fragte er: »Kennen Sie Bunny Wilson*?«

---

*   Edmund Wilson (1895–1972), bedeutender Literat und Kritiker.

Ich erwiderte, dass ich weiß, wer er ist und dass ich viele seiner Bücher gelesen habe. Auch ein Vollmitglied im Club der Anglophoben.

»Ein brillanter Denker«, sagte Fitch und blies blauen Pfeifenrauch an die Decke. Dann richtete er sein Mundstück auf mich: »Wann war die englische Revolution?«

»1640. Oliver Cromwell. Die Hinrichtung Karls I. Das Protektorat.«

»Falsch. Sie hat hier stattgefunden. 1787. Da hat die angelsächsische Bourgeoisie eine neue Ordnung geschaffen. Sie sind noch vom *ancien régime,* immer gewesen, seit Karl II. Die Revolution, die Sie hätten machen müssen, hat in Wirklichkeit hier stattgefunden, auf der anderen Seite des Atlantiks. Und deshalb sind Sie so wütend auf uns.«

»Wir sind nicht wütend auf Sie.«

»Natürlich sind Sie das. Genau das hat Bunny klargestellt. Sie haben jetzt zwei getrennte anglophone Ordnungen, die 1787 aus einer gemeinsamen Wurzel entstanden sind. Unsere ist revolutionär und republikanisch, Ihre steht für den Status quo und die Monarchie. Deshalb werden wir uns nie vertragen.«

»Es tut mir leid, aber – bei allem Respekt – ich glaube, das ist platter Unsinn.«

»Sehen Sie? Genau das habe ich von einem Engländer Ihrer Klasse und Bildung erwartet.« Er stieß ein bellendes Gelächter aus. »Sie haben meine Meinung nur bestätigt.«

Ich ließ ihn weiterschwafeln. Wirklich ein widerliches altes KUTA.

Sonntag, *17. August*

Ich liebe Redensarten wie »bei allem Respekt«, »in aller Bescheidenheit«, »Ich stimme ergebenst zu«, die in Wirklichkeit das genaue Gegenteil bedeuten, und bombardiere Fitch ständig damit, wenn wir uns streiten (Alannah wird langsam verrückt), denn sie gestatten mir, ihm kategorisch zu widersprechen – hinter einer Fassade von Wohlanständigkeit. Beim Lunch haben wir uns wieder über die guten Manieren gestritten. Ich sagte, dass sie in Amerika dazu dienen, soziale Kontakte zu fördern und zu pflegen, während sie in England eine Methode sind, die Privatsphäre zu schützen. Er weigerte sich, meine Argumente anzuerkennen.

Fuhren nach New London, um den Mietvertrag für das Haus in Mystic zu unterzeichnen und die Anzahlung zu leisten. Alannah übernimmt die Kosten für die Einrichtung und Renovierung. So viel zu meiner Unabhängigkeit. Gail und Arlene haben mir einen Dankesbrief geschrieben und unter meiner Tür durchgeschoben. Sie sind großartig. Ich mag sie sehr.

Mittwoch, 5. November

Große Ausstellung in Janets Galerie. Heuber hat drei Bilder dort, die wir kaufen müssten, aber ich wollte seine Preise nicht zahlen. Die Inflation der letzten sechs Monate macht mir Sorgen – plötzlich balgt man sich förmlich um diese unerprobten, unausgewiesenen Künstler. Janet hat jedenfalls auch Barnett Newman und Lee Krasner. Kluges Mädchen. Und es gab eine Party, die sich gewaschen hat. Zu meinem Ärger scheint die Ausstellung ein gigantischer Erfolg zu werden. Frank schwärmte von seiner Neuentdeckung Nat Tate – nicht Pate. Alle seine Sachen waren blitzartig verkauft. Ich traf diesen Wunderknaben später: ein stiller, großer, hübscher Junge, der mich an Paulus erinnerte, meinen Schweizer Bewacher. Er stand still in einer Ecke, trank Scotch und trug einen grauen Anzug, was ich mit Freuden sah. Wir waren die Einzigen mit Anzug. Dichtes dunkelblondes Haar. Janet war auf Hochtouren: Sie sagte, sie hat Heroin geraucht (kann man das?), und drängte mich, es zu probieren. Ich bin zu alt für diese Spielchen, erwiderte ich. Habe einen Heuber und einen Motherwell gekauft. Ein Nat Tate war nicht zu kriegen, obwohl sie mir ganz gut gefielen – derbe, stilisierte Zeichnungen von Brücken, die von Cranes Gedicht[*] inspiriert sind. Jetzt verstehe ich, was Frank mit Grips gemeint hat.

Lief Tate in die Arme, als ich gehen wollte, und fragte, ob er privat an mich verkaufen würde, und kurioserweise antwortete er mir, dass ich seinen Vater fragen müsse. Später am Abend machte Pablo [Janet Felzers Hund] einen großen Haufen mitten in die Galerie. Larry Rivers hat es mir erzählt.

Sieht aus, als hätte Dwight D.[**] das Rennen gemacht.

Donnerstag, 25. Dezember

London, Turpentine Lane. Trübe und gedrückte Stimmung beim Lunch in Sumner Place mit Mutter und Encarnación. Mutter scheint immer weniger zu werden – sie ist zwar noch bei Kräften, aber merklich dünner und abgezehrter. Wir aßen Truthahn und grau zerkochten Rosenkohl. Encarnación hatte vergessen, Kartoffeln aufzusetzen, und Mutter brüllte sie an, worauf Encarnación sagte, dieses englische Essen sei sowieso ungenießbar, und zu weinen anfing. Ich sorgte dafür, dass sie sich gegenseitig entschuldigten. Ich trank den Löwenanteil von zwei Flaschen Rotwein (den ich vorsorglich mitgebracht hatte – das einzige Getränk, das sie im Haus hatten, war weißer Rum). Von Alannah habe ich nichts erzählt.

Vor dem Abflug habe ich Alannah einen Heiratsantrag

---

[*] Hart Crane (1899–1932), Dichter. Sein langes Gedicht »The Bridge« erschien 1930.

[**] Dwight D. Eisenhower errang an diesem Abend einen Erdrutschsieg in der Präsidentschaftswahl. Richard M. Nixon wurde sein Vizepräsident.

gemacht. Sie sagte sofort Ja. Tränen, Gelächter, allgemeine Rührung. Ich habe das Gefühl, dass sie seit Monaten darauf gewartet hat. Am selben Tag, einem Sonnabend, war ich mit Gail und Arlene in den Central Park gegangen. Arlene wollte Schlittschuh laufen. Ich setzte mich mit Gail auf die Tribüne, wir schauten zu (sie war ziemlich gut) und aßen Brezeln. Unvermittelt fragte mich Gail mit ernster und feierlicher Stimme: »Logan, warum heiratest du Mommy nicht? Ich würde mich wirklich freuen.« Ich ächzte und schnaufte und wechselte das Thema, aber beim Abendessen (wir waren allein) rückte ich mit meinem Antrag heraus. Es stimmt, dass ich mich körperlich sehr zu Alannah hingezogen fühle, und ich mag sie, aber ich kann, wenn ich ehrlich bin, nicht behaupten, dass ich sie liebe. Würde ich sonst mit Janet Felzer schlafen? Alannah sagt, sie liebt mich. Das Problem ist, dass ich nicht glaube, mich nach Freya noch einmal richtig verlieben zu können. Aber ich bin anscheinend glücklich, mehr noch, ich freue mich von Herzen, dass wir heiraten werden. Ich bin an die Ehe gewöhnt und nicht daran, allein zu sein, das Alleinsein ist kein Zustand, den ich anstrebe und der mir gefällt. Allerdings drängt sich der Gedanke auf, dass ich Alannah heirate, um Gail in mein Leben einzubeziehen. Vielleicht ist es Gail, in die ich verliebt bin … Das ist wahrscheinlich sehr albern von mir: Sie wird nicht die lustige, bezaubernde Fünfjährige bleiben, die sie jetzt ist. Dennoch, *carpe diem*. Ich vor allen anderen sollte nach dieser Maxime leben.

[LMS heiratete Alannah Rule am 14. Februar 1953. An der stillen amtlichen Trauung nahmen nur die Kinder und die engsten Freunde teil. Titus Fitch gab vor, Grippe zu haben und nicht reisen zu können.

Das New Yorker Tagebuch verstummt hier für zwei Jahre und setzt erst Anfang 1955 wieder ein. LMS war von der Cornelia Street in Alannahs Wohnung am Riverside Drive umgezogen. Das Haus in Mystic (Mystic House, wie es genannt wurde) erwies sich als vielgeliebter Gegenpol zu New York. LMS führte die Galerie Leeping Fils weiter, aber der angespannte Burgfrieden zwischen ihm und Marius wurde zunehmend zur Belastung.]

1955

Sonntag, 10. April

Mystic House. Warm und sonnig. Es könnte mitten im Sommer sein. Der Hartriegel steht in voller Blüte. Ich gebe vor, im Garten zu lesen, doch in Wirklichkeit denke ich an nichts anderes als an meinen ersten Drink. Kurz vor elf gehe ich in die Küche und öffne ein Bier. Da niemand in der Nähe ist, nehme ich ein paar große Schlucke und fülle die Büchse mit Wodka auf. Wieder draußen im Garten, kommt mir die Zeitung nun viel interessanter vor. »Du bist schon beim Trinken?«, fragt Alannah mit ihrem bewährten Sarkasmus. »Nur ein Bier, Herrgott noch mal«, protestiere ich. Das hält mich auf Trab bis Mittag, wo ich mir meinen legitimen Krug Martinis mixen kann. Alannah trinkt einen, ich drei. Zum Essen öffne ich eine Flasche Wein, danach mache ich ein Schläfchen, dann gehe ich an den Strand und laufe mit den Kindern um die Felsen. Wenn wir zurückkommen, ist es Zeit für einen vorabendlichen Scotch mit Soda (oder zwei). Zum Abendessen gibt es wieder Wein, einen Brandy danach, und dann naht auch schon die Schlafenszeit. So überstehe ich einen Sonntag auf dem Lande.

Warum trinke ich so viel? Einmal, weil ich am Sonntag weiß, dass ich am Montagmorgen nach New York zurückmuss. Ich habe immer sehr viel auf den *genius loci* gegeben, und deshalb liebe ich Mystic House – der *genius loci* der Upper West Side ist einfach nicht meine Sache. Ich hasse unsere Wohnung; ich hasse diese Gegend, und das vermiest mir allmählich ganz Manhattan. Welche Faktoren tragen dazu bei? Die Enge der nordsüdlichen Avenues auf der West Side. Die unansehnlichen Gebäude, die diese Avenues säumen. Die Höhe besagter Gebäude. Und es gibt immer zu viele Leute auf der Upper West Side. Wir sind zu beengt, auf den Bürgersteigen drängen sich immer zu viele Fußgänger. Und dann die kalte, weite Fläche des Hudson. Das ist nichts für mich – meine Seele verkümmert. Ich habe Alannah schon viele Male zum Umzug gedrängt, doch sie liebt diese Wohnung. Vielleicht bin ich es nicht gewöhnt, mit zwei jungen Mädchen zusammenzuleben. Vielleicht bin ich nicht glücklich.

[Juni]

Fahrt nach Windrose auf Long Island, zum Haus von Nat Tates Stiefvater, einem großen, neoklassizistischen Kasten. Peter Barkasian (der Stiefvater) kauft fünfundsiebzig Prozent dessen, was der Sohn produziert, und fungiert gewissermaßen als sein inoffizieller Händler. Was Vor- und Nachteile für Nat hat – ein bezaubernder (es muss ein besseres Wort dafür geben, aber mir fällt keins ein), doch größtenteils harmloser junger Mann. Gut daran ist, dass er ein garantiertes Einkommen hat, aber welcher talentierte Künstler möchte sich beruflich von seinem Stiefvater kontrollieren lassen?

Habe zwei Bilder aus der Serie »White Buildings« gekauft – große, grauweiße Bilder mit unscharfen Kohlemarkierungen, die unter dem Kreidegrund hervorkommen (wie durch eisigen Nebeldunst) und nach längerem Hinsehen als Häuser erkennbar werden. Barkasian ist ungeheuer stolz auf Nat – der alle Komplimente abwehrt wie lästige Fliegen. Ich mag ihn – Barkasian –, denn er hat das natürliche Selbstbewusstsein eines reichen Mannes ohne die damit verbundene schrille Egomanie. Man spürt, dass er auf die Kunstbranche schaut wie ein Schuljunge auf die Auslage eines gut dekorierten Süßwarenladens – eine Welt, in der man schwelgen kann, die Vergnügungen aller Art bietet. Er kam mit Nat auf einen Drink ins Cedar und ließ sich über die Frauen aus: »Ehrlich, der Junge musste sie förmlich fortscheuchen!« Ich vermute, dass Nats Vorlieben woanders liegen.

[Juli]

Mystic. Gott, was für ein Ort! Ich habe es geschafft, das Trinken einzuschränken, und hier draußen legen sich alle Spannungen zwischen mir und Alannah. Am Strand nehme ich sie in Augenschein: ihre Bräune, ihre große, kräftige, geschmeidige Gestalt; die Mädchen lachen und schreien am Ozean, und ich sage mir: Mountstuart, warum machst du dir das Leben so schwer? Ich schmecke das Salz auf Alannahs Brüsten, wenn wir uns lieben. Ich liege neben ihr im Bett und höre bei Wellengang das Krachen der Brandung, ab und zu das Geräusch eines Wagens auf dem Highway 95, und ich bin, glaube ich, mit mir im Frieden.

Hier draußen, nur ein paar Meilen entfernt, fließt die Themse von Norwich nach New London. Ganz dicht dabei liegen die Städtchen Essex und Old Lyme. Fitch hätte keinen unpassenderen Ort wählen können, um seinen Hass auf das alte England zu nähren.

[August]

Die Mädchen sind bei ihrem Vater. Alannah und ich sind seit einer Woche bei Ann Ginsberg auf Long Island. Herman Keller ist hier und der allgegenwärtige O'Hara. Gott sei Dank liegt unser Sommerhaus in Connecticut – die New Yorker Kunstszene scheint mit Mann und Maus hierher umgezogen zu sein. Keller wollte uns zum Dinner zu Pollock mitnehmen, aber Lee [Krasner, seine Frau] ließ uns nicht hinein. Sie sagte, »Jackson ist unpässlich«. Von hinten hörten wir ohrenbetäubend laute Jazzmusik. Also fuhren wir weiter nach Quogue und aßen Hamburger. Keller und O'Hara bezeichneten Pollock fortwährend als »Genie«, sodass ich dazwischengehen musste. Tut mir leid, sagte ich, aber ihr könnt nicht ständig mit diesem Wort umherwerfen, es gebührt nur den ganz wenigen großen Künstlern der Geschichte: Shakespeare, Dante, da Vinci, Mozart, Beethoven, Velázquez, Tschechow – und noch ein paar mehr. Ihr könnt Pollock nicht mit ihnen in eine Reihe stellen und ihn als Genie bezeichnen – das ist ein obszöner Missbrauch der Sprache und darüber hinaus völlig absurd. Beide protestierten mit Gebrüll, und wir hatten einen herrlichen Krach.

[September]

Heute habe ich festgestellt, dass Marius fast dreißigtausend Dollar von Leeping Fils unterschlagen hat. Ich weiß nicht recht, was ich tun soll. Irgendwie hat er bei seinen Ankäufen kleine Beträge abgezweigt, immer unter den fünfhundert Dollar, über die er frei verfügen darf. Ich bin auf den Speicher gegangen, um Inventur zu machen, und fand fast dreißig Bilder mit seinem Namen: Es würde mich wundern, wenn er mehr als zehn bis zwanzig Dollar für sie bezahlt hätte, doch die Rechnungen lauten auf zweihundertfünfzig Dollar, dreihundertfünfundzwanzig Dollar und so weiter. Glatter Betrug, aber schwer zu beweisen. Und eine Situation, in der äußerste Vorsicht vonnöten ist.

Nach der Arbeit traf ich mich mit Alannah zu einem vorge-
zogenen Abendessen, und wir gingen ins Kino – *Vergangen
und vergessen.* Ich habe kaum mitbekommen, was auf der
Leinwand passierte. Aber später im Bett liebten wir uns, als
wäre es das erste Mal. Lag es daran, dass ich mit den Gedanken woanders war? Sie machte die Beine so breit, dass ich, als
ich in sie hineinstieß, offenbar tiefer eindrang als je zuvor. Ich
fühlte mich mächtig angeschwollen und potent – als hätte ich
ewig weitermachen können, ohne zu kommen. Aber als sie
kam, packte sie mich in einer Weise, dass ich sofort abspritzte,
und das mit einem solchen Gefühl der Befreiung, der inneren
Entleerung, dass ich unwillkürlich an Balzac denken musste:
»Und wieder ein Roman dahin!« Das brachte mich zum Lachen, und Alannah stimmte ein, sodass wir beide gemeinsam
das köstliche Gefühl sexueller Erfüllung genießen konnten.
Als ich mich zurückzog, war meine Erektion noch fast komplett, und mir war, als wäre ich von einer Art tierischer Brunst
erfüllt und schon wieder bereit. »Mein Gott«, sagte Alannah,
»was ist heute nur in dich gefahren?« Wir duschten zusammen, berührten und küssten uns zärtlich. Wir trockneten uns
ab und sprangen zurück ins Bett. Ich machte eine Flasche
Wein auf, wir liebkosten uns und spielten miteinander, aber
ganz träge, als hätten wir stillschweigend vereinbart, es kein
zweites Mal zu machen. Irgendetwas war passiert beim ersten
Mal, und wir beide wollten die Erinnerung daran festhalten.

Eben, um vier Uhr morgens, wachte ich auf, und ich
schreibe dies mit einem dumpfen Schmerz in den Eiern. Aber
meine Gedanken sind immer noch bei Marius und seinem
Betrug.

Donnerstag, *29. September*

Paris, Hotel Rembrandt. Teils habe ich mich zu der Reise aufgerafft, um mit Ben über Marius zu sprechen – von Angesicht zu Angesicht –, teils, weil Mutter klagt, dass es ihr nicht gut geht, es geht zu Ende mit ihr, meint sie. Auch muss ich meinen Pass verlängern.

Kurz vor der Abreise spürte ich einen Maler auf, dem Marius etwas abgekauft hatte. Laut Rechnung hatte Marius angeblich zweihundert Dollar für ein kindisches Gekleckse hingelegt, das eine Jacht auf See darstellen sollte (Stilbezeichnung: *faux-naïf*). Paul Clampitt hieß der Maler, und ich fand ihn in einem dubiosen Privatcollege in Newark, das sich »Institution of American Artists« nennt und wo er einen Kurs in Graphic Design belegt hat. Ich fragte ihn, ob er mir Gemälde anzubieten hätte, ein Freund von mir hätte eins gekauft, das mir gefiele. Sicher, sagte er, und breitete ein Dutzend auf dem Tisch aus – jedes fünfundzwanzig Dollar. Ich kaufte eins und bat ihn um eine Quittung.

Ben war entsetzt und wütend, als ich ihm diesen Beweis präsentierte. »Er muss gehen«, sagte er voller Verbitterung. Er fragte mich, ob ich die Galerie allein führen kann, was ich natürlich bejahte. Ben will sich um alles kümmern; Marius wird nicht mehr da sein, wenn ich nach New York zurückkomme. Er schüttelte mir gerührt die Hand und sagte, er hätte mir zu danken. »Es kommt so selten vor in diesem dreckigen Geschäft, dass man einem trauen kann«, fügte er mit einiger Erregung hinzu. Ich selbst frage mich besorgt, wie die ganze Sache ausgehen soll.

Essen mit Cyprien Dieudonné, Muster eines gepflegten, distinguierten Literaten. Das weiße Haar, nur eine winzige Idee länger als schicklich, rollte sich über dem Kragen; der Stock mit Silberknauf war eine kleine Geste in Richtung *dandyisme.* Er ist gerade in die Légion d'Honneur aufgenommen worden und sichtlich stolz darauf. Ich hätte meinen Anteil an dieser Ehrung, behauptet er (*Les Cosmopolites* ist erstaunlicherweise noch immer lieferbar und wird ein paar Dutzend Mal im Jahr verkauft). Ich sagte, das spreche eher für Frankreich und seinen angeborenen Respekt vor Dichtern. Dieser Endsechziger, ein minderer Dichter, der seit Jahrzehnten keine Zeile veröffentlicht hat, der seine Glanzzeit vor dem Ersten Weltkrieg hatte, wird vom Staat noch immer als Kulturträger geehrt. Wir erhoben das Glas aufeinander, als Arbeiter im selben Weinberg. Ich glaube kaum, dass es mehr als ein Dutzend Leute in England gibt – außer meiner Familie oder meinem Freundeskreis –, die wissen, wer ich bin und was ich geschrieben habe.

Montag, 3. Oktober

Mutter ist bettlägerig, bleich, schwach, von Husten geschüttelt. Encarnación pflegt sie so gut es geht, aber sie ist ebenfalls eine alte Dame. Das Haus ist in einem erbärmlichen Zustand und praktisch unbewohnbar. Zwei Teenager hausen mit ihrem Baby im Keller, das sind die letzten zahlenden Gäste. Ich rief einen Arzt, und er verschrieb Antibiotika. Bronchitis, sagte er, die sei gerade im Schwange. Es ist nicht so sehr, dass Mutter krank ist, sondern dass sie die ewige Mühsal anscheinend satt hat. Ich ging zu ihrer Bank und stellte fest, dass das Haus wegen der Kredite, mit denen es beliehen wurde, praktisch der Bank gehört. Ich zahlte dreiundzwanzig Pfund ein, die sie überzogen hatte, und weitere hundert als Polster. Ich bin selbst nicht gerade reich – wenn ich Alannahs Gehalt abziehe – und kann mir solche altruistischen Gesten eigentlich nicht leisten.

Habe Ian Flemings Roman *Leben und sterben lassen* gelesen. Eine Zumutung für einen wie mich, der den Autor kannte. Zwangsläufig sehe ich immer ihn vor mir, und es ist ganz unmöglich, die Zweifel abzuschütteln. Hat er wirklich keine Ahnung, wie viel er von sich selbst preisgibt? Trotzdem: Ein paar Stunden habe ich mir die Zeit damit vertrieben.

War im Passamt, um meinen neuen Pass abzuholen, der wieder zehn Jahre gültig ist. 1965 bin ich neunundfünfzig, und bei diesem Gedanken wird mir ganz anders. Was ist aus meinem Leben geworden? Die Zehnjahresabschnitte, die einem per Pass zugeteilt werden, sind eine grausame Form des *memento mori*. Wie viele Pässe werde ich noch bekommen? Einen (1965)? Zwei (1975)? Das ist noch lange hin, trotzdem kommt einem das vom Pass zugemessene Leben viel zu kurz vor. Wie lange hat er gelebt? Er hat es auf sechs Pässe gebracht.

Donnerstag, 6. Oktober

Turpentine Lane. Ich rufe Peter an, Gloria meldet sich. Peter ist in Algerien und recherchiert für seinen nächsten Roman. Algerien? Du weißt doch, der Aufstand. Er dachte, das könnte ein guter Hintergrund für das Buch werden. Warum kommst du nicht auf einen Drink vorbei?, fragt sie. Also gehe ich los. Peter wohnt jetzt in Belgravia, in einer großen Wohnung, Eaton Terrace. Gloria sehr aufgeputzt – eine Menge Ausschnitt für halb sieben Uhr morgens. Wir flirten hemmungslos. Als ich gehe, küssen wir uns, und ich darf ihre dicken Brüste umfassen. »Sollen wir unsere Affäre hier anfangen?«, fragt sie, »oder bei dir?« Ich schlage die Turpentine Lane vor – das ist diskreter. »Morgen Abend«, sagt sie, »um acht.«

Freitag, 7. Oktober

Gloria ist gerade gegangen. Es ist Viertel nach elf. »Was für eine komische kleine Bude du hast, Logan Mountstuart. Wie eine Mönchsklause. Ich hoffe, es ist ein geiler Mönch.« Sie hatte eine Flasche Gin mitgebracht – dass dies Gedanken an Tess in mir weckte, sollte sie nicht erfahren. Ihr kleiner, pummliger Körper ist überraschend fest – man erwartet etwas Weiches und Fettes, aber sie ist in Wirklichkeit gummiartig und straff wie eine Turnerin. Ich sehe gerade, dass wir die Flasche fast ausgetrunken haben. Es war guter, deftiger, beiderseits zufrieden stellender Sex ohne alles Getue. Dennoch bin ich ganz froh, dass ich morgen nach New York zurückfliege.

[Bei seiner Ankunft stellte LMS fest, dass Marius die Galerie verlassen hatte. Ben hatte aber sein strenges Ultimatum ein wenig abgemildert und Marius Geld gegeben, damit er die Chance bekam, eine eigene Galerie zu eröffnen und sich in den Augen seines Vater zu rehabilitieren. Kurz darauf gründete Marius die Galerie LM in der 57th Street. LMS übernahm die Leitung der Leeping Fils. Er hatte keinen Kontakt mehr zu Marius, und beide gingen sich aus dem Weg.

Im August 1956 starb Mercedes Mountstuart an den Folgen einer Lungenentzündung. Sie war sechsundsiebzig Jahre alt geworden. LMS flog erneut nach London, um an der Beerdigung teilzunehmen. Er nutzte den Aufenthalt zu einem heimlichen Kurzurlaub mit Gloria Scabius. Sie trafen sich in Paris und fuhren mit dem Auto in bequemen Etappen in Richtung Provence und Mittelmeer.]

1956

Sonntag, 5. August

Reisen. Paris–Poitiers. Grässliches Hotel. Poitiers–Bordeaux. Hôtel Bristol – gut. Dann zwei Tage in Quercy bei Cyprien in seinem Landhaus. Cyprien schien merkwürdig erschrocken von Gloria (*»Elle est un peu féroce, non?«*). Für die Nacht zurück nach Bordeaux. Krach im Chapon Fin. Danach, im Hotelzimmer, warf sie einen Schuh nach mir und zerbrach den Spiegel. Sie sprach den ganzen Tag kein Wort mit mir, bis wir nach Toulouse kamen. »Wo willst du essen?«, fragte ich. »Überall, wo du nicht bist, du Dreckskerl.« Wir aßen im Café de la Paix – hervorragend. Tranken je eine Flasche Wein, dann etliche Armagnacs. Wieder versöhnt. Am Morgen telefonierte Gloria mit Peter – er glaubt, dass sie mit ihrer amerikanischen Freundin Sally unterwegs ist. Sehr riskant, aber irgendwie ist es mir egal. Ich habe das Gefühl, und das mag eine Selbsttäuschung sein, dass es Glorias Affäre ist und nicht meine. Ich könnte ein beliebiger alter Gigolo sein. Toulouse–Avignon. Gloria, schon zu Mittag betrunken, bohrte mir die Zinken ihrer Gabel in den Schenkel, dass es blutete. Ich sagte, noch ein Gewaltakt, und ich fliege mit der nächsten Maschine nach London zurück. Seitdem benimmt sie sich.

Montag, 6. August

Cannes. Lunch bei Picasso in seinem neuen Haus, La Californie. Vulgär, aber mit riesigen Zimmern und einem atemberaubenden Blick auf die Bucht. Eine junge Frau namens

Jacqueline Roque *in situ* als residierende Muse. Picasso sehr von Gloria beeindruckt. Sie saß zwischen ihm und Yves Montand, während ich Simone Signoret am anderen Ende des Tisches anschmachtete. (»Sie sieht aus wie eine Bardame«, sagte Gloria boshaft. Ich stimmte zu: »Ja, wie eine sagenhaft schöne französische Bardame.«) Gloria in der Nacht sehr verliebt, sie hätte noch nie eine so vergnügliche Ferienreise gemacht. Picasso meinte, sie sei *»typiquement anglaise«* – *au contraire*, erwiderte ich. Er machte eine schnelle Skizze von uns, als wir nach dem Essen auf der Terrasse standen – er brauchte etwa dreißig Sekunden –, aber er signierte und datierte sie und schenkte sie leider Gloria. Nun ist sie für mich verloren.

Mittwoch, 15. August

Da ich morgen zurückfliege, fuhr ich zum Friedhof Brompton, um nach Mutters Grab zu sehen. Encarnación ist zu einer Nichte nach Burgos gezogen, und Sumner Place wird von der Bank übernommen. Mutter hat eine Menge kleinerer Schulden hinterlassen, von denen ich einige bezahle. In ihrem Testament hat sie mich zum Alleinerben eingesetzt, aber ich bekomme keinen einzigen Penny. Von dem kleinen Vermögen, das Vater uns beiden vermacht hat, ist nicht das Geringste geblieben – und ich stelle fest, dass mich das noch immer ärgert. Nicht, weil das Geld zum Teil für mich bestimmt war, eher weil ich weiß, wie sehr er sich über so viel Verantwortungslosigkeit in Geldsachen aufgeregt hätte.

Gloria hat mir die Picasso-Zeichnung »geliehen« (»Die kann ich wohl kaum in Eaton Terrace an die Wand hängen, Darling. Selbst Peter könnte den Braten riechen.«). Ich ließ sie rahmen, nun hängt sie über dem Gaskamin im Wohnzimmer, als einziges Bild, das ich an der Wand habe. Peters

Algerien-Roman, *Das Rot, das Blau, das Rot,* verkauft sich wie wild, und Gloria scheint ihm nur zu gern beim Geldausgeben zu helfen. In le Bourget küsste sie mich zum Abschied und sagte: »Danke Logan, Darling, für die super Ferien, aber ich glaube, wir sollten uns nicht vor 1958 wiedersehen.« Sie hinterlässt in mir ein reines Gewissen: Peter, so hat sie mir erzählt, hat ständig neue Freundinnen, die er als seine Forschungsassistentinnen bezeichnet. Ein reines Gewissen gegenüber Peter – aber was ist mit Alannah?

Bei meinem Schneider zur letzten Anprobe: Ein schwarzer Nadelstreifen, ein leichter grauer Flanellanzug für den Sommer und mein Standard-Zweireiher in Mitternachtsblau. Offenbar habe ich seit 1944 zwölf Zentimeter Bundweite zugelegt. »Das werden all diese Hamburger gewesen sein«, meinte Byrne.

Donnerstag, 23. August

Jackson Pollock hat sich und ein Mädchen bei einem Autounfall auf Long Island zu Tode gefahren. Trauer, aber keine wirkliche Überraschung in der Kunstszene: Alle sind sich einig, dass es früher oder später so kommen musste. Ben in Paris bat mich telefonisch, jeden Pollock zu kaufen, den ich auftreiben kann. Aber das ist doch Schrott, sagte ich. Der Mann war als Künstler eine Niete, und er wusste es, daher der Todeswunsch. »Wen kümmert das?«, sagte Ben. »Du sollst kaufen.« Und er hatte recht. Die Preise ziehen schon an. Ich erwischte zwei von seinen grässlichen späteren Bildern für dreitausend und zweieinhalbtausend Dollar. Herman Keller sagte, er kennt einen, der ein Kleckerbild von 1950 hat, aber der Mann will fünftausend. Ist gemacht, sagte ich mit dem größten Widerwillen. Ben ist begeistert.

Freitag, 19. Oktober

Heute auf der Madison Avenue bin ich Marius Leeping in die Arme gelaufen. Er kam aus einem Hotel und wirkte angeheitert und wacklig auf den Beinen – zu viele Cocktails. Es war vier Uhr nachmittags. Ich nickte höflich und versuchte, an ihm vorbeizukommen, aber er hielt meinen Arm fest. Er nannte mich *»petit connard«* und einen »verdammten Schnüffler«, der sich zwischen ihn und seinen Vater drängen wolle. Ich erwiderte, wenn es etwas gibt, was zwischen ihm und seinem Vater steht, dann der Diebstahl von dreißigtausend Dollar. Er holte aus und schlug daneben. Ich stieß ihn weg. Ich bin fünfzig Jahre alt und kann mich nicht mehr mit jungen Kerlen herumprügeln. »Ich kriege dich, du Dreckschwein!«, brüllte er. »Ja, ja, ja«, sagte ich und trollte mich. Ein paar New Yorker blieben kurz stehen und grinsten. Zwei verrückte Ausländer, die sich in die Haare kriegen. Was soll's?

1957

Sonntag, 13. April

Mystic House. Als ich heute ins Mädchenzimmer ging, stand Arlene nackt da. Kleine spitze Brüste, flaumig sprießendes Schamhaar. Entschuldigung!, sagte ich leichthin und drehte mich weg. Natürlich, sie ist vierzehn, aber ich sehe in beiden immer noch die kleinen Mädchen, die sie waren, als ich sie kennenlernte. Vorsichtshalber erzählte ich es Alannah, damit sie es nicht von Arlene hört. »Gott, wie schnell sie wächst«, sagte ich, oder etwas ähnlich Harmloses. »Mach aber keine Gewohnheit daraus«, erwiderte sie. Ich sagte, dass mir ihr

Ton der Unterstellung nicht passt. Fick dich selbst, war ihre Antwort. Lieber das als dich ficken, gab ich ihr zurück – obwohl ich es gern täte, wenn ich die Gelegenheit dazu hätte. Daraus entwickelte sich ein ekelhafter kleiner Streit, bei dem wir uns die übelsten Kränkungen an den Kopf warfen, die uns einfielen. Was läuft bei uns schief? Eine Schrecksekunde lang dachte ich, sie wüsste Bescheid über Gloria, aber das ist unmöglich. Gail spürt die Spannung zwischen uns: »Warum streitet ihr euch immer?« »Ach, wir werden eben alt und ungenießbar«, sagte ich. Arlene kann mir nicht mehr in die Augen sehen seit dem Vorfall.

Montag, 3. Juni

Gestern seltsames Zusammentreffen mit Janet [Felzer]. Rein geschäftlich, sagte sie, nicht zum Vergnügen, aber es sollte weder in ihrem noch in meinem Büro stattfinden. Okay, sagte ich, wie wäre es mit der Treppe des Metropolitan Museum? Nein, nein, das wäre zu auffällig. Schließlich einigten wir uns auf einen Buchladen in der Lexington Avenue.

Kennst du Caspar Alberti?, fragte sie mich. Ja, der ist ein Kunde von mir, er hat einen kleinen Vuillard bei mir gekauft. Janet: Er ist pleite. Ich: Woher weißt du das? Sie: Ich weiß es eben. Er will seine Sammlung versteigern. Woher weißt du das?, wiederholte ich meine Frage. Ein kleiner Vogel hat es mir verraten, sagte sie. Der Konkursverwalter war schon da. Alberti braucht dringend Geld, wusste sie zu berichten – und dann fragte sie mich hinter vorgehaltener Hand: Kannst du hunderttausend Dollar auftreiben? Warum sollte ich? Weil, wenn du das kannst und ich auch und noch ein anderer Bekannter von mir, dann können wir Albertis Sammlung für dreihunderttausend Dollar kaufen. Und was machen wir dann damit? Wir lassen sie ein Jahr liegen, dann verkaufen wir sie und teilen alles durch drei. Du wirst deinen Einsatz verdoppeln – unter Garantie.

Ich rief Ben in Paris an, und er telegraphierte mir sofort das Geld. Ich war überrascht und empfand so etwas wie Scham: Irgendwie war mir, als wäre ich auf das Niveau von Marius Leeping abgerutscht – als würde ich eine Welt bewohnen, in der der Heimtückische blüht und der Unehrenhafte gedeiht.

[Juni]

Gewöhnlich stehe ich um sieben auf – mein Schlaf lässt in letzter Zeit zu wünschen übrig –, ich dusche, ziehe mich an und setze mich zum Frühstück. Shirley [das Dienstmädchen] hat alles für mich und die Mädchen vorbereitet. Ich esse Rührei auf Toast. Die Mädchen kommen, essen ihre Cornflakes, trinken ihre Milchshakes, mampfen Kekse. Ich gieße mir Kaffee ein und rauche die erste Zigarette des Tages. Gail plappert ohne Unterlass, Arlene scheint immer irgendwelche Probleme mit ihrer Kleidung oder ihren Schularbeiten zu haben. Alannah kommt pünktlich um halb acht, picobello aufgemacht, trinkt eine Tasse Kaffee und raucht eine Zigarette, bevor Shirley die Mädchen zur Schule bringt. Manchmal fahre ich bei Alannah im Taxi mit, aber um diese Morgenstunde liebe ich die Stadt besonders, deshalb laufe ich gern ein Stück, kaufe mir eine Zeitung und steige unterwegs ins Taxi zur Galerie.

Ich bin immer als Erster da. Ich schließe die Galerie auf, schalte die Lampen an, hole die Post, dann setze ich mich an den Schreibtisch und halte mit dem Feldstecher Ausschau nach dem Mädchen. Nach hinten haben wir einen guten Blick auf die Rückseite eines Wohnblocks der Fifth Avenue. Dort im vierten Stock wohnt ein Mädchen, das meistens zwischen neun Uhr dreißig und zehn aufsteht und die Vorhänge öffnet.

Von direkt gegenüber fühlt sie sich offenbar unbeobachtet, aber sie hat diejenigen vergessen, die schräg in ihr Zimmer blicken können.

Bei meiner Beschäftigung als Teilzeitvoyeur habe ich ein Spiel entwickelt, das ich »Spannerglück« nenne. Ich sitze etwa am Schreibtisch, den Feldstecher auf ihre zwei Zimmer gerichtet, und das Telefon klingelt gerade dann, wenn sie ihr Nachthemd auszieht. Wenn ich das Gespräch erledigt habe und wieder zum Fernglas greife, hat sie schon ihren BH an. Diese verpassten Gelegenheiten haben mich immer sehr geärgert, aber jetzt tröste ich mich mit meinem Spiel. Das Spannerglück wird mir hold sein – so oder so.

Wie zum Beispiel letzten Freitag, als ich einen frühen Kunden hatte und schon glaubte, die Show verpasst zu haben. Aber ich schaute doch noch einmal ins Büro, und siehe da, sie stand nackt am Fenster, vor dem Spiegel ihres Schranks, und überlegte, was sie anziehen sollte. Inzwischen vertraue ich voll und ganz auf die Rolle des Zufalls in diesem Spiel. Komme ich morgens herein, schaue ich erst, ob die Vorhänge offen sind, dann laure ich ein, zwei Minuten mit dem Fernglas, und wenn sich nichts tut, widme ich mich meiner Arbeit. In den zwei Jahren, seit ich sie beobachte, habe ich sie jeden Monat ein- oder zweimal nackt gesehen.

Eine Schönheit ist sie keineswegs: ein wenig zu dick mit drahtigen Korkenzieherlocken, spitzem Kinn und schwachem Mund. Einmal traf ich sie in einem Deli auf der Madison Avenue und hätte sie fast gegrüßt. Es war seltsam, neben ihr in der Schlange zu stehen und sie so gut zu kennen – sehe ich doch jeden Morgen, wie sie ihre Sachen aus dem Schrank sucht. Am liebsten hätte ich gesagt: »Ich mag Ihren roten Büstenhalter.« Sie kaufte Mentholzigaretten. Ich weiß, wann sie in die Ferien fährt und wann sie wiederkommt. Sie ist, auf eine verrückte Art, »mein Mädchen«. Die Beziehung ist völlig einseitig, aber so nenne ich sie, wenn ich zum Fernglas greife. »Mal sehen, was mein Mädchen heute macht.« Ich will nichts über sie wissen, weder ihren Namen noch etwas anderes.

[Juni]

Ich habe meinem Psychiater, Dr. John Francis Byrne, von dem Mädchen erzählt. »Spüren Sie eine Erregung?«, fragte er mit seiner tonlosen Stimme. »Masturbieren Sie danach?« Ich verneinte wahrheitsgemäß und versuchte zu erklären, welche Art von Erregung ich aus meinem Gelegenheitsvoyeurismus beziehe. Schließlich schleiche ich nicht herum und steige Frauen nach, sagte ich zu ihm. Ich sitze nur in meinem Büro, und das Mädchen gegenüber zieht die Vorhänge auf und spaziert unbekleidet durchs Zimmer. Aber Sie haben sich ein Fernglas gekauft, sagte Byrne. Das war die Neugier, sagte ich. Mich interessieren die Details. Ich mag dieses Ritual deshalb, weil der Kitzel von der Unschuld und Intimität der Szene herrührt und kein vordergründig sexueller ist. Es ist wie bei einem Degas oder einem Bonnard, versuchte ich ihm zu erläutern. Sie wissen schon: »Morgentoilette« oder »Marthe im Bade«. Byrne dachte nach. »Ja«, sagte er. »Ich weiß, was Sie meinen.«

Dr. Byrne war mir von Adam Outridge empfohlen worden, aber ich bin erst Anfang dieses Jahres zu ihm gegangen, und Grund war eher Langeweile als die Neurose. Zwischen mir und Alannah stimmte nichts mehr, und ich spürte plötzlich das Verlangen, mit jemandem zu reden.

Byrne ist ein sarkastischer, weltmüder Mittsechziger. Ein scharfer Verstand, gut gebildet. Er ist sehr groß und trägt sein Übergewicht mit Würde. Ich fragte ihn, ob ihm bewusst sei, dass er den gleichen Namen hat wie das Vorbild für den »Cranly« in den Romanen von James Joyce – J. F. Byrne. Das ist mir bewusst, sagte Byrne. Na und? Das ist kein besonderer Zufall. Einverstanden, sagte ich, bis zu einem gewissen Punkt. Ich hätte einen Schneider in London, der Byrne heißt, aber außerdem genau den gleichen Vornamen zu haben, das sei doch schon ein beachtlicher Zufall. Byrne blieb unbeeindruckt. Schauen Sie sich an, sagte er, Sie haben einen ungewöhnlichen Vornamen, aber den hatte auch der Mann, der mit Boswell auf Europareise ging. Sind Sie deshalb anders als andere? Oder besser? Aber die Sache hat doch eine andere Bewandtnis, sagte ich. Ich bin Joyce begegnet, ich habe seine Bücher gelesen, ich habe Byrnes Buch über ihn gelesen, und nun sind Sie mein Psychiater. Glauben Sie nicht, dass das ein bisschen zu viel des Guten ist? Ich glaube nicht, dass wir das vertiefen sollten, sagte Byrne. Sprechen Sie über dieses Mädchen: Hat sie einen großen Busen?

Bei meinem ersten Besuch fragte ich Byrne, zu welcher Schule er gehört – Freud, Jung, Reich oder was immer. Zu keiner von den genannten, sagte er. Im Kern bin ich ein alter S&M-Mann. S&M? *Sex and Money*. Er erklärte: Seiner Erfahrung nach werden bei neunundneunzig Prozent derer, die nicht klinisch krank sind, also schizophren oder manisch-depressiv, alle Neurosen entweder vom Sex oder vom Geld oder von beidem verursacht. Wenn wir dem sexuellen Problem oder dem Geldproblem auf den Grund gehen, können diese Sitzungen ganz produktiv werden. Er lächelte auf seine müde Art: Erkenne dich selbst – etwa in der Art. Also, in welche Kategorie fallen Sie? fragte er. Ich glaube, ich bin einer Ihrer Sexpatienten, sagte ich.

[Oktober]

Janet und ich haben unsere Gelegenheitsaffäre wieder aufgenommen. Soll ich mich fragen, warum? Vielleicht weil ich Gloria vermisse und den Spaß, den wir miteinander hatten.

Ich fuhr Janet neulich von Windrose nach Hause (wo wir Tate besucht hatten), sie bat mich auf einen Drink herein, und es kam eins zum anderen … In gewisser Weise haben wir unsere Komplizenschaft gefeiert. Wir sind drauf und dran, das Geld, das wir für die Alberti-Sammlung eingesetzt haben, mehr als zu verdreifachen. So einfach.

Traf mich mit Charlie Zemsche [ein Kunde] im Plaza. Es war ein warmer Tag, und der Gestank der Pferdepisse von den Kutschen am Südende des Central Park lag dick wie Sirup in der Luft. Im Sommer meide ich die Gegend deswegen, aber ich hatte geglaubt, im Oktober wäre ich sicher. Das ist eine interessante Geschichtslektion: Wenn drei Dutzend Pferde einen solchen Gestank erzeugen können, wie penetrant muss es da im 19. Jahrhundert in den Städten gestunken haben? Ganz zu schweigen von den Tausenden Tonnen Pferdemist, die jeden Tag auf den Straßen liegen blieben. Mir schnürt es die Kehle zu, wenn ich die Stelle zu umgehen versuche. Wie hätte ich im London von Charles Dickens überlebt?

Charlie war bärbeißig wie immer: Er hasst New York, er hasst sein neues Haus. »Ich hab diese Bauleute satt, die Architekten. Das ist doch kein Leben! Man muss ins Hotel ziehen – ich verkaufe alle meine Häuser. Wenn ich im Hotel wohne, haben die anderen den Ärger und nicht ich.« Charlie folgt der Theorie, dass man mehr vom Leben hat, wenn man Ärger und Auseinandersetzungen minimiert. Ich fragte ihn, wie er Miami gegen New York eintauschen konnte. »Ein schlechter Tag in Miami ist besser als ein guter Tag in New York«, antwortete er. Nichtsdestotrotz interessiert er sich für meinen kleinen Bonnard. Der passt in einen Koffer, erklärte ich ihm, mit dem können Sie von Hotel zu Hotel ziehen.

1958

[Mai]

Zum Wochenende im Haus der Ginsbergs in Southampton. Todd Heuber war mit seiner Schwester Martha da, die auch Malerin ist: ein Rotschopf mit seltsam schrägen blauen Augen. Sie malt abstrakt, so grob und streifig wie Barnett Newman. Todd möchte gern, dass Leeping sich ihrer annimmt. »Marius ist sehr an ihr interessiert«, sagte er, um mich anzustacheln.

Jeden Abend vorm Schlafengehen schaut Gail nach dem »Sputnik«. Ich folge ihr auf den Rasen, ein bisschen besoffen, es ist eine herrliche klare Nacht, und starre mit ihr in die Sterne, um einen Punkt zu entdecken, der sich bewegt. Mir wird schwindlig, und ich verliere die Balance. Gail hilft mir wieder auf die Beine. »Warum bist du umgefallen, dummer Daddy?«, sagt sie, dann: »Dummer Logan.« Ich war froh, dass sie meine Tränen nicht sehen konnte.

[Juli]

Mystic House. Heute Morgen habe ich Alannah nackt gesehen. Sie stand im Badezimmer und rasierte ihre Achseln. Mich packte ein kleiner Lustschauder wie in früheren Zeiten. Ich schlüpfte aus dem Bett, ging ins Badezimmer und stupste meinen steif werdenden Schwanz gegen ihren Hintern. »Ich habe meine Periode, Liebling«, sagte sie. Aber ich weiß, dass es nicht stimmt.

[Juli]

Ich trinke den Gin direkt aus der Flasche, um zehn Uhr morgens, und will nur einen kleinen Rausch, einen winzigen Kick. Der Nebel löst sich auf und geht über in ein dunstiges Blau, das Wasser in der Bucht wirkt seltsam trüb, wie Milch. Ich langweile mich, und aus diesem Grund greife ich so früh zur Flasche: Alannah ist für drei Tage in die Stadt gefahren. Shirley ist gekommen, um für die Mädchen und ihre zwei Freundinnen zu sorgen. Vier junge Mädchen im Haus – entweder sie streiten sich oder sie kichern ständig, etwas anderes scheinen sie nicht zu kennen.

[August]

Beim Blick in den Rasierspiegel registriere ich die Vergröberung meines Gesichts: Knötchen und Pigmentschatten, geplatzte Äderchen, Falten und schlaffe Haut, all die schleichenden Vorboten des Alters. Mein Haar zieht sich zurück, das spitze Dreieck meines Stirnhaars tritt immer schärfer hervor. Ich experimentiere mit verschiedenen Frisuren, aber ohne befriedigendes Resultat. Ich bin schließlich zweiundfünfzig, zum Teufel, da gibt's nichts zu beschönigen.

[August]

NYC. Todd ruft mich an, ganz aufgeregt, ich soll kommen und mir Marthas neue Bilder ansehen. Seltsames Gefühl, allein in der Wohnung zu sein. Sie kommt mir so groß vor ohne Alannah und die Mädchen. Ich habe ein paar Extratermine und daher beschlossen, übers Wochenende hierzubleiben.

Besuch in Marthas Atelier. Merkwürdige Bilder, die einen nicht mehr loslassen. Sie sind groß – 2,40 mal 1,20 Meter,

3 mal 1,50 – energiegeladene, turnereske Farborgien. Licht und Schatten, impressionistischer Farbauftrag. Aber der scheint beeinträchtigt durch dunkle Farbspritzer oder die Textur der Leinwand, doch wenn man näher hinschaut – aus ein paar Zentimetern Abstand –, sieht man, dass die Pünktchen in Wirklichkeit winzige Gestalten oder Tiere sind – nie größer als ein paar Millimeter, würde ich sagen. Der plötzliche Wechsel, der dadurch bewirkt wird, dass man einen Schritt zurücktritt, ist verblüffend. Die Wahrnehmung stellt sich automatisch um, und man hört beinahe ein Klicken im Kopf. Man schaut wieder hin und sieht ein anderes Bild. Plötzlich sind diese vagen Spiralnebel und Supernovae eine gewaltige, unirdische Wildnis, durch die sich winzige Menschen bewegen, umgeben von erstaunlichen Wetter- und Lichterscheinungen. Ich habe eine Ausstellung vereinbart, was wir mit einem feuchtfröhlichen Lunch im Village feierten.

[August]

Heute, am Sonntag und ein wenig verkatert, ging ich am Nachmittag ins Kino – *Gigi*. Selbst dieser Hollywood-Ersatz hat meine Sehnsucht nach Paris, nach Europa, der Alten Welt geweckt. Beim Hinausgehen dachte ich, dass ich Alannah und den Mädchen vielleicht einmal Paris zeigen sollte und wie sehr ihnen das gefallen würde – oder selbst, wenn nicht, wie gut es für sie und ihre Bildung wäre.

Und während ich so über die Lexington Avenue bummelte, auf der Suche nach einem Taxi, mit den Gedanken bei Alannah, kam eine Frau aus einem Café gegenüber, die genauso aussah wie sie. Sie war es selbst. Ich rief nach ihr, aber sie hörte mich nicht. Ich rannte über die Straße, da war sie schon um die Ecke, ich glaube, 44th Street. Ich sah sie in einem Hotel verschwinden, dem Astoria. Ich betrat die Lobby –

keine Spur von ihr. Dann sah ich sie in der Bar, dort saß sie mit einem anderen Mann und drehte mir halb den Rücken zu. Er sah aus wie Mitte dreißig, dunkel, attraktiv, mit dicker schwarzer Hornbrille. Daran, wie zwei Leute in der Bar sitzen, kann man sehen, wie intim sie miteinander sind. Für mich gab es keinen Zweifel. Ich wartete eine halbe Stunde vor dem Hotel, dann ging ich wieder hinein. Sie saßen nicht mehr in der Bar und waren nicht herausgekommen.

[August]

Als ich nach Mystic zurückfuhr, sagte Alannah, sie muss am Sonntag nach New York – ihre Schwester hat irgendwelche Probleme. Sie hat zu Hause angerufen, und niemand hat sich gemeldet. Ich war im Kino, sagte ich. *Gigi,* und der Film hat mich auf die Idee gebracht, mit euch nach Paris zu fahren. Sie war hell begeistert, und wir redeten das ganze Abendbrot über von Paris. Ich frage mich, wer ihr Liebhaber ist.

[Im Oktober informierte Alannah lms über ihre Affäre und bat um die Trennung. Sie hatte sich in einen Kollegen bei der nbc verliebt, einen Produzenten namens David Peterman. lms bot ihr die Versöhnung an, wenn sie bereit sei, die Beziehung zu beenden. Alannah erwiderte, sie habe nicht die Absicht, die Beziehung zu beenden. Darauf räumte lms die Wohnung am Riverside Drive und bezog das Obergeschoss eines Stadthauses auf der anderen Seite Manhattans, auf der Upper East Side, 74th Street zwischen Third und Second Avenue – einen bequemen Fußweg von der Galerie entfernt. Sie einigten sich darauf, Mystic House abwechselnd an den Wochenenden zu nutzen. lms nahm seine Besuche bei Dr. Byrne wieder auf.]

1959

[Februar]

Es ist zum Heulen. Am Nachmittag stand ich vor Gails Schule und wartete, dass ihre Klasse herauskam. Sie fehlte mir, und ich wollte sie sehen, mich eine halbe Stunde mit ihr in einen Imbiss setzen und schwatzen. Alannahs Neuer war auch da und wartete ebenfalls. Ich sagte: Was zum Teufel machen Sie hier, Davidson? Peterman, sagte er, David Peterman. Er wollte Gail abholen und nach Hause bringen. Ich sagte, dass ich das machen will. Er meinte, das würde Alannah nicht billigen. Ich erwiderte, ich gehörte seit sechs Jahren zu Gails Familie, und was mich anbelangt, ist sie noch immer meine Stieftochter. Er sah mich an. Geben Sie's auf, Mountstuart. Es ist vorbei. Finden Sie sich damit ab. Ich wollte ihn zusammenschlagen, ihm einen Kinnhaken verpassen und seine dicke Hornbrille zertrampeln. Dann dachte ich an Gail, die herauskommen und sehen würde, wie diese zwei Männer um sie kämpfen. Wäre nicht fair. Ich drehte mich um, suchte mir eine Bar und betrank mich.

[April / Mai]

Ein banaler Song, der mir nicht aus dem Kopf geht – »*Gonna do the jailhouse rock*« –, seit Tagen verfolgt er mich schon. Ich höre Bach und Monteverdi, doch während ich die Platte wechsle, fängt es wieder an: »*Gonna do the jailhouse rock.*«

Völlig unerwartet ein lieber Brief von Lionel, in dem er mir schreibt, dass er in London in der Musikbranche arbeitet, als

Manager einer Band, die sich The Greensleeves nennt. Er sagt, er hat seinen Namen in Leo geändert, Leo Leggatt, und er möchte nicht mehr als »Lionel« herumlaufen. »Leo« klingt gut in meinen Ohren. Lionel-Leo. Mein Gott, er muss jetzt sechsundzwanzig sein.

Donnerstag, 23. April

Besuchte Nat Tate um sechs in seinem Atelier, um mein Stillleben Nr. 5 abzuholen. Er war schon völlig betrunken und wiederholte ständig, dass Janet nichts von diesem Kauf erfahren darf. Ich versprach es ihm. Er bot mir ein Fläschchen Benzedrintabletten an, als wären es harmlose Dragees, aber ich verzichtete. Er nahm ein paar und spülte sie mit einem Schluck Jack Daniel's herunter. Wir gingen ins Atelier hinüber, wo ich ihm etwa eine Stunde bei der Arbeit zuschaute. Er malt ein Triptychon. Die letzte Tafel stand fertig grundiert auf der großen Staffelei bereit. Wir hörten Musik (Skrjabin, glaube ich) und plauderten über seine bevorstehende Reise nach Frankreich und Italien. Ich sagte ihm, wohin er fahren muss, was er sehen muss. Eigentlich erstaunlich, dass ein Mann – ein Künstler – seines Alters noch nie die USA verlassen hat.

Nat trank und redete zufrieden vor sich hin, bis er einen gewissen Grad von Trunkenheit erreichte und der Suff den genauen Moment auslöste. Plötzlich riss er die Tücher von den zwei fertigen Teilen des Triptychons. Auf dem Ersten war ein Akt zu sehen, eine konventionelle Odaliske, mehr gelb als fleischfarben, das zweite Bild bot eine Variante, stilisierter, schriller – sehr nach Art von de Kooning. Nat starrte die zwei Bilder an und trank, dann stellte er die Flasche ab und startete einen förmlichen Angriff mit dem breiten Pinsel und tubenweise Kadmiumgelb und bedeckte die große

Leinwand mit kräftigen Strichen – fast wie ein Wahnsinniger. Nach einer Stunde nahm ich mein Stillleben und ging. Er war noch bei der Arbeit: Er wischte das meiste, was er aufgetragen hatte, mit dem Lappen ab und fing von vorne an, diesmal mit Schwarz und Grün.*

Er hat schon Talent, aber er scheint sich über die Maßen zu quälen. Man ist immer versucht zu sagen: Entspann dich mal, versuch, das Leben zu genießen, Kreativität muss nicht immer apokalyptisch sein – schau dir Matisse an, schau dir Braque an. Es muss nicht immer Sturm und Drang sein. Doch diese Botschaft findet im New York von heute kaum Gehör. Der Jack Daniel's hatte mich durstig gemacht, also klapperte ich ein paar Bars ab. Zu Hause trank ich weiter. Ich stelle fest, dass ich wieder allein bin und zu viel trinke. Ich bin unglücklich: Das ist nicht der mir gemäße Zustand – ich muss verheiratet sein oder mit jemandem zusammenleben. Allerdings: In meiner Zeit mit Alannah und den Mädchen habe ich genauso viel getrunken.

Freitag, 5. Juni

Ich erzählte Byrne von meinen Depressionen, und er verschrieb mir Beruhigungsmittel und Seconal, damit ich schlafen kann. Exzessiven Alkoholkonsum zusammen mit den Tabletten soll ich meiden. Definieren Sie bitte »exzessiv«, Dr. Byrne. Ich darf ein paar Martinis trinken, Wein in Maßen – das etwa wäre die Grenze. Bier, so viel ich will.

Byrne fragte mich nach meinen sexuellen Phantasien und bezeichnete sie als banal. Angesichts der Geschichten, die er in seiner Praxis zu hören bekommt, mag das wohl sein.

---

* Für eine ausführlichere Darstellung des Lebens von Nat Tate siehe *Nat Tate. An American Artist* von William Boyd (21 Publishing, 1998).

Dennoch stürzte er sich auf eine Sache, die ich erwähnte und die mich schon immer gereizt hat: die Vorstellung, mit zwei Frauen gleichzeitig ins Bett zu gehen. Sie sollten es versuchen, schlug er mir vor. Seiner Theorie nach hat diese Phantasie mit meinem Ehe- und Familienleben zu tun. Da ich nun allein bin, ist sie eine Form von Befreiung, eine Lebenswende, ein Zeichen, dass ich mich weiterentwickelt habe und meine Zeit mit Alannah endgültig vorbei ist. Schön, sagte ich, aber wie soll ich das anfangen? Haben Sie eine Freundin?, fragte Byrne. Ich nannte ihm Janet. Dann sagen Sie ihr, sie soll das nächste Mal eine Freundin mitbringen. Das wird nicht gehen, erwiderte ich. Byrne zuckte die Schultern. Nun, ich fürchte, Sie werden dafür bezahlen müssen.

Samstag, 6. Juni

Meine Stimmung hat sich gehoben. Es stimmt, was Byrne sagt. Ich habe ernsthaft über seine Theorie nachgedacht. Jedenfalls, heute Abend, nach zehn, bin ich zum Times Square und von dort aus westwärts durch die Straßen gelaufen. Dort gibt es viele Huren und eine Menge bedrohliche Kerle. Mindestens ein Dutzend Mal wurden mir Drogen angeboten.

An der Ecke 45th Street und Eighth Avenue sah ich ein Mädchen vor einer kleinen, neonbeleuchteten Bar. Mein erster Gedanke war, dass die Szene aus einem Gemälde von Edward Hopper stammen könnte. Das Mädchen dürfte Ende zwanzig gewesen sein, ziemlich korpulent, mit ausgeprägtem Busen. Ihre billigen Sachen waren zu eng und spannten sich über dem Leib. Sie hatte einen seltsamen Kupferglanz im Haar, das von den flackernden Bierreklamen über ihrem Kopf erhellt wurde – blau, gelb, grün und wieder blau. Sie trug eine Jacke mit passendem Rock, hochhackige Schuhe und eine rote Satinbluse. Ich ging auf sie zu. »Hi«, sagte ich, »wie wär's mit einem Drink?« »Was wollen Sie von mir, Mister?« »Was kostet eine ganze Nacht?« Ich blieb merkwürdigerweise ganz ruhig, und das erinnert mich an meine Jugend – in meiner Generation ging man ganz selbstverständlich zu Prostituierten, so wie man ins Theater gehen würde. Sie taxierte mich von oben bis unten, und ich wusste, dass sie meine Kleidung, mein Auftreten, meinen Akzent in ihre Rechnung einbezog. »Hundert«, sagte sie, »und alle Extras gesondert.« Ich fragte sie, ob sie abends meistens dort steht. Ja und Nein, war die Antwort. Ich sagte, ich komme am Mittwoch wieder. »Aber klar«, sagte sie angewidert.

Ich lief weiter und landete in der Sixth Avenue, wo ich ein mittelgroßes, mittelteures Hotel fand. Es hat eine große Lobby, was Diskretion verspricht, und zehn Fahrstühle, über die man in die Zimmer kommt. Niemand achtet in so einem Hotel auf das Kommen und Gehen von Prostituierten. Ich habe für den Mittwoch eine Junior-Suite gebucht.

Donnerstag, 11. Juni

Es ist vorbei, es ist vollbracht. Ich will es schnell niederschreiben, solange die Erinnerung frisch ist.

Ich hatte alles fertig vorbereitet. Scotch, Gin, Mixer, Bier, sechs Schachteln Zigaretten verschiedener Sorte, Erdnüsse, Salzstangen, Kaugummi.

Gegen zehn ging ich zur Ecke 47th und Eighth Avenue, aber das Mädchen stand nicht vor der Bar. Dann sah ich sie auf der anderen Straßenseite. Sie trug dieselben Sachen wie am Sonnabend. Ich schlenderte hinüber, mein Herz klopfte so laut, dass man es fast hören konnte.

ICH: Hello, erinnerst du dich an mich?
SIE: Nein.

ICH: Ich bin der, der eine ganze Nacht wollte.

SIE: Ach ja ...

ICH: Jetzt ist es so weit, aber ich habe noch eine Bitte.
Kannst du jemanden mitbringen?

SIE: Einen Kerl?

ICH: Nein, nein. Ein anderes Mädchen. Jede hundert
Dollar.

SIE: Extras kosten gesondert.

Ich nenne ihr Adresse und Zimmernummer des Hotels und
gebe ihr einen Zwanziger als Anzahlung. Dann gehe ich ins
Hotel, wo ich anderthalb Stunden in meiner Junior-Suite hocke und immer wütender auf mich werde – wie kann man
nur so naiv sein? So schnell hat die noch nie zwanzig Dollar
verdient. Ich schalte den Fernseher an, da klingelt es an der
Tür. Es ist mein Mädchen – mit einer anderen im Schlepptau:
kleiner, dunkler, mit nervös huschendem Blick. Sie kamen
rein, ich goss ihnen einen Drink ein, und wir stellten uns vor:
Logan, Rose (mein Mädchen) und Jacintha (ihre Kumpanin).
Unter der Lampe nehme ich sie genauer in Augenschein.
Rose ist stramm und üppig, Jacintha wirkt schmuddliger,
ihr Kleid ist fleckig, ihre Strickjacke hat ein Loch im Ärmel.
Beide rauchen.

ICH: Kennt ihr euch?

ROSE: Vom Sehen.

JACINTHA: Ja. Wird das eine ganze Nacht? Hundert
Mäuse?

ICH: Ihr könnt euch drauf verlassen. Hier, eure Drinks.

Sie nehmen ihre Gläser und setzen sich in die zwei verfügbaren Sessel, ich mich auf die Bettkante. Ich schalte das Radio
an und suche einen Jazzsender. Die Mädchen trinken, rau

chen und mampfen Erdnüsse – Rose erkundigt sich nach dem Zimmerpreis. Ich schlage vor, dass wir uns ausziehen.

Als wir nackt sind, schalten die Mädchen automatisch auf eine andere Stimmung um – routinierte Koketterie. Ich bin froh, dass ich eine anständige Erektion hinkriege. Jacintha fragt nach Gummis, und ich sage, dass ich die ganze Schublade voll habe. Ich gehe zu Rose und nehme sie in die Arme, als wollten wir zu der Jazzmusik tanzen, die aus dem knackenden Lautsprecher kommt. Ich will sie küssen, und sie sagt: »Keine Küsse.« Wir einigen uns auf fünf Dollar für einen richtigen Zungenkuss, und ich kriege was für mein Geld. Jetzt bin ich voll in Fahrt, ich falle mit ihr aufs Bett und taste gleichzeitig nach einem Kondom. Rose könnte ein schönes Mädchen sein – schöner jedenfalls –, wenn sie zwanzig Pfund abnehmen würde. Das Fett entstellt ihr Gesicht, ihre Backen sind unansehnlich dick. Wir ficken, und ich komme sehr schnell. Währenddessen hat Jacintha den Fernseher eingeschaltet. Rose fragt, ob sie duschen darf, und verschwindet im Bad. Ich sitze auf dem zerwühlten Bett und werfe einen Blick auf Jacintha, dann auf meinen schlaffen Schwanz – und spüre nicht mehr den Hauch eines sexuellen Verlangens. Jacintha dreht sich zu mir um.

JACINTHA: Weißt du was? Du siehst ein bisschen aus wie einer von den Kerlen in »Sergeant Bilko«. Der Dunkle – wie hieß der gleich? – Papparelli.
ICH: Na, vielen Dank.
JACINTHA: Bist du von außerhalb?

Ich gehe zu ihr hinüber. Sie kann sich kaum vom Bildschirm losreißen, aber sie greift nach hinten und streichelt ein paar Mal meinen Schwanz. Ich umfasse ihre Brüste. Aus der Nähe betrachtet, hat sie eine ungesunde Blässe. Ich sehe ihre zerbrechlichen Rippen, das graue Viereck der Mattscheibe spiegelt sich in ihren dunklen Augen. Ich wende mich ab und mache mir einen neuen Drink. Rose kommt aus dem Bad, dampfend und rosa, mit einem Handtuch um den Bauch. »Die haben hier schicke Seife«, sagt sie. Also geht jetzt Jacintha duschen. Rose gießt sich reichlich Gin ein, zündet sich wieder eine Zigarette an und blickt mich groß an. »Na, wie geht's, Logan?« »Fein«, sage ich. »Die Nacht ist noch jung.«

Wir schauen einen Film, einen Western, und liegen zu dritt auf dem Bett, wie ich es wollte – ein Hurensandwich und ich der Fleischbelag in der Mitte. Bei passender Gelegenheit greife ich nach einer Hand und lege sie auf meinen Schwanz, sie wichsen mich ohne großen Eifer eine Weile lang, er wird steif, und ich greife nach Jacintha, aber sie sagt, sie will den Film sehen, wir haben doch die ganze Nacht. Ich nuckle an Roses dicken Brüsten, aber sie schiebt mich weg.

Nach dem Film bläst mir Jacintha einen (fünfzehn Dollar), und als er steif ist, hole ich ein Kondom heraus. Der Schwanz bleibt hart, aber ich rackere mich eine Ewigkeit ab, ohne zu kommen. Schließlich gebe ich auf.

JACINTHA: Mit zwei Kerlen und einem Mädchen ist es besser. Ein Gratistipp von mir.
ICH: Warum?
ROSE: Zwei Kerle können immer was anstellen – mehr Abwechslung.
JACINTHA: Stimmt. Bei zwei Mädchen sitzt immer eine rum und dreht Däumchen. Außer sie haben was Lesbisches laufen.
ROSE: Überleg doch mal: Bei einem zweiten Kerl kannst du dir die Kosten teilen und zahlst nur für das eine Mädchen.
ICH: Ich glaube, die Idee, einen anderen Mann im Bett zu

haben – einen Fremden mit einem Steifen –, das würde mich abstoßen.

ROSE: Sei nicht so zimperlich.

ICH: Prüde.

ROSE: Egal.

JACINTHA: Also wie lange bist du hier in der Stadt, Logan?

LOGAN: Ich wohne hier.

ROSE: Können wir den Zimmerservice bestellen?

Wir lassen uns Sandwiches bringen (die Mädchen verstecken sich solange im Bad). Wir essen, reden, trinken (inzwischen bin ich ziemlich blau) und rauchen. Dann gestehen wir uns ein, dass wir müde sind, und kriechen ins Bett. Als Rose und Jacintha eingeschlafen sind, spüre ich tatsächlich eine sinnliche Erregung – das Gefühl, eine sexuelle Offenbarung zu erleben. Wir liegen zusammen im Bett, Seite an Seite, ich in der Mitte, ich höre sie atmen, sie riechen nach Seife, Alkohol, Zigarettenrauch. Draußen auf der Sixth Avenue brandet der Verkehr, Sirenen jaulen, die Nacht nimmt ihren Lauf. Es ist vorbei. Alannah ist Vergangenheit – ich kann von vorne anfangen.

Am Morgen rüttelt Rose mich wach. Es ist sehr früh, noch nicht sechs, sie ist schon angezogen. »Ich muss los«, sagt sie. Ich hieve mich aus dem Bett – Jacintha schläft weiter – und hole meine Brieftasche (versteckt hinter dem Radio im Nachtschrank). Ich gebe ihr hundertfünfzig Dollar – und bin ihr aufrichtig dankbar. »Kann ich die Zigaretten nehmen?«, fragt sie. »Lass ein paar Schachteln für Jacintha da.« An der Tür sagt sie: »Bis bald – wann immer du willst, Logan«, und haucht mir einen Kuss zu. Ich lasse die Tür einen Spaltbreit offen und sehe sie über den Korridor davonschlendern.

Ich ziehe meinen Bademantel an, bestelle Frühstück (und nehme das Tablett an der Tür entgegen), tue – gegen die

Kopfschmerzen – einen Schuss Gin an den Orangensaft. Ich nippe meinen Kaffee und schaue der Sonne zu, die langsam die Fassaden erfasst. Als Jacintha aufwacht, bringe ich ihr Kaffee. »Willst du einen Schuss Whisky?«, frage ich sie und stocke ihren Kaffee auf. Ich erkläre ihr, dass Rose schon gegangen ist.

JACINTHA: Willst du verrückte Sachen?
ICH: Woran hast du gedacht?
JACINTHA (lebhafter): Willst du was richtig Schräges machen?
ICH: Wie meinst du das?
JACINTHA: Na ja, soll das hier nicht eine Art Phantasie-Orgie sein? Ich hab den Eindruck, du willst noch mehr.
Ich: Wie wär's mit einem leidenschaftlichen Kuss?

Also küsst mich Jacintha (fünf Dollar) mit viel Zungeneinsatz, Gestöhne und falschem Gefühl. Dann macht sie verschiedene Vorschläge: In den Arsch, nach Hundeart, 69, Schläge. Aber plötzlich habe ich es satt; im Kopf analysiere ich die Ereignisse der letzten Stunden und frage mich, warum alles so spannungsarm und unerotisch abgelaufen ist. So nüchtern in seiner Gewöhnlichkeit. Es ist mein eigener Fehler, sage ich mir. Es liegt daran, dass ich zu viel analysiere, zu aufmerksam bin, zu sehr auf Details achte, die Anwesenheit der zwei Mädchen goutiere. Ein richtiger Kunde wäre einfach zur Sache gekommen und hätte sich bedient – mach dies, mach das –, während ich registriere, welche Zigarettensorte Rose raucht und dass Jacintha Schorf auf dem Knie hat. Die verschwitzte, wortkarge Rose mit ihrem Gewichtsproblem, die dürre, lädierte Jacintha mit ihrem lächerlichen Namen. Ich müsste mehr auf mich bedacht sein, weniger neugierig, weniger …

JACINTHA: Übrigens, ich heiße nicht Jacintha. Ich heiße Valerina.

ICH: Das ist ein schöner Name. Ist er russisch?

JACINTHA: Mein Vater war Russe. Glaube ich. Ist das okay so?

ICH: Aber ja.

JACINTHA: Ich glaube nicht, dass ein russischer Name in Amerika gut ankommt, heutzutage.

ICH: Das könnte sein.

Sie steigt aus dem Bett und streicht Butter auf den Toast. »Nettes Hotel«, sagt sie etwa zum vierzigstenmal. Dann leuchten ihre Augen auf. »Ich hab eine Idee«, sagt sie. »Ich könnte auf dich pissen, wenn du willst. Manche Kerle stehen drauf.«

ICH: Wirklich?

Wir einigen uns auf dreißig Dollar – das ist ein neuer Tag, sagt Jacintha, gestern war gestern. Sie führt mich ins Badezimmer, und ich ziehe den Bademantel aus.

ICH: Und wie soll das gehen?

JACINTHA: Leg dich in die Wanne. Ich hab mir gedacht, ich muss mal pissen. Wär schade, das einfach zu verschwenden, weißt du? Vielleicht steht er ja auf so was.

ICH: (lege mich in die Wanne) Man kann ja nie wissen. Ich will's nur nicht ins Gesicht.

JACINTHA: Ich passe auf.

Sie besteigt mich und fragt »fertig?«. Ich blicke zu ihr auf, in sehr verkürzter Perspektive aus meiner einmaligen Position. Ich nicke, und sie lässt es fließen. Ich lasse die Augen offen und befehle jedem meiner Sinne, alles bis ins kleinste Detail zu registrieren. Das ist eine Premiere. Diese Nacht hat mir etwas Neues gebracht, eine echte, eine wahrhaftige Erfahrung. Es ist ein wenig demütigend zu sehen, dass einen das Leben auch nach dreiundfünfzig Jahren noch überraschen kann.

Sie wird fertig und steigt aus der Wanne, ich ziehe den Duschvorhang zu und dusche mich ab, unter Verwendung von reichlich Seife. Als ich wieder ins Zimmer komme – und mich tatsächlich schon ein wenig munterer fühle –, steckt Jacintha schon in ihrer traurigen Kluft. »Ich muss los«, sagt sie. »Ich muss mein Kind bei meiner Schwester abholen.« Ich gebe ihr zweihundert Dollar.

»Danke, Jacintha«, sage ich. »Es war großartig, die ganze Sache. Wirklich.«

»Okay. Wann immer du willst, Logan«, sagt sie beim Gehen und legt einen künstlichen Enthusiasmus in ihre Stimme – aber ihr totes Lächeln wird davon nicht lebendiger. »Es war Klasse.«

Sonntag, 9. August

Mystic House. Ich rede mir ein, dass es mir Spaß macht, hier allein zu sein, aber Alannah und die abwesenden Kinder gehen mir nicht aus dem Kopf, da sie nun überhaupt nicht mehr herkommen. Peterman hat ein Grundstück oben am Hudson River. Es ist wohl besser, die Sache aufzugeben. Alannah und Peterman hatten, wie sich herausgestellt hat, schon fast ein Jahr lang miteinander geschlafen, als ich sie erwischte. Das ist etwas, was mir wirklich wehtut, den Magen umdreht. Wieder und wieder durchforscht man diese Zeit nach Lügen und Ausflüchten, die man nicht durchschaut hat; erkennt und begreift man, dass die Momente der Freude, des Friedens, des Glücks, der sexuellen Erfüllung gefälscht und vorgetäuscht waren, dass ihre Affäre unser Zusammenleben verpestet und alles vergiftet hat. Ich lese in diesen Tagebüchern und denke: Da hat sie sich mit Peterman getroffen, da und da auch. Das also ist deine viel gerühmte Beobachtungsgabe, Mountstuart. Ja, aber aus diesen Seiten geht auch hervor, dass ich sie ebenfalls betrogen habe, dass mich meine Lügen blind für die ihren gemacht haben. Alannah war nicht so selbstgefällig wie ich. Als ich mich über ihre Treulosigkeit empörte, sagte sie: »Das kannst du dir sparen, Logan. Ich weiß, dass du es jahrelang mit Janet Felzer getrieben hast. Also hör auf, mir Vorhaltungen zu machen.«

Schreibe für Udo etwas über Rauschenberg. Diese zweite Generation scheint mir interessanter zu sein, mehr Tiefe zu besitzen: Rauschenberg, Martha Heuber (Todd wird wohl nicht über die erste Stufe hinauskommen), Johns, Rivers. Da scheint mehr geistiges Gewicht zu sein, eine Orientierung an der künstlerischen Tradition, selbst wenn sie sich von ihr abwenden oder sie völlig umkrempeln, um sie ihren Zwecken gefügig zu machen.

Ging heute Abend an den Strand, kletterte in den Felsen, schaute in die Sonne und trank Gin aus der Taschenflasche. Ein warmer, sonniger Abend, das Plätschern und Gurgeln des Wassers in den Löchern, die Wirkung des kalten Gins. Zum ersten Mal dachte ich wieder an meinen Roman, den ich vor vielen Jahren aufgegeben habe, und mir fiel spontan der ideale Titel ein: *Oktett. Oktett* von Logan Mountstuart. Vielleicht werde ich alle noch sehr überraschen.

Ich will hier eine seltsame Wendung in meiner Karriere als Galeriedirektor festhalten. Jan-Carl Lang [von der Galerie Fulbright-Lang] kam am Freitag letzter Woche zu mir und fragte, ob wir irgendwelche Picassos hätten. Wir haben drei, wie sich herausstellte, und er interessierte sich für das Neueste und Schlechteste: ein großer, stilisierter Akt am Fenster mit Blick auf eine Bucht und Palmen. Sehr flüssig gemalt, stellenweise mit dem Pinselstiel bearbeitet, aber letzten Endes zu oberflächlich. Man hat das Gefühl, dass er solche Bilder den ganzen Tag über auswirft, jede Stunde eins – so etwa. Unser Preis: hundertzwanzigtausend. Jan-Carl sagte, er hat einen Kunden, der es für dreihunderttausend kaufen würde, und fragte, ob ich mehr darüber erfahren möchte.

Jan-Carl ist ein großer Blonder mit Halbglatze, um die vierzig, eitel, charmant und immer perfekt gekleidet. Wir gingen auf einen Drink ins Carlyle Hotel, und er erklärte mir ausführlich, was er vorhat. Der »Sammler« ist Europäer mit Wohnsitz in Monte Carlo, den Namen wollte er nicht nennen, aber es handelt sich eindeutig um einen dieser superreichen Handelsbarone. Sein Plan geht so: Leeping Fils verkaufen diesen Picasso für eine Rekordsumme an den Sammler X – begleitet von Fachpresse, Agenturmeldungen, Interviews –, aber in Wirklichkeit fließt kein Geld. Doch der »Akt am Fenster« ist nun berühmt, gefeiert und, was wichtiger ist, er hat einen hoch angesehenen Vorbesitzer, eine renommierte französische Galerie außerhalb New Yorks, was seinen Preis in astronomische Höhen schraubt. Ein, zwei Jahre später taucht das Bild auf einer Auktion auf. Ah! Picassos »Akt am Fenster«! Das war doch das Bild, das … und so weiter und so weiter. So wie der Kunstmarkt beschaffen ist, bringt ein mittelmäßiges, aber bekanntes Bild mehr als ein unbekanntes gutes. Der Startpreis liegt bei fünfhunderttausend Dollar. Aber er könnte weit höher gehen. Fünfzig Prozent bekommen Leeping Fils für die Bereitstellung des Bildes und des Vorbesitzers. Fünfundzwanzig Prozent gehen jeweils an Jan-Carl und den Sammler X (der vermutlich gar nicht so reich ist). Jeder macht dabei eine Menge Geld, und der neue Käufer ist sehr glücklich mit seinem berühmten Gemälde.

Jan-Carl zündete sich mit affektierter Umständlichkeit eine Zigarette an. »Wir müssen dem Bild nur einen Ruf verschaffen. Oder nennen Sie es Berühmtheit, wenn Sie wollen.« Ich lächelte ihn an. »Ich nenne es Schwindel. Was wir machen, ist reiner Betrug.« Er lachte. »Seien Sie nicht so zimperlich, Logan. Wir beuten unseren Markt aus. Wir tun das jeden Tag. Sie tun das jeden Tag. Wenn ein reicher Mann nur berühmte Bilder kaufen will, ist das kaum unsere Schuld.« Ich sagte, ich würde mich bei ihm melden; ich müsse die Sache mit Ben bereden. Keine Eile, erwiderte Jan-Carl. Lassen Sie sich Zeit.

Freitag, 4. Dezember

Nat Tate kam gestern unangemeldet zu mir in die Wohnung. Nicht betrunken, sogar sehr ruhig und beherrscht. Er bot mir sechstausend Dollar für seine beiden Bilder in meinem Besitz – viel zu viel. Sie sind nicht verkäuflich, erwiderte ich. Einverstanden, sagte er. Er will sie nur überarbeiten (inspiriert durch seinen Besuch in Braques Atelier*) und erklärte mir sein Vorhaben. Widerstrebend überließ ich ihm die Bilder. Bevor er ging, bot er mir fünfzehnhundert Dollar für meine drei »Brücken«-Zeichnungen; ich sagte, ich würde sie gegen ein anderes Bild tauschen, aber nicht verkaufen. An diesem Punkt wurde er ziemlich gereizt und unbeherrscht und schwadronierte über künstlerische Integrität und den auffallenden Mangel daran in New York – also gab ich ihm einen harten Drink und nahm die zwei Bilder von der Wand, damit er endlich verschwand.

Heute Morgen rief mich nun Janet an und erzählte mir ebenfalls von Tates Überarbeitungstick. Sie hat ihm alle Bilder mitgegeben, die sie von ihm in der Galerie hat, und meint, dass es keine schlechte Idee ist.

---

* Tate und Barkasian hatten Braque im September 1959 in seinem Atelier in Varengeville besucht.

Ich schlug ihr ein Treffen vor, aber sie sagte, dass sie einen anderen hat und dass sie ihn liebt. Wer ist es?, fragte ich. Tony Kolokowski. Aber der ist schwul, sagte ich, da kannst du dich gleich in Frank verlieben. Sei nicht so zynisch, Logan, meinte sie. Auf jeden Fall ist er bi. Diese New Yorker Frauen.

Samstag, 19. Dezember

War an der Ecke 47th und Eighth Avenue, um nach Rose und Jacintha zu schauen. Bin ich verrückt? Wie viele Nummern haben sie geschoben seit unserer gemeinsamen Nacht vor einem halben Jahr? Aber sie sind sowieso nicht da, und ich ziehe erleichtert ab. Der Times Square mit seinen Seitenstraßen ist mir unheimlich. Bin ich so sentimental zu glauben, dass mich irgendetwas mit diesen Mädchen verbindet? Dass wir uns treffen könnten, Erinnerungen austauschen, dass es irgendwelche Gemeinsamkeiten zwischen uns gibt? Ja, so sentimental bin ich. Je älter, desto närrischer wirst du, Mountstuart.

Die Jan-Carl-Geschichte hat sich von selbst erledigt. Ich habe endlich einen kryptischen Brief von Ben erhalten, in dem er mitteilt, das »Schweiz-Abenteuer« sei einen Versuch wert. Dann kommt eine sehr umständliche Passage: »Wenn Du den Schweiz-Urlaub antrittst, musst Du das auf eigene Faust machen. Ich kann Dich nicht begleiten. Wird er ein Erfolg, kann ich beiläufig so tun, als wäre ich auch dort gewesen. Gefällt es Dir dort jedoch nicht, musst Du mit der Enttäuschung allein fertigwerden.« Ich vermute, das hat zu bedeuten, dass alles an mir hängen bleibt, wenn die Sache schiefgeht. Ben möchte sich ein »Hintertürchen« offenlassen – so nennt man das, glaube ich. Aber wenn wir ein Vermögen machen, nimmt er es gern. Ich muss weiter darüber nachdenken.

Donnerstag, 31. Dezember

Heute Abend gehe ich zu Todd Heubers Party, und ich stelle fest, dass mich der Gedanke daran deprimiert – nicht nur deshalb, weil mir der Kiefer wehtut. Gestern wurden mir drei Backenzähne gezogen. Mein Zahnarzt meinte, ich muss aufpassen: Mein Zahnfleisch zieht sich zurück, ich könnte alle Zähne verlieren. Seltsam, wie sehr einem diese Vorstellung an die Seele greift. Ich taste mit der Zunge ganz zart die Wunde ab, wo meine Zähne waren, und befördere einen Schluck Whisky daran vorbei. Autsch! Ein neues Jahrzehnt und die schreckliche Aussicht auf den allmählichen körperlichen Verfall; die gute alte Maschine fängt langsam an zu streiken. Mein Vorsatz fürs neue Jahr: Ich muss mehr auf meine Gesundheit achten, Alkohol und Tabletten einschränken. Vielleicht sollte ich wieder Golf spielen.

1960

Freitag, 15. Januar

Janet kam in heller Aufregung in die Galerie. Nat Tate gilt als »vermisst«, aber alles deutet auf Selbstmord hin. Ein junger Mann, der aussah wie Tate, sprang am Dienstag [dem 12. Januar] von der Staten-Island-Fähre. Janet hat nun herausbekommen, dass alle Bilder, die Tate zurückgeholt hat, systematisch zerstört wurden – auf einem Scheiterhaufen verbrannt in Windrose. Sie hat mich gebeten, mit in sein Atelier zu kommen, wo sie mit Barkasian verabredet ist.

Es war zu sehen, dass sich Barkasian nur noch durch gewaltsames Wunschdenken aufrecht hielt. Nat würde nie so etwas tun, er hat nur eine Krise, er wird zurückkommen und einen Neuanfang machen. Wir machten einen Rundgang durchs Atelier: Alles blitzsauber und aufgeräumt. Die Gläser in der Küche abgewaschen und weggeräumt, die Papierkörbe geleert. Es lehnte nur ein einziges Bild an der Wand, das offensichtlich noch frisch war, ein gestricheltes Gewirr aus Blutergussblau, Purpur und Schwarz. Der Titel *Orizaba / Rückkehr nach Union Beach* war auf die Rückseite gekritzelt, aber weder Janet noch Barkasian verstanden die Anspielung. Ich klärte sie darüber auf, dass »Orizaba« der Name das Schiffs war, mit dem Hart Crane [der von Tate vergötterte Dichter] 1932 auf Kuba seine letzte Reise antrat. »Seine letzte?«, fragte Barkasian. »Wie ist Hart Crane gestorben?« Janet zuckte die Schultern – keine Ahnung. Ich hatte das Gefühl, dass ich ihm das erklären musste. »Er ist ertrunken. Über Bord gesprungen.« Barkasian war geschockt, in Tränen. Das Bild, unfertig und rätselhaft, war plötzlich die einzig auffindbare Abschiedsbotschaft. Da der arme Nat als Künstler nicht mehr weiterleben konnte, hatte er wenigstens für ein symbolkräftiges und angemessen gewürdigtes Ende gesorgt.

Alles sehr traurig, natürlich, aber er war in einer verzweifelten Lage – und wer bin ich, dass ich sagen könnte, er hätte sich zusammenreißen und die Krise überwinden sollen? Er hat alles zerstört, bestätigte Barkasian, also auch meine zwei Bilder. Wenigstens die »Brücken«-Zeichnungen habe ich noch. Janet brütet Verschwörungstheorien aus, aber ich glaube, der arme Kerl ist einfach durchgedreht. Apropos Verschwörungstheorien. Ich habe Jan-Carl mit Marius Leeping gesehen, im Restaurant. Zwei Kunsthändler, die zusammen essen gehen, daran ist nichts Besonderes. Aber warum riecht mir der ganze Schwindel mit dem Sammler X so, als hätte Marius Leeping die Finger drin? Ich rief Jan-Carl an und sagte ihm, dass ich kein Interesse habe, der Picasso sei nicht verkäuflich. Seine viel gerühmte Contenance geriet heftig ins Wanken. Er

sagte, ich soll nicht albern sein, ich sei schon in die Sache eingestiegen und könne jetzt keinen Rückzieher machen, alles
sei arrangiert, sie würden den Picasso jetzt brauchen. Ich erinnerte ihn, dass ich mir Bedenkzeit erbeten hatte und die
habe zu einem negativen Ergebnis geführt. Typisch englisch,
schnaubte er. Das fasse ich als Kompliment auf, erwiderte ich.
Das »perfide Albion« lebt fort. Ich schickte ein Telegramm
an Ben: SCHWEIZ-URLAUB ABGESAGT.

Montag, *18. Januar*

Ich rief Jerry Schubert an [Anwalt von Leeping Fils], um
mich zu vergewissern, dass Jan-Carl Lang keinen Anspruch
auf den Picasso erheben kann. »Es gibt keinen Vertrag, keinen Verkaufsbeleg«, sagte Jerry, »er kann Ihnen nichts anhaben. Es war nur eine Verabredung. Und reden kann jeder.«
    Ein Brief von Lionel. Er schreibt, dass er vielleicht nach
New York kommt, und fragt, ob er ein paar Tage bei mir
übernachten kann. Mein erster Impuls war: auf keinen Fall.
Aber er ist dein Sohn, du Stoffel, du Rindvieh. Warum willst
du nicht, dass er kommt? Weil er mir fremd ist. Aber vielleicht geht es gut, ihr versteht euch und kommt euch näher.
Vielleicht … Dass er ins Musikgeschäft eingestiegen ist, kann
nur an seinen Mountstuart-Genen liegen.

[Im Sommer 1960 erwarben zwei junge, unabhängige Film-
produzenten, Marcio und Martin Canthaler, die Filmrechte
an LMS' Novelle *Die Villa am See* für ihre Produktions-
firma MCMC Pictures in Hollywood. LMS wurde zu Bespre-
chungen nach Los Angeles eingeladen, es wurde erörtert,
ob er das Drehbuch schreiben würde. Zufällig weilte auch
Peter Scabius in Los Angeles, um die Filmrechte an seinem
neuesten Roman *Fünf nach zwölf* (eine Zukunftsvision über

die Bedrohung des Planeten durch den Atomkrieg) zu verkaufen.]

Sonntag, 24. Juli

Bel Air Hotel, Los Angeles. Das seltsame Gefühl, in einer
Art Traum zu leben. Dieses Hotel ist ein Shangri-La im
Westentaschenformat. Ich glaube erst dann zu altern, wenn
ich die kleine Brücke überquere, die zum Parkplatz führt,
und wenn ich zurückkomme, steht die Zeit wieder still. Ein
himmlischer Frieden herrscht hier, die flachen Gebäude und
ein blassblauer Swimmingpool liegen geschützt im üppigen
Grün der Gärten.

Ich hatte Peter gestern zum Lunch hier und sah ihm an,
dass ihn der diskrete Luxus des Hotels ein wenig aus der
Fassung brachte. Wer zahlt dir die Rechnung?, fragte er.
Paramount? Warner Bros.? MCMC, sagte ich. Wo wohnst du?
Im Beverly Wilshere, antwortete er. Oh, *sehr* vornehm, sagte
ich, und er war besänftigt. Er ist so leicht zu handhaben,
und das ist einer der Gründe, weshalb ich ihn mag, vermutlich. Im Lauf der Jahre hat er ein wahrhaft grandioses Ego
entwickelt, atemberaubend in seiner Dünkelhaftigkeit und
dem, was man hier in der Stadt findet, in nichts nachstehend.
Wenn ich daran denke, welch zappliger kleiner Wicht er in
der Schule war ...

Die aufregendste Nachricht ist, dass ihm Gloria mit einem
italienischen Adligen, Conte soundso, durchgebrannt ist.
Er lässt sich so schnell wie möglich scheiden. Keine Probleme mit der katholischen Kirche?, fragte ich ihn. »Ich habe
meinen Glauben in Algerien verloren«, erwiderte er melan-
cholisch und kriegsmüde. Er hat sich gut gehalten – besser
als ich –, ist schlank und braun gebrannt, obwohl sein Haar
verdächtig dunkel ist, kein einziges graues Härchen, sehr un-

gewöhnlich. Meines ist jetzt grau durchwachsen wie Pfeffer und Salz, meine Stirn wird immer höher.

Montag, 25. Juli

Besprechung mit Marcio und Martin in ihrem Büro in Brentwood. Marcio ist fünfunddreißig, Martin ist zweiunddreißig. Beide jovial, beide etwas übergewichtig, Martin wird schon kahl, Marcio hat die dichte Lockenpracht eines Charmeurs. Sie haben mir fünftausend Dollar für die einjährige Option auf die *Villa* bezahlt, und das Recht auf ein Jahr Verlängerung.

MARCIO: Na, Logan, wie war Ihr Wochenende?
ICH: Ich war essen mit einem alten Freund. Peter Scabius.
MARCIO: Großartiger Schriftsteller.
MARTIN: Ganz meine Meinung.
ICH: Und ich war auf einer Ausstellung. In einer Kunstgalerie.
MARTIN: Wir lieben die Kunst. Was wurde gezeigt?
ICH: Diebenkorn.
MARCIO: Wir haben eins von ihm, glaube ich.
MARTIN: Wir haben sogar zwei, Marcio.

Das ist das Verwirrende an dieser Stadt. Du denkst, du hast eine sinnlose Besprechung mit zwei leutseligen Idioten, und dann diskutierst du mit ihnen eine halbe Stunde lang über Richard Diebenkorn. Sie wollen, dass ich das Drehbuch schreibe, sagen sie, aber zahlen wollen sie erst, wenn es fertig ist und sie es gelesen haben. Aber was, wenn es Ihnen nicht gefällt?, frage ich. Sie werden doch nicht für ein Drehbuch zahlen, das Ihnen nicht gefällt? Da können Sie beruhigt sein, versichert mir Marcio. Uns gefällt alles, was Sie machen, fügt Martin hinzu.

Später rief ich Wallace in London an und fragte ihn um Rat. Keine Zusagen geben, meinte er. Sie sollen alle Angebote an ihn richten. Ich spürte, dass er ein bisschen verärgert war, weil ich ihn erst jetzt konsultierte. Ich bin dein Agent, Logan, sagte er. Das ist mein Job, verdammt noch mal.

Samstag, *30. Juli*

An Bord einer PanAm-Maschine, auf dem Rückflug nach New York. Gestern Abend fuhr ich nach Santa Monica hinunter und ging am Ozean spazieren. Ich nahm ein paar Drinks in einer Bar am Pier, als die Dämmerung einsetzte, und plötzlich sahen Himmel und Meer aus wie eine Farbflächenmalerei von Rothko. Ich war guter Dinge, habe ein wenig Bräune bekommen, genoss das wohlige Brennen des Alkohols und hatte auf einmal die Idee, hierherzuziehen – ein Leeping Fils West zu gründen … Wenn man älter wird und das Leben in geordneteren Bahnen verläuft, wird ein gemäßigter, entspannter Lebensstil umso verlockender. Ich könnte eine nette Kalifornierin kennenlernen – an schönen Frauen herrscht hier kein Mangel. Aber ich merkte, als ich länger darüber nachdachte, dass es nur eine Phantasie ist und bleiben wird. Nach ein paar Monaten würde ich verrückt werden – genauso wie in einem Cottage in Somerset oder auf einem Bauernhof der Toskana. Ich bin im Grunde ein Stadtmensch, und obwohl Los Angeles ohne Zweifel eine Stadt ist, sind die hiesigen Sitten nicht danach. Vielleicht liegt es am Klima, dass man sich immer provinziell vorkommt. Städte brauchen extreme Klimata, sodass sich das Verlangen einstellt, ihnen zu entfliehen. In Chicago könnte ich vermutlich leben – meine Reisen dorthin haben mir Spaß gemacht. Auch muss eine Stadt etwas Brutales und Gleichgültiges an sich haben – der Bewohner muss sich gefährdet vorkommen – auch das hat

Los Angeles nicht zu bieten, zumindest nicht nach meiner kurzen Erfahrung. Mir ist es viel zu komfortabel dort, man fühlt sich wie in Watte gepackt. In einer richtigen Stadt passiert so was nicht, da kommt ihr wahrer Charakter durch jede Türritze oder die Fenster gekrochen, man kann sich davon nicht frei machen. Und der echte Städter, die echte Städterin sind immer neugierig – neugierig auf das Leben draußen auf der Straße. Das trifft dort einfach nicht zu. Man wohnt in Bel Air und fragt nicht, was in Pacific Palisades los ist – oder habe ich etwas verpasst?

Die Drehbuchangelegenheit ist geregelt: zehntausend Dollar Vorschuss, weitere zehntausend bei Annahme. Wallace hat gute Arbeit geleistet, was mich auf die Frage bringt, warum ich ihn nicht öfter bemühe. Bei unserem Telefongespräch erzählte ich ihm von meiner *Oktett*-Idee und fragte ihn, ob er einen Vorschuss bei Sprymont & Drew herausschlagen kann. Er klärte mich darüber auf, dass Sprymont & Drew nicht mehr existiert. Der Verlag wurde aufgekauft, der Name wird nicht mehr verwendet. Was ist aus Roderick geworden? Der ist bei Michael Kazin untergekommen, zu einem deutlich geringeren Gehalt. Ich soll die Idee zu Papier bringen, und er wird sehen, was sich machen lässt. »Aber es wird nicht leicht, Logan. Ich muss dich warnen – die Zeiten haben sich geändert, und du bist nicht gerade in aller Munde.« Wohl wahr.

Donnerstag, 15. September

Seit vier Tagen habe ich Lionel zu Besuch. Er hat liederlich langes Haar, das ihm über die Ohren wächst, und einen schütteren Bart. Auf der Straße hätte ich ihm in die Arme laufen können, ohne zu merken, dass er mein Sohn ist. Noch immer ist er schüchtern und verschlossen, und seit er hier ist, herrscht in der Wohnung ein Ton verdruckster und ängstlicher Höflichkeit: »Bitte nimm du zuerst das Salz«, »Nein, du. Ich bestehe darauf.« Dank seiner Kontakte in der Musikbranche scheint er eine ganze Menge Leute in New York zu kennen. Ich fragte ihn nach seiner Arbeit, und er erzählte mir etwas, womit ich nicht viel anfangen konnte. Seine erste Band, The Greensleeves, hat sich in The Fabulairs umbenannt und eine erfolgreiche Platte aufgenommen, die nur knapp unter den Top Twenty geblieben ist, sagt er. Lionel wurde von einer kleinen unabhängigen Plattenfirma nach Amerika eingeladen, weil man will, dass er hier einen ähnlichen Wechsel bewirkt. Er ist sehr gespannt, sagt er. Die neue Musik wird aus Amerika kommen, behauptet er. Genau wie die Kunst. England ist voll von blassen Nachahmungen amerikanischer Schallplattenstars. Ich nickte interessiert. Lionel spielte mir den Hit seiner Fabulairs vor – nette Melodie, munterer, eingängiger Refrain. Diese Musik berührt mich wenig – oder sagen wir, etwa genauso sehr wie eine Blaskapelle. *Ganz ordinär.* Es hat sich gelohnt, ihn ein wenig näher kennenzulernen, aber ich bin froh, wenn ich meine Wohnung wieder für mich habe. Nächste Woche bezieht er ein Apartment im West Village.

Wir waren ein paar Mal essen – und dürften ein seltsames Pärchen abgegeben haben, als wir durch die Upper East Side bummelten. Lottie geht es gut, sagt er, doch ich vermute, dass er sie selten sieht. Ihre zwei Töchter von Leggatt – wie heißen sie? – kommen voran. Eine beendet gerade das Internat, die andere arbeitet bei einer Modezeitschrift als eine Art Sekretärin. So geht das Leben weiter.

Wir sitzen im Restaurant und bemühen uns, ungezwungen miteinander zu plaudern. Ich frage mich, ob wir uns jemals so gut kennenlernen werden, dass es dieser Mühe nicht mehr bedarf, dass unser Gespräch ganz spontan und unbeschwert verlaufen kann. Aber, so sage ich mir, warum sollte es? Ich habe nie eine solche Lockerheit im Umgang mit meinen El-

tern gekannt. Ich habe das nicht erwartet und sie auch nicht.
Wegen meiner Scheidung von Lottie ist mir Lionel fast völlig fremd geblieben. Die Tatsache, dass er mein Sohn ist, die Frucht meiner Ehe mit Lottie, kommt mir fast unglaublich vor. Zu Gail habe ich eine viel engere Beziehung. Um ehrlich zu sein, bin ich froh, ihn wieder loszuwerden – wenn auch mit Schuldgefühlen, natürlich.

Nachricht von Marcio und Martin. Sie haben beträchtliche Schwierigkeiten mit meinem ersten Entwurf. Das möchte ich meinen – aber nicht so beträchtliche wie ich. Eine unsinnige Plackerei. Ich habe den Eindruck, dass die Hollywood-Phase meines Lebens soeben zu Ende gegangen ist.

1961

Sonntag, 1. Januar

Begrüßte das neue Jahr mit Janet und Kolokowski. Riesige, laute, deprimierende Saufparty. Vorher war ich noch auf einen Drink bei Lionel in der Jane Street. Er glaubt, seine neue Band gefunden zu haben – The Cicadas, ein Folklore-Trio. Er möchte sie umtaufen in The Dead Souls. Etwa nach dem Roman von Gogol?, fragte ich. Welcher Roman? Gogols großer Roman, einer der bedeutendsten Romane, die je geschrieben wurden, *Die toten Seelen*. Scheiße! Er fluchte und schimpfte, dass es eine Freude war – so temperamentvoll hatte ich ihn noch nie erlebt. Sieh es doch als Vorteil, sagte ich. Wenn du den Roman nicht kennst, kennen ihn auch viele andere nicht, und die, die ihn kennen, sind umso beeindruckter. Für eine Popgruppe ist das ein toller Name, sagte ich. Meine Worte zündeten bei ihm, und er grinste mich breit an: für einen kurzen Moment erkannte ich mich in ihm wieder – und nicht Lottie und die Edgefields. Ich bekam weiche Knie und erlebte eine Verwirrung der Gefühle – Erleichterung, dann schreckliche Schuldgefühle, Entsetzen und atavistische Regungen einer Beinahe-Liebe. Ein Bandmitglied kam – ein ungekämmter junger Mensch in Pullover und Cordhose –, und der Moment war vorüber. Lionel spielte mir ein paar Tonbandaufnahmen der Dead Souls vor, ich gab anerkennende Geräusche von mir. Er will mich in seine Welt einführen, mich an ihr teilnehmen lassen, und ich muss angemessen reagieren. Das ist das Mindeste, was ich tun kann.

Auf der Party hatte ich einen heftigen Streit mit Frank [O'Hara]. Er ist neuerdings unglaublich streitsüchtig, muss ich sagen. Manchmal gerät er in solche Wut, dass die Leute Angst vor ihm bekommen. Natürlich spielte Alkohol eine Rolle, wie immer, wenn wir aneinandergeraten. Ich sagte, wenn ich mich für einen neuen Künstler interessiere, will ich immer seine Anfänge sehen, je früher die Werke, desto besser, selbst Juvenilia. Warum das?, fragte Frank, schon argwöhnisch. Weil die frühe Begabung, erwiderte ich, oder die Frühreife, nenn es, wie du willst, normalerweise auf sein gereiftes Talent hinweist. Wenn das Frühwerk kein Talent verrät, ist auch nicht viel vom späteren Schaffen zu erwarten. Das ist doch Blödsinn, sagte Frank. Warum bist du so konformistisch? Schau dir de Kooning an, sagte ich. Das Frühwerk ist hochbeeindruckend. Schau dir Picasso an, als er die Kunstschule besuchte – erstaunlich. Selbst die frühen Sachen von Franz Kline sind okay – weshalb auch das spätere Werk okay ist. Dann schau dir Barnett Newman an – hoffnungslos. Schau dir Pollock an – er konnte nicht mal eine Pappschachtel zeichnen. Was war da anderes zu erwarten als das, was dann kam, meinst du nicht? Fick dich selber, brüllte Frank, jetzt wo Jackson tot ist, versuchen Arschlöcher wie du, ihn auf ihr Niveau runterzuziehen. Unsinn, sagte ich, das hab ich schon vertreten, als Jackson noch quicklebendig war. Er ist ein Gigant, und du bist ein mickriger Zwerg. Er drohte einem halben Dutzend erschrockener Künstler mit der Faust, die sich um uns gesammelt hatten, als der Krach losging.

Habe dort eine schöne Frau kennengelernt – Nancy? Janey? –, um Mitternacht tauschten wir einen viel versprechenden Kuss. Sie gab mir einen Zettel mit Namen und Telefonnummer, aber ich habe ihn verloren. Vielleicht kann Janet die Frau auftreiben. Ich habe Kopfschmerzen vom vielen Saufen und ein zittriges Gefühl am ganzen Körper. Vorsatz fürs neue Jahr: Alkohol- und Tablettenkonsum einschränken.

Montag, 27. Februar

Mein Geburtstag. Der fünfundfünfzigste. Eine Karte von Lionel und eine von Gail. »Viele Glückwünsche zum Geburtstag, Logan, und verrate Mom nicht, dass ich Dir geschrieben habe.« Zur Feier des Tages leistete ich mir Wodka mit Orangensaft zum Frühstück, dann ein paar Schluck Gin am Vormittag im Büro. Flüssigmahlzeit bei Bemelmans – zwei Negronis. Am Nachmittag eine Flasche Champagner für die Angestellten. Fühlte mich schlapp und nahm ein paar Dexedrin. Zwei Martinis vor meinem Treffen mit Naomi [der Frau von der Party]. Wein und Grappa bei Di Santo's. Naomi hatte Kopfschmerzen, also lieferte ich sie vor ihrem Apartment ab und blieb nicht. Jetzt sitze ich hier bei einem großen Scotch mit Soda, auf dem Plattenspieler läuft Poulenc, und ich werde ein paar Nembutal nehmen, um mir die nötige Bettschwere zu verschaffen. Viele Glückwünsche zum Geburtstag, Logan.

Montag, 3. Juli

Tief getroffen von Hemingways Tod*. Die entsetzliche, er-
nüchternde Brutalität dieses Abschieds. Herman [Keller]
sagt, er hat sich buchstäblich den Kopf weggeschossen. Beide
Läufe eines Gewehrs. Die Zimmerwände bedeckt mit Parti-
keln aus Hirn, Knochen und Blut. War das symbolisch gemeint oder was? Aller Ärger kommt aus dem Gehirn, also
weg damit. Ich denke an ihn, wie er 1937 in Madrid war: seine
Energie, seine Leidenschaft, seine Freundlichkeit zu mir, die
Suche nach den Mirós in seinem Auto. Seine Romane nach
Wem die Stunde schlägt konnte ich nicht mehr lesen – wirklich schlecht geschrieben, er hatte die Form verloren –, aber
die Storys waren wundervoll und wunderbar inspirierend, als
ich sie zum ersten Mal las. War das der Moment innerhalb
seiner Karriere, an dem er wirklich begnadet war? Und dann
nichts mehr – der Jackson Pollock der amerikanischen Literatur. Herman, der mit einem Freund der Familie bekannt ist,
sagt, er war am Ende nur noch der graue, gebrechliche Schatten eines Mannes. Zerstört von der Schocktherapie. Tod und
Teufel! Auch ich kenne die Abgründe des Lebens und kann
ein Lied singen von den Qualen, die einen erwarten. Aber
Gott sei Dank habe ich nie Elektroschocks bekommen. Hemingway war natürlich auch ein chronischer Säufer – einer
von denen, die den ganzen Tag ihren Pegel brauchen, gerade
so, dass sie nicht mehr nüchtern sind, aber auch nicht stockbetrunken. Nun sieht man, wohin ihn das geführt hat. Ein-
undsechzig Jahre alt – nur sechs Jahre älter als ich. Ich bin
völlig verunsichert und kurz vorm Durchdrehen. Habe mit
Herman telefoniert und ein Treffen vereinbart. Komischerweise will ich gerade jetzt, wo das alles auf mich einstürmt,

---

* Am 2. Juli beging Hemingway Selbstmord.

mit einem Schriftsteller zusammen sein – einem Angehörigen meiner Sippe.

[Hier bricht das New Yorker Tagebuch ab. LMS unternahm, veranlasst durch Hemingways Tod, einen ernsthaften Versuch, seinen Konsum an Alkohol und Amphetaminen einzuschränken. Da er schon immer ein schlechter Schläfer war, nahm er weiter Schlaftabletten. Er verzichtete auf Spirituosen und reduzierte seinen Verbrauch auf »weniger als eine Flasche Wein pro Tag«. Im Sommer 1961 machte er einen Monat Urlaub in Europa, den er überwiegend mit Gloria Scabius, nun Contessa di Cordato, und ihrem bejahrten Gatten Cesare in dessen bequemem Landhaus la Fucina [die Schmiede] bei Siena verbrachte, und natürlich hieß das Haus für Gloria immer nur »la Fuckina«. Für LMS wurde es zu einer zweiten Heimat: Er verbrachte dort auch das Weihnachtsfest und den Jahreswechsel und kam im Sommer 1963 erneut für drei Wochen.

Im Herbst 1962 wurde die Scheidung von Alannah rechtskräftig, und sie heiratete David Peterman. Gelegentlich erhielt LMS eine Karte von Gail, und sie trafen sich, wann immer es ging, aber Alannahs Anwalt hatte klar herausgestellt, dass es nach der Scheidung keinerlei Kontakt mehr zwischen LMS und den Mädchen geben durfte – eine Regelung, die er immer als unnötig grausam empfunden hatte.

Die Galerie wuchs still und stetig weiter, LMS baute eine große, aber erlesene Sammlung moderner amerikanischer Malerei auf, indem er sich auf Kline, Elche, Rothko, Chardosian, Baziotes und Motherwell konzentrierte. Martha Heuber blieb ihm treu, und Todd Heuber wechselte im Oktober 1962 von de Nagy zu Leeping Fils.

In derselben Zeit wurde LMS auch verstärkt journalistisch tätig – möglicherweise dank seiner relativen Abstinenz. Häufig wurde er von britischen Zeitungen und Zeitschriften um

Kommentare zu den amerikanischen Ausstellungen gebeten, die in Europa die Runde machten. Doch er wehrte sich ständig gegen den Ruf des Experten, den er sich so erwarb, und beharrte darauf, dass sein Herz schon immer den Klassikern der Moderne und den exzentrischen Individualisten der europäischen Tradition gehört hatte. Nichtsdestotrotz veröffentlichte er wichtige Aufsätze über Larry Rivers, Adolph Gottlieb, Talbot Strand und Helen Frankenthaler, unter anderem im *Observer*, im *Encounter* und im Magazin der *Sunday Times*. Wallace Douglas sicherte ihm die monatliche Kolumne »Notizen aus New York City« im politisch-kulturellen Wochenblatt *New Rambler*. Das Tagebuch setzt im Frühjahr 1963 wieder ein.]

1963

Freitag, 19. April

Zur Premiere von *revolver*. Ann Ginsberg finanziert das Ganze, wie allgemein vermutet wird. Udo [Feuerbach] ist wieder Chefredakteur – obwohl ich es seltsam finde, dass eine Göring zugeschriebene Prahlerei[*] den Titel für ein Magazin der künstlerischen Avantgarde liefert. Bei längerem Nachdenken ist die Sache vielleicht doch witzig. Die alte Clique war mal wieder beisammen, aber wir sahen alle etwas gealtert und mitgenommen aus. Frank aufgequollen und rot (wir mussten Ann versprechen, dass wir uns nicht streiten), Janet mit Kolokowski (was macht dieser Mann eigentlich?). Woran man stärker dachte, war die Liste der Toten: Pollock, Tate, Kline. In New York aufs Ganze zu gehen fordert sei-

---

[*] »Wenn ich das Wort Kultur höre, greife ich zum Revolver.«

nen Preis. Da ich versprochen hatte, keinen Streit mit Frank anzufangen, stritt ich mich mit Herman über die angebliche Schönheit von Mrs JFK. Ich sagte, man kann sie beim besten Willen nicht als Schönheit bezeichnen. Nett – ja. Schlank – selbstredend. Gut angezogen – zweifellos. Aber schön? Absolut nicht. Herman, der in einem Raum mit ihr zusammen war, sagt, dass ihre Präsenz wie ein Kraftfeld wirkt – man ist schlicht entwaffnet. Du bist nur ein schwärmerischer Verehrer von ihr, das ist alles, sagte ich. Es ist ihr hohes Amt, das bei dir diese Bewunderung auslöst – die First Lady und all das. Du urteilst nicht, sondern du empfindest. Danach stritt ich mich mit Deedee Blaine über Warhol – der für sie der Antichrist ist. Wenigstens kann er zeichnen, sagte ich. Er kann es, aber er hat sich entschieden, es nicht zu tun, das ist eine ganz andere Strategie. Naomi brachte uns auseinander – sie meinte, ich sei sehr provokant gewesen.

Später rang mir Ann das Versprechen ab, etwas zu schreiben. Ich sagte, ich bin zu alt für ein Magazin, das so »hip« ist wie *revolver*, und sie meinte: »Okay, ich verspreche dir, dass wir nicht dein Alter unter den Artikel schreiben.« Ich mag Ann – Kettenraucherin, klapperdürr, mit tieferer Stimme als ich –, und man muss ihr zugute halten, dass sie ihre Petrodollars für wohltätige Zwecke einsetzt. Sie bat mich, bei einem Empfang der französischen Botschaft als ihr Begleiter zu fungieren. Ich hätte mich wohl kaum weigern können.

Mittwoch, 8. Mai

Lionel kam in heller Aufregung zu mir. Die Dead Souls haben es in irgendeine Hitparade geschafft, auf Platz 68. Sein Bart ist nicht kräftiger geworden, aber das Haar wächst ihm über den Kragen. Er hat jetzt eine Freundin, sagt er, eine echte Amerikanerin, die Monday heißt.

Als er fort war, zwängte ich mich in den Smoking (ich habe mal wieder zugenommen) und lief zu Fuß zu Anns Wohnung auf der Fifth Avenue, von wo wir die paar hundert Meter bis zur Soirée in der Limousine zurücklegten. Ann wurde vom Botschafter wie eine alte Freundin begrüßt. Ich mischte mich unter die etwa achtzig Herrschaften mittleren Alters, die unter der glitzernden Pracht von acht Kronleuchtern ihren Champagner schlürften. Sehr französisch, diese Festbeleuchtung, dachte ich – wie in den Brasserien: eine gnadenlose Helligkeit. Ich wechselte ein paar Worte mit einem schwitzenden Attaché, der auffallend nervös wirkte und ständig zum Eingang blickte. »*Ah, les voilà*«, sagte er ehrfurchtsvoll. Ich drehte mich um und sah den Herzog und die Herzogin von Windsor hereinkommen.

Was habe ich empfunden? Mein enger Kontakt mit ihnen liegt fast zwanzig Jahre zurück. Der Herzog sieht gealtert aus, sehr gebrechlich, er muss schon über siebzig sein.[*] Die Herzogin wirkte wie eine angemalte Nippesfigur unter dem grellen Licht, ihr Gesicht aus Kalk, ihr Mund ein scharlachrot bemalter Schlitz. Sie scheinen beide nicht besonders erfreut oder beglückt, aber ich würde annehmen, dass sie es sich nicht leisten können, eine offizielle Einladung der Franzosen auszuschlagen – zumal ihnen der Staat die Einkommensteuer erlassen hat (ein kompletter Skandal, meiner Meinung nach).

Ich wanderte umher und suchte mir einen besseren Beobachtungsposten. Der Herzog rauchte und bestellte Whisky mit Soda. Die Beine der Herzogin sahen aus, als würden sie jeden Moment zerbrechen. Sie lief herum, begrüßte Leute (sie schien eine ganze Menge zu kennen), der Herzog folgte ihr willenlos und verloren, paffte seine Zigarette, nickte und lächelte allen zu, auf die sein Blick fiel. Aber seine Augen

---

[*] Tatsächlich war er erst neunundsechzig.

schauten trübselig und waren entzündet, sein Lächeln völlig
automatisch. Ich blieb starr stehen, als sie näher kamen.

Die Herzogin sah mich zuerst, und ihr Mundschlitz gefror
mitten im Lächeln. Ich unternahm nichts. Meine seit 1943
aufgestaute Wut knisterte förmlich, sie hatte nichts von ihrer
Intensität verloren. Die Herzogin drehte sich zum Herzog
um und flüsterte ihm etwas zu. Sein Gesichtsausdruck, als er
mich sah, kann nur als entsetzt bezeichnet werden, bevor er zu
einer Grimasse aus Ärger und Empörung erstarrte. Sie dreh-
ten mir den Rücken zu und wandten sich an den Botschafter.

Kurz darauf kam der Attaché, mit dem ich gesprochen
hatte, und forderte mich zum Gehen auf. Warum in aller
Welt?, fragte ich. »*Son Altesse*« besteht darauf, erwiderte er,
andernfalls würden er und die Herzogin die Räumlichkeiten
verlassen. Bitte informieren Sie Mrs Ginsberg, dass ich draußen warte, sagte ich.

Eine halbe Stunde ging ich rauchend auf der Fifth Avenue
auf und ab. Ich lief gerade am Eingang vorbei, als das Herzogspaar herauskam. Dort drängten sich mehrere Fotografen
und ein Dutzend Leute, die in Applaus ausbrachen, als die
beiden zu ihrem Wagen gingen. Ein paar Frauen machten sogar den Hofknicks.

Ich konnte mich nicht zurückhalten und rief: »WER IST DER
MÖRDER VON SIR HARRY OAKES?« Der Schock und das Entsetzen in ihren Gesichtern bot mir volle Genugtuung – für
alles, was sie mir angetan haben, für alle Zeiten. Jetzt mögen
sie treiben, was sie wollen. Sie kletterten in ihre Limousine
und rauschten davon. Ich wurde beinahe in eine Prügelei
mit einem dicken Monarchisten verwickelt, der mich als Ab-
schaum und Schande für Amerika beschimpfte. Eifrige Zustimmung bei anderen Zuschauern. Mit meiner Erklärung,
ich sei Engländer, löste ich Verwirrung aus. »Verräter«, rief
einer halbherzig, als sie sich entfernten. »Dieser Mann hat ge-

gen die Justiz konspiriert«, rief ich ihnen nach, ohne damit noch Wirkung zu erzielen.

Ann Ginsberg war hochamüsiert, als ich ihr erklärte, was vorgefallen war. »Du hast aber eine lustige Vergangenheit, Logan«, meinte sie.

Donnerstag, 11. Juli

La Fucina. Ein herrlicher Fucina-Tag. Wir sind zu dritt – obwohl sich Cesare dieses Jahr selten blicken lässt. Er ist sehr alt und sehr starr in seinen Gewohnheiten, er schreibt seine Memoiren, bleibt den ganzen Tag im Zimmer und kommt nur zum Essen oder auf einen Drink heraus. Das Landhaus ist weitläufig, luftig und sehr bequem, mit günstig gelegenen Sonnenterrassen, und es steht in einem Oliven- und Zitronenhain am Ende eines lieblichen Tals, das westwärts verläuft und Siena den Rücken zukehrt. Mein Zimmer befindet sich in einem separaten Gästetrakt, und ich laufe über den Hof zum Frühstück, wo ich immer als Erster eintreffe. Gloria kommt herunter, wenn sie hört, dass ich von Enzo, Cesares Diener und Faktotum, bedient werde. Sie trägt Jeans, ihr Haar hat sie mit einem Tuch zurückgebunden, dazu ein Männerhemd, das sie an der Taille verknotet. Sie ist üppiger geworden, aber sie trägt die zusätzlichen Pfunde mit ihrer gewohnten Nonchalance. »Darling, ich bin schon seit Stunden auf«, sagt sie, und ich tue so, als würde ich ihr glauben. Sie raucht eine Zigarette und schaut mir beim Frühstücken zu – immer Ei im Glas mit Toast. Was Enzo eben unter einem englischen Frühstück versteht.

Heute waren wir zum Lunch in Siena. Wir saßen in einem Café am Campo, genossen den immer währenden Zauber dieses Platzes und tranken Frascati. Komischerweise störten mich die Touristen gar nicht – der Platz ist so riesig, dass sie seine Schönheit nicht beeinträchtigen konnten. Ich wanderte durch die Gassen und ging zum Dom hinauf, während Gloria einen Plattenspieler von der Reparatur abholte. Nach einem Teller Pasta und einem Salat fuhren wir zurück. Gloria ging mit ihren Hunden spazieren – sie haben vier –, ich legte mich in die Hängematte, las und schlief. *Très détendu.*

Gloria ist immer noch sexy, zumindest für meine alten Augen. Eines Abends kam sie in einem Baumwollpulli herunter, und ich sah an der Form und Schwingung ihrer Brüste, dass sie keinen BH trug. Nach dem Essen, als Cesare schon schlafen gegangen war und sie am Plattenspieler stand und ihre LPs durchsah, stellte ich mich hinter sie, umfasste ihre Taille und küsste ihren Nacken. »Mmmm, schön«, sagte sie. Dann hob ich die Hände an ihre Brüste. »Nein, nein, nein«, wehrte sie mich ab. »Böser Logan.« »Nicht mal zum Gedenken an die alten Zeiten?«, fragte ich. Sie legte die Platten weg und küsste mich direkt auf den Mund. »Nicht mal das.«

Das Problem ist, dass sie das Oberteil abnimmt, wenn wir allein am Pool sind und sie sich sonnt. Ich verschaffe mir süße Qualen, indem ich über das Buch hinweg zu ihr hinüberschiele. Vielleicht habe ich mich deshalb in diesen Ort verliebt – alles hier erinnert mich an unsere sexuelle Vergangenheit. Ich glaube, sie genießt es, dass ich hier sitze und mich vergebens nach ihr verzehre. Sie hat die neuesten Nachrichten von Peter. Dank der Kubakrise ist *Fünf nach zwölf* weltweit zum Bestseller geworden. »Er ist ganz begeistert, wenn ihn die Kritiker als Hellseher bezeichnen«, meint Gloria. »Er war schon zweimal in Vietnam.«

Heute Abend kam Cesare zum Essen herunter, adrett mit Blazer und weißer Baumwollhose. Er ist sehr langsam und steif, immer auf den Stock gestützt. Gloria neckte ihn mit »Da kommt ja unser Alterchen«, was ihm großes Vergnügen bereitete.

Ich schreibe dies auf der Terrasse meines kleinen Gästetrakts. Motten umflattern die Lampen, die in die raue Feldsteinmauer eingebaut sind, und die Geckos fressen sich satt. Die Grillen zirpen, und die Frösche quaken in der Dunkelheit jenseits des gelben Lichtscheins. Ich habe mir ein großes Glas mit Eiswürfeln und Whisky geholt. Hier schlafe ich immer gut – meine Tabletten brauche ich nicht.

Samstag, 12. Oktober

New York. Abendessen mit Lionel und Monday im Bistro la Buffa. Jack Finar saß mit Philip Guston und Sam M. Goodforth an einem anderen Tisch, aber ich vermied den Blickkontakt. Er und seinesgleichen werden mich verfluchen, wenn die nächste Nummer des *revolver* erscheint. Seine neuen Sachen finde ich abscheulich. Es ist immer merkwürdig, wenn ein fähiger Künstler plötzlich anfängt, absichtlich schlecht zu malen. Nur die Allergrößten kommen damit durch (Picasso). Bei Finar sieht es aus wie ein verzweifelter Versuch, modisch zu erscheinen.

Monday erweist sich als strammes Mädchen, dunkler Typ italienischer oder spanischer Abstammung, würde ich sagen, mit olivbrauner Haut, einer kleinen, zierlich gekrümmten Nase (ist sie vielleicht Jüdin?) und spitzem Kinn. Eine Menge ungewaschenes Haar, dick und lockig. Sie sieht aus, als könnte sie Lionel zum Frühstück verspeisen. Zuvor war sie die Freundin von Dave, dem Leadsänger der Dead Souls, aber dann hat sie ihre Zuneigung auf Leo, den Manager, geworfen. Ein Wechsel, der friedlich vonstattenging, jetzt wohnt sogar die ganze Band in Lionels Apartment, aus Sparsamkeitsgründen. Den Erfolg ihrer Debüt-Single »American Lion« (die bis auf Nr. 37 der Charts geklettert ist) konnten sie bislang nicht wiederholen. Irgendwie schafften es Lionel und Monday, den ganzen Abend Händchen zu halten. Ich fragte Monday nach ihrem Familiennamen, und sie sagte, sie hätte keinen. Und wie war er, bevor du ihn abgelegt hast?, beharrte ich. Also, da hieß ich Smith. Und ich bin Logan Brown, erwiderte ich.

Ich begleitete die beiden zu ihrem Apartment, und Lionel bat mich herein, um mich der Band vorzustellen. Zwei von den Mitgliedern waren da, darunter der eine, den ich schon getroffen habe, und außerdem drei Mädchen, alle etwa in Mondays Alter. Die Einrichtung besteht im Wesentlichen aus einem halben Dutzend Matratzen mit bunten Wolldecken. Zum ersten Mal in meinem Leben empfand ich wegen Lionel ein Gefühl der Erleichterung: Er hat sich also von Lottie und den Edgefields freigemacht. Hier interessiert es nun wirklich niemanden, dass er ein Baronet und der Enkel eines Grafen ist. Er hat einen Platz gefunden, wo er er selbst sein kann. Ich spürte auch ein wenig Neid, als ich hinterher auf der Straße nach einem Taxi suchte und mir vorstellte, dass sie jetzt alle zusammen ins Bett gingen. Zweifellos schlafen sie miteinander, wenn ihnen danach ist, und finden überhaupt nichts dabei. Plötzlich kam ich mir uralt vor.

1964

Donnerstag, 30. Januar

Eins meiner seltenen heimlichen Treffen mit Gail. Mit zunehmendem Alter* treten ihre Züge schärfer hervor, und ich sehe immer deutlicher Alannah in ihr. Ihr Haar ist lang, wie es jetzt Mode zu sein scheint, aber ihr liebenswerter Charakter ist unverändert. Sie trifft alle Vorbereitungen für unsere Zu-

---

* 1964 war Gail siebzehn Jahre alt.

sammenkünfte mit gedämpfter Stimme am Telefon: »Komm zum Imbiss an der Ecke Madison Avenue, 79th Street. Ich kann eine Stunde.« Wir setzen uns dann nach hinten (ich mit dem Rücken zur Tür), und sie raucht eine Zigarette zum Kaffee. Im Kunstunterricht ist sie gut, und sie möchte auf eine Kunstschule, aber Alannah und Peterman wollen nichts davon wissen. »Zu schade, dass du von Mom geschieden bist«, sagte sie mit fast erwachsener Bitterkeit. »Du bist ein viel interessanterer Stiefvater. Selbst Arlene (sie verdreht die Augen dabei) denkt das.« Sie zählt meine Vorzüge auf: Engländer, beschäftigt in der Kunstbranche, kennt all die tollen Künstler, hat schon überall gelebt, Romane geschrieben, im Gefängnis gesessen. Ich fange bald selbst an zu glauben, dass ich ein Pfundskerl bin, und verspreche ihr, dass ich immer für sie da sein werde, wenn sie mich braucht. Dann gebe ich eine Erklärung ab, die mir den Hals zuschnürt, und ich nehme ihre Hand. Wir waren jahrelang eine Familie, sage ich. Ich habe euch Mädchen lieb, und ich habe gesehen, wie ihr groß geworden seid. Niemand kann mir das wegnehmen. Die Tatsache, dass ich und deine Mutter nicht miteinander zurechtgekommen sind, hat nichts mit uns beiden und unseren Gefühlen füreinander zu tun. Ich bin für dich da, sage ich, wann immer du mich brauchst, das gilt für jetzt und alle Zeiten. Ich sehe die Tränen in ihren Augen und wechsle das Thema. Aus irgendwelchen Gründen frage ich sie, wo sie war, als JFK erschossen wurde. In der Schule, sagt sie, in der Mathestunde. Der Direktor kam herein und überbrachte die Nachricht. Alle fingen an zu weinen, auch die Jungs. Wo warst du? Ich habe gerade mit Ben in Paris telefoniert. Er muss den Fernsehapparat im Blick gehabt haben, denn plötzlich sagte er: »Mein Gott, eben haben sie deinen Präsidenten erschossen.« Ich erwiderte: »Ja, ja. Sehr witzig, Ben.« Dann hörte ich Helma in der Galerie schreien, und ich wusste, dass es stimmte.

Donnerstag, 27. Februar

Achtundfünfzig Jahre alt. In Zukunft werde ich diese Bilanzierungen vermeiden – zu deprimierend.

Gesundheit: Leidlich. Keine weiteren Zähne verloren. Seit Monaten keine Dexedrintabletten genommen. Alkohol besser unter Kontrolle. Ich beschränke mich auf einen Cocktail zu Mittag, aber abends trinke ich wahrscheinlich noch immer zu viel. Zigaretten: Eine Schachtel am Tag, wenn ich nicht weggehe. Ein wenig Übergewicht, ein wenig Bauch. Haarwuchs: abnehmend, ergrauend. Der frühere LMS ist aber noch erkennbar, im Unterschied zu Ben Leeping etwa, der nun ein dicker alter Mann mit Vollglatze ist.

Sexleben: dementsprechend. Naomi Mitchell [Kuratorin am Museum of Modern Art] meine gegenwärtige Freundin. Respektvolles, tolerantes Verhältnis – könnte etwas lebhafter sein. Wir treffen uns ein-, zweimal die Woche, wenn es der Terminkalender erlaubt.

Seele: Ein bisschen deprimiert. Aus irgendwelchen Gründen sorge ich mich mehr um meine Zukunft. Ich könnte für immer in New York bleiben und Leeping Fils weiterführen, solange ich will oder kann. Mein Gehalt ist gut, mein Apartment bequem. Meine Produktion und mein Einfluss als Journalist sind erfreulich groß. Ich bewege mich in interessanter, kultivierter Gesellschaft; ich reise nach Europa, wann ich will, ich habe eine kleine Wohnung in London. Worüber also beklage ich mich? – Vermutlich habe ich nicht erwartet, dass mein Leben einen solchen Verlauf nehmen würde. Was ist aus den Träumen und Vorsätzen meiner Jugend geworden? Was ist aus den großartigen Büchern geworden, die ich einmal schreiben wollte?

Ich glaube, der Fluch meiner Generation war der Krieg, dieses »große Abenteuer« (für diejenigen, die ihn überlebten, ohne verstümmelt zu werden), das mitten in unsere besten Jahre hineinplatzte. Er dauerte so lange und brach unser Leben in zwei Hälften, in ein »Davor« und ein »Danach«. Wenn ich mich im Jahr 1939 sehe und dann an den Mann denke, der ich 1946 war, zerstört von einer furchtbaren Tragödie ... Konnte ich da weitermachen, als wäre nichts geschehen? Vielleicht habe ich nicht das Schlechteste aus dem gemacht, was mir vergönnt war. Ich habe die LMS-Show am Laufen gehalten – und für *Oktett* ist immer noch Zeit.

[Juni]

Lionel ist tot. Na bitte, ich kann die Worte hinschreiben. Ein dummer, sinnloser Unfall, an dem niemand schuld ist außer ihm selbst. So ist es passiert:

Monday rief mich eines Morgens um sechs Uhr an, jammernd, weinend, schreiend: Leo geht es schlecht, er wacht nicht mehr auf, er bewegt sich nicht. Ich befahl ihr, einen Arzt zu rufen, sprang in ein Taxi und raste nach Downtown. Der Arzt war schon da, als ich eintraf, und erklärte mir, dass Lionel tot sei. Erstickt an seinem Erbrochenen.[*]

Er hatte Streit mit Monday, und sie war weggegangen, um die Band spielen zu sehen, irgendwo in Brooklyn. Lionel hatte schon vor ihrem Weggehen Speed genommen und getrunken, und es fanden sich eine leere Ginflasche und etliche Bierbüchsen in der Küche. Im volltrunkenen Zustand war er auf einer der Matratzen bewusstlos geworden und mit unglücklich gelagertem Kopf liegen geblieben – offenbar in einem durch Amphetamine und Alkohol hervorgerufenen Koma. Als sein Körper rebellierte und er sich erbrach, bewirkten seine Bewusstlosigkeit und sein verdrehter Kopf ...

---

[*]   Lionel Leggatt starb am 28. Mai 1964.

das heißt, er ist erstickt. Sein Mageninhalt ergoss sich in die Luftröhre, und er erstickte daran. Armes Dummchen. Armer trauriger Lionel.

Ich rief Lottie an. Sie schrie. Dann sagte sie mit gepresster, raspelnder Stimme – und das werde ich ihr nie, nie verzeihen –, sie sagte: »Du Schwein. Das ist alles deine Schuld.«

Zur Beerdigung kamen etwa vierzig Leute, ich kannte fast niemanden, und es war anrührend, Lionels kleine Welt zu sehen, die sich da zusammenfand. Lottie schickte einen Kranz. Ich schob mich an Monday heran, und wir weinten ausgiebig zusammen. Sie sagte, sie hätte gerade Geburtstag – sie ist neunzehn geworden –, und das sei der Grund ihres Streits gewesen. Sie wollte den Geburtstag am Lake Tahoe feiern, er wollte nach New Orleans. Sie sagte, sie könne nun nicht mehr in seinem Apartment bleiben, also bot ich ihr mein Gästezimmer an. Seitdem wohnt sie bei mir, und ich glaube, es tut uns beiden gut. Sie trägt Lionels Exemplar der *Villa am See* (»Er hat dieses Buch geliebt, Logan«) immer mit sich herum wie einen Talisman.

[Juli]

Ich habe beschlossen, diesen Sommer nicht nach London und Italien zu reisen, und stürze mich bewusst in die Arbeit, indem ich, wie ich meine, kluge Ankäufe tätige – ein wenig Pop-Art und viel von den abstrakten Expressionisten der zweiten Generation, während die Mode wechselt und Museen und Sammler Jagd auf Warhol, Dine, Tazzi, Oldenburg und so weiter machen.

Monday arbeitet in einem Café im Village, und wir gehen gleichzeitig aus dem Haus. Sie hat ihre eigenen Schlüssel, kommt und geht, wann sie will. Abends ist sie aber meistens zu Hause, muss ich sagen. Ich mag ihre Anwesenheit – sie ist gutherzig und unkompliziert. Wir sehen fern, wir bestellen Pizza oder etwas Chinesisches, wir sprechen über Leo. Sie war überrascht, dass er ein Sir Lionel war (»Wenn wir geheiratet hätten, wäre ich da so was wie 'ne Lady geworden?«). Sie hat mich in die subtilen Genüsse des Marihuana eingeweiht, dafür nehme ich so gut wie keine Barbiturate und Schlaftabletten mehr. John Francis Byrne begrüßt diese Entwicklung. Wenn ich abends weggehe – zu einer Vernissage oder Dinnerparty –, bleibt Monday auf, bis ich zurück bin. Ich wünschte, ich hätte Mystic House behalten, aber wir fühlen uns trotz der Hitze ganz wohl hier. Zum Wochenende bekomme ich viele Einladungen, doch ich glaube nicht, dass ich mich mit Monday im Schlepptau bei den Heubers oder bei Ann Ginsberg zeigen kann – ich erzähle ihnen einfach, dass ich an einer Sache schreibe.

[August]

Probleme. Ich wachte um sechs Uhr morgens auf und ging in die Küche, um mir Kaffee zu machen. Monday stand vor dem offenen Kühlschrank, verschlafen, zerzaust und völlig nackt. Sie nahm einen Karton Orangensaft heraus und ging an mir vorbei, zurück in ihr Zimmer. »Hi, Logan«, sagte sie, als wenn nichts wäre.

Leider kann ich nicht so tun, als würde mir das nichts ausmachen. Vielleicht war diese ungezwungene Nacktheit im Zusammenleben mit Lionel, den Bandmitgliedern und deren Freundinnen etwas ganz Normales, aber für mich ist es so, als hätte jemand einen Kippschalter betätigt, und plötzlich bin ich mir bewusst, dass ich die Wohnung mit einer hübschen Neunzehnjährigen teile. Der Anblick ihres Körpers verfolgt mich. Die ganze Atmosphäre in der Wohnung hat sich total verändert, sie ist jetzt voller Spannung, mit Sex aufgeladen.

Herr im Himmel, Mountstuart, du könntest ihr Großvater sein! Ja, ich bin aus Fleisch und Blut, ich kann's nicht ändern. Heute Abend habe ich sie heimlich beobachtet, als sie sich im Wohnzimmer aufhielt, in einer Illustrierten blätterte, ihren Eistee schlürfte. Wegen der Hitze setzte sie sich an die Klimaanlage, um dem kühlen Luftstrom näher zu sein. Sie erzählte mir von irgendeinem Gast, über den sie sich geärgert hat – ich hörte nicht zu. Ich schaute sie an. Beim Erzählen raffte sie ihr langes Haar mit beiden Händen hinter den Ohren zusammen und drehte es auf dem Kopf zur Spirale, damit die Luft ihren feuchten Nacken kühlte. Als sie die Arme hob, sah ich, wie sich ihre Brüste unter dem T-Shirt hoben. Mein Mund wurde trocken, meine Zunge schwoll an, und ich wurde von einem Verlangen gepackt, das so eindeutig war, dass mir der Atem stockte. Ich begehrte sie, ich wollte ihren kräftigen jungen Körper unter mir spüren – oder auf mir oder einfach neben mir.

Beim Abendessen ergriff ich entsprechende Maßnahmen. Ich sagte, ich müsse geschäftlich nach London und Paris, für etwa sechs Wochen, und es sei vielleicht angenehmer für sie, während meiner Abwesenheit zu Freunden zu ziehen. »Und was wird aus der Wohnung?«, fragte sie überrascht. »Aus deinen Sachen? Den Pflanzen?« Ich melde mich wieder bei der Firma an, sagte ich. (Ich habe den Vertrag mit der Putzfirma gekündigt, als Monday zu mir zog. Warum?) »Nein, nein, ich kümmere mich um die Wohnung. Ich möchte es gern«, versicherte sie. Sie leckte einen Spritzer Tomatensoße vom Daumen. Diese spontanen kleinen Gesten bereiten mir jetzt unsägliche Qualen. Gut, sagte ich. Großartig. Wenn dir das nicht zu einsam ist. Hauptsache, du fühlst dich wohl.

Freitag, 21. August

Gestern Nacht ist es passiert. Es ging nicht anders. Es war unvermeidlich und wundervoll. Wir hatten beide viel getrunken. Ich stand in der Küche, sie kam von hinten, legte die Arme um mich und schmiegte den Kopf an meinen Rücken. Ich dachte, ich breche zusammen. Sie setzte eine »leidende« Stimme auf: »Du wirst mir fehlen, Logan.« Ich drehte mich um. Ich hätte aus Stein sein müssen, ich hätte ein Eunuch sein müssen, um mich in einer solchen Situation zu beherrschen. Wir küssten uns. Wir gingen in mein Schlafzimmer, zogen uns aus und liebten uns. Wir rauchten einen ihrer Joints und liebten uns erneut. Am Morgen wachten wir auf, liebten uns, aßen Frühstück. Jetzt ist sie zur Arbeit, und ich schreibe das auf. Sie sagt, sie hat es so gewollt, von Anfang an. Um Leo irgendwie näher zu sein. Mein Gott. Aber sie hat eingesehen, dass ich nicht dafür zu haben war, und es respektiert. Die Freundschaft hat ihr genügt. Dann wurde alles anders, sagte sie, plötzlich merkte sie, dass auch ich sie wollte, es war nur eine Frage der Zeit. Das war der Vorfall in der Küche, als sich der Kippschalter umlegte. Wenn die Sache auf Gegenseitigkeit beruht, verstehen sich Mann und Frau instinktiv und ohne Worte. Sie müssen gar nichts tun, aber das Wissen um ihr gemeinsames Verlangen ist in der Welt – es ist wie eine Neonreklame, die verkündet: Ich will dich, ich will dich, ich will dich.

Dienstag, 25. August

Überquerte die Park Avenue auf dem Weg zur Arbeit und dachte an Monday, da sah ich zu meiner Linken die Injektionsspritze des Chrysler Building in der Morgensonne glitzern – ein silbernes Art-Deco-Raumschiff kurz vor dem Start. Ist das mein Lieblingsanblick in Manhattan?

Donnerstag, 27. August

Halb sieben Uhr abends. Ich komme von der Arbeit und gehe mit der Aktentasche durch meine Straße, da sehe ich einen Mann im Leinenanzug, der, die Hände in die Hüften gestemmt, mein Haus anstarrt. Kann ich Ihnen helfen?, frage ich. Er hatte ein schlaffes, faltiges Gesicht mit dunklem Bartschatten und hätte dringend eine Rasur gebraucht. Ja, sagt er. Wohnt hier eine Laura Schmidt? Ich schüttle den Kopf und sage, dass hier niemand so heißt – und ich alle meine Nachbarn kenne. Danke, sagt er und geht. Jetzt kenne ich Mondays richtigen Namen. Ich beschließe, mein Wissen vorerst für mich zu behalten.

Samstag, 29. August

Das nun ist aus der Sache geworden. Wie konnte ich so sorglos sein? Gestern Morgen ging ich wie immer mit Monday aus dem Haus, da stand der Mann im Leinenanzug auf der Straßenseite gegenüber, und ein anderer mit Strohhut. Monday sieht sie und läuft davon wie ein Hase, Richtung Lexington Avenue. Der Strohhut brüllt: »Laura, Liebling, warte!«, und sie wollen ihr nach. Ich stelle mich vor sie, mit ausgebreiteten Armen, und halte sie auf. He! Was zum Teufel geht hier vor? Inzwischen ist Laura/Monday schon um die Ecke und nicht mehr einzuholen. Der Strohhut schreit mich an: »Sie Dreckstück! Sie perverses Schwein! Das ist meine Tochter!« Na und? Warum sagen Sie mir das? »Weil sie sechzehn Jahre alt ist. Darum sage ich Ihnen das, Sie widerliches Stück Scheiße!« Ich weiche einen Schritt zurück. Nein, nein, nein, widerspreche ich. Sie hat gesagt, sie ist neunzehn. Wir haben ihren neunzehnten Geburtstag gefeiert. »Wir rufen die Polizei«, zischt der Mann im Leinenanzug. »Sie englischer

Verlierer!« VERLIERER!, brüllt er noch einmal, bevor sie sich davonmachen.

Ich gehe in die Wohnung zurück und versuche, mich zu beruhigen. Tod und Teufel noch mal! Sie sieht wie fünfundzwanzig aus und nicht wie neunzehn, geschweige denn sechzehn. Wie kann ich in meinem Alter, aus meiner Distanz abschätzen, dass eine Neunzehnjährige in Wirklichkeit sechzehn ist? Selbst Lionel konnte das nicht. Diese Mädchen, diese jungen Frauen werden so schnell erwachsen. Schau dir Gail an – ich würde sagen, sie ist Anfang zwanzig. Aber all diese Rechtfertigungen machen die Sache nicht ungeschehen. Ich rufe Jerry Schubert an und erkläre die Lage. Er hört mir zu. Das sieht nicht gut aus, Logan, sagt er tonlos. Das Mindestalter im Staat New York ist siebzehn. Ob mit ihrer Einwilligung oder ohne – sie können dich wegen sexuellen Missbrauchs drankriegen. Sexueller Missbrauch? Was soll ich tun, Jerry?, frage ich. Ich schwöre dir, dass sie gesagt hat, sie ist neunzehn – und sie sieht älter aus als neunzehn. Er schweigt. Was soll ich tun? Er darauf: Das habe ich dir jetzt nicht gesagt. Aber wenn ich du wäre, würde ich aus der Stadt verschwinden. So schnell wie möglich.

Und so kommt es, dass ich hier im heißen, unklimatisierten London sitze, im vorderen Zimmer meiner Wohnung in der Turpentine Lane.

Ich legte den Hörer auf, packte das Nötigste in drei Koffer, warf alles weg, was im Kühlschrank war, stellte die Pflanzen auf die Feuertreppe und rief ein Taxi. Ich hielt an der Galerie, gab die Schlüssel ab und sagte, ich müsse ganz plötzlich nach Europa. Ich ließ mich nach Idlewild* bringen und löste ein TWA-Ticket nach London. Ich rief Mondays Café an, um ihr eine Nachricht ausrichten zu lassen. Erstaunlicherweise war

---

* Am 24. Dezember 1963 umbenannt in John F. Kennedy Airport.

sie da. Sie werden zu dir kommen, sagte ich. Wenn sie wissen, wo du wohnst, wissen sie auch, wo du arbeitest. Mir egal, erwiderte sie. Ich klärte sie über meine Abreise auf, gab ihr meine Londoner Adresse und Telefonnummer und beschwor sie, bis zu ihrem siebzehnten Geburtstag zu ihren Eltern zurückzukehren. Woher kommst du?, fragte ich sie. Alameda, erwiderte sie. Wo ist das? Ein kleiner Ort am Rand von San Francisco. Geh zurück nach Alameda, sagte ich. Schreib mir, sag mir, wann du wirklich siebzehn wirst. Sie weinte. Ich liebe dich, Logan, sagte sie. Ich liebe dich auch, erwiderte ich, und die Lüge ging mir nur zu leicht über die Lippen.

*Das afrikanische
Tagebuch*

In den nachfolgenden Monaten versuchte Logan Mountstuart, seine Angelegenheiten von London aus zu regeln. Er schrieb Briefe an Freunde, Helma räumte seine Wohnung nach seinen Anweisungen, verkaufte die Möbel, packte seine Besitztümer in Kisten und verschiffte sie nach London. Bankkonten wurden gekündigt, Rechnungen bezahlt und dergleichen. Seines Wissens war kein Haftbefehl gegen ihn erlassen worden, der Skandal zog keine größeren Kreise, gerichtliche Vorladungen blieben aus. Helma berichtete lediglich von zwei Herren, die in der Galerie nach ihm gefragt und die Auskunft erhalten hätten, er sei nach Europa zurückgekehrt. In Paris traf er Ben Leeping, der ihm erklärte, er solle sich keine Sorgen machen, er würde schon einen Ersatzmann für ihn finden, der die New Yorker Galerie leiten würde. lms verkaufte seine Sammlung an Leeping Frères, um für den Anfang über genügend Bargeld zu verfügen. Naomi Mitchell schrieb er, er habe plötzlich nach London zurückkehren müssen, und erhielt eine höflich-bedauernde Antwort. Weder war er am Boden zerstört, noch war sie es, ganz offenkundig. Alles schien mehr oder weniger geregelt. Aber lms fühlte sich trotzdem nicht wohl in seiner Haut. Ständig rechnete er damit, dass der lange Arm der amerikanischen Justiz über den Atlantik greifen und ihn zurückzerren würde. Aus diesem Grund bewarb er sich im Frühjahr 1965 um einen Dozentenposten für englische Literatur am University College von Ikiri in Nigeria. Er führte in London ein Bewerbungsgespräch und bekam die Stelle prompt angeboten. Seine Freunde erklärten ihn für verrückt, aber er sagte, er brauche Veränderung. Außer Jerry Schubert und der Fami-

lie Schmidt erfuhr niemand den wahren Grund seiner über-
stürzten Flucht aus New York. Am 30. Juni 1965 reiste er nach
Nigeria ab. Das afrikanische Tagebuch beginnt 1969.

1969

Sonntag, 20. Juli

David Gascoyne[*] hat mir einmal gesagt, ein Tagebuch hat nur
dann Sinn, wenn man sich auf das Persönliche konzentriert,
auf die Kleinigkeiten des Alltags, und die großen, bedeutenden Ereignisse, die die Welt bewegen, vergisst. Das steht sowieso alles in der Zeitung, sagte er. Wir wollen nicht wissen,
dass »Hitler in Polen einmarschiert« ist – wir sind viel neu-
gieriger darauf, was du zum Frühstück gegessen hast. Außer
natürlich, du warst dort, als Hitler in Polen einmarschierte
und er dich beim Frühstücken gestört hat. Da hat er wohl
recht, aber heute hielt ich es für angebracht, wieder einmal
zum Tagebuch zu greifen, und sei es nur, weil ich in meinen
afrikanischen Garten hinausging und zum Mond hinaufsah.
Ich sah zum Mond hinauf, um über die Tatsache zu staunen,
dass zwei junge Amerikaner auf seiner Oberfläche herumlaufen. Selbst Gascoyne würde mir das zugestehen.

Es war eine klare und helle Nacht. Der gute alte Mond
hatte einen Hof, weiß leuchtete er am samtig schwarzen
Himmel. Ich ging tiefer in den Garten hinein, weiter weg
vom Lichtschein des Hauses, in Richtung der Casuarina-
Kiefern am Ende des Fahrwegs, wo es den Abhang hin-
aufgeht. Die riesigen Bäume wisperten in der sanften Brise.
Ich stampfte mit den Füßen, weil mir plötzlich die Gefahr

---

[*]   David Gascoyne (1916–2001), Dichter und Übersetzer.

von Schlangen und Skorpionen bewusst wurde, und blickte staunend nach oben.

Ich hatte die Nachrichten des BBC World Service gehört, mit den üblichen atmosphärischen Störungen, und zum ersten Mal wünschte ich mir, ich hätte einen Fernsehapparat. Vielleicht hätte ich nach nebenan zu Kwaku* gehen sollen. Aber im Zweifelsfall halte ich mich lieber an meine Phantasie.

Es war ein seltsames, schwindelerregendes Gefühl, nach oben zu starren und mir die Männer auf dem Mond vorzustellen. Ich war traurig und fühlte mich ein wenig beschämt. Traurig deshalb, weil es wohl kein besseres Beispiel dafür gibt, mit welchem Tempo das Leben einem Mann meines Alters davongaloppiert. Vier Jahre vor meiner Geburt hatten sich die ersten Flugmaschinen aus Sperrholz und Leinwand gerade in die Lüfte erhoben. Und nun stehe ich in diesem afrikanischen Garten, siebenundsechzig Jahre nach den Wright-Brüdern, schaue zum Mond hinauf und frage mich, wie es sein mag, von dort herunterzuschauen. Und beschämt war ich bei dem Gedanken, dass wir armseligen, zerfahrenen Kreaturen zu solchen Leistungen fähig sind. Diese Betrachtungen sind banal, ich weiß, aber deshalb nicht weniger zutreffend. Dennoch sind sie wahrscheinlich ein Beweis dafür, dass Gascoyne recht hatte. Bedeutende Ereignisse verlieren tatsächlich etwas durch ihre Schilderung. Zum Abendessen hatte ich ein Käseomelett und eine Flasche Bier.

Ich ging ins Haus zurück, schloss die Tür ab und schreibe dies nun an meinem Schreibtisch im großen Zimmer. Durch das Moskitonetz im Fenster sehe ich Samsons Zigarette im Garageneingang glimmen [Samson Ike, der Nachtwächter von LMS]. Alles ist ruhig, alles in der Welt ist wohl bestellt. Ende nächster Woche fliege ich zum ersten Mal seit zweiein-

---

* Dr. Kwaku Okafor, Nachbar von LMS.

halb Jahren nach London. Ich glaube, alle juristischen Bedenken kann ich nun getrost zurückstellen. Die Laura-Schmidt-Affäre dürfte endlich vorüber und vergessen sein. Ich habe gewiss nichts zu befürchten.

Freitag, 25. Juli

Turpentine Lane. Am Ende der Straße hat sich in meiner Abwesenheit eine Autowerkstatt etabliert. Musik dröhnt vom Vorplatz herüber, wo junge Mechaniker an verbeulten Autos herumklopfen und -stochern. Wegen des Lärms muss ich die vorderen Fenster geschlossen halten, obwohl ich den Sommer heiß und zermürbend finde. Ins Obergeschoss ist eine Sikh-Familie eingezogen – nette, hilfsbereite Leute, aber sie haben drei kleine Kinder, die den ganzen Tag nichts anderes zu tun haben, als über mir hin und her zu laufen. Ich habe Sehnsucht nach meinem geräumigen afrikanischen Haus mit der schattigen Veranda und dem achttausend Quadratmeter großen Garten.

Ich lasse die Wohnung renovieren und über den Korkfliesen einen Teppichboden verlegen. Bis auf den Picasso über dem Kamin behält sie ihre spartanisch-nüchterne Atmosphäre. Aber ungeachtet des Lärms und der Unruhe dieser Stadt fühle ich mich hier sehr zu Hause. War der Kauf dieser bescheidenen kleinen Wohnung das Klügste, was ich in meinem zerfahrenen Leben getan habe? Nachts sitze ich im Sessel, lese und höre Musik. In den nächsten Wochen meines Urlaubs werde ich die wenigen alten Freunde besuchen, die mir geblieben sind – Ben, Oliver, Noel, Wallace –, und ein paar geschäftliche Dinge erledigen. Ich bin relativ flüssig im Moment – einen großen Teil meines Gehalts in Ikiri kann ich sparen –, aber mir ist mit einem Mal zu Bewusstsein gekommen, wie sehr meine Rücklagen geschrumpft sind. Wallace hat ein Treffen mit dem Redakteur eines neuen Wochenblatts für Politik und Wirtschaft mit dem Titel *Polity* (unglücklich, aber hochgestochen genug) vereinbart. Sie brauchen einen, der über Biafra und den Krieg schreibt.[*]

Montag, 4. August

Wallace will Ende des Jahres aufhören – dann ist er fünfundsechzig. Großer Gott. Die Agentur wird weiter seinen Namen tragen, und er bleibt ihr als Berater verbunden, aber geführt wird sie von einer jungen Frau namens Sheila Adrar. Ich habe sie kennengelernt: Sie ist Mitte dreißig und hat eine etwas berechnende, geschäftige, hektische Art. Und einen übertrieben festen Händedruck, wie ich finde. Ein hageres, totenschädelartiges Gesicht. Wallace tat sein Bestes, um mich zu empfehlen, »ein uralter Freund«, »Teil dieser großartigen Tradition« und so weiter, aber es war offensichtlich, dass sie keine Ahnung hatte, wer ich bin, und in mir kaum eine Bereicherung für ihre Firma sieht. Beim Essen mit Wallace teilte ich ihm meine diesbezüglichen Bedenken mit, und er wand sich ein wenig, doch er musste mir zugestehen, dass ich recht habe. »Es hat sich alles geändert, Logan«, sagte er. »Das Einzige, was noch zählt, sind Umsatz und Vorschüsse.« Wenn das so ist, hat sich ja nichts geändert, erwiderte ich, es ging immer nur um Umsatz und Vorschüsse. Das schon, sagte Wallace, aber früher haben die Verleger wenigstens so getan, als wäre es anders. Jedenfalls hat er bei *Polity* einen guten Vertrag für mich herausgeschlagen: zweihundertfünfzig Pfund Fixum und fünfzig Pfund

---

[*] Der nigerianische Bürgerkrieg oder Biafrakrieg hatte 1967 begonnen, als sich die östlichen Teilstaaten Nigerias von der Republik abspalteten und damit den größten Teil der Ölreserven für sich beanspruchten.

pro zweitausend Wörter, wobei die tatsächliche Länge des Artikels proportional verrechnet wird.

Der Redakteur ist ein bärtiger Emeritus, ein Schotte, der ein bisschen aussieht wie D. H. Lawrence und Napier Forsyth heißt. Etwas dogmatisch und humorlos, dachte ich zuerst, doch als ich ihm sagte, dass er mich an DHL erinnert und dass ich diesem öfter begegnet bin, taute er auf. Der Bart von DHL war rötlicher, sagte ich, und er vertrug keinen Alkohol. Ich glaube, das hat den Ausschlag gegeben: Forsyth war glücklich, jemanden einzustellen, der Lawrence noch persönlich gekannt hat. Sicherheitshalber fügte ich hinzu, dass ich so gut wie alle kannte – Wells, Bennett, Woolf, Huxley, Waugh, Hemingway und Joyce. Während ich die Namen einwarf, weiteten sich seine Augen, und ich kam mir vor wie ein Museumsstück, auf das man in der *Polity*-Redaktion mit den Fingern zeigte: »Siehst du den alten Knaben da drüben? Der hat noch persönlich ...« Forsyth verbindet große Hoffnungen mit seinem Blatt: gute Finanzierung, gute Autoren, eine Welt in Aufruhr, die rationaler Erklärung bedarf. Ich lobte seinen Eifer – der frische Eifer neuer Redakteure in aller Welt, der vorhält, bis die Schecks platzen.

Donnerstag, *21. August*

La Fucina. Ohne Cesare und Enzo[*] lernt man Glorias Grenzen kennen: Der Garten ist verwildert, die Hunde haben die Herrschaft im Haus übernommen. Alles sieht verlottert aus, zerkratzt und zerbissen. Gloria scheint plötzlich alt geworden, ihr Gesicht ist bleich und faltig, ihr Körper von einem Husten geschüttelt, der von ganz tief unten kommt. Ich machte den Fehler, die Küche zu betreten, und ergriff sofort

---

[*] Cesare di Cordato starb 1965 im Alter von 77 Jahren.

die Flucht. Alles war verdreckt und verschmiert, der Fußboden vollgestellt mit Fressnäpfen voll Hundefutter.

Trotzdem: Auf der schattigen Terrasse zu sitzen, Backgam-
mon zu spielen und Campari zu trinken, während draußen
die toskanische Sonne glüht, besänftigt immer den Geist.
Zwei Freundinnen von Gloria sind auch da – von der Insel
Lesbos, würde ich sagen, aber trotzdem eine amüsante Gesellschaft. Margot Tranmere (Mitte fünfzig) und Sammie (?)
Petrie-Jones (Mitte sechzig). Sie haben ein Haus in Umbrien
und leben ganz komfortabel, vermutlich vom Vermögen der
Petrie-Jones. Sie rauchen und trinken, dass ich mir fast wie
ein Abstinenzler vorkomme. Sammie behauptet, *Die Mädchenfabrik* gelesen zu haben. (»Ich bin enttäuscht: Den Autor
hatte ich mir ganz anders vorgestellt.«)

Eines Abends, als sie schon im Bett waren, sagte Gloria zu
mir: Vielleicht sollte ich Lesbierin werden. Was meinst du?
Vor Überraschung ließ ich beinahe mein Glas fallen. Du? Das
ist doch nichts, was man sich zulegt wie einen neuen Hut,
dafür muss man eine Veranlagung haben, sagte ich. Aber
ich mag die Vorstellung, dass ein strammes junges Ding für
mich sorgt, wenn ich alt und krank bin, meinte sie. Ich auch,
erwiderte ich und versicherte ihr, dass sie, Gloria, die wohl
heterosexuellste Frau ist, die ich je getroffen habe – und bekam einen Schreck, als ich Tränen in ihren Augen sah. Aber
schau dir meine Ehen an, sagte sie. Der erste war ein Schwein,
der zweite ein Tattergreis. Und was soll ich sagen?, entgeg-
nete ich und begann meine Fehlschläge aufzuzählen. Wer
fragt schon nach dir?, rief sie. Dir geht es gut. Dir ist es immer
gut gegangen. Aber was wird aus mir?

Sonntag, *14. September*

Ikiri. Das Semester ist schon voll im Gange. Habe meine dritte Vorlesung über den »Englischen Roman« gehalten – Jane Austen (vorher Defoe und Sterne). Ich bin froh, wieder in Afrika zu sein, wieder in meinem Haus Danfodio Road Nr. 3. Der Campus ist großzügig und mit Sinn für eindrucksvolle Sichtachsen angelegt. Es gibt ein Haupttor mit einer breiten Palmenallee, diese führt zu einem Gebäudekomplex, der von einem hohen Glockenturm überragt wird. Hier befinden sich die Verwaltung, die Mensa, der Studentenclub, das Theater. Der Stil ist modern und funktional – weiße Wände, rote Ziegeldächer. Vier Wohnheime säumen die Allee – drei für männliche, eines für weibliche Studenten –, und von dieser Hauptachse gehen schattige Straßen ab, die zu den einzelnen Fakultäten führen – Humanwissenschaften, Jura, Pädagogik, Naturwissenschaften – sowie zu den Wohnhäusern des Lehrkörpers. Dort gibt es auch einen Club mit Bar und Restaurant, drei Tennisplätze und einen Swimmingpool. Und am äußeren Rand des Campus liegen die Unterkünfte des Personals (sprich: der Dienerschaft). Eine gepflegte, gut geführte, ein wenig künstliche Welt. Wer etwas Exotisches sucht, die Realität, das wahre Nigeria, muss drei Meilen bis Ikiri fahren oder die halsbrecherische Fahrt nach Ibadan wagen, das eine Stunde entfernt liegt und wo es Clubs, Casinos, Kinos, Kaufhäuser und ein paar ausgezeichnete libanesische und syrische Restaurants gibt – sowie die *louches amusements* einer afrikanischen Großstadt.

Mein Haus ist ein flacher Zweizimmer-Bungalow inmitten eines zugewachsenen Gartens, der von einer mannshohen Weihnachtssternhecke umgeben ist. Casuarina-Kiefern, Wollbäume, Avocadosträucher, Guaven-, Jasmin- und Papayabäume wuchern unverschämt wie Unkraut. Das Haus hat einen braunen Betonfußboden und eine lange Veranda, die mit Gaze gegen die Moskitos bespannt ist. Ich habe einen Koch – Simeon –, einen Hausboy – Isaac –, sein Bruder Godspeed ist der Gärtner, und dazu kommt noch der Nachtwächter Samson.

Auf der Rückfahrt vom Flughafen Lagos wurde ich aufgehalten. Wir wurden drei- oder viermal von Straßensperren des Militärs gestoppt, das Auto wurde durchsucht. Alle vier erwarteten mich voller Angst. »Willkommen bei Ihrer Familie, Sar«, sagte Simeon, und ich schüttelte ihnen die Hand. Er freute sich, dass ich wieder da war, und hatte sich Sorgen gemacht, dass ich wegen des Krieges nicht zurückkommen würde.

Donnerstag, 25. September

Habe meinen ersten Artikel für *Polity* abgeschickt. Er versucht zu analysieren und zu erklären, warum der Krieg theoretisch im Sommer 1967 mit der Einnahme der biafranischen Hauptstadt Enugu hätte enden müssen, aber nach zwei Jahren noch immer weiterwütet. Napier möchte alle zwei Wochen etwas von mir haben, was gerade so zu schaffen ist. Das Honorar wird an die Agentur überwiesen, die es auf meinem Londoner Konto deponiert.

Heute Nachmittag war ich mit Dr. Kwaku im Golfclub von Ikiri und habe mit ihm neun Löcher gespielt. Kwaku hat gewonnen, drei und zwei. Er ging die Strecke intelligenter an als ich, indem er flache hüpfende Bälle mit dem Eisen in die »Browns« (Teer, gemischt mit Sand) hineinschoss – ein idealer Untergrund fürs Putten. Danach setzten wir uns auf die Clubhausterrasse und tranken Star Beer – große kalte grüne Flaschen, beschlagen von Kondenswasser. Über meinen Artikel nachdenkend, fragte ich ihn nach seiner Meinung, warum der Krieg weitergeht. Er sagte, wenn man eine Rebellenarmee hat, die um ihr Leben kämpft, gegen eine andere Armee, die nicht kämpfen will und mit Bier und Zigaretten dazu überredet werden muss, dann ziehen sich die Kämpfe eben sehr lange hin. Er zuckte die Schultern. Welche Seite hat nichts zu verlieren?

Der Tag war diesig und verhangen. Die Sonne, als sie unterging, war ein dunstiger orangeroter Ball über dem Regenwald. Die Fledermäuse begannen über uns ihren huschenden, zuckenden Flug. Dr. Kwaku ist über vierzig, hat ein breites, derbes Gesicht und eine beginnende Glatze. Er ist Ghanaer, sagt er, er kann mir die Nigerianer nicht erklären.

[Oktober]

Mir fehlt New York mehr, als ich geglaubt hätte. Ich vermisse diese herrlichen Frühlingstage. Die Dampfsäulen, die aus den Gullilöchern aufsteigen und von der schrägen Morgensonne beleuchtet werden. Die Querstraßen mit den in voller Blüte stehenden Kirschbäumen. Die Imbisse und Coffeeshops, wo sich die Zeit zu verlangsamen scheint. Es gab einen Coffeeshop auf der Madison Avenue, in der Nähe der Galerie, den ich immer besuchte: Ich glaube, sie stellten mit Vorliebe verkalkte Greise als Kellner an, die sich besonders langsam und schwankend bewegten und sehr leise sprachen. Alle Hektik war vergessen, eine merkwürdige Stille lag über dem Café. Die Zeit gehorchte den Kellnern und nicht umgekehrt.

Die Erinnerungen an meine amerikanischen Jahre wurden ausgelöst durch eine Fahrt nach Ibadan mit Polly [McMasters]*, wo wir Shirley MacLaine in *Sweet Charity* sahen. Danach gingen wir in ein syrisches Restaurant und aßen Würz-

---

* Eine Kollegin vom Institut für englische Literatur.

lamm mit Rosinen. Als ich sie an ihrem Haus absetzte, bat sie mich noch auf einen Drink herein, und ich wusste – man weiß es immer –, dass sie mehr als das im Sinn hatte. Ich sagte nein, danke, gab ihr einen Kuss auf die Wange und fuhr weiter in die Danfodio Road.

Polly ist eine übergewichtige, etwas schlampige Frau über vierzig, nie verheiratet gewesen, klug (hat über die Dramatiker der Restaurationszeit promoviert) und vielleicht meine beste Freundin hier. Wir sind uns einig in unserem Widerwillen gegen die ausgetrocknete Kokosnuss[*], aber ich will kein Verhältnis mit ihr. Dennoch bringt mir die Sache zu Bewusstsein, dass ich seit August 1964 (Monday) mit keiner Frau mehr geschlafen habe. Die Erinnerung daran ist mir geblieben, aber trotzdem fehlt mir nichts. Das Alter? Eher reizt mich da die Frau eines Angestellten beim Institut für Romanistik. Eine große, ernste Marokkanerin oder Tunesierin, die ich oft mit ihren kleinen Kindern im Club sehe. Sie spielt regelmäßig Tennis, sehr verbissen und konzentriert. Danach kommt sie in den Club, ihr Hemd ist schweißnass, sodass ihr BH durchscheint. Wir haben uns noch nicht kennengelernt, aber sie hat schon angefangen, meine Blicke zu erwidern. Du alter Bock.

Isaac ist auf einen zweiwöchigen Urlaub nach Hause in den Osten gefahren. Seine Eltern wohnen in einem Dorf bei Ikot-Ekpene, wo viele Kämpfe stattgefunden haben. Er hat gehört, dass das Dorf von den Bundestruppen befreit wurde, und will sehen, ob sein Elternhaus noch steht. Die meisten Zerstörungen haben die wahllosen Bombardements und nicht so sehr Artilleriebeschuss angerichtet, und es ist eher die nigerianische Luftwaffe als die Armee, die den Zorn der

---

[*]   Spitzname des glatzköpfigen Donald Camrose, Professor für Anglistik in Ikiri.

Zivilbevölkerung erregt. Die Luftwaffe besitzt ein paar Staffeln russischer Mig 15, die von ostdeutschen und ägyptischen Söldnern geflogen werden. Ich sah eine Reihe dieser Flugzeuge am Flughafen Lagos, als ich zurückkam. Gedrungene olivgraue Maschinen mit großer Düsenöffnung am Bug, die aussieht wie ein offenes Maul. Hier kursiert der Witz, dass die Piloten folgendermaßen instruiert wurden: Legitime Ziele erkennt man an den roten Kreuzen, die auf die Dächer gemalt sind. Hospitäler waren bis jetzt die bevorzugten Ziele der Luftwaffe, aber seit die Biafraner die roten Kreuze übermalen, werden die Märkte bombardiert, die ebenfalls leicht aus der Luft zu identifizieren sind. Übrigens war dies das Thema meines letzten Artikels für *Polity*. Er hat, Napier zufolge, einige Unruhe ausgelöst, und er will, dass ich eine vollgültige Akkreditierung beim Informationsministerium in Lagos erwirke.

[November]

Lagos. Pressekonferenz im Informationsministerium. Ein smarter junger Captain mit Oxbridge-Akzent schob die mangelnden Erfolge der nigerianischen Armee auf die in diesem Jahr besonders niederschlagsreiche Regenzeit. Ein polnischer Reporter erzählte mir, dass jede Nacht eine Super-Constellation mit Waffen und Munition nach Biafra einfliegt. Sie wird »Grey Ghost« genannt, und die Lieferungen halten Biafra am Leben, während das Territorium immer weiter schrumpft. Tatsächlich ist die biafranische Armee so gut bewaffnet und ausgerüstet wie nie zuvor, und das zu verteidigende Gebiet ist so klein geworden, dass die Truppenkonzentration sehr hoch ist. Als der junge Captain nach den hungernden Frauen und Kindern befragt wurde, stritt er ab, dass es ein Ernährungsproblem gibt. Alles biafranische Propaganda, behauptete er.

Ich übernachte im Flughafenhotel, dem Ikeja Arms, und fliege morgen nach Ibadan zurück. Ich mag dieses alte Hotel mit seiner großen, halbdunklen Bar, in dem sich Flugpersonal und Stewardessen tummeln, wenn sie außer Dienst sind. Sie sorgen für den kleinen Hauch Mondänität, der den Weltenbummler immer wieder an Wasserlöcher wie dieses zieht. Man füge ein wenig Tropennacht hinzu, reichlich Alkohol, ein Land im Bürgerkrieg – und schon ist mir so, als könnte jeden Augenblick Ernest Hemingway hereinkommen.

Freitag, 14. November

Ein völlig fassungsloser Simeon kam zu mir und sagte, er hat Nachricht von zu Hause, dass Isaac von einer biafranischen Rekrutierungspatrouille eingefangen wurde. Sie ziehen jeden, den sie finden, zur Armee ein und machen nicht viel Umstände: »Jeder, der einen Penis hat, wird genommen«, sagt Simeon. Und nach ein paar Tagen Grundausbildung werden sie an die Front geschickt. Er bat um Erlaubnis, loszufahren und nach ihm zu suchen. Ich sagte ihm, dass er mein Auto benutzen darf.

Später. Ich habe meine Pläne geändert und komme mit. Als ich den 1100er* zur Werkstatt fuhr, um ihn für Simeon vollzutanken, kam mir die Idee. Das war meine Chance, *Polity* einen echten Knüller zu liefern. Also tankte ich den Wagen auf und verstaute drei Extrakanister im Kofferraum. Dann fuhr ich zur Bank, hob zweihundert nigerianische Pfund ab und kehrte nach Hause zurück, um Simeon in meinen neuen Plan einzuweihen. Mit weißer Tünche habe ich PRESS auf die Frontscheibe gemalt, und ich habe eine kleine nigerianische

---

* LMS hatte seinem Vorgänger einen Austin 1100 abgekauft.

Flagge gekauft und an der Antenne befestigt. Morgen früh
vor dem Hellwerden fahren wir los. Wir wollen auf Nebenstraßen nach Benin und dann das Niger-Delta hinunter nach
Port Harcourt und uns so nahe wie möglich an Ikot-Ekpene
heranarbeiten. Nach meiner Schätzung ist es eine Fahrt von
alles in allem vierhundert Meilen, für die wir bei den nigerianischen Straßenverhältnissen zwei Tage brauchen werden.
In Nigeria haben Zeit und Entfernung eine andere Relation
als anderswo. Zum Beispiel sind es etwa hundert Meilen von
Ikiri nach Lagos, aber man rechnet vier Stunden für die Fahrt:
eine halsbrecherische, nervenaufreibende Fahrt auf der ge-
fährlichsten Landstraße der Welt.

Samstag, 15. November

Benin, Hotel Ambassador-Continental. Benin wurde 1967,
in den ersten Tagen des Krieges, in einer Blitzkriegsoperation
von den Biafranern besetzt; es war das einzige Mal, dass sie
große Teile des nigerianischen Territoriums erobern konnten. Ich erinnere mich an die Panik, die sogar die Universität
erfasste. Dr. Kwaku ließ sich einen Splittergraben im Garten
anlegen, für den Fall von Luftangriffen. Der Einmarsch dauerte nicht lange, aber die biafranische Armee rückte bis auf
hundert Kilometer auf Lagos vor.

In der Hotelbar sehe ich die Bilder der nigerianischen
Fernsehnachrichten. Bundestruppen besetzen ein biafrani-
sches Dorf. Große, dicke Soldaten mit Gewehren, in ihren
Uniformen noch riesiger, stoßen kleine, ausgemergelte und
zerlumpte Männer vor sich her.

Die Fahrt hierher ging ziemlich glatt, nur einmal wurden
wir von einer Straßensperre gestoppt. Ich zeigte meine Akkreditierung, meinen Pass und sagte »Presse« zu dem jungen
Soldaten, der sich durchs Fenster beugte. »BBC?«, fragte er.

Ich nickte, und wir wurden durchgewinkt. Das entscheidende Zauberwort. »Polity« hätte wohl kaum diese Wirkung gehabt.

Simeon erklärte mir, dass er den Krieg ablehnt, weil er kein Ibo ist. Er nennt ihn den »Ibo-Krieg«. Er selbst ist ein Ibibo – die sprechen eine andere Sprache als die Ibo, wie auch die Efik und Ijaw, die Ogoni Annang und viele andere Stämme, die von den herrschenden Ibo als »Biafraner« vereinnahmt werden. Sie wollen nicht zu Biafra gehören, sagt Simeon. Sie wollen nicht die Sklavenweiber der Ibo-Männer sein.

Simeon schläft im Auto, ich habe ein Zimmer im dritten Stock mit Blick auf einen leeren Swimmingpool. Das Hotel ist voll von Ausländern verschiedener Nationen, die meisten sind keine Militärs – es sind russische Techniker, italienische Bauarbeiter, libanesische Geschäftsleute, britische »Berater«. Ich fragte einen stämmig aussehenden Engländer, wie man an die Front kommt, und er sagte, es gibt keine Frontlinie, nur ein paar Straßen Richtung Biafra, auf denen Soldaten zu sehen sind. Wenn man Gewehrfeuer hört oder die Soldaten einen nicht durchlassen, kann man davon ausgehen, dass man an der Front ist.

Aß ein wenig Huhn mit Reis im Speisesaal und ging auf ein letztes Bier in die Bar zurück. Dort vergnügten sich ein paar betrunkene Offiziere der Bundesarmee mit ihren Mädchen. Nahm eine Schlaftablette und ging ins Bett.

Sonntag, 16. November

Wir kamen durch Warri und erreichten den Stadtrand von Port Harcourt. Viel Militär auf den Straßen und auch der bizarre Anblick einer seetüchtigen Jacht auf einem Panzertransporter – irgendeine Kriegsbeute, vermute ich, die zum Jachthafen von Lagos verschleppt wird. Auf Simeons Rat hin

verließen wir die Hauptstraße in Elele und fuhren in etwa
östlicher Richtung weiter. In Benin haben wir gehört, dass
Ikot-Ekpene von den Biafranern zurückerobert ist und dass
die Front nun auf der Straße von Aba nach Owerri verläuft.
Simeon meint, wenn wir nach Aba durchkommen, kann er
sich auf einem Buschpfad allein zu seinem Dorf durchschla-
gen. Einmal wurde es brenzlig, als wir an einer einsamen
Straßensperre von jungen Soldaten, die nach Bier stanken
und theatralisch mit den Gewehren fuchtelten, aus dem Auto
geholt wurden. Ich besänftigte sie mit Geld und Zigaretten, und sie erzählten uns, dass die anderen Presseleute im
Roundabout Hotel in der Nähe der Stadt Manjo wohnen, die
südlich von Aba liegt. Ankunft gegen vier Uhr nachmittags.
Beim Aussteigen hörte ich schon das dumpfe Grummeln der
Artillerie von Norden her. Simeon wollte sofort aufbrechen.
Er zog sich aus bis auf die Shorts, ich gab ihm etwas Geld,
und er verschwand im Dschungel, ohne Angst zu haben, wie
mir schien. Vermutlich war er froh, dass er endlich etwas zu
tun bekam, und schließlich ist er hier zu Hause. Ich sagte ihm,
dass ich drei Tage warte, wenn es mir möglich ist, spätestens
dann muss ich zurück.

Ich quartierte mich im Roundabout ein und bekam ein
primitives, insektenverseuchtes Zimmer mit rohen Beton-
wänden. Das Einzelbett hat graue Nylonbettwäsche, und
die Stromversorgung ist sehr lückenhaft. Das Hotel steht
an einer halbfertigen Kreuzung mit Kreisverkehr, daher der
Name. Eine Schotterstraße mündet in den Kreisverkehr
und setzt sich danach fort. Andere Straßen, die dem Kreisverkehr einen Sinn geben könnten, sind noch nicht gebaut.
In der Nähe liegt ein Versorgungsdepot für die Truppen,
die Ikot-Ekpene entweder von Neuem besetzen oder ihre
dortige Stellung ausbauen. Die Hotelbar, die fast das ganze
Erdgeschoss einnimmt, ist von lila und grünen Neonlampen

beleuchtet, und fast den ganzen Tag sitzen dort gelangweilte Prostituierte mit Afro-Frisur und sehr kurzen Miniröcken herum. Ab und zu erhebt sich ein Mädchen, kommt herübergeschlurft und bietet sich lustlos an. Es ist heiß in der Bar, die Deckenventilatoren sind fast alle kaputt, aber das Bier ist ein wenig gekühlt.

Heute Abend gegen acht hielt ein Jeep vor dem Hotel und brachte zwei Journalisten. Der eine ist der Pole, den ich in Lagos getroffen habe – Zygmunt Skarga –, der andere ein dürrer, zappliger Engländer mit langem blondem Haar und Spiegelbrille. Er war offensichtlich sauer, mich hier zu treffen, und fragte sofort, ob ich für die *Times* arbeite. Als ich *Polity* sagte, wirkte er erleichtert – »Gutes Blatt«, sagte er. Er heißt Charles Scully. Wir redeten ein wenig beim Bier. Scully ist in Biafra gewesen und scheint ein begeisterter Anhänger von Ojukwu* zu sein. Zygmunt war vorsichtiger. Er argumentierte, dass die Abtrennung eine gute Sache sein mag, aber wenn man fünfundneunzig Prozent der nationalen Ölreserven für sich beansprucht, muss man sich nicht wundern, dass es Kämpfe gibt. Da wurde Scully ganz wild – Nigeria sei eine künstliche Nation, viktorianische Landvermesser hätten die Grenzen willkürlich auf der Landkarte festgelegt, Biafra sei eine ethnische und stammesmäßige Einheit und habe daher das Recht auf Unabhängigkeit. Hier brachte ich Simeons Argument an, dass es noch andere Stämme gibt, die dem Ibo-Mann nicht dienen wollen wie Sklavenweiber. Das machte Scully noch wütender, und er stellte mir die beleidigende Frage, wie lange ich überhaupt schon in Nigeria bin. Als ich sagte, vier Jahre, änderte er seinen aggressiven Ton ein wenig – er ist erst sechs Wochen im Lande.

---

* Der Führer von Biafra, ein Ibo.

Montag, *17. November*

Heute Morgen mit Zygmunt zu einem Interview mit Colonel »Jack« Okoli, dem selbsternannten »Black Lion« der nigerianischen Armee, der den Angriff an der Straße von Aba nach Owerri geführt hat. Ein stattlicher, durchtrainierter Mann mit dem dünnen Oberlippenbärtchen eines Filmidols. Er nahm nie die Sonnenbrille ab, hatte zwei Automatikpistolen am Gürtel, trug Schaftstiefel aus Wildleder und war durchdrungen von der unerschütterlichen Siegesgewissheit aller militärischen Führer. Ich fragte ihn, ob er Ikot-Ekpene besetzt hat. »Meine Jungs räumen jetzt dort auf«, sagte er und hörte gar nicht mehr auf, von seinen »Boys«, seinen »Kerlen«, seinen »Männern« zu reden. Zygmunt erzählte, dass Okoli genug Lebensmittel dorthingeschafft hat, um ein ganzes Warenhaus zu füllen. Colonel Jack sagt voraus, dass der Krieg bis Weihnachten vorbei ist. Ich frage mich, wie viele Militärs sich im Lauf der Geschichte mit dieser Behauptung gebrüstet haben.

Öder Nachmittag im Roundabout Hotel. Saß unter dem einzigen funktionierenden Deckenventilator der Bar, trank Bier und sah den Militärfahrzeugen beim Passieren des überflüssigen Kreisverkehrs zu. Sprach mit der jungen Prostituierten Matilda. Sie wollte mit mir aufs Zimmer. Es ist mir zu heiß, sagte ich, und ich bin ein alter Mann. Sie wollte mir einen Liebestrank besorgen, von dem ich hart werde wie ein Stock. Ich gab ihr ein Pfund, spendierte ihr eine Fanta und fragte sie, was nach dem Krieg passieren wird. »Nichts«, sagte sie. »Alles wird so wie vorher.«

Scully erzählte mir, dass »Harold Wilson«[*] in Biafra ein Fluch, ein Schimpfwort ist. Er hat ein sterbendes Mädchen Worte flüstern hören, die ihm bekannt vorkamen, und ist nä-

---

[*] Harold Wilson, damaliger britischer Premierminister.

her herangegangen. Sie hat »Harold Wilson Harold Wilson Harold Wilson« geflüstert, immer und immer wieder. Sie starb mit seinem Namen auf den Lippen, sagte Scully und fügte hinzu: »Stellen Sie sich vor, so etwas auf dem Gewissen zu haben.« Er hat persönlich an Wilson geschrieben und ihm mitgeteilt, wie verhasst er hier ist. Nicht mal Hitler hat es so weit gebracht, dass sein Name zum Schimpfwort wurde, sagte Scully. Ich wollte erwidern, dass man Harold Wilson nicht mit Hitler gleichsetzen kann, aber für einen Streit war es mir zu heiß. Scully ist gegen die britische Unterstützung für Nigeria, und das so sehr, dass er ein Buch über den Krieg und die Rolle der Briten schreibt, das er *Komplizen des Völkermords* nennt. Als Schriftsteller sind wir Kollegen, sagte ich und wünschte ihm Glück. Er staunte nicht schlecht, dass ich Romane veröffentlicht habe. »Ich kannte sogar Hemingway«, warf ich ein, um zu sehen, wie das auf ihn wirkte, aber er zeigte sich nicht beeindruckt. Dieser Betrüger, sagte er. Er fragte mich, ob ich jemals Camus getroffen habe. Leider nein, musste ich ihm antworten.

Zygmunt will morgen mit Okoli an die Front. Wir können auch mitkommen, sagte er, aber Scully verzichtet, weil er nach Lagos zurückfährt. Er will nach Abidjan an der Elfenbeinküste und von dort mit einem der Versorgungsflugzeuge mitfliegen, die jede Nacht nach Biafra einfliegen. Kommen Sie doch mit, Mountstuart, sagte er, da kriegen Sie genug Material für Ihren nächsten Roman. Ich bedankte mich und sagte, dass ich hier auf einen Freund warten muss.

Dienstag, 18. November

Zygmunt und ich fuhren in Okolis Jeep die Straße von Aba nach Owerri entlang. Colonel Jack trug eine Safarijacke und ein Käppi mit roter Kokarde und setzte die Sonnenbrille kein einziges Mal ab. Wir hielten an einer Stellung und sahen zu, wie in den Busch gefeuert wurde. Dann überholten wir Marschkolonnen, die sich nordwärts quälten. Wir kamen in ein Dorf, das verlassen aussah, aber Colonel Jack schickte seine Leute los, die die verbliebene Bevölkerung aus den Häusern trieben, vorwiegend Frauen und Kinder. Sie wirkten sehr nervös und verstört und standen mit gesenkten Köpfen da, während Colonel Jack den schwarzen Teufel Ojukwu verfluchte und sie beglückwünschte, dass sie von der nigerianischen Armee befreit wurden. Er schob ein junges Mädchen zu mir und Zygmunt hinüber. Sie trug ein Baby auf der Hüfte, mit einem aufgetriebenen Bauch und großen Glotzaugen und einer Rotznase, die von Fliegen wimmelte. Sie spricht Englisch, sagte Colonel Jack. Zygmunt fragte sie, ob sie froh darüber sei, dass die biafranische Armee aus dem Dorf vertrieben wurde. »Nigeria muss einig bleiben, drum werden wir den Feind vertreiben«, antwortete sie.

Wir aßen mit Colonel Jack unter einer Zeltplane, die er am Straßenrand aufspannen ließ. Campingmöbel wurden aufgestellt, es gab Rindergulasch mit Yams, den wir mit Johnny Walker herunterspülten. Colonel Jack war in Sandhurst gewesen und fragte mich nach den Londoner Stadtteilen, die er kannte, nach Casinos und nicht mehr existierenden Nachtclubs, die er als Kadett besucht hat. Er fragte mich, ob ich bei der Armee war, und ich sagte, Nein, bei der Marine, der Royal Navy, im Zweiten Weltkrieg. »Welcher Dienstgrad?«, fragte er. Fortan redete er mich nur noch mit »Commander« an.

Nach dem Essen fuhren wir eine Lateritstraße hinauf, bis wir zu zwei Panzerwagen englischer Bauart kamen und etwa hundert Soldaten, die an den Straßenrändern saßen, alle mit Zweigen an den Helmen, die der Tarnung dienten. Das ist der nördlichste Vorposten der Bundesarmee an der Südfront, sagte Jack. Er ging beiseite und besprach sich mit dem Captain, der von zwei Zivilisten mit gezückten Macheten begleitet wurde, danach legte er, um uns zu erfreuen, einen Wutanfall hin, schnauzte seine Leute an, beschimpfte sie als Vollidioten, als Waschweiber, als Insekten, denen man mit Pestiziden zu Leibe rücken müsse. Die Panzerwagen starteten, die Männer rappelten sich träge hoch, und die Kolonne setzte sich in Bewegung, um weiter ins Rebellengebiet vorzustoßen.

Colonel Jack zufolge haben die Zivilisten gemeldet, dass der ganze biafranische Widerstand in diesem Gebiet zusammengebrochen ist, weil Ojukwu persönlich die Hinrichtung von vier Einheimischen befohlen hat, denen Kannibalismus vorgeworfen wurde. »Er hat ihnen vorgeworfen, biafranische Soldaten gefressen zu haben«, sagte Colonel Jack. »Der Mann muss wirklich ein Vollidiot sein.« Der Vorwurf bedeutet für den betroffenen Stamm eine ungeheuerliche Beleidigung, und er stellte sofort alle Unterstützung für die Rebellen ein – kein Proviant, kein Wasser, keine Führer für die verschlungenen Buschpfade. Die Angehörigen des Stammes helfen jetzt den nigerianischen Truppen.

»Und so gewinnt man einen Krieg«, erklärte uns Colonel Jack auf der Rückfahrt ins Roundabout Hotel. »Man muss nur einen falschen Vorwurf zur falschen Zeit in die Welt setzen. Heute sind wir zwölf Meilen vorgerückt.« Er schlug mir auf die Schulter, er war bester Laune. »Ich verspreche Ihnen, Commander, noch vor Weihnachten wird man mich Brigadier Jack nennen.«

Eben hat Matilda an meine Tür geklopft. »Hallo, Sar. Die Liebe ruft.« Ich habe ihr noch ein Pfund geschenkt, für eine Fanta in der Bar. Keine Nachricht von Simeon. Wie lange soll ich auf ihn warten?

Mittwoch, *19. November*

Am Vormittag habe ich meinen *Polity*-Artikel getippt, Über-schrift: »Ein Tag an der Front mit Colonel Jack.« Bin recht zufrieden damit. Zygmunt ist nach Nsukka zur Nordfront abgereist. Er glaubt, dass man von dort besser nach Biafra hineinkommt – er will Ojukwu treffen, bevor der Krieg zu Ende ist.

Zu Mittag bekam ich Röstbananen und eine ordentlich ge-kühlte Flasche Star Beer – köstlich.

Heute Nachmittag drei Migs der nigerianischen Luftwaffe im Tiefflug. Matilda machte eine verächtliche Handbewe-gung. »Sieh mal, sie nix mehr Angst.«

Später. Am Nachmittag kam Simeon zurück. Sein Eltern-haus ist geplündert, leergeräumt, aber es steht noch. Seine Familie versteckt sich weiter im Busch und misstraut beiden Armeen. Kein Lebenszeichen von Isaac, aber Simeon scheint nicht beunruhigt. Der Busch ist voll von biafranischen Deserteuren, sagt er, und Isaac ist auch bei ihnen, sicher und wohlbehalten. Er war merkwürdig aufgekratzt, daher nehme ich an, dass er seine Mission erfolgreich beendet hat. Morgen früh fahren wir nach Ikiri zurück. Matilda möchte von uns nach Benin mitgenommen werden: Sie hat die mageren Um-sätze im Roundabout Hotel gründlich satt.

1970

Samstag, *17. Januar*

Isaac ist aus dem Krieg zurück. Als ich zum Frühstück auf die Veranda kam, stand er da, strahlend in Khaki-Shorts und weißem T-Shirt. Er ist dünn geworden, sein Kopf ist kahl geschoren, aber Schlimmeres ist ihm offenbar nicht passiert. Erst eine Woche vor Kriegsende ist ihm die Flucht gelungen, weil seine Kompanie die Landebahn für die Nachschubflüge in Uli bewachen musste. Als die Bundestruppen immer näher rückten, wurde er ihnen entgegengeschickt, mit einer Handgranate und fünf Runden Munition (als Wache hatte er nur eine Runde zur Verfügung). Im Busch zog er sofort die Uniform aus, warf das Gewehr weg und floh südwärts in sein Dorf.

Der Krieg sei deshalb so schnell zu Ende gewesen, sagt er, weil ein führender Medizinmann wegen »stellvertretenden Mordes« (das waren Isaacs Worte) hingerichtet wurde. Alle biafranischen Kommandeure stützten sich auf den Rat der Medizinmänner und der so genannten Propheten – ohne Zustimmung der Medizinmänner wurde kein militärischer Befehl erteilt –, und als der Führer dieser Sekte hingerichtet wurde, weigerten sich die Offiziere an der Südfront, den Kampf fortzusetzen. Die erschöpften biafranischen Soldaten ließen ihre Stellungen im Stich und liefen einfach davon, als sie sahen, dass ihre Offiziere demoralisiert waren. Die nigerianischen Truppen marschierten singend ein, die Gewehre auf dem Rücken. Wieder ein guter Tag für Colonel Jack, ohne Zweifel.

Freitag, 27. Februar

Vierundsechzig Jahre alt. Mein Geburtstag fand in völliger Anonymität statt, was mir nur recht war. Beeinträchtigt wurde er nur durch die ausgetrocknete Kokosnuss, die in der Institutsversammlung alle daran erinnerte, dass ich die Universität am Ende des nächsten Studienjahres verlasse und dass dann ein neuer Dozent für den englischen Romankurs gebraucht wird. »Unser lieber Logan wird leider in den

Ruhestand treten. Wir verlieren unseren Oxfordianer.« Man murmelte Beileid und Glückwünsche. Polly schaute ein wenig schockiert zu mir herüber: Bisher hatte sie in mir nicht den Beinahe-Rentner gesehen. Ich bin auch gar kein übler Anblick, muss ich sagen. Die Bräune steht mir gut, und ich trinke nur noch Bier in letzter Zeit – sagen wir, fast nur –, weshalb ich wohler aussehe und etwas runder um die Hüften geworden bin.

Heute Nachmittag spielte ich die üblichen neun Löcher mit Kwaku. Ich eröffnete ihm, dass ich die Universität nächstes Jahr verlassen muss, und fragte vorsichtig an, ob hier vielleicht Chancen auf einen anderen Job bestehen. Er sagte mir ganz offen, dass das fast aussichtslos ist. – Sie würden Ihr Haus verlieren, sagte er, nur ein Viertel Ihres Gehalts bekommen. Da müssten Sie schon nach Ibadan gehen, wenn nicht gar nach Lagos.

Aus irgendeinem Grund will ich nicht weg von Afrika – ich habe mich an das Leben hier gewöhnt. Großbritannien und Europa kommen mir seltsam abweisend vor. Aber ich sehe ein, dass die Jobchancen für einen fünfundsechzigjährigen Engländer mit einem drittklassigen Oxford-Abschluss sehr schlecht sind. Also heißt es zurück nach London, zurück in die Turpentine Lane. Muss ich eben sehen, wie ich mir meinen Lebensunterhalt mit Schreiben zusammenkratze.

[Juli]

Nach dem Schwimmen im Pool des Clubs lief ich zur Danfodio Road zurück und ließ die Sonne auf mein unbedecktes Haupt niederbrennen. Ich öffnete eine Flasche Star Beer und setzte mich auf die Veranda. Dann ging ich in den Garten und lief die Grundstücksgrenze ab, strich mit der Hand über die Baumstämme – die Casuarinen, die Guaven, die Wollbäume,

die Avocados, die Frangipani –, als wäre diese letzte Berüh-
rung, diese flüchtige Liebkosung eine Art des Abschieds von
meinen Bäumen, von meinem Leben in Afrika. Das metal-
lische Zirpen der Zikaden dröhnte mir in den Ohren, der
schwache Luftzug wehte mir den Staubgeruch des verdorr-
ten Rasens in die Nase. Ich drückte die Stirn an einen Papaya-
stamm und schloss die Augen. Dann hörte ich Godspeed,
meinen Gärtner, mit besorgter Stimme fragen: »Sar – Sie
gehen gut?« Nein, wollte ich sagen, mir ist zumute wie nie
wieder gehen gut.

Das zweite
Londoner Tagebuch

Im Juli 1971, am Ende des Sommersemesters, kehrte Logan Mountstuart nach London zurück und nahm seinen Wohnsitz wieder in der Turpentine Lane, Pimlico. Er hatte nur seine Altersrente und seine Ersparnisse (die paar Jahre Beitrag zur Pensionskasse der Universität Ikiri reichten höchstens für ein Almosen), also wandte er sich erneut dem früheren Beruf des freien Schriftstellers zu, und das mit Eifer, wenn nicht gar mit Begeisterung. Polity, *seine Haupteinnahmequelle, ging 1972 ein, und seine Agentin Sheila Adrar zeigte wenig Erfolg (oder Eifer) im Bemühen, einen Vorschuss für sein langgehegtes Romanvorhaben* Oktett *zu erwirken. Udo Feuerbach behielt ihn als Londoner Korrespondenten von* revolver, *und Ben Leeping, der an Prostatakrebs litt, bezahlte ihn für gelegentliche Beratertätigkeiten. Langsam, aber sicher geriet lms immer tiefer in die finanzielle Misere. Das zweite Londoner Tagebuch beginnt im Frühjahr 1975.*

1975

Mittwoch, 23. April

Heute habe ich dieser Schlampe Adrar gekündigt. Ich ging in die Agentur, um ein paar Zeitungsartikel zu kopieren, die ich für meine *Oktett*-Recherchen brauche. Es fing damit an, dass das Mädchen am Empfang nicht glauben wollte, dass ich ein Klient der Agentur bin – bis sie irgendwo meine Akte fand. Ich wies darauf hin, dass Wallace Douglas persönlich mir die

Erlaubnis gegeben hat, die Büroeinrichtung zu nutzen, wann immer ich möchte. Jedenfalls machte ich mich ans Kopieren, spürte aber deutlich das Getuschel und die aufkommende Panik im Büro. Wer ist dieser alte Knochen im Nadelstreifen? Was bildet der sich ein? Wollen wir die Polizei rufen? Endlich erschien Sheila Adrar in Person, wohl frisiert und proper im blauen Kostüm mit kurzem Rock. »Logan«, sagte sie mit ihrem breitesten und falschesten Lächeln, »wie wundervoll, Sie hier zu sehen.« Dann bot sie mir ihre Hilfe an, sammelte die losen Blätter ein und las den Zähler der Kopiermaschine ab. Zweiundsechzig Kopien, sagte sie. Zwei Pence die Kopie, das macht ein Pfund vierundzwanzig. Sehr amüsant, Sheila, sagte ich, nahm ihr die Kopien ab und ging zur Tür. Ich möchte bitte das Geld, Logan, sagte sie. Wir sind hier kein Wohltätigkeitsverein. Da ging ich in die Luft. Wie können Sie es wagen?, sagte ich. Haben Sie überhaupt eine Vorstellung, wie viel diese Agentur an mir verdient hat? Und Sie besitzen die Unverfrorenheit, mir diese paar Kopien zu berechnen. Sie sollten sich schämen. – Seit dem Zweiten Weltkrieg haben Sie der Agentur nichts mehr gebracht, erwiderte sie. Gut!, brüllte ich. Das reicht. Sie sind gekündigt, dieser ganze beschissene Laden kann mich mal! Ich gehe zu einer anderen Agentur. Mit diesen Worten zog ich ab.

Ich ging in einen Pub, um mich zu beruhigen, und stellte fest, dass meine Hände zitterten – aus purem Zorn und nicht aus Schwäche, möchte ich betonen. Gleich morgen früh rufe ich Wallace an und teile ihm mit, was passiert ist. Vielleicht kann er mir einen anderen Agenten empfehlen.

Ich bin froh, das Tagebuch wieder hervorgeholt zu haben, selbst wenn der Anlass unerfreulich ist. Ich fürchte, es wird ein Dokument des Niedergangs, ein Blick auf die Londoner Literaturszene aus der Perspektive eines überalterten Skribenten. Diese Schlussakte im Leben eines Schriftstellers werden gewöhnlich unterschlagen, weil sie zu beschämend, zu traurig, zu banal sind. Aber gerade deshalb erscheint es mir umso wichtiger, jetzt, nach allem, was war, die Tatsachen so festzuhalten, wie ich sie erlebe. Kein Landhaus, kein von Ehrungen überhäufter Lebensabend, kein gebührender Respekt einer dankbaren Nation und keine Entschädigung für eine Tätigkeit, die ich jahrzehntelang ausgeübt habe. Wenn irgendein verlogener Blutsauger wie diese Adrar es wagt, von einem wie mir ein Pfund vierundzwanzig zu verlangen, dann betrachte ich das als wirklichen Wendepunkt – nicht wegen ihrer Unverfrorenheit, sondern weil ich das Geld tatsächlich nicht bezahlen konnte. Ein Pfund vierundzwanzig, mit Bedacht eingesetzt, kann mich drei Tage lang ernähren. Das ist das Niveau, auf das ich gesunken bin.

Hier also die Bilanz. Vermögen: Ich bin Eigentümer einer Kellerwohnung in der Turpentine Lane, Pimlico, einschließlich der Möbel. Ich besitze etwa tausend Bücher, zunehmend abgetragene Kleidung, eine Armbanduhr, Manschettenknöpfe usw. Einkommen: Meine Bücher sind sämtlich vergriffen, daher sind die Tantiemen gleich null. Ich erhalte die staatliche Grundrente mit einem unbedeutenden Aufschlag von wöchentlich nicht ganz drei Pfund aus dem Pensionsfonds der Universität Ikiri. Honorareinkünfte: sporadisch.

Ausgaben: Betriebskosten, Gas, Strom, Wasser, Telefon, Lebensmittel, Kleidung, Fahrkosten. Ich habe kein Auto und fahre mit dem Bus oder der U-Bahn. Ich habe keinen Fernsehapparat (Miete und Gebühren sind zu hoch – ich höre lieber Radio und spiele meine Schallplatten ab). Die einzigen Laster, die ich habe, der einzige Luxus meines Lebens sind Alkohol und Zigaretten und gelegentliche Kino- und Kneipenbesuche. Ich lese die Zeitungen, die ich im Bus oder in der U-Bahn finde.

Mit gelegentlichen Artikeln oder Beraterjobs für Leeping

Fils halte ich mich gerade so über Wasser. Letztes Jahr habe ich an die sechshundert Pfund verdient. In diesem Jahr habe ich bis jetzt einen Artikel über Rothko geschrieben (fünfzig Pfund), ein Buch über den Bloomsbury-Kreis rezensiert (fünfundzwanzig Pfund) und eine private Gemäldesammlung für Ben begutachtet (zweihundert Pfund).

Ich esse sehr bescheiden: Corned Beef (das kulinarische Leitmotiv meines Lebens), Baked beans und Kartoffeln. Eine Büchse kondensierte Suppe, gut verdünnt, kann auf vier oder fünf Mahlzeiten gestreckt werden. Ein Teebeutel, entsprechend genutzt, ergibt drei Tassen dünnen Tee. Und so weiter. Gott sei Dank hatte ich einen guten Schneider. Meine letzten Anzüge von Byrne & Milner werden bei sorgfältiger Pflege noch viele Jahre halten. Unterwäsche, Socken und Hemden werden gelegentlich (selten) hinzugekauft. Ich wasche meine Sachen mit der Hand und trockne sie im Winter vor dem Gaskamin, im Sommer auf einem Gestell im Kellerschacht. Auslandsreisen verbieten sich, sofern sie nicht komplett von anderen finanziert werden. Gloria zum Beispiel hat mich für diesen Sommer nach La Fucina eingeladen, ich könne so lange bleiben, wie ich wolle. Ich schrieb ihr, dass ich mir die Fahrkosten nicht leisten kann, und da sie mir nicht angeboten hat, sie zu übernehmen, gehe ich davon aus, dass sie ähnlich knapp bei Kasse ist.

Ich trinke noch – Cider, Bier und den billigsten Wein – und habe mir angewöhnt, meine Zigaretten selbst zu drehen.

Tagsüber gehe ich in die öffentliche Bibliothek, um meine Recherchen für *Oktett* fortzusetzen oder hin und wieder einen Artikel zu schreiben. Am Abend tippe ich sie in die Maschine. Dann höre ich Radio oder Schallplatten und lese. Zwei- oder dreimal die Woche gehe ich auf ein Glas Bier in meine Stammkneipe, The Cornwallis. Was ich besitze, ist meine Gesundheit, meine Unabhängigkeit, ich schulde nie-

mandem etwas. Alles, was ich tue, ist – überleben. Das ist der
Alltag eines älteren Literaten, hier in London, im Jahr 1975.

[NACHTRAG 1982: Damals habe ich es nicht notiert, aber
wenn ich in diesen Jahren wirklich abgebrannt war, habe ich
manchmal an den Mr Schmidt denken müssen, der mir an
dem Morgen in New York, als Monday / Laura die Flucht
antrat, VERLIERER! zubrüllte. Du englischer Verlierer ... Ich
vermute, das war die größte Beleidigung, die er sich vorstellen konnte. Aber auf einen Engländer – oder einen Europäer –
hat so eine Beschimpfung offenbar keine große Wirkung. Wir
alle wissen, dass wir am Ende verlieren werden, und so geht
dieser Invektive das Beleidigende ab. Nicht so in den USA.
Vielleicht ist das der große Unterschied zwischen den zwei
Welten, diese Auffassung vom Verlierertum. In der Neuen
Welt ist das Ausdruck absoluter Schande – in der Alten Welt
weckt es höchstens schmerzliche Sympathie. Was würde Titus Fitch zu diesem Thema sagen?]

Mittwoch, 7. Mai

Zum Essen mit Peter [Scabius] im Travellers' Club. Habe
mir ein neues Hemd auf dem Markt gekauft (Preis: achtzig
Pence); mit dem dunkelblauen Anzug und der Royal-Navy-
Krawatte werde ich wohl bestehen können. Mit etwas Öl
habe ich mein Haar flachgekämmt. Meine Schuhe sehen zwar
bedenklich aus – ein bisschen rissig, selbst nach eifrigstem
Putzen –, aber ich glaube, ich sehe recht passabel aus.

Peter ist sehr korpulent geworden, rotgesichtig, und er
langweilte mich mit seinen Klagen: sein hoher Blutdruck,
seine grässlichen Kinder, das ewige Einerlei seines Lebens auf
den Kanalinseln. Ich sage: Wozu all das Geld, wenn es dich
doch nur zwingt, an einem Ort zu leben, den du nicht magst?

Er weist mich zurecht, ich würde das nicht verstehen, seine Steuerberater seien ortsgebunden. Ich nutze die Gelegenheit, herzhaft zuzulangen – drei Brötchen zur Mulligatawny Soup, dreimal Gemüse zum Lammbraten, dann Apfeltorte mit Sahne und ein großes Stück Wensleydale von der Käseplatte. Peter hat zurzeit Trinkverbot (Diabetes im Frühstadium, vermutet er), also genieße ich die halbe Flasche Rotwein und ein großes Glas Port allein. Er geleitet mich hinaus, und ich bemerke, dass er hinkt. Erst jetzt erkundigt er sich nach mir: Welche Pläne hast du, Logan? Ich schreibe an einem Roman, erwidere ich. Wunderbar, wunderbar, sagt er ohne viel Anteilnahme, dann fragt er mich, ob ich noch Romane lese. Er gesteht, dass er nichts mehr damit anfangen kann, er liest nur noch Zeitungen und Zeitschriften. Ich erzähle ihm, dass ich Smollett wiederlese, nur um ihn zu ärgern, dann gehe ich hinaus auf den Pall Mall und winke ein Taxi heran. Wir schütteln uns die Hand und versprechen, in Kontakt zu bleiben. Ich klettere ins Taxi, und kaum ist es um die Ecke, lasse ich halten und steige wieder aus. Fünfundsechzig Pence für dreihundert Meter, aber kein Penny zu viel, wenn es darum geht, mir keine Blöße zu geben.

Sonntag, 8. Juni

Gestern ging ich in den Battersea Park, setzte mich in die Sonne und las eine Zeitung. Die Inflation in Großbritannien liegt bei fünfundzwanzig Prozent, also muss ich ein Viertel mehr arbeiten, um meinen bescheidenen Standard zu halten. Napier Forsyth hat mir eine Karte geschrieben und mitgeteilt, dass er jetzt beim *Economist* arbeitet. Vielleicht gibt es da etwas für mich zu tun.

Dann lief ich durch die Straßen zur Melville Road – ein schrecklicher Fehler, aber ich dachte an Freya und Stella und unsere Spaziergänge im Park. Was ist wohl aus unserem Hund geworden? Wie hieß er überhaupt?* Ich war entsetzt, dass mir sein Name nicht mehr einfiel. Vielleicht kam er auch beim Einschlag der V2 um. Wenn ich jetzt darüber nachdenke, hat Freya ihn, als sie Stella von der Schule abholte, wahrscheinlich mitgenommen.

Als ich nach Hause kam, habe ich eine Stunde lang über den Fotos gebrütet und konnte nicht mehr aufhören zu weinen. Das waren die Jahre, in denen ich wahrhaft glücklich war. Diese Gewissheit ist Segen und Fluch zugleich. Es ist gut zu wissen, dass man das wahre Glück kennengelernt hat – in dieser Hinsicht war das Leben nicht vergebens. Aber die Einsicht, dass man nie wieder so glücklich sein wird wie damals, ist schon hart. Stella wäre jetzt siebenunddreißig, vielleicht verheiratet, mit Kindern, die meine Enkel wären. Oder auch nicht. Wer weiß schon, wie das Leben spielt? Alle derartigen Spekulationen sind müßig.

Trank eine Flasche Cider aus, um mich zu betrinken, was mir auch gelang. Am Morgen Kopfschmerzen und ein widerlicher Geschmack im Mund von den elenden Selbstgedrehten. Du alter Narr.

Freitag, 1. August

Einer dieser unerträglich heißen Londoner Sommertage, an denen der Teer unter den Füßen aufzuweichen scheint. Selbst ich war gezwungen, Jackett und Krawatte abzulegen, und ich zog ein grellfarbenes Batikhemd aus meiner Zeit in Ikiri an. Zur Mittagszeit ging ich auf einen Gin Tonic hinüber ins Cornwallis, nachdem ich meine Kritik für den *Economist* abgetippt hatte (Napier hat mir eine große Wohltat erwie-

---

* Tommy.

sen – ich rezensiere alle Arten von Kunstbüchern für den *Economist* – dreißig Pfund pro Artikel). Der Pub war still und sauber, alles frisch gewischt, in Erwartung des Mittagsandrangs. Ich saß an der offenen Tür, um einen Luftzug abzubekommen, das kalte Glas klingelte leise in meiner Hand, und ich belauschte folgende Unterhaltung zwischen einem Pärchen mittleren Alters, das draußen auf der Bank saß.

FRAU: Wie geht's Ihnen?

MANN: Nicht so gut.

FRAU: Wo fehlt's denn?

MANN: Gesundheitlich. Ich hab's am Herzen. Und Krebs. Doppelte Ladung, könnte man sagen.

FRAU: Sie Armer.

MANN: Wie geht's John?

FRAU: Er ist tot.

MANN: Krebs?

FRAU: Nein, Selbstmord.

MANN: Lieber Gott.

FRAU: Entschuldigen Sie mich, das ist zu traurig, ich halte es nicht aus.

Sie steht auf, kommt herein und setzt sich allein an einen Tisch in der Ecke.

1976

Donnerstag, 1. Januar

Begrüßte das neue Jahr mit einem Liter Whisky (»Clan Mc-Scot«) und zwei Büchsen Carlsberg Spezialbräu. Seit meiner Studentenzeit war ich nicht so besoffen. Heute geht es mir schlecht, mein armer Organismus kämpft mit den Giften, die ich in mich hineingeschüttet habe. Ich sehe dem Jahr, das vor mir liegt, mit – wie soll ich sagen? – stoischem Gleichmut entgegen. Es kommt mir unglaublich vor, dass ich noch vor kurzer Zeit ein Haus mit vier Bediensteten hatte. Simeon hat mir eine Weihnachtskarte geschickt, mir Gesundheit, Glück und Wohlergehen gewünscht und die Hoffnung geäußert, dass ich viele schöne Bücher schreibe. Glück und Wohlergehen scheinen mir unerreichbar, daher werde ich mich auf die Bewahrung meiner Gesundheit konzentrieren, auf dass ich das eine Buch, das noch in mir ist, zu Ende schreiben kann.

Für den *Spectator* muss ich über Paul Klee schreiben. (Zu denken, dass ich einmal einen Klee besaß! In welchem Leben war das?) Aus irgendeinem Grund ist das Honorar des *Spectator* auf mickrige zehn Pfund geschrumpft.

Zu dem, was ich an Afrika vermisse, gehört mein Golfspiel mit Dr. Kwaku auf dem schäbigen Golfplatz von Ikiri. Das und das Bier auf der Clubterrasse bei Sonnenuntergang. Woher diese Vorliebe für Golf? Golf strengt nicht an, und das ist ein Vorteil. Ich glaube, der Vorteil dieser Sportart ist es, dass man der größte Stümper sein und trotzdem einen Schuss landen kann, der dem besten Golfspieler der Welt alle Ehre macht. Ich erinnere mich, dass ich einmal mit einem mickrigen Siebener in Ikiri am achten Loch geputtet hatte, einem Vier-Par, und mich mit dem Sechser-Eisen zum kurzen neunten Loch aufmachen wollte, einem Drei-Par. Mir war heiß, ich schwitzte und war nicht recht in Form, ich holte aus, schlug ab, der Ball flog los, kam einmal auf und fiel ins Loch. Mit einem Schlag. Es war der perfekte Schuss – selbst der beste Golfer der Welt hätte ihn nicht besser gekonnt. Mir ist kein anderes Ballspiel bekannt, das dem Amateur die Chance zu solcher Perfektion bietet. Ein Jahr lang machte mich dieser Treffer glücklich, jedes Mal, wenn ich an ihn dachte. Und auch jetzt geht es mir so.

Sonntag, 15. Februar

Seltsam weinerlicher Anruf von Gloria mit der Frage, ob sie ein paar Tage bei mir wohnen kann. Ich sagte natürlich Ja und fügte die üblichen Warnungen an: kein Komfort, kein Fernseher, dunkle Kellerwohnung in trister Umgebung und so weiter. Warum willst du ausgerechnet im Februar nach London kommen?, fragte ich. Mit unheilschwangerer Stimme sagte sie, dass sie zum Arzt muss.

Soviel ich weiß, hat Gloria einen Bruder in Toronto, eine Nichte in Scarborough und weiter niemanden. Nun, wozu sind alte Freunde gut?

Ich vergaß zu notieren, dass ich am Freitag mit einem fremden Gegenstand im Mund aufwachte und ihn aufs Kissen spuckte. Es war ein Zahn und eine der unerfreulichsten Überraschungen beim Aufwachen, die man sich vorstellen kann. War dann beim Zahnarzt, der jedoch Entwarnung gab. Im Großen und Ganzen sieht alles gut aus, sagte er und bewunderte die eindrucksvollen Kronen und Brücken, die meinen Mund zieren. Das muss ein Vermögen gekostet haben, sagte er versonnen. Dank euch, ihr großartigen New Yorker Zahnärzte. Ich habe die irrationale Angst, meine Zähne zu verlieren – doch eigentlich ist sie nicht irrational, sondern durchaus begründet. Wenn ich lange genug lebe, wird es wohl unweigerlich geschehen. Irgendwer (wer?) hat mir erzählt, dass sowohl Waugh als auch T.S. Eliot ihren Lebenswillen verloren, als ihnen die Zähne gezogen wurden und sie ein künstliches Gebiss bekamen. Ist das ein Problem, das Schriftsteller haben? Das Gefühl, dass wir das Handtuch werfen können, wenn wir den Biss verlieren?

Freitag, 27. Februar

Gloria traf gestern ein, und ich gab ihr mein Zimmer, obwohl ich gestehen muss, dass ich zu alt bin, um bequem auf dem Sofa zu schlafen. Sie sieht furchtbar aus. Ausgezehrt und gelb, mit eingefallenem Gesicht und zitternden Händen. Ich fragte sie, was ihr fehlt, und sie sagte, sie weiß nicht, ob es etwas Ernstes ist. Ihr Haar ist strohig und schütter, ihre Haut fleckig und schlaff wie bei einer alten Echse. Sie meint, es könnte die Leber sein (»Warum hätte ich sonst diese merkwürdige Farbe?«), aber sie klagt auch über Rücken- und Hüftschmerzen. Außerdem leidet sie unter Atemnot.

Trotzdem freuten wir uns über das Wiedersehen und tranken einen Großteil der Flasche Gin, die sie als Geschenk mitgebracht hat. Ich kochte ein paar Spagetti mit Fertigsoße. Aber sie rührte das Essen kaum an und wollte nur trinken, rauchen und reden. Ich erzählte von meinem letzten Treffen mit Peter, und wir lachten und husteten um die Wette. Sie hat La Fucina verkauft und lässt sich das Geld transferieren. »Ich hab nichts dafür bekommen«, sagte sie. »Nach Zahlung der Steuern und Schulden sind mir nur Pfennige geblieben.« Ich fragte, wo sie wohnen will, und sie sagte: »Ich hab mir gedacht, dass ich bei dir wohne, Logan. Nur so lange, bis mich der Arzt gesehen hat und wir wissen, wie es um mich bestellt ist.« Ich werde sie in meine Klinik in der Lupus Street bringen.

Heute bin ich siebzig geworden.

Dienstag, 9. März

Gloria ist aus dem Krankenhaus zurück. Aus irgendwelchen Gründen wollte sie nicht, dass ich sie besuche oder abhole. Ich hörte das Taxi halten und rannte hinaus, um ihr zu helfen. Sie war einkaufen und hat Champagner mitgebracht, Gänseleberpastete und Pflaumenkuchen. Sie will mir nicht verraten, was im Krankenhaus passiert ist oder was ihr die Ärzte gesagt haben.

Also machten wir heute Abend den Champagner auf und aßen Gänseleber auf Toast, und sie eröffnete mir, dass sie inoperablen Lungenkrebs hat. »Die haben sich den Kopf zerbrochen, aber sie konnten mir nicht sagen, warum mir der Rücken so weh tut – wenigstens im Moment nicht.« Sie fragte, ob sie bei mir wohnen darf; sie will nicht auf der Krebsstation oder im Pflegeheim enden. Ich sagte natürlich zu, aber ich warnte sie, dass ich sehr arm bin und dass ich ihr entsprechend wenig bieten kann. Sie erwiderte, dass sie achthundert Pfund auf der Bank hat, die ich als mein Eigentum betrachten soll. »Wir werden uns köstlich amüsieren, Logan«, sagte sie grinsend, als wären wir Schulkinder, die eine Nachtparty planen. Ich dachte bei mir, dass achthundert Pfund nicht die Welt sind, und sie muss es mir wohl angesehen haben. Sie wies mit dem Kopf auf das Doppelporträt über dem Kamin. »Vielleicht ist es an der Zeit, Pablos Vermächtnis zu Geld zu machen«, sagte sie.

Mittwoch, *10. März*

Heute Morgen rief ich Ben in Paris an und fragte nach seinem Befinden. »Schlecht, aber noch bin ich am Leben«, sagte er. Ich hieß ihn willkommen im Club. Dann erzählte ich ihm von der Picasso-Zeichnung, und er bot mir sofort und unbesehen dreitausend Pfund.

Ich nahm die Zeichnung aus dem Rahmen und schnitt mein Porträt mit der Schere ab. Auf meiner Hälfte steht mein Name – »Logan« – die übrige Widmung und die Signatur steht auf Glorias Hälfte und lautet: »*A mon ami et mon amie Gloria. Amitiés, Picasso*« und das Datum. Die beiden Hälften sind nicht größer als Postkarten, und ohne Signatur ist meine Hälfte natürlich wertlos, aber sie bleibt trotzdem ein Andenken, und ich bin glücklich, dass die arme Gloria nach so vielen Jahren noch Nutznießerin jenes Treffens in Cannes wird.

Freitag, 19. März

Es könnte Winter sein. Tiefe, schiefergraue Wolken, und ein böiger Ostwind treibt Schneeregen in Schauern von der Nordsee herüber. Gloria hat es sich in meinem Schlafzimmer bequem gemacht – Plattenspieler, Gin, Bücher und Zeitschriften. Wir fressen und saufen wie Exilkönige. Eine Privatschwester (bezahlt vom Picasso-Ertrag) kommt jeden Tag und hilft Gloria beim Baden und Umziehen, der Arzt schaut ab und zu vorbei, ob sie Fortschritte macht, und frischt ihre Medikamente auf. Gloria bekommt keine Bestrahlungen oder eine der neumodischen »Schrotflinten«-Therapien. Sie gibt sich heiter und unerschrocken und sagt, ihr ist alles egal, solange sie keine Schmerzen hat. »Ich werde dir nicht auf die Nerven gehen, Darling«, sagt sie. »Du musst nicht meinen Nachttopf leeren oder mich sauber machen und all das. Solange wir uns die Schwestern leisten können, ist es so, als hättest du einen querköpfigen alten Freund zu Besuch.« Also mache ich alles wie immer, ich gehe in die Bibliothek, arbeite mein Pensum ab und bin am frühen Abend zurück. Gloria kommt tagsüber ganz gut allein zurecht, aber abends braucht sie Gesellschaft, also sitze ich bei ihr, lese ihr aus der Zeitung vor, wir hören Musik und trinken. Gegen zehn bin ich meist ziemlich blau, und Gloria fängt an, einzunicken. Ich nehme ihr das Glas aus der Hand, decke sie ordentlich zu und schleiche mich auf Zehenspitzen davon.

Auf dem Sofa schlafe ich schlecht, ich stelle mir vor, wie sich nebenan die Krebszellen vermehren, und versuche, nicht an die Gloria Ness-Smith zu denken, die ich einst kannte. Ich wache früh auf und wasche und rasiere mich sofort, damit das Badezimmer frei ist, und hoffe, dass die Schwester kommt, bevor sie aufwacht und voller Angst nach mir ruft, weil sie erkennt, in welchem Zustand sie ist. Der Schock setzt immer sofort nach dem Aufwachen ein, bevor sie ihre Maske aus Galgenhumor überstülpen kann.

Wenn die Schwester kommt, mache ich die täglichen Einkäufe – oft im Lebensmittelmarkt von Harrod's, um eine exotische Leckerei zu finden, nach der Gloria gelüstet (»Wie wär's mit Kumquats? Oder kandierten Kastanien?«). Ich habe ein Konto bei einem Getränkehändler, der liefert unseren ganzen Bedarf an Alkoholika. Eine Kiste Gin scheint eine Woche zu reichen. Bleibe ich zu Hause, fangen wir vor dem Mittagessen mit dem Wein an und wechseln zu den harten Sachen, wenn es Abend wird und die Seele zu flattern anfängt. Ich fragte sie, ob ich einen Kontakt zu Peter herstellen soll, aber sie sagte sofort Nein, also ließ ich es sein.

Ich denke nicht zurück, ich denke nicht voraus. Für Glorias Tod habe ich nichts vorbereitet, obwohl wir beide darauf warten – ich weiß nicht einmal, was in solchen Fällen zu tun ist. Ohne Zweifel werde ich es erfahren. Bis dahin gibt es hier und jetzt genügend andere Dinge, die mich beschäftigen.

Sonntag, 4. April

Gloria ist so eingefallen und ausgezehrt, dass sie nicht mehr aussieht wie sie selbst. Ihre Augen sind zu groß für ihr Gesicht, ihre Zähne zu groß für ihren Mund, Nase und Ohren sind so riesig, dass sie einem anderen zu gehören scheinen. Ihre Lippen glänzen immer feucht, und jetzt hat sie auch den Appetit verloren. Sie schafft ein halbes Ei oder ein Stück weiche Schokolade, aber ihre Wahrnehmung ist durch die Morphium-Cocktails gedämpft und verschwommen, und länger als ein, zwei Minuten kann sie sich nicht auf mich konzentrieren. Sie macht gewaltige Anstrengungen – ich spüre, dass sie den Zustand des Dahindämmerns nicht will. Morgens lese ich ihr jetzt die Zeitung vor, und sie gibt sich große Mühe, zu folgen. »Warum ist Ted Heath so ein Geizkragen? Was sind eigentlich ›Punks‹?«

Wir haben noch etwa zwölfhundert Pfund von unserem Vermögen – genug für einen weiteren Monat, schätze ich –, auf jeden Fall ist unsere Getränkerechnung geschrumpft, und ich bin wieder weitgehend nüchtern.

Die Klinik in der Lupus Street schickt regelmäßig einen Arzt – jeden Tag einen anderen, es müssen Dutzende dort arbeiten –, und ich fragte den von heute, wie lange sie noch zu leben hat. Es könnte morgen passieren oder nächstes Jahr, sagte er und nannte erstaunliche Beispiele von Sterbenden, die sich noch monatelang an diesen Zwischenzustand klammerten. Danken wir Gott für das Opium, sagte ich. Die Schwestern kümmern sich um Glorias Körperfunktionen; ich habe keine Ahnung, was sich da tut.

Ich sitze und lese ihr vor. Ich verfolge das Pulsieren einer gekrümmten Vene an ihrer Schläfe, und meine Atmung passt sich unwillkürlich dem mühevoll schleppenden Rhythmus an. Glorias Lebensuhr läuft ab.

Dienstag, 6. April

16.35. Gloria ist nicht mehr. Vor zwei Minuten betrat ich ihr Zimmer, und sie war tot. Sie lag noch genauso da wie eine halbe Stunde zuvor, den Kopf nach hinten, mit geweiteten Nasenflügeln und gebleckten Zähnen. Ihre Augen waren geschlossen, aber vor einer halben Stunde schien sie meinen Händedruck noch sanft zu erwidern.

Jetzt waren ihre Knie ein wenig angezogen, als hätte die Anstrengung, ein letztes Mal Luft zu holen, die Kräfte ihres ganzen Körpers gekostet. Ich griff unter die Decke, umfasste ihre Knöchel und zog ihre Beine zu mir heran. Sie streckten sich so bereitwillig, als wäre noch Leben in ihnen. Warum habe ich mich so um Gloria gekümmert?, frage ich mich. Weil ich sie mochte, weil wir eine Liebesaffäre hatten, weil wir ein Stück unseres Lebens miteinander geteilt haben. Weil sie meine Freundin war. Und weil ich darin eine Pflicht sehe, die ich mit Freude übernommen habe, verbunden mit dem frommen Wunsch, dass auch mir einmal jemand diesen Dienst erweisen wird. Ein absurder, illusionärer Gedanke, ich weiß. Mit dem Leben kann man einen solchen Handel nicht abschließen. Es bietet keine Gegenleistungen.

Samstag, 10. April

An einem kalten Apriltag gibt es wohl kaum einen tristeren und bedrückenderen Ort als den Friedhof Putney Vale. Eine absurde viktorianische Kapelle, die genialerweise auch als Krematorium dient, steht in der Mitte einer weitläufigen und ungepflegten Nekropole. Die Kapelle ist von düsteren Eiben umgeben, die aussehen wie riesige Kapuzinermönche und die Melancholie des Ortes noch verstärken.

Peter kam und auch überraschend viele Fremde – alte Kollegen von Gloria, obskure Verwandte. Peter fragte mich, wo sie gestorben ist. In meiner Wohnung, sagte ich. In *deiner* Wohnung? Sein altes Misstrauen stieg wieder in ihm hoch, und er lief rot an. Dann fing er sich wieder: Das ist lieb von dir, alter Junge.

In seinem Hotel wurde er gesprächiger und stellte mir Fragen, weil er herausbekommen wollte, warum seine Ex-Frau in der Kellerwohnung seines ältesten Freundes gestorben ist.

Er fragte, ob ich Gloria wirklich so gemocht habe. Natürlich, erwiderte ich. Sie war ein prima Kumpan, sehr witzig, sehr direkt und wunderbar robust.

»Siehst du, ich glaube, ich hab sie nie richtig gekannt«, sagte er verwirrt.

»Du hast sie geheiratet, zum Teufel.«

»Ja. Ich glaube, das ist eher in einer Art Sexrausch passiert. Keine konnte mich so, du weißt schon, in Fahrt bringen wie Gloria.«

Wir bestellten ein paar Sandwiches beim Zimmerservice und machten die Whiskyflasche leer. Mir fiel auf, dass ihn der Zimmerkellner »Mr Portman« nannte. Was hast du gegen den Namen Scabius?, fragte ich Peter.

»Ich dürfte gar nicht hier sein – mein Steuerberater würde einen Schlaganfall kriegen, wenn er wüsste, dass ich in London bin.«

»Ah, die Steuern. Nett von dir, dass du gekommen bist. Gloria wäre gerührt gewesen. Nein, ganz im Ernst.«

»Ein wahres Kreuz, diese verdammten Steuern. Ich denke daran, nach Irland zu gehen. Schriftsteller zahlen dort offenbar keine Einkommensteuern. Aber dafür hat man es mit der IRA zu tun.«

»Ich glaube kaum, dass sich die IRA für dich interessiert, Peter.«

»Du machst Scherze. Jeder mit einem Profil wie meinem ist gefährdet.«

»Es gibt schöne Häuser in Irland«, sagte ich. Ich hätte es mir verkneifen sollen.

»Dann zieh du doch hin. Wie hältst du es hier aus bei diesen Steuern? Zwei Monate arbeitest du für dich, zehn Monate fürs Finanzamt.«

»Ich lebe sehr bescheiden, Peter. Sehr bescheiden.«

»Ich auch, verdammt. Ich werde diesen Whisky noch bereuen. Wenn mein Arzt mich hier sehen würde, würde er seine Hände in Unschuld waschen … Was macht eigentlich Ben?«

»Krebs. Prostata. Aber er scheint es zu überstehen.«

Die Neuigkeit bedrückte ihn, und er zählte seine Zipperlein auf – Arterienverkalkung, Herzbeschwerden, zunehmende Taubheit. Wir gehen vor die Hunde, Logan, wiederholte er ständig, wir sind jämmerliche alte Wracks.

Ich ließ ihn weiterfaseln. *Alt* fühle ich mich jedenfalls nicht, obwohl die Anzeichen des Alters auch bei mir nicht zu übersehen sind. Meine Beine sind dünner geworden, weil die Muskeln schrumpfen, und praktisch unbehaart. Mein Hintern verschwindet, der Hosenboden ist ein leerer Sack. Lustig ist, dass mein Gemächt schlaffer wird, tiefer hängt und freier zwischen den Beinen baumelt. Und es sieht größer aus, so als würde ich aus dem heißen Bad kommen. Ist das normal oder nur bei mir so?

Bei all der Trauer um Gloria vergaß ich zu notieren, dass ich einen Brief vom Büro Noel Lange mit der Mitteilung habe, dass ein Monsieur Cyprien Dieudonné[*] mir testamentarisch eine Immobilie in Frankreich hinterlassen hat. Einen Moment wiegte ich mich in der wahnwitzigen Hoffnung, dass es sein Landhaus in Quercy sein könnte, aber ein genauerer Blick auf die Adresse und in den Atlas belehrte mich, dass das Haus im Departement Lot steht, ein *maison de maître* außerhalb eines Dorfes, das Sainte-Sabine heißt. Ich habe also zurückgeschrieben, dass sie es verkaufen sollen. Auch Gloria hat mir alles hinterlassen, was sie besaß, nämlich ein Guthaben von neunhundert Pfund (dank Pablo), zwei Koffer mit Sachen und den Inhalt eines Containers in einem Lagerhaus von Siena. Was soll ich damit anfangen? Was ich brauche, ist ein Wohltäter von wirklichem Format.

---

[*] Cyprien Dieudonné war 1974 im Alter von 87 Jahren gestorben.

[Am Montag, dem 7. Juni, um halb zwölf Uhr vormittags, wurde LMS beim Überqueren der Lupus Street, SW 1, von einem zu schnell fahrenden Postauto erfasst und schwer verletzt. Der Unfallwagen brachte ihn ins St. Thomas Hospital, wo eine Notoperation stattfand. Er hatte einen Milzriss, eine Schädelfraktur und einen dreifachen Bruch des linken Beins, nicht zu erwähnen die schweren Prellungen und Schürfungen am ganzen Körper.

Nach der Operation (sein Bein wurde mit Metallstiften genagelt) wurde er ins St. Botolph's Hospital nach Peckham überführt und in die Station C eingewiesen. Das Tagebuch setzt etwa vier Wochen nach dem Unfall wieder ein.]

Montag, 5. Juli

Eine der alten Damen, die die Krankenstation mit Rätselheften und Nähzeug versorgt, hat mir Stift und Papier gebracht, und so bin ich endlich in der Lage, meine Eindrücke von dieser Hölle festzuhalten. Zum dritten Mal in dieser Woche gab es Schweizerrolle mit klumpiger Eiercreme. Aber so leid es mir tut: Schweizerrolle ist keine Süßspeise, Schweizerrolle ist ein Kuchen. Irgendjemand in der Verwaltung unterschlägt das Geld, das für ordentliche Süßspeisen verwendet werden sollte. Ganz und gar typisch für dieses Krankenhaus, das im 19. Jahrhundert gebaut wurde und noch immer an die Gepflogenheiten jener Zeit erinnert. Station C zum Beispiel ist ein großer Raum mit hoher Decke, der eher an einen Dorfsaal oder eine Schulkapelle erinnert, obwohl er als Krankensaal gebaut wurde, mit hohen schmalen Fenstern auf drei Seiten, damit so viel »heilkräftiges« Sonnenlicht wie möglich hereinkommt. Es stehen hier dreißig Betten, doppelt so viele wie einmal geplant, und die Schwestern sind überlastet, gehetzt und sehr kurz angebunden. Zwei Wochen lang lag ich eingeklemmt in einem mittleren Gang, bis Paula, die einzige Schwester, die ich mag, einen Eckplatz für mich besorgte. Jetzt habe ich also nur noch einen Nachbarn, obwohl der, ein alter Trunkenbold, sehr zu wünschen übrig lässt. In der heißen Julisonne fühlt man sich hier wie in einem Treibhaus. Am Nachmittag liegt alles röchelnd und schweißüberströmt in den Betten, und diejenigen, die noch kräftig genug sind, die Bettdecke zurückzuschlagen, fächeln sich mit der Zeitung Luft zu. Über die üblen Gerüche, die aus den Betten aufsteigen, möchte ich mich nicht verbreiten. Man bekommt einen kleinen Eindruck von den Verhältnissen im viktorianischen Zeitalter. Wenn man sich vorstellt, wie sie damals unter der Hitze gelitten haben – die Kleider waren dicker, man zog viel mehr Schichten übereinander, und es galt als unschicklich, die Jacke auszuziehen. Der Geruch, der von Männern wie Frauen ausging, muss unerträglich gewesen sein. Dann noch der Pferdemist auf den Straßen ... Das London des 19. Jahrhunderts muss gestunken haben wie eine Jauchegrube.

Mein linkes Bein ist bis zur Hüfte hinauf in Gips gelegt, sodass ich weitgehend unbeweglich bin. Ich pisse in eine Flasche, und wenn ich scheißen will, muss ich die Schwester rufen. Ich weigere mich, die Bettpfanne zu benutzen, deshalb müssen sie mich im Rollstuhl zur Toilette fahren. Dort lasse ich mich auf der Klosettschüssel nieder und verrichte mein Geschäft. Die Abteile haben keine Türen. Die Schwestern sind wütend auf mich, weil ich nicht die Bettpfanne benutze.

Der einzige gelinde Vorteil meines Gipsbeins besteht darin, dass ich in der Wanne abgeseift werden muss. Das wird mit schnellen, beherzten Griffen erledigt, aber für zwei Minuten verwandle ich mich wieder in ein Kind – meine Arme werden angehoben, meine Achselhöhlen gewaschen, ein kühler Schwamm umrundet meine Genitalien, ich beuge mich vor, und mein Rücken wird geschrubbt. Einmal kräftig frottieren, und einmal pudern mit Talkum – damit ist die Prozedur erledigt. Wenn Schwester Frost, diese Milchkuh, eine Brust herausholen und mich stillen würde, wäre die Illusion komplett.

Die Verpflegung ist furchtbar, eine Zumutung – so schlecht habe ich seit meinen Schultagen in der Abbey nicht mehr gegessen. Alle Schrecken der Anstaltsnahrung, die man sich vorstellen kann, werden uns geboten: Hackfleisch mit wässrigem Kartoffelbrei und Büchsengemüse; eine Fischpastete ohne Fisch, Eier in Currysoße, zerquetschte, teigig schmeckende Hefeklöße mit klumpiger Vanillesoße. Man muss das essen – besonders ich, weil ich festliege. Einmal täglich kommt jemand mit dem Servierwagen vorbei, und man kann Kekse und Schokoladenriegel kaufen, um seinen Speisezettel zu bereichern. Eine wahrlich fürchterliche Ernährung – alle klagen über Verstopfung.

Paula ist die einzige Schwester, die ich mag, weil sie mich mit Mr Mountstuart anredet. Ich bedankte mich und fragte sie nach ihrem Zunamen. »Premoli«, sagte sie. »Nun, dann sind Sie Miss Premoli für mich«, sagte ich, aber sie bat mich, sie mit Schwester Paula anzureden, weil das die anderen Schwestern sonst komisch finden würden. Interessanter Nachname, sagte ich, und sie erklärte mir, dass sie von Malta kommt. Aber Sie haben rotes Haar, sagte ich ganz unüberlegt. Und Sie haben graues Haar, erwiderte sie. Wie finden Sie das?

[NACHTRAG: Ich erinnere mich nur bruchstückhaft an den Unfall selbst. Seit meiner Rückkehr nach London war mir aufgefallen, dass die Postautos immer durch die Gegend rasten, als hätten die Fahrer Angst, einen wichtigen Termin zu versäumen. Derjenige, der mich anfuhr, muss an die hundert Stundenkilometer gefahren sein. Offenbar wurde ich durch den Aufprall etwa fünfzehn Meter weit geschleudert, aber ich habe keine Erinnerung daran und empfand keine Schmerzen.

Etwa zwei Tage später wachte ich im St. Thomas auf und fragte mich, wo ich war und was ich da machte. Ich hätte großes Glück gehabt, wurde mir gesagt. Jemand vom Kundenservice der Post schickte einen Strauß welkende Gladiolen »mit Wünschen für eine rasante Genesung«. Unglückliche Wahl des Adjektivs, dachte ich beim Anblick der Karte.]

[August / September], Beobachtungen auf Station C

Massive Darmentleerung nach, wie ich heute feststellte, zwei Monaten Verstopfung. Fühle mich besser, aber gleichzeitig wird mir bewusst, wie viel Gewicht ich verloren habe. Ich bin ein dürrer alter Vogel, der dringend einen Haarschnitt braucht.

Das ist eine geriatrische Station, obwohl es niemand zugeben will. Keiner ist hier unter sechzig. Es ist eine geriatrische Station, genauso wie eine Krebsstation. Alles alte Männer mit Altmännerproblemen. Viele sterben. Die Station ist zu groß für eine genaue Zählung, und die Patienten werden ständig verlegt (zur Vertuschung der Todesfälle?). Ich würde sagen, etwa dreißig sind gestorben, seit ich hier bin.

Paula hat gestern ihren Sommerurlaub angetreten. Wohin geht die Reise?, fragte ich. Nach Malta, Sie Dummerjan. Sie hat eine Halskette mit goldenem Kreuz – eine brave Katholikin. Ihre Vertretung ist ein Pfleger, der Gary heißt und lauter gruslige Tätowierungen hat.

Der Mann, der mir am verhasstesten ist, liegt vier Betten weiter. Er heißt Ned Darwin, doch ich nenne ihn Mr Pflegeleicht. Die Schwestern lieben ihn. Er klagt nie, hat für jeden ein freundliches Wort und ein aufmunterndes Lächeln parat,

und das Essen scheint ihm zu munden. Er hatte einen Schlaganfall, kommt aber mit der Krücke ziemlich gut voran. Er
kennt alle Schwestern beim Namen. An einem besonders heißen Tag kam er zu mir und tippte auf den Gips. »Da drunter
muss es ja höllisch jucken, möchte ich meinen.« Er ist ein Typ
von Mann, der Ausdrücke wie »möchte ich meinen«, »mit-
nichten« und »sehr verbunden« benutzt. Ich sagte ihm, er soll
sich verpissen.

Ich verlangte ein Gespräch mit einem Verwaltungs / Wirt-
schaftsmenschen, um gegen das Fehlen der Toilettentüren zu
protestieren (meiner Meinung nach eine erhebliche Ursache
für die kollektive Verstopfung). Das war eine eindeutige Pro-
vokation, und die Schwestern blickten mich noch finsterer an
als sonst. Schließlich kam ein junger Schnösel im Anzug und
fragte nach meinem Begehr. »Diese Maßnahme dient Ihrer
eigenen Sicherheit, Logan«, sagte er. Ich bat darum, mich mit
Mr Mountstuart anzureden, was er umging, indem er mich
überhaupt nicht mehr mit Namen anredete. Nichts wird geschehen. Ich habe nur meinen Ruf als Querulant gefestigt.

Die Reise der Pecksniff-Familie nach London im *Martin
Chuzzlewit* (Kapitel acht und neun) ist das großartigste Stück
komischer Literatur in England überhaupt. Zu diskutieren.

Der Drain aus der Milzgegend ist entfernt worden. Die
Schmerzen im Bein scheinen nachzulassen. Bislang keine
Nachwirkungen der Schädelfraktur. Seit ich hier bin, habe
ich bestimmt zehn Ärzte erlebt, und jeder nahm meinen Fall
ohne erkennbares Vorwissen zur Kenntnis. »Sie hatten also
eine Art Verkehrsunfall?« »Oh, ich sehe, Sie haben einen
Milzriss.« Ich mache ihnen keine Vorwürfe und auch den
Schwestern nicht. Ich hasse den Aufenthalt in diesem gräss-

lichen Krankenhaus – Gott weiß, wie es ist, hier zu arbeiten. Der Gedanke aber bleibt: Es muss einen besseren, humaneren, zivilisierteren Umgang mit den Kranken und Gebrechlichen geben. Wenn der Staat sich ihrer annimmt, muss er es mit ganzem Herzen tun. Diese schäbige, knausrige, lieblose Welt ist eine Demütigung für jeden.

Zum ersten Mal in meinem Leben bin ich schwer verletzt worden und ernstlich krank: Es ist das erste Mal, dass ich operiert wurde, eine Vollnarkose bekam; das erste Mal, dass ich ins Krankenhaus musste. Diejenigen, die das Glück haben, sich einer guten Gesundheit zu erfreuen, vergessen nur zu leicht dieses riesige Paralleluniversum der Kranken – ihre täglichen Leiden, ihr banales Martyrium. Nur wenn man die Grenze zur Welt der Krankheit überschreitet, bemerkt man ihre stumme, lastende Gegenwart, ihre brütende Permanenz.

Eine neue Schwester auf der Station: »Ich höre, Sie benutzen keine Bettpfanne.« Sie hören richtig, erwiderte ich. Dann sagte sie, ich muss aus eigener Kraft auf die Toilette gehen oder die Bettpfanne benutzen, die Schwestern hätten Anweisung, mich nicht mehr hin- und herzukarren, das verschlinge zu viel kostbare Zeit. Dann besorgen Sie mir Krücken, sagte ich, weil ich die Bettpfanne nicht benutzen werde. Für Krücken haben Sie keine Genehmigung, meinte sie triumphierend und ließ mir eine Bettpfanne bringen. Als ich scheißen musste, hievte ich mich also aus dem Bett und hangelte mich irgendwie hinüber zu Mr Pflegeleicht. »Kann ich Ihre Krücke ausleihen? Vielen Dank.« Ich wusste, dass er sie mir nicht leihen wollte, weil er Angst hatte, Ärger zu kriegen. Dummes Arschloch.

Die Milz. Meine gerissene Milz. Ich habe das Wort in einem Lexikon nachgeschlagen. »Kleines rötliches Organ unterhalb des Zwerchfells. Die Milz filtert Krankheitserreger aus dem Blutkreislauf heraus.« Beim Unfall ist meine Milz gerissen. Im Mittelalter betrachtete man die Milz als Quelle der Melancholie. Daher die Verwandtschaft von »*spleen*« und »*splenetic*« – die Neigung zur Melancholie oder Übellaunigkeit, eine kränkliche oder reizbare Veranlagung. Ich habe Angst, dass meine gerissene Milz ihre Gifte in meinen Körper ergießt. Ist das die Ursache für meine neuerdings so gallige und boshafte Art?

Ich mache mir Sorgen wegen meiner Wohnung. Seit Wochen hat dort niemand mehr nach dem Rechten gesehen. Paula fragte mich, warum ich nie Besuch bekomme. Ich antwortete, dass alle meine Angehörigen im Ausland leben – eine jämmerliche Lüge. Meine Tochter sei in Amerika. »Trotzdem sollte man annehmen, dass sie herüberkommt, um ihren Dad zu besuchen«, meinte Paula.

Ein katholischer Priester kam zu mir. »Paula sagte, Sie gehören unserem Glauben an.« Woher weiß sie das? Verraten wir uns mit irgendwelchen Wörtern, Ausdrücken, Gesten? Auf die eine oder andere Weise müssen sich unsere Gemeinsamkeiten offenbaren. Ich bin strenger Atheist, sagte ich, ich habe meinen Glauben mit achtzehn verloren. Haben Sie denn Gottes Liebe nie verspürt?, fragte er. Schauen Sie sich in diesem Saal um, erwiderte ich, in diesem Hort menschlichen Elends und Jammers. Aber Gott ist unter uns, hier in diesem Saal, beharrte er lächelnd. Ich sagte, kein Senkblei könne die Tiefe meines Unglaubens ausloten – ein Zitat von John Francis Byrne, der mit Joyce befreundet war. Darauf wusste er nichts zu erwidern, und ich bat ihn zu gehen.

Der alte Mann neben mir ist heute Morgen gestorben. Er lag wie angenagelt im Bett, reglos, die Sauerstoffmaske auf seinem Gesicht zischte leise. Nur seine Augen hatten noch Ausdruck, und ab und zu blickte er alarmierend zu mir herüber – bis ich begriff, dass er mir etwas signalisieren wollte. Ich wuchtete mich aus dem Bett und hob seine Maske.

»Sie sind Engländer«, flüsterte er.

»Gewissermaßen.«

Seine Glotzaugen huschten hin und her wie bei einem Chamäleon.

»Zieh den Stecker raus, Kumpel. Ich will nicht mehr.«

Ich blickte mich um. Einen Moment lang war ich versucht, es zu tun, aber schon kam eine Schwester anmarschiert. Ich legte ihm die Maske zurück aufs Gesicht. Er starb etwa zwei Stunden später.

Mr Singh [der Mann, der über LMS wohnte] war zu Besuch und hat mir die gesammelte Post von mehreren Wochen gebracht. Er sagte mir, dass mein Telefon und der Strom gesperrt sind, und hatte ein Formular der Post bei sich, das ihn bevollmächtigt, meine Rente abzuholen. Der gute Subadar. (Dazu sollte ich erklären, dass Mr Singh kurz bei der indischen Armee gedient hat. Daher rede ich ihn mit Subadar an und er mich mit Commander.) Er saß da und erzählte mir, er hätte während meiner Zeit im Krankenhaus eine Vasektomie vornehmen lassen, und er hätte Mrs Singh noch nie so glücklich gesehen. Ich habe das Gefühl, dass sich mein Status nach seinem Besuch geändert hat. Jetzt komme ich den Leuten hier noch rätselhafter vor. Ich habe Schecks geschrieben, um verschiedene offene Rechnungen zu bezahlen, und ihm mitgegeben.

Mr Pflegeleicht wird heute entlassen. Die Schwestern versammelten sich und applaudierten ihm, als er aus dem Saal humpelte. Wenn ich so weit bin, wird das wohl nicht passieren. Neben mir liegt jetzt ein neuer Sterbekandidat – in der Nacht stöhnt er fürchterlich –, und allmählich schöpfe ich Verdacht, dass sich das speziell gegen mich richtet.

Heute wurde der Gips abgenommen, und zum Vorschein kam ein bleiches, haariges, knochiges Ding, das nur noch halb so dick war wie sein Gegenstück. Ich habe einen merkwürdigen Knubbel am Schienbein, weil der Bruch nicht richtig zusammengewachsen ist. Der Arzt stutzte, als er ihn sah. Meine Schenkel- und Wadenmuskeln sind fast vollständig verkümmert, und man hat mir zwei Stunden Physiotherapie pro Tag versprochen, damit sie wieder wachsen. Nun, da das sichtbare Zeichen meiner Beeinträchtigung verschwunden ist, habe ich einen starken Drang, hier wegzukommen. Und der beruht auf Gegenseitigkeit.

Ein Toilettenabteil hat jetzt eine Tür. Ein kleiner, aber beglückender Sieg.

Mittwoch, 8. September

Ich muss das festhalten: Etwas Seltsames ist mit meinem Augenlicht passiert. Als ich heute Morgen aufwachte, war die halbe Welt – die obere Hälfte meines Blickfelds – von einem wabernden braunen Nebel verdeckt. Erst dachte ich, im Saal hätten sich üble Dünste ausgebreitet, aber als ich den Kopf bewegte, merkte ich, dass die Verfärbung von meinen Augen verursacht war und nicht von meiner Umgebung.

Ein Arzt wurde gerufen, eine junge Singhalesin. Sie fragte, ob ich eine Allergie gegen bestimmte Nahrungsmittel habe, und merkte mich für ein EKG vor. Ich wies auf den Schädelbruch hin, den ich beim Unfall erlitten habe. Welcher Unfall?, fragte sie. Ich bin schon so lange hier, dass man mich vergessen hat. Nach meiner Erklärung schickte sie mich zum Neurologen. Von einer Allergie war keine Rede mehr.

Donnerstag, 9. September

Der Nebel hat sich gelichtet. Heute Morgen beim Rasieren stellte ich plötzlich fest, dass die obere Hälfte des Spiegels nicht mehr braun war. Der Neurologe, ein Mr Guide, untersuchte mich, prüfte die Reflexe und riet mir, einen Augenarzt zu konsultieren. Mr Guide war höflich und schien um mich besorgt. Er älterer Herr mit dichtem weißem Haar. Wieso älter? Er dürfte zehn Jahre jünger sein als ich.

Paula hat mir ein Silberkettchen mit Christophorus-Medaillon geschenkt. Warum?, fragte ich. Womit habe ich das verdient? Damit Sie sich auf Ihrem Lebensweg beschützt fühlen, Mr Mountstuart, sagte sie und fügte an, dass sie bei meiner Entlassung nicht da ist. Bei meiner Entlassung? Ja, sagte sie, Sie werden morgen früh entlassen, und ich habe Spätschicht. Sie küsste mich auf die Wange. Passen Sie auf sich auf – und hüten Sie sich vor den Postautos. Meine Kehle schnürte sich zusammen, meine Augen brannten. Die liebe Schwester Paula. Aber wenigstens komme ich lebend hier heraus.

Freitag, 24. September

Turpentine Lane. Es ist so seltsam, wieder hier zu sein, meine paar Habseligkeiten mit den Augen eines Fremden zu betrachten. Das ist dein Heim, Mountstuart, das sind deine Sachen. Wie beim Einschiffen auf der *Marie Celeste*. Hinter der Tür lag ein kniehoher Haufen aus Werbezetteln und Gratiszeitungen. Sosehr ich das Krankenhaus gehasst habe, war es doch ein sicherer und vertrauter Ort. Jetzt kommt mir die

Stadt lärmend und beängstigend vor. Und die erzwungene Einsamkeit, die ich früher genossen habe, stürzt mich nach der monatelangen Geselligkeit des Krankensaals in Verwirrung. Heute Abend saß ich eine halbe Stunde lang da und wartete, dass mir jemand das Abendessen brachte. Es war nichts zum Essen im Haus, also humpelte ich auf einen Drink ins Cornwallis (das Krankenhaus hat mir eine Aluminiumkrücke geliehen). Die alten Gesichter, derselbe Bierdunst. Der Wirt nickte mir zu, als wäre ich gestern erst da gewesen. Ich gehöre nicht zu seinen Lieblingen, weil ich zu lange sitze und zu wenig verzehre. Ich bestellte einen großen Scotch mit Soda und zwei Schweinspasteten (Subadar hat mir einen großen Batzen Scheine überreicht – die angesparte Rente; momentan bin ich also recht flüssig), und der Wirt kommentierte diesen seltenen Fall mit einem falschen Lächeln.

Ich schaute mir die Gäste an, die Säufer, meine Artgenossen, und wünschte ihnen allen den Tod.

1977

Wenn ich meine Memoiren schreibe, werde ich diese Lebensphase als Hundefutterjahre bezeichnen. Mein Reichtum war Illusion. Ich weiß nicht, wieso, aber seit dem Unfall bin ich merklich ärmer geworden – wenn das überhaupt möglich ist. Die Kosten in Pimlico sind gestiegen, und alles ist teurer geworden – sogar der Wiederanschluss ans Telefon und ans Stromnetz hat Geld gekostet. Ich war so wütend, dass ich verlangt habe, sie sollen das Telefon wieder abschalten – es gibt eine Telefonzelle am Ende der Straße, die völlig ausreichend ist. Auf den Strom bin ich leider angewiesen.

Ich knausere wie ein Geizhals, stelle endlose Preisvergleiche in den billigsten Supermärkten an, mein ganzes Leben ist zu einer Streichliste geworden, es gibt so viele Kleinigkeiten, auf die man verzichten kann. Wenn ich mir das Haar mit Seife wasche, so überlege ich mir, muss ich kein Shampoo kaufen. Wenn ich mich mit Seifenschaum rasiere, kann ich mir auch die Rasiercreme sparen. Wenn ich die billigste Seife zum Mengenrabatt kaufe, habe ich wieder ein bisschen mehr fürs Essen und so weiter. Selten entferne ich mich weiter als zweihundert Meter von meiner Wohnung – alles, was ich brauche, finde ich in diesem kleinen Umkreis. Das Rauchen habe ich aufgegeben, aber auf den Alkohol verzichte ich nicht – und so ist mein Bedarf auf das absolute Minimum reduziert.

Neulich, als ich die Etiketten einiger Suppenbüchsen studierte, wie ich dachte, um eine mit möglichst viel Gemüse auszusuchen (und Gemüsekosten einzusparen), wurde mein Appetit von einer Aufschrift gereizt: *Extrasaftige Kaninchenhappen in leckerer Bratensoße*. Ich drehte die Büchse um und sah die Markenbezeichnung »Bowser«. Eine Büchse Hundenahrung im falschen Regal. Aber dann dachte ich mir, wenn ich sechs Büchsen Bowser im Kochtopf aufwärme, eine Möhre und eine Zwiebel hineinschneide, ergibt das einen herzhaften Kanincheneintopf, der eine Woche lang reicht. Den kann ich mit Reis essen, meinem Hauptnahrungsmittel (das mir Mrs Singh in Zehnkilosäcken von irgendeinem entlegenen Großmarkt mitbringt). Auf diese Weise werde ich satt, meine kulinarischen Bedürfnisse werden befriedigt, und außerdem kann ich beträchtlich sparen. Gesagt, getan, und der Kanincheneintopf von Bowser erwies sich als ein köstliches Mahl, besonders nachdem ich reichlich Tomatenketchup und einen kräftigen Schuss Worcestersoße hinzugefügt hatte (letztere Zutaten sind meiner Meinung nach bei Hundefutter unerlässlich, denn es schmeckt ausgesprochen *streng*, und man riskiert einen Nachgeschmack, der den ganzen Tag anhält – Pfeffer ist das beste Gegenmittel). Jetzt suche ich in den Tierfutterregalen nach Billigpreisen und Sonderangeboten und wechsle die Sorte, wenn mir eine Geschmacksrichtung über wird. Rindfleisch meide ich eher, am liebsten esse ich Leber, Hühnchen und Kaninchen. Die Einsparung jedenfalls ist beträchtlich.

Montag, 28. Februar

Gestern war mein einundsiebzigster Geburtstag, und ich habe beschlossen, mein Leben zu ändern. Mir ist klar geworden, dass ich im Begriff war, mich in einen Tattergreis zu verwandeln: festgefahrene Gewohnheiten, ein Krückstock, eine Plastikbörse mit Reißverschluss und achtundsechzig Pence Kleingeld, ein Stammplatz im Pub und eine ganze Reihe von Klagen und Beschwerden, die von Momenten eines geradezu erschreckenden Menschenhasses durchsetzt waren. Ich war auf dem besten Weg ins Grab.

Als ich meinen Entschluss mit einem Glas Bier im Cornwallis feiern wollte, kam ich an einem alten Mann vorbei, einem betrunkenen Penner, der am Straßenrand stand und sich offenbar nicht hinübertraute – als wäre die Straße ein weites Meer, ein unbezwingbarer Ozean. Ich wollte schon hinüber und ihm helfen, da sah ich, dass er in aller Seelenruhe in die Gosse urinierte, vor sich hin murmelnd und unbekümmert um die schockierten oder belustigten Blicke der Passanten (feixende Halbstarke; Mütter, die ihre Kinder fortzogen). Ich blieb stehen, wie gelähmt von einer grausigen Zukunftsvision. Das könntest du sein, Mountstuart, sagte ich, du bist nicht mehr so weit davon entfernt, wie du denkst. Ich musste etwas unternehmen.

Mir fiel ein, dass ich ein Plakat im Fenster eines herrenlosen Ladens gesehen hatte: »SPK (Sozialistisches Patientenkollektiv). Sie können helfen. Sichern Sie sich einen Nebenverdienst.

Jetzt Mitglied werden!« Darunter stand eine Telefonnummer. Wenn ich ein bisschen mehr Geld hätte, dachte ich, könnte ich mein Leben ein wenig würdiger gestalten.

Ich ging zur Telefonzelle und rief an. Das Gespräch ging so:

MANN: Ja?

ICH: Ich möchte Mitglied des SPK werden.

MANN: Wissen Sie über uns Bescheid?

ICH: Ich hab das Plakat gesehen, das ist alles. Aber ich weiß, wie es ist, ein Patient zu sein. Ich war monatelang im Krankenhaus. Es war unerträglich. Und ich möchte etwas unternehmen …

MANN: Mit Krankenhäusern haben wir nichts zu tun.

ICH: Oh. (Pause.) Macht nichts. Ich möchte mir nur etwas dazuverdienen. Das steht auf Ihrem Plakat.

MANN: Wie heißen Sie? Ihren Nachnamen. Den Vornamen will ich nicht wissen.

ICH: Mountstuart.

MANN: Ist das ein Doppelname?

ICH: Ganz und gar nicht.

MANN: Sind Sie alt?

ICH: Nun, ich bin nicht mehr jung.

Es entstand wieder eine Pause, dann gab er mir eine Adresse in Stockwell. Ich sollte mich um fünf Uhr dort melden.

Es war die Napier Street. Wieder ein Napier, der in mein Leben tritt. Der letzte hatte mir Wohltaten erwiesen, also sah ich darin ein gutes Omen. Es war eine große Halbvilla in schlechtem Zustand, mit bröckelndem Putz. Laken und Zeitungen in den Fenstern dienten als Vorhänge. Bevor ich klingelte, entfernte ich noch schnell meine Krawatte. Ich trug einen Anzug (wie immer, weil ich außer Anzügen nichts besitze). Eine junge Frau mit spitzem Gesicht und schwachem

Kinn öffnete mir. Sie trug eine runde Nickelbrille, ihr Haar hing wirr in losen Zöpfen herab. »Ja?«, sagte sie misstrauisch. »Ich heiße Mountstuart. Ich sollte mich um fünf hier melden.« Sie schloss die Tür bis auf einen Spalt und rief ins Haus: »Hier ist ein alter Mann, der sagt, dass er Mountstuart heißt.« »Wie alt?«, rief eine Männerstimme zurück. »Ganz schön alt.« »Schick ihn rein.«

Sie führte mich in ein großes Zimmer im Erdgeschoss. An zwei Wänden standen Tapeziertische mit Schwenklampen. Vor dem Erkerfenster hing eine Decke, die den Blick auf die Straße versperrte, und um den Kamin herum waren drei Matratzen gruppiert. Überall verstreut lagen Rucksäcke, Reisetaschen, Zeitungsstapel, offene Konservenbüchsen, Colaflaschen aus Plastik. Das Ganze erinnerte mich ein wenig an Lionels Apartment im Village. Auf den Tapeziertischen waren Layout-Seiten einer Zeitung ausgebreitet und alles, was dazugehört: Sprühkleber, Letraset, Tippex-Fläschchen sowie zwei elektrische Kugelkopf-Schreibmaschinen. Neben dem Mädchen, das mir geöffnet hatte, waren noch drei Leute da. Ich wurde ihnen vorgestellt. Das Mädchen hieß Brownwell, ein anderes, das schöner war, mit dunklem Haar und einem Pony, der bis zu den Augen ging, hieß Roth. Ein Mann mit mickrigem Bart (der aussah, als wäre er büschelweise ausgerissen worden und hätte überall kahle Stellen hinterlassen) nannte sich Halliday, und schließlich gab es einen großen, schlanken Burschen (der älter als die anderen aussah, Mitte dreißig, würde ich sagen) mit schulterlangem Haar und Mittelscheitel. »Und ich bin John«, sagte er.

Sie suchten einen Stuhl, stellten ihn in die Mitte des Zimmers und ließen mich Platz nehmen. Dann begann eine Art freundliches Verhör. John fragte mich, warum ich mich entschieden hätte, dem SPK beizutreten. In der Annahme, dass sie das hören wollten, erzählte ich ihnen, ich sei durch meinen langen Aufenthalt in St. Botolph geschockt, wenn nicht traumatisiert worden, und ich wolle etwas für die Rechte der Patienten tun. Ich hätte mir vorgestellt, dass eine Organisation, die sich Sozialistisches Patientenkollektiv nennt, genau die links von der Mitte angesiedelte Initiative sei, die ich suche. Ich wolle helfen, ich wolle alles in meiner Kraft Stehende tun, denn wenn sie die Zustände in den heutigen Krankenhäusern und Altersheimen kennen würden, die fast totalitären …

John hob die Hand und bremste mich. Alle grinsten ein wenig herablassend. Ich sagte Ihnen doch, erklärte John, dass dies keine Bewegung zur Reform des Gesundheitswesens ist. Das sei mir egal, erwidere ich, ich wolle einfach etwas tun. Ich wolle nicht zu Hause sitzen und jammern, sondern etwas Aktives unternehmen. Und ein kleiner Nebenverdienst sei auch nicht schlecht, gab ich zu. Nach einem Leben voller Arbeit und beachtlicher Erfolge sähe ich mich jetzt gezwungen, unterhalb der Armutsgrenze dahinzuvegetieren. Meine bescheidene Behausung hätte ich einzig und allein der Großzügigkeit eines Isländers zu verdanken, andernfalls wäre ich obdachlos. Dann stellte ich die nächste Frage: Wenn Sie nichts mit Krankenhäusern und Patientenrechten zu tun haben, womit dann?

ROTH: Wir sind Antifaschisten.

ICH: Das bin ich auch.

JOHN: Sagen Ihnen die Namen Debord und Vaneigam etwas?

ICH: Nein.

JOHN: Haben Sie schon einmal von den Situationisten gehört?

ICH: Nein.

JOHN: Ulrike Meinhof? Nanterre 1968?

ICH: 1968 war ich in Nigeria, muss ich gestehen.

JOHN: Hatten Sie mit Biafra zu tun?
ICH: Ich bin hingefahren, am Ende des Krieges. Um jemanden herauszuholen.
HALLIDAY: Das möchte ich meinen.
BROWNWELL: Klasse, Mann.

Es kamen mehr Fragen: Ob ich schon von der Roten-Armee-Fraktion gehört habe. Ich bejahte. Brownwell wollte wissen, was ich von »Bullenschweinen, Richtern, Zentralismus und Privateigentum« halte. Damit kann ich nichts anfangen, antwortete ich. Ich will nur irgendwo mithelfen, nicht alles wehrlos über mich ergehen lassen. Das Leben laufe mir davon, erklärte ich, ich wolle kein passiver alter Mann werden. Nach meinen Erlebnissen in St. Botolph sei mir bewusst geworden, wie sehr es mich bedrückt und empört, dass die Einrichtungen und Autoritätspersonen einfach so über die Menschen verfügen – ich wolle den Menschen helfen, dass sie stärker für ihre Rechte eintreten.

Ich weiß nicht, warum, aber diese vier aufmerksamen jungen Leute stachelten meine Beredsamkeit und Leidenschaft an. Es war die erste Gelegenheit, meinem Herzen Luft zu machen, und ich ergriff sie mit Freuden.

Darauf erklärte mir John, dass sie alle vier dem »Arbeitskreis Kommunikation« des SPK angehören. »Was ist ein Arbeitskreis?«, fragte ich. Eine Gruppe, eine Zelle, ein Kader, erhielt ich zur Antwort. Hier in der Napier Street werde ein Wochenblatt von sechs bis acht Seiten produziert, das *The Situation* heißt. Der Verkauf dieses Blattes sei eine Haupteinkommensquelle des SPK. Sie würden Leute brauchen, die auf die Straße gehen und das Blatt verkaufen. Zehn Prozent des Erlöses würden dem Verkäufer gehören. Ob ich interessiert sei. Was machen Sie mit dem übrigen Geld?, fragte ich.

»Das geht dich gar nichts an«, erwiderte John. Er war ein

richtig hübscher Bursche, mit dunklen, kräftigen Augenbrauen und olivgrünen Augen. »Sagen wir so«, erklärte er mir, »was uns interessiert, ist die ›Intervention‹. Wenn wir Missstände entdecken, intervenieren wir auf irgendeine Art – wir fördern Streiks, entlarven faschistische Lügen, geben Geld und Unterstützung für gute Zwecke. Die Intervention kann viele Formen annehmen. Wir demonstrieren, wir protestieren, wir helfen den Unterdrückten und Benachteiligten. All das kostet Geld – Geld, das wir durch den Verkauf unserer Zeitung beschaffen.«

Er hat eine sanfte, gebildete Stimme. Während er zu mir sprach, winkte er nach einer Zigarette, und Roth kramte sofort in ihren Taschen, bis sie eine fand. John steckte sie in den Mund, zündete sie aber nicht an, und ich fragte mich, ob es Brownwells oder Hallidays Job war, ihm Feuer zu geben, aber nach einer Minute etwa zündete er die Zigarette selber an.

Ich sagte, ich sei interessiert, und sie baten mich, draußen zu warten.

Als ich im Flur stand, hörte ich Stimmen und Schritte von oben, und bald kamen zwei Männer die Treppe herunter, die an mir vorbeigingen, auf die Straße hinaus, ohne mich eines Blickes zu würdigen. Der eine war ein Araber. Nach etwa zehn Minuten wurde ich wieder hereingerufen. Brownwell sah mürrisch und unfreundlich aus, ich nahm an, dass sie gegen mich gestimmt hatte.

»Willkommen beim SPK«, sagte John und überreichte mir einen Stapel von hundert Zeitungen.

Mittwoch, 2. März

Mit der ersten Post kam heute die wahrlich schockierende Nachricht von Bens Tod. Sandrine schreibt, dass es am Ende zum Glück sehr schnell ging. Es wird eine kleine Feier in einer

Pariser Synagoge geben, und sie hofft sehr, dass ich kommen kann. Ich werde ihr schreiben und Krankheit vorschützen.

Der Anblick des Wortes »Synagoge« erinnerte mich daran, dass Ben nach all den Jahren religiöser Indifferenz dennoch ein Jude war. Ein englischer Jude, dem es gelungen war, fast sein ganzes Leben außerhalb Englands zu verbringen. War Ben der Klügste von uns dreien?

Was soll ich sagen? Ben war drei Monate jünger als ich – wahrscheinlich mein ältester und bester Freund, obwohl wir uns im Lauf der Jahre immer seltener sahen. Nach dem Zerwürfnis mit Marius kam zwischen uns Befangenheit auf. Und Sandrine ergriff natürlich die Partei ihres Sohnes. Ben wollte keinen Konflikt mit seiner Frau, also war es das kleinere Übel, Mountstuart auf Distanz zu halten. Aber Ben kam mir nach Freyas Tod zu Hilfe, und es war Ben, der mir eine Stellung in New York verschaffte. Ohne seine entscheidende Hilfe wäre mein ganzes Leben undenkbar gewesen – aber er wehrte sich hartnäckig gegen meine Dankbarkeit. Denk immer an die Gemälde, die du aus Spanien mitgebracht hast, sagte er. Denen haben wir beide unsere Existenz zu verdanken. Weiß man's? Im Rückblick stellt sich alles in günstigerem Licht dar, und in dieser Perspektive scheint es, als hätten wir beide es, so absurd und bizarr es klingen mag, einem spanischen Anarchisten im Barcelona des Jahres 1937 zu verdanken, dass wir unseren Weg gemacht haben. Ist das die Art, wie das Leben spielt?

Samstag, 26. März

Ich sage es mit Stolz, aber ich habe es in bemerkenswert kurzer Zeit geschafft, zum Spitzenverkäufer des SPK-Blatts aufzusteigen. Letzte Woche bin ich 323 Stück losgeworden – das macht vierundsechzig Pfund und sechzig Pence. Zehn Prozent davon gehen an mich – theoretisch, aber John war alles andere als fair. Der Anteil beträgt maximal fünf Pfund. Es gibt also keinen Anreiz für mich, mehr zu verkaufen. Wenn er ein wenig mehr Unternehmergeist hätte, würde er mich so viel verkaufen lassen wie möglich und davon profitieren. Aber das verträgt sich wohl nicht mit dem Ethos des SPK.

Am Ende jeder Woche versammeln sich die Verkäufer in der Napier Street und liefern ihre Einnahmen ab. Einige von uns werden dann zu einem Drink in einen wahrhaft grässlichen Pub in Stockwell eingeladen, der The Prizefighter heißt. Auf der anderen Straßenseite gibt es einen viel netteren, The Duke of Cambridge, aber John weigert sich aus Prinzip, Pubs mit adligen oder monarchistischen Namen zu besuchen. »Das ist ein Akt der Unterwerfung vonseiten der Brauereien«, argumentiert er, »und warum soll ich den unterstützen? All diese Leute fragen sich nie, wie die Kneipe heißt, wo sie trinken und ihr Geld lassen.« Da hat er wohl irgendwie recht.

Am gestrigen Freitag war ich zum zweiten Mal vom Arbeitskreis (Kommunikation) des SPK in den Prizefighter eingeladen. Anwesend war die übliche Vierergruppe: John, Roth, Brownwell und Halliday – aber diesmal kam ein Deutscher dazu, der uns als Reinhard vorgestellt wurde. Roth, die mit Vornamen Anna heißt, ist freundlich und offen, Brownwell (Tina) ist eher wortkarg und verschlossen; Halliday (Ian) hält mit seiner Meinung hinterm Berg – er ist John ergeben wie ein Hund. Interessanterweise ist »John« kein Nachname, sondern der Vorname. Korrekt heißt er John Vivian, doch offenbar will er nicht, dass seine Mitarbeiter ihn Vivian nennen. Ich bin immer Mountstuart – obwohl mich Anna gestern nach meinem Vornamen fragte. Sich mit dem Nachnamen anzureden, erinnert doch sehr an die Public School. Ich werde versuchen, ihnen das abzugewöhnen.

[NACHTRAG: Der Name SPK wurde zu Ehren einer linksradikalen Gruppierung gewählt, die 1970 von Dr. Wolfgang
Huber an der Universität Heidelberg gegründet worden war.
Huber hatte das SPK 1971 mit der Baader-Meinhof-Gruppe
verflochten. John Vivian, der mit Huber bekannt war, hatte
die englische Sektion des SPK aus Solidarität mit Huber ins
Leben gerufen, als dieser verhaftet worden war. (Das Konzept der »Arbeitskreise« stammte ausschließlich von Huber.)
Vivian unterhielt enge Verbindungen zu deutschen Linksradikalen – in der Napier Street hielten sich des Öfteren
Deutsche auf –, aber es gelang mir nie, sie zu identifizieren.

Vivian hatte Ende der sechziger Jahre Philosophie in Cambridge studiert und wurde 1968 bei der berüchtigten Protest-
aktion im Garden House Hotel verhaftet. Nach zwei Tagen
Polizeigewahrsam wurde er gegen Kaution frei gelassen. Dieses traumatische Erlebnis machte ihn zu einem Anhänger der
extremen revolutionären Linken. (Er behauptete stets, enge
Verbindungen zu The Angry Brigade zu unterhalten – einer
kurzlebigen britischen Stadtguerilla in den frühen siebziger
Jahren.) Vivian verließ Cambridge ohne Abschluss und hielt
sich erst in Paris, dann in Heidelberg auf, wo er unter Hubers
messianischen Einfluss geriet. Als ich ihn traf, war er einund-
dreißig.]

Freitag, 8. April

Einnahmen in der Napier Street abgeliefert. Die Stimmung
war frostig, angespannt – selbst für Napier-Street-Verhält-
nisse. Brownwell und John blieben kalt, obwohl ich fast dreihundert Stück verkauft habe. Ich überreichte das Geld und
erhielt kein Wort des Dankes, als man mir eine Fünfpfundnote hinwarf. Ich musste auf die Toilette und fragte, ob ich
eine benutzen könne. Ian Halliday führte mich ins Oberge-

schoss und zeigte auf eine Tür. Was ich betrat, war eine Art Gemeinschaftsschlafzimmer, doch die Wand zum benachbarten Badezimmer war niedergerissen, sodass man Waschbecken, Wanne und WC sehen konnte. Anna Roth saß bei meinem Hereinkommen auf der Toilette. »Entschuldigung!«, rief ich und wollte wieder hinaus. »Macht nichts, Logan«, sagte sie. »Ich muss nur scheißen. Bin gleich fertig.« Also drehte ich mich um und sah, wie sie aufstand und sich den Hintern abwischte. Ich machte eine Kehrtwendung zum Fenster und starrte in die Gartenwüste hinaus, bis ich die Spülung hörte. Sie war zum Reden aufgelegt und wollte nicht gehen, also musste ich pinkeln, während sie plaudernd hinter mir stand und eine Zigarette drehte. Ich fürchte, ich bin ein unverbesserlicher Bourgeois. Sie sagte, John habe eine Stinklaune, wegen irgendeiner Sache, die in Karlsruhe passiert ist, in Deutschland.* Er führe ständig kryptische Telefongespräche.

Aus irgendeinem Grund habe ich mir einen Titel für meine Autobiographie ausgedacht, sollte ich je eine schreiben. Er bezieht sich auf eine Beobachtung, die ich in New York machte. Ich ging ins Theater (welches Stück?) und sah eine Tür im Parterre, über der eine Ausgangsleuchte hing, und direkt unter der Leuchte stand geschrieben: »Dies ist kein Ausgang.« Wahrscheinlich hängt alles vom Schutzumschlag ab. (Es ist immer ein schlechtes Zeichen, wenn man den Umschlag entwirft, bevor das Buch geschrieben ist.) Aber man könnte sich das Foto einer solchen Ausgangsleuchte vorstellen und darunter: »Dies ist kein Ausgang – Eine Autobiographie von Logan Mountstuart.« Die Idee gefällt mir.

---

* Es kann sich nur um das Attentat der Rote-Armee-Fraktion auf den Bundesanwalt Siegfried Buback handeln. Außer Buback gab es zwei weitere Todesopfer.

Montag, 9. Mai

Ich holte heute Vormittag meinen neuen Stapel von hundert Zeitungen ab. Anna (wir reden uns jetzt mit Vornamen an) machte mir eine Tasse Kaffee. Sie flüsterte mir zu, dass Vivian sein Zimmer seit einer Woche nicht verlassen hat. »Sehr deprimiert«, sagte sie. Weshalb? »Wegen des Stammheim-Urteils.«* Reinhard, der Deutsche, wanderte in der Küche umher. Ein anscheinend harmloser Bursche mit blondem Bart, der nicht viel von sich hermacht.

[NACHTRAG: Inzwischen frage ich mich, ob es sich bei »Reinhard« nicht um Dr. Huber persönlich gehandelt haben kann. Er wurde 1977 aus der Haft entlassen und »ging in den Untergrund«. Vielleicht war er nach England gekommen, um nach seinem geistigen Kind SPK zu sehen. Nur eine Vermutung.]

Während Reinhard sich irgendeinen Kräutertee kochte, fragte mich Anna ohne eine Spur von Verlegenheit, was ich im Krieg gemacht habe. Nun, wenn du mich fragst, antwortete ich, ich war beim Geheimdienst der Marine. Heißt das, du warst Spion? Anzunehmen, erwiderte ich. Sie war sehr beeindruckt, und selbst Reinhard merkte auf. Er fragte mich, ob ich Kim Philby** kennengelernt habe. Ich verneinte – und dann kam John Vivian persönlich herein, sehr mürrisch. Weißt du was, John?, sagte Anna, Logan war im Krieg ein Spion. Vivian blickte mich an – scharf und ohne jede Freundlichkeit. Na bitte, sagte er. Wer ist hier der heimliche Boss?

---

* Am 28. April waren Andreas Baader, Gudrun Ensslin und Jan-Karl Raspe – allesamt Gründungsmitglieder der Baader-Meinhof-Bande – von einem Sondergericht in Stammheim zu lebenslanger Haft verurteilt worden.

** Der KGB-Spion Philby war in den sechziger und siebziger Jahren eine Ikone der Linksradikalen: ein Meister der Konspiration, ein Meister des Verrats.

Meine Verkaufstechnik wird jetzt gründlich unter die Lupe genommen. Im Unterschied zu meinen Kollegen gehe ich in Schlips und Kragen, ich meide die Arbeiterkneipen, wo die anderen ihre bescheidenen Umsätze erzielen, und suche die Londoner Universitäten, Kunsthochschulen und Ingenieurschulen auf. Die Gower Street, das University College und der dazugehörige Studentenclub sind meine beste Gegend. Zur Mittagszeit besuche ich die Cafeterias und Kantinen. »Die einzige Zeitung des Landes, die euch die ganze Wahrheit sagt«, ist mein Werbespruch. Und tatsächlich ist *The Situation* nicht das schlechteste Blatt seiner Art. Zu neunzig Prozent wird sie von Tina Brownwell verfasst, John Vivian legt die Überschriften fest und gibt in den Leitartikeln den Ton an. Der lustigste und interessanteste Teil sind Tinas Presseanalysen, in denen sie prozionistische Tendenzen und kryptoamerikanische Orientierungen entlarvt. Meist gibt es einen langen Leitartikel, der von politischer Theorie nur so trieft (und den ich ungenießbar finde), und er trägt schlagende Überschriften wie »Der Kapitalismus muss seinen Sturz selber finanzieren« oder »Kriminelle Aktion ist politische Aktion«.

Der Fünfer pro Woche ist für mich so etwas wie ein sozialer Rettungsanker geworden, und wahrscheinlich bin ich nicht mehr auf meine Hundemahlzeiten angewiesen – obwohl ich gestehen muss, dass ich eine echte Vorliebe für Bowsers Kaninchenhappen entwickelt habe, die ich – und das ist die neue Verfeinerung – behutsam mit einer Prise Currypulver abschmecke.

Dienstag, 31. Mai

Ich war gerade zum Lunch mit Gail. Wir haben im Restaurant ihres Hotels nahe der Oxford Street gegessen, ihr Mann war nicht dabei. Sie hatte mir geschrieben, dass sie nach London kommt und ob wir uns sehen könnten, sie hat mir ihre Nummer gegeben und mich gedrängt, dass ich sie anrufe. »Bitte, Logan, bitte.«

Also machte ich mich zur Wiederbegegnung mit der kleinen Gail auf, die ich so sehr geliebt habe, und stellte fest, dass sie sich in eine ernste, energische Frau mit blond gefärbtem Haar und schwerer Zigarettensucht verwandelt hat. Ich würde vermuten, dass ihre Ehe nicht glücklich ist – aber was weiß ich schon, der Ehe-Experte? Nur gelegentlich schien die alte Gail durch – ein paar Mal lachte sie, und einmal zeigte sie mit der Gabel auf mich und sagte: »Weißt du was? Mom war so ein Arschloch.« Ich sagte, mir geht es gut, ich komme zurecht, ich schreibe an einem neuen Roman, keine Probleme, nein, wirklich nicht. Beim Abschied umarmte sie mich fest und sagte: »Ich liebe dich, Logan. Wir müssen in Verbindung bleiben.« Ich konnte meine Tränen nicht verbergen, und sie auch nicht, also zündete sie eine Zigarette an, und ich sagte, es sieht nach Regen aus, aber irgendwie gelang es uns, den Abschied zu bewerkstelligen.

Während ich dies schreibe, spüre ich das zehrende Gefühl der Hilflosigkeit, das echte Liebe zu einem anderen Menschen in einem erzeugt. Das sind die Momente, in denen wir um unseren Tod wissen. Nur Freya, Stella und Gail. Nur diese drei. Besser als niemand.

Samstag, 4. Juni

Ich saß heute im Park-Café bei einer Tasse Tee und einem Penguin-Biskuit und las einen liegen gebliebenen *Guardian*, als ich auf die Nachricht von Peter Scabius' Erhebung in den Ritterstand stieß – wegen seiner »literarischen Verdienste«. Um ehrlich zu sein, ich spürte eine Aufwallung von Neid, bevor sich Gleichmut und Realitätssinn wieder einstellten.

Eigentlich war es kein Neid (ich habe Peter nie um seinen Erfolg beneidet – er ist ein viel zu großer Schwindler und Egomane, um echten Neid zu erregen), es war vielmehr eine Spontaneinsicht in den Gegensatz zwischen meinen Lebensverhältnissen und seinen. Plötzlich sah ich mich selbst – in diesem fadenscheinigen Anzug, dem ungebügelten Nylonhemd und dem fettigen Schlips, mit den immer dünner werdenden grauen Haaren, die dringend eine Wäsche brauchen – als eine wahre Jammergestalt. Da sitze ich nun mit meinen siebzig Jahren in diesem schäbigen Café, schlürfe meinen Tee, tunke meinen Penguin-Biskuit ein und frage mich, ob ich mir heute Abend im Cornwallis ein Glas Bier leisten kann. So habe ich mir mein Alter nicht vorgestellt. Andererseits habe ich mich nie als ein Peter-Scabius-Typ gesehen: »Heute sprachen wir mit Sir Logan Mountstuart in seinem wunderschönen Heim auf den Cayman-Inseln …« Das war nie mein Traum. Aber welchen Traum hattest du stattdessen, Mountstuart? Welche schmeichelhafte Zukunftsvision hat dir die Seele gewärmt?

Seit Monaten habe ich nichts mehr für *Oktett* getan. Das SPK und mein Zeitungsverkauf haben mich abgelenkt. Aber letzten Endes kommt es nur auf das Werk – das *œuvre* – an: Das ist meine Antwort. Die Bücher sind vorhanden, und sei es nur in den Copyright-Büros. Ich muss mit *Oktett* weiterkommen, wird mir jetzt klar – und allen zeigen, was ich kann.

Montag, 6. Juni

Als ich heute meine hundert *Situations* abholte, bat mich John Vivian nach oben zu einem kleinen Gespräch. Tina war da und auch Ian Halliday. Wir saßen in einem Zimmer mit zwei Fernsehgeräten; die Stimmung war ernst, aber nicht unfreundlich. »Wir möchten dir für deine Arbeit danken, Mountstuart«, sagte Vivian. »Du bist uns sehr nützlich.« Dann standen alle drei auf und schüttelten mir die Hand. Nicht zum ersten Mal fragte ich mich, was sie mit all dem Geld machen, das ich ihnen einbringe. Jedenfalls sagte Vivian, dass er angesichts meiner treuen Dienste die Zeit für gekommen hält, mich in den »Arbeitskreis Direkte Aktion« einzubeziehen, und fragte, ob ich bereit bin, zusätzliche Aufgaben zu übernehmen (die Zeitungen soll ich weiter verkaufen). Als Mitglied des »Arbeitskreises Direkte Aktion« soll ich auf Demonstrationen gehen, als Streikposten mitwirken und an allen Formen des Protests teilnehmen. Ich soll ein SPK-Transparent tragen und Flugblätter des SPK verteilen, Mitglieder anwerben und Abonnements für *The Situation* verkaufen. In Oldham streiken gerade die Busfahrer, sagte Vivian, und für die nächste Woche ist eine Demonstration vor dem Rathaus geplant. Ob ich bereit sei, mitzumachen. Ich kann mir nicht leisten, nach Oldham zu fahren, wandte ich ein. »Das übernehmen wir«, sagte Vivian mit nachsichtigem Lächeln, »alle vertretbaren Kosten. Und wenn ein Pressefotograf auftaucht, musst du das SPK-Transparent ins Bild halten.«

[NACHTRAG: So kam es, dass ich im Sommer 1977 in meiner Eigenschaft als Mitglied des Arbeitskreises Direkte Aktion überraschend weit reiste – im Bus quer über die Britischen Inseln. Erst nach Oldham, dann nach Clydeside, dann verbrachte ich fünf Tage auf dem Bürgersteig gegenüber der Downing Street. Ob die Färbereien von Swansea, die Fischer von Stonehaven oder die Knochenmühlen der Brick Lane streikten – ich war dabei. Man konnte mich sogar in den Fernsehnachrichten oder auf Pressefotos auftauchen sehen – ein großer älterer Herr in dunklem Anzug mit Krawatte, der ein SPK-Transparent schwenkt, von Polizisten umhergestoßen wird, im Sprechchor Margaret Thatcher beschimpft, Busse mit Streikbrechern ausbuht. Zwischendurch verkaufte ich *The Situation* und führte mein bescheidenes, nun engagiertes Leben weiter, zwischen Turpentine Lane, Bibliothek, Cornwallis und dem Park-Café pendelnd. Ich klagte nicht mehr über mein Schicksal – und hatte das Gefühl, endlich etwas Sinnvolles zu tun.]

Donnerstag, 8. September

Ich sitze gerade im Cornwallis und gönne mir ein Glas extrastarkes Lager mit einem kleinen Schoppen Sherry (bei einem engagierten Säufer ohne Geld wirkt diese Kombination Wunder, das garantiere ich – man will keinen Tropfen mehr trinken, und man schläft wie ein Baby), als zu meinem aufrichtigen Erstaunen John Vivian zur Tür hereinkommt.

Er setzt sich an meinen Tisch, hohläugig und nervös. Ich muss sagen, dass sich die Stimmung in der Napier Street in den letzten Wochen sehr verändert hat. Ian Halliday ist weg, Tina spricht kaum noch und Anna scheint ständig den Tränen nahe. Ich frage mich, ob Vivian mit Anna ein Verhältnis angefangen hat – jedenfalls glaube ich, dass das Wort »zermürbt« eine treffende Beschreibung ihres Zustands bietet. Die letzte Nummer der *Situation* ist auf vier Seiten geschrumpft – schon mehr Pamphlet als Zeitung – und besteht zur Hälfte aus einem verworrenen Artikel von Vivian über die »Isolationsfolter in Westdeutschland«. Fast den gesamten restlichen Raum nimmt ein schlecht übersetzter Artikel von Ulrike Meinhof aus dem Jahr 1969 ein. Ich machte darauf aufmerksam, dass so etwas auf den Straßen von London kaum zu verkaufen ist, und sofort brüllte Tina Brownwell etwas von Verrat und Fünfter Kolonne. Zum Glück für alle wurde am Montag irgendein deutscher Manager* gekidnappt. Dieses Ereignis erregte so viel Interesse, dass ich über hundert Stück loswurde.

Vivian beugt sich zu mir herüber und bietet mir eine Zigarette an (nein, danke) und noch einen Drink (nein, danke) und fragt mich, ob er das Zeitungsgeld schon bekommen kann. Ich habe es zu Hause, sage ich. Ich will es morgen abliefern wie immer. Ich brauche es jetzt, erwidert er.

Also geht er mit mir in die Turpentine Lane, will aber nicht hereinkommen. Ich hole das Geld, überreiche es und bitte um eine Quittung. »Noch immer die alte Krämermentalität, Mountstuart?«, sagt er mit dünnem Lächeln. Aber er unterschreibt den Wisch trotzdem und verschwindet in der Nacht. Es kann sich nur um Drogen handeln. Ich glaube, sie brauchen das Zeitungsgeld, um Rauschgift zu beschaffen.

Montag, 12. September

Vielleicht habe ich mich geirrt. Vivian war kalt und boshaft wie immer, als ich heute die neue Nummer abholte (die wieder ziemlich mager ausgefallen ist und sich vor allem mit dem Treiben der Linksradikalen in Westdeutschland befasst). Anna und Tina ließen sich nicht blicken. Gegen alle Gewohnheit bot er mir einen Drink an, einen Whisky, den ich diesmal annahm. Es folgte ein merkwürdiges Gespräch.

ICH: Also, welches College hast du in Cambridge besucht?
ER: Gonville and Caius. Warum?
ICH: Ich war in Oxford. Jesus College.
ER: Da kannst du mal sehen, Mountstuart. Die Blüte der Nation. Du hast bestimmt Anglistik studiert.

---

*   Dr. Hanns-Martin Schleyer, Präsident des Bundesverbandes der Deutschen Industrie, wurde von der Roten-Armee-Fraktion entführt.

ICH: Nein, Geschichte.

ER: Was hältst du von den Vorgängen in Deutschland?

ICH: Ich glaube, das ist kompletter Wahnsinn. Ein Irr-
glaube. Mit Gewalt ändert man gar nichts.

ER: Falsch. Jedenfalls ist es keine Gewalt, sondern Gegen-
gewalt. Ein Riesenunterschied.

ICH: Wenn du meinst.

ER: Warst du je im Gefängnis, Mountstuart?

ICH: Ja.

ER: Ich auch. Ich habe sechsunddreißig Stunden in einer
Zelle des Polizeipräsidiums von Cambridge gesessen. Das
nenne ich Gewalt. Ich hatte auf legale Weise gegen die
faschistischen Generäle in Griechenland protestiert, und
der Staat hat mich meiner Freiheit beraubt.

ICH: Ich war zwei Jahre in Einzelhaft in der Schweiz.

ER: Zwei Jahre? Mein Gott!

Das verschlug ihm für einen Moment die Sprache. Er füllte
die Gläser nach.

ER: Reist du gern?

ICH: Gegen einen kleinen Ausflug habe ich nichts einzu-
wenden.

ER: Hast du Lust, ins Ausland zu fahren?

Vivian war sehr umsichtig, als er mir die Reiseroute beschrieb.
Das SPK wird für alle Kosten aufkommen, ich muss nur mit
der Fähre von Harwich nach Hoek van Holland und dann
in eine Kleinstadt bei Hamburg fahren, die Waldbach heißt.
Dort soll ich mich in einem kleinen Hotel einmieten, dem
Gasthaus Kesselring, wo man mich ansprechen wird und ich
neue Instruktionen erhalten werde. Jeden Abend um sechs
soll ich in der Napier Street anrufen und Meldung erstat-

ten, aber ich darf nur mit Vivian persönlich sprechen. Unser Losungswort ist »Mogadischu«. Ich soll nichts sagen, wenn die Person, zu der ich »Mogadischu« sage, das Losungswort nicht wiederholt. Nur wir beide kennen das Losungswort, sagte Vivian, auf diese Weise sichern wir unsere Gespräche ab.

»Mogadischu in Somalia?«, fragte ich. »Warum?«

»Es klingt nett.«

»Dann kann man sagen, dass ich jetzt die Operation Mogadischu durchführe?«

»Wenn du so willst, Mountstuart, dann hast du recht.«

Wir blieben sitzen und tranken weiter. Ich fragte Vivian, worum sich das Ganze drehen soll. Stell mir keine Fragen, und ich erzähl dir keine Lügen, Mountstuart, war seine Antwort. Wir wurden beide ein bisschen besoffen, als wir uns dem Ende der Flasche näherten. John, woran glaubst du?, fragte ich ihn. Ich glaube an den Kampf gegen den Faschismus in allen Formen, sagte er. Das ist eine Ausrede, erwiderte ich, ein Gemeinplatz, und im Grunde nichts sagend. Dann erzählte ich ihm von meinem Freund Faustino Angel Peredes, dem spanischen Anarchisten, der 1937 in Barcelona starb, und dem Credo, das wir im selben Jahr gemeinsam an der aragonischen Front ausgearbeitet hatten. In voller Absicht nannte ich all diese Namen und Daten, damit er den darin enthaltenen Lebensstoff ermessen konnte. Unser Credo von den zwei Dingen, die wir hassen, und den drei Dingen, die wir lieben: Hass auf Unrecht und Privilegien, Liebe zum Leben, zur Menschheit, zur Schönheit. Vivian blickte mich traurig an, goss sich den Rest des Whiskys ein und sagte: »Du bist wirklich ein unverbesserlicher alter Wichser, oder?«

Donnerstag, 6. Oktober

Heute Abend beim Nachhausekommen fand ich zwei Umschläge, die jemand durch den Briefschlitz gesteckt hat. Der eine enthält hundert Pfund, eine Fahrkarte von Waterloo Station nach Waldbach und die Bestätigung, dass ab Samstag ein Zimmer für mich im Gasthaus Kesselring reserviert ist. Im anderen Umschlag stecken zweitausend Dollar in Fünfzigerscheinen und ein Zettel, auf dem steht, dass mein Kontakt in Waldbach mir sagen wird, für wen das Geld bestimmt ist. Ich soll am Samstagmorgen abreisen – Operation Mogadischu scheint anzulaufen. Eine solche Feststellung mag seltsam klingen, besonders in meinem Alter, aber ich fiebere vor Aufregung und Erwartung, fast wie ein Schuljunge. Als wäre ich noch in der Abbey und eine Nachtübung würde stattfinden.

Memorandum zur »Operation Mogadischu«

Das Städtchen Waldbach wird von einem gewundenen, träge dahinfließenden Fluss geteilt. (Den Namen habe ich vergessen.) Auf der Südseite steht ein halbverfallenes Schloss, um das sich ein paar Fachwerkhäuser mit steilen Dächern drängen. Auf der anderen Seite befindet sich die Neustadt (vor allem Nachkriegsbauten, die von den Zweckbauten eines großen Lehrerseminars überragt werden). Dort ist auch das Gasthaus Kesselring gelegen. Ich bekam ein Zimmer nach hinten, mit Blick auf eine Garage und ein Kino. Ich traf nach Mitternacht ein und ging sofort ins Bett.

Am Sonntag erkundete ich das Schloss und aß an dem kleinen Platz zu seinen Füßen Mittag. Abends aß ich im Hotelrestaurant und las mein Buch im Aufenthaltsraum (eine John-O'Hara-Biographie – ein sehr unterschätzter Autor). Am Montag wiederholte ich die Prozedur, aber statt zu lesen, ging ich ins Kino und sah mir einen schlecht synchronisierten Film an, *Die drei Tage des Kondors**, der nach allem, was ich mitbekam, hervorragend war.

Pünktlich um sechs rief ich die Napier Street an (am Abend zuvor hatte niemand abgenommen).

»Hallo«, sagte eine Männerstimme.

»Mogadischu.«

»Hallo?«

»Mogadischu.«

Ein anderer übernahm den Hörer. »Bist du's, Logan?«

Es war Anna. »Ja. Kann ich bitte John sprechen?«

»Wo bist du? Alles in Ordnung?«

»Absolut.«

Vivian löste sie ab.

»Mogadischu.«

»Hi, Mountstuart. Alles in Ordnung?«

Ich legte auf und wählte zwei Minuten später erneut.

»Was zum Teufel soll der Scheiß, Mountstuart?«

»Mogadischu.«

»Ja doch. Mogadischu, Mogadischu, Mogadischu.«

»Es ist sinnlos, irgendwelche Kodes zu vereinbaren, wenn sie nicht eingehalten werden.«

»Anna stand neben mir. Ich konnte nicht ›Mogadischu‹ durch die Gegend brüllen.«

»Wollen wir das Losungswort wechseln?«

»Nein, nein, nein. Irgendwelche Neuigkeiten?«

»Der Kontakt meldet sich nicht.«

»Merkwürdig. Warte einfach ab.«

Am Dienstag trottete ich erneut über die Schlossbrücke, aber einen weiteren Rundgang hielt ich nicht aus, also setzte ich mich mit meinem Buch ins Café und bestellte ein Bier

---

*   Mit Robert Redford und Faye Dunaway, Regie Sydney Pollack.

und ein Sandwich. Es war ein kalter Tag, deshalb ging ich hinein – das Lokal war so ziemlich leer.

Da kamen zwei junge Frauen herein und setzten sich. Ich spürte im Rücken, dass sie mich anstarrten, und hörte sie tuscheln. Beide hatten schlecht gefärbtes Haar – die eine blond, die andere karottenrot. Schließlich drehte ich mich um und lächelte sie an, worauf sie sich einen Ruck gaben und an meinen Tisch hinüberwechselten.

»Was zum Teufel soll der Scheiß?«, zischte mich die Blonde an.

»Wir hocken seit zwei Tagen in diesem beschissenen Bahnhof«, sagte die Karotte.

Meine Instruktionen besagen nichts von einem Treffen im Bahnhof, erklärte ich und entschuldigte mich. Als Friedensangebot bestellte ich ihnen etwas zu trinken, und sie tranken ein paar Bier. Beide sprachen gut Englisch und rauchten ohne Unterlass.

»Ich bin Mountstuart«, sagte ich.

»Warum bist du so alt?«, fragte die Blonde. »Gibt es in England keine Jüngeren?«

»Nein, nein«, sagte die Karotte. »Das ist clever. Verdammt clever, überleg doch mal. So ein Opa mit Anzug und Mantel. Da kommt doch keiner drauf.«

»Ach so«, sagte die Blonde. »Ich, äh, heiße Ingeborg.«

»Und ich bin Birgit – nein, Petra« korrigierte sich die Karotte ohne Umstände. Beide unterdrückten ein Lachen.

»Ich glaube, ihr habt Instruktionen für mich«, sagte ich.

»Nein«, erwiderte Petra. »Ich glaube, du hast was für uns.«

»Da muss ich erst mal telefonieren.«

Ich ging zur Telefonkabine, und irgendwie gelang es mir, ein R-Gespräch in die Napier Street anzumelden.

»Akzeptieren Sie ein R-Gespräch von einem Mr Logan Mountstuart?«

»Auf keinen Fall«, sagte Tina Brownwell und legte auf.

Ich vertröstete Petra und Ingeborg auf später, weil ich erst meinen Sechsuhranruf machen musste, und wir verabredeten ein Treffen in der Kaffeebar gegenüber dem Bahnhof.

Zur vereinbarten Zeit rief ich Vivian an.

»Mogadischu.«

»Hör auf mit dem Blödsinn, Mountstuart. Wir sind nicht bei den Pfadfindern.«

»Es war deine Idee.«

»Ja doch. Was ist?«

»Sie haben sich gemeldet, aber sie haben keine Instruktionen.«

»Verdammte Scheiße!« Vivian schäumte und fluchte eine Weile. »Wo ist er? Kannst du ihn ranholen?«

»Wen?«

»Den Kontakt.«

»Es sind zwei junge Frauen, übrigens. Ich treffe sie heute Abend wieder.«

Er wollte ein paar Anrufe machen und die Sache klären. Ich marschierte zum Bahnhof und sah Petra und Ingeborg im Fenster einer grell beleuchteten Cafeteria sitzen. Wir bestellten Brathähnchen mit Pommes und tranken Bier. Die beiden rauchten. Petra, so schloss ich aus ihrem Aussehen, war eine Blonde, die sich rotgefärbt hatte. Sie hatte blaue Augen und ein mürrisches Gesicht mit Schmollmund, das von lauter kleinen Leberflecken gesprenkelt war. Ingeborg war eine Dunkelhaarige, die auf Platinblond getrimmt war – dünnlippig, mit huschenden braunen Augen und einer Kerbe im Kinn.

Wir aßen und schwatzten wie Austauschstudenten in einer Mensa. Sie erkundigten sich nach dem SPK und nach John Vivian. Ich gab ausweichende Antworten.

»Kennst du Ian?«, fragte Petra.

»Ja. Ein bisschen.«

»Armer Ian«, sagte Ingeborg.

»Warum arm?«

»Die Schweine haben ihn umgelegt. Einfach abgeknallt.«[*]

»Dann sprichst du von einem anderen Ian«, sagte ich.

Petra blickte mich scharf an. »Bist du bewaffnet?«

»Natürlich nicht.«

Sie klappte ihre Handtasche auf und zeigte mir etwas, was aussah wie eine Automatikpistole.

»Ich hab auch eine«, sagte Ingeborg. »Und hier sind deine Instruktionen.« Es war eine Züricher Hoteladresse. Hotel Horizont. Die Schweiz mal wieder.

Ich schreibe dies um der Wahrhaftigkeit willen und um offenzulegen, was dies alles über mich und die Situation, in der ich mich befand, besagt. Als Petra mir ihre Pistole gezeigt und Ingeborg mir versichert hatte, dass sie auch eine besaß, entwickelte ich ein lebhaftes sexuelles Interesse an diesen beiden schmuddligen, neurotischen Mädchen. Statt mich von dieser neuen Wendung abschrecken zu lassen, wollte ich sie ins Gasthaus Kesselring mitnehmen und mit ihnen schlafen. Ist das die Gefahr, die im billigen Glamour der selbsternannten Stadtguerillas steckt? Dass das »Spiel« immer dazu tendiert, die brutale Wirklichkeit zu verbergen? Ich begriff, dass die »Operation Mogadischu« nun weit bedrohlicher wurde, als ich geahnt hatte, und doch konnte ich sie nicht ernst nehmen, ich konnte nicht glauben, dass diese unbedarften, zänkischen Wesen mit ihren schlecht gefärbten Haaren irgendeine Bedrohung für mich darstellten. Ich war gefesselt, betört, erregt. Und ich muss auch zugeben, dass ich nach einer Minute

---

[*] Wahrscheinlich bezog sie sich auf den Engländer Iain McLeod, der 1972 bei einer Wohnungsdurchsuchung in Stuttgart von der westdeutschen Polizei erschossen wurde. Seine angebliche Mitgliedschaft bei der Rote-Armee-Fraktion wurde nie bewiesen.

Nachdenken entsetzt über meine eigene Dummheit und Naivität war. Ich sollte in geheimer Mission quer durch Deutschland reisen? Wohin war ich da geraten? Sollte ich eine paneuropäische Studentendemo organisieren? Den Geldboten für eine linke Hilfsorganisation spielen? Waren John Vivians rebellisches Gehabe und sein Zynismus nicht nur Attitüde gewesen, eine Schaustellung, ein Bemühen, »cool« zu wirken – und das vielleicht alles nur mit dem Ziel, junge Mädchen wie Anna und Tina in sein Schlupfloch zu locken? Aber in dem überhellen Bahnhofscafé begriff ich plötzlich die grausamen und menschenverachtenden Konsequenzen dieses Extremismus – ob links oder rechts, sie alle schienen in ihrer Großspurigkeit, ihrem Dilettantismus auf bewaffnete Konfrontation und Gewalt gegen Menschen hinauszulaufen. Die John Vivians dieser Welt manövrierten sich mit ihrem Radikalismus in eine politische Sackgasse – aus der sie sich dann mithilfe von Anschlägen und Attentaten herausbomben wollten.

Ich zahlte die Rechnung und wandte mich zum Gehen.

»Nett, euch getroffen zu haben«, sagte ich.

»O nein.« Petra lächelte. »Wir kommen mit nach Zürich, Mountstuart.«

Wortwechsel mit John Vivian.

»Sie wollen *was*?«

»Sie wollen mitkommen.«

»Warum denn das, verflucht noch mal?«

»Ich weiß es nicht. Und sie sind bewaffnet. Ich will da raus, Vivian.«

»Die sind nicht bewaffnet. Die verarschen dich nur.«

»Die Sache ist doch nicht illegal, oder?«

»Du bist ein Mann von fünfundsiebzig Jahren, der einen Europa-Trip macht.«

»Einundsiebzig.«

»Was?«

»Ich bin einundsiebzig.«

Schweigen. Dann: »Fahr mit ihnen nach Zürich, und wenn dort der Kontakt ...«

»Welcher Kontakt? Mit wem?«

»Jemand wird dich ansprechen. Losungswort ›Mogadischu‹. Mach dein Ding und schieb die Weiber ab. Und das mit den Waffen kannst du vergessen. Das ist Blödsinn.«

»Mein Geld geht zur Neige. Diese Mädchen sagen, sie sind pleite.«

»Ich telegraphiere noch mal hundert an American Express Zürich. Nimm deine Kreditkarte.«

»Ich habe keine Kreditkarte.«

»Dann musst du eben sparen.«

Petra, Ingeborg und ich fuhren mit dem Zug – eine sehr unbequeme Nachtfahrt im Raucherabteil dritter Klasse – von Hamburg nach Stuttgart, wo wir in den Zug nach Zürich umstiegen. In dieser Nacht atmete ich den Rauch von etwa zweihundert Zigaretten ein und bekam höchstens zwei Stunden ungestörten Schlaf. Ich bestand darauf, dass wir uns für die Dauer der Zoll- und Passkontrolle trennten – der alte Geheimdienstler erwachte in mir, wie ich mit stillem Stolz vermerkte. Wir suchten das Büro von American Express auf, und ich nahm weitere hundert Pfund entgegen, die ich in einen lächerlich geringen Frankenbetrag umtauschte. Dann mieteten wir uns im Hotel Horizont ein – modern, abgewohnt, anonym –, wo man uns ein Doppelbettzimmer und eine Art Campingbett mit Schaumgummimatratze anwies – welches für mich bestimmt war. Das Personal verlor kein Wort über diese Aufbettung, nach Schweizer Standards schien sie vollkommen akzeptabel zu sein. Die Mädchen gingen sofort schlafen, nur um Schuhe und Mantel erleichtert, krochen sie unter die Decke – wie Verfolgte auf der Flucht, fiel mir dazu ein. Meine sexuellen Phantasien hatten sich in Luft aufgelöst. Ich kam mir ausgenutzt vor wie ein guter Onkel von seinen unverschämten Nichten.

Um sechs rief ich Vivian an.

»Ich brauche Geld.«

»Ich hab dir doch gestern schon hundert geschickt, Himmel noch mal!«

»Das hier ist die Schweiz. Und wir sind zu dritt.«

»Okay, ich schicke was. Mach dir'n Flotten.«

»Denk auch an meine Rückfahrt.«

»Klar doch.«

»Und übrigens: Ich trete zurück.«

»Wovon?«

»Von meiner Mitgliedschaft im Sozialistischen Patientenkollektiv. Vom Arbeitskreis Direkte Aktion und vom Arbeitskreis Kommunikation. Von dem ganzen Verein in der Napier Street. Wenn ich zurück bin, ist es vorbei. Finito. Kaputt.«

»Sei nicht so theatralisch, Mountstuart. Wir reden drüber, wenn du wieder hier bist. Mach's gut.«

An dem Abend zerrte ich die Mädchen aus dem Bett, und wir gingen in ein Pizzalokal, das an irgendeinem Platz gelegen war. Beide waren gereizt und übellaunig und verzehrten wortlos ihre Pizza. Als sie fertig waren, wollten sie Geld, um »Hasch« zu kaufen – sie sagten, sie wollten sich »anturnen«. Ich sagte Nein, und sie verfielen wieder in ihr beleidigtes Schweigen. Wir liefen durch die Stadt, ein seltsames, verdrossenes Dreiergespann, und schauten in die Auslagen, bis Ingeborg in einer Seitenstraße eine Bar entdeckte und einen Drink vorschlug. Das hielt ich für die bessere Idee, also gingen wir hinein. Wir bekamen eine Cocktailliste hingelegt, aber die

Drinks waren so extrem teuer, dass wir uns auf ein nur unwesentlich billigeres Bier einigten. Die Mädchen kauften Zigaretten und boten mir eine an. Ich lehnte ab.

PETRA: Rauchst du nicht, Mountstuart?
ICH: Nein, nicht mehr. Zu teuer.
INGEBORG: Scheiße. Man muss doch seinen Spaß haben im Leben, Mountstuart.
ICH: Finde ich auch. Mir macht das hier Spaß.

Die beiden sprachen Deutsch miteinander.

ICH: Was habt ihr gesagt?
PETRA: Ingeborg meint, wir sollten dich erschießen und mit deinem Geld abhauen.
INGEBORG: Ha, ha. Keine Sorge, Mountstuart, wir stehen auf dich.

Als wir wieder im Hotel waren, wurden sie unangenehm zimperlich und ließen mich auf dem Korridor warten, während sie ins Bett gingen. Als sie fertig waren, riefen sie mich hinein.

Ich zog mir im Bad den Pyjama an und provozierte mit meinem Anblick quiekendes Gelächter. Jetzt kam ich mir vor wie der Aufpasser in einer Mädchenschule. »Haltet verdammt noch mal die Klappe«, fuhr ich sie an und legte mich auf die knarrende Campingliege. Ich versuchte zu schlafen, aber sie schwatzten und rauchten weiter, ohne meine Beschwerden und Flüche zu beachten.

Am nächsten Morgen [Donnerstag, 13. Oktober] wachte ich mit Rückenschmerzen auf. Die beiden schliefen wie die Murmeltiere, Petra schnarchte leise, Ingeborg hatte die Decke abgeworfen und entblößte ihre kleinen Brüste. Ich zog mich an und ging in den Frühstücksraum hinunter, wo ich Kaffee trank und gekochte Eier, Schinken und Käse aß, in Gesellschaft dreier chinesischer Geschäftsleute, die sich laut und wortreich unterhielten. Ich belegte ein paar Brötchen mit Schinken und Gewürzgurken, wickelte sie in Servietten und stopfte sie in die Taschen: Frühstück für die Mädchen oder Mittag für mich.

Ich holte wieder hundert Pfund von American Express (und dachte mir, dass ich riesige Löcher in den SPK-Etat riss), dann machte ich einen Spaziergang, ohne viel um mich herum wahrzunehmen. Ich bemerkte nur, dass überall die Kirchenglocken läuteten – ein dumpfer, zunehmend irritierender Lärm, der mich an Oxford erinnerte. Nach zehn Minuten etwa fiel mir auf, dass ich verfolgt wurde – von einem jungen Mann mit Jeans und Lederjacke. Er hatte glänzendes, langes Haar und einen mexikanisch wirkenden Schnurrbart. Ich bog um eine Ecke, stellte mich in die wärmende Sonne und wartete auf ihn.

»Hallo, Mogadischu«, sagte er.

»Mogadischu. Ich bin Mountstuart.«

»Jürgen. Was haben verflucht noch mal diese Weiber bei dir zu suchen?«

»Sie haben darauf bestanden, mitzukommen. Ich dachte, das gehörte zum Plan.«

»Shit.« Jürgen fluchte ausgiebig auf Deutsch weiter. »Hast du das Geld?«

»Nicht bei mir.«

»Bring es in dieses Café dort. In einer Stunde.«

Ich stiefelte also ins Hotel zurück, wo die beiden Mädchen im verglasten Vorbau der Lobby saßen, in Zeitschriften blätternd und rauchend, wie ich wohl nicht hinzufügen muss.

»Was machen wir heute, Mountstuart?«, fragte Petra.

»Ihr habt frei«, sagte ich. »Amüsiert euch.«

»In Zürich?«, keifte Ingeborg. »Vielen herzlichen Dank, Mountstuart.«

»Man muss Spaß haben im Leben. Schon vergessen?«

Ich ging hinauf, packte meine Sachen und benutzte die Treppe anstelle des Fahrstuhls, aber es gab keinen Grund zur Vorsicht – die Mädchen waren weg. Ich bezahlte die Rechnung und suchte Jürgen im verabredeten Café auf. Er kam zehn Minuten zu spät, in der Hand einen kleinen Koffer.

»Der ist für dich«, sagte er und überreichte mir den Koffer. Er war sehr schwer. Ich gab ihm den Umschlag mit den Dollars, und zum ersten Mal hellte sich seine Miene auf, dennoch bestand er darauf, das Geld umständlich durchzuzählen. Als er fertig war, stopfte er es in die Tasche und schüttelte mir die Hand.

»Schönen Gruß an John, wir sind bereit«, sagte er. »Viel Glück.«

Ich fuhr mit der Straßenbahn zum Bahnhof und kaufte eine Fahrkarte nach Grenoble. Von dort wollte ich nach Paris und über Calais nach England zurück. Vivian hatte darauf bestanden, dass ich über einen anderen Hafen nach England einreiste.

Am Abend saß ich in einer Hotelbar in der Nähe des Bahnhofs von Grenoble und sah die Nachrichten. Eine Maschine der Lufthansa war am Flughafen von Palma entführt worden. Die Entführer – vier Araber, zwei weiblich, zwei männlich, forderten die Freilassung aller politischen Häftlinge in Deutschland.

In der Nacht lag ich wach und fragte mich, was Petra und Ingeborg wohl trieben. Ich kam mir ein wenig wie ein Schuft vor, weil ich sie einfach im Stich gelassen hatte, aber ich war nur Vivians Anweisungen gefolgt. Ohnehin waren sie flatterhaft und völlig unberechenbar – nach allem, was ich erlebt hatte, konnte es sein, dass sie mit mir nach London kommen wollten. Man stelle sich vor: Die Turpentine Lane mit Petra und Ingeborg ...[*]

Der Koffer, den mir Jürgen anvertraut hatte, war nicht nur schwer, sondern auch gut verschlossen.

Am nächsten Morgen öffnete ich Jürgens Koffer mit einem kleinen Schraubenzieher und einem gebogenen Draht. Er enthielt ein Sortiment gebrauchter Kleidung und vierzig Stäbe aus einer Substanz, die ich als Dynamit identifizierte. Jeder Stab trug die Aufschrift: *Gommel astigel dynamite. Explosif rocher, Société française des explosifs. Usine de Cugny.* Ich klappte den Koffer zu und überlegte. Ich hatte siebzig Pfund in französischen Franc, bei meinen bescheidenen Bedürfnissen konnte ich davon ein paar Tage leben und die Heimfahrt bestreiten. Aber an ein Hotel war nicht zu denken. Sollte ich mir vielleicht Zelt und Schlafsack kaufen und auf Campingplätzen übernachten? Da fiel mir ein, wo ich mich befand – in Frankreich. Mir gehörte ein Haus in diesem Land. Ich ging zum Telefon und rief Noel Langes Büro in London an.

Freitagabend. Ich war in Toulouse und übernachtete im billigsten Hotel, das ich finden konnte. Samstagmorgen fuhr ich mit dem Bus nach Villefranche-sur-Lot. Die Zeitung, die ich gekauft hatte, war voller Berichte von der Entführung der Lufthansa-Maschine. Das Flugzeug befand sich jetzt in Dubai, und die Forderungen der Entführer waren präzisiert

---

[*] »Petra« – Hanna Hauptbeck, verhaftet 1978 in Hamburg, wegen Bankraub und Vorbereitung eines Sprengstoffanschlags zu sieben Jahren Gefängnis verurteilt. »Ingeborg« – Renate Müller-Gras. 1978 in Stuttgart nach einem Schusswechsel mit der Polizei untergetaucht. Es wird vermutet, dass sie tot ist.

worden: Sie wollten die Freilassung von elf Mitgliedern der Baader-Meinhof-Bande, von zwei in der Türkei gefangenen Palästinensern und ein Lösegeld in Höhe von 15,5 Millionen Dollar.

In Villefranche stieg ich in einen anderen Bus um, der mich durchs Tal des Lot nach Puy l'Évêque brachte. Dort suchte ich das Büro des Notars Polle auf, der die Schlüsselgewalt über Cypriens Haus in Sainte-Sabine hatte. Monsieur Polle, ein freundlicher Mann mit grauem Bürstenschnitt, war bereit, mich die vierzig Kilometer südwärts nach Sainte-Sabine zu bringen. Wir fuhren über kleine Straßen durch bewaldetes Hügelland, ab und zu kam die Sonne zwischen den großen Wolken durch, die, von einem kräftigen Wind gejagt, gen Osten trieben.

Cinq Cyprès – mein Haus – war zum Verkauf ausgeschrieben, seit ich Cypriens Erbe angetreten hatte. Es wurde schnell klar, warum niemals ein Angebot eingegangen war. Die fünf Zypressen, die es umstanden, waren so alt wie das Haus, gepflanzt bei seiner Errichtung, wie ich mir vorstellte, am Ende des 19. Jahrhunderts. Die zerklüfteten Bäume ragten, in strategischer Position um das Haus und das einzige Nebengebäude (eine wesentlich ältere Feldsteinscheune) verteilt, über zwölf Meter in die Höhe. Das Haus war halb verfallen, die unansehnliche Landhausfassade war teilweise von Efeu und Wildem Wein überwuchert. Es stand inmitten eines kleinen Parks mit vielen ausgewachsenen Laubbäumen – Kastanien, Eichen, Platanen. Hinein gelangte man durch ein rostiges Gittertor, das weit offen stand. Nur eine rot-weiße Plastikkette versperrte den Zugang zum Grundstück.

M. Polle schloss mir die Haustür auf. Er überreichte mir ein mit vielen Schildern versehenes Schlüsselbund und murmelte *»Félicitations«*, als ich symbolisch von meinem Haus

Besitz ergriff. Alte Terrakottafliesen klapperten unter meinen Füßen, während ich über den Flur ging und in ein großes Parterrezimmer hineinschaute, in dem sich zwei Ledersessel, mottenzerfressene Vorhänge und ein mit Brettern vernagelter Kamin befanden. Ich stellte meine Reisetasche und den mit Dynamit gefüllten Koffer ab und lauschte M. Polles Erklärung, dass Wasser und Strom abgeschaltet seien und dass er mir ein ausgezeichnetes Hotel in Puy l'Évêque empfehlen könne. Nein, nein, sagte ich, ich möchte hier übernachten, bevor ich nach England weiterreise. *»Comme vous voulez, Monsieur Mountstuart.«* Mir gefiel die französische Aussprache meines Namens. M. Polle setzte mich in Sainte-Sabine ab, das nur einen Kilometer entfernt war, wo ich in einem kleinen Supermarkt einkaufte: Brot, eine Büchse Pâté, Rotwein (mit Schraubverschluss), eine Flasche Wasser und Kerzen. Langsam lief ich durch die einsetzende Dämmerung zu meinem neuen Heim zurück.

Bei Kerzenlicht aß ich das Brot mit Pâté und trank den Wein dazu. Ich schob die zwei Ledersessel zusammen, bedeckte mich mit dem Mantel, sah dem Schattenspiel der Kerze zu und lauschte auf die Stille, die eine absolute war, bis ich die Flamme ausblies. In der undurchdringlichen Finsternis hörte ich feine Geräusche von Nagetieren und Insekten und das seltsame Ächzen und Knacken eines alten Hauses, wenn die Temperaturen sinken. Ich fühlte mich sehr geborgen.

Ich verbrachte zwei weitere Tage und Nächte in Cinq Cyprès, stöberte herum, machte mich mit Haus und Grundstück vertraut. Es war alles andere als hübsch, dieses *maison de maître* mit seinen drei Etagen, der grauen Stuckfassade und dem zu groß geratenen schmiedeeisernen Balkon im ersten Stock. Erbaut von einem reichen Verwandten Cypriens, der seine Nachbarn beeindrucken wollte. Die Natur hatte mit ihrem

üppigen Bewuchs mildernd auf das Äußere eingewirkt – viele
der geschlossenen Fensterläden weiter oben waren vollständig von Efeu und Wildem Wein überwuchert. Das Erdgeschoss war noch gut in Schuss, es brauchte vor allem eine
gründliche Reinigung, doch wenn man die Treppe hinaufkam,
sah man die Zerstörungen, die Nässe und Fäulnis angerichtet hatten. Das Dach hatte offenbar ein großes Loch, und
ein Fenster, das ohne Laden und ohne Scheiben war, ließ seit
Jahren Wind und Wetter herein. Die großen Bäume um das
Haus verdunkelten die Zimmer und verstellten die Sicht, sodass nicht zu erkennen war, wo der Rasen in die umliegenden
Wiesen überging. Jenseits der Wiesen erhoben sich dunkle
Eichenwälder, und hinter dem Haus, ein wenig abseits, stand
die alte Feldsteinscheune, zu der ein kleiner Anbau, eine aus
zwei Räumen bestehende Gärtnerwohnung, gehörte.

Ich fand den Schlüssel zur Scheune und entdeckte nach
einigem Stöbern zwischen altem, verrostetem Ackergerät
ein paar wacklige Spaten und Hacken. Ich zog einen Spaten
hervor und grub ein Loch im verwilderten Obstgarten hinter
der Scheune, wo ich den Koffer mit Dynamit beerdigte, ohne
eine Markierung zu hinterlassen. Dann ging ich nach Sainte-
Sabine, um mir Essen zu kaufen.

Die Hauptstraße führte zu einem kleinen Platz mit der
(schlecht restaurierten) Kirche, dem Postamt, der *mairie* und
der *superette*. In den Nebenstraßen befanden sich ein paar
Bars, Apotheken, Bäcker- und Fleischerläden. Es gab ein me-
dizinisches Zentrum mit Arztpraxen und einer Zahnklinik,
einen Zeitungsladen und einen Taxiunternehmer, der nebenbei als Leichenbestatter fungierte – eigentlich alles, was ein
Dreihundertseelendorf braucht. Die Bewohner von Sainte-
Sabine konnten sich ernähren, ihren Geschäften nachgehen,
sich behandeln lassen, wenn sie krank wurden, und sich be-
erdigen lassen, wenn sie starben. Der Marktplatz, Place du

8 Mai, war von brutal gestutzten Platanen bestanden, deren Blätter knöcheltief auf dem Boden lagen, als ich zur Superette hinüberging. Beim Bezahlen fragte mich die Kassiererin »*Vous êtes le propriétaire de Cinq Cyprès?*« Ich bejahte, und wir schüttelten uns die Hand. »*Je suis Monsieur Mountstuart*«, sagte ich. »*Je suis écrivain.*« Ich weiß nicht, was mich dazu veranlasste, den zweiten Satz hinzuzufügen, aber ich dachte wohl, dass ich mich gleich richtig vorstellen konnte, wenn die Nachricht von meiner Ankunft so schnell die Runde machte.

Am Dienstagmorgen rasierte ich mich über einer Emailleschüssel mit Evian-Mineralwasser, ich schloss das Haus ab, lief nach Sainte-Sabine und stieg in den Bus nach Penne, wo ich mit dem Bummelzug bis Agen fuhr. Von Agen nahm ich den Express nach Paris und von Paris weiter nach Calais. Und dort an einem Zeitungskiosk blieb mir, wie man so sagt, buchstäblich das Herz stehen, als mir von allen Zeitungen das Wort »Mogadischu!« entgegenbrüllte. Ich kaufte mehrere Blätter, ich begann zu lesen und ganz allmählich zu verstehen, worauf ich mich eingelassen hatte.

Die Boeing 737 der Lufthansa, die am 13. Oktober in Palma entführt worden war, hatte inzwischen den Flug von Dubai nach Aden fortgesetzt. Dort war der Flugkapitän vom Anführer der Banditen erschossen worden. (Sie verdächtigten ihn der heimlichen Kontaktaufnahme mit den Behörden.) Der Kopilot steuerte die Maschine von Aden nach Mogadischu in Somalia, von vornherein das Ziel der Entführer. Sie verlängerten das Ultimatum ihrer Lösegeldforderung, und im letzten Moment empfingen sie eine Meldung vom Kontrollturm, dass die elf Mitglieder der Baader-Meinhof-Bande frei gelassen und an Bord einer Maschine nach Mogadischu seien. In den frühen Morgenstunden des Dienstag war eine Transportmaschine der deutschen Luftwaffe in Mogadischu gelandet, aber anstelle der Terroristen befanden sich ein Kommando der deutschen GSG 9 und zwei Soldaten der britischen SAS an Bord. Blendgranaten wurden geworfen, der Lufthansa-Jet wurde gestürmt, und bei dem nachfolgenden Feuergefecht starben drei Terroristen, eine vierte wurde verwundet. Die Passagiere blieben sämtlich unversehrt.

Die in Stammheim inhaftierten Mitglieder der Baader-Meinhof-Bande erfuhren sehr schnell, dass die Geiselnahme gescheitert war. Andreas Baader und Jan-Carl Raspe schossen sich in den Kopf (mit eingeschmuggelten Pistolen); Gudrun Ensslin erhängte sich wie schon Ulrike Meinhof zuvor.[*]

Das Scheitern der Entführung war von Anfang an einkalkuliert gewesen, und die drei Gründungsmitglieder der Baader-Meinhof-Bande hatten ihre Anhängerschaft gewarnt, sie könnten im Fall des Scheiterns ermordet werden. Ihre Selbstmorde sollten fingiert wirken – ein letzter Vergeltungsakt gegen den faschistischen Staat. Als ihr Tod bekannt wurde, kam es zu Unruhen in Rom, Athen, Den Haag und Paris. Am nächsten Tag wurde die Leiche von Dr. Schleyer in Mulhouse gefunden, in einem grünen Audi. Er war beim Eintreffen der Nachricht von der Befreiungsaktion in Mogadischu in den Kopf geschossen worden.

Was hatten also John Vivian und seine Leute in der Napier Street mit Mogadischu zu tun? Warum musste ich quer durch Europa reisen und vierzig Stäbe Dynamit mit mir herumschleppen? Meine Vermutung geht dahin, dass sie zu einer Reaktion auf das mögliche Scheitern der Entführung ausersehen waren. Ich denke, die Leute vom SPK planten Anschläge auf bestimmte deutsche Ziele in England – die Botschaft, Mercedes-Benz-Filialen, vielleicht ein oder zwei

---

[*]   Ulrike Meinhof hatte 1976 Selbstmord verübt.

Goethe-Institute –, um ihre Solidarität und Empörung zu demonstrieren. All das unter der Voraussetzung, dass sie fähig
waren, die Sprengsätze herzustellen (Ian Hallidays Aufgabe,
vermute ich) und dass Anna, Tina und John Vivian geschickt
genug waren, sie zu verlegen, ohne sich selbst in die Luft zu
jagen. Bei der Kanalüberquerung Richtung Dover war ich
froh, die Dynamitstäbe in meinem französischen Obstgarten
vergraben zu haben. Dort konnten sie in aller Ruhe verrotten,
ohne Schaden anzurichten.

Vor einer Auseinandersetzung mit Vivian hatte ich keine
Angst. Ich wollte ihm sagen, dass Jürgen mir einen Koffer
voller alter Zeitungen verkauft hatte und längst über alle
Berge war, als ich misstrauisch wurde und die Schlösser öffnete. Also blieb mir nichts übrig, als unverrichteter Dinge
nach Hause zurückzukehren. Ich war zudem bereit, ihm Arg-
losigkeit vorzuheucheln: Was sollte denn in dem Koffer sein,
John? Drogen? Ich war wirklich schon neugierig auf seine
Reaktion, aber dazu sollte es nie kommen. Als ich in Dover
von der Fähre stieg, wurde ich von zwei Beamten in Zivil
verhaftet und ins Militärkrankenhaus neben der Tate-Galerie
gebracht, wo ich zwei Stunden lang von einem jungen und
zudringlich-aggressiven Ermittler namens Deakin verhört
wurde.

Ich erzählte Deakin, warum ich Mitglied des SPK geworden war und was ich für die Organisation getan hatte. Ich
sagte, ich sei kurz in Europa gewesen, um ein mir gehörendes
Grundstück zu besichtigen. Haben Sie auf Ihrer Reise jemanden getroffen?, fragte Deakin. Man trifft alle möglichen Leute,
wenn man allein reist, sagte ich, und fügte auf alle Fälle hinzu,
dass ich während des Krieges Commander der Royal Navy
war und Mitarbeiter des Marine-Geheimdiensts, und ich verlangte zu wissen, was das ganze Verhör sollte. Er glaubte mir
nicht. Als irgendein Untergebener die Sache nachprüfte – und

meldete, dass es stimmte –, änderte sich sein Verhalten radikal. Er sagte, sie hätten »aufgrund von geheimdienstlichen Hinweisen aus dem Ausland« in der Napier Street eine Razzia durchgeführt. Mein Name war in den beschlagnahmten Dokumenten aufgetaucht. Anna Roth und Tina Brownwell wurden verhaftet. Ian Halliday war in Amsterdam. John Vivian war verschwunden. Ich wurde abends um elf Uhr entlassen. Die Turpentine Lane war in zehn Minuten Fußweg bequem zu erreichen. Ich trollte mich durch die kalte Nacht nach Hause. Meine Tage beim Sozialistischen Patientenkollektiv und meine Karriere als Zeitungsverkäufer waren ein für allemal vorbei, neue Hundefutterjahre standen mir bevor.

Nachschrift zum Memorandum

Zwei Wochen nach meiner Rückkehr sah ich John Vivian wieder. Ich saß im Cornwallis, schlürfte meine Kombination aus Lagerbier und süßem Sherry, als er hereinkam und sich zu mir durchzwängte. Sein Haar war kurzgeschnitten und graugefärbt, er trug ein Sportsakko mit Hemd und Krawatte.

»John«, sagte ich. »Gott, siehst du schick aus.«

»Ich bin untergetaucht«, erklärte er mir. »Das heißt, ich versuche es. In Deutschland – kein Problem. Aber versuch das mal in diesem beschissenen Land hier.«

»Deine Tarnung ist nicht schlecht.«

»Danke. Hast du den Koffer?«

»Den hab ich in Frankreich entsorgt.«

Er knirschte mit den Zähnen. »Auch schon egal. Hör mal, hast du noch was von dem Geld übrig?«

»Das habe ich alles Jürgen gegeben.«

»Jürgen?«

»Dem Mann in Zürich. Das wollte ich dir gerade sagen. Nachdem er mir den Koffer übergeben hatte und verschwunden war, wurde ich misstrauisch. Ich brach die Schlösser auf, und er war voller alter Zeitungen.«

Sein Gesicht verkrampfte sich. »Diese Drecksau!«, wiederholte er mehrere Male. Dann saß er eine Weile da und massierte seine Schläfen.

»Was hätte denn in dem Koffer sein sollen, John?«

»Egal. Spielt keine Rolle mehr. Kannst du mir vielleicht einen Zehner borgen? Ich bin pleite.«

»Nicht so pleite wie ich. Ich habe ein Pfund fünfundsiebzig, davon muss ich bis Freitag leben. Ich bin arm, John. Ärmer als du.«

Er blickte mich an. »Die Blüte der Nation, was? Jesus College, Oxford.«

»Gonville and Caius, Cambridge.«

Wir mussten lachen. Ich gab ihm ein Pfund, und er ging, ohne sich noch einmal umzudrehen.[*]

---

[*] John Vivian wurde sechs Wochen später bei einem gescheiterten Überfall auf eine Postfiliale in Llangyfellach bei Swansea festgenommen. Der Filialleiter, ein ehemaliger Soldat, erkannte, dass die Waffe, die Vivian auf ihn richtete, eine Attrappe war, schlug ihm ins Gesicht und brach ihm das Nasenbein. Vivian erhielt sieben Jahre Haft wegen versuchten Raubüberfalls.

Das französische
Tagebuch

Am 4. Mai 1979 suchte Logan Mountstuart sein zuständiges Wahllokal im Stadtteil Pimlico auf, wählte die Labour Party und verließ das Land. Als Margaret Thatcher zur neuen Premierministerin ernannt wurde, befand er sich bereits auf französischem Boden, und bei Bekanntwerden der Wahlergebnisse sah er sich darin bestätigt, dass sein Umzug nach Sainte-Sabine ein kluger und wohldurchdachter Akt war.

Die Wohnung Turpentine Lane verkaufte er an seinen Hausnachbarn »Subadar« Singh – für achtundzwanzigtausend Pfund in bar. Von diesem Betrag wurden etwa fünftausend Pfund für die Herrichtung von Cinq Cyprès eingeplant. Die Arbeiten konzentrierten sich auf das Erdgeschoss, das sich lms zur Wohnung auserkor; in seinem fortgeschrittenen Alter wollte er Treppensteigen vermeiden, und er begnügte sich damit, das Dach abzudichten, verfaulte Balken zu ersetzen und dergleichen. Im Parterre schuf er sich eine recht gemütliche Wohnung, bestehend aus einem Wohnzimmer mit großem Kamin, einem Arbeitszimmer, einer großen Essküche und einem Schlafzimmer mit angrenzendem Bad. Seine Möbel aus der Turpentine Lane waren schnell herangeschafft, und zwei Wände seines Arbeitszimmers wurden mit Regalen für die Unterbringung seiner Bibliothek und seines Archivs versehen. Mehr Aufwand betrieb er mit dem »Gärtnerhäuschen«, das an die Scheune angebaut war und in ein kleines Feriendomizil umgewandelt wurde. Die zwei Räume wirkten ein wenig eng, aber recht schmuck. Die wollte er im Sommer vermieten, um das Einkommen aufzubessern, das er aus der verbliebenen Kaufsumme bezog und das auf einem sicheren Festkonto der Société Générale in Puy l'Évêque deponiert war.

lms rechnete sich aus, dass er von zweitausend Pfund jährlich in Cinq Cyprès relativ gut leben konnte – auf jeden Fall weitaus besser als in der Turpentine Lane. Und wie sich herausstellte, konnte er das Gärtnerhäuschen im Juli und August mühelos vermieten – die Gäste kamen regelmäßig wieder, Jahr für Jahr.

Er schaffte sich eine Katze an, genannt Hodge (weiblich – gegen die Mäuseplage im Haus), und als Bewacher und Gefährten einen Hund (Rüde, drei Viertel Beagle, ein Viertel Spaniel), den er aus naheliegenden Gründen Bowser nannte.

Ohne viel Aufhebens richtete er sich in Cinq Cyprès ein, und bald war er in der Gemeinde Sainte-Sabine wohlbekannt. Die Nähe des Ortes erlaubte ihm, zu Fuß zu gehen, was er oft tat, in der Überzeugung, dass Spaziergänge im fortgeschrittenen Alter die beste Form der Bewegung waren. Am Mittwoch, wenn Markttag war, fuhr er mit seiner Mobylette und belud die Satteltaschen mit den Vorräten für die kommende Woche.

Diskret ließ er durchblicken, dass er an einem größeren literarischen Werk arbeitete (Oktett), in der Annahme, auf diese Weise lästige Besucher und Fragen nach seinem Tun von sich fernzuhalten. Seine Cousine Lucy Sansom kam jedes Jahr Ende Mai für vierzehn Tage zu Besuch. Sie wohnte immer im Gärtnerhäuschen, und oft sahen sie sich erst abends zum Aperitif. Beide fanden dieses Arrangement ideal.

Trotz seiner Zurückgezogenheit schuf sich lms bald ein Netzwerk aus Freunden und Nachbarn, die ihm nutzten und halfen und sein einfaches Leben in der französischen Provinz enorm bereicherten.

Die Einträge ins Französische Tagebuch erfolgten sehr sporadisch, sie sind undatiert, und manchmal scheinen mehrere Monate ohne schriftliche Notizen vergangen zu sein. Die Er-

*eignisse betreffend Mme Dupetit trugen sich im Wesentlichen
zwischen 1986 und 1988 zu.*

*Das Holz des Kirschbaums ist das härteste von allen Holz-
sorten, die ich im Kamin verbrenne. Ein kompaktes Kirsch-
baumscheit widersteht der Flamme fast genauso wie Beton.
Als Nächste in der Reihenfolge der Schwerentflammbaren
kommen Zeder, Eiche und Ulme. Das Schlusslicht bildet die
Kiefer – sie verbrennt zu schnell und hinterlässt viel Asche.
Keines dieser Hölzer schießt, während Akazie, was das betrifft,
tödlich ist. Kurz nach meinem Einzug beging ich den Fehler,
ein Feuer aus Akazienscheiten zu machen. Als sie anbrannten,
fingen sie an zu knallen wie Gewehrschüsse, sodass ich mir
vorkam wie in Beirut, und dann schossen kleine Glutstücke
aus dem Kamin wie verglimmende Leuchtfeuer. Ich musste
schließlich das Feuer mit einem Eimer Wasser löschen, und der
feuchte graue Rauch verpestete das ganze Zimmer. Nie wieder.*

Ada von Nabokov gelesen. Ein stellenweise brillantes, aber
verwirrendes Buch – eine *idée fixe*, der er die Zügel schießen
lässt, bis auch der wohlwollende Leser fassungslos und erschöpft zurückbleibt. Ich als Bewunderer guten Stils – ein be-
frachtetes Wort; man sollte es als Synonym für Individualität
betrachten – muss sagen, dass VNs manierierte Wortgewandt-
heit, seine Weigerung, ein schlafendes Wort ruhen zu lassen,
mehr und mehr zum nervösen Tick wird und keine natürliche, individuelle Stimme mehr hören lässt, mag sie noch so
markant und sonor daherkommen. Diese gekünstelte Opu-
lenz, das Ornament um des Ornaments willen, führt schnell
zur Ermüdung, und man sehnt sich nach einem einfachen,
eleganten, fließenden Satz. Das ist der wesentliche Unterschied: Bei guter Prosa muss die Genauigkeit stets über das
Dekor triumphieren. Gewollte Künstlichkeit ist immer ein

Zeichen, dass der Stilist in eine dekadente Phase eingetreten ist. Man kann nicht jeden Tag Kaviar und Gänseleberpastete essen; manchmal verlangt der Gaumen nach einem einfachen Linsengericht, selbst wenn man darauf besteht, dass die Linsen aus Puy kommen.

Norbert fuhr mich nach VsL [Villeneuve-sur-Lot], wo Francine mich mit ihrer gewohnten eisigen Höflichkeit empfing. Sie führte mich in ihr von Nippes vollgestopftes Wohnzimmer, wir tranken ein Glas Wein und begaben uns ins Schlafzimmer. Leider kam ich schon nach wenigen Sekunden. Sie spülte mich im Bidet ab – was ich schon immer gern hatte –, dann lagen wir eine halbe Stunde auf dem Bett herum und warteten, dass ich wieder hart wurde. Ohne Erfolg, also nur ein kurzer Blowjob, bevor ich ging. Fünfhundert Franc – und jeden rostigen Centime davon wert.

[Norbert – Norbert Coin, der Taxifahrer und Krankentransporteur von Sainte-Sabine, Freund und Verbündeter von LMS. In den ersten Jahren seines Aufenthalts besuchte LMS die von Norbert empfohlene diskrete vierzigjährige Hausfrau alle zwei oder drei Monate.]

Seltsamer Spätnachmittagshimmel – voller Wolken, und alle gefältelt und gerafft wie graues Leinen oder Damast. Bei Sonnenuntergang drangen die Strahlen durch die Falten und tauchten die grauen Wolken in feuriges Gold.

Einfache Dinge, die es angenehm machen, in einer Republik zu leben: Der Klempner kommt, um die Toilette im Gärtnerhäuschen zu reparieren. Wir schütteln uns die Hand, reden uns mit »Monsieur« an und wünschen uns einen guten Tag. Er stellt mich seinem zwölfjährigen Sohn vor. Wieder Händeschütteln. Am Ende des Tages kommt er herein und meldet, dass alles funktioniert. Wir trinken ein Gläschen Wein, reden übers Wetter, die Aussichten auf eine ordentliche Weinernte in diesem Jahr, das Überhandnehmen der Füchse in der Gegend. Ich schüttle Vater und Sohn die Hand und wünsche ihnen einen guten Abend und »bon retour«.

Lucy ist gestern abgereist – Norbert brachte sie zum Flughafen nach Toulouse. Sie fragte, ob sie nächstes Jahr jemanden mitbringen darf, und ich sagte natürlich Ja. Sie ist ziemlich dick, aber offenbar gesund – so gesund, dass sie mit über siebzig noch mit dem Rauchen angefangen hat. Sie bestand darauf, mir zweihundert Pfund zu bezahlen. Und versicherte mir, dass die Person, die sie mitbringen will, weiblich ist.

Allgemeines Staunen im Dorf, weil in der Bibliothek von Moncuq ein altes Exemplar von *Les Cosmopolites* aufgetaucht ist. Na bitte, der alte Krauter in Cinq Cyprès ist also doch ein Schriftsteller. Das Buch kursiert unter den Leuten, die mich kennen, wie eine heilige Reliquie.

Malvenartiges Rot am Abendhimmel kurz vorm Dunkelwerden, in spektakulärem Kontrast zu einem Streifen, den ich nur als pistaziengrün bezeichnen kann. Mir fallen beliebig viele Abstrakte ein, die sich nach einem solchen Kontrast die Finger geleckt hätten – nach Sekunden schon war er verschwunden. All die »Schock«-Wirkungen eines Jahrhunderts abstrakter Malerei werden seit jeher in aller Stille von der Natur reproduziert. Ging im Park unter den Bäumen spazieren, mein Weinglas in der Hand, ausnahmsweise begleitet von Bowser, der aber immer in diskretem Abstand blieb, als wollte er auf mich aufpassen, mich aber nicht in meinen Gedanken stören.

Der Schatten ums Haus ist so dicht und kühl, dass man glaubt, in einen dunklen Keller zu gelangen, wenn man an einem heißen Tag aus der Sonne kommt. M. Polle hatte mir geraten, die Hälfte der großen Bäume fällen zu lassen. Gott sei Dank gibt es hier keine Nadelbäume (die Zypressen zähle ich nicht). Nadelbäume erinnern mich an Krematorien – düstere Gedankenverbindungen zu Putney Vale und Glorias Beerdigung.

Silberhochzeit von Monsieur und Madame Mazeau [die Pächter der Superette]. Ich war zum »Cocktail« ins Café de France eingeladen – was gewiss eine Ehre darstellt –, vielleicht auf Norberts Veranlassung (Lucette Mazeau ist seine Schwester). Als wir dem verlegenen Paar zuprosteten, fiel mir auf, dass ich hier bei ihnen, bei ihren Verwandten und Nachbarn meinen neuen Freundeskreis gefunden habe – meine neue *tertulia*. Norbert natürlich und Claudine [seine Frau]; Jean-Robert [Stefanelli – der LMS im Garten half]; Henri und Marie-Thérèse [Grossoleil – Eigentümer des Café de France]; Lucien und Pierrette [Gorce – Bauern und die nächsten Nachbarn von LMS]. Wer noch? Ich nehme an, Yannick Lefrère-Brunot [der Zahnarzt und Bürgermeister von Sainte-Sabine] und Didier Roisanssac [der Arzt] zählen ebenfalls dazu. Ich bin beschämt durch die unkomplizierte Herzlichkeit, mit der ich hier empfangen werde, und frage mich, ob ein älterer Franzose eine ähnliche Behandlung erfahren würde, käme er auf die Idee, sich in Wiltshire oder Yorkshire oder Morayshire niederzulassen. Vielleicht. Vielleicht sind die Menschen überall freundlicher, als einen der Blick auf die Landkarten dieser Welt vermuten lässt. Es gab Whisky und kleine Käsebiskuits. Auf jeden wurde mehrere Male angestoßen. Mir hat man aufrichtig Erfolg für meinen Roman gewünscht, und zum ersten Mal seit Jahren war ich vollkommen glücklich. Solche Momente sind es wert, festgehalten und notiert zu werden. England vermisse ich keine Sekunde lang – ich kann nicht glauben, dass ich es nach Nigeria dort ausgehalten habe. Wie hat Larry Drell die britische Insel genannt? »Pudding-Insel«. Ich verspüre nicht die geringste Lust, jemals auf die Pudding-Insel zurückzukehren. *Quod sit, esse velit, nihilque malit.* [Wer bescheidet sich mit dem, was er ist, und begehrt nichts weiter?] Wichtig, das zu beherzigen, wenn es so weit kommt.

Wenn ich der Präsident von Frankreich wäre, würde ich

– den Cafétiers Steuererleichterungen gewähren, damit sie ihre Plastikstühle durch Holz- oder Rohrstühle ersetzen können,

– das Beschallen von Märkten und Straßenfesten mit anglo-amerikanischer Rockmusik unter Strafe stellen. Nichts ist befremdlicher, als durch eine alte französische Stadt zu gehen und dabei Hitparadenmusik zu hören, die englische Banalitäten herausblökt,

– jeden Haushalt auf höchstens ein Nadelgewächs pro Garten beschränken. Wer einen Nadelbaum fällt und durch einen Laubbaum ersetzt, erhält eine Prämie von tausend Franc.

»Meine Verdauung und ich, wir verpassen nie ein Stelldichein.« Für einen Mann meines Alters bin ich bei ziemlich guter Gesundheit. An kalten Tagen tut mein Bein weh, und von Zeit zu Zeit beeinträchtigt der braune Nebel meine Sicht. Aber ich habe noch immer Spannkraft, und ich schlafe gut, obwohl mit jedem Jahr weniger. Meine Zähne geben den Geist auf, und Yannick L-B hat mir eine gutsitzende Prothese gemacht, die oben alles bis auf zwei abgenutzte Backenzähne ersetzt. Die untere Reihe ist so weit in Ordnung. Mein Haar scheint nicht weiter auszufallen, und ich überlege, ob ich mir einen Bart wachsen lasse – es hängt davon ab, wie weiß er ist; ich möchte nicht aussehen wie der Weihnachtsmann. Ich esse zweimal am Tag, Frühstück und Mittag, abends trinke ich Wein und esse Kartoffelchips dazu. Ich spüre, dass meine Muskeln schrumpfen – alles an meinem nackten Körper wirkt schlaff und ermattet. Wahrscheinlich bin ich wieder so dünn wie in meinem vierten Lebensjahrzehnt. Ich überlege, woran ich sterben könnte, und habe das Gefühl, dass bei dem Unfall etwas mit meinem Kopf passiert ist, was irgendwann zum Ausbruch kommt. Die seltsamen Sehstörungen sind ein Fingerzeig, in welcher Weise ich mich verabschieden werde. Das überforderte Gehirn, überschwemmt von Blut. Nur schnell soll es gehen. Plötzliche Dunkelheit, und dann das Nichts.

Mit Lucien im Wald gewesen und Pilze gesucht. Sein Gesicht zerfurcht und wettergegerbt, seine Hände voller Schwielen und ganz unempfindlich gegen extreme Hitze oder Kälte. Er ist sechsundfünfzig, sieht aber älter aus als ich, wenn er hustend und mit pfeifendem Atem im Unterholz herumstochert. Seine Familie lebt seit Generationen hier, aber sein Sohn, sagt er, hat keine Lust, Bauer zu werden. Er wohnt und arbeitet in Agen, in einer Autowerkstatt. Lucien zuckt nur mit den Achseln: *les jeunes* … Ein verbreiteter Seufzer hier zu Lande. Aber ohne Zweifel hat auch der junge Lucien Gorce seinem Papa das Leben schwer gemacht. Ich habe ausgerechnet, wie alt Lucien während der Besetzung war (das tue ich automatisch bei allen älteren Franzosen, die ich treffe). Lucien ist 1928 geboren, also war er während des Kriegs ein Teenager. Wir haben reichlich Steinpilze und Pfifferlinge geerntet. Ich werde mit meinen Gewohnheiten brechen und mir heute Abend ein Pilzomelett machen.

In der Post habe ich Lucy angerufen [LMS ließ sich erst 1987 ein Telefon ins Haus legen], um die Ankunft ihres Flugs zu erfahren, damit ich sie abholen lassen kann. »War Peter Scabius nicht ein Freund von dir?«, fragte sie. Ich gestand nicht ohne Stolz, dass ich Sir Peter zu meinen ältesten Freunden rechne. »Jetzt nicht mehr«, sagte sie. »Er ist letzte Woche gestorben.«

Ich verspürte eine plötzliche Leere – als wäre ein Stein aus einer bereits wackligen Mauer herausgelöst worden, und man fragt sich, ob die anderen Steine die Mehrbelastung aushalten werden, ob die Mauer unter der Neuverteilung der Gewichte zusammenbricht oder ob sie standhält. Der Moment ging vorbei, aber ich fühlte mich sofort schwächer und klappriger. Ich spürte, dass mein Leben, meine Welt ohne Peter Scabius gleich ein wenig mehr ins Wanken gerät.

Woran ist er gestorben?, fragte ich. »Lungenentzündung. Er war auf den Falkland-Inseln.« Erzähl mir nicht, rief ich, dass er für einen neuen Roman recherchiert hat. »Woher weißt du das?«, fragte Lucy ungläubig und bewundernd. Recherchen für einen neuen Roman: Typisch Peter, einen Roman über den Falkland-Krieg schreiben zu wollen. Also, Ben und Peter *»nous ont quittés«*, wie man hier sagt – sie haben mich verlassen. Lucy sagt, die Zeitungen sind voll von Nachrufen und respektvollen Würdigungen. Ich bat sie, mir welche zu schicken. »Du wirst nirgends erwähnt«, sagte sie.

Bowser ist ein unaufdringlicher Hund, der tagelang kaum Zuwendung braucht. Alle paar Wochen allerdings kommt er zu mir und legt mir die Schnauze aufs Knie, oder wenn ich stehe, stupst er mit dem Kopf sachte gegen meine Waden. Dann weiß ich, dass er ein wenig Liebe braucht, und so kraule ich seine Ohren, tätschle ihm die Flanken und sage all den Unsinn zu ihm, mit dem Hundehalter ihre Lieblinge seit jeher verwöhnen: »Bist du ein braver Junge!« »So ein guter Hund!« »Wer ist der beste Hund der Welt?« Nach ein paar

Minuten derartigen Zuspruchs schüttelt er sich, als wäre er durch einen Fluss geschwommen, und trottet davon.

Die Olafsons kommen schon das dritte Jahr in Folge, diesmal mieten sie das Häuschen für einen ganzen Monat. Als sie eintrafen, knallte die Sonne nur so vom Himmel herunter. Wir gingen gleich auf den Rasen hinters Haus, in den Schatten der großen Kastanie, und tranken kühlen Weißwein. Sie waren voller Aufregung und freuten sich sehr, endlich im warmen Süden zu sein; am Abend ihrer Abreise aus Reykjavík habe es Bodenfrost gegeben, sagten sie. »Ich weiß nicht, warum ich das jetzt erst erwähne, aber ich bin schon in Ihrer Heimatstadt gewesen«, warf ich ein. Sie fragten mich, was mich dorthin verschlagen habe, und als ich mit meiner Erklärung begann, wurden die Gründe meiner bisherigen Zurückhaltung nur allzu deutlich. Ich erzählte ihnen von Freya und Gunnarson und dem Krieg und dass Freya mich tot geglaubt hatte, als mir unwillkürlich die Tränen kamen. Schuld war nicht die Trauer – dieser höllische Schmerz, der einem die Brust zerreißt –, sondern irgendein Gehirnzentrum, das durch die Erinnerung angeregt wurde. Die Olafsons starrten mich erschrocken an. Es sei alles sehr traurig, sagte ich, und versuchte das Thema zu wechseln, indem ich von einem neu eröffneten Restaurant in der Nachbarschaft erzählte. Aber als sie gegangen waren, weinte ich wieder, und es tat mir gut – ich fühlte mich geschwächt und innerlich gereinigt. Ich ging ins Haus und schaute mir Freyas und Stellas Fotografien an. Freya und Stella. Das waren meine glücklichen Jahre, und ich kann mich nicht beklagen. Manche Menschen haben nie ein solches Glück in ihrem Leben, und in den Jahren, als wir uns liebten, Freya und ich, schwamm ich geradezu im Glück. Dann schlug das alte Unglück wieder zu.

Das ist alles, was das Leben am Ende ausmacht: die Gesamtheit des Glücks und des Unglücks, das einem widerfährt. Diese einfache Formel erklärt alles. Summiere Glück und Unglück und wiege es gegeneinander auf. Du hast keinen Einfluss darauf: Niemand teilt es aus, schiebt es diesem oder jenem zu, es passiert einfach. Wir müssen die Gesetze des menschlichen Schicksals stumm erleiden, wie Montaigne sagt.

Verbrachte eine halbe Stunde damit, wie gebannt auf die Form des Wasserstrahls zu starren, der bei der großen Eiche am Rand der Wiese aus dem überlaufenden Teich fließt. Irgendwie hat sich ein großer Stein im Abfluss verkeilt, und das Wasser fließt seitdem über, glatt und glänzend wie eine umgedrehte Glasschüssel oder die Nabe eines großen Rades. Ich hielt einen Stock hinein und ließ die Tropfen von seinem Ende auf den gerundeten Wassersturz fallen, besäte die glatte Schulter aus Wasser mit Samen aus silbernen Tropfen – die sofort verschwanden, ohne auf der polierten Oberfläche eine Spur zu hinterlassen.

Rege Bautätigkeit in la Sapinière, und Sainte-Sabine schwirrt von Gerüchten. Das Haus hat fünfzehn Jahre leer gestanden (wurde nur von den Verwaltern bewohnt). La Sapinière ist ein elegantes Gutshaus, etwa zwei Meilen von hier, versteckt hinter übermannshohen Mauern. Ich hoffe, die neuen Eigentümer sind keine Briten – die meisten von ihnen scheint es in die Gegend um Montaigu de Quercy zu ziehen. Am anderen Ende von Sainte-Sabine wohnt ein Bildhauer, ein Engländer namens Carlyle, der alte Landmaschinen zu Skulpturen verarbeitet, aber er lebt noch zurückgezogener als ich. Wenn sich auf dem Markt oder in der Apotheke unsere Wege kreuzen, ignorieren wir uns.

Heute starker Frost, dann setzten langsam Tauwetter und Nebel ein. Die Bäume im Park sind gespenstische, fast künstlich wirkende Schemen, während der Nebel die Zweige und dünneren Äste verschluckt und nur noch die Stämme übrig lässt – eine kindliche Version von Bäumen.

Den ganzen Tag schon verfolgt mich ein Lied. Ein alter Vorkriegssong. Irgendetwas hat die Melodie an sich, dass sie sich so im Kopf festsetzt.

>*Life is short*
da-da, da-da,
We're all getting older
So don't be an also ran,
da-da, da-da,
Dance little man,
Dance whenever you can.«

Dance little man. Das werde ich tun.

Ein mehlig geronnener Himmel heute Nachmittag, der gegen Abend langsam aufbrach und sich in ein aufhellendes Blau verwandelte, aber dunstig blieb.

Die neue Herrin von la Sapinière ist eine Madame Dupetit – aus Paris immerhin. Ledig? Geschieden? Sie scheint allein zu leben, ohne Kinder, aber viel Geld zu haben. Die alten Verwalter hat man entlassen und ein neues Pärchen aus Agen eingestellt, noch während der Renovierungsarbeiten.

Mai. Das erste Mal ein Gefühl von Sommer dieses Jahr. An den Wegrändern sprießen die Primeln. Dicke runde Wolken lümmeln sich träge über dem Tal. Mein Lieblingsmonat, die Landschaft ist erfüllt vom unwirklichen Grün der Bäume.

Die Bienen schwärmen im Dachstuhl von Cinq Cyprès und sterben zu Tausenden in den oberen Räumen. Ich schaffe sie schaufelweise hinaus, obwohl ich die Fenster offen lasse. Zur Schwarmzeit sind Bienen anscheinend sehr dumme Insekten. Sie ignorieren das offene Fenster und stürmen vergeblich gegen die geschlossenen an, bis sie zu Boden fallen und vor Erschöpfung sterben. Sie scheinen wieder zur Vernunft zu kommen und sich zu beruhigen, wenn die Waben fertig sind und die Suche nach dem Nektar beginnt.

Gewaltige Hitze heute, wie im August – *caniculaire* sagt man hier dazu: die Hundstage. Aber im Mai gibt es keine Hundstage, es grünt und blüht mit aller Macht. Im August dagegen, wenn das Wachstum stagniert und die Tage ganz allmählich wieder kürzer werden, wirkt die Hitze drückend und belastend, und die Sonne knüppelt erbarmungslos auf dich ein.

Noch sucht sich Bowser ein sonniges Fleckchen zum Schlafen aus. Er liegt ausgestreckt da, und ein Bein zuckt, während er im Traum Schafe oder Schmetterlinge jagt. Hodge, die auf leisen Sohlen vorbeikommt, mustert ihn neugierig und ein wenig verächtlich.

Auf meinem Weg nach Sainte-Sabine hielt ein stahlblauer Mercedes neben mir, und die Frau am Steuer bot mir an, mich ins Dorf mitzunehmen. Wir machten uns bekannt, aber schon bevor sie ihren Namen nannte, wusste ich, dass sie Madame Dupetit von la Sapinière ist. Sie hat graublondes Haar und sehr blasse, fast nordische Haut und wäre eine attraktive Frau, hätte sie nicht etwas Schmallippiges und Reserviertes an sich, als wäre sie fest entschlossen, ihre sinnlichen Seiten zu unterdrücken. Ihre Garderobe war gut und teuer, ihr Haar lose im Nacken geknotet, Finger und Handgelenke diskret, aber reichlich beringt. Sie ist aus Paris gekommen, um die

Arbeiten zu überwachen, in der Hoffnung, noch vor August einzuziehen – ich soll unbedingt auf einen Aperitif hinüberkommen, sobald sie eingerichtet ist. Sehr gern, sagte ich. Sie will nur die Sommermonate hier verbringen, Ostern vielleicht eine Stippvisite machen. Sie ist im Antiquitätenhandel tätig, wie sie mir erzählt hat, und besitzt ein kleines Geschäft in der Rue Bonaparte. Leeping Frères kennt sie natürlich. Ich erläuterte ihr meine langjährige Verbindung mit der Firma. Als ich am Postamt aus dem Auto stieg, waren wir ziemlich gut übereinander informiert. Danach im Café de France wurde ich von Henri und Marie-Thérèse gründlich ausgequetscht. Alle Neugier richtet sich auf die elegante Madame Dupetit. Noch ist keiner so recht an sie herangekommen.

Dieses Jahr kommt mir Lucy älter, müder vor. Ihre Freundin Molly nannte mir den Grund. Sie hatte im Frühjahr einen schweren Sturz und war einige Minuten bewusstlos. Der Sturz hat ihr mysteriöserweise die Kraft geraubt – sie im tiefsten Inneren erschüttert. Einmal stand sie in meinem Arbeitszimmer und suchte im Regal nach Lesestoff. Sie sah die Kartons mit meinen Papieren und Manuskripten und fragte mich, was daraus werden soll.

»Wieso?«

»Wenn du mal von der Stange fällst. Das kannst du doch nicht alles umkommen lassen. Da stecken faszinierende Dinge drin.«

»Faszinierend für mich, wenigstens.«

»Warum suchst du dir nicht einen jungen Literaturliebhaber, der das alles ordnet und katalogisiert?«

»Nein, danke. Ich will nicht, dass ein Fremder meine persönlichen Papiere liest.«

Aber sie hat mir einen Anstoß gegeben. Ich habe beschlossen, mein Haus zu bestellen.

Das Wiederlesen meiner alten Tagebücher ist sowohl Schock als auch Quelle der Offenbarung. Ich sehe keine Verbindung zwischen dem Schuljungen von damals und dem, der ich jetzt bin. Was für ein krankhaftes, melancholisches, verstörtes Wesen mir da entgegentritt. Das soll ich gewesen sein?

Das Konzept des moralischen Apriori-Urteils (»Es ist verwerflich, grundlos Schmerzen zuzufügen.«) ist für die große Mehrheit völlig akzeptabel. Nur wenige Philosophen würden ihm widersprechen.

Drei schlimme Tage lang brauner Nebel, daher ging ich zu Dr. Roisanssac. Ein gutaussehender, gepflegter, vorzeitig ergrauter Fünfunddreißigjähriger. Er untersuchte mich, Blutdruck, Herztöne, Blut- und Urinproben. Ich erzählte ihm von meinem Unfall, und er wollte mich zur Gehirnuntersuchung nach Bordeaux schicken. Ich erklärte ihm, dass das meine Mittel übersteigt. Nein, nein, sagte er, es kostet nichts – Monsieur Coin wird Sie hinfahren und zurückbringen. Sie müssen keinen Pfennig bezahlen. Das war verlockend, aber ich verzichtete trotzdem. Seltsam, dieses Widerstreben gegen eine Gehirnuntersuchung, was immer sie ergeben mag. Wer weiß, was sie alles finden.

Auf einen Drink nach la Sapinière. Ein schönes Haus – 18. Jahrhundert, sandgelber Putz und steile Mansardendächer mit Biberschwänzen. Zwei kleine Gebäudeflügel umrahmen einen gekiesten Vorhof mit Springbrunnen. Hinten gibt es eine Terrasse mit Balustraden, die auf einen neu angelegten Ziergarten blickt. In ein paar Jahren wird er prächtig aussehen. Drinnen wirkt es noch ein wenig leer, aber die Möbel, die Madame Dupetit hier und da aufgestellt hat, harmonieren mit dem Alter und dem Stil des Gebäudes. Alles sehr kul-

tiviert, aber für mein Auge ein wenig seelenlos, museums-
artig: Aubusson-Läufer auf glänzendem altem Parkett, ein
paar präzise ausgerichtete Lehnstühle, staubfreie Tische und
Kommoden. Nur die Bilder wirken normal: Standardpor-
träts, *fêtes champêtres* im Stile Watteaus, lackierte Idyllen.
Den Geschmack kann ich nicht bemängeln, aber man vermisst das Lebendige in diesem Haus. Ich würde einen großen
üppigen Akt über den Kamin hängen oder einen Couchtisch
aus Glas und Chrom voller Bücher und Zeitschriften hinstel-
len – eine Kollision, einen Stilbruch, einen Blickfänger, etwas,
was darauf hinweist, dass hier ein menschliches Wesen lebt.

Aber Madame Dupetit wirkte in ihrem eigenen Reich entspannter und folglich auch hübscher. Sie trug ihr Haar jetzt
offen, dazu eine Leinenhose und eine weite Bluse. Sie hat Busen. Mir zu Ehren tranken wir Gin Tonic, und sie rauchte
eine Zigarette, so bedachtsam, dass es sich um ein seltenes
und verbotenes Vergnügen für sie handeln muss. Als sie sich
vorbeugte, um die Zigarette auszudrücken, klaffte der Kragen ihrer Bluse auf, sodass ich die von der Spitzenborte ihres BHS umrahmte Schwellung ihrer Brüste sah. Ich spürte
das vertraute Gefühl ganz tief unten und war entsprechend
dankbar. Wäre ich zwanzig Jahre jünger, würde ich unsere
nachbarlichen Beziehungen gern intensiver gestalten.

Sie war sehr freundlich – vielleicht zu sehr –, legte mir die
Hand auf den Arm, fragte, ob sie mich Logan nennen darf,
und bat mich, sie mit Gabrielle anzureden. Wir sind Verbün-
dete hier in Sainte-Sabine, sagte sie und fügte hinzu, dass ich
nur ihre *gardiens* zu rufen brauche, wenn mir irgendetwas
fehlt. Es ging sehr gesittet zu, wir saßen auf der Terrasse, ließen die Schatten länger werden und die Schwalben über unseren Köpfen umherflitzen und sprachen über Paris. Sie ist
dort geboren, nach dem Krieg, wie sie sagte. La Sapinière ist
alter Familienbesitz, den sie ihrem Bruder abgekauft hat. Ich

bekam den Eindruck, dass Monsieur Dupetit, wer immer er war, seit Langem tot ist.

Francine hat mir mitgeteilt, dass sie keine Besuche mehr in ihrer Wohnung möchte – die Nachbarn reden über die Männer, die kommen und gehen. Sie würde mich jedoch sehr gern in einem Hotel treffen und schlug eines am Stadtrand vor, wo sie offenbar eine Übereinkunft mit dem Hotelier getroffen hat. Das ist unerschwinglich für mich, also scheint diese Nachricht meinem Sexualleben ein Ende zu setzen. Francine wird mir fehlen, auch ihr völliger Mangel an Neugier, meine Person betreffend. Ich war im Gegensatz dazu immer sehr neugierig und frage mich auch jetzt noch, was diese nicht mehr ganz junge Hausfrau dazu bewogen hat, sich als Teilzeitprostituierte zu verdingen. Ich stelle meine Fragen, aber sie weicht ihnen beharrlich aus.

Allgemeine Aufregung in der Superette: Empörung, Kopfschütteln, Gemurmel. Didier Mazeau fragte mich, ob ich das Ding an der Mauer von la Sapinière gesehen hätte. Nein, sagte ich. Was für ein Ding? Dann schauen Sie mal nach, meinte er, ich sage lieber nichts. Also machte ich einen Umweg mit meiner Mobylette und schaute nach. Rechts neben dem Tor ist ein Gedenkstein in die Mauer eingelassen, mit eingravierter Inschrift, die (auf Französisch) lautet: *Zum Gedenken an Benoît Verdel (1916–1971), genannt ›Raoul‹. Kommandant der Widerstandsgruppe ›Renard‹, die Sainte-Sabine am 6. Juni 1944 vom deutschen Joch befreite.* Jetzt wird mir einiges deutlicher: ein Familiensitz, ihr Vater ein Résistance-Kämpfer, vielleicht ein lokaler Held. Wie kommt es, dass keiner in Sainte-Sabine den Zusammenhang hergestellt hat, und warum hat sich Didier Mazeau so dunkel und ausweichend geäußert?

»Gediegen wie eine Messingglocke.« Das ist eine Redensart, die mein Vater benutzte, wenn er gut gefrostetes Fleisch sah. Warum kommt sie mir plötzlich in den Kopf? Seit Jahren habe ich nicht an ihn gedacht, und während ich mir sein Bild vergegenwärtige, sein trauriges, nachsichtiges Lächeln, werden mir automatisch die Augen feucht.

Gabrielle war hier auf einen Drink. Ich muss gestehen, ich vermisse weibliche Gesellschaft. Nichts wird zwischen uns geschehen, aber Parfüm zu riechen, zu sehen, wie sie sich in den Sessel schmiegt, die Beine abwechselnd übereinanderschlägt, sich vorbeugt, um ein Streichholz an ihre Zigarette zu halten, ihr lenkender Fingerdruck auf meinem Handrücken, all das bereitet mir ein intensives sinnliches Vergnügen. Ich lade ihre Anwesenheit mit so viel unterdrückter und zärtlicher Erotik auf, wie ich es mir gestatten kann, ohne ungehörig zu wirken. Als ich sie durchs Haus führte, entdeckte sie die kleine Picasso-Zeichnung an der Wand meines Arbeitszimmers. Ich erklärte ihr, welche Bewandtnis es damit hat, und sie war, glaube ich, sehr beeindruckt, dass ich ihn gekannt habe. Beim Anblick meiner Bücherstapel und Archivkartons fragte sie, woran ich arbeite. Ich erzählte ihr ein wenig von *Oktett*.

Dann erwähnte ich die Steintafel neben ihrem Tor, und sie erklärte mir ihre Bedeutung. Ihr Vater war während des Krieges in der Résistance, aber sie hat es erst nach seinem Tod erfahren. Ihre Mutter hat ihr das Wenige mitgeteilt, das sie wusste: Seinen Decknamen, dass er im Lot eine Gruppe anführte, die sich »Renard« nannte, dass er am Tag der Invasion den Befehl bekam, Sainte-Sabine zu befreien und Stützpunkte an den wichtigen Straßen und Brücken der Umgebung zu errichten. Aus Büchern über die Résistance hat sie erfahren, dass es auch zu seinen Aufgaben gehörte, Nazi-

Sympathisanten und Kollaborateure zu verhaften. Nach dem Krieg hatte er la Sapinière gekauft, aber kurze Zeit später führten ihn seine Geschäfte ins Ausland, und die Familie zog um nach Paris, wo Gabrielle geboren wurde und etwa sechs Jahre später ihr Bruder. »Es ist durchaus möglich, dass ich in la Sapinière gezeugt wurde«, sagte sie lachend. »Und nach dem Tod unseres Vaters, als wir feststellten, dass uns das Haus gehörte, war es das Einfachste, es zu vermieten.« Dann sprach sie in Andeutungen über ihre Eheprobleme, nach deren »Lösung« sie beschloss, ihr Leben von Grund auf zu ändern und zum Gedenken an ihren Vater und das, was er für Sainte-Sabine getan hat, das Haus zu restaurieren. Hat er denn nie über den Krieg gesprochen?, fragte ich sie. Nie, war ihre Antwort. Selbst ihre Mutter wusste sehr wenig – sie hat ihn 1946 kennengelernt, und ein Jahr später wohnten sie schon in Paris. Sie müssen verstehen, erklärte sie mir, dass die Befreiung für Männer seiner Generation, mochte sie noch so ersehnt sein, auch ein gewaltiges Trauma bedeutete: Um gegen die Deutschen vorzugehen, mussten sie oft auch gegen Franzosen kämpfen – und als der Krieg zu Ende war, ging es um Gerechtigkeit und Vergeltung. Es sei nicht leicht für ihn gewesen, mit dem zu leben, was er gesehen und gezwungenermaßen vielleicht auch getan hat. *Mieux de se taire.*

In der Nacht gab es ein gewaltiges Gewitter. Am Morgen war der Boden noch durchtränkt und voller Rinnsale, aber die Luft war wie frisch gereinigt, wie frisch gewaschen.

Milau-Plage. Hotel des Dunes. Ein plötzliches Verlangen nach dem Ozean hat mich hierher an die Atlantikküste verschlagen, südlich von Mimizan. Das kleine Hotel steht mit dem Rücken zu den Dünen und blickt auf einen Strandsee, der sich bei Flut mit Meerwasser füllt, den *étang de Milau.*

Es hat sechs Zimmer im Obergeschoss, unten befindet sich das Restaurant Chez Yvette. Im Sommer werden die Schiebetüren zum hölzernen Vorbau geöffnet, und dann stehen die Tische unter dichten, schattigen Weinlauben.

Milau-Plage ist ein kleiner Badeort, der so weit von den großen Wohnzentren entfernt liegt, dass er noch ziemlich unberührt und bescheiden ist. Auf der Seite des *étang* liegt das alte *quartier des pêcheurs* mit seinen bunten Fischerhütten, das von ein paar Straßen mit Geschäften und Bars umgeben ist, und der ganze Ort wird von seinem hoch aufragenden, rot-weiß gestreiften Leuchtturm überragt. Wenn man die geschützten Straßen verlässt und die Dünen hinaufklettert, hat man die gewaltigen Sandstrände der französischen Westküste vor sich. Hier und da sieht man die Betonbunker und Flakstellungen von Hitlers Atlantikwall, die von der Erosion der Dünen entwurzelt werden und langsam ins Meer rutschen. Das Strandleben zentriert sich um eine *école de surf* und ein paar Imbissbuden.

Yannick Lefrère-Brunot hat mir Milau-Plage empfohlen, als ich ihm von meiner Sehnsucht nach dem Meer erzählte, unter der Bedingung, dass ich es niemandem weitersage. Ich sollte auch Yvette Pelegris, der Hotelbesitzerin, sagen, dass ich ein Freund von ihm bin. Aber es hat wohl kaum Auswirkungen auf ihre Freundlichkeit. Yvette ist eine dralle Person mit hartem Gesicht und leuchtend rotbraunem Haar, die sehr genau weiß, dass sie das beste Restaurant an diesem Küstenabschnitt betreibt. Also nimmt sie hohe Preise, um Ausflügler und Familien mit Kindern abzuschrecken, und ihre Gäste sind entweder gut betucht oder älteren Semesters oder beides. Da ich dieses Jahr mit dem Vermieten des Gärtnerhäuschens sehr viel Glück hatte, meinte ich, mir etwas Besonderes leisten zu können. Ich hatte nur eine Woche gebucht, aber inzwischen habe ich eine weitere Woche drangehängt. Ich schlafe

gut und frühstücke spät, draußen auf der Terrasse. Dann gehe
ich im Ort spazieren, kaufe mir eine Zeitung, und gegen Mittag laufe ich gewöhnlich über die Dünen an den Strand, wo
ich an der einen oder anderen Imbissbude ein Sandwich und
ein Bier bestelle. Abendessen Punkt acht *chez Yvette*. Jedes
Mal Austern, gegrillter Fisch, *tarte du jour* und eine Flasche
Wein. Der Wein lässt zu wünschen übrig, daher fragte ich
Yvette, ob ich meinen eigenen Wein mitbringen kann. Kein
Problem, sagte sie, wenn ich bereit bin, *un petit supplément*
zu zahlen.

Jetzt sitze ich im Schatten der Sonnenschirme, ein Bier
in der Hand und ein Buch im Schoß, vor einer Imbissbude
am Strand. Ich verfolge das Kommen und Gehen der Leute
und lausche auf das Krachen und Zischen der Brandung, die
heranrollt, überkippt und auf dem Strand explodiert. Das
sollte ich jedes Jahr machen, solange ich das Geld und Kraft
dazu habe – ein paar solcher Tage sind Balsam für die Seele.

Es war kurz vor Mittag, ich hatte gerade eine elegante Lösung
für einen komplizierten Zeitsprung in *Oktett* gefunden und
eine Flasche Wein aufgemacht, als Gabrielle anrief.[*] Sie klang
sehr aufgeregt und bat mich, sofort zu kommen. Also sprang
ich auf meine Mobylette und fuhr hinüber zu la Sapinière.
Gabrielle stand vor dem Tor und rauchte. Wir gaben uns keinen Begrüßungskuss – sie zeigte nur auf die Mauer, wortlos.

Die Gedenktafel war übel zugerichtet. Mit einer Stange
oder einer Picke sind fünf oder sechs Löcher in den Stein
gehauen worden, sodass er völlig ruiniert ist. Gabrielle sah
verweint aus und zitterte vor unterdrückter Wut. »Was sind
das für Menschen, die so etwas tun, Logan?«, sagte sie auf

---

[*] Hiermit lässt sich der Eintrag auf den Sommer 1987 datieren. LMS hatte sich
     im März ein Telefon legen lassen.

Englisch, als wollte sie ihr Französisch nicht mit dieser traurigen Freveltat beschmutzen. Haben Sie die Polizei benachrichtigt? Natürlich. Gibt es irgendwelche Anhaltspunkte? Nein, nichts. Kinder, Vandalen – kaum sehen sie etwas Neues, wollen sie es zerstören. Dann fing sie an zu weinen, was mich sehr betroffen machte. Ich legte den Arm um sie und führte sie ins Haus zurück. Ich blieb zum Essen, und sie gewann langsam die Fassung zurück. Sie erwog, den Stein zu ersetzen, vielleicht durch eine Metallplatte. Ich begrüßte diese Idee.

Dunkle Gedanken in dunkler Nacht: Wir alle wünschen uns einen schnellen Tod, aber wir wissen, dass er nicht jedem vergönnt ist. Unser Ende ist das letzte Stückchen Glück oder Unglück – der letzte Beitrag zur jeweiligen Seite der Bilanz. Aber die Natur bietet uns einen gewissen Trost, wie mir jetzt auffällt, während ich über die Art meines Hinscheidens nachdenke. Je länger, schmerzhafter und würdeloser unser Sterben, umso mehr sehnen wir uns nach dem Tod – wir können unser Ende nicht mehr erwarten, wir haben es eilig und dürsten nach Erlösung. Aber ist das wirklich ein Trost? Wenn man verhältnismäßig bei Kräften und bei guter Gesundheit ist, will man so lange bleiben, wie es geht, und man hat Angst vor dem Sterben, man sträubt sich gegen den Tod. Ist es besser, das Ende herbeizusehnen? ... Ich bin jetzt über achtzig, ein zahnloser Tattergreis, von Zeit zu Zeit überfällt mich der braune Nebel, aber abgesehen davon fühle ich mich durchaus gesund – und wünsche mir vom Schicksal eine weitere Portion Glück. Einen schnellen Abgang, bitte. Licht aus und vorbei.

Heute musste ich plötzlich an Dick Hodge denken und den Tipp, den er mir einmal gegeben hat: Wenn mir bei einer Dinnerparty kein Gesprächsthema einfällt, gibt es eine unglaublich einfache Lösung, meinte er. Um draufloszuplaudern, sagte Dick, muss man Lügenmärchen erzählen. Sag einfach zu der Frau rechts neben dir: »Ich leide grässlich unter Schlaflosigkeit. Können Sie auch nicht schlafen?« Oder du behauptest, dass dir der Ex-Mann deiner Frau nach dem Leben trachtet. Oder dass du vor einer Woche ausgeraubt wurdest. Es funktioniert immer, meinte er. Erzähle, du kanntest einen, der gerade bei einem Flugzeugabsturz umgekommen ist, oder du hast gehört, dass ein Mitglied der königlichen Familie zum Islam konvertiert ist. Die meisten Partygespräche sind so langweilig, dass du dir auf Dauer ein aufmerksames Publikum sicherst. Geht niemals schief.

Interessant die Beobachtung, dass Gabrielle in Sainte-Sabine wegen der Verwüstung des Gedenksteins kaum auf Mitleid stößt. Norbert zuckt die Schultern – *les jeunes*. Didier und Lucette sagen, so etwas kommt eben vor. Nur Jean-Robert meint, dass vielleicht jemand einen Groll auf ihren Vater hat. Jean-Robert ist in den fünfziger Jahren nach Sainte-Sabine gekommen und weiß über die Kriegsjahre nicht Bescheid, aber mit einem vielsagenden Tonfall und kleinen Grimassen deutet er an, dass es in Sainte-Sabine noch manches dunkle Geheimnis aufzudecken gibt. Er hat Gerüchte gehört: »Manche Leute, die alten Männer ...« Mehr ist nicht aus ihm herauszubekommen.

Und so schaue ich mir am nächsten Markttag die alten Männer an, die dort herumstehen und schwatzen. 1940 bis 1944 – fast jeder über sechzig kann dir etwas von der Besatzungszeit in Sainte-Sabine erzählen. Ein paar von den Alten kenne ich ganz gut, aber ich habe große Hemmungen, das Thema anzusprechen – ich möchte nicht den Stein aufheben und all die lichtscheuen Kreaturen aufschrecken, die sich darunter winden.

Als ich Lucien darauf ansprach, bohrte er die Fäuste in die Taschen und starrte angestrengt zu Boden.

»Es ist eine Schande«, provozierte ich ihn. »Sie ist eine äußerst sympathische Frau. Und ganz fassungslos.«

»Selbstverständlich«, sagte Lucien. »Aber hatte sie die Erlaubnis?«

»Eine Erlaubnis? Wofür?«

»Eine solche Gedenktafel anzubringen.«

»Es ist ihr Grundstück, sie kann dort tun und lassen, was sie will. Sie braucht keine Genehmigung, um ihren Vater zu ehren.«

Lucien starrte mich unverwandt an. »Nach meiner Erfahrung ist es immer gut, wenn Fremde um Erlaubnis bitten.« Er lächelte, dass ich seine wunderbaren Silberzähne sah, und lud mich zum Essen ein.

Der Winter hier beglückt mich auf seine Weise fast ebenso wie der Sommer. Als Erstes gehe ich morgens an den Kamin und entfache neues Feuer aus der restlichen Glut. Ich lege eine Handvoll *sarments** hinein und ein paar Holzspäne, dann mache ich ein wenig Wind mit dem Blasebalg, und schon geht es los. Wenn das Feuer brennt, lege ich ein paar Scheite an. Hodge und Bowser sitzen gern dabei und schauen mir zu, und sobald es brennt, machen sie sich davon, als wären die Flammen ein Signal, dass der Tag beginnen kann. Wir haben hier schwere Fröste, die tagelang dauern können – das Land ist weiß überfroren, als hätte es geschneit.

Der Winter entblößt die massive, verschlungene Muskulatur der alten Eiche. Wie ein alter Mann, der seinen Maßanzug

---

* Getrocknete Weinreben, die im Winter abgeschnitten und gebündelt werden. Gut geeignet zum Feuermachen und zum Grillen im Sommer.

abgelegt hat und in seiner Nacktheit nicht weniger beeindruckend ist.

Letzte Woche ließ Gabrielle eine neue Gedenktafel anbringen, diesmal aus Metall, und heute Morgen war sie wieder geschändet mit Säure und Teer. Gabrielle weinte hemmungslos, als ich zu ihr kam und ihr anbot, mit dem Bürgermeister zu sprechen. Sie war sehr dankbar, und ich machte bei Yannick Lefrère-Brunot einen Termin für Mittwoch.

Obwohl mich die Angelegenheit nicht so direkt betrifft, bin ich doch fast genauso betroffen wie Gabrielle. Zwar ist keine Gesellschaft vollkommen, aber diese Angriffe auf Gabrielles Gedenktafel offenbaren eine Kehrseite von Sainte-Sabine, die mich zutiefst beunruhigt. Offensichtlich lastet ein dunkles Geheimnis auf dem Ort, ein schändlicher Verrat, an dessen Aufdeckung – und möglicherweise auch Bestrafung – Benoît Verdel 1944 beteiligt war, und ebenso offensichtlich dauert die Erbitterung darüber bis heute an. Ich will nicht wissen, was hier passiert ist, aber es scheint, als hätte ich keine andere Wahl, und ich fürchte, ich werde mir damit keine Freunde machen.

Der Besuch bei Yannick Lefrère-Brunot war nicht besonders befriedigend. Er bot mit einen Schnaps an, und ich lehnte ab – ich wollte, dass das Gespräch formell und offiziell blieb. Auf meine Frage, ob er wisse, wer die Gedenktafel von Madame Dupetit zerstört hat, erwiderte er, er habe keine Ahnung – vielleicht Vandalen? Das glaube ich nicht, sagte ich, ich bin sicher, dass das ganze Dorf weiß, wer es war, und dass alle die Tat decken. Ich ließ das Wort »Kollaborateur« fallen und erntete ein müdes Kopfschütteln.

Y L-B: Darf ich Ihnen einen Rat geben, Monsieur Mountstuart?

LMS: Ich kann Sie nicht daran hindern.

Y L-B: Vergessen Sie die Sache. Das geht Sie nichts an. Sie sind hier gern gesehen. Bitte halten Sie sich da heraus. Das regelt sich von selbst.

LMS: Typisch. Aber Sie machen einen Fehler. Sie müssen Verantwortung übernehmen. Sie können nicht die Augen vor der Wirklichkeit verschließen.

Er mahnte mich erneut, ich solle mich aus der Sache raushalten, mit leisem Nachdruck, der mein Misstrauen nur verstärkte. Ich erinnerte ihn an meinen Beruf und deutete an – ein wenig prahlerisch, wie ich gestehen muss –, dass solche Geschichten von einem Schriftsteller sehr leicht ausgeschmückt und verbreitet werden können.

Diese Wendung des Gesprächs schien ihn ernstlich zu beunruhigen, und er drängte mich wiederholt, nichts Derartiges zu tun – es gäbe keinen Grund, diese Dinge öffentlich zu machen, solch ein Schritt wäre ganz und gar unverhältnismäßig. Ich sah in ihm die ganze Erbärmlichkeit der Kompromisspolitik, und sei es auf noch so niedrigem und beschränktem Niveau. Hinter all dem steckt jemand mit Macht und Einfluss, und Y L-B hat sich hoffnungslos festgefahren. Selbst er wagt es nicht, die Geheimnisse der Kriegszeit zu lüften, obwohl seine Generation völlig unberührt davon ist.

Als ich das Rathaus verließ und durchs Dorf ging, spürte ich alle Blicke auf mir, als würde ich in Sizilien leben und mit den Morden, den Vertuschungen und der *omertà* der Mafia konfrontiert sein. Zum ersten Mal, seit ich hier wohne, denke ich an einen Ortswechsel.

Herrliche, hinreißende Sonnenuntergänge, die von den Kondensstreifen der Düsenjäger durchkreuzt werden.

Gabrielle und ich haben einen Plan gemacht. Die Gedenktafel wird gereinigt und repariert und so demonstrativ wie nur möglich wieder befestigt. In der Nacht darauf werde ich mich im Wäldchen gegenüber dem Tor verstecken und beobachten, was sich tut. Gabrielle protestiert – ich sehe ihr an, was sie denkt: dass ich viel zu alt für so etwas bin –, aber ich lasse mich nicht von meinem Vorhaben abbringen. Die Zeit zwischen Mitternacht und zwei Uhr morgens dürfte ausreichen. Ich bin sicher, dass wir die Täter stellen werden. Aber was dann?

Heute Nachmittag habe ich das ideale Versteck hinter einem dicken Brombeerbusch gefunden. Von dort, aus etwa dreißig Metern Entfernung, habe ich einen guten Blick auf das Tor. Ich breitete eine Plastikplane aus und versteckte eine halbe Flasche Brandy unter einem umgestürzten Baum. Um diese Jahreszeit wird es kurz nach halb zehn dunkel*, und laut Wetterbericht sinken die Nachttemperaturen auf acht oder neun Grad. Ich werde mich gut einpacken.

Die erste Nacht – keine Vorkommnisse. Es war allerdings ein magisches Gefühl, nach Mitternacht noch im Wald zu sein. Gegen die Kälte wappnete ich mich mit einem gelegentlichen Schluck aus der Flasche. Ich spürte keine Müdigkeit: das Adrenalin hielt mich munter und wachsam. Ein alter Feuerhaken vom Kamin diente mir als rudimentäre Waffe – nicht, dass ich sie gebrauchen wollte, aber sie sorgte für ein Gefühl der Sicherheit. Der Wald war voller Geräusche – Knacken, Rascheln –, und einmal glaubte ich zu hören, dass jemand hinter mir herumschlich. Irgendeine Gestalt zwängte sich durchs Geäst und durchs Unterholz, aber nach einer Weile

---

* September?

wurde mir klar, dass es ein Hirsch gewesen sein muss. Zwischen Mitternacht und zwei Uhr zählte ich sieben Autos und zwei Motorräder, und die letzte halbe Stunde blieb es totenstill. Jedes Mal, wenn Scheinwerferlicht zwischen den Bäumen sichtbar wurde, hörte ich mein altes Herz vor Aufregung pochen. Und mir fiel ein, dass ich Ähnliches schon einmal erlebt habe: in der Nacht meines Absprungs über der Schweiz im Jahr 1944 – ein paar Monate bevor Benoît Verdel Sainte-Sabine befreite.

Als ich nach Hause kam, erwarteten mich Bowser und Hodge im Korridor – verängstigt und verstört durch mein ungewöhnliches Verhalten. Hodge war so erbost, dass sie sich nicht streicheln ließ.

Ich rief Gabrielle an, um ihr Meldung zu erstatten. Erneut bat sie mich, die Sache aufzugeben. Logan, bitte, mir ist es egal, was die machen. Ich erneuere die Tafel so lange, bis sie das Spiel satt haben. Ein paar Nächte halte ich noch Wache, sagte ich. Ich glaube, meine Empörung wird noch verstärkt durch die Liebe zu diesem Ort, den ich zu meiner Heimat gemacht habe – ich kann nicht glauben, dass ein kleines Krebsgeschwür aus Bosheit und Niedertracht eine derart zerstörerische Wirkung auf unser Dorf ausüben kann; ein Dorf, das so tolerant und großzügig ist wie kaum ein anderes. Ich möchte wissen, wer es ist und wer sich so sehr der Vergangenheit schämt, dass er (oder sie?) versucht, das Andenken eines tapferen Mannes symbolisch zu beschmutzen. Wir werden sehen.

Die zweite Nacht. Etwas kälter mit leichtem Wind, der für ein permanentes Rascheln in den Baumwipfeln sorgte. Nur vier Autos und ein weißer Lieferwagen. Ich trank meinen Cognac aus. Bowser und Hodge würdigten mich bei meiner Heimkehr keines Blickes.

Lunch mit Gabrielle. Ihr schmales Gesicht und ihre makellos blasse Haut strahlen eine melancholische Schönheit aus. Ich weiß nicht, wie wir auf das Thema kamen, aber sie erzählte mir ein bisschen mehr über ihre Ehe. Gilles Dupetit war älter als sie und schon zweimal verheiratet gewesen, aber, wie sie sagte, »mental unfähig«, ihr die Treue zu halten. Nach kurzer Ehe hat sie beschlossen, sich nie wieder in eine Lage zu begeben, in der sie so verletzbar ist. Daher das Entsetzen über den Hass, den ihr Sainte-Sabine entgegenbringt. Ich erinnerte sie sanft daran, dass man mit dem Leben solche einseitigen Rechnungen nicht aufmachen kann. Man kann nicht sagen, das war's, ich habe meine Gefühle tief in mir begraben, jetzt bin ich unverletzlich, die Grausamkeiten und die Enttäuschungen der Welt können mir nichts mehr anhaben. Es ist besser, sich ihnen zu stellen, sagte ich, komme, was wolle, und zu sehen, welche Kräfte man in sich hat. Irre ich mich, wenn ich feststelle, dass der Druck ihrer Wange beim Abschiedskuss ein wenig fester war als sonst? Bin ich schon ein wenig verliebt in Gabrielle Dupetit? Ich stelle sie mir nackt vor – ihren bleichen Körper, ihre weichen Brüste ... du alter Narr, Mountstuart, du alter Narr.

Es geschah kurz nach eins. Ich wurde schon müde – drei lange Nächte hintereinander waren zu viel für mich, und mein Körper wehrte sich mit zunehmender Starre. Ich sah die Scheinwerfer eines Autos, das auffällig langsam fuhr. Dann hielt es, der Dieselmotor tuckerte eine Weile im Leerlauf und verstummte, das Licht wurde ausgeschaltet. Bald hörte ich leise Stimmen und Schritte in Richtung Tor. Die Nacht war nicht ganz dunkel, der Mond erzeugte schwache Schatten. Ich sah zwei Männer. Der eine blieb mitten auf der Straße stehen, um aufzupassen, der andere hatte einen sperrigen Gegenstand in der Hand und ging auf die Gedenktafel zu. Zu spät begriff ich, was er vorhatte, aber ich rappelte mich hoch, den Schürhaken in der Hand, und brach durch die Büsche, knipste die Taschenlampe an und schrie: »Hab ich euch erwischt! Sofort aufhören. Ich rufe die Polizei!« Der Mann auf der Straße lief drohend auf mich zu, aber der Mann bei der Gedenktafel sagte: »Hör auf. Lass ihn.« Ich leuchtete ihm ins Gesicht – die Stimme kam mir bekannt vor. Es war Lucien Gorce, mein Freund und Nachbar. Er hatte gerade ein großes schwarzes Hakenkreuz auf die Gedenktafel gemalt.

MEMORANDUM ZU BENOÎT VERDEL[*]

Benoît Verdel desertierte im Oktober 1939 aus der französischen Armee und tauchte in der Pariser Unterwelt ab, wo er zusammen mit einem Valentin M. ein Bordell im 1. Arondissement unterhielt. Als die deutsche Wehrmacht im Sommer 1940 auf Paris vorrückte, floh er mit Zehntausenden anderen südwärts, um nach Bordeaux und zur spanischen Grenze zu gelangen. Aber er kam nur bis Villeneuve-sur-Lot und ließ sich in Sainte-Sabine nieder, wo er sich kurze Zeit als Landarbeiter verdingte. Als sich zeigte, dass Frankreich geteilt wurde und die Deutschen im Norden blieben, schien sich eine weitere Flucht zu erübrigen, und Verdel beschloss, dortzubleiben – und sein altes Gewerbe wiederaufzunehmen. Er mietete ein Haus in Sainte-Sabine, verwandelte es in ein *maison de tolérance* und besetzte es mit vier Prostituierten, die er in Agen und Toulouse rekrutiert hatte. Auf Anweisung des Bürgermeisters Léon Gorce, der durch den Pfarrer (Monsieur Lasseque) und den Arzt (Dr. Belhomme) unterstützt wurde, musste er das Bordell schließen. Verdel wurde

[*] Zusammengestellt aus Presseberichten und der Prozessakte Benoît Verdel. [Anmerkung LMS]

des Dorfes verwiesen, die Prostituierten in ihre Herkunfts-
städte zurückgeschickt.

Verdel ward nicht mehr gesehen – bis zum 6. Juni 1944,
als er mit sechs Bewaffneten auf dem Marktplatz erschien
und das Dorf für befreit erklärte – auf Befehl von General
Charles de Gaulle und als Angehöriger der Widerstandsgruppe »Renard«. Der Bürgermeister, der Pfarrer und der
Arzt wurden wegen des Verdachts der Kollaboration verhaftet und zum Verhör auf einen Bauernhof außerhalb des
Dorfes gebracht. In der Nacht zum 7. Juni wurden alle drei
exekutiert – in den Kopf geschossen – und im nahegelegenen
Wald verscharrt.

In den Wirren der letzten Kriegsmonate waltete Verdel im
Dorf wie ein Provinzfürst. Angesichts seiner Skrupellosig-
keit reagierten die Bewohner mit stummem Gehorsam. Verdel gebrauchte seine Macht und seinen Einfluss, um sich zu
bereichern, und erwarb ein stattliches Anwesen in der Nähe
des Dorfes, la Sapinière, wo er 1946 seine junge Frau unter-
brachte.

Anfang 1947 jedoch klagten ihn die Schwestern des Dr. Belhomme des Mordes an, er wurde verhaftet und in Bordeaux
vor ein Militärtribunal gestellt. Der Prozess dauerte drei
volle Wochen und wurde in der Lokalpresse ausführlich behandelt. Die Taten der Gruppe »Renard« blieben weitgehend
im Dunklen, aber Verdels Verteidigung zog alle Register: Die
drei Exekutierten seien Kollaborateure gewesen, de Gaulle
habe den *maquisards* vor der Invasion der Alliierten den Befehl erteilt, keine Mühe zu scheuen und alle Kollaborateure
zur Verantwortung zu ziehen. Was Verdel in Sainte-Sabine
getan habe, sei in ganz Frankreich geschehen, er habe einfach
seine Befehle befolgt. Verdel wurde für schuldig befunden,
zu acht Jahren Gefängnis verurteilt und nach fünf Jahren wegen guter Führung entlassen.

Er kehrte nicht nach Sainte-Sabine zurück, sondern zog zu seiner Familie nach Paris, wo er in den Jahren darauf eine erfolgreiche Handelsfirma aufbaute. 1971 starb er als reicher Mann.

Der Begleiter von Lucien Gorce in jener Nacht war ein Neffe von Dr. Belhomme. Die beiden brachten mich nach Hause und weihten mich ein wenig in die Vergangenheit Verdels ein. Auf Luciens Rat fuhr ich nach Bordeaux und verbrachte einen Tag im Archiv der Zeitung *Sud-Ouest*. Eine Kopie meiner Recherchen übergab ich Gabrielle – mit größtem Bedauern. Ich verabschiedete mich, ohne ihre Reaktion abzuwarten.

Am nächsten Tag war die Gedenktafel entfernt, und als ich kurze Zeit später am Haus vorbeifuhr, waren die Läden verschlossen. Die Verwalter wussten nicht, wann Madame Dupetit zurückkommen würde. Ich schrieb ihr nach Paris und drückte mein Bedauern darüber aus, dass ich es war, der ihr die Wahrheit über ihren Vater mitteilen musste, aber dass unsere guten Beziehungen nicht darunter leiden sollen. Bis jetzt hat sie nicht geantwortet.

Ich machte auch einen Besuch bei Yannick Lefrère-Brunot und bat ihn wegen meiner voreiligen Schlüsse um Entschuldigung. Er war sehr freundlich und versicherte mir, die Sache ist beigelegt, was ihn betrifft. Aber im Lauf der letzten Tage befiel mich doch so etwas wie Beschämung – dass ich mich nicht auf meine Instinkte verlassen und diesen Menschen, die mich so herzlich aufgenommen haben, alles Böse zugetraut habe. Gott weiß, welche Lügenmärchen Verdel seiner Familie aufgetischt hat. Seine Frau muss ihn darin unterstützt haben, sodass er seinen Kindern gegenüber behaupten konnte, er habe sein Glück im Ausland gesucht, während er in Wirklichkeit im Gefängnis saß. Gabrielle jedenfalls hat in ihrem Vater einen stillen Helden gesehen, der von seinen Erlebnissen traumatisiert war und kein Aufsehen wollte. Doch in Wirklichkeit lasteten die Morde auf ihm, die er begangen hat, oder die Schreckensherrschaft, mit der er Sainte-Sabine überzogen hat. Ich kann verstehen, dass Gabrielles Gedenktafel für jemanden wie Lucien Gorce ein Schlag ins Gesicht war. Auch ihn habe ich um Entschuldigung gebeten. Alter schützt vor Torheit nicht, sagte ich zu ihm. Lucien hat mir verziehen und mir einen kleinen Selbstgebrannten eingeschenkt, der mir herunterging wie flüssige Lava. Dann sagte er: Es gibt Dinge im Leben, die man nicht versteht, und wenn man ihnen begegnet, kann man nur die Finger davon lassen. Klingt vernünftig.

Milau-Plage. Hôtel des Dunes. Dieses Jahr bin ich später gekommen, es ist viel ruhiger hier, der Strand an den Wochentagen praktisch menschenleer, selbst bei Sonnenschein. Ich verbringe zu viel Zeit damit, über meine Dummheit betreffend Gabrielle und der Gedenktafel nachzugrübeln – eigentlich die meiste Zeit. Ich habe ihr erneut geschrieben und wieder keine Antwort bekommen. Tröste mich mit Montaigne-Lektüre. Ich glaube, ich kann mir die Sache verzeihen, und ich glaube, dass Gabrielle Dupetit die letzte (unerwiderte) Liebe meines Lebens war. Wie ein Don Quichotte wollte ich gegen das Böse und die Heuchelei anrennen. Wenigstens klingt es eher nach jugendlicher Torheit als nach seniler Demenz.

Gewitter im Anzug. Gewaltige Wolkentürme im Norden: die Gipfel sind blendend weiß, nach unten werden sie immer dunkler, von mausgrau über venenblau bis zu einem schwärzlichen, bösartigen Purpurgrau.

Die Freuden meines Lebens hier sind einfacher Natur – schlicht, preiswert, volkstümlich. Eine warm leuchtende

Pyramide aus Marmande-Tomaten im Gemüsestand am Rand der Straße. Ein kühles Bier im Vorgarten des Café France. Marie-Thérèse, die mir drinnen ein *sandwich au camembert* bereitet. Das Beknabbern einer frischen Baguette auf dem Heimweg von Sainte-Sabine. Der mehlige Geruch des weißen Staubes, den der Wind von der Einfahrt herüberweht. Der einsame Kuckucksruf aus dem schweigenden Wald hinter den Wiesen. Das gewaltige Grau, Kirschrot, Rosa, Orange und verwaschene Blau eines Sonnenuntergangs, von der hinteren Terrasse aus gesehen. Das Schrillen der Zikaden zur Mittagszeit – das sanft einsetzende Zirpen der Grillen, wenn der Tag zur Neige geht. Ein gutes Buch, eine Hängematte und eine gut gekühlte, beperlte Flasche *blanc sec*. Ein derber Rotwein und *steak frites*. Die Kühle meines abgedunkelten Schlafzimmers und – wenn ich zu Bett gehe – die Aussicht, dass mir all das auch morgen noch unverändert zur Verfügung steht.

Am Montag ging ich in die Scheune, um Kaminholz zu holen. Ich hätte die Schubkarre nehmen müssen, stattdessen lud ich mir einen guten Armvoll auf. Ich bückte mich, um ein letztes Scheit aufzuheben, als mir ein stechender Schmerz durch die linke Seite schoss, als würde meine Achsel von einem schartigen Schwert durchbohrt. Dann fuhr der Schmerz in den Arm, meine Hand kribbelte und wurde taub wie von tausend Ameisen. Ich warf das Holz hin und taumelte gegen die Wand, mir wurde schwarz vor Augen, und ich hörte ein seltsames Geräusch, das klang wie das Getuschel einer aufgebrachten Menschenmenge. Schließlich ließ der Schmerz nach, und das Gefühl kehrte in meine Finger zurück.

Dr. Roisanssac meint, ich hatte einen kleinen Herzinfarkt. Er überwies mich ins Krankenhaus von Agen zur Abklärung, ich verbrachte dort zwei Tage in einem Einzelzimmer (gratis) und wurde von einem nicht enden wollenden Strom von Ärzten abgehorcht und untersucht. Alles war wieder in Ordnung. Die Ärzte sagen, in meinem Alter kann ich kaum mehr tun, als unnötige Aufregung oder körperliche Anstrengung zu vermeiden. Ich rauche nicht, meine Ernährung ist gut, ich habe kein Übergewicht, und eine Operation, die meinen Zustand verbessern könnte, ist – ebenfalls aus Altersgründen – nicht angezeigt. Besonnenheit also heißt die neue Devise. Norbert brachte mich zurück nach Sainte-Sabine, und mein neues Leben – behutsam und auf leisen Sohlen – begann.

Als Montaigne in die Jahre kam, wünschte er sich ein Alter ohne Demenz – mit Schmerzen und allen anderen Altersleiden wollte er sich abfinden. Und das tat er auch, als ihm in seinen letzten Lebensjahren die Gallensteine fürchterliche Qualen bereiteten. Der Schmerz war kein Problem für ihn, solange er seinen klaren Verstand behalten konnte. Ich dachte immer, dass ich an einer Gehirnkrankheit sterben werde, einer Spätfolge meiner Begegnung mit dem rasenden Postauto, aber jetzt deutet sich an, dass es das Herz sein wird.

Didier Roisanssac sagte bei der letzten Untersuchung: Schauen Sie Ihr Gesicht im Spiegel an. Es ist nicht mehr das Gesicht, das Sie mit achtzehn oder fünfundzwanzig oder zweiunddreißig hatten. Sehen Sie die Linien und Falten. Den Verlust der Elastizität. Sie verlieren Ihr Haar. (»Und die Zähne«, fügte ich hinzu.) Sie erkennen das Gesicht noch, es ist Ihres, aber es hat lange gelebt und zeigt alle Spuren dieses langen Lebens. Ihr Herz müssen Sie genauso sehen wie Ihr Gesicht. Es ist nicht mehr dasselbe Organ wie das, das Sie mit achtzehn hatten. Stellen Sie sich vor, dass alles, was mit Ihrem Gesicht passiert ist, auch mit Ihrem Herzen passiert ist. Das heißt, Sie müssen sich schonen.

Das junge, sprossende Grün der Ulmen. Krähen (und Elstern) sind die schreckhaftesten Vögel. Ich öffne die Haustür, und sie, eine halbe Meile entfernt, ergreifen erschrocken die Flucht – und die Krähen schreien Alarm.

Heute Morgen, als ich aus dem Schlafzimmer kam, wusste ich sofort, dass etwas nicht stimmte. Hogde saß wie erstarrt auf dem Kaminsims. Dort ist sie nie vorher hinaufgeklettert, aber es war, als wollte sie sich so weit wie möglich vom Fußboden entfernen. Bowser lag noch in seinem Korb. »Raus mit dir, du alter Faulpelz«, sagte ich und wollte ihn schütteln. Aber er war natürlich tot – ich wusste es schon, ohne ihn zu berühren.

Mich ergriff eine so tiefe und intensive Trauer, dass ich dachte, sie würde mich umbringen. Ich heulte wie ein kleines Kind mit dem Hund in den Armen. Dann legte ich ihn in eine Weinkiste, trug ihn in den Garten und begrub ihn unter einem Kirschbaum.

Er war nur ein alter Hund, sage ich mir, und er hatte ein glückliches, erfülltes Hundeleben. Aber was mich so unsagbar traurig macht, ist die Tatsache, dass mit ihm die Liebe aus meinem Leben verschwunden ist. So albern es klingen mag, aber ich habe ihn geliebt, und ich weiß, dass er mich geliebt hat. Das bedeutet, dass es einen unkomplizierten Austausch von Liebe in meinem Leben gab, und ich kann mich nur schwer damit abfinden, dass es nun vorbei ist. Hört euch dieses Geschwätz an, aber es ist wahr – es ist wirklich wahr. Gleichzeitig ist mein Kummer zum Teil verstecktes Selbstmitleid. Ich brauchte den Austausch, und jetzt frage ich mich, wie ich ohne ihn auskomme und ob ich ihn ersetzen kann – als wäre es damit getan, dass ich einen neuen Hund kaufe. Ich tue mir selber leid – genau das ist das Wesen der Trauer.

HÔTEL DES DUNES. MILAU-PLAGE.

Mittagessen im Hotel: ein halbes Dutzend Austern, Steinbutt, *tarte au citron*. Ich trank zwei Drittel einer Flasche Sancerre, dann ruhte ich ein Stündchen auf dem Bett, bevor ich zu Notizbuch, Stock und Panamahut griff und ganz langsam den Bretterpfad hinaufstieg, der über die Dünen zum Strand führt.

Der Strand ist belebt, wenn auch nicht so wie in der Hochsaison. Ich lasse mich an meinem Tisch nieder, bestelle ein Bier (wie heißt das Mädchen, das diese Bar führt?) und schaue dem Treiben zu. Später, wenn sich die Hitze ein wenig gelegt hat, mache ich einen Spaziergang.

Ich laufe zwischen den Feriengästen hindurch und registriere all die buntscheckigen Varianten der Gattung *homo sapiens*. Es gibt so viele Spielarten des menschlichen Körpers – Kopf, Leib, Arme, Beine –, wie es Spielarten des menschlichen Gesichts gibt – Augen, Ohren, Nase, Mund. Wenn ich mir meinen Weg durch all die Sonnenhungrigen bahne, ist mir, als würde ich mich durch eine große Masse unglaublich sorgloser Flüchtlinge bewegen. Sie haben ihren persönlichen Krempel bei sich – Kleider, Proviant, Spielzeuge, Lesestoff –, und sie sehen in ihrem unbekleideten Zustand aus, als wären sie auf unbestimmte Weise um etwas beraubt – dass ihnen nicht mehr geblieben ist als das, was sie bei sich haben, und dass sie auf irgendeinen Flüchtlingskommissar oder eine Hilfsorganisation warten, um zu erfahren, wohin sie sich wenden sollen. Und doch widerspricht die Stimmung am Strand diesem anfänglichen Eindruck – es herrscht eher eine Atmosphäre kollektiver Untätigkeit als Angst oder Sorge. Die Menschen hier genießen, ohne sich darüber klar zu sein, die friedvolle Demokratie des Strandes, und für eine Stunde oder einen Tag vergessen sie das Schicksal, das ihrer aller harrt. Der Strand ist das große menschliche Allheilmittel.

Die meisten drängen sich um die Standkioske und die

Flaggen, die den bewachten Strand begrenzen, als hätten
sie Angst, sich weiter hinauszuwagen, als brauchten sie die
Nähe der Masse, um sich richtig zu erholen. Würden sie ein
wenig weitergehen, hätten sie hundert Meter Strand für sich
allein. Dorthin kommen die Nudisten, und während ich
langsam nordwärts gehe (Richtung Ärmelkanal, Richtung
Pudding-Insel), löst sich ein Mädchen von einer Gruppe, die
in der Sonne liegt, und läuft aufs Wasser zu – ein ziemlich
weiter Weg, da die Ebbe weit fortgeschritten ist. Sie ist völlig nackt, und dort, wo sich unsere Wege kreuzen, bleibt sie
stehen, dreht sich um und ruft ihren Freunden etwas (auf
Niederländisch) zu. Sie hat kleine spitze Brüste und dichtes,
buschiges Schamhaar. Und ist am ganzen Körper tiefbraun.
Sie läuft weiter, ohne mich anzusehen, den alten Mann in
seinem hellen Anzug. Zwei Welten prallen hier aufeinander,
wie mir scheint – meine Welt und die Welt der Zukunft. Wer
hätte gedacht, dass zu meinen Lebzeiten eine solche Begegnung möglich werden würde? Ich finde das sehr erheiternd:
Der alte Schriftsteller und das nackte holländische Mädchen –
vielleicht brauchen wir einen Rembrandt, um der Szene ganz
gerecht zu werden (da fällt mir das Pariser Hotel Rembrandt
ein, in dem ich einmal gewohnt habe). Aus irgendeinem
Grund kommt in mir die Frage auf, wie wohl Cyril [Con-
nolly] auf eine solche Begegnung reagiert hätte, wenn sie ihm
widerfahren wäre. Mit ungläubigem Entzücken? Oder mit
Verwirrung? Nein, ich glaube, mit stillem Vergnügen – das
auch ich empfinde, während ich weiterstapfe und diesem un-
bekannten Nackedei dankbar bin. Dankbar dafür, dass mir
der Strand diese Möglichkeiten bietet, diese bescheidenen
Epiphanien.

Wieder am Strandkiosk, bei einem weiteren Bier, nehme ich
meine alte Pose ein, Stift und Notizbuch in der Hand, aber
meine Blicke wandern unruhig umher – heute gibt es zu viel

zu sehen, das Laster windet sich vor meinen Augen. Direkt neben mir sitzen acht französische Teenager um einen Tisch – vier Jungen, vier Mädchen, alle etwa sechzehn oder siebzehn, alle – für meine Begriffe – braun, schlank und attraktiv. Sämtliche Mädchen rauchen, und aus dem ganzen Verhalten der Gruppe wird klar, dass sie sich gut kennen – sie reden nur darüber, wohin sie heute Abend gehen wollen. Die Jungen und die Mädchen gehen völlig entspannt und unbefangen miteinander um, in einer Weise, wie es in meiner Jugendzeit undenkbar gewesen wäre. Man stelle sich vor, ich, Peter, Ben und Dick wären siebzehn, und wir säßen mit vier Mädchen in einer solchen Strandbar. Es geht nicht – meine Vorstellungskraft reicht dafür nicht aus.

Und plötzlich frage ich mich, ob auch das zu meinem Unglück gehört, dass ich zu Beginn dieses Jahrhunderts geboren wurde und nun, da es sich dem Ende nähert, nicht mehr jung sein darf? Ich blicke neidisch auf diese Kinder, denke an das Leben, das sie führen und das ihnen noch bevorsteht, und entwerfe eine Art Zukunft für sie. Aber fast sofort wird mir klar, wie sinnlos mein Bedauern ist. Man muss das Leben akzeptieren, das einem zugewiesen ist. In sechzig Jahren werden diese Jungen und Mädchen, wenn sie Glück haben, auf eine neue Generation von Jungen und Mädchen schauen und ebenfalls bedauern, dass ihre Zeit abgelaufen ist …

Eines der Mädchen hat mich gerade nach der Uhrzeit gefragt (»*cinq heures vingt*«), was mich erschrocken hochfahren ließ. Ich hatte wohl geglaubt, ich wäre unsichtbar. Vielleicht sollte ich besser nach Hause gehen.

Das Mädchen, das mich nach der Zeit gefragt hat, zündet schon wieder eine Zigarette an. Ich bin sicher, es ist nicht so sehr der Nikotinhunger, der diese Mädchen zum Rauchen treibt – sie nehmen nur ganz flache Züge –, sie müssen etwas in der Hand haben, um ihre Pose zu vollenden. Alle rauchen sie mit eingeübter Lockerheit und Natürlichkeit, doch dieses Mädchen beherrscht seine Gestik noch besser als die meisten anderen. Wie kann man das beschreiben? Es ist eine gewisse Mischung aus gestreckten Fingern, gebogenem Handgelenk, gespitzten Lippen und zurückgeworfenem Kopf beim Exhalieren. Sie raucht mit großer erotischer Grazie, ihr Körper ist braun und schlank, sie hat schönes, langes, milchschokoladenfarbenes Haar. Und irgendwie weiß sie, dass die perfekte Handhabung des perfekten weißen, tabakgefüllten Papierröhrchens ein unterschwelliges Signal an die Jungen sendet – sie klappern mit den Lidern wie Echsen –, und das Signal besagt, dass sie bereit ist.

Irgendwie bringt mich dies dazu, über mein Leben nachzudenken, über die guten und die schlimmen Zeiten, meine kurzen Triumphe und schrecklichen Verluste, und ich sage, Nein, Nein, Nein, ich beneide euch nicht, ihr schlanken, braunen, selbstbewussten Jungen und Mädchen, was auch immer vor euch liegen mag. Ich werde meine Sachen einsammeln, zum Hôtel des Dunes zurückwandern und aufs Abendbrot warten – den Fisch des Tages und meine Flasche Wein. Ich empfinde, während ich hier sitze – und genauso, wie ich es erlebe, sollte ich es aufschreiben –, während ich also auf den Strand und den Ozean hinausblicke und die Sonne im Westen zu sinken beginnt, ein eigentümliches Gefühl von Stolz: Stolz auf alles, was ich vollbracht und durchlebt habe, Stolz beim Gedanken an die Tausenden von Menschen, die ich getroffen und gekannt habe, Stolz auf die wenigen, die ich geliebt habe. Spielt weiter, Jungen und Mädchen, sagte ich, raucht und flirtet, sorgt euch um eure Bräune, plant eure abendlichen Vergnügungen. Ich aber frage mich, ob auch nur einer von euch ein so gutes Leben haben wird, wie ich es hatte.

Schwüler, stickiger Tag. Kein Blatt regt sich. Schmetterlinge taumeln durch den Rittersporn, den ich an der Sonnenuhr gepflanzt habe.

Cinq Cyprès. Sainte-Sabine. Unser Indianersommer dauert an – die Blätter werden bald fallen, aber der Ostwind ist warm, und die Sonne scheint jeden Tag mit milder Kraft.

Durch die Bäume des Parks sehe ich das trockene Gras der Wiese, das in der Sonne ganz gelb ist wie die Fluten des alten Rio de la Plata, und das dunkle Grün der angrenzenden Eichenwälder. Sie sind so dicht belaubt, dass sie wie Wellen oder wie Rauch aus der sonnengebleichten Wiese aufsteigen. Die Schärfe und Klarheit des Sonnenlichts auf den Büschen und Kletterpflanzen hier am Haus ist vollkommen: die vollkommene Balance von Licht, Schatten und Halbtransparenz – absolut präzise, als wäre der ideale visuelle Effekt mithilfe einer mathematischen Formel errechnet worden. Drüben bei der Scheune samen die Disteln aus, die sanfte Brise erfasst die weißen Büschel und treibt sie in kleinen, ungestümen Wirbeln himmelwärts, wo sie in der Sonne glitzern und funkeln wie Kristalle – ja, es sieht aus, als würden Lichtpartikel aufsteigen, in die Höhe fliegen und über die Wiese treiben wie – wie was? –, wie Glühwürmchen, wie schillernde Schmetterlinge.

Der Tag ist zu schön zum Drinnenhocken. Ich werde mir ein altvertrautes Buch heraussuchen und mich in den kühlen, dunklen Schatten der großen Kastanie setzen. Heute Morgen beim Aufwachen hatte ich eine flüchtige Altmännererektion. Vermutlich habe ich von dem nackten Mädchen geträumt, das am Strand an mir vorüberging. Meine Träume sind in letzter Zeit so lebhaft, dass ich morgens ganz geblendet und erschöpft bin von der Begegnung mit meinem Unbewussten und nicht weiß, wo ich mich befinde. Heute Morgen also legte ich Hand an mich, erfreut über meine strotzende Männlichkeit, auch wenn sie nur etwa eine halbe Minute vorhielt. Es steckt noch Leben in dem alten Knacker. Leben – ich bin noch am Leben, ich habe alle Jahrzehnte dieses umnachteten Jahrhunderts miterleben dürfen. Was für eine Zeit – *quel parcours,* wie der Franzose sagt. Ich glaube, darauf muss ich das Glas erheben. Ja, unbedingt – ich öffne eine kühle Flasche Wein und stoße an auf Logan Mountstuart. Auf jedes Jahrzehnt. Auf die Höhen und die Tiefen. Meine private Achterbahn. Nein, eine Achterbahn, das wäre zu glatt – eher ein Yo-Yo, ein hüpfendes, trudelndes Spielzeug in der Hand eines ungeschickten Kindes, eines Kindes etwa, das zu eifrig, zu ungeduldig versucht, es zu lenken, dieses neue Yo-Yo.

Nachwort

Logan Mountstuart starb am 5. Oktober 1991 an einem Herzinfarkt – er wurde fünfundachtzig Jahre alt. Sein Herz litt an Sauerstoffmangel. – Wegen der Verstopfung einer oder mehrerer Koronararterien (sie werden »koronar« genannt, weil sie dem Herzen aufsitzen wie eine Krone) war die ausreichende Durchblutung nicht mehr gewährleistet. Der unterversorgte Herzmuskel kam aus dem Rhythmus, brach zusammen, und so endete das Leben von Logan Mountstuart.

Er wurde gegen Ende desselben Tages von Jean-Robert Stefanelli entdeckt, der nach Cinq Cyprès gekommen war, um ihm einen Korb Äpfel zu bringen. Da auf sein Klopfen niemand antwortete, ging Jean-Robert ums Haus in den Garten. Dort sah er den Liegestuhl unter der Kastanie, daneben eine halb geleerte Weinflasche im Eiskübel und ein geöffnetes Buch, das mit dem Deckel nach oben zeigte (es waren die *Gesammelten Stücke* von Anton Tschechow). Das Eis im Kübel war geschmolzen, und Jean-Robert spürte, dass etwas nicht stimmte. Er machte sich auf die Suche und fand LMS sehr schnell an der Ecke der Scheune, mit dem Gesicht nach unten im Gras liegend, neben einer Stelle voller Disteln. Er bemerkte, dass die Katze von LMS unweit davon auf einem Stein saß und alles aufmerksam beobachtete.

Logan Mountstuart wurde auf dem Friedhof von Sainte-Sabine beigesetzt. Sein Grab befindet sich in der Nordostecke des Friedhofs. Er hatte Anweisungen für einen Grabstein gegeben – ein einfacher Quader aus schwarzem Granit mit der Inschrift:

LOGAN GONZAGO MOUNTSTUART
1906–1991
escritor
writer
ecrivain

Das Testament bestimmte Mrs Gail Sherwin zur Erbin von Cinq Cyprès. Sie, ihr Ehemann und ihre zwei Kinder verbringen dort jeden Sommer ihre Ferien. Seine Cousine Lucy Sansom (der die Bibliothek und die Manuskripte von LMS zufielen) durchsuchte Haus und Grundstück, aber von dem Roman *Oktett* wurde keine Spur gefunden. Jean-Robert Stefannelli erinnert sich, LMS eine Woche vor dessen Tod beim Abbrennen eines Feuers geholfen zu haben. »Er hat viele Papiere verbrannt«, bezeugt Stefannelli. »Für so einen alten Mann kam er mir sehr aufgeräumt, sehr glücklich vor.« Es gab keine Nachrufe.

Bücher von Logan Mountstuart
Des Menschen Sinneskraft
Die Mädchenfabrik
Die Kosmopoliten
Die Villa am See
Eines Menschen Herz
Die intimen Tagebücher des Logan Mountstuart
Dies ist kein Ausgang
Essays zu Kunst und Literatur (in Vorbereitung)

Register

WILLIAM BOYD

Sein Werk im Kampa Verlag

»Ein begnadeter Erzähler.«
Der Tagesspiegel

Blinde Liebe

Der Mann,
der gerne Frauen küsste

Die blaue Stunde

Eine große Zeit

Eines Menschen Herz

Trio

All die Wege,
die wir nicht gegangen sind

Armadillo

Brazzaville Beach

Die neuen Bekenntnisse

Einfache Gewitter

Ruhelos

Stars und Bars

Wie Schnee in der Sonne

Wenn Ihnen dieses KAMPA POCKET
gefallen hat, gefällt Ihnen vielleicht auch der
Lesetipp auf der gegenüberliegenden Seite.

Schicken Sie uns bitte Ihren LIEBLINGSSATZ
aus einem Kampa Pocket, bei einer Veröffent-
lichung auf unseren Social-Media-Kanälen
bedanken wir uns mit einem Buchgeschenk:
lieblingssatz@kampaverlag.ch